humilhados e ofendidos

dos
toi
evs
ki

humilhados e ofendidos

Tradução e notas:
Oleg Almeida

MARTIN CLARET

Sumário

Prefácio 7

HUMILHADOS E OFENDIDOS

Primeira parte 19

Segunda parte 151

Terceira parte 279

Quarta parte 415

Épilogo 519

Sobre o tradutor 559

ABISMOS MISTERIOSOS, SE NÃO INSONDÁVEIS...

(Algumas reflexões sobre o romance *Humilhados e Ofendidos*)

Ao longo de sua carreira literária que durou cerca de três décadas, Fiódor Dostoiévski criou várias narrativas de cunho autobiográfico. Suas primeiras experiências amorosas, nem sempre bem-sucedidas, foram evocadas na famosa novela romântica *Noites brancas*; a tragédia pessoal que o escritor vivenciara ao ser preso, acusado de subversão política e condenado a trabalhos forçados no interior da Sibéria[1] deu início às pungentes *Memórias da Casa dos mortos*, antes uma circunstanciada reportagem carcerária, cujo estilo seria capaz de chocar um leitor despreparado, que uma convencional obra de ficção; sua obsessão por jogos de azar, notadamente pela roleta que o conduzira à beira da completa ruína, inspirou *O jogador*, um dos seus romances mais populares. Repensando alguns acontecimentos marcantes de sua vida, Dostoiévski se empenhava em transitar do íntimo ao universal e do ínfimo ao descomunal, de maneira que a história de um homem só, muitas vezes imperceptível no meio da multidão, acabava por se tornar a de todo um grupo social, de toda uma nação ou, quem sabe, do próprio gênero humano.

---

[1] O ensaio *Fiódor Dostoiévski e sua saga siberiana* (Fiódor Dostoiévski. *Memórias da Casa dos mortos*. Martin Claret: São Paulo, 2016; p. 9-14), de Oleg Almeida, conta sobre esse difícil período de sua vida.

O romance *Humilhados e ofendidos*,[2] que nos propomos a traduzir para o português, também se norteia pelas recordações do autor, ora aprazíveis como o são de praxe as imagens nostálgicas de um passado feliz, ora penetrantes e perturbadoras como algo que se consumou há tempos e nunca poderia ser revivido, salvo se relatado por quem o guarda em sua memória. Encomendado pela revista mensal *O tempo*[3] e publicado em 1861, tem por protagonista Ivan Petróvitch, jovem literato que estreia com um livro aclamado pela crítica e depois se transforma, apesar de seu sucesso inicial, num "rocim dos correios", isto é, num colaborador assíduo da imprensa comercial que preenche coluna após coluna para ganhar seu pão de cada dia. Arruinado como estava ao voltar do exílio, doente e mantido sob a vigilância policial em sua qualidade de ex-presidiário, Dostoiévski não podia tardar a pôr seu novo romance em circulação: além de precisar desesperadamente de alguma fonte de renda mais ou menos estável, visava despertar a curiosidade dos leitores já esquecidos de seus escritos antigos. Não obstante toda a pressão, demorou um ano inteiro em tecer o enredo de *Humilhados e ofendidos*. Lembrou-se, saudoso, de seu primeiro romance, intitulado *Gente pobre*, o qual fora lançado em 1846 e o projetara de imediato como uma precoce estrela das letras russas... de seus encontros com o filósofo e jornalista Vissarion Belínski

---

[2] A presente tradução do romance embasa-se numa das suas edições originais mais recentes: Ф. Достоевский. Игрок: романы; рассказы. Москва, *2010; стр. 147-502.*

[3] Revista *O tempo* era editada, de 1861 a 1863, pelo irmão do escritor, Mikhail Dostoiévski, que o ajudava como podia a recuperar seu prestígio literário.

(mencionado em *Humilhados e ofendidos* sob o nome de "crítico B.") que lhe predissera a futura glória insistindo: "Valorize seu dom e prossiga fiel a ele, então você será um grande escritor!"... de sua eletrizante paixão pela beldade casada Avdótia Panáieva, que não levara o rapaz embevecido a sério, mas logo passara a namorar, sem se afastar do marido, o poeta Nekrássov, um dos melhores amigos de Dostoiévski[4]... enfim, de seu relacionamento conturbado com os gananciosos editores e das bajulações do público ocioso, amiúde hipócritas e afugentadas pela prisão da celebridade que andava bajulando. Chegou à conclusão de as circunstâncias vividas, e ainda vivas em sua mente, serem um cenário perfeito para o drama social e sentimental que tencionava montar.

Aparentemente, o conteúdo de *Humilhados e ofendidos* é simples, quase despojado de cenas fortes e viravoltas inopinadas. Assemelha-se mesmo ao de uma extensa peça teatral, ou novela televisiva, cujas dimensões espaço-temporais se limitam a poucos meses transcorridos entre a avenida Voznessênski, a ilha Vassílievski e a margem do rio Fontanka, topônimos de São Petersburgo que Dostoiévski conhecia como a palma da mão. Seu principal tema, o pivô em volta do qual gira a ação romanesca, é o processo judicial que o príncipe Valkóvski, homem maquiavélico e provido de um cinismo apavorante, move contra o feitor de sua propriedade rural, fidalgo da "velha guarda" Ikhmeniov. Os êmulos se odeiam, nenhum dos dois dá o braço a torcer na

---

[4] Ilustrativo da situação moral dos boêmios russos, esse *ménage à trois* existiu de 1846 a 1863, morando os amantes, inclusive, no apartamento do esposo legítimo de Panáieva.

defesa dos valores em jogo, seu conflito não pode mais ser resolvido de forma pacífica. De súbito, vem à tona o verdadeiro motivo dessa ferrenha inimizade: o filho do astucioso vilão está apaixonado pela filha de seu nobre antagonista, e ela também se entrega, cheia de exaltação juvenil, àquele amor proibido! "Mas este é o caso de Romeu e Julieta, transferido, não se sabe por que, para a gélida Rússia" — notará talvez um leitor impaciente e, sem sombra de dúvida, errará feio. Longe de aproveitar as sobras da faustosa mesa shakespeareana, o mestre eslavo constrói uma história livre de lugares-comuns, por mais consagrados que sejam, "uma daquelas histórias funestas e torturantes que ocorrem, tão frequentes e imperceptíveis, quase místicas, sob o pesado céu petersburguense, nos becos escuros e recônditos da enorme cidade, em meio ao frenético fervilhar de sua vida, ao seu egoísmo obtuso, aos seus interesses conflitantes, à sua sombria devassidão, aos seus crimes ocultos, no fundo de todo aquele pandemônio de absurdidades e perversões" — em breves termos, uma daquelas histórias que a gente não consegue parar de ler até se desamarrarem os últimos nós atados pela fecunda imaginação autoral. Não há nela delitos sangrentos nem duelos estonteantes, nem sequer frases patéticas que costumavam acompanhar, na literatura do século XIX, os embates do bem e do mal, mas isso não tende a trivializá-la: bastaria percorrermos, digamos, umas trinta páginas para se abrir, ante o nosso olhar perplexo, uma porção de abismos misteriosos, se não insondáveis, onde valeria a pena buscarmos a solução dos variados problemas existenciais que nos atormentam. Aliás, nem que tal solução nos escapasse a todos, a busca em si traria um vasto retorno espiritual!

Um dos abismos em questão é o que separava o povo russo da elite a dominá-lo, ou seja, os opressores dos oprimidos, com suas respectivas lutas pelo poder e pela sobrevivência, e os ricos dos pobres numa perspectiva geral. Sem enxergar a mínima possibilidade de superar ou, pelo menos, de amenizar as mazelas da economia clássica, Dostoiévski não poupava cores lúgubres na tentativa de mostrar a nefasta influência dessas sobre a sociedade nelas alicerçada. A modernização capitalista da Rússia, que se fazia na época descrita, levava aos extremos a miséria e o luxo, razão pela qual o fim justificava cada vez mais os meios de se obter este e de se evitar aquela, tanto que nem a dignidade principesca escudava a quem não tivesse dinheiro. E eis que aos olhos de Ivan Petróvitch, órfão crescido na família de Ikhmeniov e afeiçoado desde menino aos ideais do amor ao próximo e da solidariedade cristã, a briga de seu pai adotivo com o príncipe deixa de ser uma das constantes disputas financeiras, tão banais no âmbito dos negócios, e toma as estupendas proporções de uma batalha entre o mandante e o mandado, o poderoso e o submisso, na acepção absoluta dos termos. E eis que o *alter ego* de Dostoiévski observa, revoltado, a transformação do príncipe numa "enorme aranha" e sente a instintiva vontade de esmagá-lo. Será que poderia assim, destruindo uma só criatura maligna, dar cabo de toda a sua espécie? A resposta também é negativa em absoluto: se cada um de nós vale o que couber em seu bolso, não adianta enfrentarmos, neste mundo injusto, a quem possuir bolsos maiores. Então surge, de pleno acordo com a lógica dialética, uma pergunta alternativa, que formulamos enquanto Ivan Petróvitch se esforça para remediar sua aracnofobia.[5] Será que o calor humano, irradiado por nossos entes queridos, viria a derreter o gelo do ambiente saturado de aspirações ao lucro farto e à ascensão social a ponto de escarnecer e vilipendiar quaisquer feitos que não os propiciem?

... Será? Mas, tão logo se concretiza esta indagação, percebemos que se esconde por trás dela outro abismo, mais fundo e sinistro ainda que o precedente, o dos afetos distorcidos, das emoções reprimidas e dos traumas por ambos acarretados. Ivan Petróvitch compreende bem que o magnata Valkóvski anuiria ao casamento de seu único herdeiro com a filha de seu inimigo jurado, se pudesse tirar disso algum proveito, e fica arrasado de vê-lo minar aos poucos a felicidade de dois jovens ligados por um sentimento intenso e doloroso. O impasse coletivo não cessa de se agravar, visto que ele mesmo está atraído pela filha de Ikhmeniov, cujo amado, o príncipe júnior, envolve-se nesse meio-tempo com uma moça que chama de "perfeição": linda, inteligente, nascida em berço de ouro, prestes a herdar uma fortuna milionária e, pondo-se os pingos nos is, enteada de uma amante do príncipe sênior. E quando se imiscui na trama a terceira mulher (de fato, uma garota adolescente de passado obscuro e índole asselvajada), forma-se um estranho pentágono amoroso, composto por dois homens e três mulheres, que as alusões maliciosas de Dostoiévski tornam parecido com a transgressora "família sueca". É claro que ele não explicita, em hipótese alguma, as relações sexuais de seus personagens, até porque a diligente

[5] Medo de aranhas reais ou imaginárias, peculiar a muitos personagens dostoievskianos.

censura russa jamais teria admitido um desaforo desses, porém certas frases reveladoras, que espalha sabiamente aqui ou acolá, permeiam seu texto de uma tensão erótica bastante tangível. A impressão que nos impõe por momentos é que pretende antecipar-se a Freud na exploração de nossa psiquê labiríntica. Todavia, o desfecho do arrojado teste psicológico manifesta-se desencorajador: privado, na parte final do romance, das suas ilusões mais belas e confortantes, Ivan Petróvitch se certifica de a sensualidade, sobretudo se realizada sem falsa vergonha nem medo de punição, equivaler ao máximo dos pecados num mundo onde o amor é comprado e vendido, tal e qual uma mercadoria qualquer, trocado por títulos e cabedais e, para tanto, renegado, traído, alienado, ao passo que as leis patriarcais, aplicadas pelas instituições arcaicas, encobrem, legitimam e sacralizam esse tipo de moral pública. Encontra consolo nas palavras amargas que ouve escaparem ao velho Ikhmeniov: "Que sejamos nós humilhados, que sejamos nós ofendidos, mas estamos... juntos, e que triunfem, sim, que se deleitem agora aqueles soberbos e arrogantes que nos humilharam e ofenderam! Que atirem sua pedra em nós!". E aí recordamos, de modo involuntário, *Ressuscita-me*, o trecho do poema *Sobre aquilo*, de Maiakóvski, musicado por Caetano Veloso.[6] Quem dera a gente alcançá-lo um dia, aquele porvir utópico em que ninguém se visse forçado

---

[6] Insatisfeito com o amor medíocre, aquele amor burguês tido por "servo dos matrimônios, das lascívias, das rações", o poeta russo imagina que num futuro distante, lá "no século trinta", "compensaremos quanto não se amou ainda com o estrelar das noites incontáveis", de sorte que se quer exclamar: "Meu Deus, que sonho!", lendo esses versos inspiradores.

a negociar seus desejos nem condenado por fruir seus prazeres, não houvesse na terra senão espontaneidade e aceitação irrestritas e amar fosse tão natural quanto respirar a plenos pulmões!

Vindo à luz simultaneamente a vários outros livros que abordavam a mesma temática dos contrastes sociais e amores impossíveis, o romance *Humilhados e ofendidos* teve seu lampejo amortecido ao lado deles. Os leitores acharam-no menos interessante que *A loja de antiguidades*, de Charles Dickens, *Os mistérios de Paris*, de Eugène Sue, e *As favelas petersburguenses*, de Vsêvolod Krestóvski,[7] decerto sem terem ousado medir a profundeza dos abismos dostoievskianos. Quanto aos críticos profissionais, espantaram-se com a inusual malícia do autor e puseram em dúvida o alcance de sua arte, inculpando-o de serem artificiais as situações que pintara e superficiais os caracteres que idealizara, de apontar os problemas sem nunca sugerir como resolvê-los, de preterir a realidade em prol de suas mórbidas fantasias, e assim por diante, até o total esgotamento do arsenal reprobatório.[8] O que é que se pode responder, hoje em dia, a todas essas acusações já desmentidas pela notoriedade póstuma de Dostoiévski e, mais ainda, pela longevidade das suas obras? Ele não seria aquele "monstro

---

[7] Editados na Inglaterra, na França e na Rússia em 1840/41, 1842/43 e 1864/66 respectivamente, esses romances apresentam, além de sua construção novelesca, algumas pontuais semelhanças com *Humilhados e ofendidos*.

[8] Nem Apollon Grigóriev (1822–1864), amigo íntimo do escritor, poupou-o de comentários céticos, escrevendo a respeito de seu livro: "... quanta força em tudo o que for onírico e excepcional e que desconhecimento da vida!".

sagrado" que conhecemos e respeitamos por seu imenso talento e suas ideias extraordinárias, se porventura nos fornecesse receitas prontas de conduta e raciocínio, se dividisse a humanidade em heróis e vilões, em algozes e vítimas, se fosse, afinal de contas, passível de uma única interpretação conclusiva. Portanto, deixemos de lado as opiniões alheias, sejam negativas ou positivas, e leiamos o texto integral do romance. Cada qual vai interpretá-lo à sua maneira, e mesmo quem não se entusiasmar muito com a leitura reconhecerá ter cedido por um instante, a não ser para todo o sempre, ao seu irresistível fascínio.

Oleg Almeida

humilhados e ofendidos

(Romance em quatro partes
com epílogo)

primeira parte

Capítulo I

No ano passado, bem no dia 22 de março ao entardecer, ocorreu-me algo muito estranho. Andara todo aquele dia pela cidade a procurar um novo apartamento. Minha morada antiga era úmida demais, e eu já começava a tossir de modo preocupante. Queria mudar-me desde o outono, mas acabei demorando até a primavera. Gastei, pois, um dia inteiro sem encontrar nada que prestasse. Buscava um apartamento onde não houvesse, em primeiro lugar, outros inquilinos, que tivesse, em segundo lugar, ao menos um quarto assaz espaçoso, e cujo aluguel fosse, bem entendido, o mais módico possível. Tinha percebido que num ambiente exíguo até os pensamentos ficavam apertados. Quanto a mim, gostava de caminhar pelo quarto, de lá para cá, sempre que refletia em minhas novelas por vir. Sempre preferira, diga-se de passagem, refletir em minhas futuras obras e sonhar em escrevê-las a escrever de fato, mas garanto que isso não tinha nada a ver com a preguiça. Qual seria o motivo?

Ainda pela manhã sentia-me indisposto e, ao pôr do sol, piorei de vez, acometendo-me uma espécie de febre. Além disso, passara o dia todo em pé e ficara cansado. Pelo fim da tarde, ao cair do crepúsculo, seguia a avenida Voznessênski... Gosto daquele sol de março em Petersburgo, sobretudo quando está no ocaso, numa tardinha clara e fria. De repente, a rua toda brilha sob uma luz viva. Todos os prédios fulguram juntos, assim repentinamente. Suas cores sujas — cinza, amarela e verde

— perdem, por um instante, toda a sua lugubridade; a alma parece clarear um pouco, como se você estremecesse nesse momento, como se alguém o cutucasse. Nova visão, novos pensamentos. É pasmoso o que um só raio de sol pode fazer com a alma humana!

Contudo, aquele raio de sol apagou-se; o frio aumentava, começando já a beliscar meu nariz; o crepúsculo se adensava; o gás estava aceso em lojas e armazéns. Uma vez em frente à confeitaria de Miller, parei de improviso e olhei para o outro lado da rua, como se pressentisse que algo extraordinário ia logo acontecer comigo, e foi nesse exato momento que avistei, na calçada oposta, o velho e seu cachorro. Lembro muito bem que meu coração se contraiu com certa sensação execrável, sem que eu mesmo conseguisse definir a natureza da tal sensação.

Não sou místico, quase não acredito em presságios e vaticínios; porém alguns acidentes bastante inexplicáveis, iguais àqueles que se deram, quem sabe, na vida de todo mundo, aconteceram em minha vida também. Esse velho, por exemplo: por que será que senti, tão logo me deparei com ele daquela feita, que me sobreviria, na mesma noite, algo não muito comum? De resto, estava doente, e as sensações mórbidas são quase sempre ilusórias.

A passos lentos e débeis, caminhando sem dobrar as pernas, como se fossem duas estacas, curvando-se e batendo de leve com a bengala nas lajes da calçada, o velho se aproximava da confeitaria. Em toda a minha vida não encontrara uma criatura tão esquisita e desajeitada assim. Ainda antes daquele encontro, ele me causava uma impressão dolorosa cada vez que nos víamos no estabelecimento de Miller. Sua estatura alta, seu dorso encurvado, seu rosto lívido de quem já completara oitenta anos, seu sobretudo velho e descosido, seu redondo chapéu amarrotado, de uns vinte anos de idade, que mal lhe cobria a cabeça calva onde só tinha sobrado, lá no cangote, um tufo de cabelos que não eram mais brancos e, sim, amarelados; todos os seus movimentos que pareciam não ter sentido algum, como se ele fosse movido por uma corda — tudo isso provocava assombro involuntário em qualquer pessoa que o encontrasse pela primeira vez. Realmente, era um tanto estranho ver aquele ancião que justo no fim da vida ficara sozinho, de quem ninguém cuidava, ainda mais que ele se assemelhava a um louco fugindo de suas vigias. O que me espantava também era sua extrema magreza: o velho quase não tinha carne, como se sua pele se colasse diretamente nos ossos. Grandes, mas embaçados, seus olhos encovados em círculos azuis sempre olhavam bem para a frente, nunca para os lados, mas não enxergavam nada — tenho plena certeza disso. Mesmo que o velho olhasse para você, vinha direto ao seu encontro como quem atravessasse um espaço vazio. Reparei nisso diversas vezes. Havia pouco tempo que ele frequentava a casa de Miller, vindo não se sabia de onde e sempre acompanhado pelo seu cachorro. Nenhum dos fregueses da confeitaria ousava nunca falar com aquele ancião, nem ele próprio puxava conversa com nenhum dos fregueses.

"Por que é que se arrasta até a casa de Miller, o que tem a fazer por ali?" — pensava eu, parado na outra calçada, sem poder despregar os olhos do velho. Certo desgosto causado pela doença e pelo cansaço fervilhava em mim. "O que é que ele está pensando?" — continuava com meus botões. — "O que tem naquela cabeça? Será que ainda pensa mesmo em alguma coisa? O rosto dele está tão morto que já não exprime absolutamente nada. E onde foi que arrumou aquele cachorro nojento que não se desgruda dele, como se os dois fossem um todo indissolúvel, e que se parece tanto com ele?"

Aquele desgraçado cachorro também aparentava ter uns oitenta anos; pois sim, havia de ser assim mesmo. Primeiro, ele parecia muito mais velho que quaisquer outros cães... e, segundo, por que será que, tão logo o vi pela primeira vez, tive a ideia de que aquele cachorro nem poderia ser igual a todos os cães; que era um cachorro extraordinário; que decerto havia nele algo fantástico, algo enfeitiçado; que era, talvez, algum Mefistófeles disfarçado de cão e que seu destino estava ligado, por vias desconhecidas e misteriosas, ao destino do seu dono? Olhando para aquele cachorro, você concordaria de pronto que ele se alimentara pela última vez, quiçá, uns vinte anos atrás. Era magro como um esqueleto ou (que comparação seria melhor?) como seu mestre. Quase todo o seu pelo havia caído, inclusive o pelo do rabo que pendia feito uma vara, sempre encolhido entre as pernas. Sua cabeça de orelhas compridas vergava-se sombriamente para baixo. Em toda a minha vida não encontrara um cachorro tão repulsivo assim. Quando os dois passavam pela rua, o dono na frente e o cachorro em seu encalço, o nariz deste roçava, como que colado, nas abas daquele. Tanto o caminhar de ambos quanto toda a sua aparência estavam para dizer a cada passo que davam: "Somos velhos, tão velhos... meu Deus, mas como somos velhos!".

Lembro-me ainda de ter pensado um dia que o velho e seu cachorro teriam emergido assim de alguma página de Hoffmann,[1] ilustrada por Gavarni,[2] andando pelo mundo como dois cartazes ambulantes dessa edição. Então atravessei a rua e entrei na confeitaria depois do velho.

Nessa confeitaria o ancião se portava de maneira muito estranha, e Miller, postado detrás do seu balcão, já começava ultimamente a fazer uma careta desgostosa ao ver o frequentador, que não tinha convidado, entrar. Antes de tudo, o visitante esquisito nunca pedia nada para comer. Dirigia-se todas as vezes ao canto próximo da lareira e lá se sentava numa cadeira. Se seu lugar junto à lareira estava ocupado, ficava por algum tempo plantado, numa perplexidade disparatada, em face daquele senhor que se apossara do seu lugar e se recolhia, como que atônito, a outro canto próximo da janela. Ali escolhia uma cadeira, acomodava-se lentamente nela, tirava o chapéu, colocava-o bem ao seu lado no chão, punha a bengala perto do chapéu e depois, encostando-se no espaldar da cadeira, permanecia imóvel durante três ou quatro horas a fio. Nunca pegara nenhum jornal nem articulara uma só palavra, um único som; apenas ficava sentado, olhando o tempo todo para a frente, mas com um olhar tão obtuso e mortiço que se poderia apostar: não enxergava nem ouvia nada daquilo que o rodeava. E seu cachorro, tendo umas duas ou três vezes girado no mesmo lugar, deitava-se tristonho rente aos pés do

---

[1] Ernst Theodor Amadeus Hoffmann (1776–1822): escritor romântico alemão, cujas obras denotam interesse por temas e personagens fantásticos e bizarros.

[2] Sulpice-Guillaume Chevalier, conhecido sob o pseudônimo Paul Gavarni (1804–1866): desenhista e litógrafo francês.

dono, enfiava o focinho entre as suas botas, soltava um profundo suspiro e, estendendo-se ao comprido no chão, também permanecia imóvel a noite toda, como se tivesse morrido nesse meio-tempo. Parecia que aqueles dois seres jaziam o dia inteiro mortos em algum lugar e, mal o sol se punha, ressuscitavam de súbito com a única finalidade de ir à confeitaria de Miller e de cumprir lá um misterioso dever ignorado por todo mundo. Ao cabo dessas três ou quatro horas, o velho se levantava enfim, tomava seu chapéu e ia embora, decerto para a sua casa. O cachorro também se levantava e, de rabo outra vez encolhido e cabeça baixa, seguia o dono com seu andar de sempre, vagaroso e maquinal. Os fregueses da confeitaria acabaram por evitar o velho de todas as maneiras possíveis: nem mesmo se sentavam ao lado dele, como se lhes provocasse asco. Quanto ao próprio velho, não percebia nada disso.

Os frequentadores dessa confeitaria eram, em sua maioria, alemães. Vinham reunir-se ali de toda a avenida Voznessênski, sendo todos titulares de diversos negócios — serralheiros, padeiros, tintureiros, chapeleiros, seleiros — e pessoas patriarcais na acepção alemã deste termo. De modo geral, observava-se no estabelecimento de Miller uma ordem patriarcal. O patrão se achegava amiúde aos fregueses que conhecia e sentava-se à mesa com eles, despejando nessas ocasiões certos volumes de ponche. Os cachorrinhos e os pequenos filhos do patrão também se uniam por vezes aos visitantes, e os visitantes afagavam as crianças e os cachorrinhos. Todos se conheciam mutuamente e respeitavam uns aos outros. E quando os fregueses mergulhavam na leitura de jornais alemães, atrás da porta, nos aposentos do patrão, retinia o Augustin[3] que a filha mais velha de Miller, uma alemãzinha de cachos loirinhos bem parecida com um ratinho branco, tocava em seu estridente piano. A valsa era aceita de bom grado. Eu mesmo visitava a casa de Miller nos primeiros dias de todo mês para ler os jornais russos que ele também recebia.

Ao entrar na confeitaria, vi que o velho já estava sentado perto da janela e que o cachorro se estendia, como dantes, aos pés dele. Calado, sentei-me num canto e perguntei a mim mesmo: "Por que entrei cá, onde não tenho absolutamente nada a fazer, ainda mais que estou doente e seria melhor voltar logo para casa, tomar chá e deitar-me? Será que realmente estou aqui tão só para espionar aquele velho?". Fiquei aborrecido. "O que tenho a ver com ele?" — pensava, rememorando aquela estranha sensação mórbida com que o havia mirado ali na rua. — "E o que tenho a ver com todos esses alemães chatos? Para que serve esta minha disposição fantasiosa? Para que serve esta inútil preocupação com ninharias que venho percebendo em mim nos últimos tempos e que me impede de viver e de ver a minha vida às claras, conforme já me fez notar um crítico perspicaz quando analisava com indignação a minha novela mais recente?" Todavia, raciocinando e lamuriando assim, eu continuava no mesmo lugar, enquanto a doença me dominava cada vez mais, de sorte que já fazia pena ter de deixar aquela sala quente. Peguei um jornal editado em Frankfurt, li duas linhas e cochilei. Os alemães não me atrapalhavam. Estavam lendo, fumando, e só bem

---

[3] Canção folclórica *Ach, du lieber Augustin* conhecida desde o século XVII.

raramente, uma vez a cada meia hora, comunicavam um ao outro, a meia-voz e com frases soltas, alguma notícia de Frankfurt seguida de algum *Witz*[4] ou *Scharfsinn*[5] do famoso gracejador alemão Saphir;[6] feito isso, mergulhavam de novo em sua leitura com o orgulho nacional redobrado.

Fiquei dormitando por meia hora e acordei tomado de fortes calafrios. Teria por certo de ir para casa. Mas nesse momento uma cena muda, que transcorria na sala, deteve-me novamente. Já havia dito que, uma vez acomodado em sua cadeira, o velho cravava logo seu olhar em alguma coisa e não o dirigia mais para outros objetos durante a noite toda. Acontecia a mim também aturar aquele olhar absurdamente teimoso que não enxergava nada: a sensação era muito desagradável, até mesmo insuportável, e eu costumava mudar de lugar o mais depressa possível. Nesse momento o velho tinha por vítima um alemãozinho baixo, todo redondinho e asseado em extremo, de colarinhos rígidos, verticais de tão engomados, e cara incomumente vermelha — um comerciante de Riga que estava ali de passagem, chamado, como eu saberia mais tarde, Adam Ivânytch Schultz, amigo íntimo de Miller que não conhecia ainda o velho nem muitos dos visitantes. Deleitando-se com a leitura do *Dorfbarbier*[7] e sorvendo aos poucos o ponche, ele

---

[4] Piada (em alemão).

[5] Frase espirituosa (em alemão).

[6] Moritz Gottlieb Saphir (1795–1858): jornalista austríaco, cujos textos humorísticos eram bastante populares na época de Dostoiévski.

[7] "Barbeiro aldeão" (em alemão): revista ilustrada, de conteúdo humorístico, editada em Leipzig.

ergueu de repente a cabeça e reparou no ancião que o fitava. Surpreendeu-se com isso. Adam Ivânytch era um homem muito sensível e melindroso — aliás, como todos os alemães "nobres" em geral. Achou estranho e ofensivo ser encarado tão fixa e ousadamente. Reprimindo a sua indignação, desviou os olhos daquele freguês indelicado, sussurrou algo consigo mesmo e tapou-se, calado, com sua revista. Não aguentou, porém, e uns dois minutos depois lançou uma olhadela desconfiada por trás da revista: o mesmo olhar teimoso, o mesmo exame despropositado. Dessa vez Adam Ivânytch também se conteve. Mas, quando a mesma circunstância se repetiu pela terceira vez, amuou-se e resolveu que lhe cumpria defender a sua nobreza e proteger do opróbrio, defronte ao nobre público, a bela cidade de Riga da qual ele se considerava decerto um representante. Com um gesto nervoso, atirou a revista em cima da mesa, estalou energicamente a vareta que a prendia e, transbordando de dignidade, todo vermelho de ponche e ambição, cravou por sua vez os olhinhos inflamados naquele velho maçante. Parecia que os dois, tanto o alemão quanto seu adversário, queriam vencer um ao outro com a força magnética de seus olhares e esperavam que um deles se confundisse primeiro e abaixasse os olhos. O estalar da vareta e a postura excêntrica de Adam Ivânytch atraíram a atenção de todos os presentes. Todos largaram de imediato suas ocupações, passando a observar os rivais com uma curiosidade imponente e silenciosa. A cena se tornava muito cômica. No entanto, o magnetismo dos olhinhos desafiadores daquele avermelhado Adam Ivânytch foi gasto totalmente em vão. Sem se preocupar com nada, o velho continuava a encarar o senhor Schultz tomado de raiva e decididamente não percebia que se transformara no objeto da curiosidade generalizada, como se sua cabeça não estivesse na Terra e, sim, na Lua. Afinal, a paciência de Adam Ivânytch se esgotou, e ele explodiu.

— Por que o senhor me encara com tanta atenção? — rompeu a gritar em alemão.

Sua voz era brusca e aguda, seu ar estava ameaçador, mas o adversário permanecia calado, como quem não tivesse compreendido nem mesmo ouvido essa pergunta. Então Adam Ivanytch aventurou-se a falar russo.

— Eu lhe perrguntarr porr que o schenhorr me olharr con tanta aplicaschon? — gritou com o dobro de fúria. — Eu scherr schabido na corrte e o schenhorr non scherr schabido na corrte! — acrescentou, pulando fora da sua cadeira.

Entretanto, o velho nem sequer se moveu. Um burburinho de indignação surgiu no meio dos alemães. Atraído pelo barulho, Miller em pessoa apareceu na sala. Mal apurou o caso, pensou que o ancião estava surdo e inclinou-se até o ouvido dele.

— O senhorr Schultz lhe pedirr parra non olharr parra ele con atenson — disse tão alto quanto pôde, contemplando o freguês singular.

O velho olhou para Miller de modo algo maquinal, e no seu rosto, até então petrificado, estamparam-se de repente sinais de certo raciocínio inquietador, de certa emoção angustiante. Todo agitado, ele se curvou gemendo para apanhar o seu chapéu, pegou-o às pressas, juntamente com a bengala, levantou-se da cadeira e, com um lastimável sorriso — aquele sorriso humilhado de um pobre que se vê expulso do assento ocupado por erro —, aprontou-se para sair da sala. Essa humilde, submissa precipitação de um pobre ancião decrépito dava tanta margem à compaixão, continha tanto daquilo que faz por vezes o coração da gente revolver-se no peito, que todo o público, a começar pelo próprio Adam Ivânytch, logo mudou de atitude em relação ao caso. Estava claro que o velho não só era incapaz de ofender a quem quer que fosse, mas entendia, por sua parte, que a qualquer momento podia ser enxotado de qualquer lugar como mendicante.

Miller era um homem bondoso e compassivo.

— Non, non — voltou a falar, dando uns tapinhas no ombro do ancião para animá-lo. — Sentarr! *Aber Herr Schultz*[8] lhe pedirr muito parra non olharr parra ele con atenson. Ele serr conhecido na corrte.

Mas o pobretão não compreendeu nem isso. Agitou-se mais ainda, curvou-se para apanhar o seu lenço, um velho lenço azul, todo esburacado, que tinha caído fora do chapéu, e começou a chamar seu cachorro, o qual estava prostrado no chão e, pelo visto, dormia profundamente, tapando o focinho com ambas as patas.

— Azorka, Azorka! — murmurou ele com uma trêmula voz senil. — Azorka!

O Azorka nem se mexeu.

— Azorka, Azorka! — repetia o velho, aflito, e mexia no cachorro com a bengala, mas ele continuava na mesma posição.

A bengala tombou da sua mão. Ele se arqueou todo, pondo-se de joelhos, e soergueu o focinho do Azorka com ambas as mãos. Coitado do Azorka! Estava morto. Morrera quietinho, deitado aos pés de seu dono, talvez

---

[8] Mas o senhor Schultz... (em alemão).

de velhice ou, quem sabe mesmo, de fome. O velho fitou-o por um minuto, como que aturdido, como que sem entender que o Azorka já havia morrido; a seguir, inclinou-se sobre o seu antigo servo e amigo, e apertou seu rosto descorado ao focinho morto dele. Um minuto se passou em silêncio. Estávamos todos comovidos... Por fim, o pobretão se reergueu. Estava muito pálido e tremia, como que sacudido por calafrios febris.

— Poderr encherr de paia — disse Miller, compadecido, querendo consolar o ancião de qualquer maneira que fosse. ("Encherr de paia" significava "empalhar"). — Poderr encherr ben de paia: Fiódorr Kárrlovisch Krieger saberr encherr ben de paia; Fiódorr Kárrlovisch Krieger serr un grrande mestrre parra encherr de paia — insistia Miller, apanhando a bengala do chão e passando-a para o velho.

— Sin, eu encherr ben de paia — confirmou, com toda a modéstia, o próprio *Herr* Krieger, assomando em primeiro plano. Era um alemão alto, enxuto e virtuoso, de cabelos ruivos e ralos, com óculos a encimar o nariz adunco.

— Fiódorr Kárrlovisch Krieger terr un grrande talento parra encherr muito ben de paia — acrescentou Miller, que já começava a exaltar-se com sua própria ideia.

— Sin, eu terr un grrande talento parra encherr muito ben de paia — tornou a confirmar *Herr* Krieger. — E eu fasser seu pequeno cachorro encherr de paia sen pagarr — concluiu num acesso de abnegação magnânima.

— Non, eu pagarr parra o schenhorr encherr de paia! — gritou desenfreadamente Adam Ivânytch Schultz, cujo rubor havia dobrado: estava, por sua vez, prestes a estourar de magnanimidade e, mesmo sem sombra de culpa, achava-se o pivô de todas as desgraças.

O velho escutava aquilo tudo, aparentemente sem entender, e todo o seu corpo continuava a tremelicar.

— Esperrarr! Tomarr un copinho de bon conhaque! — exclamou Miller, vendo que o visitante misterioso estava para sair.

Trouxeram um cálice de conhaque. O velho pegou-o com um gesto maquinal, mas suas mãos tremiam tanto que, antes de levá-lo até a boca, derramou metade da bebida; sem ter engolido uma só gota, colocou o cálice de volta sobre a bandeja. Depois sorriu, com um sorriso estranho e nada compatível com o acontecido, e saiu da confeitaria a passos rápidos e claudicantes, deixando o Azorka no chão. Todos ficaram perplexos; ouviram-se exclamações.

— *Schwernot! Was für eine Geschichte!*[9] — diziam os alemães, arregalando os olhos um na frente do outro.

Quanto a mim, corri atrás do ancião. A poucos passos da confeitaria, dobrando logo à direita, havia uma viela estreita e escura, ladeada de enormes prédios. Algo me sugeriu que o velho devia ter enveredado por esse caminho. O segundo prédio à minha direita estava em construção e todo circundado de andaimes. A cerca da obra chegava quase ao meio da viela, uma passarela de madeira permitia que os transeuntes a contornassem. Encontrei o velho num canto escuro, entre a cerca e o prédio. Estava sentado na borda da calçada, também feita de madeira, e, apoiando os cotovelos nos joelhos, segurava a cabeça com ambas as mãos. Sentei-me ao lado dele.

[9] Que pena! Mas que história! (em alemão).

— Escute — disse-lhe, quase sem saber por onde começaria. — Não chore pelo Azorka. Vamos: eu levo o senhor para a sua casa. Acalme-se. Já vou buscar uma carruagem. Onde é que o senhor mora?

O velho não respondia. Eu ignorava que decisão me cabia tomar. Não havia passantes naquela viela. De supetão, ele começou a puxar-me pela mão.

— Estou sem ar! — disse com uma voz rouca que mal se ouvia. — Estou sufocando!

— Vamos para a sua casa! — exclamei, levantando-me e soerguendo o velho à força. — O senhor toma chá e vai para a cama... Vou trazer uma carruagem. Vou chamar um médico... conheço um médico...

Não lembro mais o que lhe dizia. O ancião ia levantar-se, mas, erguendo-se só um pouco, desabou outra vez e voltou a murmurar algo com a mesma voz rouca e ofegante. Inclinando-me sobre ele, eu escutava.

— Na ilha Vassílievski[10] — rouquejava o velho. — Na Sexta linha... na Sexta li...nha... — Calou-se.

— O senhor mora na Vassílievski? Pois o senhor errou de caminho: precisava ir à esquerda, não à direita. Já vou levá-lo para lá...

O velho não se movia. Peguei a mão dele; a mão recaiu exânime. Olhei para o rosto do velho, toquei nele... estava já morto. Pareceu-me que tudo aquilo se passava num sonho.

Esse acidente me valeu muita confusão, durante a qual minha febre terminou por si só.

O endereço do velho foi encontrado. Ele não morava, porém, na ilha Vassílievski, mas a dois passos daquele

---

[10] Bairro histórico de São Petersburgo cujas ruas são chamadas de "linhas".

lugar onde viria a falecer — no prédio de Klugen, lá nas alturas, sob o telhado, no quinto andar, num apartamento à parte que se compunha de uma pequena antessala e um grande quarto de teto bem baixo, com três frestas semelhantes a janelas. Vivia numa pobreza horrível. Toda a sua mobília se limitava a uma mesa, duas cadeiras e um sofá antiquíssimo, duro que nem pedra, com tiras de forro que se espetavam de todos os lados, mas até essas tralhas pertenciam ao locador. Seu forno não se acendia, pelo visto, por muito tempo; tampouco havia velas. Agora penso com toda a seriedade que o velho resolveu frequentar a confeitaria de Miller apenas para descansar, sentado à luz de velas, e aquecer-se um pouco. Havia, em cima da sua mesa, uma caneca vazia de barro e uma velha crosta de pão endurecido. Não encontraram dinheiro algum nem mesmo uma muda de roupa para enterrá-lo; alguém trouxe, portanto, sua própria camisa. Estava claro que ele não teria podido viver desse modo, completamente só, e que havia decerto quem o visitasse, ao menos de vez em quando. Acharam, na gaveta da mesa, o passaporte do finado. Era um estrangeiro, embora cidadão russo, chamado Jeremiah Smith, maquinista de setenta e oito anos de idade. Em cima da mesa, havia também dois livros: um compêndio de geografia e o Novo Testamento traduzido para o russo, com inúmeras notas feitas a lápis e riscas de unha à margem das páginas. Guardei esses livros para mim. Foram indagando aos inquilinos, ao dono do prédio, mas ninguém sabia quase nada a respeito daquele ancião. Os inquilinos eram numerosos, quase todos artesãos; além destes, moravam lá umas alemãs que alugavam seus aposentos com alimentação e criadagem. O síndico do prédio, um homem de origem nobre, tampouco tinha muita coisa a contar sobre o antigo morador: dizia apenas que o tal apartamento custava seis rublos por mês, que o finado o ocupara por quatro meses, mas não pagara, nos dois últimos meses, nem sequer um copeque,[11] motivo pelo qual seria preciso despejá-lo. Perguntaram se alguém vinha visitar o finado, mas ninguém deu nenhuma resposta satisfatória. O prédio era grande: tantas pessoas entravam naquela Arca de Noé que não se podia lembrar cada uma delas. O zelador, que servira no prédio uns cinco anos e teria provavelmente esclarecido alguma coisa, fora, duas semanas antes, passar uma temporada em sua terrinha, deixando em seu lugar um sobrinho, rapaz que ainda não conhecia pessoalmente nem metade dos inquilinos. Não sei ao certo em que resultaram então todas essas indagações, mas o velho foi afinal enterrado. Num desses dias, em meio aos outros afazeres, fui à ilha Vassílievski, caminhei até a Sexta linha e, só chegando ali, zombei de mim mesmo: o que é que poderia ver naquela Sexta linha, senão uma fileira de prédios bem ordinários? "Mas por que" — pensei — "é que o velho, quando ia morrer, falou na Sexta linha e na ilha Vassílievski? Estaria delirando?"

Examinei o apartamento vazio de Smith e gostei dele. Vim alugá-lo. O principal é que tinha um quarto grande, conquanto seu teto fosse tão baixo que eu receava, logo nos primeiros dias, machucar a cabeça. De resto, acostumei-me em pouco tempo. Nem teria conseguido nada melhor por seis rublos mensais. Seduzia-me a privacidade; restava somente arranjar um criado, pois

---

[11] Moeda russa, equivalente a uma centésima parte do rublo.

não me seria possível viver sem criadagem alguma. O zelador prometeu, a princípio, vir pelo menos uma vez ao dia e ajudar-me em casos de muita necessidade. "Quem sabe" — pensava eu. — "Talvez alguém venha perguntar por aquele velho?" Fazia, aliás, cinco dias que ele tinha morrido, mas ninguém ainda viera procurá-lo.

Capítulo II

Àquela altura, precisamente um ano antes, eu colaborava ainda com as revistas, escrevia pequenos artigos e estava firme em acreditar que conseguiria compor uma obra grande e boa. Então me ocupava de um extenso romance, mas esse negócio todo acabou falhando... e eis-me agora no hospital, e parece-me que morrerei em breve. E se for morrer em breve, por que será que escrevo este meu diário?

Relembro, involuntária e constantemente, todo o último ano de minha vida, esse ano tão difícil assim. Quero anotar tudo agora mesmo; creio, aliás, que, se não tivesse inventado tal diversão para mim, já teria morrido de tristeza. Às vezes, todas essas impressões do passado compungem-me até a dor, até o sofrimento. Uma vez narradas por escrito, tomarão um aspecto mais apaziguador e mais ordenado, ficarão menos semelhantes a um delírio ou um pesadelo. Assim é que me parece. O próprio mecanismo de escrita vale ouro: há de me tranquilizar, de me deixar mais sóbrio, de reanimar os meus antigos hábitos autorais, de transformar minhas lembranças e meus devaneios mórbidos num trabalho, numa ocupação... Sim, inventei uma coisa boa. Deixarei, ademais, uma herança para o meu enfermeiro: forrará, pelo menos, as janelas com minhas anotações quando for colocar os caixilhos de inverno.

Não sei, de resto, por que comecei a minha narração pelo meio. Se for anotar tudo mesmo, precisarei começá-la pelo início... Pois bem, comecemos pelo início. Aliás, minha autobiografia não será longa.

Eu não nasci por aqui, mas bem longe, na província de ***. Suponha-se que meus pais fossem boas pessoas, porém me haviam deixado órfão ainda na primeira infância, de modo que cresci na casa de Nikolai Serguéitch Ikhmeniov, pequeno proprietário rural que me adotara por caridade. Ele tinha apenas uma filha, Natacha, uma menina três anos mais nova que eu. Crescemos juntos, como irmãos. Ó minha querida infância! Como é bobo lamentar-te e sentir saudades tuas sem ter completado ainda vinte e cinco anos, e, já no leito de morte, recordar-me tão só de ti com enlevo e gratidão! O sol que brilhava então no céu era tão claro, tão diferente deste sol de Petersburgo, e nossos pequenos corações batiam com tanta alegria e vivacidade. Então havia ao meu redor campos e florestas, em vez destes montes de pedras mortas de hoje. Como eram maravilhosos o jardim e o parque da fazenda Vassílievskoie, que Nikolai Sergéitch administrava: passeávamos naquele jardim, Natacha e eu, quando crianças, e detrás do jardim havia uma grande floresta úmida onde nos perdemos ambos um dia... Era uma época tão feliz e tão linda! A vida se revelava pela primeira vez, enigmática e sedutora, e era tão doce conhecê-la! Parecia então que atrás de cada moita, de cada árvore, vivia algum ente misterioso que ainda desconhecíamos; o mundo imaginário fundia-se com o real; e, quando os vapores noturnos se espessavam, por vezes, em vales profundos, agarrando-se, iguais às mechas emaranhadas de uma cabeleira branca, aos arbustos que se comprimiam pelas beiradas pedrosas de nosso grande barranco, nós dois, Natacha e eu, segurávamo-nos pelas mãos em sua margem, olhávamos para dentro com tímida curiosidade e esperávamos alguém sair logo daquela neblina ou chamar-nos dali, do fundo daquele barranco, para transformar as histórias de nossa babá numa verdade legítima e idônea. Mais tarde, muito tempo depois, cheguei certa feita a lembrar a Natacha aquelas *Leituras infantis*[12] que tínhamos encontrado um dia: fôramos logo, a correr, ao jardim, até o nosso amado caramanchão verde, construído junto de uma lagoa, embaixo de um velho bordo frondoso, e lá nos sentáramos para ler o conto de fadas chamado "Alphonse e Dalinde".[13] Ainda hoje não consigo rememorar aquele conto sem um estranho impulso sentimental, e quando lembrei a Natacha, um ano atrás, as duas primeiras linhas — "Afonso, o herói de minha narração, nasceu em Portugal; dom Ramiro, seu pai...", etc. — fiquei quase chorando. Deve ter sido uma tolice horrível, e foi decerto por isso que Natacha respondeu ao meu arroubo com um sorriso tão singular. Aliás, mudou logo de expressão (lembro-me disso) e começou, ela mesma, a recordar o passado para me consolar. Palavra vem, palavra vai, e

---

[12] Revista "para o coração e a razão das crianças", editada de 1785 a 1789 pelo escritor Nikolai Nóvikov (1744–1818).

[13] Romance da autora francesa Stéphanie Félicité de Genlis (1746–1830) traduzido para o russo por Nikolai Karamzin (1766–1826).

ficou também enternecida. Aquela noite foi bem agradável; recapitulamos tudo, desde a minha partida para o colégio interno na capital da província — meu Deus, como ela chorava então! — até a nossa última separação, quando me despedia para sempre da Vassílievskoie. Na época, já havia deixado o colégio interno e ia para Petersburgo a fim de ingressar na universidade. Eu tinha então dezessete anos, e ela ainda não completara quinze. Natacha diz que eu era, naquele tempo, tão desajeitado, tão esgalgado, e que não se podia olhar para mim sem rir. Na hora da despedida, chamei-a à parte, querendo dizer-lhe algo bem importante, mas de súbito a minha língua emudeceu, como que atolada. Natacha lembra que me viu todo emocionado. Entenda-se bem que nossa conversa não deu certo: nem eu sabia o que dizer nem ela me haveria compreendido na ocasião. Não fiz outra coisa senão chorar de desespero e fui embora sem nada ter dito. Voltamos a ver-nos em Petersburgo, muito tempo depois. Foi uns dois anos atrás: o velho Ikhmeniov viera para cá no intuito de mover um pleito, e eu acabara de virar literato.

Capítulo III

Nikolai Serguéitch Ikhmeniov descendia de uma família nobre, mas empobrecida havia tempos. De resto, herdou dos pais uma boa propriedade com uns cento e cinquenta servos. Por volta dos vinte anos de idade, resolveu alistar-se no corpo de hussardos.[14] Tudo corria

---

[14] Cavalaria ligeira de vários países europeus, inclusive da Rússia.

bem, mas aconteceu-lhe, no sexto ano de seu serviço, apostar num dia nefasto todo o seu patrimônio e perder essa aposta. Não dormiu uma noite inteira. Na noite seguinte, retornou à mesa de carteado e apostou o seu cavalo, o último bem que lhe sobrara. Ganhou uma aposta, em seguida a outra, depois a terceira, e meia hora mais tarde recuperou uma das suas aldeias, o vilarejo Ikhmeniovka onde residiam, segundo o censo mais recente, cinquenta camponeses. Parou de jogar e, logo no dia seguinte, solicitou sua reforma. Não tinha como reaver os outros cem servos. Ao cabo de dois meses, reformou-se como tenente e foi para o seu vilarejo. Em toda a sua vida posterior, jamais falou de sua ruína e, não obstante a sua bonomia, que todos conheciam, brigaria sem falta com quem ousasse lembrá-lo dela. Uma vez em sua aldeia, dedicou-se à agricultura e, com trinta e cinco anos de idade, casou-se com Anna Andréievna Chumílova, uma fidalgazinha pobre que não recebera nenhum dote, mas em compensação tinha sido educada na capital da província, numa escola nobre mantida pela imigrante Mont-Revêche, o que deixara Anna Andréievna orgulhosa pela vida afora, conquanto ninguém viesse nunca a adivinhar em que notadamente consistia essa educação dela. Nikolai Serguéitch tornou-se um fazendeiro exemplar. Os vizinhos aprendiam a gerir seus negócios com ele. Passaram-se alguns anos, e de repente veio de Petersburgo à aldeia Vassílievskoie, que era uma propriedade adjacente e contava com novecentos servos, seu dono, o príncipe Piotr Alexândrovitch Valkóvski. Sua vinda produziu uma impressão assaz forte em todas as redondezas. Embora não fosse mais muito novo, o príncipe tampouco era velho, ocupava alta posição e tinha amigos influentes, era um homem bonito, possuía uma vultosa fortuna e, finalmente, era viúvo, o que interessava sobremaneira as damas e mocinhas de todo o distrito. Contava-se sobre a pomposa recepção que lhe dera, na capital da província, o governador, que tinha algum parentesco com o príncipe, sobre as damas metropolitanas que teriam todas "enlouquecido com os galanteios dele", etc., etc. Numa palavra, era um daqueles brilhantes representantes da alta sociedade petersburguense que raras vezes aparecem no interior e, quando aparecem, causam um efeito extraordinário. Contudo, o príncipe não era por demais amável, sobretudo com as pessoas de quem não precisava e que considerava ao menos um pouco inferiores a si. Nem se deu ao trabalho de conhecer os donos das fazendas vizinhas, o que lhe rendeu de pronto vários desafetos. E foi por isso que todos ficaram atarantados quando ele de repente teve a ideia de visitar Nikolai Serguéitch. É verdade, aliás, que Nikolai Serguéitch era um dos seus vizinhos mais próximos. O príncipe impressionou muito a família de Ikhmeniov. Ambos os cônjuges se encantaram logo com ele, em especial Anna Andréievna. Pouco depois, já se portava em sua casa com plena desenvoltura, visitava-os todos os dias, convidava-os para a sua fazenda, brincava, contava-lhes anedotas, tocava aquele piano ruim que eles tinham, cantava. Os Ikhmeniov se pasmavam cada vez mais: como se podia dizer que aquele homem querido e simpaticíssimo era um egoísta altivo, insolente e descortês, conforme gritavam em coro todos os vizinhos? Devia-se imaginar que o príncipe realmente gostava de Nikolai Serguéitch, um homem simples, franco, desinteressado e nobre. Tudo, de resto, esclareceu-se rápido. O príncipe viera à Vassílievskoie para demitir seu feitor, um agrônomo alemão, devasso e ambicioso, dotado de cabeleira respeitavelmente grisalha, de óculos e de nariz adunco, que, apesar de todas essas vantagens, roubava sem vergonha nem remorso e, além do mais, levara alguns camponeses à morte. Ivan Kárlovitch acabou pego e acusado em flagrante, ficou muito sentido, falou um bocado sobre a honestidade alemã, mas, não obstante, foi despedido e até mesmo com certa desonra. Necessitando de um feitor novo, o príncipe fixou sua escolha em Nikolai Serguéitch, excelente agricultor e homem digníssimo — fato de que não se duvidava, bem entendido, nem um pouco. Desejava, pelo visto, que Nikolai Serguéitch se oferecesse por si mesmo como feitor, mas isso não ocorreu, de sorte que numa bela manhã o príncipe em pessoa fez essa proposta, como se fosse o mais amigável e o mais humilde dos pedidos. Ikhmeniov começou por declinálá-la; porém, a remuneração generosa seduziu Anna Andréievna, e as cortesias redobradas do proponente dissiparam todos os demais equívocos. O príncipe alcançou o seu objetivo. Há de se supor que fosse grande conhecedor de pessoas. Durante aquele curto período em que conhecia Ikhmeniov, soubera ao certo com quem estava lidando e compreendera que precisava encantá-lo com um tratamento amistoso e cordial, atrair o coração dele, porquanto o dinheiro em si não faria muita diferença. Procurava um feitor em quem pudesse confiar às cegas e para todo o sempre, sem nunca mais ter de vir à Vassílievskoie de acordo com sua real intenção. O encanto que provocara em Ikhmeniov era tão forte que este acreditou sinceramente em sua amizade. Nikolai Serguéitch era um daqueles homens bondosos em demasia e ingenuamente românticos que são tão bons para a nossa Rússia, falem o que falarem deles, e que se entregam de toda a sua alma às pessoas de quem gostam (não raro, só Deus sabe por quê), expandindo às vezes esse seu apego até o cômico.

Passaram-se muitos anos. A fazenda do príncipe prosperava. As relações entre o proprietário da Vassílievskoie e seu administrador evoluíam sem a mínima contrariedade de ambos os lados, limitando-se a uma seca correspondência oficial. Sem se intrometer de forma alguma nas decisões de Nikolai Serguéitch, o príncipe lhe dava vez por outra conselhos que surpreendiam Ikhmeniov com suas extraordinárias praticidade e eficiência. Era óbvio que ele não apenas se abstinha de gastar além da conta, mas até mesmo sabia enriquecer. Uns cinco anos depois de visitar a fazenda, proveu Nikolai Serguéitch de uma procuração para que comprasse outra excelente propriedade, com quatrocentos servos, situada na mesma província. Nikolai Serguéitch andava todo entusiasmado com o sucesso do príncipe, prestava ouvido aos rumores sobre os seus avanços, sobre a sua ascensão, como se fossem irmãos de sangue. Mas seu entusiasmo chegou aos extremos quando o príncipe lhe demonstrou de fato, em certa ocasião, uma confiança insólita. E foi assim que isso aconteceu...

De resto, acho necessário mencionar agora certos detalhes particulares da biografia desse príncipe Valkóvski, sendo ele em parte um dos principais personagens de minha narração.

Capítulo IV

Eu já disse antes que o príncipe era viúvo. Tinha sido casado em sua primeira mocidade e se casara por mero interesse. Seus pais, definitivamente arruinados em Moscou, não lhe haviam legado quase nada. A fazenda Vassílievskoie fora penhorada e repenhorada em razão de suas imensas dívidas. Aos vinte e dois anos, obrigado então a servir em Moscou, numa repartição pública, o príncipe não tinha sequer um copeque, entrando na vida "pelado, bem que descendente da família antiga".[15] O matrimônio com a filha um tanto passada de um comerciante arrendatário[16] salvou-o. Aquele arrendatário enganara, bem entendido, o genro quanto ao dote, mas ainda assim o dinheiro que outorgara à filha bastou para resgatar-lhe a fazenda familiar e ajudá-lo a ficar outra vez de pé. A filha do comerciante, que o príncipe desposara, mal sabia escrever, não conseguia juntar duas palavras, tinha uma cara feiosa e possuía uma só qualidade importante: era bondosa e resignada. O príncipe se aproveitou dessa qualidade em cheio: após o primeiro ano de sua vida conjugal, deixou a esposa, que nesse ínterim dera à luz um filho, com seu pai arrendatário em Moscou, e foi para a província de *** onde recomeçou a servir e arranjou, por intermédio de um ilustre parente petersburguense, um cargo bastante notável. Sua alma anelava por distinções, sucessos e promoções, de modo

---

[15] Verso do poeta russo Nikolai Nekrássov (1821–1878), amigo íntimo de Dostoiévski.

[16] Trata-se de um comerciante que arrendava do Estado o direito de vender uma mercadoria monopolizada, por exemplo, o vinho.

que, ciente de não poder viver com sua esposa em Petersburgo nem em Moscou, ele resolveu iniciar a carreira no interior à espera de tempos melhores. Dizem que ainda no primeiro ano de sua convivência com a esposa quase chegou a trucidá-la com seu trato grosseiro. Tal boato indignava sempre Nikolai Serguéitch, e ele defendia calorosamente o príncipe, afirmando que este seria incapaz de cometer uma baixeza dessas. Enfim, passados uns sete anos, a princesa morreu, e seu consorte, agora viúvo, não demorou a mudar-se para Petersburgo. Ali produziu certa impressão favorável. Ainda novo, bonito, endinheirado, provido de várias qualidades brilhantes, inclusive de espirituosidade indubitável, de fino gosto e de alegria inesgotável, não despontou como quem procurasse fortuna e patrocínio, mas como um homem assaz independente. Contava-se que havia nele de fato algum fascínio, algo cativante, algo forte.

As mulheres estavam loucas por ele, e seu envolvimento com uma das beldades aristocráticas proporcionou-lhe uma fama escandalosa. Apesar do seu calculismo inato que beirava a avareza, o príncipe esbanjava dinheiro sem contar, perdia partidas de cartas a quem se comprazesse em ganhar dele e não franzia o sobrolho nem mesmo com perdas enormes. Entretanto, não viera a Petersburgo em busca de diversões: visava abrir caminhos definitivos e fortalecer a sua carreira. Conseguiu tudo isso. O conde Naínski, seu ilustre parente, o qual nem teria reparado nele caso o visse aparecer como um requerente qualquer, ficou espantado com seus avanços na alta sociedade, achou possível e decoroso prestar-lhe uma atenção especial e mesmo lhe concedeu a honra de acolher seu filho de sete anos para educá-lo. É justamente àquele momento que remontam a viagem do príncipe à Vassílievskoie e seu primeiro encontro com os Ikhmeniov. Recebendo enfim, por intermédio do conde, um posto considerável numa das embaixadas mais importantes, ele partiu para o estrangeiro. Com isso os boatos a seu respeito tornaram-se algo obscuros: falava-se de um acidente desagradável que lhe teria acontecido lá fora, mas ninguém podia explicar em que tal acidente consistia. Sabia-se apenas que o príncipe tivera o ensejo de adquirir mais quatrocentos servos, o que eu já mencionara. Regressou do exterior vários anos depois, funcionário de alta classe, e logo ocupou um cargo bem elevado em Petersburgo. Na aldeia de Ikhmeniόvka corriam rumores de que pretendia contrair o segundo matrimônio e aparentar-se com uma família nobre, rica e poderosa. "Quer ser dignitário!" — comentava Nikolai Serguéitch, esfregando as mãos de tanto gosto. Eu mesmo estava então em Petersburgo, na universidade, e Ikhmeniov me escreveu de propósito, que me lembre, pedindo para esclarecer se aqueles rumores acerca do matrimônio tinham cabimento. Escreveu, outrossim, ao príncipe, buscando sua proteção para mim, mas essa carta ficou sem resposta. O que eu sabia era tão só que o filho do príncipe, educado primeiro na casa do conde Naínski e depois num liceu, acabara de se formar com dezenove anos de idade. Relatei isso aos Ikhmeniov, escrevendo também que o príncipe amava muito seu filho, mimando-o e planejando desde cedo o futuro dele. Soubera tudo isso dos meus colegas estudantes que conheciam o jovem herdeiro. E foi nesse meio-tempo que Nikolai Serguéitch recebeu, numa bela manhã, uma carta do príncipe que lhe causou um pasmo descomunal...

O príncipe, que até então se limitava em suas relações com Nikolai Serguéitch, conforme eu já havia contado, a uma seca correspondência oficial, agora lhe escrevia da maneira mais amigável, franca e circunstanciada sobre a sua vida familiar: queixava-se de seu filho, dizia que este o entristecia com seu mau comportamento, que não podia ainda, naturalmente, levar as travessuras de um garoto desses muito a sério (tentava, pelo visto, justificá-lo), mas que assim mesmo decidira castigar o filho, intimidá-lo um pouco, e para tanto exilá-lo por algum tempo em sua aldeia, sob a supervisão de Ikhmeniov. O príncipe escrevia que confiava plenamente "em seu bondosíssimo e nobilíssimo Nikolai Serguéitch e, sobretudo, em Anna Andréievna", pedia a ambos que aceitassem o traquinas em sua família, que lhe ensinassem a moral e os bons costumes naquele retiro, que o amassem o quanto pudessem e, o principal, que corrigissem o caráter leviano dele e "impusessem as regras salvadoras e rígidas, tão necessárias para a vida humana". Entenda-se bem que o velho Ikhmeniov se encarregou disso com muito entusiasmo. Quando o jovem príncipe veio, foi acolhido como um filho. Pouco depois, Nikolai Serguéitch passou a amá-lo com todo o ardor, não menos que a sua Natacha; até mais tarde, após a ruptura definitiva entre o príncipe-pai e Ikhmeniov, o velho se lembrava por vezes, com alegria, de seu Aliocha, tendo-se habituado a chamar desse modo o príncipe Alexei Petróvitch. De fato, era um garoto simpaticíssimo: bonitinho por fora, fraco e nervoso como uma mulher, mas ao mesmo tempo jovial e ingênuo, dotado de uma alma aberta e propensa a sensações sublimes e de um coração capaz de amar, lhano e agradecido, tornou-se um ídolo na casa dos Ikhmeniov. Apesar de seus dezenove anos, era ainda uma criança rematada. Seria difícil imaginar o motivo pelo qual seu pai, que o amava, segundo se dizia, muito, teria podido afastá-lo. Contava-se que em Petersburgo o jovem levava uma vida ociosa e desregrada, não queria servir e com isso deixava seu pai triste. Nikolai Serguéitch não interrogava Aliocha, já que o príncipe Piotr Alexândrovitch devia ter omitido em sua carta a verdadeira razão daquele exílio. Especulava-se, porém, sobre uma leviandade imperdoável que Aliocha teria cometido, sobre seu romance com uma dama, sobre um desafio para duelo, sobre uma aposta incrível que teria perdido quando jogava cartas; chegava-se mesmo a mencionar certo dinheiro alheio que ele teria desbaratado. Havia também outro cochicho, em termos do qual o príncipe não resolvera afastar seu filho por este ter alguma culpa, mas em consequência de uma singular decisão egoística. Nikolai Serguéitch rebatia com indignação esse mexerico, ainda mais que Aliocha adorava seu pai, mesmo sem tê-lo conhecido no decorrer de toda a sua infância e adolescência: falando dele com exaltação, com fervor, deixava claro que se submetera por inteiro à sua influência. De vez em quando, Aliocha proseava também a respeito de certa condessa que cortejavam ambos, ele próprio e seu pai, sendo que Aliocha tomara a dianteira e seu pai se zangara terrivelmente com ele. Sempre contava essa história entusiasmado, cheio de candidez infantil, acompanhando-a de um riso alegre e sonoro, mas Nikolai Serguéitch não tardava a interrompê-lo. Por outro lado, Aliocha confirmava os boatos de que seu pai pretendia casar-se.

Ao passar quase um ano naquele exílio, Aliocha mandava, em determinadas ocasiões, cartas respeitosas e sensatas para seu pai e acabou por acostumar-se tanto à Vassílievskoie que, vindo o próprio príncipe, no verão, à sua fazenda (e tendo advertido antecipadamente os Ikhmeniov de sua vinda), pôs-se, apesar de exilado, a pedir ao pai que lhe permitisse ficar na Vassílievskoie até quando fosse possível, a asseverar que a vida rural seria seu verdadeiro destino. Todas as decisões e inclinações de Aliocha provinham de sua demasiada suscetibilidade, de seus nervos frágeis, de seu coração passional, de sua leviandade que por vezes beirava a insensatez, bem como da excessiva propensão a ceder a quaisquer influxos externos e da total ausência de livre-arbítrio. Fato é que o príncipe escutou seu pedido com certas suspeitas... De modo geral, Nikolai Serguéitch mal reconhecia seu velho *amigo*: o príncipe Piotr Alexândrovitch havia mudado muito. Começou de chofre a implicar com Nikolai Serguéitch; na hora de conferir as contas de sua propriedade, manifestou uma repulsiva avareza, uma cobiça inabitual e uma desconfiança incompreensível. Tudo isso deixou o bondosíssimo Ikhmeniov profundamente aflito; por muito tempo, ele nem quis acreditar em si mesmo. Dessa vez tudo se fazia ao contrário da primeira visita que o príncipe fizera à Vassílievskoie catorze anos antes: dessa vez ele foi conhecer todos os vizinhos que tinham, bem entendido, alguma relevância aos seus olhos; quanto a Nikolai Serguéitch, não o visitou nenhuma vez, tratando-o como se fosse apenas um dos seus subalternos. De súbito, aconteceu algo inconcebível: sem nenhuma causa aparente, o príncipe rompeu, todo enfurecido, com Nikolai Serguéitch. Alguém ouviu sorrateiramente as palavras iradas e ofensivas, ditas por ambas as partes. Ikhmeniov se retirou, indignado, da

Vassílievskoie, mas a história toda não terminou nisso. Uma calúnia horrorosa alastrou-se, num átimo, por todo o distrito. Assegurava-se que, tendo perscrutado a índole do jovem príncipe, Nikolai Serguéitch tencionava tirar proveito de todas as suas fraquezas, que a filha dele, Natacha (que já tinha então dezessete anos), havia seduzido aquele rapaz de vinte anos, que seus pais apoiavam tal namorico embora fingissem não se aperceber de nada, que a astuta e "imoral" Natacha conseguira enfeitiçar totalmente o jovem, sem este ter visto, por causa dela e durante um ano inteiro, quase nenhuma daquelas moças realmente nobres que eram tantas a amadurecer nas respeitáveis casas dos fazendeiros vizinhos. Assegurava-se enfim que os amantes já tinham combinado casar-se numa igreja, a umas quinze verstas[17] da Vassílievskoie, na aldeia de Grigórievo, escondendo-se, pelo visto, dos pais de Natacha, e que, não obstante, estes sabiam tudo nos mínimos detalhes e auxiliavam a filha com seus conselhos ignóbeis. Numa palavra, um livro inteiro não bastaria para descrever tudo o que as comadres provincianas de ambos os sexos haviam taramelado acerca dessa história. O mais surpreendente, porém, era que o príncipe acreditara plenamente naquilo tudo e viera à Vassílievskoie tão só por esse motivo, devido a uma denúncia anônima, proveniente da nossa província, que tinha recebido em Petersburgo. Decerto nenhuma daquelas pessoas que conheciam, ao menos um pouco, Nikolai Serguéitch iria aceitar uma única palavra de todas as acusações dirigidas contra ele; no entanto, todo

---

[17] Antiga medida de comprimento russa, equivalente a 1067 metros.

mundo se agitava como de praxe, todo mundo falava, caluniava, abanava a cabeça e... condenava sem recurso. Quanto a Ikhmeniov, era orgulhoso demais para justificar sua filha perante aquelas comadres, proibindo estritamente Anna Andréievna de explicar qualquer coisa que fosse à vizinhança. E sua Natacha, tão difamada, mesmo um ano depois não sabia ainda uma só palavra de todos aqueles boatos e invenções: ocultavam dela, com muito rigor, a história toda, e ela vivia alegre e inocente como uma criança de doze anos.

Enquanto isso, a rixa aumentava dia após dia. A gente prestativa estava alerta. Apareceram delatores e testemunhas, e o príncipe ficou, afinal de contas, persuadido de que a longa administração exercida por Nikolai Serguéitch na fazenda Vassílievskoie nem por sombra se destacava com sua exemplar probidade. E outra coisa: vendendo, três anos antes, um bosque, Nikolai Serguéitch se teria apropriado de doze mil rublos de prata, sendo possível apresentar em juízo as mais claras e legítimas provas disso, tanto mais que o príncipe não lhe entregara nenhuma procuração legal para vender aquele bosque, agindo o feitor por vontade própria, convencendo a seguir o príncipe de a venda ter sido necessária e relatando uma quantia incomparavelmente menor que a apurada de fato com essa venda. Eram, sem dúvida, meras calúnias, o que aliás se revelaria mais tarde, só que o príncipe acreditou em tudo e, ante as testemunhas, chamou Nikolai Serguéitch de ladrão. Ikhmeniov não se conteve e respondeu com uma ofensa equivalente; aconteceu uma cena terrível. Tramou-se de imediato um processo judicial. Nikolai Serguéitch, que não tinha certos papéis na mão e, o principal, carecia de pistolões e experiências em levar tais negócios adiante, foi logo perdendo a causa. A propriedade dele ficou embargada. Revoltado como estava, o velho abandonou tudo e decidiu por fim mudar-se para Petersburgo, no intuito de mover pessoalmente a sua ação, e deixar em seu lugar na província um procurador experiente. Parece que o príncipe não demorou muito a entender que insultara Ikhmeniov em vão. Mas a mágoa era, de ambos os lados, tão dolorosa que nem se tratava de fazerem as pazes, empenhando o príncipe irritado todos os esforços para ganhar o processo, ou seja, para arrançar, no fundo, o último pedaço de pão ao seu antigo feitor.

Capítulo V

Os Ikhmeniov se mudaram, pois, para Petersburgo. Não vou descrever meu encontro com Natacha após uma separação tão longa assim. Nunca me esquecera dela em todos aqueles quatro anos. Por certo, nem eu mesmo tinha plena consciência do sentimento com que me lembrava dela, mas, quando nos vimos de novo, logo adivinhei que ela era predestinada a mim. De início, nos primeiros dias após sua chegada, parecia-me o tempo todo que Natacha amadurecera bem pouco naqueles anos, quase não tinha mudado e continuava sendo a mesma menina que fora antes de nossa separação. Mas, a seguir, fui descobrindo nela todos os dias algo novo, até então absolutamente desconhecido e como que escondido propositalmente de mim, como se a moça me iludisse intencionalmente — e quanto prazer havia nessas descobertas minhas! Uma vez em Petersburgo, o velho Ikhmeniov andava a princípio irritadiço e bilioso. Seus negócios iam mal; ele se indignava, perdia a paciência, remexia a sua documentação e não se interessava por nós dois. Quanto a Anna Andréievna, ela estava como que perdida e não conseguia inicialmente compreender nada. Tinha medo de Petersburgo; suspirava, toda intimidada, chorava pela sua vidinha antiga, pela Ikhmenióvka, dizia que Natacha tinha idade para se casar, mas ninguém sequer reparava nela, falava comigo de maneira estranhamente sincera, por falta de alguém mais digno de suas amicais confidências.

Foi justamente a essa altura, pouco antes de sua chegada, que terminei o meu primeiro romance, aquele que deu origem à minha carreira literária, e, como todo novato, não sabia aonde o encaminharia. Não falei com os Ikhmeniov a respeito disso, e eles quase brigaram comigo por viver ocioso, ou seja, sem servir nem procurar por um cargo. O velho me censurou com amargura e mesmo com fel, mas fez isso, bem entendido, em razão de sua paternal simpatia. Quanto a mim, apenas estava com vergonha de lhe contar o que fazia. Realmente, como poderia declarar sem mais nem menos que não queria servir e, sim, escrever romances? Ludibriei-o, assim sendo, por algum tempo, dizendo que não arranjara ainda um bom emprego e que corria atrás dele com todas as minhas forças. O velho não tinha tempo para conferir se era verdade. Lembro como Natacha, ao ouvir um dia nossas conversas, chamou-me furtivamente à parte e implorou-me, com lágrimas nos olhos, para pensar em meu destino, indagou-me, tentou obrigar-me a contar o que precisamente eu fazia e, quando não lhe confessei meu segredo, fez-me jurar que não acabaria com minha vida por ser preguiçoso e valdevinos. É verdade que, mesmo sem lhe ter revelado as minhas ocupações, teria trocado por uma palavra de aprovação que ela tivesse dito sobre a minha obra, sobre o meu primeiro romance, todas as opiniões mais lisonjeiras dos críticos e conhecedores que depois chegariam aos meus ouvidos. E eis que o romance foi enfim lançado. Ainda bem antes de seu lançamento, houvera muita celeuma no mundo literário. B.[18] se entusiasmou que nem uma criança ao ler o meu manuscrito. Não! Se um dia já estive feliz, não foi nem mesmo nos primeiros minutos arrebatadores de meu sucesso, mas quando não tinha ainda lido nem mostrado a ninguém esse manuscrito, naquelas longas noites, em meio às esperanças extasiadas, aos sonhos e amores apaixonados pelo meu trabalho, quando eu convivia com minhas fantasias, com os personagens criados por mim mesmo, como se fossem meus próximos, como se existissem na realidade, quando os amava, ficava alegre ou triste por causa deles e, vez por outra, até vertia as lágrimas mais sinceras ante o meu protagonista tão despretensioso. Nem consigo descrever como os velhos se alegraram com meu sucesso, embora se tivessem deveras pasmado logo de início — tanto aquilo os deixara admirados de tão estranho! Anna Andréievna, por exemplo, de forma alguma queria acreditar que esse novo escritor louvado por todos era o mesmo Vânia[19] que... etc., etc., e não parava de abanar a cabeça. O velho não dava o

---

[18] Dostoiévski alude a Vissarion Belínski (1811–1848), o maior crítico literário da Rússia no século XIX, que elogiou, inclusive, a estreia do próprio escritor.

[19] Forma diminutiva e carinhosa do nome Ivan, considerado o mais russo dentre os nomes russos.

braço a torcer por muito tempo, e no começo, com os primeiros rumores, até se assustara, pondo-se a falar de minha carreira pública doravante perdida e da conduta desregrada de todos os redatores em geral. Todavia, os novos rumores ininterruptos, anúncios em jornais e, finalmente, algumas palavras de louvor que tinha ouvido, a meu respeito, de certas pessoas em quem acreditava com veneração impeliram-no a mudar de opinião sobre o caso todo.

E quando ele me viu de repente endinheirado e soube que remuneração se podia receber por uma obra literária, suas últimas dúvidas também se dissiparam. Rápido em suas passagens da cisma à plena fé exaltada, alegrando-se, tal e qual uma criança, com minha felicidade, mergulhou de improviso nas esperanças mais infrenes, nos devaneios mais deslumbrantes acerca do meu futuro. Todo dia idealizava novas carreiras e perspectivas para mim, e o que não fazia parte desses seus planos! Passou a expressar-me um respeito extraordinário, até então nunca visto. Mas lembro que, apesar de tudo, as dúvidas tornavam subitamente a assediá-lo, não raro em meio às fantasias mais alucinadas, e deixavam-no outra vez cismado: "Um redator, um poeta! Que coisa estranha... Quando foi que os poetas conseguiram uma posição, um cargo? Pois todos aqueles escribas não são de confiança!".

Notei que semelhantes dúvidas e todas essas questões melindrosas vinham atormentá-lo principalmente de tardezinha (assim é que me recordo de todos os pormenores e de toda aquela época de ouro!). Ao cair do crepúsculo o nosso velho sempre ficava, de certo modo particular, nervoso, impressionável e suscetível. Já sabíamos disso, Natacha e eu, rindo de antemão. Lembro como o reconfortava com anedotas sobre o generalato de Sumarókov,[20] sobre aquela tabaqueira cheia de *tchervônetzs*[21] que teriam enviado a Derjávin,[22] sobre a visita que a própria imperatriz teria feito a Lomonóssov;[23] contava-lhe também sobre Púchkin[24] e Gógol.[25]

— Sei, mano, sei tudo — replicava o velho, que ouvia todas essas histórias, quiçá, pela primeira vez em sua vida. — Hum! Escute, Vânia: ainda assim estou contente de que essa sua escrevinhação não seja em versos. Os versos, mano, são uma tolice; não me contrarie, pois, acredite em mim que sou velho; desejo o seu bem, e aquilo ali é uma tolice pura, um emprego ocioso do tempo! Quem escreve versos são os ginasianos; aqueles versos levam vocês, gente nova, para o manicômio... Admitamos que Púchkin seja grande, ninguém diz o contrário! Mas, ainda assim, são uns versinhos e nada mais, algo efêmero... Aliás, na verdade, não o li muito... Agora a prosa é outra coisa! Lá o redator pode mesmo instruir, frisar, digamos, o amor à pátria ou falar assim, geralmente, sobre as virtudes... sim! Eu, mano, não consigo desembuchar como se deve, mas você me entende:

---

[20] Alexandr Petróvitch Sumarókov (1717–1777): um dos principais representantes do classicismo na literatura russa.

[21] Moedas de ouro equivalentes a dez rublos cada.

[22] Gavriil Românovitch Derjávin (1743–1816): grande poeta e estadista russo, precursor de Púchkin.

[23] Mikhail Vassílievitch Lomonóssov (1711–1765): cientista universal, autor de numerosos estudos físicos, químicos, tecnológicos, etc., poeta e teórico de belas-letras.

[24] Alexandr Serguéievitch Púchkin (1799–1837): o maior poeta russo de todos os tempos, apelidado pelos contemporâneos de "o sol da poesia russa".

[25] Nikolai Vassílievitch Gógol (1809–1852): egrégio contista e romancista russo.

digo isto com amor. Venha, pois, venha ler! — concluiu com certos ares de condescendência, quando eu trouxe, por fim, o meu livro e todos nós nos sentamos, após o chá da tarde, em volta de uma mesa redonda. — Leia, pois, o que escrevinhou aí. Muito se grita sobre você! Vejamos, vejamos!

Abri o livro e aprontei-me para a leitura. Naquela tarde, meu romance acabara de sair do prelo, e eu, pegando enfim o exemplar autoral, viera correndo à casa dos Ikhmeniov para ler a minha obra.

Como andava triste e aborrecido de não poder lê-la para eles mais cedo, já que o manuscrito estava nas mãos do editor! Natacha até chorava de tão emburrada, implicava comigo, repreendia-me porque os outros tinham lido meu romance antes dela... Mas eis-nos, afinal, sentados em volta da mesa. O velho assumiu um ar extremamente sério e crítico. Tencionava julgar com muita, mas muita severidade, "convencer a si mesmo". A velhinha também parecia toda solene: estava, aliás, para botar sua nova touquinha por ocasião da leitura. Já havia reparado naquele infinito amor com que eu olhava para sua adorável Natacha; já percebera que me faltava fôlego e que minha vista se turvava na hora de puxar conversa com ela, e que Natacha também me lançava olhares um tanto mais ousados do que antes. Sim, chegou finalmente aquele tempo, chegou bem no momento da sorte, das esperanças douradas e da felicidade mais plena, chegou de vez, chegou com tudo! Além disso, a velhinha se dera conta de que seu esposo começava, por sua parte, a elogiar-me sobremaneira, mirando sua filha, bem como a mim, de modo algo especial... e levou de chofre um susto: não era eu nem um conde, nem um príncipe encantado ou, pelo menos, abastado, nem, na pior das hipóteses, um servidor de sexta classe[26] formado em Direito, jovem, bonito e recoberto de ordens! Anna Andréievna não aspirava à metade do êxito. "Elogiam um homem" — pensava a meu respeito —, "mas não se sabe por quê. Um redator, um poeta... E o que é que seria um redator desses?".

Capítulo VI

Li meu romance de uma só vez. Começamos a leitura logo após o chá e ficamos sentados até as duas horas da madrugada. De início, o velho carregou o cenho. Esperava por algo inconcebivelmente sublime, por algo que ele próprio talvez não chegasse a entender, mas que fosse sem falta sublime; em vez disso, apresentou-se a ele de súbito uma vida cotidiana e tudo aquilo que conhecia tão bem, exatamente igual ao que se passava de praxe ao seu redor. Ainda seria bom se o herói fosse um homem grande ou interessante, ou então se fosse um livro histórico, parecido com Roslávlev ou Yuri Miloslávski,[27] mas quem protagonizava o romance era um servidor pequenino, oprimido e mesmo abobalhado, o qual perdera até os botões de seu uniforme, e estava tudo

---

[26] Os servidores civis e militares do Império Russo dividiam-se em 14 classes consecutivas, sendo a 1ª (chanceler, marechal de exército ou almirante) a mais alta.

[27] Trata-se dos romances *Roslávlev, ou os Russos em 1812* e *Yuri Miloslávski, ou os Russos em 1612* cujo autor, Mikhail Zagóskin (1789–1852), é tido como um dos criadores do gênero histórico na literatura russa.

descrito num estilo tão simples, daquele jeitinho como nós mesmos falávamos no dia a dia... Coisa estranha! A velhinha jogava olhadas interrogativas para Nikolai Serguéitch e ficou, inclusive, um pouco embezerrada, como se estivesse sentida por algum motivo. "Será que vale a pena editar e depois ouvir lerem uma bobagem dessas? Ora bolas, ainda pagam dinheiro por isso!" — estava escrito no rosto dela. Natacha, por sua parte, prestava muita atenção, escutava-me avidamente, sem despregar os olhos de mim, fitava meus lábios para me ver pronunciar cada palavra e movia também seus lindos labiozinhos. E daí? Antes de eu ter lido metade do livro, as lágrimas escorriam dos olhos de todos os meus ouvintes. Anna Andréievna chorava de todo o coração, tendo sincera pena do meu herói e desejando, ingênua demais como era, ajudá-lo de qualquer maneira que fosse em suas desgraças, o que deduzi das exclamações dela. Quanto ao velho, já tinha abandonado seus sonhos com o sublime. "Desde o primeiro passo, dá para ver a diferença entre a ave limícola e o dia de São Pedro: um conto assim, ruinzinho, mas fala direto à alma" — dizia ele —; "mas, em compensação, dá para entender e apreender o que se faz arredor, dá para captar que o homem mais reles, o último dos homens, também é gente e chama-se meu irmão!". Natacha escutava, chorava e, às esconsas, apertava-me forte a mão debaixo da mesa. A leitura acabou. Ela se levantou: suas faces ardiam, pequenas lágrimas brilhavam em seus olhos; de chofre, pegou a minha mão, beijou-a e saiu correndo do quarto. Seus pais entreolharam-se.

— Hum, mas como está arroubada! — disse o velho, surpreso com o rompante da filha. — Aliás, nada mau...

é bom, é bom, aquele arroubo nobre! É uma moça bondosa... — murmurava, olhando de esguelha para a esposa, como se procurasse justificar Natacha e, em acréscimo, quisesse por alguma razão justificar a mim.

Mas Anna Andréievna, embora tomada, durante a leitura, de certa emoção e enternecida, assemelhava-se agora a quem estivesse para dizer: "Por certo, Alexandre da Macedônia é um herói, mas para que quebrar as cadeiras?"[28] e assim por diante.

Natacha voltou depressa, toda alegre e feliz, e beliscou-me furtivamente ao passar por perto. O velho já ia tornar a analisar minha história "com seriedade", mas não aguentou de tão enlevado e deu outra vez largas à sua eloquência:

— Pois é bom, meu mano Vânia, é muito bom! Consolou! Consolou tanto que nem esperava por isso. Não é nada alto nem grande, dá para perceber... Eis ali *A libertação de Moscou* que tenho, e compuseram aquilo também em Moscou... pois lá, desde a primeira linha, mano, a gente vê que o homem, digamos, ascendeu feito uma águia... Mas sabe, Vânia, seu livro é mais simples, assim, mais fácil de entender. E gosto dele justamente por isso, porque é mais fácil de entender! É uma coisinha nossa, como se tudo isso acontecesse a mim mesmo. E aquelas histórias altas, o que são? Nem eu mesmo entenderia. Quanto ao estilo, faria umas correções: estou elogiando, mas, diga o que disser, tem pouca grandeza... Só que agora é tarde demais, já imprimiram. Talvez

---

[28] Frase antológica da comédia *Inspetor geral*, de Nikolai Gógol, que significa aproximadamente "não se precisa fazer essa tempestade em copo d'água".

na segunda edição? Pois bem, mano, haverá mesmo a segunda edição, hein? Aí ganha mais dinheiro... Hum!

— Mas é verdade que recebeu tanto dinheiro, Ivan Petróvitch? — notou Anna Andréievna. — Olho para o senhor e nem consigo acreditar. Ah, meu Deus, é por isso que agora começam a pagar?

— Sabe, Vânia? — continuava o velho, entusiasmando-se cada vez mais. — Ainda que não seja o serviço público, é uma carreira também. E os poderosos vão ler o seu livro. Diz aí que Gógol recebe todo ano uma ajuda de custo e que o mandaram para o estrangeiro. E você mesmo, hein? Ou ainda é cedo? Precisa compor mais alguma coisa? Então componha, mano, componha rápido! Não durma sobre os louros. Esperar o quê?

E dizia aquilo com um ar tão convicto, com tanta bonomia, que me faltava coragem para frear e esfriar a sua imaginação.

— Ou então, por exemplo, entregarão a você uma tabaqueira daquelas... Por que não? A graça, pois, não tem modelo. E se quiserem recompensar você? Quem sabe se não chegará mesmo à corte... — acrescentou quase a cochichar, com expressão significativa, entrefechando seu olho esquerdo. — Ou não? Ou ainda é cedo para chegar à corte?

— Mas que corte? — disse Anna Andréievna, como que melindrada.

— Por um triz não fui promovido a general — respondi-lhes, rindo de todo o coração.

O velho também riu. Estava extremamente contente.

— Não estaria com fome, Vossa Excelência? — exclamou, brincando, Natacha, que nesse ínterim arrumara uma ceia para nós.

Às gargalhadas, veio correndo ao pai e abraçou-o forte com seus quentes bracinhos:

— Paizinho, meu bom paizinho!

O velho se derreteu todo.

— Pois bem, estás certa, pois bem! É assim, sem malícia, que estou falando. Quer seja general quer não, mas vamos cear. Ah, minha sensível! — acrescentou, passando a mão pela face enrubescida de sua Natacha: gesto que gostava de fazer em toda ocasião favorável. — Pois foi com amor, Vânia, que lhe falei, sabe? Ainda que não seja general (está longe de ser general!), é uma figura conhecida, um redator!

— Agora se diz escritor, paizinho.

— E não é redator? Nem sabia disso. Bom, suponhamos que seja um escritor. Mas eis o que eu queria dizer: não o designarão, com certeza, camareiro-mor por ter escrito um romance, nem pense nisso, mas poderá, ainda assim, despontar... virar, digamos, algum adido. Podem mandá-lo para o estrangeiro, para a Itália, a fim de tratar da saúde ou aperfeiçoar-se em ciências, quem sabe; podem auxiliá-lo com dinheiro. É preciso, seguramente, que tudo isso seja nobre da sua parte também, para que receba dinheiro e privilégios por justa causa, por bons méritos, e não de qualquer jeito, assim, porque alguém indicou...

— E não se assoberbe então, Ivan Petróvitch — adicionou, rindo, Anna Andréievna.

— Tomara que lhe deem logo uma estrela,[29] paizinho, pois que conversa é essa: adido aqui, adido acolá? — E Natacha me beliscou outra vez o braço.

---

[29] Trata-se das ordens do Império Russo, confeccionadas em forma de estrelas.

— E essa daí não para de zombar de mim! — exclamou o velho, mirando eufórico sua Natacha, cujas faces ardiam e cujos olhinhos brilhavam de alegria como duas estrelinhas. — Parece mesmo que eu, minhas crianças, fui longe demais, tal e qual um Alnaskar[30]... Alias, sempre fui assim, mas sabe, Vânia, a gente olha para você e percebe que é bem simplório...

— Ah, meu Deus! Mas como ele seria então, paizinho?

— Não é isso, não. Mas, feitas as contas, Vânia, você tem um rosto um pouco assim... quer dizer, sem um pingo de poesia... Pois sabe, eles são pálidos, pelo que dizem, aqueles poetas ali, têm cabelos compridos assim e alguma coisa nos olhos... Sabe, algum Goethe, por exemplo, ou mais alguém... li sobre isso no *Abadom*[31]... E por que não? De novo falei besteiras? Eta, danadinha, mas como se ri de mim! Não sou sabedor, meus amigos, sei apenas sentir. Pois bem, o rosto não é grande coisa, esse rosto aí; para mim, seu rosto é bom, gosto muito dele... Não foi nisso que falei, não... Mas seja honesto, Vânia, seja honesto que é o principal; viva com dignidade, não se orgulhe! Tem um largo caminho na sua frente. Sirva honestamente à sua causa; eis o que queria dizer, foi justamente isso que quis dizer!

Era um tempo maravilhoso! Eu passava na casa deles todas as horas de lazer, todos os fins da tarde. Trazia ao velho notícias do mundo literário, dos escritores aos

---

[30] Personagem da comédia *Castelos no ar*, de Nikolai Khmelnítski (1789–1845), cujo nome (grafia correta: Alnaskárov) passou a definir um sonhador ocioso e leviano.

[31] Romance de Nikolai Polevói (1796–1846), cujo protagonista representava uma imagem estereotipada dos poetas românticos do século XIX.

quais ele começara de supetão, não se sabia por que, a dedicar o mais vivo interesse, chegando, inclusive, a ler os artigos críticos de B., sobre quem eu lhe contara muito e a quem ele quase não entendia, embora o elogiasse até a exaltação e censurasse amargamente seus inimigos, jornalistas do *Zangão do Norte*.[32] A velhinha, por sua vez, estava de olho em Natacha, bem como em mim; todavia, não nos apanhou em flagrante! Já fora dita entre nós uma palavrinha, e acabei por ouvir Natacha, baixando a cabecinha e entreabrindo os lábios, dizer-me quase a sussurrar: *sim*. Depois os velhos também souberam disso. Pensaram, cismaram; Anna Andréievna ficou muito tempo abanando a cabeça. Estava estranhada e amedrontada, não confiava em mim.

— Ainda bem que está com sorte, Ivan Petróvitch — dizia-me. — E se não tiver mais sorte, se alguma coisa acontecer, vai fazer o quê? Se o senhor servisse nalgum lugar, aí sim!

— Eis o que lhe digo, Vânia — decidiu-se o velho após muita reflexão. — Eu mesmo vi isso, reparei nisso e confesso que fiquei até feliz de você e Natacha... nada a dizer, pois! Mas veja bem, Vânia: vocês dois são ainda bem novos, e minha Anna Andréievna tem razão. Vamos aguardar. Suponhamos que você seja talentoso, até notavelmente talentoso... digamos, não é um gênio como se tem gritado por aí no começo a seu respeito, mas apenas talentoso (hoje ainda li aquela crítica sobre você no "Zangão": maltratam-no demais aqueles lá, mas afinal... que jornaleco é aquele?). Pois é, veja bem: seu

---

[32] Alusão sarcástica ao jornal reacionário *Abelha do Norte*, editado em São Petersburgo de 1825 a 1864.

talento não é por enquanto nenhum dinheiro no montepio, certo? E vocês dois estão pobres. Vamos aguardar um aninho e meio ou, pelo menos, um ano: se avançar bem, se seguir firme nesse caminho, Natacha é sua; se não conseguir, aí julgue você mesmo!... É um homem honesto, então pense!...

E foi assim que nós combinamos. Mas um ano depois ocorreu o seguinte.

Sim, isto ocorreu quase um ano depois! Em setembro, numa tardinha ensolarada, entrei na casa dos meus velhos doente, de alma desfalecida, e caí numa cadeira quase em síncope, de modo que eles até levaram um susto ao olhar para mim. Contudo, nem minha cabeça dava voltas nem meu coração se afligia tanto que me achegara dez vezes às suas portas e dez vezes recuara antes de entrar porque a minha carreira não dera certo e não tinha eu ainda glória nem dinheiro, ou porque não me tornara ainda nenhum adido e estava bem longe de ser mandado para a Itália a fim de tratar da saúde, mas porque se pode viver dez anos num ano só e porque minha Natacha também vivera dez anos naquele único ano. Uma infinitude separou-nos... E lembro como estava sentado na frente do velho, calava-me e terminava de retorcer, com mão distraída, as abas de meu chapéu, já todas torcidas; estava sentado ali, esperando, sem saber para que, pela vinda de Natacha. Meu traje estava deplorável e caía-me muito mal, meu rosto se escavara todo, ficara magro, amarelado, mas ainda assim não me parecia, nem de longe, com um poeta, e não havia em meus olhos nada daquela grandeza com que tanto se preocupara outrora meu bondoso Nikolai Serguéitch. A velhinha me testemunhava uma piedade sincera e por demais solícita, embora pensasse consigo mesmo: "E foi um sujeito desses que por pouco não noivou com Natacha, Deus nos poupe e proteja!".

— E aí, Ivan Petróvitch, não quer tomar chá? — questionou ela com uma voz lastimosa. (O samovar[33] estava fervendo em cima da mesa). — Mas como é que está, meu querido? Parece muito doente — ... é como se fosse hoje que a ouço ainda.

E, como se fosse hoje, vejo-a falar, e percebe-se nos olhos dela outra inquietação, aquela mesma inquietação que deixara seu velho esposo também consternado, com a qual ele se mantinha então na frente da sua chávena que arrefecia, imerso em seus pensamentos. Eu sabia que os dois andavam muito preocupados, àquela altura, pois o processo contra o príncipe Valkóvski tomara uma direção meio ruim para eles, e lhes haviam sucedido ainda novas contrariedades, afligindo Nikolai Serguéitch a ponto de ele cair doente. O jovem príncipe, por causa de quem começara toda a história daquele processo, achara, uns cinco meses antes, a oportunidade de visitar os Ikhmeniov. O velho, que amava seu querido Aliocha como um filho seu e lembrava-se dele quase todos os dias, recebeu-o com alegria. Anna Andréievna recordou a fazenda Vassílievskoie e desandou a chorar. Aliocha passou a visitá-los com frequência, sem que seu pai soubesse disso; honesto, aberto e franco que era, Nikolai Serguéitch rejeitou com indignação todas as precauções. Por nobre orgulho, não queria nem pensar naquilo que diria o príncipe, se soubesse seu filho novamente aceito

[33] Espécie de chaleira aquecida por um tubo central com brasas e munida de uma torneira na parte inferior.

na casa dos Ikhmeniov, e desprezava, no íntimo, todas as absurdas suspeitas dele. Todavia, o velho ignorava se teria bastante força para suportar novas ofensas. O jovem príncipe acabou visitando os velhos quase todos os dias. Alegrava-os muito: passava em sua casa noites inteiras, demorava-se até bem depois da meia-noite. É claro que o pai dele soube enfim de tudo. Surgiu uma fofoca asquerosa. O príncipe ultrajou Nikolai Serguéitch com uma carta horrível, abordando o mesmo tema de sempre, e proibiu resolutamente seu filho de se encontrar com os Ikhmeniov. Isso aconteceu duas semanas antes de minha visita à casa deles. O velho ficou muito triste. Como? Sua inocente e nobre Natacha estava outra vez envolvida naquela suja calúnia, naquela vileza! Seu nome foi pronunciado, de modo ofensivo, pelo mesmo homem que já a tinha insultado... E deixar tudo isso assim, sem reclamar satisfações? Nos primeiros dias, ele se desesperou tanto que caiu de cama. Eu estava a par disso tudo. A história toda chegou aos meus ouvidos por miúdo, se bem que eu, enfermo e arrasado, não aparecesse havia umas três semanas na casa deles, prostrado naqueles últimos tempos em meu apartamento. Eu sabia ainda... mas não, apenas intuía então, ou seja, sabia sem acreditar que, além daquela história, algo devia inquietá-los agora mais do que qualquer coisa neste mundo, e observava-os com uma pungente angústia. Angustiava-me, sim, temia adivinhar, temia acreditar e, com todas as forças, tentava postergar o momento fatal. Não obstante, vim para vivenciá-lo. Vim como se algo me puxasse, naquela noite, para a casa deles!

— Pois é, Vânia — perguntou de repente o velho, como que despertando —, não estaria por acaso doente?

Por que demorou tanto a vir? Estou em falta com você: faz muito tempo que quero visitá-lo, mas só penso aqui noutra coisa... — E mergulhou de novo em suas meditações.

— Estava indisposto — respondi.

— Hum, indisposto! — repetiu ele cinco minutos depois. — É isso aí: indisposto! Dizia então para você, advertia-o, mas não me escutou! Hum! Não, mano Vânia: a musa, pelo que vejo, sempre esteve ali no sótão, passando fome, e dali não sairá. É assim mesmo!

Sim, o velho estava de mau humor. Se não lhe doesse sua própria ferida no coração, não teria falado comigo sobre aquela musa esfomeada. Eu fitava o rosto dele, que se amarelara todo: refletia-se em seus olhos certa perplexidade, certa ideia transformada numa questão que ele mesmo não conseguia resolver. Ikhmeniov parecia ansioso e, mais que de costume, amargurado. Sua esposa mirava-o com inquietude e abanava a cabeça. Quando o velho nos virou as costas, apontou-o discretamente para mim.

— Como anda Natália Nikoláievna?[34] Está em casa? — perguntei a Anna Andréievna, que estava bem preocupada.

— Está, meu querido, está — respondeu ela, como se minha pergunta a embaraçasse. — Vem agorinha olhar para o senhor. Mas que coisa é essa? Há três semanas é que vocês não se veem! Pois ela também ficou um pouco assim... nem dá para adivinhar se está bem, se está mal, Deus a defenda!

E olhou timidamente para o marido.

---

[34] Nome completo e patronímico de Natacha.

— O quê? Ela não tem nada — retorquiu Nikolai Serguéitch, de má vontade e num tom entrecortado. — Está bem. É que a moça cresceu, não é mais uma bebezinha, e ponto-final. Quem os entende, aqueles pesares e caprichos de uma moça?

— Não são caprichos, não! — rebateu Anna Andréievna com uma voz ressentida.

Calado, o velho se pôs a tamborilar na mesa com os dedos. "Meu Deus, será que alguma coisa já aconteceu entre eles?" — pensei, cheio de medo.

— E vocês aí, como estão? — recomeçou ele a conversa. — Aquele B. escreve ainda suas críticas?

— Escreve, sim — respondi.

— Eh, Vânia, Vânia! — concluiu o velho, agitando a mão. — Mas que críticas são aquelas?

Abriu-se a porta; entrou Natacha.

Capítulo VII

Estava segurando o seu chapeuzinho e, logo que entrou, colocou-o sobre o piano; em seguida, aproximou-se de mim e, calada, estendeu-me a mão. Seus lábios se moveram de leve, como se ela tivesse algo a dizer, como se quisesse cumprimentar-me. No entanto, não disse nada.

Fazia três semanas que não nos víamos. Eu olhava para ela com espanto e medo. Como havia mudado nessas três semanas! Meu coração se contraiu de tristeza, quando vi tão perto suas faces cavadas e pálidas, seus lábios crestados como que de febre e seus olhos que flamejavam, debaixo dos longos cílios escuros, com fogo alucinado e ousadia violenta.

Mas, Deus do céu, como estava bela! Nunca a vira antes, nem a veria depois, tão bela quanto naquele dia fatal. Seria ela, seria a mesma Natacha, a mesma menina que, apenas um ano atrás, não despregava seus olhos de mim e, movendo seus labiozinhos, escutava-me ler meu romance, e que naquela noite gargalhava tanto, alegre e despreocupada, e brincava com seu pai e comigo na hora da ceia? Seria a mesma Natacha que ali, naquele quarto, abaixando sua cabecinha e toda enrubescida, dissera-me: *sim*?

Um carregado badalar de sinos ressoou chamando para a missa noturna. Natacha estremeceu, a velhinha benzeu-se.

— Ias ouvir a missa, Natacha, e eis que tocam ave-marias — disse ela. — Vai, Natáchenka, vai rezar; ainda bem que a igreja é perto! Darias também uma voltinha. Por que ficas trancada? Olha só como estás pálida, como se alguém te rogasse pragas.

— Eu... talvez... não vá hoje — articulou Natacha devagar, em voz baixa, quase sussurrando. — Estou... indisposta — acrescentou e ficou branca que nem um pano.

— É melhor que vás, Natacha, já que querias ir, desde ontem, e até trouxeste esse chapéu. Vai rezar, Natáchenka, vai, para que Deus te dê saúde — exortava Anna Andréievna, olhando para a filha toda intimidada, como se tivesse medo dela.

— Pois é... vai lá... e dá uma volta — completou o velho, que também fitava o rosto da filha com inquietação. — Tua mãe fala verdade. Eis aqui Vânia, ele te acompanhará.

Pareceu-me que um sorriso amargo surgira nos lábios de Natacha. Ela se achegou ao piano, pegou seu chapeuzinho e colocou-o na cabeça; suas mãos tremiam. Todos os seus movimentos eram como que inconscientes, como se ela não entendesse o que estava fazendo. Seus pais miravam-na com muita atenção.

— Adeus! — disse ela tão baixo que mal a ouvimos.

— Iih, meu anjo, por que dizes adeus, pois o caminho não é tão longo? Pelo menos, o vento vai assoprar para ti; olha como estás palidazinha. Ah, mas eu esqueci (esqueço tudo!)... terminei de fazer o teu amuleto; costurei uma prece lá dentro, meu anjo — foi uma freira de Kiev quem me ensinou, no ano passado —, uma prece poderosa, ainda ontem é que a costurei. Bota no pescoço, Natacha. Tomara que Deus nosso Senhor te proveja de saúde. És nossa filha única.

E a velhinha tirou da sua gaveta uma pequena cruz de ouro que Natacha punha em seu pescoço; um amuleto recém-costurado pendia na mesma fita que essa cruz.

— Usa para teu bem! — adicionou, pondo a cruz no pescoço da filha e benzendo-a. — Antigamente eu te benzia assim toda noite, antes de adormeceres, e depois lia uma oração, e tu repetias comigo. Mas agora não és mais a mesma, e Deus não te dá mais calma de espírito. Ah, Natacha, Natacha! Nem minhas rezas de mãe te ajudam mais! — E a velhinha ficou chorando.

Calada, Natacha beijou-lhe a mão e deu um passo em direção às portas; porém, voltou logo atrás e aproximou-se subitamente do pai. O peito dela estava arfando.

— Paizinho! Benza o senhor também... sua filha — disse a custo, com uma voz ofegante, e ajoelhou-se em sua frente.

Todos nós estávamos confusos com esse seu gesto inesperado e por demais solene. O velho passou alguns instantes olhando para ela; estava completamente perdido.

— Natáchenka, minha criancinha, minha filha, minha gracinha, o que é que tens? — exclamou enfim, e as lágrimas jorraram profusas dos seus olhos. — Por que estás aflita? Por que choras de dia e de noite? Pois eu vejo tudo; não durmo mais, fico de pé, à porta do teu quarto, e escuto!... Diz-me tudo, Natacha, confessa tudo ao teu velho pai, e a gente...

Sem terminar a frase, reergueu a filha e abraçou-a com força. Ela se apertou espasmodicamente ao peito dele e escondeu o rosto em seu ombro.

— Não é nada, nada, é pouca coisa... estou indisposta... — repetia, sufocando-se com lágrimas reprimidas por dentro.

— Que Deus te abençoe, pois, como eu te abençoo, minha querida, minha adorada filha! — disse o pai. — Que te dê, para todo o sempre, a paz de alma e que te afaste de todo o mal. Reza a Deus, minha amiguinha, para que minha oração ímpia chegue até Ele.

— Eu também, eu também te abençoo! — acrescentou a velhinha, banhando-se em lágrimas.

— Adeus! — sussurrou Natacha.

Parou junto às portas, olhou mais uma vez para seus pais; ainda queria dizer-lhes algo, mas não pôde... e saiu depressa do apartamento. Corri atrás dela, tomado de maus pressentimentos.

Capítulo VIII

Ela caminhava em silêncio, cabisbaixa, sem olhar para mim. Mas, percorrendo a rua e chegando à margem do rio, parou de repente e pegou minha mão.

— Estou sem ar! — sussurrou. — O coração está apertado... sem ar!

— Volte, Natacha! — exclamei, com susto.

— Será que não vê, Vânia, que saí de lá *para sempre*, que os deixei e nunca mais voltarei? — disse ela, fitando-me com uma angústia inexprimível.

Meu coração despencou. Já pressentia tudo isso quando ia à casa dos Ikhmeniov; tudo isso já se apresentara a mim, como que através de uma névoa e, talvez, muito antes daquele dia; porém, suas palavras me aturdiam agora que nem uma trovoada.

Caminhávamos, tristes, ao longo do rio. Eu não conseguia falar; refletia, cismava e acabei por me enredar totalmente. Sentia vertigens. Achava isso tão feio, tão impossível!

— Você me condena, Vânia? — perguntou ela, enfim.

— Não, mas... mas não acredito: isso não pode acontecer!... — respondi sem me dar conta do que estava dizendo.

— Sim, Vânia, isso já aconteceu! Deixei meus pais e não sei o que será deles... nem o que será de mim mesma!

— Vai viver *com ele*, Natacha? É isso?

— É! — respondeu ela.

— Mas isso é impossível! — exclamei, com ímpeto. — Você sabe que isso é impossível, Natacha, minha pobrezinha? Pois é uma loucura. Pois vai matar seus pais e a si mesma! Será que sabe disso, Natacha?

— Sei disso, mas o que fazer se não me pertenço mais? — replicou ela, e ouvia-se nessas palavras o desespero de quem fosse ao cadafalso.

— Volte, volte antes que seja tarde! — implorava-lhe tanto mais calorosa e insistentemente quanto mais me inteirava, eu mesmo, de toda a inutilidade das minhas exortações e de todo o absurdo delas naquele momento.

— Será que entende, Natacha, o que fará com seu pai? Pensou bem nisso? É que o pai *dele* é inimigo do seu; é que o príncipe insultou seu pai, suspeitou que tivesse roubado aquele dinheiro, chamou-o de ladrão. É que eles estão com processo... Pois bem, esse detalhe vem por último, mas você sabe, Natacha... (meu Deus, você sabe mesmo daquilo tudo!), sabe que o príncipe suspeitou seu pai e sua mãe de terem aproximado você de Aliocha, quando ele morava ali, em nossa aldeia, e de terem feito isso de propósito? Pense só, imagine só como seu pai sofria então por causa daquelas calúnias! Sua cabeça ficou toda branca naqueles dois anos, olhe só para ele! E o principal: você sabe daquilo tudo, Natacha, meu Deus do céu! Nem digo quanto custará a seus pais perder você para sempre. É o tesouro deles, é tudo o que lhes restou na velhice. Nem quero falar nisso, você mesma deve saber. E não esqueça: seu pai acha que você foi caluniada em vão, que foi denegrida por aqueles grã-finos, que não foi vingada! E agora, precisamente agora, aquilo tudo se exacerbou novamente, toda aquela inimizade antiga e longa ficou mais ferrenha ainda porque Aliocha foi acolhido em sua casa. O príncipe voltou a ofender seu pai, o velho está todo furioso com essa nova ofensa, e de repente tudo, tudo isso, todas essas acusações se revelarão agora fundadas! Todos aqueles que estão a par da história darão agora razão ao príncipe e vão acusar você e seu pai. O que acontecerá, pois, com ele? Pois isso o matará na hora! Tanta vergonha, tamanho vexame, e por causa de quem? De você, de sua filha, de sua única filha adorada! E sua mãe? Pois ela não viverá mais que o velho... Natacha, Natacha! O que está fazendo? Volte! Mude de ideia!

Natacha estava calada; afinal, olhou para mim como se me censurasse, e tanta dor penetrante, tanto sofrimento transparecia em seu olhar que eu compreendi quanto sangue perdia agora, mesmo sem minhas falas, o seu coração ferido. Compreendi quão caro ela pagava pela sua decisão e como eu a torturava, como lhe eram dolorosas minhas palavras inúteis e atrasadas; compreendi tudo isso, mas não me contive, ainda assim, e tornei a falar:

— É que acabou de dizer, você mesma, a Anna Andréievna que *talvez* não saísse de casa... não fosse ouvir a missa. Queria, pois, ficar com os pais; não tinha, pois, decidido ainda?

Não tive outra resposta senão um sorriso amargo dela. Por que será que perguntei isso? Já teria podido intuir que estava tudo decidido, que não havia mais volta. Mas eu também estava transtornado.

— Será mesmo que você se apaixonou tanto por ele? — exclamei, fitando-a de coração desfalecente, quase sem entender o que perguntava.

— Como lhe responderia, Vânia? Você está vendo! Ele mandou que eu viesse, e aqui estou esperando por ele — disse Natacha com o mesmo sorriso amargo.

— Mas escute, escute só — recomecei a exortá-la, desesperado como quem se agarrasse a uma palhinha para não se afogar. — Ainda se pode consertar tudo isso, ainda se pode fazer de outro jeito, de um jeito bem diferente, seja qual for! Não precisa sair de casa. Vou ensinar o que deve fazer, Natáchetchka! Eu me encarrego de pôr tudo em ordem, de arranjar tudo para vocês dois, encontros e todo o mais... Apenas não saia de casa!... Vou levar suas cartas, enfim por que não? Seria melhor do que você sair de casa. Conseguirei fazer isso, vou agradar a vocês dois; vão ver como lhes agradarei... E não se perderá, Natáchetchka, como agora se perde... Pois está acabando consigo, acabando para sempre! Concorde, Natacha: tudo correrá às mil maravilhas, e vocês dois se amarão tanto quanto quiserem e serão bem felizes... E quando os pais de vocês fizerem as pazes (é que farão decerto as pazes um dia), aí...

— Chega, Vânia, deixe — interrompeu-me ela, apertando com força a minha mão e sorrindo através das lágrimas. — Meu bondoso, bondoso Vânia! Que homem bom e honesto é você! Nem uma palavra de si mesmo! Fui eu a primeira a deixá-lo, mas perdoou tudo, só pensa em minha felicidade. Quer até levar nossas cartas...

E ela se pôs a chorar.

— Eu sei, Vânia, como você me amava, como ainda me ama, e não me censurou uma só vez, nesse tempo todo, não me disse uma só palavra azeda! Mas eu, eu... Meu Deus, como estou culpada ante você! Lembra-se, Vânia, lembra-se de nosso tempo feliz? Oh, como seria melhor se não o conhecesse, a *ele*, se nunca o tivesse encontrado!... Viveria com você, Vânia, com você, meu bonzinho, meu garoto querido!... Mas não o mereço, não! Bem vê como sou: num momento destes, ainda o lembro de nossa felicidade que se foi, e você já está sofrendo sem isso! Fazia três semanas que não vinha; pois eu lhe juro, Vânia: não me passou nenhuma vez pela cabeça que me havia amaldiçoado, que me odiava. Sabia por que você tinha ido embora: não queria atrapalhar a nós dois, ser um reproche vivo. E, se nos visse de perto, não seria difícil para você mesmo? E como o esperava,

Vânia, mas como o esperava chegar! Escute, Vânia: se amo Aliocha feito uma louca, feito uma desvairada, talvez ame você mais ainda, como um amigo meu. Já entendo, já sei que não sobreviverei sem você; preciso de você, preciso de seu coração, de sua alma de ouro... Oh, Vânia! Que tempo triste, que tempo difícil é que está chegando!

Ela se desfez toda em prantos. Pois sim, estava muito aflita!

— Ah, como queria ver você! — continuou, reprimindo seu choro. — Como ficou magro, como está doente, pálido. É verdade que tinha adoecido, Vânia? Veja como sou: nem perguntei sobre a sua saúde! Falo o tempo todo de mim mesma. Como andam agora esses seus negócios com os jornalistas? E seu novo romance está avançando?

— Que romances, Natacha, que negócios? Os jornalistas não têm mais tempo para mim. Mas tudo bem: não escrevem mais... e deixe para lá! É o seguinte, Natacha: foi ele mesmo quem exigiu que vivesse com ele?

— Não foi só ele, não; fui eu que mais insisti. Na verdade, ele também falava nisso, mas fui eu... Veja, meu querido, contarei tudo para você: Aliocha tem casamento arranjado com uma moça rica e muito nobre, parenta de pessoas bem poderosas. O pai dele quer que se case sem falta com a tal moça, e você sabe que o pai dele é um intrigante terrível: já lançou mão de todos os meios escusos, pois nem em dez anos arrumaria outro ensejo como aquele. Boas relações, dinheiro... E dizem que a noiva é muito bonita e boa em todos os sentidos, quanto à instrução e ao coração, e eis que Aliocha já se interessa por ela. Seu pai quer, ademais, tirá-lo depressa do seu pescoço para se casar também, e foi por isso que resolveu acabar de vez, custasse o que custasse, com este nosso namoro. Tem medo de mim e de minha influência sobre Aliocha...

— Será que o príncipe — interrompi-a, pasmado — sabe desse namoro de vocês? Estava apenas suspeitando, mas não tinha nenhuma prova.

— Ele sabe, sabe de tudo.

— Mas quem foi que lhe disse?

— Foi Aliocha que contou tudo isso ao pai, há pouco. Ele mesmo me disse que tinha contado tudo.

— Meu Deus! O que é que está ocorrendo entre vocês dois? Foi ele mesmo que contou tudo, e foi num momento desses?...

— Não o condene, Vânia — interrompeu Natacha —, não se ria dele! Não se pode julgá-lo como a qualquer um. Seja justo. Pois ele não é igual a você nem a mim. É uma criança; foi educado de outra maneira. Será que ele entende o que vem fazendo? A primeira impressão, a primeira influência alheia podem distraí-lo de tudo o que prometeu fazer, um minuto atrás e com juramentos. Não tem caráter. Vai jurar a você que fará alguma coisa e, no mesmo dia, com a mesma veracidade e sinceridade, fará o contrário e, ainda por cima, será o primeiro a vir e a contar sobre isso para você. Até faria uma coisa ruim, eu acho; só que não poderíamos acusá-lo de ter feito aquela coisa ruim, mas teríamos, quando muito, dó dele. Seria capaz, inclusive, de sacrifícios, e você nem sequer imagina o que sacrificaria! Mas isso até uma nova impressão: aí se esquecerá outra vez de tudo. *Assim se esquecerá mesmo de mim, a não ser que eu fique com ele o tempo todo*. Eis como ele é!

— Ah, Natacha, mas tudo isso talvez não seja verdade, talvez não passe de uns boatos ali. Por que é que ele se casaria tão jovem assim?

— Digo-lhe: o pai dele tem algumas razões especiais.

— E como você sabe que a tal noiva é muito bonita e que ele já se interessa por ela?

— Mas foi ele mesmo quem me contou.

— Como? Foi ele mesmo quem lhe disse que poderia amar outra pessoa e depois exigiu de você um sacrifício desses?

— Não, Vânia, não! Você não o conhece, passou pouco tempo com ele; é preciso que o conheça de perto para julgá-lo. Não há neste mundo um só coração tão sincero e puro quanto o dele! Seria melhor, você acha, se Aliocha mentisse para mim, hein? E não faz mal que se interesse por outra mulher: bastaria que não me visse por uma semana para se esquecer de mim e para se apaixonar por outra... bastaria que me visse novamente, por um minuto, para se jogar logo aos meus pés. Não! Ainda bem que eu sei disso, que não seja um segredo; senão eu teria morrido de escrúpulos. Sim, Vânia! Já decidi: *se eu não ficar junto dele sempre, constantemente, a todo momento, ele deixará de me amar, ele me esquecerá e ele me abandonará*. É assim mesmo: qualquer uma pode engabelá-lo. E o que terei então a fazer? Então vou morrer... mas morrer é pouco! Seria um prazer se morresse agora! Mas como é que viveria sem ele? Eis o que é pior que a própria morte, que todos os suplícios! Oh, Vânia, Vânia! Pois há mesmo algum motivo para que eu abandone agora, por causa dele, minha mãe e meu pai! Não me convença, está tudo decidido! Ele deve estar ao meu lado a toda hora, a todo instante;

não posso voltar para trás. Sei que me perdi, que perdi a outros... Ah, Vânia! — exclamou de chofre e ficou toda trêmula. — E se ele não me ama mais, realmente? Se você tem razão em dizer o que diz aí a respeito dele (na realidade, eu nunca lhe dissera nada disso), que não faz outra coisa senão me enganar, que só parece tão franco e sincero assim, mas é maldoso e assoberbado? Agora o defendo na sua frente, mas quem sabe se ele não está neste momento com outra mulher, se não está rindo às escondidas... e eu, eu, abjeta, larguei tudo e ando assim pelas ruas, procuro por ele... Oh, Vânia!

Aquele gemido escapou do âmago dela com tanta dor que minha alma se crispou toda de aflição. Compreendi que Natacha já havia perdido todo o poder sobre si mesma. Apenas seus ciúmes, cegos e loucos em extremo, podiam tê-la induzido àquela decisão insensata. Contudo, os ciúmes se atiçavam em mim também, jorravam do meu coração. Não me contive: o vil sentimento me dominou por completo.

— Natacha — disse eu —, só há uma coisa que não entendo: como você pode amá-lo apesar de tudo o que acabou de contar sobre ele? Não o respeita, não acredita nem mesmo no amor dele, mas vai viver com ele, sem volta, e sacrifica a todos por sua causa. O que é isso? Ele a atormentará pelo resto da vida, e você mesma a ele. Você o ama demais, Natacha, demais! Não entendo que amor é esse.

— Sim, amo feito uma louca — respondeu ela, empalidecendo como que de dor. — Nunca amei você desse jeito, Vânia. Ora, eu mesma sei que perdi o juízo, que não o amo como se deve amar. Amo de jeito errado... Escute, Vânia: já sabia antes e, mesmo em nossos momentos mais felizes, pressentia que ele não me daria nada além desses sofrimentos. Mas o que fazer se até os sofrimentos que ele me causa agora são uma felicidade para mim? Será que vou viver com ele para me jubilar? Será que não sei desde já o que me espera, o que vou sofrer nas mãos dele? Pois ele jurou que me amaria, fez muitas promessas, mas eu não acredito em nenhuma daquelas promessas, não dou a mínima para elas nem as prezei antes, embora soubesse que ele não me mentia... nem mentir ele sabe direito. Disse para ele, eu mesma, que não queria amarrá-lo de modo algum. Nesse caso, assim é melhor: ninguém gosta de amarras, sou eu a primeira. Mas gosto, apesar disso, gosto de ser a escrava dele, uma escrava voluntária, e de aturar tudo o que ele fizer, tudo, contanto que fique comigo e que eu possa olhar para ele! Não me importaria, parece, caso amasse outra mulher, contanto que a amasse na minha presença, contanto que eu também estivesse lá... Mas que baixeza, Vânia? — perguntou de repente, cravando em mim um olhar inflamado, como se estivesse com febre. Por um instante, pareceu-me que estava delirando. — Pois é uma baixeza, um desejo destes? E daí? Digo, eu mesma, que é uma baixeza, mas, se ele me abandonar, correrei atrás dele aos confins do mundo, nem que me empurre, nem que me enxote. Você me convence, pois, a voltar agora, mas aonde isso me levará? Voltarei e amanhã fugirei outra vez; se ele mandar, irei logo embora, mas é só ele assobiar, só me chamar como um cachorrinho, e correrei atrás dele... Meus sofrimentos? Não temo nenhum sofrimento que ele me causar! Vou saber que *ele* me faz sofrer... Oh, mas não tenho como contar disso, Vânia!

"E seu pai, e sua mãe?" — pensei. Pelo visto, ela já se esquecera deles.

— Então ele nem se casará com você, Natacha?

— Prometeu, prometeu tudo. É por isso que me chama agora, para nos casarmos amanhã mesmo, às escondidas, numa igreja fora da cidade, mas não sabe o que vem fazendo. Talvez nem saiba mesmo como se casam. E que marido seria ele? Até me faz rir. E, uma vez casado, ficará infeliz, começará a censurar-me... Não quero que me censure nunca, por nenhuma razão. Entregarei tudo a ele, nem que não ganhe nada em troca. Por que o deixaria infeliz, se ficasse sofrendo depois de casado?

— Não, Natacha, é uma treva mesmo — disse eu. — Pois então, vai agora direto à casa dele?

— Não, ele prometeu que viria buscar-me aqui; nós combinamos...

Lançou ao longe um olhar sôfrego, mas ninguém vinha ainda.

— Só que não veio até agora! Foi você a *primeira* a vir! — exclamei com indignação.

Natacha cambaleou, como se a tivesse golpeado. Um esgar doloroso contraiu-lhe o rosto.

— Talvez não venha mesmo — pronunciou ela, sorrindo amargamente. — Escreveu anteontem que, se eu não lhe prometesse vir, ele teria de adiar sua decisão de se casar comigo, e que seu pai o levaria à casa da noiva. Escreveu isso tão simples, tão naturalmente, como se de nada se tratasse... E se, na verdade, foi à casa *dela*, Vânia?

Não respondi. Ela apertou minha mão com força, seus olhos fulgiram.

— Está com ela, sim — disse tão baixo que mal a ouvi. — Esperava que eu não viesse aqui para ir à casa dela e dizer mais tarde que estava com a razão, que me tinha avisado, que fui eu quem não veio. Ficou farto de mim, por isso é que se afasta aos poucos... Oh, meu Deus! Como sou louca! Pois ele me disse da última vez que estava farto de mim... O que estou esperando?

— Ali vem ele! — gritei subitamente, avistando-o de longe na avenida marginal.

Natacha estremeceu, deu um grito, olhou um instante para Aliocha que vinha e, de repente, soltou minha mão e precipitou-se ao seu encontro. Aliocha também acelerou seus passos, e um minuto depois ela já estava nos braços dele. Na marginal não havia quase ninguém, além de nós três. Eles se beijavam e riam; Natacha ria e chorava, tudo ao mesmo tempo, como se o tivesse reencontrado após uma separação interminável. Suas faces pálidas cobriram-se de rubor; ela parecia frenética... Aliocha reparou em minha presença e logo se aproximou de mim.

Capítulo IX

Eu olhava para ele com avidez, se bem que o tivesse visto diversas vezes antes daquele momento; olhava nos olhos dele, como se seu olhar pudesse resolver todas as minhas dúvidas e explicar-me como, de que maneira aquela criança conseguira encantá-la, suscitar nela um amor tão louco, aquele amor que levava Natacha a esquecer o primeiro dos seus deveres, a sacrificar, num rasgo de insensatez, tudo o que houvera até então de mais sagrado para ela. O príncipe pegou as minhas mãos, apertou-as com força, e seu olhar penetrou, dócil e lúcido, em meu coração.

Percebi que podia ter feito conclusões errôneas a respeito dele e que o único fato de ser meu rival já bastava para tanto. Não gostava do jovem príncipe, não, e confesso que nunca pude vir a gostar dele — apenas eu, quem sabe, dentre todos os que o conheciam. Muitos dos seus traços me desagradavam amiúde, inclusive a sua aparência elegantíssima, e talvez precisamente por ser, de certa forma, elegante em excesso. Compreenderia mais tarde que nem disso eu julgava com imparcialidade. Ele era alto, esbelto, fino; seu rosto oblongo estava sempre pálido; tinha cabelos louros, e seus grandes olhos azuis, meigos e pensativos irradiavam por vezes, repentina e impulsivamente, a mais simplória, a mais pueril alegria. Seus lábios rubros, um tanto carnudos, de feitio impecável, formavam quase sempre uma comissura sisuda; tanto mais inesperado e mais encantador era o sorriso que de repente surgia neles, tão ingênuo e desprovido de toda malícia que qualquer pessoa, fosse qual fosse seu estado de espírito, sentia de imediato a necessidade de imitá-lo, de lhe sorrir em resposta do mesmo modo que ele sorria. Vestia-se sem requinte, mas sempre com garbo; via-se que tal garbo em tudo não lhe custava o menor esforço, que lhe era inerente. É verdade que possuía também alguns hábitos ruins, alguns defeitos próprios do bom tom: leviandade, presunção, ousadia cortês. Entretanto, era simples e puro demais, lá no fundo da alma, sendo o primeiro a desmascarar esses seus hábitos, a lamentá-los e a caçoar deles. Parece-me que aquele menino jamais, nem por brincadeira, poderia mentir e, mesmo se mentisse, nem por sombra lobrigaria nisso algo perverso. Até seu egoísmo em si era atrativo, talvez notadamente por não ser abstruso e, sim, manifesto. Não havia nele nada de esconso. Era um homem frágil, crédulo e tímido em seu coração; não tinha sequer uma gota de vontade. Seria tanto um pecado quanto uma pena magoá-lo ou enganá-lo, assim como seria pecaminoso enganar e magoar uma criança. Sua ingenuidade era incompatível com sua idade: ele não entendia quase nada da vida real; de resto, nem aos quarenta anos chegaria, pelo que me parece, a saber algo a respeito desta. Tais pessoas se veem como que condenadas à eterna menoridade. Creio que não havia ninguém que pudesse não gostar de Aliocha; ele viria pedir carinho a qualquer um, feito um garotinho. Natacha dissera a verdade: poderia fazer até uma coisa ruim, se impelido por alguma influência forte; acredito, porém, que morreria de contrição, uma vez consciente das consequências de seu ato. Natacha sentia, por mero instinto, que seria a senhora, a soberana dele, que até mesmo o transformaria em sua vítima. Antecipava o gozo de amar alucinadamente a quem amava e de fazê-lo sofrer justo por amá-lo; por isso, talvez, é que fora a primeira a imolar-se precipitadamente ao seu amado. Contudo, o amor cintilava nos olhos dele também, ele também a mirava com êxtase. Natacha olhou para mim triunfante. Naquele momento, esqueceu tudo: seus pais, sua despedida, suas suspeitas... Estava feliz.

— Vânia! — exclamou ela. — Estou em falta com ele, não o mereço! Pensava que não virias mais, Aliocha. Esqueça meus pensamentos maus, Vânia. Vou reparar isso! — acrescentou, olhando para ele com infinito amor.

Aliocha sorriu, beijou a mão dela e, sem soltar essa mão, dirigiu-se a mim dizendo:

— Não me condene. Faz tanto tempo que quero abraçá-lo como um irmão de sangue; ela me falou tanto do senhor! Até agora mal nos conhecíamos e nunca nos aproximamos um do outro. Sejamos amigos e... perdoe-nos — arrematou a meia-voz, corando um pouco, mas com um sorriso tão lindo que não pude deixar de responder, com todo o meu coração, ao seu cumprimento.

— Sim, sim, Aliocha — Natacha retomou a palavra. — Ele é nosso, nosso irmão; já nos perdoou, e não seremos felizes sem ele. Já te falei sobre isso... Oh, que crianças cruéis é que somos, Aliocha! Mas vamos viver juntos, nós três... Vânia! — prosseguiu, e seus lábios passaram a tremer. — Agora vai voltar para a casa *deles*; seu coração é de ouro, tanto assim que, mesmo sem me perdoar, eles verão que você me perdoou e talvez se apiedem de mim, pelo menos um pouco. Conte tudo, mas tudo, com *suas* palavras mais cordiais; ache umas palavras aí... Defenda-me, salve-me; explique todos os motivos, tudo o que você mesmo compreendeu. Sabe, Vânia: talvez nem me tivesse aventurado a fazer *isto* se você, por acaso, não estivesse comigo hoje! Você é minha salvação: tive logo a esperança de que pudesse contar tudo para eles de modo a poupá-los, ao menos, desse primeiro horror. Ó meu Deus, meu Deus!... Diga aos meus pais, Vânia, diga em meu nome que não se pode mais perdoar-me, sei disso: nem que eles me perdoem, Deus não me perdoará. Mas, nem que me amaldiçoem, vou abençoá-los ainda assim, vou rezar por eles toda a minha vida. Meu coração é todo deles! Ah, por que não somos todos felizes? Por quê, por quê? Deus! O que foi que eu fiz? — clamou de repente, como que reavendo a consciência, e, toda trêmula de pavor, tapou o rosto com ambas as mãos. Aliocha abraçou-a e, calado, apertou-a com força ao seu corpo. Alguns minutos se passaram em silêncio.

— E o senhor pôde exigir um sacrifício desses? — perguntei, olhando para ele com reprovação.

— Não me condene! — repetiu o príncipe. — Asseguro-lhe que todas as nossas desgraças, embora sejam agora bem fortes, vão durar apenas um minuto. Tenho plena certeza disso. Só precisamos de firmeza para aguentar esse minuto; ela também me disse a mesma coisa. O senhor sabe que tudo vem ocorrendo por causa daquele orgulho de família, daquelas brigas absolutamente desnecessárias, daqueles litígios ali... Mas... (tenho refletido bastante acerca disso, asseguro-lhe) tudo isso há de acabar. Vamos reunir-nos outra vez, todos nós, e viveremos então perfeitamente felizes, tanto assim que até os velhos se reconciliarão seguindo o nosso exemplo. Quem sabe enfim se justamente nosso casamento não dará início à reconciliação deles? Eu acho que nem mesmo poderia ser de outra maneira. O que pensa o senhor?

— Está dizendo "nosso casamento". Quando, pois, é que se casarão? — questionei, ao olhar para Natacha.

— Amanhã ou depois de amanhã; no mais tardar, depois de amanhã, com certeza. O senhor vê que nem eu sei ainda muito bem e, seja dita a verdade, não preparei ainda nada por lá. Pensava que Natacha nem sequer viesse aqui hoje. Além disso, meu pai queria sem falta levar-me hoje à casa de minha noiva (pois estão arranjando casamento para mim... Natacha já lhe contou? Só que eu cá não quero). Por isso é que não consegui ainda calcular tudo com precisão. Todavia, vamos casar-nos, por certo, depois de amanhã. É o que me parece, ao menos, porque não poderia ser de outra maneira. Amanhã mesmo vamos partir pela estrada de Pskov.[35] Tenho pertinho daqui, numa aldeia, um companheiro da época do liceu, um homem muito bom; talvez os apresente um ao outro. Naquela aldeia há um padre também; aliás, não sei ao certo se há ou não há. Devia informar-me com antecedência, mas não tive tempo... Aliás, na verdade, tudo isso não é grande coisa. Tomara que o principal se tenha em vista. É que podemos convidar um padre de alguma aldeia vizinha, o que acha? Deve haver, pois, aldeias vizinhas por lá! Só lamento não ter ainda escrito, por falta de tempo, nem uma linhazinha para eles; precisaria avisá-los. Meu companheiro talvez nem esteja em casa agora... Mas essa é a última das preocupações! Tomara que haja resolução, e depois tudo se arranjará por si mesmo, não é verdade? E por ora, até amanhã ou mesmo por dois dias, ela vai ficar aqui comigo. Aluguei um apartamento para nós, onde vamos morar também quando voltarmos. Não vou mais morar com meu pai, não é verdade? O senhor nos visitará; instalei-me às maravilhas. Meus amigos liceanos também vão visitar-me de vez em quando: faremos saraus...

Perplexo e angustiado, olhava eu para aquele jovem. Natacha me implorava com o olhar que não o julgasse severamente, que o tratasse com mais indulgência. Ouvia as falas dele com um sorriso tristonho e, ao mesmo tempo, parecia admirá-lo, como a gente admira uma criança meiga e jovial, escutando sua tagarelice bobinha, mas

---

[35] Cidade localizada na região noroeste da Rússia e próxima de São Petersburgo.

bonitinha. Encarei-a com reproche. Sentia um peso insuportável na alma.

— E seu pai? — perguntei. — Está mesmo seguro de que ele vai perdoar ao senhor?

— É claro que vai. O que mais terá a fazer? No começo, vai amaldiçoar-me, bem entendido; tenho mesmo certeza disso. Assim é que ele é, assim é que me trata com todo o rigor. Ainda vai reclamar, talvez, para alguém, vai abusar, numa palavra, de seu poder paternal. Só que tudo isso não é sério. Ele me ama que nem um doido: ficará zangado e depois me perdoará. Então todos farão as pazes, e nós todos seremos felizes. O pai dela também.

— E se ele não perdoar? O senhor já pensou nisso?

— Perdoará sem falta, só que vai demorar, talvez, um bocado. E daí? Vou provar para ele que também tenho caráter. Ele me censura o tempo todo por não ter caráter, por ser leviano. Agora é que vai ver se sou leviano ou não. Pois não é brincadeira criar uma família; então não serei mais este garoto... ou seja, queria dizer que serei igual aos outros... ou seja, àquelas pessoas que têm família. Vou viver de meu trabalho. Natacha diz que assim se vive bem melhor do que por conta alheia, como vivemos nós todos. Se o senhor soubesse apenas quantas coisas boas ela me diz! Eu mesmo nunca as inventaria, aquelas coisas: não cresci como ela, fui educado de outro modo. Na verdade, eu me dou conta de que sou leviano e não sei fazer quase nada, mas, o senhor sabe, tive anteontem uma ideia maravilhosa. Agora não temos tempo, mas vou contar-lhe, porque Natacha também precisa ouvir, e o senhor nos aconselhará. É o seguinte: quero escrever novelas e vendê-las para as revistas, assim como o senhor.

Vai ajudar-me com os jornalistas, não é mesmo? Contava com o senhor e ontem passei a noite inteira refletindo sobre um romance, assim, só para experimentar, e sabe: poderia ser uma coisinha bem gostosinha. Tirei o tema de uma comédia de Scribe[36]... Mas vou contar-lhe depois. O principal é que me pagarão por isso... já que pagam para o senhor!

Não pude deixar de sorrir.

— O senhor ri — disse ele, sorrindo comigo. — Mas escute — acrescentou com uma inconcebível ingenuidade —, não me julgue pelo que lhe pareço: tenho cá muitíssima perspicácia, palavra de honra; aliás, o senhor ainda a verá. Por que não tentaria, afinal? Talvez consiga alguma coisa... De resto, parece que o senhor tem razão, pois não entendo nada desta vida real. Natacha também me diz isso, e todos me dizem isso, aliás. Que tipo de escritor é que serei? Ria, pois, ria, corrija-me; faria assim para o bem dela, porquanto a ama. Digo-lhe a verdade: não a mereço; sinto isso e sofro demais com isso, e nem sequer sei por que ela me ama tanto. Eu mesmo, parece, daria toda a minha vida por ela! Juro-lhe que até este momento não tive medo de nada, mas agora estou com medo: o que será que estamos tramando? Meu Deus! Por que a um homem plenamente fiel ao seu dever faltam, como que de propósito, habilidade e firmeza para cumprir esse dever? Que pelo menos o senhor nos ajude, nosso caro amigo! O senhor é o único amigo que nos resta. Pois o que é que eu entendo sozinho? Perdoe-me por contar tanto com o senhor; creio que é um homem

---

[36] Eugène Scribe (1791–1861): teatrólogo francês, autor de quase quinhentas comédias, dramas, *vaudevilles* e libretos de óperas e balés.

muito nobre e bem melhor que eu mesmo. Mas vou melhorar, tenha certeza disso, vou ser digno de vocês dois.

Dito isso, ele voltou a apertar minha mão, e um sentimento belo e benévolo fulgiu em seus lindos olhos. Estendia-me sua mão de modo tão lhano, acreditava tanto que eu era seu amigo!

— Ela me ajudará a melhorar — prosseguiu. — O senhor não deve, aliás, pensar de nós algo ruim, nem ter muita pena de nós dois. Tenho, apesar de tudo, várias esperanças, e no sentido material ficaremos totalmente seguros. Eu, por exemplo, se meu romance não der certo (na verdade, pensei ontem ainda que esse romance seria uma tolice e contei sobre ele agora só para ouvir a opinião do senhor)... então, se meu romance não vingar, posso, na pior das hipóteses, dar aulas de música. O senhor não sabia que entendo de música? Não me envergonharia de viver de um trabalho desses. Neste caso, concordo plenamente com as ideias modernas. E, além do mais, tenho um bocado de bugigangas caras, coisinhas de penteadeira — por que precisaria delas? Vou vendê-las, e sabe quanto tempo viveremos com isso? Enfim, se chegar mesmo aos extremos, entrarei, quem sabe, realmente no serviço público. Meu pai até ficará contente: ele me obriga o tempo todo a servir, mas eu pretexto, o tempo todo, a minha saúde fraca (aliás, já estou matriculado em não sei que repartição). E quando ele vir que o casamento me é útil de fato, que me fez criar juízo, que eu comecei mesmo a servir, aí ficará contente e vai perdoar-me...

— Mas, Alexei Petróvitch, o senhor imagina que história se dará agora entre o seu pai e o dela? Como acha, o que acontecerá esta noite na casa dos Ikhmeniov?

E apontei-lhe para Natacha, atordoada com minhas palavras. Resolvi ser inclemente.

— Sim, sim, o senhor tem razão, é horrível! — respondeu ele. — Já pensei nisso e fiquei sofrendo cá na alma... Mas fazer o quê? Tem razão: tomara que, pelo menos, os pais dela nos perdoem! E como os amo, a eles dois, se o senhor soubesse! Pois são como meus próprios pais, e eis a moeda em que lhes pago!... Oh, todas aquelas rixas, todos aqueles processos! Nem vai acreditar até que ponto isso nos desagrada agora! Por que será que eles estão brigando? Amamo-nos tanto, uns aos outros, mas estamos brigando! Deveríamos fazer as pazes, e ponto-final. Faria bem isso, se estivesse no lugar deles, palavra de honra... Sua conversa me amedronta. Natacha, é um horror, aquilo que estamos tramando! Já falei nisso antes... Mas estás insistindo, tu mesma... Mas escute, Ivan Petróvitch, talvez tudo isso se arranje por fim, como o senhor acha? Pois eles acabarão por fazer as pazes. Vamos reconciliá-los. Será assim mesmo, sem falta; eles não vão resistir ao nosso amor... Nem que nos amaldiçoem, vamos amá-los ainda assim, e eles não vão resistir. Nem vai acreditar que coração bondoso tem, às vezes, meu velho! Quando carrega o cenho, não é nada grave: em outros casos, está repleto de bom senso. Se o senhor soubesse com quanta doçura ele falava comigo hoje, como me convencia! E eu, hoje mesmo, estou contra ele, o que me deixa bem triste. E tudo por causa daqueles preconceitos sem valor! É uma sandice pura! Seria só ele ver Natacha de perto, só passar meia hora com ela! Então nos permitiria tudo, num piscar de olhos. — Dizendo isso, Aliocha olhou, com ternura e ardor amoroso, para Natacha.

— Imaginei mil vezes, com deleite — continuou a prosar —, o quanto meu pai viria a gostar dela, tão logo a conhecesse, e como ela os espantaria a todos. Pois nenhum deles viu nunca uma moça dessas! Meu pai anda persuadido de que não passa de uma intrigante. Tenho por dever restabelecer a honra dela, e farei isso! Ah, Natacha, todos vão gostar de ti, todos; não há pessoa que possa não gostar de ti — acrescentou, extasiado. — Se bem que eu não te mereça nem um pouco, ama-me, Natacha, e eu cá... pois tu me conheces! E será que precisamos de muita coisa para a felicidade? Acredito, sim, acredito que esta noite há de nos trazer, a todos, felicidade e paz e concórdia! Bendita seja esta noite! Não é, Natacha? Mas o que tens? Meu Deus, o que é que tens?

Ela estava branca que nem uma morta. Durante todo aquele tempo que Aliocha passara a derramar seus discursos, não despregara os olhos dele, ficando seu olhar cada vez mais baço e fixo, seu rosto cada vez mais pálido. Pareceu-me enfim que acabara deixando de escutá-lo, que estava numa espécie de estupor. A exclamação de Aliocha acordou-a, pelo visto, de sobressalto. Uma vez acordada, ela olhou ao seu redor e, de repente, correu em minha direção. Toda ansiosa, como se estivesse com pressa e escondesse algo de Aliocha, tirou do seu bolso uma carta e estendeu-a para mim. Destinada aos pais dela, essa carta fora escrita ainda na véspera. Entregando-a, Natacha me fitava tão obstinadamente como quem me acorrentasse com seu olhar. Havia desespero nos olhos dela; nunca vou esquecer aquele olhar terrível. Fiquei também dominado pelo medo; percebi que só agora ela se dava conta de todo o horror de seu ato. Esforçava-se para me dizer algo; até se pôs a falar e, de súbito, desmaiou. Consegui segurá-la. Aliocha empalideceu de susto; esfregava-lhe as têmporas, beijava as mãos e os lábios dela. Uns dois minutos depois, ela se recobrou. O carro de aluguel que trouxera Aliocha estava perto dali; ele chamou pelo cocheiro. Entrando na carruagem, Natacha agarrou, como louca, a minha mão, e sua lagrimazinha me queimou, bem quente, os dedos. A carruagem foi rodando. Permaneci muito tempo ainda naquele lugar, seguindo-a com os olhos. Toda a felicidade minha pereceu naquele momento, e minha vida rachou-se ao meio. Sentia isso com tanta dor... Tomei o caminho já percorrido e, bem devagar, fui à casa dos velhos. Não sabia o que diria a eles, como entraria em sua casa. Meus pensamentos entorpeciam, faltavam-me as pernas...

Eis aqui toda a história de minha felicidade. Assim é que meu amor chegou ao seu termo, ao seu desfecho. Agora vou retomar a narração interrompida.

Capítulo X

Decorridos uns cinco dias desde a morte de Smith, mudei-me para o apartamento dele. Passei todo aquele dia numa tristeza insuportável. O tempo estava nublado e frio; caía uma neve molhada, mesclada com chuva. Apenas pelo fim da tarde, o sol apareceu por um minutinho, e um dos seus raios se insinuou, desviado, quiçá, por mera curiosidade, em meu quarto também. Comecei a arrepender-me de ter vindo morar ali. O quarto era grande, aliás, mas tinha um teto tão baixo, estava tão fuliginoso, impregnado de bafio e desagradavelmente vazio, mesmo com toda a sua escassa mobília! Daquela feita pensei que o tal apartamento havia de destruir o resto de minha saúde. Foi o que ocorreu.

Durante toda aquela manhã, fiquei revirando os meus papéis, separando-os um do outro e pondo-os em ordem. Por falta de uma pasta, trouxera a papelada na fronha de meu travesseiro; tudo aquilo se tinha amassado e confundido. Depois me pus a escrever. Ainda estava compondo, àquela altura, meu grande romance; porém, a escrita me caiu novamente das mãos: os pensamentos que enchiam minha cabeça eram outros...

Larguei a pena e sentei-me junto da janela. Ficava cada vez mais triste, ao passo que escurecia. Diversas ideias penosas assediavam-me. Imaginava, o tempo todo, que acabaria morrendo em Petersburgo. A primavera estava chegando; iria logo ressuscitar, pensava eu, se saísse dessa minha redoma, se tornasse a ver o mundo de Deus, a respirar o ar fresco dos campos e das florestas que não tinha visto havia tanto tempo!... Recordo-me de ter pensado também em como seria bom esquecer completamente, graças a algum feitiço ou milagre, tudo o que se dera comigo naqueles últimos anos; esquecer tudo, refrescar a mente e voltar ao começo com novas forças. Então sonhava ainda com isso, esperava que ressuscitasse. "Tomara que entrasse, ao menos, num asilo de loucos" — decidi, afinal. — "Todo o cérebro se viraria então nesta minha cabeça, mudaria de posição, e depois eu me curaria de novo". Ainda tinha sede de viver, ainda acreditava na vida!... Mas lembro que ri no mesmo instante. "E o que é que teria a fazer após o asilo de loucos? Escrever outra vez meus romances?"

Assim me entristecia, devaneava, enquanto o tempo fluía. Estava anoitecendo. Havia marcado para aquela noite um encontro com Natacha; ela me enviara, ainda na véspera, um bilhete, pedindo com insistência para nos encontrarmos. Levantei-me num pulo e comecei a aprontar-me. Mesmo se não tivesse encontro algum, gostaria de fugir logo daquele apartamento, nem que chovesse lá fora, nem que houvesse lama, fugir não importava para onde.

À medida que escurecia, meu quarto se tornava aparentemente mais amplo, como se ganhasse cada vez mais espaço. Imaginei que todas as noites veria Smith em todos os cantos: ele ficaria sentado, de olhos fixos em mim como em Adam Ivânovitch naquela confeitaria, e o Azorka, deitado aos seus pés. E foi justamente nesse momento que me sobreveio um assombro bem grande.

Preciso, aliás, confessar tudo com franqueza: fosse por causa dos meus nervos desarranjados, das novas impressões que tinha em meu novo apartamento ou da recente melancolia, mas comecei aos poucos, gradualmente, a submeter-me, ao cair do crepúsculo, àquele estado de espírito que me domina tantas vezes agora, em meio à minha doença, em plena noite, e que eu chamo de *pavor místico*. É o mais angustiante, o mais pungente medo de algo que não consigo definir, eu mesmo, de algo incompreensível, inexistente na ordem normal das coisas, que há, todavia, de ocorrer, talvez dentro de um minuto, achegando-se a mim, como se escarnecesse todos os argumentos racionais, e postando-se em minha frente como um fato incontestável, terrível, disforme e inexorável. De ordinário, esse medo cresce apesar de todos os postulados de meu juízo, de modo que minha mente, ao adquirir em tais momentos, quem sabe, uma lucidez ainda maior, acaba perdendo, porém, toda e qualquer possibilidade de resistir às sensações. Estas lhe desobedecem, ela se torna inútil, e tal desdobramento faz recrudescer a temerosa angústia de minha espera. Parece-me que é mais ou menos a mesma angústia de quem tem medo de mortos. Contudo, a indefinição do perigo faz que os sofrimentos de minha angústia se agravem ainda.

Lembro que estava de costas para a porta, pegando meu chapéu da mesa, e de repente, naquele mesmo instante, veio-me a ideia de que, tão logo me voltasse, decerto veria Smith: primeiro ele abriria, silencioso, a porta, ficaria plantado no limiar e correria os olhos pelo quarto; a seguir, inclinando discretamente a cabeça, entraria, viria postar-se em minha frente, cravaria os olhos turvos em mim e romperia de chofre a rir, bem na minha cara, com um riso longo, banguela e inaudível, e todo o seu corpo começaria a vibrar e vibraria, por muito tempo ainda, com aquele riso. Toda essa visão, por demais clara e nítida, surgira subitamente em minha imaginação, e ao mesmo tempo, também de súbito, apoderou-se de mim a mais plena, a mais irresistível certeza de que tudo isso aconteceria sem falta, inevitavelmente, de que isso já acontecera, aliás, mas eu não o tinha visto porquanto virava as costas à porta, de que nesse mesmo instante a porta talvez se abrisse. Voltei-me depressa e... e o quê? A porta se abria de fato, silenciosa, inaudivelmente, do mesmo modo que eu imaginara um minuto antes. Dei um grito. Ninguém apareceu por muito tempo, como se a porta se tivesse aberto por si só; de supetão, um ser estranho passou a soleira; alguém olhava para mim, o quanto me fosse possível enxergar na escuridão, atenta e obstinadamente. Um frio me percorreu todos os membros. Para meu imenso pavor, vi que era uma criança, uma menina, e, mesmo se fosse Smith em pessoa, talvez nem ele me assustasse como aquela criança desconhecida a fazer uma visita estranha e inesperada ao meu quarto, naquela hora e naquela estação do ano.

Eu já havia dito que ela abria a porta devagarinho e sem barulho, como se temesse entrar. Deteve-se na soleira e fitou-me por muito tempo, com um espanto que beirava o torpor; deu, afinal, dois passos silenciosos e lentos para a frente e parou diante de mim, sem dizer ainda uma só palavra. Vi-a de perto. Era uma menina de doze ou treze anos, de estatura baixa, toda magra e pálida, como se acabasse de convalescer de uma doença grave. Tanto mais fulguravam seus grandes olhos negros. Com a mão esquerda ela segurava um velho lenço esburacado que mal cobria seu peito ainda trêmulo do frio noturno. As roupas que ela usava bem poderiam ser chamadas de farrapos; seus bastos cabelos negros estavam despenteados e emaranhados. Passamos assim uns dois minutos, teimando em examinar um ao outro.

— Onde está o vovô? — perguntou ela por fim, e sua voz soava bem baixa e rouca, como se lhe doesse o peito ou a garganta.

Todo o meu pavor místico evaporou-se com essa pergunta. Alguém procurava por Smith; os rastros dele revelavam-se inopinadamente.

— Teu vovô? Mas ele já faleceu! — repliquei de improviso, sem estar preparado para responder à sua pergunta, e logo me arrependi. Por um minuto, a menina permaneceu como estava e, de repente, começou a tremer toda, bem forte, como se uma violenta crise nervosa fosse acometê-la. Já ia arrimá-la para que não caísse. Alguns minutos depois, ela se sentiu melhor, e percebi claramente que fazia esforços antinaturais no intuito de me ocultar sua comoção.

— Perdoa-me, criança, perdoa! Perdoa, minha pequena! — dizia eu. — Falei contigo assim, bruscamente, e talvez não seja ainda nada disso... minha pobrezinha!... Por quem é que estás procurando? Pelo velho que morava aqui?

— Sim — sussurrou ela com esforço, olhando para mim, inquieta.

— O sobrenome dele era Smith? Era?

— Ssim!

— Pois ele... sim, foi bem ele quem faleceu... Mas não fiques triste, minha queridinha. Por que não vieste antes? De onde é que vens? Ele foi enterrado ontem; tinha morrido rápido, fulminante... Então, és a neta dele?

A menina não respondia às minhas perguntas afobadas e desconexas. Calada, virou-me as costas e foi lentamente saindo do quarto. Eu estava tão pasmado que já não a detinha nem lhe indagava nada. Ela parou mais uma vez na soleira e, voltando-se de leve para mim, perguntou:

— O Azorka também morreu?

— Sim, o Azorka também morreu — respondi, achando meio estranha a pergunta dela: parecia ter certeza de que o Azorka devia sem falta morrer com o seu velho dono. Ao ouvir essa minha resposta, a menina saiu quietinha do quarto e fechou devagar a porta atrás de si.

Um minuto depois, corri no encalço dela, todo aborrecido de tê-la deixado ir embora. Tinha saído tão silenciosamente que eu nem a ouvira abrir a outra porta, a que dava para a escadaria. Não tivera ainda tempo para descer as escadas, pensei, escutando na antessala. Mas tudo estava silencioso, não se ouvia ninguém descer. Apenas estalou uma porta, lá nos andares de baixo, e ficou tudo outra vez silencioso.

Fui depressa pela escada: do quinto andar ao quarto, logo a partir do meu apartamento, esta descia em caracol e, a partir do quarto andar, tornava-se reta. Era uma escadaria preta de sujeira e sempre escura, uma daquelas escadarias que são próprias dos prédios de alvenaria, com vários apartamentos pequenos. Naquele momento, estava já totalmente escura. Descendo, às apalpadelas, até o quarto andar, parei no patamar e tive, de súbito, como que uma sacudida ao intuir que alguém estava lá, escondido de mim. Comecei a tatear em minha volta: a menina se recolhera bem no canto do patamar e, virando o rosto para a parede, chorava em pleno silêncio.

— Escuta, por que é que tens medo? — disse eu. — Tanto te assustei, a culpa é minha. Teu vovô, quando estava morrendo, falava de ti; foram as últimas palavras dele... Guardei ainda uns livros: são teus? Como te chamas, onde moras? Ele dizia que moravas na Sexta linha...

Não terminei a frase. A menina soltou um grito, como que assustada por eu saber onde ela morava, empurrou-me com sua mão fininha e ossuda, precipitou-se pela escada. Corri atrás dela; seus passos se ouviam ainda embaixo. De chofre, cessaram... Quando saí correndo para a rua, ela não estava mais lá. Alcancei a correr a avenida Voznessênski e dei-me conta de que minhas buscas eram inúteis: a menina havia sumido. "Decerto se escondeu de mim em algum lugar" — pensei então —, "ainda quando estava descendo a escada".

Capítulo XI

Mas assim que pisei na lamacenta calçada da avenida, deparei-me subitamente com um homem que caminhava, pelo visto, imerso numa profunda meditação, inclinando a cabeça e apertando o passo. Reconheci, com enorme surpresa, o velho Ikhmeniov. Para mim, era uma noite de encontros inesperados. Eu sabia que, uns três dias antes, o velho ficara bastante adoentado e, de repente, encontrei-o no meio da rua, numa noite tão úmida assim. Ademais, já antes disso ele não saía quase nunca ao anoitecer e, desde que Natacha abandonara os pais, ou seja, havia cerca de meio ano, era um verdadeiro eremita. Ficou alegre de certo modo particular, quando me viu, portando-se como quem encontrasse enfim um amigo capaz de compartilhar seus pensamentos, pegou a minha mão, apertou-a com força e, sem perguntar aonde eu ia, arrastou-me atrás de si. Estava preocupado com algo, apressado e sôfrego. "Aonde é que ele tinha ido?" — pensei comigo mesmo. Fazer-lhe perguntas seria inoportuno: o velho se tornara por demais melindroso e, vez por outra, vislumbrava uma alusão ofensiva, uma injúria, na mais simples das interrogações ou objeções.

Olhei de viés para ele: emagrecera muito nesses últimos tempos, não tinha feito a barba por uma semana; seu rosto parecia enfermo. Os cabelos dele, já todos embranquecidos, espetavam-se em plena desordem, por baixo de seu chapéu amassado, e caíam em longas mechas emaranhadas sobre a gola de seu casaco velho e gasto. Eu percebera, ainda antes disso, que em certos momentos ele ficava como que desvairado; esquecia, por exemplo, que não estava sozinho no quarto, passava a conversar consigo mesmo, gesticulava com ambas as mãos. Fazia pena vê-lo.

— Pois bem, Vânia, como está? — perguntou ele. — Aonde ia? É que saí, mano, de casa: negócios. Está bem de saúde?

— E o senhor está bem? — disse eu. — Faz tão pouco tempo que adoeceu e agora sai de casa.

O velho não respondia, como se não me tivesse ouvido.

— Como está Anna Andréievna?

— Está bem, está bem... Aliás, ela também adoeceu um pouquinho. Ficou triste essa minha mulher... lembrou-se de você: por que não vem mais? E agora, Vânia, vai à nossa casa, hein? Ou não vai? Talvez eu o atrapalhe, talvez o distraia de algum negócio aí? — perguntou ele de improviso, fitando-me desconfiado e mesmo tomado de suspeitas. Melindroso que era, o velho se tornara tão sensível e irritadiço que, se eu lhe respondesse agora que não ia à casa dele, ficaria por certo magoado e acabaria por despedir-se de mim com frieza. Apressei-me a responder de modo afirmativo, dizendo que ia exatamente visitar Anna Andréievna, embora soubesse que encontraria Natacha com muito atraso ou nem iria, talvez, encontrá-la essa noite.

— Pois bem — disse o velho, completamente acalmado pela minha resposta —, isso é bom... — e, de repente, calou-se, outra vez pensativo, como quem não dissesse tudo de vez.

— Isso é bom, sim — repetiu maquinalmente, uns cinco minutos depois, como que acordado de suas profundas meditações. — Hum... está vendo, Vânia:

você sempre foi para nós igual a um filho de sangue; Deus não abençoou Anna Andréievna, nem a mim... com um filho... porém nos enviou você — eu sempre pensei desse jeito. Minha velha também... pois é! E você mesmo nos tratou sempre com respeito e carinho, tal e qual um verdadeiro filho agradecido. Que Deus o abençoe por isso, Vânia, assim como nós dois, velhos, abençoamos você e amamos... sim!

Sua voz passou a fremir; o velho esperou um minuto.

— Sim... como anda, pois? Não esteve doente? Por que não nos visitou tanto tempo?

Contei-lhe toda a história de Smith, pedindo desculpas por me ter ausentado em razão do tal acidente, e disse que, além do mais, quase caíra de cama e, devido a todos aqueles afazeres, não fora à distante ilha Vassílievski (eles moravam então na Vassílievski) para visitá-los. Por pouco teria falado também da casualidade que aproveitara, nesse meio-tempo, a fim de visitar Natacha, mas me calei no momento certo.

O velho se interessou muito pela história de Smith. Escutou-a com mais atenção. Ao saber que meu novo apartamento era úmido, sendo, quiçá, pior ainda que o antigo, mas me custava seis rublos mensais, até se exaltou. Tornara-se, em geral, ansioso e impaciente demais. Só Anna Andréievna é que conseguia entender-se com ele em tais momentos — de resto, nem sempre.

— Hum... é tudo por causa de sua literatura, Vânia! — exclamou ele, quase furioso. — Conduziu você até o sótão, levará você para o cemitério! Bem que lhe dizia então, bem que vaticinava!... E aquele seu B. escreve ainda críticas?

— Mas ele já morreu... foi de tísica.[37] Parece que já lhe contei isso.

— Morreu, hum... morreu! Bem feito para ele. E daí: deixou alguma coisa à sua mulher e aos seus filhos? Pois você disse que tinha uma mulher por lá... E para que essa gente se casa?

— Não deixou nada, não — respondi.

— Isso aí! — exclamou o velho, arrebatado, como se esse caso lhe concernisse de modo direto, envolvendo sua família, e como se o finado B. fosse seu irmão germano. — Nada! Nadinha de nada! E sabe, Vânia, eu já pressentia de antemão que ele acabaria dessa maneira, ainda quando você — lembra-se disso? — elogiava o homem sem parar. É fácil dizer que não deixou nada! Hum... mereceu uma glória. Suponhamos que seja, quem sabe, uma glória imortal, só que a glória não alimenta a gente. Eu, mano Vânia, adivinhei então todo o seu destino também: lisonjeava você, mas aqui comigo adivinhei tudo. Pois B. morreu? E como não teria morrido? A vida é boa e... o lugar também é bom, olhe só!

E, com um rápido gesto involuntário, apontou-me para a nebulosa perspectiva da rua iluminada por lampiões, cuja luz parca reverberava numa neblina úmida, para os prédios sujos, para as brilhosas lajes das calçadas molhadas, para os transeuntes de semblantes lúgubres e roupas ensopadas, para todo aquele quadro que abrangia, bem negra como se estivesse encharcada de nanquim, a cúpula do céu petersburguense. Já nos aproximávamos da praça; um monumento alumiado embaixo por bicos de gás erguia-se em nossa frente, nas trevas, e via-se mais

[37] Antiga denominação da tuberculose pulmonar.

adiante o colossal vulto escuro do Santo Isaac[38] que se destacava indistintamente do colorido soturno do céu.

— Pois você dizia, Vânia, que ele era um homem bom, magnânimo e simpático, com sentimentos, com coração. Pois eles são todos iguais, aqueles homens que têm coração, aquela gente simpática! Só sabem multiplicar órfãos! Hum... até morria ele sem tanto pesar, eu acho!... E-e-eh! Iria embora daqui, nem que fosse para a Sibéria!... O que há, menina? — perguntou o velho de supetão, reparando numa criança que pedia esmola na calçada.

Era uma menina de sete ou oito anos no máximo, pequena, magrinha, vestida de sujos farrapos, com sapatos esburacados nos pezinhos nus. Esforçava-se para cobrir seu corpinho a tremelicar de frio com uma vetusta espécie de robe minúsculo que não lhe servia mais havia tempos. Sua carinha descarnada, pálida e doentia voltava-se para nós; ela nos mirava com timidez, sem uma palavra, e estendia-nos, temendo, de certo modo servil, a nossa recusa, sua mãozinha trêmula. O velho estremeceu todo ao avistar a menina e virou-se para ela tão rápido que a deixou ainda mais assustada. Viu-a recuar em sobressalto.

— O que há, menina, o que queres? — exclamou ele. — O quê? Estás pedindo? Sim? Pega aí, pega... é para ti!

Azafamado, tremendo de emoção, passou a vasculhar o seu bolso e tirou de lá duas ou três moedinhas de prata. Contudo, achou que era pouco; pegou sua carteira e,

---

[38] Dostoiévski tem em vista o monumento ao imperador Nikolai I e a majestosa catedral de Santo Isaac, ambos localizados na praça petersburguense de Santo Isaac.

tirando a nota de um rublo — a única que estava ali dentro —, colocou todo esse dinheiro na mão da pequena mendiga.

— Cristo te proteja, pequena... minha criancinha! O anjo divino esteja contigo!

E, repetidas vezes, benzeu a coitada com sua mão trêmula; a seguir, percebeu de chofre que eu também estava por perto e olhava para ele, franziu o sobrolho e foi, a passos lestos, para a frente.

— Pois eu, Vânia, não consigo ver isso — tornou a falar após uma pausa sombria e bastante longa —, essas criaturinhas inocentes que tremem de frio na rua... por causa de suas mães desnaturadas e de seus pais malditos. Aliás, que mãe é que mandaria uma criança dessas passar tamanho horror, a não ser a mais infeliz de todas?... Talvez haja lá, no canto dela, outros órfãos ainda, e essa menina é a mais velha; e a própria mãe está doente, toda acabada e... hum! Não são filhos de um príncipe! Há muitas crianças neste mundo, Vânia, que não têm sangue principesco! Hum!

Calou-se por um minuto, como se algo o impedisse de continuar.

— Está vendo, Vânia, eu prometi a Anna Andréievna — recomeçou, um tanto confuso e embaraçado —, prometi para ela... quer dizer, a gente combinou, eu e Anna Andréievna, adotar uma órfã pequena para criá-la... assim, uma órfã qualquer; assim, pobre e pequenina... adotá-la de vez, para morar conosco, entende? É que estamos tão tristes, nós velhos, nessa solidão toda que... hum... mas está vendo, minha Anna Andréievna começou a reclamar de repente, não sei por quê. Fale, pois, com ela — assim, você compreende —, não em meu nome, mas como se fosse você mesmo... convença-a... entende? Fazia tempo que eu queria pedir que fizesse isso... que a convencesse a concordar, pois estou muito sem graça para pedir eu mesmo, mas... não vale a pena falar dessas ninharias! O que seria uma menina para mim? Nem preciso dela; só se for para me consolar... para ouvir uma voz infantil, qualquer uma... aliás, na verdade, faço isso para a minha velhinha: ela ficaria mais feliz se não vivesse tão só comigo. Mas tudo isso é uma bobagem! Sabe, Vânia, vamos perder muito tempo indo a pé. Que tal chamar uma carruagem? O caminho é longo, e Anna Andréievna já está cansada de esperar...

Eram sete e meia da noite quando chegamos de carruagem à casa dos Ikhmeniov.

Capítulo XII

Os velhos se amavam muito. Tanto o amor quanto o antigo hábito ligavam-nos de modo indissolúvel. Entretanto, não só agora como também no passado, na época mais feliz de sua vida, Nikolai Serguéitch tem sido algo esquivo com sua Anna Andréievna, tratando-a por vezes severamente, em especial na presença das pessoas estranhas. Há certos homens, dotados de sentimentos finos e ternos, que revelam volta e meia uma teimosia, uma casta perseverança em não demonstrarem sua ternura, nem mesmo a quem lhes for caro, não apenas em público, mas até na intimidade — aliás, sobretudo na intimidade, vindo o afeto deles à tona só bem raramente e sendo, nessas ocasiões, tanto mais caloroso e impetuoso quanto mais ficou reprimido antes. Em parte, o velho

Ikhmeniov tratava assim sua Anna Andréievna, mesmo na juventude. Respeitava-a e amava-a infinitamente, apesar de ela ser apenas uma mulher bondosa que não sabia nada senão amar seu esposo, e ficava bastante irritado porque ela o tratava, por sua vez, com um carinho demasiado e, simplória como era, chegava amiúde a exibir imprudentemente esse carinho. Todavia, indo Natacha embora, os velhos passaram a tratar um ao outro com mais ternura: sentiam com muita dor que estavam sós neste mundo. Se bem que Nikolai Serguéitch se tornasse, de vez em quando, bilioso demais, nenhum deles dois conseguia afastar-se do outro, nem que fosse tão só por duas horinhas, sem dolorosa saudade. Quanto a Natacha, pareciam ter decidido tacitamente não dizer meia palavra a respeito dela, como se nem existisse na face da terra. Anna Andréievna não ousava sequer aludir a ela na presença do marido, conquanto sofresse muito com isso. Já perdoara a Natacha, havia tempos, em seu coração. De certa forma, nós combináramos, eu e ela, que lhe trouxesse, toda vez que visitasse sua casa, alguma notícia de sua querida filha inesquecível.

A velhinha ficava doente se não recebia essas notícias por muito tempo e, quando eu as trazia, interessava-se pelos menores detalhes, indagava-me com espasmódica curiosidade, "aliviava a alma" com meus relatos e quase morreu de susto ao saber um dia que Natacha adoecera, quase se dispôs, ela mesma, a ir visitá-la. Mas foi um caso excepcional. De início, ela não se atrevia, nem mesmo falando comigo, a expressar sua vontade de ver a filha e, terminadas as nossas conversas, tendo recebido de mim todas as notícias, achava necessário, na maioria das vezes, contrair-se toda em minha frente e confirmar sem rodeios que, mesmo preocupada com o destino da filha, considerava esta culpada demais para poder absolvê-la. Tudo isso não passava, porém, de um fingimento. Havia ocasiões em que Anna Andréievna se afligia até a exaustão, chorava, em minha presença chamava Natacha dos nomes mais carinhosos, reclamava amargamente de Nikolai Serguéitch e, quando ele estava lá, punha-se a *aludir*, embora com muita cautela, ao orgulho humano, à crueldade dos corações, à nossa incapacidade de perdoar as ofensas, à punição que Deus reservava a quem não perdoasse aos seus próximos, mas não ia, com seu marido presente, além disso. Em tais momentos, o velho logo se retraía, enrijecia, calava-se de cara amarrada, ou repentinamente, de ordinário num tom muito canhestro e altissonante, abordava outros assuntos, ou então acabava indo ao *seu* quarto, deixava-nos sós e concedia desse modo a Anna Andréievna o ensejo de compartir plenamente comigo, desfazendo-se em lágrimas e queixumes, seu pesar materno. Da mesma forma, ia ao seu quarto sempre que eu visitava sua casa, tão logo me saudasse às pressas, dando-me bastante tempo para comunicar a Anna Andréievna todas as últimas notícias de Natacha. Foi o que fez agora também.

— Estou molhado — disse à sua esposa, assim que entrou porta adentro —, vou ao meu quarto, e você, Vânia, fique aqui. Aconteceu uma história com ele, com aquele seu apartamento... conte para ela, vá. Eu volto logo...

E apressou-se a sair, procurando nem sequer olhar para nós, como que envergonhado de ter-nos deixado juntos. Nesses casos, especialmente quando voltava, sempre passava a tratar, tanto Anna Andréievna quanto a mim, com rispidez, irritava-se, até implicava conosco, aparentando zangar-se consigo mesmo e censurar suas próprias delicadeza e transigência.

— Eis como ele é — disse a velhinha, que vinha falando comigo, nesses últimos tempos, sem a mínima afetação nem sombra de segundas intenções. — Sempre me trata assim, bem que saiba: a gente percebe todos os truques dele. Por que será que se finge tanto na minha frente? Seria eu uma estranha, hein? Assim trata a filha também. Poderia perdoar a ela e talvez queira mesmo perdoar, só Deus sabe disso. Fica chorando de noite, eu cá ouvi! Mas, por fora, está bem firme. A soberba se apossou dele... Conte, Ivan Petróvitch, meu queridinho, conte logo aonde ele foi!

— Nikolai Serguéitch? Não sei; queria até perguntar à senhora.

— Pois eu quase desmaiei, quando ele saiu. Está doente, e lá fora faz um tempo desses e a noite já vem chegando; na certa, pensei, tem um motivo sério. E o que pode ser mais sério do que aquele negócio que você conhece? Penso assim com meus botões, mas não ouso nem perguntar. É que agora não ouso mais perguntar por nada. Meu Deus do céu, mas como fiquei temendo por ele e por ela também. E se for, pensei, direto à casa dela: será que decidiu perdoar à nossa filha? É que já soube de tudo, já sabe todas as últimas notícias dela; tenho aqui certeza de que ele sabe, mas nem imagino quem lhe manda aquelas notícias. Ficou tão saudoso ontem, e hoje também. Mas por que você está calado? Fale, meu queridinho, o que mais foi que aconteceu? Esperei por você como por um anjo divino, quase me ceguei de tanto olhar se vem ou não vem. O que há, pois: o celerado deixa enfim Natacha?

Logo contei para Anna Andréievna tudo quanto sabia eu mesmo. Sempre fui totalmente sincero com ela. Informei-lhe que Natacha estava realmente prestes, pelo visto, a romper com Aliocha, parecendo essa rixa mais grave que seus desacordos anteriores; que Natacha me enviara na véspera um bilhete, implorando-me para encontrá-la esta noite, às nove horas, e que eu nem me dispunha, portanto, a visitar os Ikhmeniov esta noite, sendo Nikolai Serguéitch em pessoa quem me trouxera para sua casa. Contei-lhe e expliquei por miúdo que a situação era, de modo geral, crítica; que o pai de Aliocha, voltando, umas duas semanas antes, de uma viagem, não queria nem ouvir falarem de nada e começara a pressioná-lo com todo o rigor; que, o mais importante, Aliocha parecia mesmo interessado em sua noiva e que, segundo se dizia, até se apaixonara por ela. Adicionei também que o bilhete de Natacha fora escrito, o quanto se pudesse adivinhar, numa forte emoção: esta noite tudo se resolveria, escrevera ela, mas não se sabia o que precisamente se resolveria, sendo estranho, por outro lado, que tivesse escrito para mim no dia anterior, mas marcasse nosso encontro para o dia de hoje e determinasse até a hora — às nove da noite. Por isso é que me cumpria ir encontrá-la, e o mais depressa possível.

— Pois vá, queridinho, vá lá, vá sem falta — angustiou-se a velhinha. — É só ele sair do quarto; beba chazinho, enquanto isso... Ah, mas não trazem o samovar! Matriona! Cadê o samovar? Não é uma criada, é uma ladra!... Pois bem: logo que tomar seu chazinho, ache um bom pretexto e vá embora. E venha amanhã, sem falta, e conte-me tudo; venha dar um pulinho aqui, o mais cedo que puder. Meu Deus! Será que aconteceu mais uma desgraça? O que é, parece, que poderia ser pior que essas coisas de hoje? Pois Nikolai Serguéitch já soube de tudo, meu coração me diz que já soube. Eu cá recebo muitas notícias de nossa Matriona, e ela de Agacha, e Agacha é afilhada de Maria Vassílievna que mora na casa do príncipe... pois você mesmo a conhece, não é? Zangou-se terrivelmente hoje meu Nikolai. Eu lhe disse isto, disse aquilo, e ele quase gritou comigo e depois ficou assim, meio arrependido: temos pouco dinheiro, respondeu. Como se estivesse gritando por causa do dinheiro. Após o almoço, disse que ia dormir. Olhei pela fresta, pois (há uma frestinha na porta; ele nem desconfia disso), e ele, meu queridinho, está lá de joelhos, defronte dos ícones, e reza a Deus. Quando vi isso, as pernas me faltaram. E ele não tomou chá nem dormiu; pegou sua *chapka*[39] e foi embora. Saiu lá pelas cinco. Nem ousei perguntar aonde ia, senão ele teria gritado de novo. Passou a gritar muitas vezes, sobretudo com Matriona... e comigo também; e, cada vez que ele grita, minhas pernas fraquejam e meu coração despenca. É um fricote apenas, sei que é um fricote, mas sinto medo. Rezei a Deus uma hora inteira, depois que ele tinha saído, para que lhe insuflasse umas ideias boas. Mas onde é que está o bilhete dela, mostre-o para mim!

Mostrei o bilhete. Sabia que Anna Andréievna acalentava um sonho íntimo e precioso, o de Aliocha, a quem ela chamava ora de celerado ora de rapazote tolo e insensível, vir a casar-se enfim com Natacha, e de seu pai, o príncipe Piotr Alexândrovitch, permitir-lhe isso. Até chegava a mencionar esse sonho seu, quando falava

---

[39] Chapéu de pele usado no inverno.

comigo, embora se arrependesse, em outras ocasiões, das suas palavras e acabasse por negá-las. Contudo, em hipótese alguma se atreveria a exprimir tais esperanças na frente de Nikolai Serguéitch, mesmo ciente de que o velho a suspeitava de tê-las por lhe ter dirigido, mais de uma vez, admoestações indiretas. Creio que ele amaldiçoaria Natacha em definitivo, arrancando-a para sempre do seu coração, se aventasse a própria possibilidade desse matrimônio.

Àquela altura, todos nós pensávamos assim. Ele desejava com todas as forças de seu coração que a filha voltasse, mas esperava que voltasse sozinha, contrita, sem guardar na alma sequer uma remota lembrança de seu Aliocha. Era a única condição com que perdoaria a Natacha, condição nunca explicitada, mas evidente e indubitável para quem o visse.

— Ele não tem caráter, aquele garotão, não tem um pingo de caráter, mas tem coração duro, sempre disse isso — tornou a falar Anna Andréievna. — Não souberam educá-lo, e eis que cresceu de cabeça leve: quer deixá-la com tanto amor, meu Deus do céu! O que será dela, da coitadinha? E o que foi que achou naquela outra, até me espanto!

— Há quem diga, Anna Andréievna — objetei —, que essa noiva é uma moça encantadora, e mesmo Natália Nikoláievna falou assim dela...

— Não acredite nisso, ouviu? — interrompeu a velhinha. — É encantadora, hein? Para vocês, escribazinhos, qualquer moça é encantadora, contanto que penda uma saia sobre ela. E se Natacha fala bem daquela ali, faz isso porque tem alma nobre. Não sabe segurar o rapaz, perdoa tudo a ele e fica, ela mesma, sofrendo. Quantas vezes é que ele já a traiu? Oh, celerados de coração duro! E eu, Ivan Petróvitch, estou simplesmente apavorada. A soberba dominou todo o mundo. Tomara que meu marido se abrande, ao menos, tomara que lhe perdoe, à minha filhinha, tomara que a traga para cá. Como eu a abraçaria, como olharia para ela! Será que ficou magrinha?

— Ficou, Anna Andréievna!

— Minha querida! Pois eu, Ivan Petróvitch, ando agoniada! Chorei hoje, a noite toda e o dia todo... mas deixe! Depois lhe contarei! Quantas vezes tentei pedir, assim de longe, para ele perdoar a Natacha; não ouso dizer isso na cara dele e começo de longe, de um jeito assim, esperto. E meu coração está quase parando: se perder as estribeiras, penso, se a amaldiçoar de vez? Ainda não o ouvi amaldiçoar a filha... por isso temo que rogue praga para ela. O que vai acontecer então? Se o pai amaldiçoar, Deus castigará. Assim é que vivo, todo santo dia tremo de pavor. E você, Ivan Petróvitch, será que não tem vergonha? Parece que cresceu em nossa casa e recebeu, de nós todos, carinho paterno, só que agora vem inventando: que moça encantadora! Pois aquela Maria Vassílievna lá diz coisinhas melhores. (Pequei uma vez: chamei-a para tomar café comigo, quando meu Nikolai ia passar toda a manhã fora, por causa de seus negócios). Pois ela me explicou todas as minúcias. É que o príncipe, o pai de Aliocha, tinha relações inadmissíveis com aquela condessa. Dizem que a condessa o apertava, havia tempos, para que se casasse com ela, mas o príncipe se esquivava de todo jeito. E aquela condessa, quando o marido dela ainda estava vivo, tinha uma conduta bem desgarrada. E, quando ele morreu, foi logo para o estrangeiro: arrumou lá uns italianos e franceses, mexeu com alguns barões naquelas paragens, e foi lá também que fisgou o príncipe Piotr Alexândrovitch. E a enteada dela, a filha do primeiro marido, daquele arrendatário, cresceu e apareceu nesse meio-tempo. A condessa, a madrasta dela, gastou tudinho, e Katerina Fiódorovna, enquanto isso, ficou bem crescidinha, e os dois milhões, que seu pai, o arrendatário, tinha deixado para ela num banco ali, cresceram também. Dizem que essa moça tem agora três milhões, e o príncipe entendeu, pois, tudo direitinho: como seria bom casar seu Aliocha com ela (não é nada bobo, aquele ali, não deixará escapar seu proveito!). E o conde também, aquele cortesão grã-fino, o parente do príncipe — lembra-se dele? — está de acordo, que três milhões não são brincadeira, não. Está certo, diz, vão falar com aquela condessa. O príncipe vai, pois, comunicar seu desejo para a condessa. E ela se debate com braços e pernas: não tem, dizem, regras aquela mulher, é tão escandalosa! Dizem que nem todos a recebem em sua casa por aqui, não é a mesma bacanal que no estrangeiro. Não, diz ela, é você, seu príncipe, quem se casará comigo, mas minha enteada com Aliocha — nunca! E a mocinha, quer dizer, a enteada, adora sua madrasta, dizem, até perder a cabeça: está para endeusá-la, obedece em tudo a ela. É tão dócil, pelo que contam, tem alma angelical! O príncipe vê, pois, de que negócio se trata e diz: não se preocupe, sua condessa. Já gastou seu cabedal todo e não tem como pagar suas dívidas. E, quando sua enteada se casar com Aliocha, será um casalzinho perfeito: sua menina é inocente e meu Aliocha é bobalhão; vamos colocá-los, pois, sob a nossa tutela e mandar neles, nós dois — aí é que você também terá seu dinheiro. Para que, diz ele, é que se casaria comigo, você mesma? É um homem sabido! Um maçom! Isso foi meio ano atrás, a condessa hesitava ainda; e agora foram os dois a Varsóvia, dizem, e lá se entenderam. Foi assim que me contaram. Foi Maria Vassílievna quem me contou todas as minúcias, e ela mesma ouviu um homem de confiança falar nisso. Pois é o dinheirinho que está no meio, aqueles milhões ali, e você diz: que moça encantadora!

O relato de Anna Andréievna deixou-me atônito. Coincidia, nos mínimos detalhes, com tudo o que Aliocha em pessoa contara recentemente a mim. Falando nisso, ele dissera, todo afoito, que nunca se casaria por causa do dinheiro. No entanto, ficara pasmado e maravilhado ao conhecer Katerina Fiódorovna. Tinha ouvido Aliocha dizer, outrossim, que seu pai se casaria, quem sabe, por sua vez, embora andasse desmentindo esses boatos para não irritar em má hora a condessa. Conforme já havia dito, Aliocha amava muito seu pai, admirava-o e gabava-se dele, acreditava nele como se fosse um oráculo.

— E não é da estirpe de condes, essa sua moça encantadora! — prosseguiu Anna Andréievna, exasperada com meu elogio à futura noiva do jovem príncipe. — Natacha, pois, seria uma esposa melhor ainda para ele. Aquela ali é filha de um arrendatário, e Natacha é de uma antiga família fidalga, é uma moça de alta nobreza. É que meu velho (esqueci-me de lhe contar) abriu ontem seu bauzinho, aquele com chapas de ferro, sabe, e ficou sentado, a tarde inteira, na minha frente, remexendo nossos diplomas antigos. E ficou tão sério assim. Eu tricotava uma meia e nem olhava para ele, com medo.

Pois ele viu que eu estava calada e chamou por mim, ele mesmo, zangado, e foi explicando a nossa genealogia, pelo resto da tarde. O que acontece, pois, é que nós cá, quer dizer os Ikhmeniov, já éramos fidalgos com Ivan Vassílievitch, o Terrível,[40] no poder, e que minha família, a dos Chumílov, já era conhecida nos tempos de Alexei Mikháilovitch[41] — a gente tem documentos sobre isso, e na História[42] de Karamzin está escrita a mesma coisa. Pois sim, meu queridinho: dá para ver que nós cá não somos piores que os outros por esse lado. Quando meu velho começou a explicar isso para mim, compreendi logo o que tinha em mente. Também está magoado, parece, por ver Natacha desprezada. Toda a vantagem que eles têm sobre nós é a riqueza. Vá, pois, aquele facínora ali, Piotr Alexândrovitch, cuidar da riqueza, que todo mundo sabe: tem alma cruel e gananciosa. Dizem que se alistou sorrateiramente, lá em Varsóvia, nos jesuítas.[43] Será que é verdade?

— Boato à toa — respondi, intrigado, sem querer, com a vivacidade do tal boato. Ao mesmo tempo, essa notícia de Nikolai Serguéitch a remexer seus diplomas

---

[40] Ivan IV Vassílievitch, popularmente conhecido como Ivan, o Terrível (1530–1584): grande príncipe moscovita e, desde 1547, o primeiro "czar de toda a Rússia".

[41] Alexei Mikháilovitch, o Quietíssimo (1629–1676): czar russo desde 1645, representante da dinastia dos Românov.

[42] Trata-se da monumental *História do Estado Russo* (1803–1826), cujo autor, Nikolai Karamzin, ficou também conhecido como o maior expoente do sentimentalismo literário na Rússia.

[43] A Ordem dos Jesuítas fora expulsa do Império Russo em 1820; porém, quando se pretendia denegrir a reputação de um fidalgo, este era tachado, ainda em meados do século XIX, de jesuíta ou maçom dissimulado.

era surpreendente. Antes ele nunca ostentara sua ascendência.

— São todos facínoras de coração duro! — continuou Anna Andréievna. — E ela, minha filhinha, está triste, pois, fica chorando? Ah, mas é hora de você ir encontrá-la. Matriona, Matriona! Não é uma criada, é uma ladra!... Mas não a ofenderam aqueles ali? Fale, Vânia, fale!

O que poderia responder? A velhinha se pôs a chorar. Perguntei que outra desgraça lhe ocorrera, sobre a qual ela ia contar-me havia pouco.

— Ah, queridinho, não nos bastavam aquelas desgraças: não bebemos ainda, talvez, o cálice todo! Será que lembra, meu caro, ou não lembra mais? Eu tinha um medalhãozinho banhado de ouro, feito assim, como lembrancinha, e lá dentro estava um retrato de Natáchetchka, quando menina — com oito anos então, meu anjinho. Nós o encomendamos, Nikolai Serguéitch e eu, a um pintor que passava pela nossa casa... mas você já deve ter esquecido, meu queridinho! Era um bom pintor, desenhou Natacha como Cupido: cabelos loirinhos, que ela mantinha então, penteadinhos; estava com uma camisolinha de musselina assim, de corpinho transparecendo, e ficou tão bonitinha que a gente não se cansava de ver. Pedi que aquele pintor desenhasse também as asinhas para ela, mas o pintor discordou. Pois é, queridinho, após os horrores que a gente enfrentou, eu tirei o medalhãozinho do meu cofrete e pendurei-o, com uma cordinha, aqui no peito; usava-o junto da minha cruz e temia, o tempo todo, que meu Nikolai por acaso o visse. Pois ele havia mandado então jogar fora ou queimar todas as coisas que ela tinha em casa, para que nada a lembrasse mais a nós dois. E para mim... tomara que a veja, pelo menos, nesse retrato; fico chorando, às vezes, quando olho para ela e sinto alívio, e outras vezes, quando estou sozinha, beijo o retrato sem parar, como se a beijasse a ela; chamo-a, minha filha, de nomes carinhosos e benzo-a toda noite, antes de dormir. Falo com ela em voz alta, quando estou sozinha, pergunto alguma coisa e depois imagino o que ela me responde, e pergunto de novo. Oh, meu querido Vânia, dá pena até contar sobre isso! Ando, pois, toda feliz de que ele não saiba do medalhão, de que não o tenha notado; só que vi, ontem pela manhã: o medalhão não está mais aqui, apenas essa cordinha pendente... rompeu-se, na certa, a cordinha, e eis que o deixei cair. Fiquei toda gelada. Fui procurar: procurei aqui, procurei acolá — não achei! Perdeu-se o medalhão, sumiu! Como foi que sumiu? Deixei que caísse, pensei, quando estava deitada: revirei toda a cama, e nem sinal! Se caiu mesmo dessa cordinha rota, nalgum lugar, aí pode ser que alguém o tenha encontrado, mas quem foi senão *ele* ou Matriona? Quanto a Matriona, nem posso desconfiar dela, que me é fiel de todo o coração... (Matriona, trazes logo esse samovar ou não trazes?) Mas o que vai acontecer, penso, se ele o encontrar por acaso? Fico no meu cantinho, bem triste, e choro, choro, não consigo conter as lágrimas. E Nikolai Serguéitch está mais e mais carinhoso comigo: anda triste, só de olhar para mim, como se soubesse, ele também, por que estou chorando e tivesse pena de mim. Penso então com meus botões: como é que ele saberia? Será que encontrou mesmo o medalhão, será que o jogou do postigo? Pois ele é capaz disso, se zangado; jogou o medalhão fora e anda depois arrependido, lamenta tê-lo jogado fora. Fui procurar, com Matriona, embaixo da janela, sob o postigo, mas não achei nada. Sumiu para todo o sempre. Chorei, pois, a noite inteira. Pela primeira vez é que não a benzi antes de dormir. Oh, que mau agouro, Ivan Petróvitch, que mau agouro — não pressagia nada de bom! Já é o segundo dia que choro, sem secar os olhos. Esperava por você, meu queridinho, esperava como por um anjo divino, só para aliviar a alma...

E a velhinha chorou desesperada.

— Ah, sim, esqueci-me de lhe dizer! — voltou a falar de repente, alegre de se ter lembrado *daquilo*. — Ouviu-o falar de uma menina órfã?

— Ouvi, Anna Andréievna: ele me disse que os senhores teriam decidido e combinado juntos adotar uma menina pobre, uma órfã, para criá-la. É verdade?

— Nem pensei nisso, meu queridinho, nem pensei nisso! Não quero nenhuma órfã aqui! Ela vai lembrar a gente de nosso destino triste, de nossa desgraça. Não quero ninguém, se não for Natacha. Foi e será minha filha única. Mas o que isso quer dizer, queridinho, por que será que ele inventou tal menina órfã? O que acha, Ivan Petróvitch? Seria para me consolar, depois de ver estas minhas lágrimas, ou então para expulsar nossa filha de sangue até das lembranças minhas, para que me apegue àquela outra criança? O que foi, meu caro, que lhe falou de mim? Como lhe pareceu: severo, zangado? Psiu! Ele vem! Depois me contará o resto, meu queridinho, mais tarde!... Não se esqueça, pois, de vir amanhã...

Capítulo XIII

Entrou o velho. Curioso e como que envergonhado por alguma razão, olhou para nós, carregou o cenho e achegou-se à mesa.

— Mas onde está o samovar? — perguntou. — Será que até agora não puderam trazer o samovar?

— Já trazem, querido, já trazem — azafamou-se Anna Andréievna. — Já o trouxeram, aliás.

Matriona trouxe o samovar tão logo viu Nikolai Serguéitch, como se tivesse esperado pela sua vinda para trazê-lo. Era uma criada das antigas, de lealdade provada, mas ao mesmo tempo a mais pirracenta e rabugenta de todas as criadas do mundo, dotada de uma índole pertinaz e teimosa. Tinha medo de Nikolai Serguéitch e, na presença dele, nunca batia com a língua nos dentes. Em compensação, desforrava-se plenamente de Anna Andréievna, desafiando-a a cada passo e manifestando uma pretensão óbvia de ser a patroa da sua patroa, embora gostasse dela, bem como de Natacha, cordial e sinceramente. Aquela Matriona, eu a conhecera ainda na Ikhmenióvka.

— Hum... como é desagradável ficar molhado, sobretudo quando *não querem* nem servir chá para a gente — resmungava o velho a meia-voz.

Anna Andréievna lançou de pronto uma olhada para ele e piscou para mim. O velho detestava tais piscadelas misteriosas e, por mais que se esforçasse, naquele momento, para não nos encarar a nós dois, sua expressão facial dava a entender que Anna Andréievna acabava de piscar justo por sua causa e que ele estava perfeitamente ciente disso.

— Tinha uns negócios ali, Vânia — começou de repente a falar. — É tudo uma porcaria, já lhe contei? Estão para me condenar. Não há provas, entendeu? Não há papéis de que precisam; parece que as certidões são erradas... Hum...

Falava no processo que movia contra o príncipe; esse processo demorava a terminar, porém tomava o pior dos rumos possíveis para Nikolai Serguéitch. Eu me calei, sem saber o que lhe responderia. Ele me fitou com desconfiança.

— Que seja! — atalhou de supetão, como que irritado com nosso silêncio. — Quanto mais rápido, melhor. Não farão de mim um cafajeste, mesmo se resolverem que devo pagar. Minha consciência está comigo, e eles lá que resolvam. Pelo menos, tudo vai acabar: ficarei livre, solto, arruinado... Largarei tudo e irei para a Sibéria.

— Para onde, meu Deus? Por que é que iríamos tão longe assim? — Anna Andréievna não pôde conter a exclamação.

— E aqui estamos perto de quê? — perguntou o velho num tom bruto, como se essa objeção o inspirasse a retrucar.

— Das pessoas... ao menos... — balbuciou Anna Andréievna, olhando para mim com angústia.

— Que pessoas são essas? — bradou ele, passando seu olhar inflamado de mim para ela e vice-versa. — Mas que pessoas? Ladrões, detratores, traidores? Há muita gentinha assim por toda parte: não te preocupes, vamos encontrá-la também na Sibéria. E se não quiseres ir comigo, pois bem, fica aí... não te obrigo.

— Meu queridinho, Nikolai Serguéitch! Mas com quem é que vou ficar sem ti? — gritou a pobre de Anna

Andréievna. — É que, além de ti, não tenho neste mundo nin...

Ela gaguejou, calou-se e dirigiu seu olhar assustado para mim, como que pedindo proteção e ajuda. O velho estava irritado, implicava com tudo; não se podia contradizê-lo.

— Acalme-se, Anna Andréievna — disse eu —: não se vive tão mal na Sibéria como parece à senhora. Se a desgraça acontecesse, se tivessem de vender sua Ikhmeniόvka, então a intenção de Nikolai Serguéitch seria boa mesmo. É possível arranjar na Sibéria um bom emprego privado, e depois...

— Pelo menos você, Ivan, é que diz coisa certa. Bem que pensava nisso. Largo tudo, pois, e vou embora.

— Por isso eu nem esperava! — exclamou Anna Andréievna, agitando as mãos. — E você, Vânia, vem com a mesma conversa? Nem esperava isso do senhor, Ivan Petróvitch... Parece que nada viu de nós aqui, senão nosso carinho, e agora...

— Ah-ah-ah! Esperavas por que, então? De que é que vamos viver aqui, pensa bem? Gastamos o dinheiro todo, os últimos copeques estão acabando! Será que me mandas ir pedir perdão ao príncipe Piotr Alexândrovitch, hein?

Ouvindo-o falar do príncipe, a velhinha tremeu toda de medo. A colherzinha de chá que ela segurava passou a tinir contra o pires.

— Não, de fato — continuou Ikhmeniov, atiçando a si mesmo num arroubo maldoso e persistente —, o que acha, Vânia: se realmente fosse pedir perdão? Por que é que iria para a Sibéria? É melhor que amanhã vista meu traje de gala, que me penteie bem penteado; Anna

Andréievna me preparará um peitilho novo (não se vai à casa de uma pessoa dessas de outro jeito!), comprarei luvas para arrematar este meu *bon ton* e logo irei ver Sua Excelência: meu caro senhor, Vossa Excelência, meu patrãozinho, meu pai generoso! Perdoai-me, poupai-me, dai-me um pedaço de pão, que tenho lá minha esposa e meus filhos pequenos!... É isso aí, Anna Andréievna? É isso que desejas?

— Não desejo nada... meu queridinho! Falei assim porque sou boba. Perdoa, se te desgostei por acaso, mas não grites comigo — balbuciou ela, tremendo cada vez mais de pavor.

Tenho plena certeza de que toda a alma do velho doía, naquele momento, e revolvia-se de ver as lágrimas e o medo da pobre esposa; tenho certeza de que ele padecia muito mais do que ela. Contudo, Nikolai Serguéitch não conseguia conter sua fúria. Isso se dá por vezes com aquelas pessoas bondosíssimas, mas nervosas, que se entregam, até um gozo íntimo e não obstante toda a bondade delas, ao seu pesar e à sua ira, procurando expressá-los custe o que custar, mesmo que isso venha a ofender outra pessoa, inocente e, na maioria dos casos, a mais próxima de todas. As mulheres, por exemplo, sentem de vez em quando a necessidade de se verem infelizes, insultadas, mesmo que não tivessem sofrido nenhum insulto, nenhuma desgraça. Há muitos homens que se parecem, nesse sentido, com as mulheres, e são homens fortes, aqueles que não patenteiam tanta feminilidade assim. O velho sentia a necessidade de brigar, se bem que sofresse, ele mesmo, com essa necessidade.

Recordo-me da ideia que me acudiu: será que realmente fez, pouco antes, uma daquelas esquisitices que presumia Anna Andréievna? Será que nosso Senhor o iluminara de fato, será que ele fora mesmo à casa de Natacha, mas pelo caminho mudara de intento ou este não vingara, não dera certo de alguma forma — o que devia ter ocorrido! — e eis que voltou para casa, enraivecido e aniquilado, envergonhando-se com seus recentes desejos e sentimentos, buscando em quem descarregar a culpa de sua própria *fraqueza* e escolhendo precisamente aquelas pessoas que mais suspeitava de terem os mesmos desejos e sentimentos? Podia até ser que, dispondo-se a perdoar a sua filha, ele imaginasse justo a alegria extática de sua pobre Anna Andréievna, e, quando malogrou, foi ela a primeira, *bem entendido*, a sofrer com isso.

Todavia, a aparência deplorável de sua esposa, que tremia de medo em sua frente, sensibilizou-o. Ele se envergonhou, pelo visto, com sua cólera e veio a refreá-la por um minuto. Estávamos todos calados; eu procurava nem olhar para Ikhmeniov. Mas aquele minuto pacífico terminou logo. O velho precisava expressar-se, custasse o que custasse, ao menos com uma explosão ou uma imprecação.

— Está vendo, Vânia — disse de súbito —, sinto muito: não gostaria de falar nisso, mas chegou a hora, e devo explicar tudo sinceramente, sem meios-termos, como cumpre a toda pessoa franca... entende, Vânia? Estou feliz por você ter vindo, portanto quero dizer na sua presença, alto e bom som, para que *os outros* também me ouçam, que fiquei farto enfim de toda essa bobagem, de todos esses choros, suspiros e infortúnios. O que arranquei do meu coração, talvez com sangue e dor, nunca mais voltará ao meu coração. Nunca! Assim disse e assim farei. Estou falando daquilo que aconteceu meio ano atrás, entende, Vânia? Estou falando daquilo tão franca e tão abertamente para você não poder, de jeito nenhum, equivocar-se quanto às minhas palavras — acrescentou, cravando seus olhos inflamados em mim e aparentemente evitando o olhar assustado de sua esposa. — Repito: é tudo bobagem... Não quero mais! O que me enfurece é justamente que *todos* me acham, como um idiota, como o mais baixo dos cafajestes, capaz de ter esses sentimentos tão vis, tão acovardados... e pensam que eu cá estou para enlouquecer de pesares... Bobagem! Eu joguei fora, eu esqueci meus sentimentos antigos! Não há mais lembranças para mim... Não, não, não e não!

Ele saltou de sua cadeira e desferiu uma punhada tão violenta na mesa que as chávenas ficaram tinindo.

— Nikolai Serguéitch! Será que não tem pena de Anna Andréievna? Veja só o que está fazendo com ela! — disse eu, não conseguindo mais conter-me e mirando-o quase indignado.

Não fiz outra coisa, porém, senão deitar lenha na fogueira.

— Não tenho pena, não! — gritou ele, tremendo e empalidecendo. — Não tenho pena dela, porque ninguém tem pena de mim! Não tenho pena porque na minha própria casa estão conspirando contra a minha cabeça vexada, a favor da filha devassa que merece a minha maldição e todos os castigos que houver!...

— Nikolai Serguéitch, meu queridinho, não a amaldiçoes!... Faz tudo o que quiseres, mas não amaldiçoes nossa filha! — clamou Anna Andréievna.

— Vou amaldiçoar, sim! — bradou o velho com o dobro de raiva. — Porque exigem que eu mesmo, magoado, envergonhado, vá pedir perdão àquela maldita ali! Sim, sim, é isso mesmo! Torturam-me com isso todos os dias, desde a manhã até a noite, na minha própria casa, torturam com esses choros, suspiros, com essas alusões tolas! Querem que me derreta... Olhe, Vânia, olhe — acrescentou, tirando apressadamente, com mãos trêmulas, vários papéis do bolso lateral —, aqui estão os extratos do nosso processo! E acontece, conforme aquele processo, que agora sou um ladrão, um patife, que roubei meu benfeitor!... Estou desonrado, estou infamado por causa dela! Aqui estão, olhe só, olhe!...

O velho passou a jogar diversos papéis, que retirava do bolso lateral de sua sobrecasaca, em cima da mesa; jogava-os um por um, procurando com impaciência aquela peça judicial que queria mostrar para mim, mas o documento necessário não aparecia como que de propósito. Cheio de sofreguidão, puxou do bolso tudo o que sua mão tinha agarrado, e de repente algo pesado caiu estrepitosamente sobre a mesa... Anna Andréievna deu um grito. Era seu medalhão perdido.

Eu mal acreditava no que via. O sangue subiu à cabeça do velho, enrubescendo-lhe as faces; ele estremeceu. Anna Andréievna estava juntando as mãos em sua frente, olhava suplicante para ele. Uma esperança alegre e luminosa fulgiu em seu rosto. Esse rubor nas faces, esse embaraço do velho esposo perante nós dois... não, ela não se enganara, ela compreendia agora como seu medalhão havia sumido!

Ela compreendia que o velho o encontrara, que se alegrara com seu achado e, vibrando, talvez, de felicidade, escondera ciumentamente o medalhão de todos os olhos; que se recolhia algures sozinho, longe de todo mundo, e olhava com infindo amor para o rostinho de sua filhinha amada, olhava sem se cansar de olhar; que se trancava a sós consigo mesmo, da mesma maneira, quiçá, que a pobre mãe, e falava com sua adorável Natacha, inventava as respostas dela, respondia-lhe por sua vez e, de noite, tomado de pungentes saudades, reprimindo prantos em seu âmago, acariciava e beijava a querida imagem e, em vez de maldições, invocava perdão e bênção para aquela que não desejava mais ver e amaldiçoava a olhos vistos.

— Meu queridinho, pois tu a amas ainda! — exclamou Anna Andréievna, não se contendo mais ante o pai severo que, tão só um minuto antes, amaldiçoara sua Natacha.

Mas, assim que ele ouviu esse grito, um furor louco rutilou em seus olhos. Pegou o medalhão, jogou-o com força no chão e começou, furioso, a pisoteá-lo.

— Para sempre, para todo o sempre seja amaldiçoada por mim! — rouquejava, sufocando-se. — Para todo o sempre, para sempre!

— Meu Deus! — vociferou a velhinha. — É ela, é ela! Minha Natacha! A carinha dela... está pisando assim!... Tirano! Desalmado, soberbo de coração duro!

Ouvindo o brado de sua esposa, o velho enlouquecido parou com medo daquilo que ocorrera. De chofre, apanhou o medalhão e atirou-se para fora do cômodo, mas, ao dar dois passos, caiu de joelhos, apoiou-se com ambas as mãos no sofá que estava diante dele e abaixou, exausto, a cabeça.

Ele soluçava como uma criança, como uma mulher. O pranto lhe comprimia o peito, como que tentando rasgá-lo. Num só minuto, aquele velho enfurecido ficou mais fraco que um garotinho. Oh, agora não podia mais amaldiçoar: já não tinha vergonha de nenhum de nós e, num ímpeto convulsivo de amor, tornava a cobrir de inúmeros beijos, bem em nossa frente, o retrato que, um minuto antes, havia calcado. Parecia que toda a ternura dele, todo o amor que sentia pela sua filha, aquele amor reprimido por tanto tempo, estava agora prestes a jorrar fora, com uma força irrefreável, e despedaçava, com essa força de impulso, todo o seu ser.

— Perdoa a ela, perdoa! — clamava, também soluçando, Anna Andréievna; inclinara-se sobre ele e abraçava-o. — Faz que volte para a casa dos pais, meu querido, e no juízo final nosso Deus se lembrará de tua humildade e de tua misericórdia!...

— Não, não! Jamais, de jeito nenhum! — gritava o velho com uma voz rouca, como se estivesse sufocado. — Nunca, jamais!

Capítulo XIV

Cheguei à casa de Natacha tarde, às dez horas da noite. Ela morava então na marginal do Fontanka,[44] perto da ponte Semiônovski, num sujo prédio de alvenaria pertencente ao comerciante Kolotúchkin, no quarto andar. Logo depois de abandonar seus pais, ela se instalara, com Aliocha, num excelente apartamento, pequeno, mas belo e confortável, que se situava no terceiro andar, na avenida Litéinaia. Contudo, os recursos do jovem príncipe esgotaram-se em pouco tempo. Ele

---

[44] Um dos numerosos rios e riachos que atravessam a cidade de São Petersburgo.

não se tornara professor de música, mas começara a pedir dinheiro emprestado e contraíra imensas dívidas. Gastava aquele dinheiro para decorar o apartamento, comprava presentes para Natacha, que se rebelava contra o desperdício, admoestando o amante e pondo-se vez por outra a chorar. Sensível e arguto em seu coração, Aliocha, que passava às vezes uma semana inteira a cogitar prazerosamente sobre o que ofereceria a Natacha e como ela receberia seu mimo, transformando aquilo em verdadeiras festas para si mesmo e partilhando comigo, encantado de antemão, os seus sonhos e esperanças, ficava tão desolado com essas admoestações e lágrimas que eu sentia até pena dele, ainda mais que entre os dois iam surgindo, com o passar do tempo, reproches, mágoas e desavenças por causa de seus presentes. Além disso, Aliocha dilapidava muito dinheiro às esconsas: banqueteava-se ao lado de seus companheiros, traía Natacha visitando as mais diversas Joséphines e Minnas,[45] se bem que a amasse muito. Amava-a com uma espécie de sofrimento; não raro vinha encontrar-se comigo triste e abatido, dizendo que não valia sequer um mindinho de sua Natacha, que era grosseiro e maldoso, que não conseguia entendê-la nem merecia seu amor. Em certo grau, estava com a razão: eles dois eram absolutamente desiguais; Aliocha se sentia uma criança, se comparado a Natacha, e ela mesma, aliás, sempre o considerava como uma criança. Ele choramingava ao confessar-me seu caso com Joséphine e, ao mesmo tempo, implorava para não contar nada disso a Natacha; e quando, tímido

---

[45] Trata-se de prostitutas de origem francesa e alemã respectivamente.

e tremente como estava, ia por vezes comigo, após todas aquelas confidências, para casa (sem falta comigo, assegurando que tinha medo de encarar Natacha após seu crime e que só eu mesmo podia arrimá-lo), ela já sabia, desde a primeira olhada que lhe lançava, tudo quanto ele fizera. Sendo muito ciumenta, sempre perdoava, não sei como, todas as suas leviandades.

De praxe, acontecia o seguinte: Aliocha entra comigo, todo acanhado, puxa conversa e olha, com tímida ternura, nos olhos dela. Natacha logo atina em sua culpa, mas não demonstra nenhuma irritação, nunca se põe a falar nisso nem, menos ainda, a indagar-lhe sobre qualquer assunto, mas, pelo contrário, não demora a redobrar seu carinho para com ele, a ficar mais meiga e mais risonha... Todavia, não era um jogo nem uma artimanha premeditada de sua parte. Não: essa linda criatura achava um infinito prazer em perdoar e ser magnânima, como se houvesse, no próprio processo de perdoar a Aliocha, um júbilo singular e refinado. É verdade, por outro lado, que se tratava então somente daquelas Joséphines. Vendo-a tão dócil e generosa, Aliocha não se continha mais e logo, sem nenhuma pergunta, confessava tudo para aliviar seu coração e, dizia ele, "para ser como era". Uma vez perdoado, extasiava-se, às vezes mesmo chorava de tão alegre e enternecido, beijava e abraçava sua Natacha. Depois se entusiasmava muito e passava a relatar, com uma sinceridade infantil, todos os pormenores de suas aventuras com Joséphine, ria, gargalhava, louvava e abençoava Natacha, de sorte que o dia terminava feliz e divertido. Quando gastou todo o dinheiro que tinha, começou a vender seus pertences. Natacha insistiu que alugassem um apartamento pequeno e barato na marginal do Fontanka. Ao passo que os bens se vendiam, Natacha pôs mesmo seus vestidos à venda e foi buscando emprego; quando Aliocha soube disso, seu desespero chegou aos extremos: ele amaldiçoava a si próprio, gritava que se desprezava, mas ainda assim não fez nada para melhorar de vida. No momento presente, não dispunha mais nem daqueles últimos meios: restava-lhes apenas trabalharem, mas a recompensa por esse trabalho seria a mais ínfima possível.

Ainda bem no começo, quando morava na casa do pai, Aliocha teve uma briga feia com ele. A pretensão do príncipe, a de casar o filho com Katerina Fiódorovna Filimônova, a enteada da condessa, não passava então de um projeto, mas ele insistia bastante nesse projeto seu, levando Aliocha à casa da futura noiva, pedindo que tentasse agradá-la, convencendo-o com ameaças e argumentos sensatos; contudo, o negócio se estagnara por causa da condessa. Depois disso, o próprio pai chegou a fazer vista grossa àquele romance do filho com Natacha, dando tempo ao tempo na expectativa de que o amor de Aliocha, cujas inconstância e leviandade conhecia muito bem, acabaria em breve. Quanto à possibilidade de seu casamento com Natacha, o príncipe quase não se preocupava com ela até o momento mais recente. Os amantes, por sua vez, também adiavam sua união até a reconciliação formal de Aliocha com o pai e até a mudança de circunstâncias em geral. De resto, Natacha não queria, pelo visto, nem tocar nesse assunto. Aliocha me disse furtivamente que seu pai parecia mesmo um pouco contente com toda aquela história em que lhe aprazia, sobretudo, a humilhação do velho Ikhmeniov. Entretanto, para salvar as aparências, continuava a expressar seu desgosto ao filho: diminuíra sua mesada, que já não era tão vultosa assim (tratava-o com excepcional avareza), ameaçava cortar-lhe os víveres, mas logo foi à Polônia, seguindo a condessa, que lá possuía seus próprios negócios, e perseguindo ainda, incansavelmente, seu projeto matrimonial. Na verdade, Aliocha era novo demais para se casar, mas a noiva era rica demais e não se podia deixar tal oportunidade escapar. Afinal, o príncipe alcançou seu objetivo. Ouvimos dizer que a aliança se arranjava pouco a pouco. Na época que estou descrevendo, o príncipe acabava de voltar para Petersburgo. Recebeu o filho com ternura paterna, mesmo que a persistência de sua ligação com Natacha lhe tivesse causado uma surpresa desagradável. Passou a duvidar, intimidou-se. Exigiu a ruptura de modo rigoroso e categórico, porém logo teve a ideia de recorrer a um subterfúgio bem melhor e levou Aliocha à casa da condessa. A enteada dela era quase uma beldade, ainda quase menina, mas agraciada com um coração raro, e uma alma serena e casta, além de ser jovial, inteligente e carinhosa. O príncipe teria calculado que meio ano vivido com Natacha havia de surtir efeito, que ela não proporcionava mais aquelas delícias da novidade ao seu filho e que este já não ia agora ver sua futura noiva com os mesmos olhos de meio ano atrás. Acertou apenas em parte... Aliocha ficou realmente interessado. Cumpre-me adicionar que seu pai lhe mostrou de repente um afeto extraordinário (embora não lhe tivesse dado, ainda assim, nenhum dinheiro). Aliocha percebia que esse afeto mascarava uma decisão inflexível e imutável; entristecia-se... aliás, nem tanto quanto se entristeceria caso não visse, todo santo dia, Katerina Fiódorovna. Havia cinco dias, sabia eu, que ele não se via mais com Natacha. Indo da casa dos Ikhmeniov à dela, eu cismava inquieto naquilo que Natacha queria dizer-me. Ainda de longe avistei uma luz em sua janela. Tínhamos combinado, bem antes, que ela colocaria uma vela sobre o peitoril se minha presença lhe fosse bem necessária, de modo que, ocorrendo-me passar por perto (e isso me ocorria quase todas as noites), eu pudesse adivinhar, por aquela insólita luz em sua janela, que me esperava e precisava de mim. Colocava amiúde a vela sobre o peitoril, nesses últimos tempos...

Capítulo XV

Encontrei Natacha sozinha. Cruzando os braços sobre o peito, ela andava silenciosamente pelo quarto, de lá para cá, imersa numa profunda meditação. O samovar estava na mesa: esfriava-se aos poucos e, havia muito tempo, esperava por mim. Calada, ela me estendeu a mão e sorriu. Seu rosto estava pálido e tinha uma expressão dolorosa. Seu sorriso também exprimia algo sofrido, terno e paciente. Os olhos dela, azuis e claros, pareciam maiores que antes, os cabelos, mais bastos ainda — toda essa impressão surgia por causa de sua magreza e de seu mal-estar.

— Já pensava que não viria mais — disse ela ao estender-me a mão. — Até queria mandar Mavra à sua casa para saber se não estava porventura doente de novo.

— Não estava, não: apenas me detiveram um pouco, já vou contar. E você, Natacha, o que tem? O que aconteceu?

— Não aconteceu nada — respondeu ela, como que surpresa. — Por quê?

— Mas você me escreveu... escreveu ontem para que eu fosse encontrá-la e marcou, ademais, a hora para que não me adiantasse nem me atrasasse. Foi meio estranho.

— Ah, sim! É que ontem eu esperava por *ele*.

— E ele mesmo ainda não veio?

— Não. Pensei então: se não viesse, precisaria falar com você — acrescentou, após uma pausa.

— Esperava por ele esta noite também?

— Não esperava, não: esta noite ele está *lá*.

— O que pensa, Natacha, será que não vem nunca mais?

— É claro que vem — respondeu ela, olhando para mim de certo modo especialmente sério.

Ela não gostava da rapidez com que eu lhe fazia perguntas. Calamo-nos, continuando a andar pelo quarto.

— Esperava por você, Vânia — tornou ela a falar, com um sorriso. — E sabe o que estava fazendo? Andava de lá para cá e recitava versos comigo mesma. Uma sineta, uma estrada no inverno — "Sobre a mesa de roble[46] ferve o samovar...", lembra? —, nós líamos isso juntos:

O caminho está claro; parou de nevar,
E milhões de olhos baços a noite possui...

....

E depois:

De repente, parece-me que ouço uma voz
Passional, co'a sineta sonante a cantar:

---

[46] Madeira de uma grande árvore secular, também denominada "carvalho-alvarinho", típica da Rússia e de outros países do Leste europeu.

“Quando, quando, meu bem, ficaremos a sós,
Quando cá, sobre o peito meu, vens repousar?
Minha casa é tão boa! Tão logo raiar,
Além destas janelas geadas, o sol,
Sobre a mesa de roble ferve o samovar,
Acabando meu forno por alumiar
Minha cama, num canto, como um arrebol...”

— Como isso é bom! Que versos pungentes, Vânia, e que quadro fantástico é que se abre assim, para fora. Só um pano de fundo, só um esboço de ornamento: podes bordar o que quiseres. E duas sensações, a mais antiga e a mais recente. Esse samovar, essa cama num canto, atrás de uma cortina de chita — tudo isso é tão familiar... Como se fosse uma daquelas casinhas burguesas em nossa cidadezinha provinciana, como se eu a visse agora, aquela casa: nova, feita de madeiros, ainda não revestida de tábuas... E, a seguir, outro quadro:

De repente, parece-me que a mesma voz
Torna, com a sineta tristonha, a cantar:
“Onde está meu amado? Se acaso voltar,
Se me abraçar, meu bem, o que será de nós?
Hoje está de saudades tomado meu lar:
Todo inóspito, escuro ficou o quarto meu.
Ao olhar da janela, só posso avistar
Uma pobre ginjeira, por ora meu par,
Mas não sei se de frio ela já pereceu.
Minha casa é tão triste! Eu, enferma, a sonhar
Vivo sem perceber onde estou, como estou.
Não há quem me reprove: não vou visitar

Meus parentes depois que de mim se afastou
Meu amado..."[47]

— "Eu, enferma, a sonhar vivo...". Essa palavra "enferma" fica tão bem ali! *"Não há quem me reprove"*... quanta ternura, quanta languidez nesse verso, quanto sofrimento com as lembranças e, ainda por cima, é aquele sofrimento que a gente provoca de propósito para depois admirá-lo... Meu Deus, como isso é bom! Como isso acontece...

Natacha se calou, como quem reprimisse, bem no começo, um espasmo gutural.

— Vânia, meu queridinho! — disse-me ao cabo de um minuto e, subitamente, calou-se outra vez, como se tivesse esquecido, ela mesma, o que queria dizer, ou tivesse dito aquilo sem pensar, impelida por alguma sensação inopinada.

Continuávamos, nesse meio-tempo, a vaguear pelo quarto. Uma lamparina ardia em face do ícone. Natacha se tornava cada vez mais devota, nesses últimos tempos, e não gostava de conversar a respeito.

— Amanhã é, pois, uma festa? — perguntei. — Sua lamparina está acesa.

— Não é festa, não... Mas sente-se, Vânia, por certo está cansado. Quer chá? Ainda não tomou chá?

— A gente se senta, Natacha. Já tomei chá.

— Mas de onde é que vem?

— Da casa *deles*. — Costumávamos chamar assim a casa dos pais.

---

[47] Citam-se trechos do poema *A sineta*, do lírico russo Yákov Polônski (1819–1898).

— Da casa deles? Será que teve tempo? Foi você mesmo quem foi lá? Ou eles o convidaram?...

Ela me crivou de perguntas. Seu rosto ficou ainda mais pálido de emoção. Contei-lhe os detalhes de meu encontro com o velho, de minha conversa com a mãe dela, da cena com o medalhão — contei de maneira circunstanciada, com todas as nuanças. Nunca lhe ocultara nada. Ela escutava avidamente, captando cada uma das minhas palavras. As lágrimas brilhavam em seus olhos. A história do medalhão deixou-a muito nervosa.

— Espere, Vânia, espere — dizia, interrompendo amiúde a minha narração. — Conte mais, tudo, tudo, tão detalhadamente quanto puder. É que você não me conta todas as miudezas!...

Repeti tudo pela segunda e pela terceira vez, respondendo, a cada minuto, às suas constantes perguntas em relação aos detalhes.

— E você acha mesmo que ele estivesse vindo para cá?

— Não sei, Natacha; nem consigo formar uma opinião sobre isso. Dá para ver que está com saudades e que ama você; mas se estava vindo para cá, isso... isso...

— E ele beijava o medalhão? — interrompeu Natacha. — O que dizia quando o beijava?

— Falava sem nexo, apenas umas exclamações... usava os nomes mais carinhosos, chamava por você...

— Chamava por mim?

— Sim.

Ela chorou baixinho.

— Coitados! — disse. — Pois se ele sabe de tudo — acrescentou após uma curta pausa —, não é nada estranho. Sabe muita coisa sobre o pai de Aliocha também.

— Natacha — repliquei, com timidez —, vamos à casa deles...

— Quando? — perguntou ela e soergueu-se, pálida, em sua poltrona. Pensava que lhe pedia para irmos logo.

— Não, Vânia — prosseguiu com um triste sorriso, pondo ambas as mãos em meus ombros —, não, meu querido. Você sempre fala nisso, mas... é melhor que não fale.

— Será que nunca, nunca vai acabar essa terrível discórdia? — exclamei, consternado. — Será que é tão orgulhosa que não quer dar o primeiro passo? É a você que cumpre fazê-lo: tem de ser a primeira a ir em frente. Talvez seu pai não espere por outra coisa para lhe perdoar... Ele é pai; você o ofendeu! Respeite o orgulho dele, que é legítimo e natural! Tem de fazer isso. Tente só, e ele perdoará a você sem condição alguma.

— Sem condição alguma? Mas é impossível; e não me censure, Vânia, em vão. Tenho pensado nisso dias e noites. Desde que os abandonei, não há, talvez, um só dia em que não pense nisso. E quantas vezes é que falamos da mesma coisa, nós dois! Ora, você mesmo sabe que é impossível!

— Mas tente!

— Não, meu amigo, não posso. Se tentar, ele se revoltará ainda mais contra mim. O que se foi não volta, e sabe o que é, precisamente, que não volta mais? Não voltam mais aqueles dias felizes de minha infância que vivi junto deles. Mesmo se meu pai me perdoasse, não me reconheceria tal como sou agora. Ele amava uma menina, uma criança que já era grande. Admirava a minha inocência infantil; ainda me afagava, alisava meus cabelos do mesmo jeito como fazia quando eu era uma menina de sete anos e, sentada em seu colo, cantava para ele minhas músicas infantis. Desde a minha primeira infância até o último dia, ele chegava perto de minha cama e benzia-me antes de dormir. Um mês antes daquela nossa desgraça, comprou para mim um par de brincos (não queria que eu soubesse disso, mas eu soube ainda assim) e andava feliz como uma criança, imaginando como me alegraria com esse presente, e depois se zangou muito com todo mundo e, em primeiro lugar, comigo por saber, de mim mesma, que já sabia daqueles brincos comprados havia tempos. Três dias antes de nossa separação, ele percebeu que eu estava triste, logo ficou tão triste também que quase adoeceu e — o que é que você acha? — resolveu comprar um ingresso teatral para me divertir!... Juro por Deus, pretendia curar-me dessa maneira! Repito-lhe: ele conhecia e amava uma menina, não queria nem pensar em como me tornaria, mais cedo ou mais tarde, uma mulher... Isso nem lhe passava pela cabeça. E agora, mesmo se eu voltasse para casa, ele não me reconheceria. Nem que me perdoe, quem será que vai encontrar agora? Não sou mais a mesma, não sou mais uma criança, passei por maus bocados. Nem que eu o agrade, ele continuará lamentando a felicidade que passou, ficará triste porque sou bem diferente daquela menina que ele amava outrora — e o passado sempre parece melhor! A gente se lembra dele com sofrimentos! Oh, como é bom o passado, Vânia! — exclamou ela, deixando-se levar por recordações e interrompendo a si própria com essa exclamação dolorosa que escapara do seu âmago.

— Tudo isso é verdade — notei —, tudo que está dizendo, Natacha. Agora ele precisa, pois, conhecer você e voltar a amá-la. O principal é que conheça você, então... vai amá-la de novo. Será que pensa mesmo que seu pai não seria capaz de conhecer outra vez a filha, de compreendê-la — ele, seu pai, com aquele coração que possui?

— Oh, Vânia, não seja injusto! E o que há de tão peculiar a compreender? Falei de outra coisa. Está vendo: aquele amor paterno também é ciumento. Ele está magoado porque toda a nossa história com Aliocha começou e chegou ao seu desfecho sem ele saber, sem ter reparado nisso. Meu pai se dá conta de que nem sequer pressentiu essas consequências infelizes de nosso amor, nem a minha fuga, e atribui tudo isso notadamente à minha "ingrata" discrição. Não fui conversar com ele logo de início, não lhe confessei mais tarde cada impulso que meu coração havia sentido desde o começo de minha paixão; pelo contrário, guardei tudo comigo, ocultei tudo dele e, asseguro-lhe, Vânia, no íntimo isso lhe é mais ofensivo, mais ultrajante do que as próprias consequências dessa paixão, de eu ter abandonado os pais para me entregar ao meu amante. Suponhamos que ele me acolha agora como um pai, calorosa e carinhosamente, mas a semente dessa inimizade ficará: já no segundo ou no terceiro dia vão surgir mágoas, mal-entendidos, reproches. Além disso, o perdão de meu pai não será incondicional. Suponhamos que eu conte a ele toda a verdade, que lhe diga do fundo de meu coração que entendo como o magoei, até que ponto sou culpada. Por mais aguda que seja minha dor, se ele não quiser entender quanto me custou a mim, toda essa *felicidade* com Aliocha nem quantos sofrimentos eu mesma aturei, vou abafá-la, vou suportar tudo, mas ele não se satisfará com isso. Meu pai me reclamará uma recompensa impossível, exigirá que eu amaldiçoe meu passado, que amaldiçoe Aliocha e que me arrependa de meu amor por ele. Vai querer o impossível: retornar ao passado e riscar este último meio ano das nossas vidas. Mas eu não vou amaldiçoar a ninguém, não me arrependerei... Foi o que se deu comigo, foi o que me aconteceu... Não, Vânia, agora não posso. O tempo não chegou ainda.

— Mas quando é que o tempo vai chegar?

— Não sei... Precisamos sofrer para construir, de algum modo, a nossa felicidade futura, comprá-la com alguns sofrimentos novos. Tudo se purifica com sofrimentos... Oh, Vânia, quanta dor há nesta vida!

Fiquei calado, olhei pensativo para ela.

— Por que é que olha assim para mim, Aliocha... quero dizer, Vânia? — perguntou ela, equivocando-se e sorrindo ao seu equívoco.

— Olho para esse seu sorriso, Natacha. Onde foi que o arranjou? Antes você não sorria desse jeito.

— Mas o que tem meu sorriso?

— É verdade que tem ainda sua antiga inocência infantil... Mas, quando está sorrindo, é como se algo doesse muito, nesse mesmo instante, em seu coração. Você emagreceu, Natacha, e seus cabelos parecem mais espessos que antes... E que vestido é esse? Foi costurado ainda na casa deles?

— Mas como você gosta de mim, Vânia! — respondeu ela, olhando carinhosamente para mim. — E você mesmo, o que está fazendo agora? Como tem passado?

— Tudo na mesma: escrevo ainda meu romance, com dificuldade, mas escrevo. Minha inspiração se esgotou. Poderia, quem sabe, escrever ao correr da pena, e sairia uma coisinha interessante, mas é lastimoso ter de estragar uma ideia tão boa. Adoro esta ideia, só que a revista tem prazos de entrega. Até andei pensando em largar o romance e inventar rapidinho alguma novela assim, fácil e graciosa, sem nenhum rumo grave... Nenhum mesmo... todos devem ficar alegres e felizes!...

— Mas como dá duro, meu coitadinho! E o tal de Smith?

— Mas Smith já morreu.

— Não vinha à sua casa? Falo sério, Vânia: você está doente, tem nervos desarranjados, sonha o tempo todo. Quando me contava sobre aquele apartamento que ia alugar, percebi tudo isso em você. O apartamento é, pois, úmido, ruim?

— Sim! Ainda houve uma história, esta noite... Aliás, depois lhe contarei.

Ela não me escutava mais, imersa em suas reflexões.

— Não compreendo como pude sair então da casa *deles*; estava delirando — articulou enfim, e seu olhar dispensava, nesse momento, qualquer resposta.

De resto, se eu lhe tivesse respondido, ela não teria ouvido.

— Vânia — disse Natacha com uma voz quase inaudível —, chamei você por uma razão.

— Qual é?

— Separo-me dele.

— Já se separou ou ainda se separa?

— Preciso acabar com essa vida. Pedi que você viesse para expressar tudo, tudo o que se acumulara até hoje e que eu escondia de você por enquanto. — Ela sempre começava a falar comigo nesse tom, quando me confiava suas intenções secretas, e quase sempre acontecia de fato que eu já estava a par de todos os seus segredos graças a ela mesma.

— Ah, Natacha, você me disse isso mil vezes. Decerto vocês não podem viver juntos; sua ligação é algo estranha, vocês não têm nada em comum. Mas... teria bastante força para isso?

— Antes só tencionava, Vânia, mas agora me decidi para valer. Amo-o infinitamente, mas acontece que, apesar disso, sou o maior inimigo dele: estou destruindo seu futuro. Preciso libertá-lo. Ele não pode casar-se comigo, pois não é forte o suficiente para peitar seu pai. Eu tampouco gostaria de amarrá-lo. Por isso é que fico mesmo contente de que se tenha apaixonado pela noiva que lhe oferecem. Assim, será mais fácil que se separe de mim. Devo-lhe isso. É um dever... Se o amo mesmo, preciso sacrificar tudo por ele, preciso provar este meu amor, é um dever. Não seria verdade?

— Mas você não o convencerá.

— Nem vou convencer. Continuarei como antes, nem que ele venha agora mesmo. Mas preciso encontrar algum meio que lhe permita deixar-me facilmente e sem remorsos. É isso que me atormenta, Vânia. Ajude-me. Será que pode dar algum conselho?

— Só existe um meio — disse eu —: deixar de amá-lo e passar a amar outro homem. Mas esse meio não vai servir. Conhece bem o caráter dele, não é? Faz cinco dias que ele não vem à sua casa. Suponha que tenha abandonado você para sempre, mas é só escrever para ele, dizendo ser você quem o abandona, para que ele venha correndo aqui.

— Por que é que você não gosta dele, Vânia?

— Eu?

— Você, sim, você! É inimigo de Aliocha, às claras e às ocultas! Nem pode falar dele sem essa desforra toda. Notei mil vezes que seu máximo prazer é humilhá-lo e denegri-lo! Justo denegrir, estou dizendo a verdade!

— Já me disse isso mil vezes também. Chega, Natacha: vamos deixar essa conversa.

— Eu gostaria de alugar outro apartamento — ela se pôs a falar após um breve silêncio. — Não se zangue, Vânia, ouviu?

— E daí? Ele vai buscá-la em outro apartamento também. E quanto a mim, juro por Deus que não estou zangado.

— O amor é forte: um novo amor pode contê-lo. Mesmo se voltar para mim, será só por um minutinho, o que acha?

— Não sei, Natacha: nada se concorda nele com nada, ele quer casar-se com outra moça e amar você de vez. Consegue fazer tudo isso ao mesmo tempo.

— Se estivesse segura de que ele a ama, então me decidiria... Vânia! Não me esconda nada! Será que sabe de alguma coisa que não quer contar para mim, sim ou não?

Ela fixou em mim seu olhar inquieto e interrogativo.

— Não sei nada, minha amiga, dou-lhe a minha palavra de honra; sempre fui sincero com você. Aliás, penso o seguinte: talvez ele não esteja tão apaixonado pela enteada da condessa como a gente acha. Um namorico, assim...

— Você pensa isso, Vânia? Meu Deus, se estivesse segura disso, eu mesma! Oh, como queria vê-lo neste momento, apenas olhar para ele. Saberia tudo pelo rosto dele! Mas ele não está aqui! Não está!

— Será que espera por ele, Natacha?

— Não, ele está na casa *dela*, sei disso, mandei averiguar. Como gostaria de olhar para ela também... Escute, Vânia, vou dizer uma bobagem, mas será que eu poderia vê-la de algum jeito, encontrá-la em algum lugar? O que você acha?

Ficou esperando, ansiosa, pela minha resposta.

— Ainda poderia vê-la. Mas vê-la seria pouco para você.

— Bastaria só ver, nem que fosse de passagem, e depois eu atinaria com tudo. Escute: fiquei tão boba assim, ando aqui, sozinha, ando e penso o tempo todo, e tenho tantas ideias, feito um turbilhão, e sinto tamanho peso! E eis que inventei uma coisa, Vânia: será que você poderia conhecer aquela moça? É que a condessa (foi você mesmo quem contou) elogiava seu romance, e você vai, de vez em quando, aos saraus do príncipe R***, onde a condessa e sua enteada também aparecem. Faça que o apresentem a ela por lá. Quem sabe se o próprio Aliocha não poderia apresentar você à sua noiva. Então você me contaria tudo sobre ela.

— Natacha, minha amiga, vamos falar nisso depois. É o seguinte: será que pensa, seriamente, ter forças para se separar dele? Olhe agora para si mesma: será que está em paz?

— Te-nho forças, si-im! — respondeu ela baixinho. — É tudo para ele! Toda a minha vida é para ele! Mas sabe, Vânia, não posso suportar que esteja agora com ela, que me tenha esquecido: fica ali sentado pertinho dela, conta histórias, ri... como ficava sentado aqui, às vezes — lembra?... Olha bem nos olhos dela — sempre olha assim — e nem lhe passa agora pela cabeça que estou cá... com você...

Ela não terminou a frase, olhando para mim com desespero.

— Mas como é, Natacha, como é que falou ainda agorinha...

— Agora que estamos juntos, é fácil que nos separemos! — interrompeu-me Natacha com brilho nos olhos. — Eu mesma o abençoarei para ir embora. Mas dói, Vânia, dói porque ele é o primeiro a esquecer-me. Ah, Vânia, que sofrimento é esse! Nem eu mesma me entendo: na minha mente é uma coisa, mas na realidade é outra! O que será de mim?

— Chega, chega, Natacha, acalme-se!...

— E já faz cinco dias, toda hora, todo minuto... Nem que esteja dormindo, até em sonhos é que penso nele, só nele! Sabe, Vânia: vamos lá, venha comigo!

— Chega, Natacha.

— Não, vamos! Só esperava por você, Vânia! Já faz três dias que penso nisso. Foi sobre isso que lhe escrevi... Você tem de me acompanhar, você não deve negar isso a mim... Esperava por você... Três dias... Há um jantar de gala hoje naquela casa... ele está lá... vamos!

Ela parecia delirante. Ouviu-se um barulho na antessala, como se Mavra discutisse com alguém.

— Espere, Natacha, quem será? — perguntei. — Escute!

Ela ficou escutando com um sorriso incrédulo e, de súbito, empalideceu terrivelmente.

— Meu Deus! Quem está lá? — disse, com uma voz que mal se ouvia.

Ela queria deter-me, mas fui à antessala, onde estava Mavra. Eu acertara em cheio: era Aliocha. Indagava a Mavra sobre alguma coisa; a princípio, ela não se dispunha a deixá-lo entrar.

— Daonde que vem, seu moço? — questionava ela, tal e qual uma potestade. — O quê? Teve aonde? Vai indo, vai! Ocê não me compra! Vai logo! Que me diz aí?

— Não tenho medo de ninguém! Vou entrar mesmo! — respondia Aliocha, ficando, aliás, um tanto confuso.

— Vai, vai! Tá afoito demais pro meu gosto!

— Vou entrar, sim! Ah, o senhor também está aí! — disse ele, tão logo me viu. — Como é bom que o senhor também esteja aí! Eu cheguei, veja bem... e o que faço agora?

— Entre apenas — respondi. — Tem medo de quê?

— Asseguro-lhe que não tenho medo de nada, pois não tenho culpa alguma, juro por Deus. O senhor acha que tenho culpa? Agora mesmo é que me justificarei, vai ver já. Natacha, posso entrar? — exclamou com uma espécie de fanfarrice, parando diante da porta fechada.

Ninguém respondeu.

— O que é isso? — perguntou Aliocha, com inquietude.

— Nada, ela estava lá agorinha — repliquei —, a não ser que algo...

Aliocha abriu cautelosamente a porta e, todo tímido, correu os olhos pelo quarto. Não havia ninguém.

De súbito, ele avistou Natacha num canto, entre um armário e a janela. Estava ali de pé, como quem se escondesse, mais morta que viva. Ao relembrar aquela cena, até hoje fico sorrindo. Prudente e silencioso, Aliocha se aproximou dela.

— Natacha, o que tens? Boa-noite, Natacha — disse, com timidez, mirando-a de certo modo receoso.

— Nada... mas nada mesmo!... — respondeu Natacha, visivelmente constrangida, como se ela própria fosse a culpada. — Tu... queres chá?

— Escuta, Natacha — dizia Aliocha, totalmente perdido. — Talvez estejas segura de que tenho culpa... Mas não tenho culpa, não, nem sombra de culpa! Vê se me entendes, já vou contar tudo.

— Mas para quê? — sussurrou Natacha. — Não, não precisas, não... é melhor que me dês tua mão e... já passou... como sempre...

E ela saiu do seu canto; um rubor lhe repontava nas faces. Olhava para baixo, como se temesse encarar Aliocha.

— Oh, meu Deus! — exclamou ele, arrebatado. — Se eu tivesse apenas sombra de culpa, não ousaria, parece, nem olhar para ela depois disso! Veja só, veja! — gritava, dirigindo-se a mim. — Eis o que é: ela me acha culpado; tudo me condena, todas as evidências estão contra mim! Há cinco dias que não venho mais! Dizem por aí que estou na casa de minha noiva e... e o quê? Ela já me perdoa! Ela já diz: "Dá-me tua mão e acabou!". Natacha, minha querida, meu anjo, meu anjinho! Não tenho culpa, e fica sabendo disso! Não tenho culpa, nem um tantinho! Pelo contrário! Pelo contrário!

— Mas... mas agora deves estar *lá*... mas te convidaram a ir *lá*... Como é que estás aqui? Que... que horas são?

— Dez e meia! Estava lá mesmo... mas me fingi de doente e fui embora... é a primeira vez, nesses cinco dias, a primeira vez que estou livre, que consegui escapar deles todos e... vim para te ver, Natacha. Quer dizer, podia vir mais cedo ainda, mas não vinha de propósito! Por quê? Agora vais saber, que te explico tudo; vim especialmente para te explicar, só que, juro por Deus, desta vez não tenho nenhuma culpa para contigo, nenhuma! Nenhuma!

Natacha ergueu a cabeça e olhou para ele... No entanto, o olhar que Aliocha lhe devolvia irradiava tanta veracidade, seu rosto estava tão feliz, tão aberto, tão lépido que não era possível descrer dele. Eu pensava que os dois se atirariam, gritando, um nos braços do outro, como isso já havia acontecido diversas vezes, na hora de semelhantes conciliações. Mas Natacha, como que aflita de tanta felicidade, abaixou a cabeça sobre o peito e de repente... chorou baixinho. Aliocha não podia mais controlar sua emoção. Caiu aos pés dela. Beijava-lhe as mãos e os pés; parecia tomado de frenesi. Então acheguei a poltrona. Ela se sentou. As pernas lhe faltavam.

segunda parte

Capítulo I

Um minuto depois, todos nós ríamos como aparvalhados.

— Mas deixem, deixem que eu conte — a voz sonora de Aliocha cobria todo e qualquer som. — Eles acham que está tudo na mesma, como estava... que eu vim tratar de ninharias... Mas eu digo para vocês que tenho cá um assunto interessantíssimo. Calam-se enfim ou não?

Ele estava louco por contar algo. A julgar pela sua aparência, tinha notícias importantes. Contudo, aqueles ares de presunção fajuta, que o portador de tais notícias assumia com um orgulho ingênuo, fizeram que Natacha se pusesse logo a rir. Eu também ri com ela, mesmo sem querer. E quanto mais ele se zangava conosco, tanto mais nós dois ríamos. O aborrecimento e, em seguida, o desespero pueril de Aliocha acabaram por levar-nos ao último grau de hilaridade: bastaria que ele nos mostrasse agora seu dedinho para que caíssemos, iguais àquele guarda-marinha de que fala Gógol,[1] numa gargalhada infrene. Ao sair da cozinha, Mavra estava plantada às portas e fitava-nos com séria indignação, desgostosa de Natacha não ter passado um bom sabão em Aliocha, conforme ela havia esperado com todo o prazer nesses cinco dias, e de que nós todos estivéssemos, bem ao contrário, tão alegres assim. Percebendo afinal que nosso riso deixava Mavra sentida, Natacha cessou de rir.

---

[1] Trata-se do guarda-marinha Dyrka, personagem da comédia *O casório*, que Nikolai Gógol publicou em 1842.

— Pois então, o que queres contar? — perguntou ela.

— A gente bota o samovar ou não bota? — replicou Mavra, interrompendo Aliocha sem o menor respeito.

— Vá, Mavra, vá — respondeu ele, fazendo gestos afobados para expulsá-la do quarto. — Vou contar tudo o que ocorreu, tudo o que está ocorrendo e tudo o que ocorrerá, porque estou a par disso tudo. Bem vejo, meus amigos, que querem saber onde passei esses cinco dias; é justamente sobre isso que quero contar, mas vocês não me deixam. Em primeiro lugar, Natacha, eu te enganava esse tempo todo, eu te enganava por muito, mas muito tempo, e isso é o principal.

— Enganavas?

— Enganava, sim, havia um mês inteiro. Comecei antes ainda que meu pai tivesse voltado, mas chegou o tempo da plena franqueza. Um mês atrás, quando meu pai estava viajando, eu recebi, assim de repente, uma enorme carta dele e ocultei isso de vocês dois. Naquela carta ele, curto e grosso — e, note-se bem, com um tom tão grave que até me assustei! —, anunciou que meu casamento já estava arranjado, que minha noiva era uma perfeição, que eu não a merecia, bem entendido, mas ainda assim devia casar-me com ela sem falta. E que, portanto, tinha de me preparar, de tirar da cabeça todas as minhas bobagens, *et caetera* e tal — a gente sabe, pois, que bobagens são essas. E foi justamente aquela carta que ocultei de vocês dois...

— Não foi nada disso — interrompeu-o Natacha —, achaste de que te gabar! Acontece que nos contaste tudo e sem demora. Ainda lembro como ficaste, da noite para o dia, tão dócil, tão carinhoso, e nem te afastavas de mim, como se estivesses culpado de alguma coisa, e foi assim que contaste toda a carta para nós, trecho por trecho.

— Não pode ser: com certeza, não lhes contei a parte mais importante. Talvez tenham adivinhado algo, vocês dois, é seu mérito aí... mas eu cá não lhes contei daquilo. Fiquei calado e sofri terrivelmente.

— Eu também lembro, Aliocha, como me pedia então conselhos, a cada minuto, e acabou por me contar tudo — por trechos, bem entendido, em forma de suposições — acrescentei eu, olhando para Natacha.

— Contaste tudo! Não te gabes, faz favor! — concordou ela. — Ora, o que é que tu podes ocultar? Que trapaceiro é que serias? Até Mavra sabia de tudo. Sabia, Mavra?

— E como não saber? — ecoou Mavra, cuja cabeça assomava através da porta. — Contou tudinho nos primeiros três dias. Não é ocê, seu moço, quem sabe mentir!

— Ufa, mas que maçada falar com vocês! Fazes tudo isso por maldade, Natacha! E você, Mavra, também está errada. Lembro que andava então feito um doido... E você lembra, Mavra?

— E como não lembrar? Ainda tá que nem um doido.

— Não, não falo disso, não. Lembra, hein? Não tínhamos dinheiro então, e você foi penhorar minha cigarreira de prata; e, o principal, deixe-me notar, Mavra, que você me trata de um jeito feio demais. Ficou mal-acostumada aqui, com Natacha. Suponhamos mesmo que tivesse contado tudo de fato, trecho por trecho (agora é que voltei a lembrar). Mas o tom da carta, vocês não conhecem o tom daquela carta, e o que importa numa carta é seu tom. Estou falando bem disso.

— E qual era aquele tom, pois? — perguntou Natacha.

— Escuta, Natacha: vens perguntar como quem esteja brincando. Não *brinques*. Asseguro-te que é muito importante. O tom era tal que me desanimei todo. Meu pai nunca tinha falado comigo daquela maneira. Quer dizer, antes Lisboa afundaria[2] do que seu desejo se frustraria: aquele mesmo é que era o tom!

— Conta lorotas, conta! Por que foi que precisaste esconder isso de mim?

— Ah, meu Deus! Foi para não te assustar. Esperava que resolvesse tudo sozinho. Pois bem... após essa carta, logo que meu pai chegou aqui, começaram os meus tormentos. Eu me preparei para responder a ele firme, clara e seriamente, mas... não consegui. E ele nem sequer me perguntava, de tão astuto. Pelo contrário, fazia de conta que o negócio todo já estava concluído e que nem podia mais haver entre nós discussões ou mal-entendidos. *Nem podia haver* mesmo, ouves? Tamanha pretensão! E comigo ele se portava com tanto afeto, com tanto carinho. Fiquei simplesmente admirado. Como meu pai é inteligente, Ivan Petróvitch, se o senhor soubesse! Leu tudo, sabe de tudo; o senhor olha apenas para ele, uma só vez, e meu pai já sabe todos os seus pensamentos como se fossem os dele. É por isso, na certa, que o chamam de jesuíta. Natacha não gosta de me ouvir louvando meu pai. Não te zangues, Natacha. Pois bem... ah, por falar nisso! A princípio, ele não me dava dinheiro, mas ontem deu um bocado. Natacha, meu anjo! Agora acabou essa nossa pobreza! Aqui está, olha! Tudo o que tinha descontado, para me castigar,

---

[2] Alusão ao terremoto catastrófico que destruiu Lisboa em 1755.

nesse meio ano, entregou-me tudo aquilo ontem. Olhem quanto dinheiro: ainda não o contei. Mavra, olhe só que dinheirão! Agora é que não vamos mais penhorar colheres e botões de punho!

Aliocha tirou do bolso um maço bastante grosso de notas bancárias (seriam uns mil e quinhentos rublos de prata) e colocou-o em cima da mesa. Deliciando-se em vê-lo, Mavra elogiou Aliocha. Natacha, por sua vez, apressava-lhe muito a narração.

— Pois bem... o que fazer, pensei — continuou Aliocha —, como me pôr contra ele? Quer dizer, juro a vocês dois que, se me tratasse mal, se não estivesse tão bondoso comigo, eu cá não pensaria em nada. Diria abertamente ao pai que não quero, que já cresci e amadureci, que agora está tudo feito e rematado! E, podem crer, insistiria em minha opinião. Mas assim, o que vou dizer a ele? Não acusem, porém, a mim. Bem vejo que estás um pouco contrariada, Natacha. Por que é que se entreolham, vocês dois? Decerto estão pensando aí: aquele já se deixou amarrar e não há nem um pingo de firmeza nele. Tenho firmeza, tenho sim, e mais ainda do que imaginam! E a prova disso é que, apesar da minha situação, decidi logo comigo mesmo: é meu dever, eu devo dizer tudo, mas tudo, ao meu pai... E comecei a falar, e desembuchei, e ele me ouviu.

— Mas o que foi, o que foi que disseste? — perguntou Natacha, com inquietude.

— Pois disse que não queria nenhuma outra noiva e que já tinha minha mulher — és tu, Natacha. Quer dizer, ainda não deixei isso bem claro, até agora, mas já preparei meu pai para isso e falarei com ele amanhã mesmo — foi essa a decisão que tomei. Comecei por dizer que era vergonhoso casar-me por causa do dinheiro, além de não ser nada nobre, e que, se nós cá nos considerássemos alguns aristocratas ali, seria pura besteira (pois falo com ele de igual para igual, como se fôssemos dois irmãos). A seguir, expliquei para ele na hora que eu era do *Tiers État*[3] e que *le Tiers État c'est l'essentiel*,[4] que me orgulhava de ser semelhante a todo mundo e não queria diferir de ninguém... Falava com ardor, com entusiasmo... Estava pasmado comigo mesmo. Provei, afinal, para ele, e mesmo do seu ponto de vista... disse bem claramente: que príncipes somos nós? Apenas pela ascendência... mas, no fundo, o que temos de principesco? Primeiro, não temos nenhuma riqueza espetacular, e a riqueza é a coisa mais importante. O maior príncipe, hoje em dia, é Rothschild.[5] Segundo, já faz tempo que não se ouve nem falar de nós naquela grande, naquela verdadeira alta-roda. O último foi meu tio Semion Valkóvski, mas só era conhecido em Moscou, e conhecido, além do mais, por ter vendido seus últimos trezentos servos; se meu pai não tivesse arranjado seu cabedal sozinho, então, quem sabe, os netos dele iriam arar a terra, eles mesmos — eis que tipo de príncipes somos nós. Não nos cabe, quer dizer, torcer o nariz. Numa palavra, explicitei tudo o que me doía na alma — tudo, com ardor e sinceridade,

---

[3] Terceiro Estado (em francês): antiga denominação da classe média cujos membros não pertenciam, por sua condição social, nem à aristocracia nem ao clero.

[4] O Terceiro Estado é o essencial (em francês): cita-se o panfleto *O que é o Terceiro Estado* (1789), do abade Sieyès (1748–1836).

[5] Família de banqueiros franco-alemães cujo nome se tornou, em meados do século XIX, um símbolo do poderio financeiro (Dostoiévski chega a mencioná-la também nos romances *O idiota* e *O adolescente*).

até acrescentei umas coisinhas ali. Ele nem sequer me contradizia, apenas me censurou por ter deixado a casa do conde Naínski e depois me aconselhou a ir bajular a princesa K***, minha madrinha, porquanto, se a princesa K*** me acolhesse bem, todo mundo me abriria as portas, e minha carreira se faria logo... e foi proseando, proseando! Aludia o tempo todo que eu, quando me juntei contigo, Natacha, tivesse abandonado a família toda, e que fosse, sem dúvida, tua influência. Mas até agora não se referiu direto a ti e mesmo evitou, pelo que percebi, tocar nesse assunto. Nós dois usamos de artimanhas, aguardamos, tentamos apanhar um ao outro, mas podes ter certeza de que também faremos aqui, tu e eu, nossa festa.

— Tudo bem, chega. Mas como foi a conclusão, o que ele resolveu? Isso é o que importa. Ora, que tagarela tu és, Aliocha...

— Só Deus é que sabe: nem dá para entender o que ele resolveu. E eu cá não sou nenhum tagarela, eu falo de coisas sérias... mas ele nem ia resolver nada, apenas sorria a cada argumento meu, sorria como quem tivesse pena de mim. Compreendo que é humilhante, porém não me envergonho. "Eu, disse ele, concordo plenamente contigo, mas vê se não dizes, quando formos à casa do conde Naínski, nada disso. Eu cá te entendo bem, mas eles lá não te entenderão". Parece, aliás, que nem todos eles aceitam nem mesmo meu pai, que estão zangados por alguma razão. Em geral, não gostam tanto assim de meu pai na alta-roda, hoje em dia, não sei por quê! O conde me tratou a princípio com toda a majestade, completamente de cima para baixo; esqueceu de vez, pelo visto, que eu tinha crescido na casa dele: foi recordando aos poucos, juro por Deus! Está simplesmente zangado comigo por ingratidão, só que, palavra de honra, não fui nem um pouquinho ingrato; estava terrivelmente enfadado na casa dele, por isso é que não vinha mais. Ele também recebeu meu pai assim, de qualquer jeito, tão negligente, mas tão negligentemente, que nem entendo como meu pai ainda vai à casa do conde. Tudo isso me deixou revoltado. Meu pai deve quase curvar as costas na frente dele, coitado; eu compreendo que é tudo por minha causa, só que eu cá não preciso de nada. Queria depois contar ao pai todos os meus sentimentos, mas me contive. Por que contaria? Não mudaria suas convicções, apenas o deixaria contrariado, e ele já está cheio de problemas. Não, pensei, vou usar de artimanhas, vou burlar toda aquela gente, farei que o conde me respeite. E daí? Logo consegui tudo, num só dia tudo mudou! O conde Naínski mal sabe agora que cadeira me ofereceria. E fui eu quem fez tudo isso, eu sozinho, com esta minha argúcia, de modo que meu pai ficou assim, de braços escancarados!...

— Escuta, Aliocha, seria melhor que falasses mesmo de coisas sérias! — exclamou Natacha, impaciente. — Eu pensava que contarias algo sobre o nosso caso, e tu só queres contar como te destacaste na casa do conde Naínski. O que tenho a ver com aquele teu conde?

— O que tens a ver? Está ouvindo, Ivan Petróvitch: o que ela tem a ver? Mas é nisso que consiste o principal. Tu mesma vais ver: tudo se esclarecerá no fim das contas. Deixem-me apenas contar... Afinal (por que não diria isso às claras?), eis o que é, Natacha, e o senhor também, Ivan Petróvitch: talvez eu esteja realmente muito, mas muito insensato, de vez em quando; até suponhamos que faça (pois isso também já aconteceu) puras bobagens. Mas desta vez, asseguro-lhes, eu me mostrei muito esperto... e... até mesmo inteligente, por fim. Logo pensava que vocês mesmos ficariam contentes de que nem sempre eu seja assim... meio tolo.

— Ah, o que é isso, Aliocha? Chega, meu amorzinho!...

Natacha não tolerava julgarem Aliocha tolo. Quantas vezes se aborrecera comigo, embora não me tivesse dito meia palavra a respeito, tendo eu provado a Aliocha, sem muitas cerimônias, que ele fizera alguma bobagem: era o canto mais vulnerável de seu coração. Ela não suportava as humilhações de Aliocha, tanto mais que decerto reconhecia, no íntimo, suas limitações. Abstinha-se, todavia, de lhe expressar essa opinião sua, temendo ulcerar o amor-próprio dele. Aliocha, por sua parte, manifestava em semelhantes casos uma lucidez incomum e sempre atinava com os sentimentos que ela lhe escondia. Natacha se apercebia disso e ficava bem triste, passava logo a lisonjeá-lo, a acariciá-lo. Foi por esse motivo que as falas dele repercutiram agora tão dolorosamente em seu coração...

— Chega, Aliocha, não tens nada disso, és apenas leviano — adicionou ela. — Por que é que humilhas a ti mesmo?

— Está bem, pois; deixem-me então terminar de contar. Após a recepção na casa do conde, meu pai até se zangou comigo. Espera aí, pensei! Estávamos indo visitar a princesa; já tinha ouvido dizerem, faz muito tempo, que ela teria quase enlouquecido de tão velha e que, ainda por cima, estava surda e adorava os cachorrinhos. Tem, realmente, toda uma matilha de cães e gosta deles até perder a cabeça. Apesar disso tudo, desfruta de imenso prestígio na sociedade, tanto assim que mesmo o conde Naínski, *le superbe*,[6] *fait antichambre*[7] na casa dela. Elaborei, pois, o plano de todas as minhas ações ulteriores, pelo caminho, e tomei por base, vocês acham, o quê? O fato de todos os cães gostarem de mim, juro por Deus! Já havia reparado nisso. Ou tenho algum magnetismo cá dentro ou é porque eu mesmo gosto muito de todos os animais — não sei ao certo, só que os cães me adoram, e ponto-final! A propósito do magnetismo: ainda não te contei, Natacha, como a gente invocava espíritos, dia destes, quando eu estava na casa de um médium. É curioso demais, Ivan Petróvitch, até fiquei espantado. Chamei por Júlio César.

— Ah, meu Deus! Por que logo por Júlio César? — exclamou Natacha, desandando a rir. — Faltava só essa!

— Por quê, por quê... como se eu fosse alguém lá... Será que não tenho o direito de invocar Júlio César? O que vai acontecer com ele? Mas como está rindo!

— Nada, não vai acontecer nada com ele... ah, meu amorzinho! E o que foi que Júlio César te disse?

— Não disse nada. Eu apenas segurava um lápis, e aquele lápis andava sozinho pelo papel e escrevia. Era Júlio César, dizem, quem estava escrevendo. Não acredito nisso.

— Mas o que foi que ele escreveu?

— Escreveu algo como "coça aí" daquela peça de Gógol[8]... Chega de rir, pois!

---

[6] O soberbo (em francês).

[7] Espera na antessala [para ser atendido] (em francês).

[8] Trata-se da comédia inacabada *O litígio*, de Nikolai Gógol, cuja personagem, uma fazendeira iletrada, assinou seu testamento de "Coça aí" em vez de "Eudóxia".

— Então conta sobre a princesa!

— Está bem, só que vocês me interrompem o tempo todo. Chegamos à casa da princesa, e eu comecei por cortejar a Mimie. Aquela Mimie é uma cadelinha velha, nojenta, a mais asquerosa de todas; é teimosa, para completar, e morde qualquer um. A princesa é doida por ela, ama a cachorrinha a perder o juízo; parece que ambas têm a mesma idade. Comecei dando à Mimie bombons e, apenas em dez minutinhos, ensinei-a a estender a patinha, o que ninguém tinha conseguido em toda a vida. A princesa ficou tão exaltada que quase chorou de alegria: "Mimie! Mimie! A Mimie estende a patinha!". Veio mais alguém: "A Mimie estende a patinha. Foi meu afilhado quem ensinou!". Entrou o conde Naínski: "A Mimie estende a patinha!". E olha para mim quase com lágrimas de emoção. Uma velhinha bondosíssima; tenho até dó dela. Eu tampouco sou besta, vim adulá-la de novo: ela tem uma tabaqueira com seu próprio retrato, feito ainda quando de seu noivado, uns sessenta anos atrás. Ela deixa, pois, cair aquela tabaqueira, eu venho apanhá-la e digo, como quem não saiba de nada: "*Quelle charmante peinture!*".[9] Eis uma beleza ideal! Ali ela se derreteu inteirinha: falou comigo disto e daquilo — onde foi que estudei, a quem é que faço visitas, que cabelos maravilhosos é que tenho — e ficou derramando assim e assado. Eu também... fiz que ela risse, contei uma história escandalosa. Ela gosta disso: apenas me ameaçou com um dedo... aliás, riu muito. Deixa-me ir embora, com beijos e bênçãos, e logo exige que venha todos os dias para entretê-la. O conde me aperta a mão, e seus

[9] Que linda imagem! (em francês).

olhos brilham como que oleosos; e meu pai, ainda que seja o mais bondoso, o mais honesto e o mais nobre dos homens, quase chorou de alegria quando voltamos, nós dois, para casa — quer vocês acreditem, quer não — ... abraçou-me, lançou-se às confidências, àquelas misteriosas confidências sobre as carreiras, as boas relações, os cabedais, os matrimônios, de tal forma que eu nem entendi muita coisa. E foi então que me deu esse dinheiro. Foi ontem. Amanhã vou de novo à casa da princesa, só que meu pai é, de qualquer maneira, um homem nobilíssimo, não pensem aí mal dele: se meu pai me afasta de ti, Natacha, faz isso porque anda deslumbrado, porque os milhões de Kátia[10] lhe apetecem e tu não os tens, aqueles milhões; porém, busca a fortuna só para mim e, se é injusto contigo, é por mero desconhecimento. Pois que pai é que não deseja a felicidade de seu filho? E ele não tem culpa de estar acostumado a calcular a tal da felicidade em milhões. Eles todos estão acostumados. A gente tem de considerá-lo somente sob esse ângulo, sem mais nem menos, então lhe daremos logo razão. Eu me apressei de propósito a vir aqui, Natacha, para te convencer disso, já que bem sei: estás contra ele por mera cisma e não tens, bem entendido, nenhuma culpa disso. Não te acuso...

— A única coisa que te aconteceu, pois, é que te promoveste lá, na casa da princesa? É nisso que consiste toda a tua argúcia? — questionou Natacha.

— Mas nada disso, ora! É tão só o começo... contei sobre a princesa só porque, vê se me entendes, vou domar

---

[10] Forma diminutiva e carinhosa do nome russo Katerina (Yekaterina).

meu pai por intermédio dela, e quanto à minha história principal, nem começou ainda.

— Então conta, não te delongues!

— Aconteceu-me hoje outra coisa também, e foi mesmo uma coisa bem esquisita, e estou perplexo até agora — prosseguiu Aliocha. — É preciso notar para vocês dois que, apesar de meu casamento ter sido combinado entre meu pai e a condessa, não houve até agora nenhuma declaração oficial, ou seja, nem que nos separássemos agora mesmo, não haveria nenhum escândalo; só o conde Naínski é que sabe disso, mas ele é nosso parente e benfeitor. E não é tudo: embora me tivesse aproximado muito de Kátia, nessas duas semanas, até esta tarde não tínhamos dito uma só palavra sobre o futuro, quer dizer, sobre o nosso casamento e... pois bem, sobre o amor. Cumpre-nos, ademais, pedir primeiro o consentimento da princesa K***, de quem se esperam, em nossa família, todas as proteções possíveis e as chuvas de ouro. A sociedade dirá o que ela disser, tanto prestígio é que a princesa possui... E quanto a mim, quer-se que me torne sem falta um homem bem relacionado. Mas quem, sobretudo, insiste em todas essas medidas é a condessa, a madrasta de Kátia. É que, se reparar em todas aquelas manhas estrangeiras dela, a princesa até pode, quem sabe, não a receber em sua casa, e, se a princesa não a receber em sua casa, aí os outros tampouco a receberão, quem sabe... Mas eis que se apresenta uma oportunidade: meu noivado com Kátia. Foi por isso que a condessa, antes contrária ao nosso noivado, hoje ficou toda entusiasmada com meu sucesso junto à princesa, mas não se trata agora disso, e o principal é o seguinte: conheço Katerina Fiódorovna desde o ano passado; todavia, era então um garoto e não podia, portanto, compreender nada, tanto assim que acabei por não enxergar, naquele momento, nenhum atrativo nela...

— Apenas amavas então mais a mim — interrompeu-o Natacha —, por isso não enxergaste, mas agora...

— Nem uma palavra, Natacha! — exclamou Aliocha, com ardor. — Estás redondamente enganada e me deixas magoado!... Nem sequer te contradigo; escuta o que vou dizer, e depois verás tudo... Oh, se tu conhecesses Kátia! Se soubesses que alma terna e límpida tem aquela pombinha! Mas vais saber, apenas me escuta até o fim! Há duas semanas, quando meu pai voltou de sua viagem e me levou à casa de Kátia, comecei a olhar para ela com mais atenção. Percebi que ela também atentava em mim. Isso despertou plenamente a minha curiosidade; nem falo naquela intenção especial de conhecê-la melhor que eu tinha, intenção que surgiu com aquela carta de meu pai que tanto me havia impressionado. Não vou dizer nada, não vou elogiá-la, só direi uma coisa: ela é uma rara exceção dentre seus pares. Sua natureza é tão singular, sua alma é tão forte e veraz, forte precisamente graças à sua pureza e veracidade, que sou apenas um mocinho na frente dela, seu irmão mais novo, embora ela tenha só dezessete anos. Notei outra coisa também: há muita tristeza nela, tristeza algo misteriosa; ela é bem retraída: lá em casa, está quase sempre calada, como que intimidada... Parece refletir o tempo todo. Parece ter medo de meu pai. Não gosta de sua madrasta, adivinhei isso; é a própria condessa quem solta, com algum propósito, aqueles boatos de que a enteada a adora, mas é tudo mentira: Kátia lhe obedece apenas sem discussão, como se tivesse acordado isso com ela. Quatro dias atrás, ao cabo de todas as minhas observações, resolvi finalmente realizar minha intenção e realizei-a esta tarde. Resolvi contar tudo a Kátia, confessar tudo para ela, fazer que tomasse nosso partido e acabar com tudo de uma vez só...

— Como? Contar o quê, confessar o quê? — perguntou Natacha, inquieta.

— Tudo, decididamente tudo — respondeu Aliocha —, e agradeço a Deus que me sugeriu essa ideia. Mas escutem, escutem! Quatro dias atrás, resolvi o seguinte: ficar longe de vocês e terminar tudo sozinho. Se estivesse com vocês, continuaria a hesitar, ouviria o que vocês me dissessem e nunca tomaria decisão alguma. Agora sozinho, colocando-me exatamente naquela situação em que precisasse cada minuto repetir a mim mesmo que tinha, por fim, uma decisão a tomar e que *devia* tomá-la, criei bastante coragem e resolvi! Terminei resolvendo voltar para cá com uma decisão e voltei com uma decisão!

— E daí, e daí? O que foi que aconteceu? Conta rápido!

— Muito simples! Acheguei-me a ela direta, honesta e corajosamente... Mas primeiro tenho de lhes contar sobre um acidente anterior que me deixou boquiaberto. Antes de termos ido à casa da condessa, meu pai recebeu uma carta. Eu entrava no seu gabinete, nesse meio--tempo, e parei junto à porta. Ele não me viu. Estava tão abismado com aquela carta que falava consigo mesmo elevando o tom, andava pelo cômodo, fora de si, e de repente se pôs a gargalhar, enquanto segurava ainda a carta. Até receei entrar: aguardei um pouco e depois entrei. O pai estava tão contente por algum motivo, mas tão contente... começou a falar comigo de modo meio estranho, mas logo interrompeu a conversa e mandou que me aprontasse depressa para sair, embora fosse ainda cedo demais. Hoje não havia ninguém naquela casa, só nós dois, e tu pensavas à toa, Natacha, que era um jantar de gala. Não te contaram direito...

— Ah, não te distraias, Aliocha, faz favor; diz como contaste tudo a Kátia!

— A felicidade é que tenhamos ficado a sós, eu e ela, por duas horas inteiras. Anunciei simplesmente a Kátia que pretendiam casar-nos, mas nosso casamento era impossível, que só havia em meu coração simpatias por ela e que só ela poderia salvar-me. Foi lá que lhe revelei tudo. Imagina que ela não sabia nada de nossa história, não sabia que a gente se amava, Natacha! Se pudesses ver como se sensibilizou; de início, até ficou assustada. Empalideceu toda. Contei-lhe toda a nossa história: como tinhas abandonado por mim a casa dos pais, como tínhamos vivido juntos, nós dois, como nos atormentávamos hoje em dia, com medo de tudo, e acabei dizendo que recorríamos agora a ela (falei em teu nome também, Natacha) para que se postasse, por si mesma, ao nosso lado e dissesse abertamente à sua madrasta que não queria casar-se comigo, porquanto seria essa toda a salvação nossa e não havia mais de onde nem de quem esperarmos ajuda. Ela me escutou com tanta curiosidade, com tanta simpatia! Que olhar é que tinha naquele momento! Parecia que toda a sua alma havia passado para o seu olhar. Os olhos dela são bem azuis. Agradeceu-me por não ter duvidado dela e prometeu que nos ajudaria com todas as suas forças. Depois passou a perguntar por ti, alegando que queria muito conhecer-te, pedia para te dizer que já te amava como uma irmã, para que a amasses também, tu mesma, como a tua irmã, e quando soube que eu não te via por quase cinco dias, logo me mandou de volta para cá...

Natacha estava enternecida.

— E tu pudeste contar, antes disso, sobre aquelas tuas façanhas na casa daquela surda princesa? Ah, Aliocha, Aliocha! — exclamava, olhando para ele com reproche. — E Kátia? Estava contente, risonha, quando te deixava ir embora?

— Estava contente, sim, de ter conseguido fazer algo nobre, mas ao mesmo tempo chorava. É que ela também me ama, Natacha! Confessou que já começava a amar-me, que não via outras pessoas à sua volta e gostava de mim havia tempos, que me tinha destacado, em especial, porque só eram a astúcia e a mentira que a cercavam e por me ter achado, a mim, um homem sincero e honesto. Ela se levantou e disse: "Deus o ampare, Alexei Petróvitch, mas eu pensava...". Não terminou de falar, ficou chorando e foi embora. Pelo que decidimos, amanhã mesmo ela dirá à sua madrasta que não quer casar-se comigo, e eu também devo dizer tudo ao meu pai, amanhã mesmo, e dizer com firmeza e ousadia. Kátia me censurou por não ter falado com ele antes: "Um homem honesto não tem nada a temer!". É tão nobre assim. Tampouco gosta de meu pai; diz que é astucioso e procura por dinheiro. Eu o defendia, mas ela não acreditou em mim. E se eu não conseguir nada com meu pai amanhã (Kátia tem quase certeza de que não conseguirei nada), então ela própria concorda que preciso buscar a proteção da princesa K***. Nesse caso, nenhum deles se atreverá mais a agir contra nós. Prometemos um ao outro, eu e Kátia, que seríamos como irmão e irmã. Oh, se tu conhecesses a história dela mesma, como ela está infeliz, que aversão lhe causam aquela sua vida com a madrasta e todo aquele ambiente... Ela não falou nisso abertamente, como se tivesse medo de mim também, mas eu adivinhei por algumas palavras. Natacha, meu amorzinho! Como ela te admiraria, se acaso te visse! Que bom coração é que ela tem! Como se está à vontade com ela! Vocês duas foram feitas para serem irmãs e devem amar uma à outra. Tenho pensado muito nisso. E, palavra de honra, colocaria vocês duas juntinhas e ficaria, eu mesmo, por perto, admirando vocês duas. Não penses mal de mim, Natáchetchka, e deixa falar sobre ela. É justamente contigo que me apetece falar sobre ela, e com ela sobre ti. Pois tu sabes que te amo mais que a todo mundo, mais que a ela... És tudo o que tenho!

Calada, Natacha olhava para ele com afeto e certa tristeza. As palavras do jovem pareciam afagá-la e causar-lhe dor simultaneamente.

— Já faz tempo, umas duas semanas, que dou apreço a Kátia — continuou ele. — É que estive com ela todas as noites. Volto, de vez em quando, para casa e fico pensando, fico pensando em vocês duas, não paro de comparar uma à outra.

— E qual de nós duas te parece melhor? — perguntou Natacha, sorrindo.

— Às vezes tu, às vezes ela. Mas tu sempre tomaste a dianteira. E quando falo com ela, sempre sinto que estou ficando melhor: mais inteligente e, de algum jeito, mais nobre. Só que amanhã, amanhã tudo será resolvido!

— E não tens pena de Kátia? É que ela te ama; dizes aí que tu mesmo reparaste nisso.

— Tenho pena, sim, Natacha! Contudo, nós três vamos amar um ao outro, e então...

— Então, adeus! — articulou baixinho Natacha, como que falando consigo mesma.

Aliocha fitou-a desentendido.

Entretanto, nossa conversa foi subitamente interrompida da maneira mais inesperada. Na cozinha, que fazia também as vezes da antessala, ouviu-se um leve barulho, como se alguém tivesse entrado. Um minuto depois, Mavra abriu a porta e começou a chamar por Aliocha, inclinando discretamente a cabeça. Viramo-nos todos para ela.

— Tão perguntando por ocê, seu moço, vem cá — disse Mavra com uma voz algo misteriosa.

— Quem é que pode perguntar por mim agora? — pasmou-se Aliocha, olhando para nós. — Vou lá!

O camareiro do príncipe, seu pai, estava na cozinha. Esclareceu-se que, voltando para casa, o príncipe fizera parar sua carruagem perto do prédio onde morava Natacha e mandara conferir se Aliocha estava ali. O camareiro saiu tão logo anunciou isso.

— Estranho! Ainda nunca houve uma coisa dessas! — dizia Aliocha, lançando-nos olhadelas confusas. — O que será?

Natacha olhava para ele, nervosa. De supetão, Mavra tornou a abrir a porta da cozinha.

— Ele mesmo tá vindo, o príncipe! — cochichou apressadamente e escondeu-se de imediato.

Natacha empalideceu e levantou-se da sua poltrona. De chofre, seus olhos brilharam. Ela ficou em pé, apoiando-se de leve na mesa, e olhou, toda angustiada, para a porta pela qual havia de entrar o visitante que ela não convidara.

— Não tenhas medo, Natacha, estás comigo! Não deixarei que ele te ofenda — sussurrou Aliocha, que estava embaraçado, mas não perdera o tino.

A porta se abriu, e na soleira assomou o príncipe Valkóvski em carne e osso.

Capítulo II

Ele nos lançou um olhar rápido, mas cheio de atenção. Ainda não se podia adivinhar, por aquele olhar, se o príncipe viera como nosso inimigo ou nosso amigo... Todavia, vou descrever minuciosamente a sua aparência. Foi naquela noite que ele me impressionou sobremodo.

Já havia visto o príncipe antes. Esse homem tinha, no máximo, uns quarenta e cinco anos; a expressão de seu semblante, cujas feições eram harmoniosas e muito bonitas, mudava conforme as circunstâncias, mas brusca e totalmente, passando da mais agradável à mais soturna ou mal-humorada com uma rapidez extraordinária, como se alguma engrenagem fizesse, num átimo, um giro completo. Esse oval regular de seu rosto amorenado, os excelentes dentes que ele possuía, seus lábios pequenos e assaz finos, de forma impecável, seu nariz reto e um tanto comprido, essa testa alta em que não se via ainda nem a mínima rugazinha, esses olhos cinza, bastante grandes — tudo isso o tornava quase belo, porém sua cara não produzia nenhuma impressão aprazível. Era repulsiva, notadamente, porque não parecia sequer pertencer a ele, mas sempre exprimia algo forjado, premeditado ou emprestado, tanto assim que se formava, em quem a visse, aquela cega convicção de que nunca se chegaria a ver sua expressão verdadeira.

Quem prestasse mais atenção começava a desconfiar que embaixo daquela máscara costumeira houvesse algo maldoso, astuto e marcado por extremo egoísmo. E o que causava o maior impacto eram seus olhos cinza, tão francos e lindos em aparência. Só eles é que pareciam desobedecer à sua vontade. Mesmo que o príncipe quisesse olhar suave e meigamente, os raios de suas olhadas como que se desdobravam, e de mistura com aqueles raios suaves e meigos surgiam outros clarões — severos, incrédulos, indagadores, maus... De estatura bastante alta, ele era esbelto, um pouco magro, e aparentava uma idade incomparavelmente menor do que tinha de fato. Seus macios cabelos amarronzados mal começavam ainda a embranquecer. Suas orelhas, suas mãos, seus pés eram perfeitos. O príncipe ostentava uma beleza plenamente aristocrática. Vestia-se com refinada elegância e frescor, mas exibia certos hábitos de um homem jovem, o que bem combinava, aliás, com ele. Parecia ser um irmão mais velho de Aliocha. Ao menos, não se podia, de modo algum, tomá-lo pelo pai de um moço tão adulto assim.

O príncipe se aproximou logo de Natacha e disse, encarando-a com firmeza:

— Esta visita que lhe faço a desoras e sem ser anunciado é estranha e contrária às conveniências; espero, porém, que a senhorita acredite: estou, pelo menos, em condições de reconhecer toda a excentricidade de minha conduta. Sei, outrossim, com quem tenho lidado, sei que a senhorita é perspicaz e magnânima. Conceda-me apenas dez minutos; espero que acabe por me entender e que me desculpe.

Pronunciou tudo isso de modo cortês, mas com força e certa insistência.

— Sente-se — disse Natacha, sem ter superado ainda seu inicial embaraço nem seu leve susto.

Ele fez uma pequena mesura e sentou-se.

— Antes de tudo, permita dizer duas palavras a ele — pôs-se a falar, apontando para seu filho. — Aliocha, tão logo você foi embora, sem esperar por mim nem mesmo se despedir de nós todos, informaram à condessa que Katerina Fiódorovna estava passando mal. A condessa já ia correr ao quarto dela, mas de repente Katerina Fiódorovna apareceu em pessoa, muito aflita e tomada de forte emoção. Disse-nos às claras que não podia ser sua esposa. Disse também que se retiraria para um convento, que você lhe teria pedido ajuda e declarado pessoalmente que amava Natália Nikoláievna... Essa incrível confissão de Katerina Fiódorovna, feita, ainda por cima, num momento desses, foi provocada, sem dúvida, pelas confidências extremamente estranhas que você lhe fizera. Ela estava praticamente fora de si. Você bem entende como fiquei perplexo e assustado. Passando agora perto daqui, vi a luz em suas janelas — prosseguiu, dirigindo-se a Natacha. — Então a ideia que me importunava já havia muito tempo dominou-me a tal ponto que não pude resistir ao primeiro impulso e entrei em sua casa. Por quê? Agora lhe direi isso, mas peço de antemão que não se surpreenda com certa rispidez de minhas explicações. Tudo isso é tão repentino...

— Espero que compreenda o senhor devidamente... e que venha a anuir ao que me disser — articulou, gaguejando, Natacha.

O príncipe fitava-a com muita atenção, apressando-se, pelo visto, a *desvendá-la* inteiramente num só minuto.

— Conto exatamente com sua perspicácia — continuou — e, se me permito vir à sua casa agora, é justo por saber com quem estou lidando. Há bastante tempo que a conheço, se bem que já tenha sido tão injusto e que me culpe disso perante a senhorita. Escute: a senhorita está a par daqueles velhos atritos que existem entre mim e seu pai. Não me justifico; talvez seja mais culpado para com ele do que vinha imaginando até agora. Mas, se for assim, é que eu mesmo fui enganado. Sou desconfiado e admito isso. Sou propenso a vislumbrar o ruim antes do bom — uma qualidade infeliz, própria de um coração seco. Não tenho, porém, o hábito de esconder meus defeitos. Acreditei em todas as calúnias e, quando a senhorita abandonou seus pais, fiquei temendo por Aliocha. Contudo, não a conhecia ainda. As informações que colhi aos poucos alentaram-me por completo. Observei, perscrutei e, afinal, convenci-me de minhas suspeitas serem infundadas. Soube que a senhorita havia rompido com sua família; sei também que seu pai tenta, com todas as forças, impedir que se case com meu filho. E o próprio fato de que até hoje, com tanta influência, com tanto, pode-se dizer, poder que detém sobre Aliocha, não se aproveitou ainda desse poder e não o obrigou a desposá-la, esse fato em si mostra a senhorita sob uma ótica favorabilíssima. Ainda assim, confesso-lhe plenamente que resolvi então estorvar, na medida das minhas forças, toda e qualquer possibilidade de seu casamento com meu filho. Bem sei que me expresso de forma demasiadamente sincera, mas neste momento a sinceridade é, por minha parte, a coisa mais necessária; a senhorita mesma concordará com isso quando me escutar até o fim. Pouco depois que a senhorita tinha deixado sua casa, saí de Petersburgo; porém, indo viajar, já não temia mais por Aliocha. Contava com seu nobre orgulho. Compreendi que a senhorita não pretendia casar-se antes de terminarem suas contrariedades familiares, que não buscava destruir o acordo entre mim e Aliocha, porquanto eu nunca lhe teria perdoado esse casamento de vocês, nem tampouco desejava ouvir dizerem por aí que procurava pelo noivo príncipe e pelo arrimo de nossa família. Chegou, ao contrário, a manifestar seu desprezo por nós, à espera, quiçá, daquele momento em que eu mesmo viesse pedir-lhe que nos honrasse entregando sua mão ao meu filho. Não obstante, eu continuava sendo seu contumaz desafeto. Não vou justificar a minha postura, mas tampouco lhe esconderei os motivos dela. Ei-los aqui: a senhorita não é ilustre nem rica. Eu mesmo, embora tenha meu cabedal, preciso de mais dinheiro. Nossa família está em declínio. Necessitamos de meios e vínculos. A enteada da condessa Zinaída Fiódorovna, apesar de não ser apadrinhada, é muito rica. Se eu demorasse um pouco, viriam outros pretendentes e levariam a nossa noiva; não podia deixar tal oportunidade escapar e, mesmo que Aliocha fosse ainda novo demais, resolvi arranjar-lhe o matrimônio. Como está vendo, não oculto nada. A senhorita pode desdenhar o pai que confessa ter induzido seu filho, por ganância e preconceito, a cometer má ação, pois abandonar uma moça tão magnânima, que sacrificou tudo por ele e ante a qual ele é tão culpado, é uma ação má. Entretanto, não me justifico. A segunda razão do futuro casamento de meu filho com a enteada da condessa Zinaída Fiódorovna é que aquela moça merece, no mais alto grau, amor e respeito. Ela é bonita, educadíssima, dotada de excelente caráter e muito inteligente, conquanto seja ainda criança em vários aspectos. Aliocha, por sua vez, não tem caráter algum, é leviano, extremamente insensato, aos vinte e dois anos de idade continua sendo um garotinho e possui apenas um mérito — esse seu bom coração, qualidade que pode mesmo ser perigosa, caso se junte a outras fraquezas. Já percebi, há muito tempo, que minha influência sobre ele vinha diminuindo: seu entusiasmo, suas paixões juvenis acabam por dominá-lo e até sobrepujam para ele certos deveres reais. Pode ser que o ame em excesso, mas fico persuadido de que não lhe basta mais a minha supervisão. No entanto, ele precisa que alguém o mantenha sob uma influência constante e benéfica. Sua índole submissa, fraca e cordial prefere amar e obedecer a comandar. Ele será assim por toda a sua vida. A senhorita pode imaginar como me alegrei ao encontrar em Katerina Fiódorovna o ideal da jovem que gostaria de ver casada com meu filho. Todavia, foi tarde demais que me alegrei: ele já se submetia a outra influência irresistível, à sua influência. Observei-o com toda a atenção, quando de meu regresso a Petersburgo no mês passado, e fiquei surpreso ao reparar naquela considerável mudança para melhor que ele vivenciava. Suas leviandade e infantilidade ainda são quase as mesmas, porém alguns impulsos dignos já se consolidaram nele; meu filho não se interessa mais apenas por brinquedinhos, mas também por aquilo que é sublime, nobre e decoroso. As ideias dele parecem estranhas, voláteis, às vezes absurdas, mas seus desejos e pendores, seu coração estão melhorando, e isso é a base de tudo, e foi certamente a senhorita quem lhe impôs tudo o que ele tem agora de melhor. A senhorita reeducou Aliocha.

Confesso-lhe que pensei de relance, ainda naquele momento, que poderia, melhor que qualquer outra pessoa, torná-lo feliz. Mas afastei essa ideia, não queria ter ideias assim. Cumpria-me separar vocês dois custasse o que custasse; comecei, pois, a agir e já supunha ter alcançado o meu objetivo. Há tão só uma hora imaginei ter obtido a minha vitória. Mas o que ocorreu na casa da condessa derrubou, de uma vez por todas, estas suposições minhas, e um fato inopinado surpreendeu-me antes de tudo: essa seriedade anômala de Aliocha, essa firmeza de seu apego à senhorita, a obstinação, a tenacidade desse apego. Repito-lhe: a senhorita reeducou meu filho em definitivo. Percebi de repente que ele havia mudado mais ainda do que eu presumia. Hoje mesmo demonstrou em minha presença, sem eu ter esperado por isso, indícios de uma inteligência que nem sequer aventava nele, juntamente com uma extraordinária fineza e sagacidade do seu coração. Meu filho escolheu o caminho mais certo para sair da situação que achava penosa. Tocou e fez vibrarem as mais nobres cordas do coração humano, em particular a capacidade de perdoar e de pagar o mal com benevolência. Submeteu-se ao poder da criatura que tinha magoado e recorreu a ela mesma com seu pedido de complacência e ajuda. Atingiu em cheio o orgulho da mulher que já o amava, reconhecendo abertamente que ela tinha uma rival, e ao mesmo tempo despertou nela simpatias por essa rival e conseguiu, para si mesmo, perdão e promessa de amizade fraterna e desinteressada. Fazer uma confissão dessas e, ao mesmo tempo, não ofender, não causar mágoa — nem sempre os sábios mais astuciosos são capazes disso, mas antes aqueles que têm coração fresco, imaculado e bem direcionado, como o dele. Estou seguro de que a senhorita não participou da sua ação de hoje nem com uma palavra, nem com sombra de conselho. Só agora é que veio, talvez, a saber de tudo através dele próprio. Não estou enganado, Natália Nikoláievna? É verdade, não é?

— O senhor não está enganado — respondeu Natacha, cujo rosto ardia todo e cujos olhos irradiavam certo brilho estranho, semelhante à inspiração. A dialética do príncipe começava a surtir efeito. — Eu não tinha visto Aliocha havia cinco dias — acrescentou. — Foi ele sozinho que inventou e realizou aquilo tudo.

— Em absoluto — confirmou o príncipe. — Mas, não obstante, toda essa inesperada clarividência dele, toda essa resolução, a consciência de seu dever e, finalmente, toda essa nobre firmeza — tudo isso é o resultado da influência que a senhorita tem exercido sobre ele. Refleti nisso tudo e formei minha opinião definitiva agorinha, quando voltava para casa, e, tendo refletido bastante, senti de improviso que estava pronto a tomar uma decisão. Nossa aliança com a família da condessa está destruída e não pode ser restaurada; mesmo se o pudesse, não seria mais viável. Pois bem... visto que eu mesmo me assegurei de que só a senhorita seria capaz de proporcionar felicidade ao meu filho, sendo a verdadeira guia dele e tendo já lançado alicerces de sua vindoura felicidade! Não lhe escondi nada antes, nem lhe escondo nada agora; gosto muito de carreiras, cabedais, títulos e mesmo de cargos públicos; estou consciente de boa parte disso ser apenas um preconceito, mas aprecio esse tipo de preconceitos e decididamente não quero menosprezá-los. Todavia, existem circunstâncias em que é necessário levarmos em consideração outros argumentos também, em que não se pode aplicar a tudo a mesma medida... Além do mais, amo muito meu filho. Numa palavra, chego à conclusão de que Aliocha não deve ser separado da senhorita, senão ele vai perecer em sua ausência. Será que lhe conto? Quem sabe se eu não tomei esta decisão há um mês inteiro e se não me dei conta apenas hoje de minha decisão ser justa? É claro que, para lhe expressar tudo isto, eu poderia visitá-la amanhã em vez de incomodá-la quase à meia-noite. Mas esta minha pressa lhe mostrará, talvez, com que entusiasmo e, o principal, com quanta sinceridade estou procedendo ao nosso negócio. Não sou mais um mocinho; não poderia, com esta minha idade, resolver dar um passo em falso. Quando entrava em sua casa, tudo já estava resolvido e premeditado. Sinto, porém, que ainda terei de esperar muito tempo antes que a senhorita fique plenamente convicta de minha sinceridade... Mas ao trabalho! Será que preciso agora explicar para a senhorita por que motivo eu vim para cá? Vim para cumprir meu dever ante a senhorita e peço-lhe solenemente, com todo o respeito ilimitado que lhe tenho, peço que torne meu filho feliz consentindo em ser a esposa dele. Oh, não imagine que tenha vindo aqui como um pai furioso, que se dispõe afinal a perdoar aos seus filhos e aquiescer com indulgência à sua felicidade. Não e não! A senhorita me humilharia se me suspeitasse de estar pensando dessa maneira. Não creia, por outro lado, que eu estava de antemão seguro de que aceitaria a minha proposta, haja vista aquilo que sacrificou pelo meu filho — outra vez não! Serei o primeiro a dizer em voz alta que ele não a merece e... (Aliocha é bondoso e não sabe mentir), e ele mesmo confirmará isso. Mas isso não é tudo. Não foi só isso que me atraiu para cá, numa hora dessas... eu vim para cá... — e o príncipe se soergueu em seu assento, respeitosa e, de certo modo, solenemente — eu vim para me tornar seu amigo! Bem sei que não tenho o mínimo direito a tanto, pelo contrário! Mas permita-me merecer esse direito! Permita-me ter esperanças!

Inclinando-se com especial deferência perante Natacha, esperava pela sua resposta. Durante todo aquele tempo que passara a falar, eu ficara de olho nele. O príncipe tinha reparado nisso.

Ele pronunciara seu discurso friamente, com certas pretensões de ser dialético, mas assumindo de vez em quando um tom algo desdenhoso. O caráter de todo o seu discurso chegava por vezes a destoar daquele impulso que o levara a fazer sua primeira visita numa hora tão imprópria assim e, sobretudo, em vista do tratamento que vinha dispensando a Natacha. Algumas das suas expressões eram perceptivelmente afetadas, e, em certas passagens dessa exegese verbosa e estranha em razão de sua verbosidade, ele parecia tomar propositalmente ares de um sujeito excêntrico que procurava mascarar um sentimento despontante com humor, desdém ou gracejo. Eu atinaria nisso tudo mais tarde, porém, naquela hora exata, as circunstâncias eram outras. Ele proferira suas últimas palavras com tanta veemência, tão animado e manifestando tanto genuíno respeito por Natacha que nos derrotara a todos. Até uma espécie de lágrima surgira, por um instante, em seus cílios. O nobre coração de Natacha rendeu-se completamente. Igual ao príncipe, ela se soergueu em sua poltrona e, calada, tomada de profunda emoção, estendeu-lhe a mão. Ele tomou-a e beijou-a com plena e verdadeira ternura. Aliocha ficou extasiado.

— O que foi que te disse, Natacha? — exclamou ele. — Tu não acreditavas em mim! Não acreditavas que ele fosse o homem mais nobre do mundo! Estás vendo agora, estás vendo?...

Acorreu ao seu pai e abraçou-o calorosamente. Este lhe retribuiu o abraço, mas se apressou a encurtar essa cena sentimental como quem se envergonhasse em demonstrar suas emoções.

— Chega — disse ao pegar o chapéu —, vou indo. Só reclamei à senhorita dez minutos e fiquei aqui sentado uma hora inteira — acrescentou, com leve sorriso. — Mas vou embora com o maior anseio de revê-la o mais depressa possível. A senhorita me permitiria visitar vocês dois o mais frequentemente que pudesse?

— Sim, sim! — respondeu Natacha. — O mais frequentemente que o senhor pudesse! Eu quero logo... passar a amá-lo... — concluiu, desconcertada.

— Como é sincera, como é íntegra! — replicou o príncipe, sorrindo àquelas palavras dela. — A senhorita nem tenta usar de artifícios para me dizer algo amável. Mas sua sinceridade é bem mais valiosa que todas aquelas falsas amabilidades. Sim! Reconheço que demorarei muito, mas muito mesmo ainda, em merecer seu afeto!

— Não fale assim, não me elogie... chega! — sussurrou Natacha, toda confusa. Como estava linda naquele momento!

— Que seja! — arrematou o príncipe. — Só mais duas palavras acerca de nosso assunto. A senhorita mal pode imaginar como estou infeliz! É que não poderei visitar vocês amanhã nem depois de amanhã. Esta tarde recebi uma carta tão importante para mim (exigindo que fosse participar de um negócio urgentíssimo) que não poderia, em hipótese alguma, ignorá-la. Amanhã de manhã sairei de Petersburgo. Não pense, por favor, que vim incomodá-la tarde e a más horas justamente porque não teria tempo para isso nos próximos dois dias. É claro que nem pensaria nisso, mas esta é uma amostra de meus melindres! Por que foi que me pareceu inevitável essa suposição sua? Sim, minha suscetibilidade me atrapalhou muito em minha vida, e toda a desavença que tenho com sua família não passa, talvez, de uma consequência de minha índole miserável!... Hoje é terça-feira. Não estarei em Petersburgo nem na quarta nem na quinta nem na sexta. Mas espero que volte sem falta sábado e, no mesmo dia, estarei aqui em sua casa. Diga-me se posso ficar com a senhorita uma tarde inteira?

— Claro, claro! — exclamou Natacha. — Espero pelo senhor neste sábado à tarde! Espero com impaciência!

— Ah, como estou feliz! Vou conhecê-la cada vez melhor! Mas... eu me retiro! Não posso, ainda assim, ir embora sem ter apertado sua mão — prosseguiu o príncipe, dirigindo-se de improviso a mim. — Desculpe! Temos falado, nós todos, de modo tão desconexo... Já tive algumas vezes o prazer de encontrar o senhor, e até mesmo fomos apresentados um ao outro em certa ocasião. Assim, não posso sair daqui sem antes declarar como me seria agradável reatarmos esta nossa amizade.

— É verdade que já nos encontramos — respondi, apertando-lhe a mão. — Mas não me lembro, infelizmente, de termos sido apresentados um ao outro.

— Foi na casa do príncipe R***, no ano passado.

— Perdão, esqueci. Mas asseguro-lhe que desta vez não vou mais esquecer. Esta noite será especialmente memorável para mim.

— Sim, o senhor tem razão, para mim também. Sei há muito tempo que é um verdadeiro, um fiel amigo de Natália Nikoláievna e de meu filho. Espero que venha a ser, eu mesmo, o quarto, junto a vocês três. Não é verdade? — acrescentou, dirigindo-se a Natacha.

— Sim, ele é nosso fiel amigo, e precisamos ficar todos juntos! — respondeu Natacha com uma profunda emoção. Coitadinha! Ficou toda radiante de alegria ao ver que o príncipe não se esquecera de cumprimentar a mim também. Como ela gostava de mim!

— Tenho encontrado muitos admiradores de seu talento — continuou o príncipe — e conheço duas pessoas que o reverenciam com a maior sinceridade. Elas ficariam muito felizes em conhecê-lo pessoalmente. São a condessa, minha melhor amiga, e a enteada dela, Katerina Fiódorovna Filimônova. Permita-me ter esperanças de que o senhor não me recuse o prazer de apresentá-lo a essas damas.

— Estou muito lisonjeado, se bem que tenha agora poucos conhecidos...

— Mas vai entregar seu endereço a mim, não vai? Onde é que mora? Terei o prazer...

— Não recebo visitas em minha casa, príncipe, ao menos atualmente.

— Mas eu, embora não mereça exceção... mas...

— Faça o favor, se é que está insistindo: terei muito prazer, eu também. Moro na viela X, no prédio de Klugen.

— No prédio de Klugen? — exclamou ele, como se algo lhe causasse assombro. — Como? O senhor... mora ali há muito tempo?

— Não, há pouco — respondi, atentando involuntariamente nele. — O número de meu apartamento é quarenta e quatro.

— Quarenta e quatro? O senhor mora... só?

— Totalmente só.

— Ssim! É que... parece que já conheço aquele prédio. Melhor ainda... Vou visitá-lo sem falta, prometo! Tenho muitos assuntos a discutirmos e deposito no senhor muitas esperanças. Ainda poderá prestar-me vários favores. Está vendo que começo logo com um pedido. Mas... até a vista! Aperto-lhe outra vez a mão.

Apertou a minha mão e a de Aliocha, tornou a beijar a mãozinha de Natacha e saiu sem pedir que Aliocha o acompanhasse.

Ficamos, nós três, bem confusos. Tudo isso havia ocorrido tão inesperada, tão subitamente. Sentíamos todos que num só instante tudo mudara, que algo novo, desconhecido, estava começando. Aliocha se sentou, calado, perto de Natacha, beijando-lhe silenciosamente a mão. Olhava, de vez em quando, para o rosto dela, como se esperasse pelo que Natacha diria.

— Aliocha, meu amorzinho, vai amanhã mesmo ver Katerina Fiódorovna — disse ela afinal.

— Já pensei nisso — replicou ele —, vou lá sem falta.

— Talvez ela fique triste quando te vir... Como é que farias?

— Não sei, minha querida. Já pensei nisso também. Vou ver... assim que a vir... decidirei. E aí, Natacha, tudo mudou agora para a gente, não mudou? — Aliocha não se conteve para abordar esse tema.

Ela sorriu, lançando-lhe um olhar longo e carinhoso.

— E como ele é delicado. Deu logo pela pobreza deste apartamento, mas não disse uma palavra...

— Sobre o quê?

— Sobre... se a gente não queria outra morada... ou mais alguma coisa — disse Aliocha, enrubescendo.

— Chega, Aliocha, por que é que falaria nisso?

— Pois eu te digo que é delicado demais. E como te elogiou! Já te falei a respeito, não falei? Sim, ele sabe entender e sentir qualquer coisa! E de mim falou como se eu fosse uma criança; todos eles me têm, aliás, por um garotinho! Pois bem: sou assim mesmo.

— Ainda que sejas um garotinho, vês mais longe que nós todos. És bom, Aliocha!

— E ele disse que meu bom coração me prejudicava. Como assim? Não compreendo. Sabes de uma coisa, Natacha? E se eu fosse rapidinho atrás dele? Amanhã, bem cedinho, estarei de volta.

— Vai, meu querido, vai. Tiveste uma ideia boa. Encontra-te sem falta com teu pai, estás ouvindo? E amanhã volta o mais cedo que puderes. Agora é que não te esconderás mais de mim por cinco dias seguidos — adicionou, maliciosa, acariciando-o com o olhar.

Estávamos todos tomados de uma alegria discreta, mas tão inteira.

— Vai comigo, Vânia? — chamou Aliocha, saindo do quarto.

— Não, ele fica; vamos ainda conversar, nós dois, Vânia. Então amanhã, bem cedinho, ouviste?

— Bem cedinho! Adeus, Mavra!

Mavra estava toda emocionada. Ouvira tudo o que dissera o príncipe; ouvira tudo às escondidas, porém não entendera muita coisa. Queria tanto inquirir e bisbilhotar, mas por ora parecia séria demais, até mesmo soberba. Ela também adivinhara que tudo havia mudado.

Ficamos sós. Natacha pegou minha mão e permaneceu algum tempo calada, como quem procurasse o que dizer.

— Estou cansada! — pronunciou enfim, com uma voz fraca. — Escute: você vai amanhã à casa dos nossos?

— Sem dúvida.

— Então conte para a mãezinha, mas a *ele* não diga nada.

— Mas eu nem sequer falo nunca de ti com ele.

— Pois é... ele saberá tudo sem você. Mas preste atenção àquilo que ele disser. Como é que ele receberá a notícia? Meu Deus, Vânia! Será que realmente me amaldiçoará, por causa deste casamento? Não pode ser, não pode!

— É o príncipe quem deve consertar tudo — apressei-me a comentar. — Há de fazer as pazes com ele, então tudo se arranjará.

— Oh, meu Deus! Tomara! Tomara! — exclamou ela, suplicante.

— Não se preocupe, Natacha, tudo se arranjará mesmo. E será logo.

Ela fixou em mim seu olhar.

— Vânia, o que está achando do príncipe?

— Se ele falou com sinceridade, acho que é um homem nobre de fato.

— Se falou com sinceridade? O que quer dizer? Será que pode ter falado sem sinceridade?

— Também me parece... — respondi. "Pois então ela tem alguma suspeita" — pensei comigo. — "Que coisa estranha!"

— Você olhava o tempo todo para ele... com tanta atenção...

— Sim, ele é um pouco estranho... foi isso que me pareceu.

— A mim também. Ele diz tudo de um jeito... Estou cansada, meu queridinho. Sabe, vá para casa, você também. E amanhã venha cá o mais cedo possível, logo que se encontrar com eles. E outra coisa: não foi uma afronta, quando eu disse ao príncipe que queria passar logo a amá-lo?

— Não... por que seria uma afronta?

— Nem... uma tolice? Pois isso significava que por enquanto não o amava ainda.

— Pelo contrário, foi algo belo, ingênuo, espontâneo. Você estava tão linda nesse momento! O príncipe será bobo se não entender isso com aquela sua grã-finagem.

— Parece que está zangado com ele, Vânia? Mas como eu mesma sou boba, melindrosa e presumida! Não ria, que não lhe escondo nada. Ah, Vânia, meu caro amigo! Se eu ficar outra vez infeliz, se me acontecer uma nova desgraça, você estará por certo aqui, ao meu lado; estará, quem sabe, sozinho comigo! Como é que lhe pagarei tudo isso? Não me amaldiçoe jamais, Vânia!...

Ao voltar para casa, logo me despi e fui para a cama. Meu quarto estava úmido e escuro como um porão. Várias estranhas ideias e sensações fervilhavam em mim, de modo que passei muito tempo ainda sem dormir.

Mas como devia rir, nesse momento, outro homem que se refestelava em sua cama tão confortável — de resto, se nos concedia a honra de rir-se de nós! Talvez nem mesmo nos concedesse tal honra!

Capítulo III

Na manhã seguinte, por volta das dez horas, saindo eu às pressas do meu apartamento a fim de ir logo à casa dos Ikhmeniov, lá na ilha Vassílievski, e dali, sem demora, à casa de Natacha, deparei-me de súbito com a neta de Smith, que me visitara na noite anterior e estava agora às minhas portas, prestes a entrar. Lembro que me alegrei muito, quando a vi, mesmo sem saber por que motivo. Nem tivera tempo para vê-la de perto na véspera, e à luz do dia ela me deixou ainda mais estupefato. Seria difícil, aliás, encontrar uma criatura mais estranha e mais singular, ao menos quanto à sua aparência. Baixinha, de olhos brilhantes, negros e, de certa forma, nada russos, de cabeleira extremamente farta, negra também e toda despenteada, ela bem poderia atrair, com aquele olhar enigmático, mudo e obstinado que tinha, a atenção de qualquer passante em plena rua. O que mais espantava era seu olhar: fulgiam nele, a par da argúcia, uma desconfiança algo inquisitória e até mesmo uma suspeição. Vetusto e sujo, seu vestidinho se assemelhava ainda mais, se visto à luz do dia, aos farrapos. Pareceu-me que aquela menina era afetada por uma doença lenta, tenaz e constante, a qual destruía seu organismo gradual, mas inexoravelmente. Seu rosto pálido e magro tinha certo matiz antinatural, amorenado até beirar a amarelidão, tirante à cor do fel. Mas, de modo geral, apesar de toda a feiura de sua miséria e doença, ela chegava a ser mesmo bonita. Suas sobrancelhas eram nítidas, finas e belas; sobretudo se destacavam sua testa, larga e um tanto baixa, e seus lábios de feitio impecável, com uma comissura orgulhosa e atrevida, embora descoloridos e só um pouco rosados.

— Ah, tu de novo? — exclamei. — Pois eu pensava mesmo que virias. Entra cá, vem!

A menina entrou, passando a soleira tão devagar como na véspera e olhando com desconfiança ao seu redor. Examinou o quarto em que morara seu avô, como que anotando as mudanças feitas nele pelo novo inquilino. "Tal avô, tal neta, ora!" — pensei então. — "Não seria porventura maluca?" Ela se mantinha calada; eu esperava.

— Vim pegar os livros! — sussurrou ela por fim, abaixando os olhos.

— Ah, sim! Teus livros... ei-los aqui, pega! Foi de propósito que os guardei para ti.

Ela me fitou com curiosidade, entortando a boca de certo modo bizarro, como se fosse esboçar um sorriso incrédulo. Mas aquele impulso para sorrir esvaiu-se, de pronto dando lugar à mesma expressão severa e misteriosa.

— Será que meu avô lhe contou sobre mim? — perguntou a menina, examinando-me, com ironia, da cabeça aos pés.

— Não contou sobre ti, não, mas...

— Então como o senhor sabia que eu viria para cá? Quem foi que lhe disse? — voltou ela a perguntar, interrompendo-me rapidamente.

— É que eu achava que teu avô não pudesse viver sozinho, abandonado por todos. Era tão velho, tão fraco... aí pensei que alguém o visitava. Pega teus livros, vem. Estudas com eles?

— Não.

— Por que precisas deles, então?

— Era meu avô que me ensinava, quando eu vinha aqui.

— Será que não vinhas depois?

— Depois não vinha mais... fiquei doente — disse ela como quem se justificasse.

— E tua família, tua mãe, teu pai?

De chofre, a menina franziu as sobrancelhas e olhou para mim com uma espécie de temor. Em seguida, abaixou o olhar, virou-me, calada, as costas e foi embora do quarto sem se dignar a responder-me, exatamente como no dia anterior. Segui-a, perplexo, com os olhos. No entanto, ela se deteve na soleira.

— De que ele morreu? — fez essa pergunta entrecortada ao virar-se um pouco para mim, com o mesmo gesto e movimento que fizera na véspera, quando também estava para sair e, já de frente para as portas, perguntara pelo Azorka.

Aproximei-me dela e comecei a contar apressadamente. A menina me escutava com uma atenção penetrante, calada e cabisbaixa, de costas para mim. Contei-lhe, inclusive, que o velho se referira, antes de morrer, à Sexta linha. "Adivinhei, pois" — acrescentei —, "que ali morava decerto uma das pessoas caras para ele, por isso esperava que alguém viesse perguntar a respeito. Ele te amava, sem dúvida, já que se lembrou de ti em seus últimos instantes".

— Não — sussurrou a menina, como que sem querer —, ele não me amava.

Estava muito emocionada. Eu me inclinava, contando, e olhava para o rosto dela. Percebi que fazia esforços terríveis para reprimir, talvez por mero orgulho em minha presença, a sua emoção. Ficava cada vez mais pálida, mordendo com força o lábio inferior. Mas o que me deixou sobretudo atônito foram as estranhas batidas de seu coração. Tornavam-se mais fortes a cada minuto, de sorte que se podia, finalmente, ouvi-las a dois ou três passos de distância, como se ela tivesse um aneurisma.

Pensei que acabasse rompendo em pranto, como da última vez, porém a menina se conteve.

— E onde é a cerca?

— Que cerca?

— Debaixo da qual ele morreu...

— Vou mostrá-la para ti... quando a gente sair. Mas escuta, como te chamas?

— Não precisa...

— Não preciso de quê?

— Não precisa; nada... não tenho nome — disse ela de maneira entrecortada, como se um desgosto a dominasse, e moveu-se querendo sair.

Fi-la parar.

— Espera, menina estranha! É que desejo teu bem; tenho pena de ti desde ontem... desde quando estavas chorando ali no canto, sobre a escadaria. Nem consigo lembrar aquilo sem... Além do mais, teu avô morreu em meus braços e certamente se recordava de ti falando da Sexta linha, ou seja, era como se te deixasse sob a minha tutela. Vejo teu avô em sonhos... Até guardei esses livros para ti, mas és tão rude, como se tivesses medo de mim. Decerto és muito pobre e órfã, talvez vivas numa casa alheia: é isso ou não?

Exortava-a calorosamente, mesmo sem saber por que ela me atraía tanto assim. Havia, naquele meu sentimento, algo diferente da trivial piedade. Não sei se eram todo aquele ambiente enigmático, a impressão que me produzira Smith ou então o caráter fantástico de meu próprio humor, mas algo me atraía irresistivelmente a ela. Minhas palavras pareciam tê-la sensibilizado; ela me lançou um olhar meio estranho, não mais severo e, sim, brando e longo; depois voltou a abaixar a cabeça, ficando como que pensativa.

— Yelena — sussurrou inesperadamente, bem baixinho.

— És tu que te chamas Yelena?

— Sim...

— Pois então, virás ainda à minha casa?

— Não posso... não sei... virei — murmurou ela, revelando assim sua reflexão e sua luta interior.

Nesse momento, um relógio de parede pôs-se a badalar algures. A menina estremeceu e, olhando para mim com uma inexprimível aflição mórbida, cochichou:

— Mas que horas são?

— Talvez dez e meia.

Ela deu um grito de susto.

— Meu Deus! — disse, correndo de supetão para fora.

Detive-a outra vez na antessala.

— Não te deixarei fugir desse jeito — atalhei. — Tens medo de quê? Estás atrasada?

— Sim, sim, saí às escondidas! Deixe-me ir! Ela me espancará! — gritou a menina, dizendo, pelo visto, mais do que pretendia dizer e tentando libertar-se das minhas mãos.

— Escuta, pois, e fica quietinha. Precisas ir à Vassílievski, e eu também vou ali, à Décima Terceira linha. Eu também estou atrasado e vou chamar uma carruagem. Queres ir comigo? Eu te levo. Será mais depressa do que indo a pé...

— Não pode ir à minha casa, não pode! — exclamou ela, toda apavorada. Até suas feições se alteraram de pavor, apenas com a suposição de que eu pudesse aparecer lá onde ela morava.

— Pois eu te digo que vou à Décima Terceira linha, a negócios, e não à tua casa! Não vou atrás de ti. De carruagem iremos bem rápido. Vamos!

Descemos correndo a escada. Chamei pelo primeiro *vanka*[11] que vi, com sua ruim *guitarra*.[12] Yelena estava por certo com muita pressa, já que concordou em ir comigo. A coisa mais misteriosa, porém, consistia em não poder nem indagar-lhe: ficou agitando os braços e quase pulou fora da carruagem quando lhe perguntei de quem ela tinha, lá em casa, tamanho medo. "Que mistério é esse?" — pensei.

Yelena não estava nada à vontade naquela carruagem. A cada sacolejo, ela se agarrava, para não cair, ao meu casaco com a mão esquerda, suja, pequenina, de pele toda gretada. Com a outra mão segurava os seus livros; era óbvio que os prezava muito.

Ajeitando suas roupas, ela descobriu repentinamente a perna, e, para minha imensa surpresa, eu vi que calçava apenas um sapato esburacado, sem meia. Se bem que tivesse resolvido não lhe fazer mais perguntas, não pude conter-me outra vez.

— Será que não tens meias? — questionei. — Como é que podes andar descalça, com essa umidade e esse frio?

— Não tenho — respondeu ela num tom entrecortado.

— Ah, meu Deus, mas tu moras aí com alguém! Deverias pedir um par de meias quando fosses sair.

— Estou bem assim.

— Mas vais adoecer, vais morrer.

— Bem-feito para mim.

Decerto não queria responder e aborrecia-se com minhas perguntas.

---

[11] Apelido pejorativo dos cocheiros.

[12] Antiga gíria russa que designava um carro de aluguel.

— Foi lá que ele morreu — disse-lhe, apontando para o prédio ao pé do qual o velho falecera.

Ela olhou com atenção e, de repente, dirigiu-me uma súplica:

— Pelo amor de Deus, não me siga. Irei vê-lo de novo, irei! Irei assim que puder!

— Está bem, já disse que não ia à tua casa. Mas de que é que tens medo? Deves ser muito infeliz. Sinto dor só de olhar para ti...

— Não tenho medo de ninguém — respondeu ela com uma voz meio irritada.

— Mas acabaste de dizer: "Ela me espancará!".

— Que me espanque! — retorquiu ela, e seus olhos fulgiram. — Que me espanque! Que me espanque! — repetiu várias vezes, amargamente, e seu labiozinho superior soergueu-se com desdém e passou a tremer.

Chegamos, afinal, à ilha Vassílievski. Ela fez parar a carruagem no início da Sexta linha e saltou fora, olhando em sua volta com inquietude.

— Vá embora, irei vê-lo, irei! — repetia horrivelmente ansiosa, implorando que não a seguisse. — Vá rápido, vá!

Fui embora. Contudo, alguns passos adiante, dispensei o cocheiro na avenida marginal e, regressando à Sexta linha, corri até o lado oposto da rua. Vi a menina: ainda não tivera tempo para se afastar muito, posto que caminhasse bem depressa; ia olhando, o tempo todo, para trás, até se deteve por um minutinho, querendo saber se eu a seguia ou não. Mas eu me escondi atrás de um portão que acabara de avistar pela frente, e ela não me viu. Foi caminhando, e eu a segui sem deixar a calçada oposta.

Minha curiosidade estava excitada no mais alto grau. Mesmo ao ter decidido não entrar no encalço dela, ansiava por conhecer o prédio em que ela própria entraria... assim, por via das dúvidas. Permanecia sob o influxo de uma impressão estranha e penosa, semelhante àquela que me produzira, lá na confeitaria, seu avô, quando morrera o Azorka...

Capítulo IV

Caminhamos bastante, até a própria avenida Pequena. Yelena quase corria; por fim, entrou numa lojinha. Eu parei aguardando por ela. "Não pode morar nessa lojinha, pode?" — pensei.

De fato, ela reapareceu um minuto depois, já sem aqueles livros nas mãos. Segurava, em vez dos livros, uma vasilha de barro. Deu alguns passos a mais e passou o portão de um prédio feioso. Era um prédio de dois andares, velho, não muito grande, mas feito de alvenaria e pintado com tinta amarela acinzentada. Numa das janelas do andar inferior, que eram três ao todo, via-se um pequeno caixão vermelho — a tabuleta de uma funerária de pouca monta. As janelas do andar superior eram minúsculas e absolutamente quadradas, munidas de vidros verdes, trincados e embaçados, pelos quais transluziam as cortinas rosa de *buckram*.[13] Atravessei a rua, aproximei-me do prédio e li, numa folha de ferro pendurada sobre o portão: "Casa da burguesa Búbnova".

---

[13] Tecido liso de algodão.

Mal terminei de ler essa inscrição quando, de súbito, ouvi um estridente guincho feminino, seguido de vários palavrões, retumbar no pátio de Búbnova. Fui olhar através de uma portinhola e vi uma mulheraça gorda e vestida como burguesa, de *golovka*[14] e xale verde, que se erguia nos degraus de uma escadinha de madeira, bem à entrada da casa. Seu rosto estava asquerosamente avermelhado; seus olhos pequenos, balofos e injetados de sangue faiscavam de raiva. Dava para ver logo que estava bêbada, apesar de a hora do almoço não ter ainda chegado. Guinchava xingando a coitada Yelena, parada em sua frente numa espécie de estupor, com a vasilha nas mãos. Por trás daquela mulher vermelhaça, assomava na escada outra criatura do sexo feminino, toda desgrenhada, mas coberta de pó de arroz e carmim. Pouco depois, abriu-se a porta da escadaria que levava do subsolo ao andar inferior, e uma mulher de meia-idade, de trajes pobres e aparência humildemente agradável, surgiu nos degraus, decerto atraída pelos gritos. Outros inquilinos do andar inferior, um velho decrépito e uma moça, também espiavam pela porta entreaberta. Um homem alto e robusto, provavelmente o zelador, estava plantado no meio do pátio, com uma vassoura na mão, e contemplava indolente a cena toda.

— Hein, condenada, hein, sanguessuga, piolho maldito! — vociferava a mulher, soltando, rajada após rajada, todas as injúrias que se tinham acumulado nela, em sua maioria sem pontos nem vírgulas, como quem se engasgasse. — É desse jeito que me agradeces pelos

---

[14] Lenço usado por mulheres casadas de origem camponesa, burguesa e comerciária.

meus cuidados, hein, cabeluda? Só mandei comprar pepinos, e ela já deu no pé! Sentia meu coração, sentia que ia fugir, quando mandava aquela ali. Doía meu coração, doía! Só ontem à noite torci aquela cabelama todinha por essas coisas, mas ela já se apronta pra fugir de novo! Aonde é que vais, sem-vergonha, aonde? Quem é que vais procurar, diaba safada, canalha olhuda, veneno, quem é? Fala, carcoma tinhosa, senão te esgano agora!

E, furiosa que estava, a mulheraça partiu para cima da pobre menina, porém, avistando a moradora do andar inferior que a fitava lá da escada, parou de repente e, dirigindo-se a ela, rompeu a gritar com o dobro de guinchos, agitando os braços e como que convidando aquela mulher a ser testemunha do hediondo delito de sua desditosa vítima.

— A mãe dela deu com o rabo na cerca! Vocês todos sabem, gente boa, que ficou sozinha, feito uma figa, neste mundo. Vejo que vocês, pobrezinhos, não têm nem o que comer aí; vou agradar, pensei, a São Nicolau pelo menos, vou acolher a órfã. Acolhi, pois. E o que vocês acham? Já faz dois meses que sustento aquela ali, e nesses dois meses ela me sugou todo o sangue, roeu esta minha carne branca! Sanguessuga! Cobra cascavei! Satanás teimoso! Fica assim, calada, quer bata nela quer não bata, calada o tempo todo, como se tivesse água naquela sua boca, e nem um pio! Rasga o meu coração, de tão calada! Por quem é que te tomas, rapariga danada, micaca verde? Pois sem mim já terias morrido, ali na rua, de fome! Tens de lavar os meus pés e beber aquela água, mostrenga, espada preta francesa. Esticarias tuas canelas sem mim!

— Mas por que, Anna Trífonovna, é que se apoquenta tanto? Que incômodo ela lhe causou desta vez?

— perguntou educadamente a mulher a quem se dirigia aquela megera enfurecida.

— Como assim, que incômodo, boazinha, como assim? Não quero ser contrariada! Nada que é teu é bom, mas tudo que é meu é ruim, eis o que é! Pois ela quase me botou no caixão hoje! Mandei comprar pepinos numa lojinha ali, e ela voltou três horas depois! Meu coração pressentia, quando mandava comprar aqueles pepinos: doía, doía, mas como doía! Onde é que ela esteve? Aonde é que foi? Que protetores é que arrumou? Não fui eu a benfeitora dela? Perdoei os catorze rublos que sua mãe vagabunda me devia, enterrei a nojenta por minha conta, acolhi aquele diabinho pra criar... que tu sabes, mulher amável, que tu mesma sabes! Agora não tenho, pois, nenhum poder sobre ela? Devia agradecer à gente, só que me contraria o tempo todo, e nada de gratidão! Eu desejava a felicidade dela. Queria que ela usasse, vadia, vestidos de mussilina, comprei no Gostíny[15] um par de botinhas pra ela, vesti que nem uma pavoa — minha alma se repimpava toda! E o que vocês acham, gente boa? Em dois dias rasgou o vestido todinho, rasgou em pedacinhos, em fiapinhos, e anda desse jeito mesmo, anda mesmo! E o que acham, hein? Rasgou tudo de propósito — não quero mentir pra vocês aí, eu mesma vi... não quer, pois, andar de mussilina, quer andar maltrapilha! Então aliviei a minha alma de vez: espanquei aquela ali todinha... mas quem foi que depois chamou o doutor e pagou pra ele, quem foi? Se te esganasse na hora, piolho maldito, só não ia beber leite por uma

[15] Trata-se do chamado Pátio Gostíny, imenso conjunto de lojas e armazéns situado no centro histórico de São Petersburgo.

semana, seria esta toda a minha penitença! Pra castigar, fiz que lavasse o chão, e o que vocês acham? Foi lavando, lavando, aquela calhorda, lavando! Pra esquentar o meu coração, foi lavando! Pois bem, pensei, vai fugir desta minha casa! E, mal pensei, vejo ontem: fugiu! Vocês ouviram aí, gente boa, como espanquei a canalha ontem mesmo: machuquei as minhas mãos todas quando batia nela, tomei as meias, os sapatos — não vai fugir descalça, pensei, mas ela fugiu hoje de novo! Onde estiveste? Fala! Pra quem foste reclamar da gente, hein, semente da urtiga, pra quem me deduraste, hein? Fala, cigana, carão estrangeiro, fala!

Frenética, ela se atirou contra a menina enlouquecida de pavor, agarrou-a pelos cabelos e lançou-a por terra. A vasilha cheia de pepinos voou para um lado e quebrou-se; a raiva da ébria megera aumentou com isso. Ela batia no rosto e na cabeça de sua vítima, mas Yelena se calava obstinadamente, sem que apenas um som, um grito, um gemido lhe escapasse ao longo desse espancamento. Eu irrompi no pátio, quase perdendo a razão de tão indignado, e corri direto àquela bêbada.

— O que está fazendo? Como ousa tratar assim essa pobre órfã? — exclamei, pegando a fúria pela mão.

— O que é isso? Mas quem é você? — guinchou ela, deixando Yelena e pondo, com desafio, as mãos na cintura. — O que está querendo nesta minha casa?

— O que estou querendo é dizer que não tem piedade! — gritei. — Como ousa tiranizar desse modo a pobre criança? Não é sua filha; eu mesmo ouvi que a senhora a tinha adotado, essa pobre órfã...

— Jesus, meu Senhor! — bradou a fúria. — Mas quem é você, seu penetra? Veio atrás dela, foi isso? Pois agora vou buscar o delegado! Pois é Andron Timoféitch em pessoa que me tem por nobre! É à sua casa que ela vai, não é? Quem é? Veio desgraçar a casa dos outros? Socorro!

E, de punhos cerrados, ela se jogou contra mim. Mas nesse momento ouviu-se, de chofre, um grito tão estridente que chegava a ser inumano. Virei a cabeça: Yelena, que parecia desacordada, caiu de repente para trás, com um tétrico berro antinatural, e começou a contorcer-se, tomada de convulsões pavorosas. Seu rosto ficou todo desfigurado. Era uma crise epiléptica que a acometia. A moça desgrenhada e a moradora do andar inferior vieram correndo, levantaram Yelena e, apressadas, carregaram-na pela escada.

— Nem que ela morra, maldita! — guinchou a mulher bêbada à guisa de conclusão. — Já é o terceiro ataque num mês... Fora daqui, *maklak*![16] — e avançou novamente sobre mim. — Por que estás parado, hein, zelador? Por que é que te pagam?

— Vai embora, vai! Quer levar umas na cacunda? — disse o zelador com uma voz grossa, mas todo preguiçoso, como se falasse só por falar. — Quando os dois têm prazer, é pro terceiro não se meter. Saudação... e fica lá o portão!

Sem ter mais nada a fazer, saí portão afora, seguro de meu rompante ter sido completamente inútil. Contudo, a indignação borbulhava em mim. Postei-me na calçada, defronte ao portão, e fiquei olhando através da portinhola. Tão logo saí do pátio, a mulheraça subiu

[16] Gíria arcaica russa que designava um vagabundo, um mau elemento.

correndo a escada, e o zelador, tendo já cumprido seu dever, também se retirou. Um minuto depois, a mulher que ajudara a carregar Yelena desceu a escadaria, apressando-se a voltar ao seu aposento. Quando me avistou, parou e olhou para mim, curiosa. O rosto dela, bondoso e calmo, deixou-me um tanto animado. Entrei outra vez no pátio e logo me acheguei a ela.

— Permita-me perguntar — encetei a conversa — quem é essa menina e o que faz com ela essa mulher execrável? Não pense, por favor, que estou bisbilhotando por mera curiosidade. Já tenho encontrado essa menina e, devido a uma circunstância, muito me interesso por ela.

— Pois se o senhor se interessasse pela menina, deveria levá-la para sua casa ou então achar outro lugar para ela: seria melhor do que acabar perecendo aqui — respondeu, a contragosto, aquela mulher, dispondo-se aparentemente a ir embora.

— Mas o que vou fazer se a senhora não me informar? Digo-lhe que não sei de nada. Deve ser a tal de Búbnova, a dona da casa?

— A dona da casa, sim.

— Mas como foi que a menina ficou com ela? Sua mãe é que morreu aí?

— Ficou de algum jeito, sei lá... Não é da nossa conta — e a mulher tentou de novo escapulir.

— Mas faça-me o favor: digo-lhe que estou muito interessado. Talvez eu consiga mesmo fazer algo por ela. Quem é, pois, essa menina? Quem era a mãe dela, a senhora sabe?

— Era uma daquelas estrangeiras, não sei, estava aqui de passagem; morava nesta casa, no porão; ficou muito doente e morreu de tísica.

— Decerto era bem pobre, já que morava num canto desses, no porão.

— Ui, como era pobre! Todo o coração da gente doía, só de olhar para ela. A gente é pobre também, mas ela nos devia, até a nós cá, seis rublos por cinco meses que tinha morado aqui. Fomos nós que a enterramos: meu marido é que fez o caixão.

— E por que Búbnova diz que foi ela mesma quem a enterrou?

— Enterrou coisa nenhuma!

— E qual era o sobrenome dela?

— Nem sei pronunciar, queridinho, que é muito difícil: um nome alemão, com certeza.

— Smith?

— Não, parece que era outro nome. E Anna Trífonovna deixou então a órfã em casa — para criar, disse. Mas a coisa está bem feia...

— Acolheu-a, na certa, com algum propósito?

— Está mexendo com negócios escusos — replicou a mulher, como se estivesse pensando e hesitando: contar ou não? — Para nós tanto faz, somos estranhos...

— Melhor seria que amarrasses essa tua língua! — soou, atrás de nós dois, uma voz masculina.

Era um homem meio idoso, trajando um roupão e um cafetã[17] por cima desse roupão: em aparência, era o marido de minha interlocutora, um artesão aburguesado.

— Ela não tem nada a dizer para o senhor, que esses negócios não são da nossa conta... — declarou, mirando-me de soslaio. — E tu mesma, vai indo! Adeus,

---

[17] Vestimenta tradicional russa, de origem oriental: espécie de comprido sobretudo masculino.

meu senhor. Nós cá fazemos caixões: se precisar de nosso serviçozinho, aí sim, com todo o nosso prazer... E, fora isso, não temos conversa nenhuma...

Saí daquela casa pensativo e profundamente emocionado. Não podia fazer nada, mas intuía que me seria penoso deixar tudo como estava. Certas falas da esposa daquele fabricante de caixões haviam-me revoltado. Pressentia que algo se escondia por trás daquilo tudo, algo bem feio mesmo.

Caminhava de cabeça baixa, refletindo, e de repente uma voz brusca chamou-me pelo sobrenome. Vi um homem embriagado que estava em minha frente, quase a balançar-se de um lado para o outro, com roupas bastante limpas, mas de capote ruim e boné ensebado. Seu rosto me era bem familiar. Passei a fitá-lo cara a cara. Lançando-me uma piscadela, ele sorriu com ironia:

— Não me reconheces?

Capítulo V

— Ah! Mas é você, Maslobóiev! — exclamei, reconhecendo de supetão meu antigo companheiro com quem estudara naquele colégio provinciano. — Que encontro!

— Pois é, um encontro! Faz uns seis anos que não nos vemos. Quer dizer, já nos vimos por aí, mas Vossa Excelência não se dignou nem a olhar para a gente. Agora que é, digamos, um dos generais literários... — dizendo isso, ele sorria com escárnio.

— Não, mano Maslobóiev, está mentindo — interrompi-o. — Primeiro, os generais, nem que sejam literários, não têm esta aparência que eu tenho, e segundo, permita dizer que realmente me lembro de ter encontrado você na rua, umas duas vezes, mas achei que me evitasse de propósito, e eu cá não costumo abordar as pessoas se vir que elas me evitam. E sabe o que penso? Se não estivesse bêbado como está, não me teria chamado nem agora. Não é verdade? Bom-dia, pois! Eu, mano, estou muito, mas muito contente de encontrá-lo.

— Ah, é? Mas não te comprometo porventura com este meu... *aspecto inapropriado*? Tudo bem, não vale a pena perguntar, que não tem importância. Eu, mano Vânia, ainda lembro que bom garotão foste. E tu lembras como te açoitaram por minha causa? Ficaste calado, não me entregaste, e eu, em vez de te agradecer, gozei da tua cara por uma semana. Que alma pura é que tens! Salve, minha alma, salve! (Beijamo-nos). Quantos anos é que sofro aqui sozinho, dia vai e noite vem, mas não me esqueço do que a gente viveu. Não dá para esquecer! E tu mesmo, e tu?

— Eu mesmo? Também sofro sozinho...

Ele me encarou por muito tempo, com fortes sentimentos de quem se desmanchasse de ébrio. Aliás, mesmo quando sóbrio, era um bonachão.

— Não, Vânia, não és igual a mim! — disse enfim, num tom trágico. — Pois eu te li, Vânia, li, sim!... Mas escuta: vamos falar às claras! Estás com pressa?

— Estou e, confesso para você, ando bem triste com um negócio ali. Seria melhor que me dissesse onde é sua casa.

— Vou dizer. Mas não seria melhor, não... Eu te digo, se quiseres, o que seria melhor.

— O quê?

— Isso aí! Estás vendo? — E ele apontou para uma tabuleta suspensa a dez passos daquele lugar em que tínhamos parado. — Estás vendo: confeitaria e restaurante, ou seja, uma bodega das primeiras, mas um cantinho gostoso. Aviso logo: um local decente, e a vodca... nem te falo! Veio caminhando de Kiev! Já bebi essa vodca, bebi muitas vezes, por isso é que sei; aliás, nem se atrevem a servir bebidas ruins para mim. Conhecem este Filipp Filíppytch. Eu me chamo Filipp Filíppytch, sabias? O quê? Fazes aí caretas? Não, deixa que te fale. Agora são onze e quinze, acabei de ver as horas; pois eu te soltarei precisamente às onze e trinta e cinco. Enquanto isso, esmagaremos uma mosquinha. Só vinte minutos para um velho amigo, certo?

— Se forem só vinte minutos mesmo, está certo; é que tenho, meu caro, um assunto urgente, juro por Deus...

— Então combinado. Mas te direi, antes de tudo, duas palavras: tua cara está feinha, como se alguém acabasse de te chatear... É isso?

— É.

— Acertei em cheio. Eu, mano, agora mexo com o fisionomismo, é minha ocupação! Vamos, pois, bater um papinho. Em vinte minutos, vou primeiro surrar o almirante Tchaínski,[18] depois socar a *berióznovka*, a *zórnaia*, a *pomerântzeva*, o *parfait amour*[19]... e depois inventarei mais alguma coisinha. Estou bebendo, mano! Tão só nas festas, antes da missa, é que fico bonzinho. E tu não precisas beber. Quero simplesmente que estejas

---

[18] Pronunciando-se a palavra russa "chá" como "tchai", essa expressão significa "tomar chá".

[19] Arrolam-se diversos tipos de bebidas alcoólicas populares na época de Dostoiévski.

comigo. E, se beberes, demonstrarás a especial nobreza de tua alma. Vamos! Trocaremos duas palavras e não nos veremos mais por outros dez anos. Eu, mano Vânia, não sou teu par.

— Está bem, chega de lero-lero, vamos logo. Esses vinte minutos são seus, e depois você me deixará ir embora.

Entrava-se naquela bodega subindo uma escada de madeira, que tinha dois lanços e levava até um terraço no segundo piso. Enquanto subíamos, encontramos de chofre dois senhores muito embriagados. Ao ver-nos, eles se afastaram cambaleando.

Um deles era um rapaz bem jovem, ainda imberbe, cujo bigodinho mal começava a despontar e cuja fisionomia parecia boba em excesso. Estava todo ajanotado, mas de certo modo ridículo, como se suas roupas não lhe pertencessem; usava caros anéis e um alfinete de gravata também valioso, e seus cabelos formavam um penteado de extrema cafonice, uma espécie de crista. Volta e meia sorria e dava risadinhas. Seu companheiro já tinha uns cinquenta anos, era gordo e barrigudo, vestia-se sem muito apuro e também ostentava um grande alfinete de gravata; parcialmente calvo, de rosto inchado, ébrio e bexiguento, portava óculos no nariz semelhante a um botãozinho. A expressão de seu semblante era maldosa e lúbrica. Seus olhos maus e cheios de desconfiança tornavam-se duas frestinhas sob as pálpebras adiposas. Pelo visto, ambos conheciam Maslobóiev, porém o senhor barrigudo fez, deparando-se com ele, uma careta amofinada, embora instantânea. Quanto ao jovem, desfez-se todo num sorriso servilmente dulcíssimo; até tirou o boné que estava usando.

— Desculpe, Filipp Filíppytch — murmurou ele, fitando Maslobóiev com enternecimento.

— Por quê?

— Perdão... é aquilo ali... (estalou o dedo contra o seu colarinho[20]). Mitrochka está lá sentado. Pois acontece, Filipp Filíppytch, que ele é um cafajeste.

— Mas o que há?

— É, sim... E esse daí (inclinou a cabeça para o lado de seu companheiro), teve na semana passada, por causa daquele mesmo Mitrochka, a cara pintada com creme de leite, numa casa indecente... hi-hi!

Aborrecido, seu companheiro empurrou-o com o cotovelo.

— Será que o senhor tomaria, Filipp Filíppytch, meia dúzia com a gente, lá no Dussault... poderíamos ter esperanças?

— Não, meu querido, agora não dá — respondeu Maslobóiev. — Tenho um assunto a tratar.

— Hi-hi! Eu também tenho um assuntozinho a tratar, com o senhor...

Seu companheiro voltou a empurrá-lo com o cotovelo.

— Depois, depois!

Parecia que Maslobóiev se esforçava muito para não os encarar. Assim que entramos na primeira sala, ao longo da qual se estendia um balcão assaz limpo, todo carregado de frios, pães de forno, *rasstegáis*[21] e garrafas com licores de várias cores, conduziu-me rápido para um canto e disse:

---

[20] Gesto característico de quem está embriagado e reconhece em público que andou bebendo.

[21] Pastel tradicional russo, aberto em cima e recheado de peixe ou carne e cogumelos ou arroz com cebola, cenoura e ovos picados.

— Aquele jovem é o filho do comerciante Sizobriúkhov, famoso dono de armazéns: recebeu meio milhão de herança, quando o pai dele morreu, e agora está farreando. Tem ido a Paris, gastou lá um dinheirão horrível e teria desbaratado o cabedal todo, mas recebeu outra herança, do tio dele, e voltou de Paris para gastar tudo de vez por aqui. Mais um aninho e ficará, bem entendido, na pindaíba. É bobo feito um ganso: ora nos melhores restaurantes, ora pelos porões e bodegas, ora com as atrizes... até ia alistar-se nos hussardos, encaminhou, há pouco, um pedido. O outro, meio idoso, é Arkhípov, também algo como um comerciante ou feitor; já se meteu, inclusive, em arrendamentos. Pulha, velhaco e atual camarada de Sizobriúkhov, Judas e Falstaff,[22] tudo junto, duplamente falido e um devasso nojento, com vários rebuscos. Nesse ponto, conheço uma história criminal em que ele se envolveu, mas se safou. Estou muito contente agora, por uma razão minha, de encontrá-lo aqui; já esperava por ele... É claro que Arkhípov anda roubando Sizobriúkhov. Conhece muitos becos escuros, por isso é que tais jovenzinhos o adoram. Eu, mano, estou afiando meus dentes para ele, já faz muito tempo. Quem afia seus dentes também é Mitrochka, aquele valentão lá, perto da janela, de rica *poddiovka*[23] e com cara de cigano. Ele revende cavalos e anda com todos os hussardos daqui. É tão esperto, digo-te eu, que vai fazer uma nota falsa nas tuas barbas

[22] Personagem idealizado por William Shakespeare (1564–1616), em suas peças *As alegres comadres de Windsor, Henrique IV* (partes I e II) e *Henrique V*, como um fanfarrão e boêmio cômico.

[23] Leve casaco masculino pregueado na cintura.

e tu mesmo, embora o tenhas visto, trocarás essa nota dele sem piscar. Agora está de *poddiovka*, nem que seja de veludo, e parece um eslavófilo[24] (creio, aliás, que isso lhe cai bem), mas faz que vista uma casaca magnífica e coisas afins, leva-o para um clube inglês e diz ali que é Fulano de Tal, por exemplo, o preclaro conde Barabânov... então todo mundo vai pensar, por duas horas ao menos, que é um conde mesmo, pois saberá jogar uíste[25] e falar como falam os condes, e ninguém desconfiará de nada. Ele acabará mal. Pois bem, aquele Mitrochka está com muita raiva do barrigudo, porque o bolso de Mitrochka se esvaziou e o barrigudo lhe tomou Sizobriúkhov, seu companheiro dos velhos tempos, que ele já tinha beliscado um pouco. Se eles se encontraram agora nesta bodega, então houve, por certo, alguma coisinha no meio; eu cá sei mesmo qual foi e pressinto que ninguém mais me avisaria, a não ser Mitrochka, que Arkhípov e Sizobriúkhov estariam por aqui, cheirando onde podiam pregar suas peças ruins. Quero aproveitar o ódio daquele Mitrochka por Arkhípov, que tenho cá meus próprios motivos; aliás, vim aqui praticamente por essa razão. Não quero, porém, chamar a atenção de Mitrochka, e não olhes demais para ele, tu mesmo. E quando estivermos saindo daqui, ele nos abordará, na certa, por si mesmo e dirá o que eu preciso ouvir... E agora, Vânia, a gente vai àquele cômodo, estás vendo?

---

[24] Adepto do movimento ideológico, bastante popular em meados do século XIX, cujos membros tencionavam provar a singularidade espiritual da Rússia e suas diferenças intrínsecas e numerosas em relação aos países ocidentais.

[25] Antigo jogo de baralho, protótipo do bridge moderno.

Então, Stepan — prosseguiu, dirigindo-se ao garçom —, entende de que estou precisando?

— Entendo, sim.

— E vai satisfazer?

— Vou satisfazer, sim.

— Pois me satisfaça. Vem, Vânia, senta-te. Por que é que olhas para mim desse jeito, hein? Eu cá percebo que me encaras. Estás surpreso? Não te surpreendas. Tudo pode acontecer a um homem, até aquilo com que ele nem sonhou nunca, e sobretudo quando... digamos, quando nós dois queimávamos nossas pestanas com o tal de Cornélio Nepos![26] É o seguinte, Vânia, acredita numa só coisa: se bem que tenha perdido seu caminho, Maslobóiev guardou o coração que tinha, foram só as circunstâncias que mudaram. Nem que seja contraventor, não sou pior que qualquer doutor. Já estudei medicina, já me preparei para ser professor de letras pátrias, já escrevi um artigo sobre Gógol, já quis ir para o garimpo, já estive para me casar — minha alma buscava, danada, por um docinho, e ela também concordava, embora minha casa fosse tão próspera que nem uma gata viria morar comigo. Já ia, pois, pedir emprestado um par de botas inteiras para a cerimônia matrimonial, que minhas botas estavam, havia um ano e meio, esburacadas... Não deu certo. Ela se casou com um professor, e eu passei a servir num escritório, quer dizer, não foi um escritório comercial, mas assim, um escritório qualquer. Aí outra música se pôs a tocar. Passaram-se anos, e agora eu

---

[26] Cornélio Nepos (cerca de 100 a.C. – cerca de 25 a.C.): historiador romano cujo livro *De varões ilustres* era amplamente usado no ensino escolar do latim.

ganho meu dinheirinho com todo o conforto, se bem que não sirva mais: cobro propina e luto pela verdade — leão entre ovelhas, ovelha entre leões. Tenho cá minhas regras: sei, por exemplo, que uma andorinha não traz o verão... e que a união faz a força. E meu negócio é meio delicado... entendes?

— Será que é um detetive?

— Não é que seja um detetive, não, mas mexo com certos negócios por lá, em parte oficialmente, em parte por minha vocação própria. Eis o que é, Vânia: ando bebendo vodca. E, como nunca afoguei a mente nesta bebida, bem sei que futuro me espera. Meu tempo se esgotou, a árvore que nasceu torta não se endireita. Só te digo uma coisa: se ainda não se debatesse em mim um homem, não me teria achegado a ti hoje, Vânia. Dizes toda a verdade: já te encontrei, já te vi antes, quis abordar-te na rua mais de uma vez, mas não ousei, nada fiz senão adiar o encontro. Não te mereço. E falaste verdade, Vânia: se te abordei mesmo, foi só porque estava pingado. E, posto que tudo isso seja uma bobagem medonha, vamos deixar de prosar sobre mim. É melhor que falemos sobre ti. Pois bem, minha alma, eu li! Li, sim... li, eu também! Eu, amigão, falo de teu primogênito. Quando li, mano, quase me tornei na hora um homem decente! Foi por pouco, só que fiquei pensando e preferi continuar sendo um homem indecente. Assim, ó...

Ele me disse ainda muitas coisas. Embriagava-se cada vez mais e começava a derreter-se, quase até chorar. Maslobóiev fora sempre um bom sujeito, mas sempre se mostrara bem astucioso e desenvolvido, de certa forma, além das medidas: ardiloso, finório, intrometido, espertalhão desde a escola, era no fundo um homem não totalmente privado de coração, um homem perdido. Há muitas pessoas desse tipo no meio dos russos. Têm amiúde grandes capacidades, porém tudo se confunde nelas, e, ainda por cima, essa gente é capaz de burlar a própria consciência, por mera fraqueza em dados momentos, e não apenas sempre perece como também sabe de antemão que acabará perecendo. Maslobóiev, em particular, afogou-se em sua bebida.

— Agora, meu amigo, uma palavra a mais — continuou ele. — Ouvi, primeiro, a tua glória estrondear; depois li várias críticas a teu respeito (dou-te a minha palavra... pensas aí que não leio mais nada?); depois te encontrei de botas ruins, pisando na lama sem galochas, e de chapéu amassado, e fiz cá umas deduções. Agora estás andando com jornalistas?

— Sim, Maslobóiev.

— Viraste, quer dizer, um rocim dos correios?[27]

— Parece que sim.

— Pois eu te respondo, mano, o seguinte: é melhor que bebas! Eu, digamos, fico de cara cheia, deito-me no sofá (tenho um sofá excelente, com molas dentro) e penso que sou, por exemplo, algum Homero ou Dante, ou então algum Friedrich Barbarossa[28]... é que se pode imaginar qualquer coisa. Quanto a ti, não podes imaginar que és Dante ou Friedrich Barbarossa, primeiro, porque queres ser independente de todos e, segundo,

---

[27] Trata-se de um escritor de segundo plano, cujas obras são publicadas em revistas distribuídas pelos correios.

[28] Friedrich I, apelidado de Barbarossa ("barba ruiva" em italiano): rei da Alemanha e imperador do Sacro Império Romano-Germânico (1122–1190), um dos soberanos mais poderosos e célebres da Idade Média.

porque és um rocim dos correios e todo desejo te é proibido. Eu tenho o imaginário, e tu tens o real. Escuta, pois, o que te digo sincera e claramente, como um irmão (senão me ofenderás e humilharás por dez anos a fio): será que precisas de grana? Tenho bastante aqui. Não faças caretas, ouves? Pega a graninha, salda tuas dívidas com os empresários, tira esse teu jugo, depois assegura um ano inteiro de vida boa para ti mesmo e vai desdobrando uma ideia querida, escrevendo uma grande obra! O que me dizes, hein?

— Escute, Maslobóiev! Aprecio sua proposta fraterna, mas agora não posso responder nada, e o porquê disso é longo demais de contar. Há umas circunstâncias. De resto, eu lhe prometo: contarei tudo mais tarde, fraternamente também. Agradeço pela sua proposta; prometo que irei visitar você, irei muitas vezes. Mas o problema é este: você está sendo sincero comigo, portanto ouso pedir, por minha vez, que me aconselhe, ainda mais que é versado naqueles negócios todos.

Contei-lhe toda a história de Smith e de sua neta, começando pelo acidente na confeitaria. E, coisa estranha: enquanto contava, pareceu-me, pela expressão de seus olhos, que Maslobóiev já conhecia certa parte dessa história. Indaguei-lhe a respeito.

— Não é isso, não — respondeu ele. — Aliás, ouvi falarem um pouco de Smith: um velho morreu numa confeitaria. E quanto à madame Búbnova, sei realmente umas coisinhas sobre aquela dama. Já lhe cobrei, inclusive, propina há dois meses. *Je prends mon bien où je le trouve*,[29]

[29] Eu tiro meu proveito de tudo o que eu achar (em francês): tradução livre da antológica frase atribuída, possivelmente sem fundamentos, ao dramaturgo francês Jean-Baptiste Molière (1622–1673).

só nesse sentido é que me pareço com Molière. E, se bem que lhe tivesse arrancado cem rublos, jurei então a mim mesmo que a faria desembolsar mais e que não seriam da próxima vez cem, mas quinhentos rublos. Que mulherzinha sacana! Mexe com negocinhos intoleráveis. Daria ainda para aguentar, só que as consequências são por vezes más mesmo. Não me tomes por Dom Quixote, faz favor. Toda a motivação minha é que posso enricar para valer, e quando encontrei Sizobriúkhov, meia hora atrás, fiquei muito contente. Trouxeram aquele Sizobriúkhov para cá, está bem na cara, e quem o trouxe foi o barrigudo... e, como eu sei em que tipo de negócios, notadamente, o barrigudo se mete, chego à conclusão... Agora é que vou pegá-lo no pulo! Estou muito contente também de me teres falado daquela menina: isso me dá outra pista. Pois eu, mano, faço diversas comissões particulares e conheço muita gente graúda. Andei investigando, há pouco, um caso por incumbência de um príncipe e, digo-te logo, um caso tão cabuloso que nem se podia esperar do príncipe uma coisa dessas. Mas posso contar também outra história, sobre uma mulher casada, queres? Vem, mano, à minha casa; já preparei tantos enredos para ti que, se os aproveitares, teus leitores nem te acreditarão...

— E qual é o sobrenome daquele príncipe? — interrompi-o com vagos pressentimentos.

— Por que queres saber? Tudo bem: Valkóvski.

— Piotr?

— Ele mesmo. Conheces?

— Conheço, mas não muito bem. Pois eu, Maslobóiev, vou falar com você mais de uma vez sobre aquele senhor — disse eu, levantando-me. — Você me deixou intrigado.

— Estás vendo, meu companheiro... vem quantas vezes quiseres. Sei contar historinhas, mas só até um certo limite, entendes? Senão perderei crédito e honra, quer dizer, minha reputação profissional, e por aí vai.

— Está bem: na medida em que sua honra lhe permitir.

Até me sentia emocionado. Maslobóiev reparou nisso.

— O que me dirá agora da história que acabei de lhe contar? Tem alguma opinião ou não tem?

— Dessa tua história? Espera aí dois minutinhos, que vou pagar a conta.

Ele se dirigiu ao balcão e, como que sem querer, ficou de repente ao lado daquele rapaz de *poddiovka* que todos chamavam, de modo tão descortês, de Mitrochka. Pareceu-me que Maslobóiev o conhecia um tanto melhor do que havia confessado para mim. Era evidente, ao menos, que eles não se encontravam agora pela primeira vez. O moço chamado de Mitrochka tinha uma aparência bastante original. Com sua *poddiovka* e uma camisa de seda vermelha, dotado de feições rudes, mas agradáveis, aparentando ser mais novo do que era de fato, moreno, de olhos brilhantes e atrevidos, despertava a curiosidade e deixava uma impressão que não era tão repulsiva assim. Fazia gestos de quem se fingisse de valentão, mas, ao mesmo tempo, parecia conter-se no momento presente, desejando, antes de tudo, assumir um ar extremamente atarefado e assoberbado.

— É o seguinte, Vânia — disse Maslobóiev, aproximando-se outra vez de mim —: vem à minha casa hoje, às sete horas, então te direi, quem sabe, alguma coisa. Estás vendo, sozinho não significo nada; antes significava, mas agora sou apenas um beberrão que se afastou dos seus negócios. Ainda tenho, porém, minhas relações; ainda posso farejar por aí, bater um papinho com vários senhores finos; é isso que me ajuda... É verdade que faço umas coisinhas pessoalmente, no meu tempo livre, ou seja, quando estou sóbrio, mas isso também através dos meus conhecidos... principalmente no ramo das investigações... Pois bem, chega de falar nisso!... Aqui está o meu endereço: rua Chestilávotchnaia.[30] E agora, meu amigão, estou azedo demais. Tomarei ainda minha saideira e depois... para casa, tirar uma soneca. Se vieres, vou apresentar-te a Alexandra Semiônovna, e se a gente tiver mais tempo, falaremos de poesia.

— E daquele caso ali?

— E daquele caso ali, quem sabe.

— Irei, pois, à sua casa, irei com certeza...

Capítulo VI

Já havia muito tempo que Anna Andréievna esperava por mim. O que lhe dissera na véspera sobre o bilhete de Natacha atiçara a sua curiosidade, de modo que ela me aguardava desde a manhãzinha, pensando que me veria mais cedo, no máximo por volta das dez horas. Quando apareci em sua casa, já passara de uma hora da tarde e os sofrimentos próprios de quem esteja esperando haviam atingido, para aquela pobre velhinha, o último grau de intensidade. Além disso, ela ansiava por me revelar as esperanças, que tinham ressuscitado nela bem no dia anterior, e contar sobre Nikolai Serguéitch, que desde

---

[30] O nome da via pública é "Rua das seis lojas" (em russo).

a véspera estava adoentado, parecia todo sombrio, mas a tratava, não obstante, de certa maneira especialmente carinhosa. Logo que cheguei, ela me recebeu com uma expressão fria e descontente, falou comigo de má vontade, quase sem descerrar os dentes nem mostrar o mínimo interesse, como se estivesse para dizer: "Por que é que veio? Só anda, meu queridinho, batendo pernas todos os dias". Zangava-se por causa de meu atraso. Contudo, eu mesmo estava com pressa e acabei por lhe contar, sem maiores delongas, toda a cena que se dera, na noite anterior, na casa de Natacha. Tão logo a velhinha me ouviu falar sobre a visita do príncipe sênior e a solene proposta deste, toda a sua falsa melancolia sumiu num piscar de olhos. Faltam-me termos para descrever como ela se alegrou, até mesmo se perturbou, benzendo-se, chorando, curvando-se até o chão diante do ícone, abraçando-me e querendo correr até Nikolai Serguéitch para lhe participar sua alegria.

— Pois ele está aflito por causa de várias humilhações e ofensas — verdade, meu queridinho! — mas agora, quando souber que Natacha conseguiu plena retratação, vai esquecer tudo num só instante.

Foi difícil dissuadi-la. Apesar de ter vivido com seu esposo por vinte e cinco anos, a boa velhinha não o conhecia ainda o suficiente. De pronto, quis também ir comigo à casa de Natacha. Expliquei-lhe que não apenas Nikolai Serguéitch reprovaria, talvez, a conduta de sua filha, como nós mesmos poderíamos até estragar toda a trama com nossa precipitação. Foi difícil fazê-la mudar de ideia: a velhinha me deteve por meia hora a mais, falando o tempo todo consigo mesma. "Com quem é que vou ficar agora?" — dizia ela. — "Com tanta felicidade, sozinha e trancada entre quatro paredes!" Convenci-a, por fim, de que precisava deixar-me ir, alegando que Natacha me esperava agora com muita impaciência. A velhinha me benzeu repetidas vezes, antes que eu saísse, mandou sua bênção especial para Natacha e quase ficou chorando quando me recusei firmemente a visitá-la outra vez, de tardinha, a menos que acontecesse algo incomum a Natacha. Não vi Nikolai Serguéitch nessa ocasião: ele não pregara olho a noite toda, queixando-se da dor de cabeça e dos calafrios que o incomodavam, e agora estava dormindo em seu gabinete.

Natacha também passara toda a manhã à minha espera. Quando entrei, ela andava, como de costume, pelo seu quarto, cruzando os braços e refletindo. Ainda hoje, recordando-me dela, não a imagino de outra forma senão sozinha naquele quarto pequeno e pobre, sempre pensativa, abandonada, esperando por alguém, andando sem propósito de lá para cá, de braços cruzados e olhos baixos.

Ela me perguntou baixinho, ainda sem parar de andar, por que demorara tanto a vir. Contei-lhe brevemente sobre todas as minhas aventuras, mas ela quase não me escutou. Sua grande preocupação dava na vista. "O que há de novo?" — perguntei-lhe. "Nada de novo" — respondeu ela, assumindo um ar pelo qual adivinhei logo que de fato tinha alguma novidade e esperava por mim justo para me relatar essa novidade, porém, conforme seu hábito, não o faria agora, mas quando eu já estivesse para sair. Sempre agira dessa maneira. Acostumado que estava, eu também fiquei esperando.

Entenda-se bem que começamos por falar do que ocorrera na véspera. O que me surpreendeu sobremodo foi a total coincidência das nossas impressões relativas ao príncipe sênior: Natacha considerava-o decididamente antipático, gostando dele menos ainda que na noite anterior. E quando rememoramos, minúcia após minúcia, toda a sua recente visita, Natacha disse de chofre:

— Escute, Vânia: o que sempre acontece à gente é que, se não gostarmos de uma pessoa à primeira vista, isso indica praticamente que passaremos a gostar dela mais tarde. Foi isso, ao menos, que sempre aconteceu a mim.

— Deus o queira, Natacha. Eis aqui, ademais, a minha opinião definitiva... Perscrutei tudo e deduzi: nem que o príncipe se faça mesmo, quem sabe, de jesuíta, aquiesce ao casamento de vocês com toda a seriedade.

Natacha parou no meio do quarto e lançou-me um olhar severo. Todo o seu rosto se alterara, até seus lábios tremeram de leve.

— Mas como é que ele poderia, num caso *destes*, usar de astúcia e... de mentira? — perguntou com certa perplexidade altiva.

— Pois é, pois é! — concordei apressadamente.

— É claro que ele não estava mentindo. Parece-me que nem deveríamos pensar nisso. Nem mesmo se acharia um pretexto para qualquer cilada que fosse. Pois, afinal de contas, quem seria eu aos olhos dele para me escarnecer até esse ponto? Será que um homem qualquer é capaz de magoar tanto?

— Isso aí, justamente! — confirmava eu, mas comigo mesmo pensava: "Decerto está cismando só nisso agora, minha pobrezinha, enquanto anda assim pelo quarto, e quem sabe se não tem ainda mais dúvidas que eu!".

— Ah, como gostaria que ele voltasse logo! — disse Natacha. — Queria passar uma tarde inteira comigo, pois então... Seus negócios devem ser importantes, já que largou tudo e foi embora. Não sabe por acaso, Vânia, que negócios são esses? Não ouviu ninguém falar deles?

— Só Deus é que sabe. Ele não faz outra coisa senão ganhar dinheiro. Ouvi comentarem que pleiteava um lote, aqui em Petersburgo, com uma empreiteira. Nós cá, Natacha, não entendemos patavina desses negócios.

— É claro que não entendemos. Aliocha falou ontem de uma carta...

— Uma notícia, talvez... E Aliocha já veio hoje?

— Veio.

— Bem cedo?

— Ao meio-dia: ele dorme demais. Ficou um tempinho aqui. Mandei que fosse ver Katerina Fiódorovna... Não se faz assim, Vânia.

— Mas ele mesmo não queria ir vê-la?

— Queria, sim...

Ia acrescentar outra coisa, mas se calou. Olhando para ela, eu esperava. Seu rosto estava triste. Tê-la-ia interrogado, por minha parte, mas ela detestava, não raro, ser interrogada.

— Aquele garoto estranho — disse enfim, entortando um pouco a boca e como que procurando não me encarar.

— O que foi? Aconteceu alguma coisa entre vocês dois?

— Não, nada; é assim... Ele estava, aliás, carinhoso... só que...

— Agora é que vão acabar todos os pesares e afazeres dele — disse eu.

Natacha fixou em mim seu olhar atento e penetrante. Talvez quisesse responder, ela própria: "Mas ele nem teve tantos pesares e afazeres antes", porém vislumbrou a mesma ideia nessas palavras minhas e ficou amuada. De resto, logo se tornou de novo simpática e afável. Dessa feita, estava dócil em extremo. Passei com ela mais de uma hora. Natacha estava muito inquieta. O príncipe intimidava-a. Percebi, ouvindo algumas das suas perguntas, que aspirava a saber, com toda a certeza, qual fora precisamente a impressão que ela lhe produzira na véspera. Comportara-se de modo correto na frente do príncipe? Não lhe expressara porventura um excesso de alegria? Não se mostrara por demais melindrosa ou, pelo contrário, condescendente em demasia? Teria pensado, ele mesmo, algo ruim a seu respeito? Teria zombado dela? Teria sentido desprezo por ela?... Apenas com essa suposição, as faces de Natacha arderam como uma chama.

— Será que pode ficar tão angustiada só porque um mau homem pensa lá qualquer coisa? Que pense quanto quiser! — disse eu.

— Mas por que ele é mau? — perguntou ela.

Natacha era suscetível, mas dotada de coração puro e alma aberta. Sua suscetibilidade provinha de uma fonte límpida. Orgulhosa, e nobremente orgulhosa, ela não conseguia suportar aquilo que mais prezava ser profanado em sua frente. Retribuiria apenas com seu desprezo, sem dúvida, o desprezo de uma pessoa vil, porém seu coração ficaria partido se qualquer pessoa viesse a debochar do que ela considerava sacrossanto. Isso não equivalia nela a uma falta de firmeza, mas traduzia, em parte, seu conhecimento muito escasso da sociedade por não estar acostumada a outras pessoas e viver reclusa em seu cantinho. Aliás, ela vivera toda a vida em seu cantinho, quase sem sair de lá. E, afinal, aquela qualidade das pessoas mais bondosas, talvez herdada do pai — a de elogiar alguém excessivamente, de teimar em achá-lo melhor do que é na realidade, de exagerar, assim de afogadilho, seu lado bom —, desenvolvera-se sobremaneira nela. É penoso que tais pessoas fiquem decepcionadas com o passar do tempo; é mais penoso ainda que tenham de assumir a culpa de sua decepção. Por que é que esperam por algo maior do que podem ter? Pois são justamente essas pessoas que se decepcionam assim a cada minuto. O melhor é que permaneçam quietinhas em seus respectivos cantos e não se exponham; tenho notado, inclusive, que elas realmente gostam de seus cantos, gostam a ponto de asselvajarem-se nessa reclusão. De resto, Natacha havia aturado muitas desgraças, muitas ofensas. Já era uma criatura enferma, e não se podia inculpá-la disso, se é que há alguma inculpação em minhas palavras.

Todavia, eu estava com pressa e levantei-me para ir embora. Natacha ficou pasmada e quase desandou a chorar, quando me viu prestes a sair, se bem que não me tivesse manifestado nenhuma ternura particular enquanto estava ali sentado, aparentando, pelo contrário, mais frieza que de costume. Beijou-me calorosamente e fitou-me, bem nos olhos, com um olhar bem demorado.

— Escute — disse ela. — Aliocha estava tão engraçado hoje que até me espantou. Estava tão carinhoso, de cara tão feliz, mas entrou voando que nem uma borboleta, todo fátuo, e tanto se requebrou diante do espelho. Agora não tem mais cerimônias comigo... e não se deteve por muito tempo. Imagine só: trouxe bombons para mim.

— Bombons? Pois é... que coisinha mais linda e simplória. Ah, como são vocês dois! Já vêm observando um ao outro, espionando, estudando as fisionomias um do outro e lendo nelas pensamentos ocultos (por menos que entendam disso, aliás)! Mas, quanto a ele, está tudo certo: é alegrete e até agora não passou do ginasial. Mas você, você mesma?

Sempre que Natacha mudava de tom, abordando-me, vez por outra, para se queixar de Aliocha ou resolver comigo algumas questões embaraçosas, ou então para me segredar algum voto delicado que me cumpria entender com meia palavra, olhava para mim, que me lembre hoje, de boca entreaberta, mostrando os dentinhos e parecendo implorar-me por uma decisão que aliviasse na hora o coração dela. Entretanto, lembro também que eu mesmo sempre adotava, naqueles casos, um tom grave e brusco, como se estivesse exprobrando alguém, e fazia isso sem sombra de premeditação, mas *conseguia* infalivelmente meu objetivo. Minhas severidade e imponência vinham bem a calhar, tornavam-me mais respeitável, e convenhamos que todo mundo sente, às vezes, uma necessidade imperiosa de ser exprobrado. Ao menos, minhas exprobrações deixavam Natacha, de vez em quando, perfeitamente consolada.

— Não, está vendo, Vânia — continuou ela, pondo uma mãozinha sobre meu ombro, apertando minha mão com a outra e adulando-me com seus olhinhos dengosos —: pareceu-me que ele estava assim, meio insensível... pareceu um *mari*[31] daqueles, sabe, como se estivesse casado havia dez anos, mas ainda tratasse sua esposa com amabilidade. Não seria cedo demais?...

---

[31] Marido (em francês).

Estava rindo, saracoteando, mas como se tudo isso me tocasse apenas em parte, só um pouco, não do mesmo jeitinho que antes... Apressava-se muito a ir ver Katerina Fiódorovna... Eu falava com ele, mas ele nem me escutava ou falava de outras coisas, sabe, por aquele mau hábito dos grã-finos do qual procuramos tanto, nós dois, desacostumá-lo. Numa palavra, estava tão... até diria indiferente... Mas o que digo? Já comecei, já fui derramando! Ah, como somos exigentes, nós todos, Vânia, que déspotas enjoados nós somos! Só agora é que percebi! Não perdoamos nem a menor mudança na cara de um homem, mas sabe lá Deus por que sua cara mudou! Tem razão, Vânia, de me haver censurado agorinha. Sou eu, sozinha, que tenho culpa de tudo! Criamos problemas para nós mesmos e depois ainda reclamamos... Obrigada, Vânia: você me consolou tão bem! Ah, se ele voltasse ainda hoje! Mas... quem sabe: talvez esteja zangado com o que ocorreu.

— Será que vocês já brigaram? — exclamei, surpreso.

— Fingi que não houve nada! Só fiquei um pouquinho triste, e ele, que estava tão alegre, ficou de repente pensativo e, como me pareceu, despediu-se de mim secamente. Aliás, mandarei buscá-lo... Venha você também, Vânia, ainda hoje.

— Sem falta, a menos que um negócio meu me detenha.

— Mas que negócio é esse?

— Um negócio que impus a mim mesmo! De resto... parece que estarei cá sem falta.

Capítulo VII

Às sete horas em ponto, cheguei à casa de Maslobóiev. Ele morava na rua Chestilávotchnaia; situado nos fundos de uma pequena casa, seu apartamento bastante desasseado compunha-se de três quartinhos cuja mobília não era, aliás, nada pobre. Até se percebia ali certa abastança, embora acompanhada de extrema incúria. Quem me abriu a porta foi uma moça bem bonitinha, de uns dezenove anos de idade, vestida de modo simples, mas agradável, toda limpinha, de olhos muito bondosos e alegrinhos. Adivinhei logo que era aquela mesma Alexandra Semiônovna, mencionada por Maslobóiev tão só de passagem quando ele me convidou para conhecê-la. A moça perguntou quem eu era; ouvindo meu sobrenome, disse que Maslobóiev esperava por mim, mas agora estava dormindo em seu quarto, e foi justo para esse quarto que me conduziu. Maslobóiev dormia num belo sofá macio, coberto pelo seu sujo capote e com um gasto travesseiro de couro sob a cabeça. Seu sono era bem leve: tão logo entramos, ele me chamou pelo nome.

— Ah, és tu? Eu te aguardo. Agora sonhei que vinhas para me acordar. Está, pois, na hora. Vamos.

— Vamos aonde?

— Ver a dama.

— Que dama? Para fazer o quê?

— A madame Búbnova, para beliscar a graninha dela. Ai, que beldade, aquela ali! — dirigiu-se, arrastando a frase, a Alexandra Semiônovna e mesmo se beijou as pontas dos dedos ao recordar-se da madame Búbnova.

— Mas que coisa é que inventou! — retorquiu Alexandra Semiônovna, tendo por seu rigoroso dever ficar um tanto zangada.

— Não a conheces, mano? Pois vem conhecer... Recomendo-lhe, Alexandra Semiônovna, esse general literário: é só uma vez por ano que a gente o vê de graça, mas, em qualquer outro tempo, apenas pagando.

— Achou uma boba, hein? Não o escute, por favor, que ele se ri de mim o tempo todo. Mas que general é esse?

— Pois eu cá estou dizendo para a senhorita: um general extraordinário. E tu, Vossa Excelência, não penses aí que a gente está sem miolo: somos muito mais argutos do que te parece à primeira vista.

— Não o escute, não! Só me envergonha na frente das boas pessoas, aquele safado. Tomara que me leve ao teatro, pelo menos uma vez na vida.

— Ame, Alexandra Semiônovna, o que tem em casa... Não se esqueceu do que precisa amar? Não se esqueceu daquela palavrinha ali? Mas daquela que lhe ensinei?

— Claro que não. Quer dizer alguma bobagem.

— Mas qual é aquela palavrinha, hein?

— Ainda vou repetir essa safadeza na frente do homem! Talvez seja uma porcaria das grandes. Minha língua vai ressecar se eu repetir.

— Então se esqueceu mesmo?

— Pois não me esqueci, não: os penates! Amai vossos penates... eta, que coisa mais esquisita! Não teve, talvez, nenhum daqueles penates nunca, então por que diabo a gente os amaria? É tudo mentira!

— Mas na casa da madame Búbnova...

— Arre pra lá com essa sua Búbnova! — Alexandra Semiônovna saiu correndo, tomada de enorme indignação.

— Está na hora! Vamos! Até logo, Alexandra Semiônovna!

Saímos porta afora.

— Estás vendo, Vânia: primeiro, vamos pegar essa carruagem. Feito. E, segundo, depois de me despedir de ti pela manhã, vim saber mais umas coisas, e não são minhas conjeturas, mas pura verdade. Ainda fiquei uma hora inteira lá na Vassílievski. Aquele barrigudo é um canalha medonho: sujo, asqueroso, com todo tipo de rebuscos e gostos baixos. A tal de Búbnova é conhecida, já faz muito tempo, por algumas safadezas do mesmo tipo. Quase se deixou apanhar, dia destes, com uma menina de boa família. Eram aqueles vestidos de musselina que ela punha naquela órfã (tu mesmo me contaste de manhã) que me tiravam a paz: já tinha ouvido falarem disso antes. Descobri outras coisas também — na verdade, por mero acaso, mas, pelo que me parece, acertei na mosca. Quantos anos tem a menina?

— Pela cara, uns treze anos.

— E pela estatura, menos ainda. Eis o que Búbnova vai fazer: dirá que tem onze anos, se preciso for, ou então quinze. E como a pobrezinha está indefesa, não tem parentes...

— Será?

— E tu pensaste o quê? É claro que a madame Búbnova não acolheria uma órfã somente por compaixão. E, se o barrigudo vai à casa dela, é para ter o que quer. Já foi vê-la esta manhã. E quanto ao imbecil de Sizobriúkhov, prometeram que ficaria com uma beldade, mulher casada, esposa de um funcionário ou, sei lá, de um oficial. Os filhinhos da gente comerciária, que estão na gandaia, gostam muito daquilo: sempre perguntam pelo título. É como na gramática latina — a conotação prevalece sobre a terminação — lembras? Parece, aliás, que estou bêbado ainda desde a manhã. Pois bem: não vai mais a madame Búbnova mexer com aquele negócio dela. Quer até enganar a polícia, mas... coisa nenhuma! Vou dar um susto nela, que sabe muito bem: eu, como nos velhos tempos... e por aí vai, compreendes?

Eu estava horrorizado. Todas aquelas notícias haviam perturbado a minha alma. Receava ainda que chegássemos atrasados, mandando o cocheiro ir mais depressa.

— Não te preocupes: as medidas foram tomadas — dizia Maslobóiev. — Mitrochka está lá. Sizobriúkhov lhe pagará com dinheiro, e o safadão barrigudo com carne. Foi assim que a gente combinou de manhã. Quanto a Búbnova, ela deve a mim... por isso é que não vai mais mexer...

A carruagem parou em frente à bodega; contudo, o homem chamado de Mitrochka não estava ali. Ordenando ao cocheiro que nos esperasse à entrada da bodega, fomos à casa de Búbnova. Mitrochka nos aguardava perto do portão. Uma luz viva esparramava-se pelas janelas; as gargalhadas do ébrio Sizobriúkhov ouviam-se ao redor.

— Eles todos estão lá dentro, faz um quarto de hora — comunicou-nos Mitrochka. — Agora é o momento certo.

— Mas como é que vamos entrar? — perguntei eu.

— Como fregueses — rebateu Maslobóiev. — Ela me conhece... conhece Mitrochka também. Está tudo trancado, verdade pura, mas não é para a gente.

Deu umas pancadinhas no portão, e este logo se abriu. Abrindo o portão, o zelador trocou piscadelas com Mitrochka. Entramos sem barulho; ninguém nos ouviu invadir aquela casa. O zelador conduziu-nos pela escada e bateu à porta. Respondeu, quando chamaram por ele, que estava só: "tem um negocinho aqui". A porta se abriu, e nós todos entramos de vez. O zelador esgueirou-se.

— Ai-ai, quem está aí? — gritou Búbnova, que estava no meio de uma minúscula antessala, bêbada e descabelada, com uma vela na mão.

— Quem? — ecoou Maslobóiev. — Como assim, Anna Trífonovna, é que não reconhece suas visitas diletas? Somos nós... quem mais é que poderia ser? É Filipp Filíppytch.

— Ah, Filipp Filíppytch? É o senhor... que visita agradável... Mas como é que... mas eu... mas nada... entrem por aqui...

E ela ficou toda confusa.

— Por aqui é por onde? Por aqui há uma parede... Não, acolha-nos melhor, por favor. Vamos tomar uma geladinha e... será que não tem algumas macherinhas[32] também?

Num instante, a dona da casa animou-se.

— Mas, para esses homens valentes, vou arrumar umas, nem que seja embaixo da terra, nem que as encomende no país dos chineses.

— Só duas palavras, querida Anna Trífonovna: Sizobriúkhov está aí?

— Es... stá.

— Pois é dele que estou precisando. Como ele se atreveu, aquele canalha, a farrear sem mim?

---

[32] Gíria derivada do substantivo "minha querida" (*ma chère* em francês) que se referia, na época de Dostoiévski, às prostitutas.

— Mas ele não se esqueceu do senhor, com certeza. Esperava por alguém o tempo todo, devia ser o senhor mesmo.

Maslobóiev empurrou a porta; adentramos um pequeno quarto com duas janelas, cheio de gerânios, cadeiras de vime e pianos horribilíssimos — tudo em seu devido lugar. Todavia, antes ainda de entrarmos lá, Mitrochka se retirara enquanto nós conversávamos na antessala. Eu saberia mais tarde que nem sequer tinha entrado, escondendo-se atrás da porta. Havia quem viesse depois abrir-lhe a porta: aquela mulher desgrenhada e carminada que espiava, pela manhã, por cima do ombro da madame Búbnova era a comadre dele.

Sizobriúkhov estava sentado num sofazinho a imitar o mogno, diante de uma mesa redonda, coberta com uma toalha. Naquela mesa havia duas garrafas de champanhe nada gelado, uma garrafa de rum nada bom e uns pratos com pralinês, pãezinhos de mel e castanhas de três espécies. De frente à mesa, face a face com Sizobriúkhov, encontrava-se uma criatura abominável, já quarentona e bexiguenta, de vestido preto de tafetá e com vários broches e braceletes de bronze. Era a esposa do pretenso oficial, obviamente falsa. Sizobriúkhov estava embriagado e muito contente. Seu companheiro barrigudo não estava com ele.

— É isso que eles fazem! — bradou Maslobóiev com toda a sua força. — E ainda me convidaram a ir beber no Dussault!

— Filipp Filíppytch, que alegria! — murmurou Sizobriúkhov, levantando-se, com ar de beatitude, para saudar-nos.

— Andaste bebendo?

— Desculpe...

— Deixa de pedir desculpas... convida-nos agorinha. Viemos para foliar contigo. Trouxe mais uma visita: é meu chegado! — Maslobóiev apontou para mim.

— Muito prazer, ou seja, estou muito feliz... Hi-hi!

— É isso que se chama champanhe, puxa vida? Parece mais com o *chtchi*[33] que se azedou.

— O senhor me injustiça.

— Nem ousas, pelo que vejo, aparecer lá no Dussault, mas convidas os outros!

— Ele acaba de contar que foi a Paris — intrometeu-se a esposa do oficial. — Deve estar mentindo, não é?

— Não me injustice, Fedóssia Títichna. Fui lá. Lá estive.

— Foi um *mujique*[34] desses que esteve em Paris?

— Estive, sim. Pude, sim. Fizemos lá uma farra das boas, eu com Karp Vassílitch. Digna-se a conhecer Karp Vassílitch?

— Para que é que conheceria esse teu Karp Vassílitch?

— Como assim, para quê? Mas é negócio político... Pois acontece que nós dois quebramos, naquele arraial de Paris, na casa da madame Joubert, um tremó[35] inglês.

— O que foi que quebraram?

— Um tremó. Havia lá um tremó assim, grandalhão, que se estendia por toda a parede, até o teto; e Karp Vassílitch estava tão bêbado que foi falando com a madame Joubert em russo. Ficou em pé, junto àquele

---

[33] Sopa tradicional russa, feita de repolho, batata, cenoura e outros legumes.

[34] Apelido coloquial e, não raro, pejorativo do camponês russo.

[35] Aparador com espelho alto (corruptela aportuguesada da palavra francesa *trumeau*).

tremó, encostado nele. Pois aquela Jouberta grita para ele, em sua própria língua: "O tremó custa setecentos francos (quer dizer, *tchetvertaks*[36] na língua da gente), já, já vai quebrar!". Ele está sorrindo e olha para mim; eu fico ali, sentado na frente dele, sobre um canapé, e comigo uma belezura... não é igual a este focinho de baranga, mas toda chique, numa palavra só. Ele, pois, grita: "Stepan Terêntitch, hein, Stepan Terêntitch! Metade a metade, aceita?". Eu respondo: "Aceito!"... e ele bate então naquele tremó com seu punhozão: baque! Os estilhaços, pois, foram voando. Jouberta guinchou e partiu direto para cima dele. "Onde pensa que está, seu bandido?" — gritou bem na cara (em sua língua, quer dizer). E ele: "Você, *Madame* Joubert, pegue meu dinheiro, mas não impeça minha índole"; e jogou logo seiscentos e cinquenta francos para ela. Conseguimos até cinquenta francos de desconto.

Nesse momento, um pavoroso grito estridente ouviu-se algures, por trás de várias portas, a dois ou três quartinhos do cômodo onde estávamos. Estremecendo, eu também gritei. Havia reconhecido quem estava gritando: era a voz de Yelena. Logo depois desse grito de dor estouraram outras exclamações, começou uma porfia, depois um rebuliço e, afinal, explodiu toda uma rajada de bofetões a soarem clara, sonora e nitidamente. Decerto era Mitrochka que fazia justiça pelas próprias mãos. De súbito, a porta se abriu com estrondo, e Yelena irrompeu — pálida, de olhos turvos — no quarto: seu vestido branco de musselina estava todo amarrotado e

[36] Gíria arcaica russa que designava uma moeda de 25 copeques (um quarto de rublo).

despedaçado, seu bonitinho penteado parecia desfeito numa luta corporal. Eu estava bem defronte à porta, e ela acorreu a mim e abraçou-me com força. Todos ficaram de pé, todos se alvoroçaram. Seu aparecimento se deu em meio a guinchos e berros. Logo atrás dela, assomou na soleira Mitrochka, que carregava, agadanhando-o pelos cabelos, seu desafeto barrigudo. Arrastou-o, todo esfrangalhado, até a entrada e arrojou-o para dentro do quarto.

— Aqui está ele! Peguem-no! — disse Mitrochka, com ares de plena satisfação.

— Escuta — propôs Maslobóiev, aproximando-se calmamente de mim e dando-me um tapinha no ombro. — Leva a menina, naquela nossa carruagem, para a tua casa, que não tens mais nada a fazer aqui. Amanhã vamos arranjar o restante.

Não me fiz de rogado. Pegando na mão de Yelena, levei-a para fora daquele covil. Nem sei como terminou a história toda. Ninguém tentou deter-nos: a dona da casa estava petrificada de pavor. Tudo acontecera tão rápido que ela nem sequer pudera tomar suas providências. O cocheiro estava à nossa espera, de sorte que, vinte minutos depois, chegamos à minha casa.

Yelena estava como que semimorta. Desacolchetei seu vestido, borrifei-lhe o rosto com água e deitei-a sobre o meu sofá. Tomada de febre, ela passou a delirar. Olhando para seu rostinho tão pálido, seus lábios descorados, seus cabelos negros que, apesar de penteados, mecha por mecha, e polvilhados de brilhantina, estavam todos emaranhados, bem como para todo o seu traje com aqueles lacinhos de fita rosa que ainda sobravam, aqui ou acolá, em seu vestido, compreendi finalmente toda essa monstruosa história. Ela se sentia cada vez pior, coitada! Eu não me afastava mais dela, resolvendo não ir ver Natacha naquela noite. De vez em quando, Yelena erguia seus longos cílios e olhava para mim, e fitava-me tanto tempo e com tanta atenção que até parecia estudar, pouco a pouco, meu rosto. Já era muito tarde, por volta de uma hora da madrugada, quando ela adormeceu. Eu também adormeci perto dela, no chão.

Capítulo VIII

Levantei-me bem cedo. Acordava quase de meia em meia hora, durante a noite toda, ia até a cama de minha pobre hóspede e observava-a atentamente. Yelena estava com febre e delirava um pouco. Todavia, acabou pegando no sono ao amanhecer. "Bom sinal" — pensei, mas, logo ao despertar pela manhã, decidi que correria chamar um médico enquanto a coitadinha estivesse dormindo. Conhecia um doutor, um velhinho solteiro e cheio de bonomia, que desde os tempos imemoráveis vivia, com sua criada alemã, perto da praça Vladímirskaia. Foi à casa dele que me dirigi. Conversei com o doutor às oito horas, e ele me prometeu que viria às dez. Voltando eu para casa, tinha muita vontade de visitar Maslobóiev, porém mudei de ideia: meu camarada dormia, sem dúvida, após o que nos acontecera na véspera, e, além disso, Yelena podia acordar em minha ausência e levar um susto de ver-se, sozinha, naquele meu apartamento. Em seu estado mórbido, ela podia ter esquecido como, quando e de que maneira viera ali.

Yelena acordou no exato momento em que eu entrava no quarto. Aproximei-me dela e perguntei cautelosamente como se sentia. Em vez de responder, a menina me fitou por muito, muito tempo, com toda a atenção de seus expressivos olhos negros. Do seu olhar inferi que estava em plena consciência e compreendia tudo. Não me respondia, talvez, por seu hábito enraizado. Tanto no dia anterior quanto dois dias antes, quando ela vinha à minha casa, não dizia uma só palavra em resposta a algumas das minhas perguntas, passando apenas a mirar-me, bem nos olhos, com seu olhar inopinado, teimoso e demorado que expressava, a par de sua perplexidade e de uma curiosidade selvagem, um estranho orgulho. Agora se percebia também, nesse olhar dela, uma severidade que beirava mesmo a desconfiança. Pus a minha mão na testa da menina para conferir se ainda tinha febre, mas ela, calada como estava, afastou-a com sua mãozinha e virou o rosto para a parede. Apartei-me para não a incomodar mais.

Eu tinha uma grande chaleira de cobre. Já fazia bastante tempo que a usava em vez do samovar para ferver a água. Tinha também lenha, costumando o zelador trazer feixes que me supriam, cada um, por uns cinco dias. Acendi o fogão, fui buscar água e aprontei a minha chaleira. Em seguida, coloquei meu talher de chá em cima da mesa. Yelena se voltou para mim, atentando naquilo tudo com curiosidade. Perguntei-lhe se não queria alguma coisa, ela também, mas a menina me virou de novo as costas e não respondeu nada. "Por que é que se zanga comigo, enfim?" — pensei eu. — "Que menina estranha!"

O velho doutor chegou, conforme havia dito, às dez horas. Examinou a doente com toda a escrupulosidade alemã e muito me encorajou dizendo que, apesar de seu estado febril, não existia nenhuma ameaça imediata. Acrescentou que a menina decerto tinha outra doença, algo crônico, parecido com a alteração do ritmo cardíaco, "mas esse ponto demandaria observações especiais, ao passo que agora ela estava fora de perigo". Prescreveu-lhe um xarope e alguns remédios em pó, antes por hábito que por necessidade, e logo se pôs a interrogar-me: como é que ela viera parar em minha casa. Ao mesmo tempo vasculhava, bem curioso, o apartamento. Esse velhinho era um tagarela insuportável.

Yelena também o surpreendeu: retirara-lhe a mão, quando apalpava seu pulso, e não quisera mostrar-lhe a língua. Não respondera meia palavra a nenhuma das suas perguntas, mas nem por um instante desviara os olhos do enorme Estanislau[37] a balançar-se no pescoço do médico. "Ela deve sentir muita dor de cabeça" — notou o velhinho —, "mas como está olhando!". Não achei necessário contar-lhe sobre Yelena, a pretexto de ser uma história longa demais.

— Avise-me caso seja preciso — disse o doutor, indo embora. — Mas agora não há perigo algum.

Resolvi passar com Yelena o dia todo e, na medida do possível, deixá-la sozinha o mais raro que pudesse, até sua plena convalescença. Entretanto, ciente de que Natacha e Anna Andréievna ficariam muito aflitas se me esperassem em vão, decidi advertir, pelo menos, Natacha por meio do correio urbano, escrevendo que não iria vê-la. Quanto a Anna Andréievna, nem sequer poderia

---

[37] Dostoiévski tem em vista a ordem de Santo Estanislau, condecoração atribuída principalmente aos servidores públicos do Império Russo.

escrever para a velhinha. Ela própria me proibira, de uma vez por todas, de lhe mandar cartas, depois que a tinha avisado, um dia, sobre a doença de Natacha. "Meu velho fica sombrio, quando vê uma carta sua" — dissera-me ela. — "Quer tanto saber, este meu maridinho, o que está escrito naquela carta, mas não me pergunta, não ousa. Então anda triste o dia todo. E, ainda por cima, você não faria outra coisa, meu caro, senão me inquietar com sua carta. O que são essas dez linhas? Até queria saber as minúcias, só que você não está aqui." Portanto, escrevi somente para Natacha e, levando a receita médica para a farmácia, aproveitei a ocasião para postar minha carta.

Nesse ínterim, Yelena tornou a adormecer. Gemia um pouco, dormindo, e estremecia. O doutor adivinhara: ela estava com muita dor de cabeça. Até soltava gritos, de vez em quando, e acordava de supetão. Olhava para mim um tanto contrariada, como se minha atenção lhe pesasse sobremaneira. Confesso que isso me fazia sofrer.

Às onze horas veio Maslobóiev. Parecia bastante atarefado e distraído; só pretendia ficar em minha casa um minutinho, pois estava com pressa.

— Já sabia, mano, que vivias sem muita pompa — comentou, olhando ao seu redor —, mas nem imaginava, palavra de honra, que te encontraria num baú desses. Não é um apartamento e, sim, um baú. Mas isso, digamos, não faz mal; a desgraça principal é que todas essas tarefas extras te distraiam do teu trabalho. Pensei nisso ainda ontem, quando íamos à casa de Búbnova. É que eu, mano, pela minha natureza e pela posição social que ocupo, sou uma daquelas pessoas que não fazem nada de útil, elas mesmas, porém ensinam aos outros como fazer coisas boas. Agora escuta: talvez eu dê mais um pulinho em tua casa, amanhã ou depois, e tu mesmo vem à minha casa sem falta, domingo pela manhã. Espero ter terminado, até lá, minhas investigações sobre essa menina; de quebra, vou falar contigo bem seriamente, já que está na hora de te tratar com seriedade. Não dá para viver desse jeito. Ontem só fiz alusões, mas agora vou apresentar tudo logicamente. E diz-me, no fim das contas: será que achas tão infamante tomar emprestado algum dinheirinho meu?...

— Deixe de implicar, vá! — interrompi-o. — É melhor que me diga como acabou aquela história de ontem.

— Pois acabou da maneira mais favorável... e a meta foi atingida, entendes? Só que agora não tenho mais tempo. Vim por um minutinho, apenas para avisar que estou ocupado e não me delongarei por aqui... ah, sim, e para te perguntar a propósito: vais mandar essa menina à casa de alguém ou queres que viva contigo? Temos de pensar nisso e decidir, não é mesmo?

— Ainda não sei ao certo e confesso que esperava por você para pedir conselho. Com que justificativa, por exemplo, é que a deixaria viver comigo?

— E precisas de justificativas, hein? Nem que seja tua criada...

— Só lhe peço uma coisa: fale baixo! Embora doente, ela está em pleno juízo: estremeceu toda quando viu você, eu notei. Lembra-se, pois, do que aconteceu ontem...

Então lhe contei sobre o caráter de Yelena e sobre tudo o que percebera nela. Maslobóiev se interessou pelo meu relato. Acrescentei que talvez a mandasse para uma casa e referi-me de passagem aos meus velhos. Para minha surpresa, ele já conhecia, em parte, a história de Natacha e, perguntando-lhe eu como viera a conhecê-la, replicou:

— Assim... já faz tempo que ouvi falarem disso por aí... tinha a ver com uma devassa minha. Pois eu te disse que conhecia o príncipe Valkóvski, não disse? Tiveste uma ideia boa, a de mandá-la para a casa daqueles velhos. Senão, ela só te incomodaria. E outra coisa: ela precisa de algum documento. Não te preocupes, eu me encarrego disso. Até a vista, vem mais vezes. O que faz ela agora, está dormindo?

— Parece que está — respondi.

Mas, logo que ele foi embora, Yelena chamou por mim.

— Quem é? — perguntou. Sua voz tremia, mas ela fixava em mim o mesmo olhar penetrante e como que altivo. Não consigo expressar isto de outra maneira.

Citei-lhe o sobrenome de Maslobóiev, acrescentando que fora graças a ele que eu a arrancara das mãos de Búbnova e que Búbnova tinha muito medo dele. As faces de Yelena ficaram de súbito rubras que nem uma chama, decerto por causa de suas lembranças.

— E ela jamais virá para cá? — indagou Yelena, fitando-me, ansiosa.

Logo me apressei a acalmá-la. Yelena se calou, pegou a minha mão com seus dedinhos quentes, porém a repeliu em seguida como quem mudasse bruscamente de ideia. "Não pode ser que sinta mesmo tanta aversão por mim" — pensei. — "É seu costume ou... ou, simplesmente, a pobrezinha já viu tantas desgraças que não confia mais em ninguém neste mundo."

Na hora marcada, fui buscar o remédio e, além disso, passei por uma taberna que conhecia, onde almoçava de vez em quando e onde me serviam fiado. Dessa vez, saindo de casa, levei uma marmita e comprei na taberna uma porção de canja para Yelena. Contudo, ela não quis comer, ficando a canja por ora dentro do forno.

Dando-lhe seu remédio, pus-me a trabalhar. Pensava que ela estivesse dormindo, mas vi de repente, quando lhe lancei por acaso uma olhada, que soerguera a cabeça e observava atentamente essa minha escrita. Fingi que não reparara nela.

Enfim a menina adormeceu de fato, e seu sono era, para minha imensa alegria, bem sereno, sem alucinações nem gemidos. Uma cisma se apossou de mim: Natacha, que não estava a par de minha situação, não apenas podia zangar-se comigo por não ter ido visitá-la nesse dia, mas certamente se entristeceria, pensava eu, com minha falta de atenção no exato momento em que ela precisava de mim, talvez, mais do que nunca. Até mesmo devia ter agora algumas tarefas urgentes de que me incumbiria, mas eu não estava, como que de propósito, ao seu lado. No que dizia respeito a Anna Andréievna, nem imaginava como me desculparia, no dia seguinte, perante ela. Fiquei pensando, cismando, e afinal decidi que iria correndo visitar as duas mulheres. Desse modo, permaneceria fora de casa, no máximo, umas duas horas. Yelena estava dormindo e não daria pela minha ausência. Levantei-me rápido, vesti meu casaco mesmo sem abotoá-lo, peguei meu casquete; no entanto, assim que me dispus a sair, Yelena me chamou de improviso. Foi uma surpresa: teria ela fingido que dormia?

Notarei de passagem: conquanto Yelena fizesse de conta que não queria falar comigo, seus chamados assaz frequentes, sua necessidade de me dirigir todas aquelas indagações, provavam o contrário e, tenho de confessá-lo, até me agradavam.

— Aonde é que o senhor quer mandar-me? — perguntou, quando me aproximei dela. Em geral, fazia suas perguntas de chofre, sem que eu esperasse por elas. Demorei mesmo a entender, dessa vez, o que me perguntara.

— O senhor disse, há pouco, àquele seu conhecido que queria mandar-me para a casa de alguém. Não quero sair daqui.

Inclinei-me sobre a menina: de novo estava com muita febre; de novo passava por uma crise. Comecei a consolá-la, a acalmá-la, dizendo que, se ela quisesse ficar comigo, não a mandaria para lugar algum. Enquanto dizia isso, retirei o casaco e o casquete. Não me atreveria a deixá-la sozinha nesse estado.

— Não..., vá! — disse ela, adivinhando de pronto que me deteria em casa. — Estou com sono, já vou dormir.

— Mas como é que vais ficar só? — perguntei, atônito. — Voltarei, aliás, dentro de duas horas, prometo...

— Então vá. Se eu continuar doente assim por um ano, o senhor não sairá mais de casa um ano inteiro? — ela tentou sorrir e olhou para mim de certo modo estranho, como que procurando conter um bom sentimento a repercutir em seu coração. Pobrezinha! Seu coraçãozinho bondoso e meigo vislumbrava-se nisso, apesar de toda a sua índole arredia e de sua patente desconfiança.

Primeiro corri à casa de Anna Andréievna. Esperando por mim com uma impaciência febril, ela me recebeu com censuras, ainda que estivesse, ela mesma, toda preocupada: logo após o almoço, Nikolai Serguéitch saíra de casa sem que se soubesse aonde fora. Eu já pressentia que a velhinha não se contivera e contara tudo para ele, conforme seu hábito, com *alusões*. De resto, ela quase chegou a confessar-me isso, dizendo que não podia deixar de compartilhar a notícia feliz com o marido, mas reconhecendo que Nikolai Serguéitch ficara, de acordo com sua própria expressão, "mais sombrio do que uma nuvem", não dissera nada, "estava calado, nem respondia às minhas perguntas" e de repente, após o almoço, vestira-se e "pegara o beco". Contando-me sobre isso, Anna Andréievna estava prestes a tremer de medo e implorava-me que esperasse com ela pelo retorno de Nikolai Serguéitch. Pedi-lhe desculpas e disse, quase categórico, que talvez não voltasse no dia seguinte e que, na verdade, só passara correndo pela sua casa a fim de avisá-la sobre isso. Por pouco não brigamos. A velhinha se pôs a chorar; admoestava-me ríspida e amarga, só quando eu ia sair porta afora é que se atirou ao meu pescoço e abraçou-me bem forte, com ambos os braços, pedindo que não a levasse a mal, por ser "órfã", nem me ofendesse com suas palavras.

Quanto a Natacha, encontrei-a de novo sozinha, a despeito das minhas previsões, e — coisa estranha — pareceu-me que dessa vez ela não estava tão contente de me ver quanto no dia anterior e em todas as outras ocasiões. Aparentava ter sido contrariada, de algum modo, ou atrapalhada com minha visita. Quando lhe perguntei se Aliocha viera pela manhã, respondeu que viera, naturalmente, mas só ficara por um tempinho.

— Prometeu que viria hoje à noite — acrescentou, como que pensativa.

— E ontem à noite ele veio?

— N-não. Detiveram-no — atalhou ela. — Pois bem, Vânia, como tem passado?

Eu percebi que Natacha queria, por algum motivo, interromper nossa conversa e mudar de assunto. Mirei-a com mais atenção: ela estava visivelmente aflita. Vendo, aliás, que a espiava, ou melhor, examinava tão atentamente, cravou de improviso em mim um olhar cheio de tanta fúria e energia que quase me abrasou com esse olhar. "Está outra vez com pesar" — pensei então —, "mas não quer falar a respeito".

Perguntando-me ela como tinha passado, contei toda a história de Yelena, com todos os pormenores. Meu relato pareceu a Natacha extremamente interessante e até mesmo pasmoso.

— Meu Deus! E você pôde deixá-la sozinha, doente! — exclamou ela.

Expliquei-lhe que nem queria ir visitá-la nesse dia, mas pensara que se zangaria comigo e que podia precisar de mim com alguma finalidade.

— Precisar... — disse Natacha a si mesma, pensativa como estava —, precisar cá preciso de você, Vânia, mas talvez seja melhor da próxima vez. Foi ver os nossos?

Contei-lhe sobre a minha visita.

— Sim, sabe lá Deus como meu pai aceitará agora todas essas novidades. Aliás, nem é preciso que as aceite...

— Como assim, nem é preciso? — questionei. — Uma reviravolta dessas...

— Assim, pois... Aonde será que ele foi de novo? Da última vez, vocês acharam que tivesse vindo à minha casa. Veja bem, Vânia: se puder, venha aqui amanhã. Talvez lhe diga alguma coisa... só que estou envergonhada de incomodá-lo. E agora vá para casa, volte para a sua hóspede. Faz umas duas horas, talvez, que está fora?

— Faz, sim. Até logo, Natacha. Mas como foi que Aliocha tratou você hoje?

— Mas Aliocha... o que é que ele tem? Até me estranho com sua curiosidade.

— Até a vista, amiga.

— Adeus.

Ela me estendeu a mão com certo descaso e esquivou-se do último olhar com que me despedia dela.

Saí da sua casa um tanto perplexo. "Afinal" — pensei —, "ela tem mesmo em que refletir. Não é brincadeira, não. Mas amanhã será a primeira a contar tudo para mim".

Voltei para casa triste e, mal entrei, fiquei espantado. Já havia escurecido. Vi através da penumbra que Yelena estava sentada no sofá, abaixando a cabeça sobre o peito, como que imersa numa profunda meditação. Nem sequer olhou para mim; parecia inconsciente. Aproximei-me dela: a menina cochichava consigo mesma. "Será que está delirando?" — pensei.

— Yelena, minha amiguinha, o que tens? — perguntei, sentando-me perto dela e abraçando-a.

— Quero ir embora daqui... É melhor que vá para a casa dela — disse a menina, sem erguer a cabeça.

— Para onde queres ir? Para a casa de quem? — tornei a perguntar, estupefato.

— Para a casa dela, de Búbnova. Ela não para de dizer que devo muito dinheiro para ela, que enterrou minha mãezinha por sua conta... Não quero que xingue minha mãezinha, quero trabalhar para ela e pagar toda a dívida... Aí vou sair, eu mesma, daquela casa. Mas agora vou voltar para ela.

— Fica quietinha, Yelena, não podes voltar lá, não — disse eu. — Ela te fará sofrer, ela te matará...

— Que me mate, que me faça sofrer — retorquiu Yelena, com veemência. — Não serei a primeira; há gente melhor do que eu sofrendo. Foi uma mendiga quem disse, ali na rua. Sou pobre e quero ser pobre. Toda a minha vida serei pobre; assim é que minha mãe ordenou quando ia morrer. Vou trabalhar... Não quero usar este vestido...

— Amanhã mesmo comprarei outro vestido para ti. E trarei teus livrinhos também. Vais morar comigo. Não te entregarei a ninguém, a menos que tu mesma queiras. Fica quietinha, fica...

— Vou ser faxineira.

— Está bem, está bem. Apenas fica quieta, deita-te, dorme!

Mas a pobre menina desandou a chorar. Pouco a pouco, seu choro se transformou em pranto. Eu não sabia o que fazer com ela; dava-lhe água, molhava suas têmporas, sua cabeça. Por fim, ela desabou no sofá, totalmente exausta, e os calafrios febris voltaram a sacudi-la. Embrulhei a menina com tudo o que tinha encontrado no quarto; ela adormeceu, mas toda inquieta, estremecendo a cada minuto e acordando. Embora eu mesmo não tivesse andado muito naquele dia, estava horrivelmente cansado e resolvi deitar-me o mais depressa possível. Os pensamentos angustiantes pululavam em minha cabeça. Pressentia que essa menina me daria muito trabalho. Quem mais me preocupava, porém, era Natacha com suas contrariedades. Lembro agora que raramente meu estado de espírito era tão tenebroso, de modo geral, quanto naquela noite infeliz, indo eu logo cair no sono.

Capítulo IX

Amanheci indisposto, tarde, por volta das dez da manhã. Estava estonteado, com dor de cabeça. Olhei para a cama de Yelena: a cama estava vazia. Ao mesmo tempo, uns sons indistintos ouviam-se no quartinho do lado direito, como se alguém arrastasse uma vassoura pelo assoalho. Fui lá ver. Segurando uma vassourinha com uma mão e ajeitando, com a outra, seu vestidinho ataviado que não despira ainda nenhuma vez desde aquela noite, Yelena varria o chão. A lenha que serviria para acender o fogão estava empilhada num cantinho. Yelena tirara a poeira da mesa, limpara a chaleira — numa palavra, incumbira-se da faxina.

— Escuta, Yelena — gritei —, quem é que te obriga a varrer esse chão? Não quero que faças isso, estás doente! Será que vieste para ser minha criada?

— Mas quem vai varrer o chão aqui? — retrucou a menina, endireitando-se e olhando para mim bem de frente. — Agora não estou mais doente.

— Só que eu não te trouxe aqui para trabalhar, Yelena. Por acaso tens medo de que eu te censure, igual a Búbnova, por morares aqui de favor? E onde foi que arrumaste essa vassoura horrível? Eu não tinha vassoura — acrescentei, mirando-a com espanto.

— É minha vassoura. Fui eu mesma que a trouxe para cá. Varria o chão ainda para meu avô. E a vassoura ficou, desde então, largada ali, debaixo do forno.

Todo pensativo, retornei ao meu quarto. Talvez estivesse enganado, porém tinha a impressão de que minha hospitalidade lhe pesava demais, buscando Yelena provar-me de qualquer modo que não morava comigo de favor. "Mas que caráter exasperado é que ela tem, neste caso!" — pensei. Uns dois minutos depois, ela também entrou no quarto e sentou-se, calada, em seu lugar no sofá, fixando em mim um olhar penetrante. Enquanto isso, fervi água em minha chaleira, preparei o chá, enchi uma chávena e servi-a para a menina com uma fatia de pão branco. Ela pegou a chávena em silêncio, sem discussão. Havia um dia inteiro que não comia quase nada.

— Sujaste teu vestidinho bonito com a vassoura, olha — disse eu, avistando uma grande mancha na barra de seu vestido.

A menina olhou e de repente, para minha enorme surpresa, afastou a chávena, agarrou com ambas as mãos, calada e aparentemente cheia de sangue-frio, aquela barra de musselina e rasgou-a, num só arranco, de cima a baixo. Feito isso, ergueu seus olhos brilhantes e encarou-me em pleno silêncio. Seu rosto estava pálido.

— O que estás fazendo, Yelena? — exclamei, convencido de que via uma louca em minha frente.

— É um vestido ruim — replicou ela, quase sufocada pela emoção. — Por que o senhor disse que era um bom vestido? Não quero usá-lo — gritou de chofre, saltando de seu assento. — Eu o farei em pedaços. Não pedi que ela me vestisse assim. Foi ela mesma quem me vestiu, à força. Já rasguei um vestido desses, vou rasgar este também, vou rasgar! Vou rasgar, sim! Vou rasgar!...

E, furiosa, ela agadanhou seu vestidinho desventurado. Num só instante, rasgou-o quase em nesgas. Ao fazê-lo, ficou tão esgotada que mal se mantinha de pé. Eu observava tamanha ira com pasmo. Quanto à menina, seu olhar parecia, de certo modo, desafiador, como se a mim também coubesse alguma culpa para com ela. No entanto, eu já sabia o que tinha a fazer.

Decidi que lhe compraria sem demora, nessa mesma manhã, um vestido novo. Cumpria-me tratar essa criatura selvagem e revoltada tão só com bondade. Ela se assemelhava a quem nunca tivesse visto boas pessoas. Se havia despedaçado, mesmo sofrendo um castigo cruel, seu primeiro vestido, igualzinho ao que acabara de rasgar, com quanta raiva é que devia lembrar-se agora daquele vestido, o qual lhe trazia à memória um momento ainda recente e tão horrível!

Na Feira do Rolo podia-se comprar, bem barato, um vestidinho simples e bonitinho. Mas o problema era que eu não tinha, àquela altura, praticamente nenhum dinheiro. Não obstante, resolvera ainda na véspera, quando ia deitar-me, que tentaria conseguir uns trocados por ali, situando-se aquele lugar onde pretendia consegui-los exatamente pelo caminho da Feira do Rolo. Peguei meu chapéu. Yelena olhava para mim com atenção; parecia esperar por alguma coisa.

— O senhor me trancará outra vez? — perguntou, quando tomei a chave para trancar a porta como nos dois dias anteriores.

— Minha amiguinha — respondi, aproximando-me dela —, não te zangues com isso. Tranco a porta porque alguém pode vir aqui. Estás doente, podes levar um susto. E depois, sabe lá Deus quem virá; talvez dê na telha daquela Búbnova vir para cá...

Disse-lhe isso de propósito. Trancava a menina no apartamento porque não confiava nela. Parecia-me que ela podia resolver de repente ir embora. Decidi que por ora seria mais cauteloso. Como Yelena não me respondeu, tranquei-a de novo.

Conhecia um livreiro que editava, já ia para três anos, uma obra dividida em vários tomos. Quando precisava granjear, o mais depressa possível, algum dinheiro, conseguia amiúde trabalhos com ele. O tal livreiro pagava regularmente. Fui, pois, à casa dele e, não sem esforço, recebi vinte e cinco rublos adiantados, encarregando-me de fornecer, dentro de uma semana, um artigo compilado. Esperava que, deixando meu romance de lado, arranjasse um tempinho para essa tarefa. Era o que fazia volta e meia, quando estava em apuros.

Com o dinheiro na mão, fui à Feira do Rolo. Logo encontrei ali minha conhecida, uma velhinha que vendia toda espécie de farrapos. Disse-lhe qual era, aproximadamente, a altura de Yelena, e a feirante escolheu, num piscar de olhos, um vestidinho de chita, clarinho, todo inteiro e lavado, no máximo, uma só vez, que me ofereceu por um preço baixíssimo. Aproveitando o ensejo, comprei também um lencinho de pescoço. Pensei, enquanto pagava, que Yelena precisaria, talvez, de um casaquinho, uma mantilha ou algo parecido. O tempo estava frio, e a menina não tinha nenhuma roupa quente. Todavia, deixei essa compra para a próxima ocasião. Yelena era tão suscetível, tão orgulhosa. Só Deus sabia se ela ia aceitar esse mesmo vestido, apesar de eu ter escolhido propositalmente a mais simples, a mais feinha e a mais ordinária de todas as peças dentre as quais podia escolher. Ainda assim, comprei meias: dois pares de linha e um par de lã. Poderia entregá-las à minha hóspede pretextando que ela estava doente e que fazia frio no quarto. A menina precisava também de roupas íntimas... Entretanto, adiei tudo isso até que viesse a conhecê-la melhor. Comprei, por enquanto, umas velhas cortinas para a sua cama — uma coisa necessária que Yelena poderia usar com muito prazer.

Quando voltei com tudo isso para casa, já era uma hora da tarde. Minha fechadura se abria quase inaudivelmente, de maneira que Yelena demorou um pouco a perceber que eu entrara. Vi-a plantada junto à mesa, remexendo em meus livros e papéis. A menina ouviu meus passos, fechou rapidinho o livro que estava lendo e afastou-se da mesa, toda vermelha. Olhei para aquele livro: era meu primeiro romance, editado num só volume, em cuja folha de rosto figurava meu nome.

— Alguém veio bater à porta, quando o senhor não estava aqui — disse a menina, num tom que parecia meio desafiador: para que é que trancou a porta, hein?

— Será que foi o nosso doutor? — comentei. — Não perguntaste quem era, Yelena?

— Não.

Em vez de lhe responder, peguei a trouxa de roupas, desatei-a e tirei o vestido que comprara.

— Aqui está, Yelena, minha amiguinha — disse, achegando-me a ela. — Não dá mais para vestir esses trapos que usas agora. Comprei, pois, um vestido para ti, um vestido de cada dia, bem baratinho... Não tens com que te preocupar: custa apenas um rublo e vinte copeques. Faz bom proveito!

Coloquei o vestido perto dela. Yelena enrubesceu e fitou-me, bem de frente, por algum tempo. Estava toda atarantada, mas tive também a impressão de que sentia muita vergonha. De súbito, uma luz branda e terna acendeu-se em seus olhos. Vendo-a caladinha, virei-me para a mesa. Ela ficara, pelo visto, pasmada com o que eu tinha feito, porém se esforçava para reprimir suas emoções e permanecia sentada, de olhos fixos no chão.

Minha cabeça doía e girava cada vez mais. O ar fresco não me proporcionara nem o menor alívio. Cumpria-me, não obstante, ir ver Natacha. Minha preocupação com ela não diminuíra desde a véspera, mas, pelo contrário, não cessava de aumentar. Pareceu-me de chofre que Yelena chamara por mim. Eu me virei para ela.

— Não me tranque mais quando for embora — disse a menina, olhando para um lado e beliscando de leve a fímbria do sofá com seus dedinhos, como que totalmente absorta nessa ocupação. — Não vou daqui para lugar nenhum.

— Está bem, Yelena, concordo. Mas se um estranho vier por acaso? Sabe lá Deus quem pode vir!

— Então deixe a chave comigo: eu tranco a porta por dentro e, se alguém bater, direi que o senhor não está.

Ela me lançou um olhar brejeiro, como se estivesse para dizer: "Eis como isso se faz, tão fácil assim!".

— Quem é que lava roupas para o senhor? — perguntou-me de supetão, antes mesmo que eu lhe desse qualquer resposta.

— Uma mulher que mora neste mesmo prédio.

— Eu sei lavar roupas. E onde foi que arranjou aquela comida de ontem?

— Numa taberna.

— Pois eu sei cozinhar também. Vou fazer comida para o senhor.

— Chega, Yelena! O que é que podes saber cozinhar? Só dizes isso da boca para fora...

Yelena se calou e abaixou a cabeça. Decerto se magoara com minha objeção. Passaram-se, pelo menos, uns dez minutos; nós dois estávamos calados.

— A sopa — disse ela de repente, sem reerguer a cabeça.

— Como assim, a sopa? Que sopa? — perguntei, atônito.

— Eu sei fazer a sopa. Cozinhava para minha mãezinha, quando ela estava doente. Ia também à feira.

— Estás vendo, Yelena, como és orgulhosa, estás vendo? — disse eu, aproximando-me dela e sentando-me no sofá ao seu lado. — Eu te trato conforme manda meu coração. Agora estás sozinha, sem parentes, tão infeliz. Quero ajudar-te. E tu mesma me ajudarias assim, caso eu estivesse mal. Só que não queres pensar desse jeito, e eis que ficas sem graça para aceitar o mais simples presente da minha parte. Queres logo pagar por ele, queres merecê-lo, como se eu fosse Búbnova e te cobrasse alguma coisa. Se for isso, Yelena, é vergonhoso.

A menina não respondia, seus lábios tremelicavam. Parecia que tinha algo a dizer-me, porém se conteve e ficou calada. Levantei-me então para ir à casa de Natacha. Dessa vez deixei minha chave com Yelena, pedindo-lhe para perguntar, se alguém viesse bater à porta, quem era. Tinha plena certeza de que algo muito ruim acontecera a Natacha, mas ela me escondia isso por ora, como já havia feito diversas vezes no passado. Em todo caso, decidi ir vê-la tão só por um minutinho; caso me delongasse, poderia irritá-la com minha impertinência.

Foi o que ocorreu. Ela me recebeu de novo com aquele seu olhar descontente e áspero. Eu deveria logo ir embora, mas as pernas me falhavam.

— Só vim por um minutinho, Natacha — comecei a falar —, para pedir conselho. O que é que vou fazer com a minha hóspede?

Pus-me de imediato a contar tudo sobre Yelena. Natacha me escutava calada.

— Não sei o que lhe aconselhar, Vânia — respondeu ela. — Pelo que tudo indica, é uma criatura bem esquisita. Talvez tenha sido muito ofendida, muito assustada. Deixe, pelo menos, que ela convalesça. Quer mandá-la para a casa dos nossos?

— Ela diz o tempo todo que não vai morar em lugar nenhum. Aliás, só Deus sabe como eles vão acolhê-la, por isso nem sei... E você, minha amiguinha, como está? Ontem me pareceu indisposta... — perguntei, um tanto tímido.

— Sim... hoje também estou com dor de cabeça — respondeu-me Natacha, com distração. — Não viu porventura um dos nossos?

— Não. Vou vê-los amanhã. Só que amanhã é sábado...

— E daí?

— O príncipe vem visitá-la à noite...

— E daí? Não me esqueci disso.

— Não, tudo bem, falei por falar...

Ela se postou defronte de mim e fitou-me, bem nos olhos, longa e atentamente. Havia em seu olhar certa firmeza, certa pertinácia... algo febril, exaltado.

— Sabe, Vânia — disse ela —, faça o favor, vá embora daqui: você me incomoda muito...

Levantei-me da poltrona, olhando para ela com um espanto inexprimível.

— Natacha, minha querida! O que tem? O que houve? — exclamei, assustado.

— Não houve nada! Amanhã, amanhã vai saber de tudo, mas agora quero ficar só. Está ouvindo, Vânia? Vá embora. Faz tanta, mas tanta pena olhar para você.

— Então me diga, ao menos...

— Amanhã saberá tudo, tudo mesmo! Oh, meu Deus! Você vai embora ou não?

Saí do quarto. Estava assombrado a ponto de perder a cabeça. Mavra correu à antessala atrás de mim.

— Tá zangada, não tá? — perguntou-me. — Eu cá não ouso mais nem chegar perto dela.

— Mas o que é que ela tem?

— É que o *nosso* não bota mais pé aqui, já faz três dias!

— Como assim, três dias? — perguntei abismado. — Mas foi ela mesma quem disse ontem que tinha vindo pela manhã e queria vir mais uma vez, à noite...

— Que noite? Não veio nem de manhã. Pois eu digo pra ocê que não vem mais desde antes de ontem. E ela mesma contou ontem que veio pela manhã?

— Contou, sim.

— Bom... — disse Mavra, meditativa. — Quer dizer, ficou bem magoada, já que não reconhece, nem pra ocê, que ele não vem mais. Eta, bichão!

— Mas o que é isso? — gritei.

— Não sei mais o que fazer com ela, eis o que é — prosseguiu Mavra, agitando os braços. — Ontem ainda me mandou à casa dele, mas fez voltar duas vezes, mal eu saí. E hoje não quer mais falar nem comigo. Tomara que ocê veja aquele ali, pelo menos. Não ouso mais nem deixar a patroa sozinha.

Transtornado como estava, fui correndo pela escada.

— Vai vir à noitinha? — gritou Mavra lá de cima.

— Quem sabe — respondi, descendo. — Talvez vá somente rever você para perguntar como andam as coisas. Se estiver vivo, eu mesmo.

Tivera, de fato, a sensação de algo me atingir direto no coração.

Fui logo procurar por Aliocha. Ele morava na casa de seu pai, na rua Málaia Morskáia. O príncipe tinha um apartamento bastante grande, conquanto vivesse sozinho. Naquele apartamento Aliocha ocupava dois cômodos excelentes. Eu o visitava bem raramente: parece que estive em sua casa, antes daquele dia, uma vez só. Ele me visitava, por sua parte, com mais frequência, sobretudo de início, quando acabara de se envolver com Natacha.

Aliocha estava ausente. Fui direto ao seu aposento e escrevi um bilhete para ele:

"Parece-me, Aliocha, que você está louco. Como na terça-feira à noite seu pai veio pedir Natacha para lhe conceder a honra de se casar com você e você mesmo se rejubilou com esse pedido, o que eu testemunhei, digne-se a concordar que neste caso seu comportamento é algo estranho. Você sabe o que tem feito com Natacha? Seja como for, meu bilhete há de lembrá-lo de que sua conduta perante sua futura esposa é indigna e leviana no mais alto grau. Sei muito bem que não tenho nenhum direito de lhe fazer reprimendas, mas não ligo a tanto nem a mínima importância.

P.S. Ela não sabe nada a respeito deste bilhete; aliás, não foi ela quem me falou sobre você".

Selando o bilhete, deixei-o em cima da mesa. O criado a quem indaguei respondeu-me que Alexei Petróvitch quase não voltava mais para casa e que, mesmo se voltasse agora, só o faria tarde da noite, pouco antes de amanhecer.

Mal consegui regressar à minha casa. Sentia vertigens, minhas pernas fraquejavam e tremiam. A porta de meu apartamento estava aberta. Era Nikolai Serguéitch Ikhmeniov que esperava por mim. Sentado junto à mesa, olhava, com pasmo silencioso, para Yelena; ela também o mirava com um pasmo nada menor, embora teimasse em calar-se. "Mas como deve parecer estranha para o velho" — pensei eu.

— Pois bem, mano, já faz uma hora inteira que espero por você, e confesso que nem imaginava... encontrá-lo assim — disse o velho, examinando meu quarto e piscando furtivamente na direção de Yelena. Seus olhos exprimiam perplexidade. Contudo, tão logo o vi de perto, percebi nele inquietação e tristeza. Seu rosto estava mais pálido que de ordinário.

— Sente-se, pois, venha — prosseguiu ele, visivelmente preocupado e ansioso. — Vim correndo para cá, tenho um assunto a tratar com você. Mas o que tem? Está todo branco.

— Não me sinto bem. Desde que acordei estou tonto.

— Tome cuidado: não se pode brincar com isso. Será que se resfriou?

— Não, é apenas um ataque de nervos. Às vezes, isto se dá comigo. E o senhor mesmo está bem?

— Não tenho nada, nada! Estou de cabeça quente, só isso. Tenho, pois, um assunto a tratar. Sente-se.

Acheguei uma cadeira e sentei-me em sua frente, junto à mesa. O velho se inclinou um pouco para mim e começou a falar baixinho:

— Veja se não olha para ela e faça de conta que a gente fala de outras coisas. Quem é aquela visita sua que está ali?

— Depois lhe explicarei tudo, Nikolai Serguéitch. É uma pobre menina, órfã de pai e de mãe, a neta daquele mesmo Smith que morava aqui e morreu na confeitaria.

— Ah, ele tinha, pois, uma neta? Mas ela é uma peça, mano! Como está olhando, hein? Digo-lhe sem rodeios: se você tivesse demorado mais uns cinco minutos em vir, eu não teria aguentado ficar aqui. Mal me abriu a porta e, até agora, nem uma palavra: ela me dá simplesmente medo, nem se parece com um ser humano. E como foi que veio parar em sua casa? Ah, entendo — deve ter vindo ver o avô, sem saber que ele tinha morrido.

— Sim. Ela estava muito infeliz. Aquele velho se lembrou ainda dela, quando ia morrer.

— Hum! Tal avô, tal neta. Depois me contará isso tudo. Talvez a gente possa ajudá-la de alguma forma, sei lá, já que está mesmo tão infeliz assim... Mas agora não poderia, mano, dizer para ela ir embora daqui? Tenho de falar com você bem seriamente.

— Pois ela não tem aonde ir. Ela mora em minha casa.

Expliquei para o velho, em duas palavras, o que pude explicar, acrescentando que poderíamos conversar na presença dela por ser apenas uma criança.

— Ah, sim... na certa, uma criança. Só que você me surpreendeu, mano. Ela mora em sua casa, meu Deus do céu!

Estupefato, o velho olhou para Yelena mais uma vez. Sentindo que falávamos dela, a menina permanecia calada, de cabeça baixa, e beliscava a fímbria do sofá com seus dedinhos. Já havia envergado seu novo vestidinho, que lhe caíra perfeitamente bem. Seus cabelos estavam arrumados melhor que de costume, decerto por causa desse novo traje. De modo geral, se não fosse a estranheza de seu olhar selvagem, seria uma menina muito bonita.

— Falando curto e grosso, mano, é o seguinte — recomeçou o velho. — É um negócio longo, um caso importante...

Ele se mantinha sentado, cabisbaixo, com um ar imponente e pensativo, e, não obstante sua ansiedade nem aquele "curto e grosso", não encontrava termos para encetar seu discurso. "O que é que vai acontecer?" — pensei.

— Está vendo, Vânia, eu vim à sua casa com um pedido extraordinário. Mas antes... como eu mesmo compreendo agora, seria preciso explicar para você certas circunstâncias... umas circunstâncias por demais melindrosas...

Ele pigarreou e olhou para mim de viés; olhou e ficou vermelho; ficou vermelho e zangou-se consigo por causa desse seu embaraço; zangou-se e criou coragem:

— Não há nada a explicar, ora! Você mesmo entende. Vou simplesmente desafiar o príncipe para um duelo e peço que você arranje esse negócio todo e seja meu padrinho.

Encostando-me no espaldar da cadeira, fitei-o com extremo assombro.

— Por que está olhando? Não perdi o juízo, não.

— Mas veja bem, Nikolai Serguéitch! Qual é o pretexto, qual é a meta? E, finalmente, como se pode...

— O pretexto! A meta! — bradou o velho. — Eta, que beleza!...

— Está bem, está bem, eu sei o que o senhor vai dizer! Mas o que é que vai resolver com esse disparate? Que saída é que representa esse duelo? Confesso que não entendo nada.

— Já vinha pensando que não entenderia nada. Escute: nosso processo está terminado (quer dizer, vai terminar dia desses; só falta ajustar umas formalidades); eu estou condenado. Cumpre-me pagar até dez mil rublos, assim é que foi decidido. Minha Ikhmenióvka é a garantia desse montante. Por consequência, aquele vilão tem agora toda a certeza de que receberá seu dinheiro; quanto a mim, entrego a Ikhmenióvka para ele, quito a minha dívida e fico no olho da rua. Aí é que levanto a cabeça. Digamos assim, meu respeitabilíssimo príncipe, o senhor me ofendeu por dois anos; o senhor manchou o meu nome, a honra de minha família, e eu não tive recurso senão aturar tudo isso! Não pude desafiá-lo então para um duelo. O senhor teria dito abertamente: "Ah, homem esperto, queres matar-me para não me pagar aquele dinheiro que, segundo a tua previsão, serás condenado a pagar mais cedo ou mais tarde! Não, vamos ver primeiro como acabará nosso pleito, e depois tu me desafiarás". Agora, meu digno príncipe, o pleito está liquidado, o senhor ganhou; consequentemente, não há mais estorvo algum e, portanto, faça-me o favor de vir cá, para a barreira![38] Eis o que é. Então você acha que não tenho o direito de me vingar, de tirar afinal desforra de tudo, de tudo?

Seus olhos fulgiam. Passei muito tempo a encará-lo, sem uma palavra. Queria penetrar em seus pensamentos ocultos.

— Escute, Nikolai Serguéitch — respondi por fim, decidindo pronunciar aquela palavra fundamental sem a qual não compreenderíamos um ao outro. — O senhor pode ser absolutamente sincero comigo?

---

[38] Trata-se da posição de quem duela com armas de fogo, marcada com uma espécie de barreira ou apenas com um objeto visível, para o duelista não se aproximar demasiadamente do seu adversário.

— Posso, sim — disse ele, com firmeza.

— Então me diga sinceramente: é tão só seu desejo de se vingar que o incita a esse duelo, ou o senhor tem em vista outros objetivos também?

— Vânia — respondeu o velho —, você sabe que não permito a ninguém tocar, conversando comigo, em certos assuntos, mas faço uma exceção para a ocasião presente, porque você adivinhou logo, com sua mente esclarecida, que não seria possível deixarmos esse assunto de lado. Sim, tenho outro objetivo também. Este objetivo consiste em salvar minha filha desgarrada e livrá-la daquela sina de perdição que certas circunstâncias recentes impõem a ela.

— Mas como o senhor a salvará com esse duelo, eis a questão?

— Impedindo tudo o que se trama agora por lá. Escute: não pense que uma ternura paterna esteja falando em mim, nem semelhantes fraquezas. Tudo isso é pura bobagem! Não mostro a ninguém o interior de meu coração. Você tampouco o conhece. Minha filha me abandonou, saiu da minha casa com seu amante, e eu arranquei minha filha do coração, arranquei de uma vez por todas, naquela mesma noite — lembra? Se me viu soluçar sobre o retrato dela, disso não se deduz ainda que desejo perdoar a ela. Não lhe perdoei nem naquele momento. Chorava pela felicidade perdida, pelo sonho baldado, mas não por ela, tal como está hoje. Quem sabe se não choro volta e meia: não me envergonho de reconhecer isso, assim como não me envergonho de confessar que já amei essa minha menina mais que a tudo neste mundo. Isso contradiz, aparentemente, o que estou fazendo agora. Você pode dizer para mim: se for assim, se não se importar mais com o destino daquela que já não considera sua filha, então por que diabos se intromete no que se trama agora por lá? Eu respondo: primeiro, porque não quero deixar triunfar aquele vilão traiçoeiro e, segundo, pelo mais natural humanismo que sinto. Mesmo que ela não seja mais minha filha, é uma criatura fraca, indefesa e ludibriada, que ludibriam ainda mais para acabar com ela de vez. Não posso intrometer-me nessa história diretamente; agora, de modo indireto, mediante esse duelo, posso, sim. Caso me matem ou então derramem meu sangue, será que ela vai passar por cima de nossa barreira ou, sabe-se lá, por cima de meu cadáver para entrar na igreja com o filho de meu assassino, igual à filha daquele rei (lembra-se do nosso livrinho com que você aprendeu a ler?) que atravessou o cadáver de seu pai com seu carro?[39] E feitas as contas, se houver um duelo, esses nossos príncipes não vão mais querer nenhum casamento. Numa palavra, estou contra esse matrimônio e vou empenhar todos os esforços para impedi-lo. Agora me entende?

— Não. Se o senhor deseja o bem de Natacha, por que razão é que decide impedir o casamento dela, ou seja, exatamente aquilo que pode restabelecer a sua reputação? Pois ela tem ainda uma longa vida pela frente; ela precisa de boa reputação.

— Mas a gente cospe para todas as opiniões mundanas, eis como ela deve pensar! Precisa compreender que o principal vexame consiste, para ela, nesse casamento,

---

[39] Cita-se a história do rei romano Sérvio Túlio (século VI a.C.), de cuja morte trágica contam Tito Lívio, Plutarco e outros historiadores antigos.

notadamente em sua ligação com aquelas pessoas baixas, com aquele mundinho miserável. Seu nobre orgulho, eis a resposta dela à sociedade. Então eu mesmo consentirei, talvez, em estender a mão para ela: aí veremos quem ousará desonrar minha filha!

Esse idealismo desesperado deixou-me perplexo. Contudo, adivinhei logo que o velho estava fora de si e não media suas palavras.

— Isso é por demais ideal — respondi para ele — e, consequentemente, cruel. O senhor exige que sua filha demonstre a força que talvez não lhe tenha dado quando ela nasceu. E será que Natacha aceita o matrimônio tão só porque quer ser uma princesa? Pois ela ama: é uma paixão, uma fatalidade. E, afinal: exigindo que ela venha a desprezar a opinião pública, o senhor mesmo idolatra a tal opinião. O príncipe ofendeu o senhor, acusou-o, a olhos vistos, daquela vil intenção de se tornar, por meio de artifícios, parente de sua família principesca, e eis como o senhor raciocina agora: se ela mesma recusar o pedido formal que recebeu da parte deles, será, bem entendido, a mais completa e manifesta refutação das antigas calúnias. É isso que o senhor tenta conseguir: valoriza sobremaneira a opinião do próprio príncipe e busca forçá-lo a reconhecer sua falta. Está com vontade de escarnecê-lo, de se vingar dele, e para tanto sacrifica a felicidade de sua filha. Não seria um egoísmo?

O velho permanecia sombrio, carregando o cenho; por muito tempo não articulou uma só palavra.

— Está injusto comigo, Vânia — disse enfim, e uma lágrima brilhou em seus cílios —, juro que está injusto, mas deixemos isso para lá! Não posso revirar este meu coração na sua frente — continuou, soerguendo-se e pegando o chapéu —, só lhe digo uma coisa: começou a falar agora da felicidade de minha filha. Eu cá não acredito, decidida e literalmente, nessa felicidade; além do mais, nunca haverá nenhum casamento, até mesmo sem eu meter o bedelho nisso.

— Mas como assim? Por que o senhor pensa desse modo? Talvez esteja ciente de alguma coisa? — exclamei, tomado de curiosidade.

— Não sei nada de especial, não. Mas aquela maldita raposa não teria tido a coragem de tomar uma decisão dessas. Tudo isso é bobagem, apenas uma intriga. Estou seguro disso e, não se esqueça da minha palavra, será assim mesmo. Por outro lado, se esse casamento se consumasse, ou seja, tão só caso aquele vilão tivesse algum plano particular, misterioso, ignorado por todo mundo, segundo o qual esse casamento lhe seria proveitoso — um plano que não compreendo de jeito nenhum —, então julgue você mesmo, pergunte ao seu próprio coração: estaria ela feliz depois de casada? Censuras, humilhações, mancebia com um garotão que já agora se aborrece com seu amor e, quando se casarem, logo começará a desrespeitá-la, a magoá-la, a humilhá-la; ao mesmo tempo, pense na força da paixão, por parte dela, ao passo que a paixão dele se esfria aos poucos — aqueles ciúmes e sofrimentos, um inferno, depois o divórcio e, quem sabe, até mesmo algum crime... não, Vânia! Se eles estão tramando esse negócio todo e se você ainda os auxilia, aí lhe predigo: é Deus quem vai cobrar de você, mas já será tarde demais! Adeus!

Detive-o.

— Escute, Nikolai Serguéitch, vamos fazer o seguinte: esperemos. Tenha a certeza de que mais de um par de olhos observa esse problema, e talvez ele venha a ser resolvido da melhor maneira possível, por si só, sem essas ações violentas e artificiais como, por exemplo, seu duelo. O tempo é o melhor resolvedor de problemas! E permita-me que lhe diga, por fim, que todo o seu projeto é absolutamente inviável. Será que o senhor pôde imaginar, apenas por um minuto, que o príncipe aceitaria seu desafio?

— Como assim, não aceitaria? O que está pensando aí?

— Juro-lhe que não aceitaria e, acredite, encontraria uma justificativa bem suficiente; faria tudo isso com uma imponência pedante, e o senhor ficaria, nesse meio-tempo, totalmente ridículo...

— Misericórdia, mano, misericórdia! Pois você me matou simplesmente com isso! Como é que ele não aceitará o meu desafio? Não, Vânia, você é um poeta puro e rematado; justamente, um verdadeiro poeta! Então você acha que seria vergonhoso duelar comigo, é isso? Não sou pior que ele. Sou um ancião, um pai ofendido; você é um literato russo e, portanto, é também uma pessoa respeitável que pode ser meu padrinho e... e... Nem entendo o que você quer mais...

— O senhor verá. Ele vai inventar tais pretextos que o senhor mesmo será o primeiro a concordar que duelar com o príncipe lhe seria impossível no mais alto grau.

— Hum... está bem, meu amigo, que seja como diz! Vou esperar: até um certo limite, bem entendido. Veremos o que fará o tempo. Mas eis o que é, meu amigo: você me dá sua palavra de honra que não contará, nem por lá nem para Anna Andréievna, sobre esta nossa conversa?

— Dou, sim.

— Outra coisa, Vânia: faça-me o favor de nunca mais puxar a mesma conversa comigo.

— Está certo, dou a minha palavra.

— E, finalmente, mais um pedido: eu sei, meu caro, que talvez esteja enfadado na casa da gente, mas venha o quanto puder, se é que pode vir. Minha Anna Andréievna gosta tanto de você, coitada, e... e... sente tanta saudade... Entende, Vânia?

E ele apertou com força a minha mão. Prometi-lhe aquilo de todo o meu coração.

— E agora, Vânia, o último dos assuntos melindrosos: você tem dinheiro?

— Dinheiro? — repeti, atônito.

— Sim (o velho enrubesceu e abaixou os olhos); estou olhando, mano, para esse seu apartamento... para essas suas circunstâncias... e, quando penso que pode ter outras despesas urgentes (pois justo agora você pode tê-las de fato), aí... tome, mano, cento e cinquenta rublos para começar...

— Cento e cinquenta rublos e, ainda por cima, só *para começar*, enquanto o senhor está perdendo seu litígio?

— Pelo que vejo, Vânia, não entende coisa nenhuma! Você pode ter necessidades *urgentes*, entenda isso. Em certos casos, o dinheiro contribui para a independência da sua situação, para a independência das decisões que você toma. Talvez não precise dele agora, mas será que não vai precisar, por alguma razão, no futuro? Seja como for, vou deixá-lo com você. É tudo o que pude juntar. Se não o gastar, vai devolvê-lo para mim. E agora, adeus! Senhor, mas como está pálido! Está todo doente...

Sem maiores objeções, aceitei o dinheiro. Estava claro demais por que o velho o deixava em minha casa.

— Mal me aguento em pé — respondi-lhe.

— Não brinque com isso, Vânia, meu querido, não brinque! Hoje não saia mais. Vou dizer a Anna Andréievna em que estado o encontrei. Não precisa de um médico? Amanhã vou visitá-lo; ao menos, farei de tudo para isso, se ainda estiver de pé, eu mesmo. E agora não seria bom que se deitasse? Adeus, pois. Adeus, menina... virou as costas! Escute, meu amigo! Eis aqui mais cinco rublos, para essa menina. Não diga, aliás, para ela que fui eu quem deu esse dinheiro, mas assim... apenas o gaste com ela, compre uns sapatinhos ali, umas roupas de baixo... sei lá de que ela pode precisar! Adeus, meu amigo...

Acompanhei-o até o portão do prédio. Cumpria-me pedir ao zelador que fosse buscar comida. Yelena nem sequer almoçara ainda...

Capítulo XI

Mas tão logo voltei ao meu apartamento, fiquei estonteado e caí no meio do quarto. Lembro apenas como gritou Yelena: agitando os braços, ela acorreu para me arrimar. Foi o último instante que restou em minha memória...

Lembro como depois estava prostrado na cama. Yelena me contaria mais tarde que me havia acomodado, juntamente com o zelador que acabara de trazer nossa comida, sobre o sofá. Eu acordava amiúde e, cada vez que acordava, via a expressão compassiva e angustiada de Yelena, cujo rostinho se inclinava sobre mim. Recordo-me, porém, disso tudo como quem esteja sonhando ou então olhando através da neblina, e a terna imagem da pobre menina, que surgia diante de mim em pleno torpor, parece-me uma visão ou um desenho: ela me trazia água, ajeitava as roupas de cama ou ficava sentada em minha frente, tristonha e assustada, alisando-me os cabelos com seus dedinhos. Recordo-me de ter sentido, uma só vez, seu beijo bem leve em meu rosto. Certa feita, ao despertar repentinamente no meio da noite, à luz de uma vela que bruxuleava em cima da mesinha posta defronte do meu sofá, vi a carinha de Yelena sobre o meu travesseiro: ela dormia inquieta, entreabrindo os lábios descoloridos e apertando a palma da mão à sua bochecha quentinha. Mas despertei mesmo tão só ao amanhecer. A vela se extinguira; um vivo brilho rosado da aurora já se espraiava pela parede. Sentada numa cadeira, junto à minha pequena mesa, abaixando a cabecinha cansada sobre o braço esquerdo, que se estendia em cima da mesa, Yelena dormia profundamente, e lembro como me pus a olhar para aquele rostinho infantil, mesmo em sonho marcado por uma tristeza demasiada, nada própria de uma criança, e uma estranha beleza doentia, seu rostinho pálido, com aqueles compridos cílios por sobre as maçãs descarnadas, emoldurado de cabelos negros como o azeviche, descuidosamente reunidos numa pesada trança que pendia para um lado. Seu outro braço estava ainda sobre o meu travesseiro. Beijei, bem de manso, aquela fina mãozinha, mas a pobre menina não acordou, apenas uma espécie de sorriso transpareceu em seus pálidos labiozinhos. Assim, fiquei olhando para ela e acabei por mergulhar, silencioso, num sono calmo e salutar. Dessa vez dormi quase até o meio-dia. Quando acordei, sentia-me praticamente recuperado; eram somente uma fraqueza e um peso em todos os membros que testemunhavam a minha recente doença. Similares acessos, enervantes e passageiros, já me haviam acometido; conhecia-os muito bem. Minha doença não costumava durar mais de um dia, o que não a impedia, aliás, de agir, ao longo desse dia todo, brusca e cruelmente.

Era, pois, quase o meio-dia. A primeira coisa que vi foram as cortinas compradas na véspera, dependuradas numa corda. Yelena separara com elas um cantinho do quarto tão só para si. Estava sentada diante do fogão, esquentando a chaleira. Ao notar que eu tinha acordado, sorriu com alegria e logo se achegou a mim.

— Minha amiguinha — disse eu, tomando a sua mão —, passaste a noite inteira cuidando de mim. Nem sabia que eras tão bondosa assim.

— Mas como o senhor sabe que o velei? Talvez tenha dormido a noite inteira... — perguntou ela, mirando-me com uma pudica brejeirice e, ao mesmo tempo, corando com suas próprias palavras.

— Eu despertava e via tudo. Adormeceste só de madrugada...

— O senhor quer chá? — interrompeu-me ela, como se lhe fosse difícil continuar essa conversa: algo que acontece a todas as pessoas castas e rigorosamente honestas caso alguém venha elogiá-las às escâncaras.

— Quero — respondi. — Mas será que almoçaste ontem?

— Não almocei, mas jantei. O zelador trouxe comida. Aliás, o senhor não deve falar, mas ficar deitado, quietinho: ainda não está totalmente bem — acrescentou ela, servindo-me chá e sentando-se em minha cama.

— Deitado, que nada! De resto, ficarei deitado até que escureça e depois vou sair. É preciso que saia, Lênotchka.[40]

— Preciso, que nada! Quem é que o senhor vai ver? Por acaso, aquele homem de ontem?

— Não é ele, não.

— Ainda bem que não é. Foi ele quem desgostou o senhor ontem. Então vai ver a filha dele?

— E como tu sabes que ele tem uma filha?

— Ouvi tudo ontem — respondeu ela, cabisbaixa. Seu rosto ficou sombrio; as sobrancelhas se juntaram acima dos olhos.

— É um velho ruim — acrescentou ela em seguida.

— Será que o conheces? Pelo contrário, é um homem muito bom.

— Não, não, ele é maldoso... eu ouvi — respondeu ela com enlevo.

— Mas o que foi que ouviste?

— Ele não quer perdoar à sua filha...

— Mas a ama. Sua filha tem culpa para com ele, mas ele se preocupa com sua filha, anda sofrendo.

— Então por que não lhe perdoa? E mesmo se lhe perdoar agora, que sua filha não volte mais à casa dele.

— Como assim? Por quê?

— Porque ele não merece que sua filha o ame — replicou Yelena, arrebatada. — Que ela o abandone para todo o sempre: seria melhor que ela pedisse esmola e que ele visse sua filha pedindo esmola e sofresse mais ainda.

Seus olhos brilhavam, suas faces estavam púrpuras. "Decerto não fala assim sem motivo" — pensei comigo mesmo.

---

[40] Forma diminutiva e carinhosa do nome russo Yelena (Lena).

— É para a casa dele que o senhor queria mandar-me? — questionou ela após uma pausa.

— Sim, Yelena.

— Não, é melhor que eu seja uma criada.

— Ah, mas como é mau tudo o que dizes, Lênotchka. E quanta bobagem: onde é que poderias trabalhar como criada?

— Na casa de qualquer *mujique* por aí — retrucou ela impaciente, baixando cada vez mais a cabeça. Tinha uma índole notavelmente explosiva.

— Só que um *mujique* desses não precisa de nenhuma criada — disse eu, sorrindo.

— Então na casa da senhoria.

— Com teu caráter é que se vive na casa da senhoria?

— Com meu caráter, sim! — Suas respostas se tornavam mais entrecortadas à medida que ela se irritava.

— Só que não vais aguentar.

— Vou aguentar, sim. Se me xingarem, ficarei de boca fechada. Se me espancarem, continuarei calada, calada o tempo todo: que me espanquem, mas não vou chorar nunca. Eles lá vão passar mal de raiva, porque não vou chorar.

— O que é isso, Yelena? Como estás exasperada e como és orgulhosa! Por certo, viste muita desgraça nessa tua vida...

Uma vez em pé, aproximei-me da minha mesa grande. Yelena se quedou no sofá, toda pensativa, olhando para o chão e beliscando a fímbria com seus dedinhos. Estava calada. "Será que se zangou com minhas palavras?" — pensei.

Plantado junto à mesa, abri maquinalmente os livros que trouxera na véspera a fim de escrever minha compilação e, pouco a pouco, empolguei-me com a leitura. Isto se dá comigo diversas vezes: venho pegar um livro, só por um minutinho, para tirar alguma dúvida, e fico tão absorto nele que me esqueço de tudo.

— O que é que o senhor escreve o tempo todo? — perguntou Yelena com tímido sorriso, aproximando-se devagarinho da mesa.

— Nada de mais, Lênotchka, várias coisas. Recebo dinheiro por isso.

— São pedidos?

— Não são pedidos, não. — Expliquei-lhe, na medida do possível, que escrevia várias histórias sobre várias pessoas, compondo livros chamados de novelas e romances. Ela me escutou cheia de curiosidade.

— O senhor escreve aí toda a verdade?

— Não, estou inventando.

— Mas por que escreve mentiras?

— Lê, pois, este livrinho, estás vendo? Já o abriste uma vez. Sabes ler, não é mesmo?

— Sei.

— Então tu verás. Fui eu que escrevi este livrinho.

— O senhor? Vou ler...

Ela queria muito dizer-me algo, porém estava visivelmente acanhada e toda emocionada. Havia algo oculto em suas perguntas.

— E o senhor ganha muito com isso? — indagou ela, enfim.

— De vez em quando. Às vezes, pagam muito; outras vezes, não pagam nada, porque o trabalho não avança. É um trabalho difícil, Lênotchka.

— Pois o senhor não é rico?

— Não sou rico, não.

— Se for assim, vou trabalhar e ajudá-lo...

Ela me lançou um rápido olhar, enrubesceu, abaixou os olhos e, dando dois passos em minha direção, envolveu-me de súbito com ambos os braços e, com muita força, apertou seu rosto ao meu peito. Fitei-a pasmado.

— Eu amo você... não sou orgulhosa — balbuciou ela. — Ontem você disse que eu era orgulhosa. Não, não... não sou assim... eu amo você. Só você é que me ama...

Contudo, já se sufocava com prantos. Um minuto depois, jorraram do seu peito com a mesma força que no dia anterior, durante a sua crise nervosa. Ela caiu de joelhos em minha frente, beijava-me as mãos, os pés...

— Você me ama!... — não parava de repetir. — Só você, você!...

Ela abraçava espasmodicamente os meus joelhos. Todo o seu sentimento, reprimido por tanto tempo, arremessou-se de supetão para fora, num ímpeto irrefreável, e eu compreendi aquela estranha pertinácia do coração que se retém castamente, até um certo momento, e fica tanto mais persistente, mais rigoroso, quanto mais poderosa se revela sua necessidade de se expressar, de se extravasar, e tudo isso até o inevitável ímpeto em que todo o ser se entrega, com inesperada abnegação, àquela necessidade de amor e gratidão, às carícias e lágrimas...

Ela chorou tanto que teve um paroxismo histérico. Foi custoso separar seus braços que me apertavam. Levantei a menina e levei-a para o sofá. Ela ficou soluçando por muito tempo ainda, escondendo o rosto nos travesseiros, como se sentisse vergonha de olhar para mim, mas segurando, bem forte, a minha mão com sua mãozinha, sem afastá-la do seu coração.

Yelena se acalmou aos poucos, mas demorou a voltar-se para mim. Umas duas vezes, seu olhar passou de raspão pelo meu rosto: estava tão meigo, transbordante de certo sentimento medroso que se escondia de novo. Afinal, ela ficou coradinha e sorriu.

— Estás melhor? — perguntei. — Minha sensível Lênotchka, minha menina doentinha...

— Não sou Lênotchka, não... — sussurrou ela, ainda me escondendo seu rostinho.

— Não és Lênotchka? Mas como te chamas?

— Nelly.[41]

— Nelly? Por que logo Nelly? Acho que é um nome bem bonitinho. Assim te chamarei, se é que tu mesma queres.

— Assim me chamou minha mãezinha... E ninguém mais me chamou desse nome, nunca, a não ser ela... E eu mesma não queria que ninguém me chamasse assim, além da mãezinha... Mas você me chamará Nelly, eu quero... Vou sempre amar você, sempre...

"Coraçãozinho que ama e que é tão orgulhoso" — pensei eu. — "De quanto tempo é que precisei para merecer que sejas para mim... Nelly". Mas agora eu já sabia que seu coração me seria fiel para sempre.

— Escuta, Nelly — disse, tão logo ela se acalmou. — Dizes aí que só tua mãezinha te amava e ninguém mais. Será que teu vovô não te amava mesmo?

— Não amava...

— Mas tu choraste por ele aqui, na escada, lembras?

Por um minuto, ela ficou pensativa.

---

[41] Forma diminutiva e carinhosa dos nomes ingleses Helen e Eleanor.

— Não me amava, não... Era maldoso — e uma emoção dolorida contraiu-lhe o rosto.

— Mas nem se podia mais cobrar de teu avô, Nelly. Parecia que já tinha ensandecido completamente. Até morreu como um louco. Aliás, contei para ti como ele morreu.

— Sim, mas foi somente no último mês que passou a esquecer tudo. Ficava sentado aqui um dia inteiro e, se eu não viesse vê-lo de vez em quando, teria ficado assim outro dia, depois o terceiro, sem comer nem beber. Mas antes estava bem melhor.

— Antes de quê?

— Antes de minha mãezinha morrer.

— Então eras tu, Nelly, que trazias comida e bebida para ele?

— Trazia, sim.

— Mas onde conseguias aquilo, na casa de Búbnova?

— Não, eu nunca tomei nada de Búbnova — respondeu ela, insistente, com uma voz um pouco trêmula.

— Onde conseguias, então? É que não tinhas nada mesmo...

Calada, Nelly ficou mortalmente pálida. Depois me fitou por muito, muito tempo.

— Ia pedir esmola no meio da rua... Juntava cinco copeques e comprava pão e rapé para ele.

— E ele deixava? Nelly! Nelly!

— Primeiro eu mesma fui lá, sem falar com meu avô. E ele, quando soube, começou depois a mandar que fosse mendigar. Eu fico sobre a ponte, peço esmola a quem passa, e ele anda perto da ponte, espera, e, vendo que alguém me deu uns trocados, vem correndo e arranca aquele dinheiro da minha mão, como se eu quisesse escondê-lo, como se não o juntasse para ele.

Dizendo isso, Nelly esboçou um sorriso amargo e cáustico.

— Isso tudo aconteceu depois que minha mãezinha tinha morrido — acrescentou. — Ali meu avô como que enlouqueceu por completo.

— Pois ele amava muito tua mãezinha? Mas por que não morava com ela?

— Não a amava, não... Era maldoso e não lhe perdoava... como aquele maldoso velho de ontem — concluiu ela baixinho, quase a cochichar, cada vez mais pálida.

Estremeci todo. O enredo de um extenso romance fulgurou em minha imaginação. Aquela pobre mulher definhando num porão, ao lado de uma funerária; sua filhinha órfã visitando, por vezes, o avô que amaldiçoara a mãe dela; aquele velho bizarro, ensandecido, morrendo numa confeitaria, logo após a morte de seu cachorro!...

— E o Azorka antes era de minha mãe — disse Nelly de chofre, sorrindo às suas lembranças. — Antes meu avô amava muito a mãezinha e, quando ela foi embora da sua casa, deixou o Azorka com ele. Era por isso que ele amava tanto o Azorka... Não perdoou à minha mãe e, quando o cachorro morreu, ele também morreu — rematou Nelly severamente, e o sorriso desapareceu do seu rosto.

— Mas quem ele era antes, Nelly? — perguntei, após uma breve pausa.

— Antes ele era rico... Não sei quem era — respondeu a menina. — Tinha uma fábrica... Foi o que a mãezinha me disse. No começo, ela achava que eu fosse pequena demais e não me contava tudo. Às vezes, ela me beijava assim e dizia: vais saber de tudo; vais saber, quando o tempo chegar, minha pobrezinha, minha coitadinha! Sempre me chamou de pobre e coitada. E quando pensava, à noite, que eu estava dormindo (pois eu não dormia, mas fingia de propósito que dormia), chorava o tempo todo sobre mim, beijava-me e dizia: minha pobrezinha, minha coitadinha!

— E de que tua mãe morreu?

— De tísica. Já vai para seis semanas.

— Tu te lembras daquele tempo em que teu avô era rico?

— Mas ainda nem tinha nascido naquele tempo. Minha mãezinha saiu da casa de meu avô antes mesmo de eu nascer.

— Saiu com alguém?

— Não sei — respondeu Nelly em voz baixa, imersa em seus pensamentos. — Ela foi para o estrangeiro, e eu nasci lá.

— No estrangeiro? Em que lugar?

— Na Suíça. Estive em toda parte: estive na Itália, estive em Paris também.

Fiquei espantado.

— E lembras-te disso, Nelly?

— Lembro-me de muita coisa.

— Mas como é que falas russo tão bem, Nelly?

— Minha mãezinha me ensinava a falar russo ainda lá fora. Ela era russa, porque a mãe dela era russa, e meu avô era inglês, mas também como se fosse russo. E quando voltamos para cá, minha mãezinha e eu, um ano e meio atrás, então aprendi a falar direito. A mãezinha já estava doente. A gente ficava cada vez mais pobre. A mãezinha chorava o tempo todo. Primeiro foi procurando, aqui em Petersburgo, meu avô, e não parava de dizer que era culpada para com ele, e chorava sem parar... Chorava tanto, mas tanto! E quando soube que o avô era pobre, aí chorou mais ainda. Escrevia frequentemente cartas para ele, mas ele não respondia.

— Por que foi que tua mãe voltou para cá? Só para encontrar o pai dela?

— Não sei. Mas como nós vivíamos bem lá fora! — Os olhos de Nelly fulgiram. — Minha mãe vivia sozinha, apenas comigo. Tinha um amigo, bom como você... Ele a conhecia desde quando morava aqui. Só que ele morreu por lá, então a mãezinha voltou...

— Pois foi com ele que tua mãe deixou a casa de teu avô?

— Não foi com ele, não. A mãezinha foi embora com outro homem, mas aquele homem a abandonou...

— Mas quem foi?

Nelly olhou para mim sem responder nada. Decerto sabia com quem sua mãe se envolvera e quem era, provavelmente, seu pai. Ela se constrangia em dizer o nome daquele homem até para mim.

Eu não queria atormentá-la com indagações. Era uma personalidade estranha, instável e ardorosa, que coibia, no entanto, seus impulsos internos, uma pessoa simpática que se encerrava em seu orgulho inexpugnável. Desde que a conhecera, apesar de me amar com todo o seu coração, com o amor mais claro e manifesto, quase a par de sua finada mãe da qual nem podia lembrar-se sem dor, apesar disso tudo, Nelly se abria poucas vezes comigo e, salvo naquele dia, raramente percebia a necessidade de conversarmos sobre o passado dela — pelo contrário, distanciava-se de mim com certa braveza. Mas naquele dia, durante algumas horas, em meio aos seus sofrimentos e convulsivos prantos que interrompiam seu relato, ela me contou tudo quanto mais a afligia, todas as suas recordações mais dolorosas, e eu nunca vou esquecer aquele terrível relato. Contudo, sua história principal ainda está por vir...

Era uma história terrificante, a de uma mulher abandonada que sobrevivera à sua felicidade, uma mulher doente, cansada de sofrer e rejeitada por todos, até mesmo pelo último ser com quem teria podido contar, pelo seu pai, que ela havia ofendido outrora e que, por sua vez, perdera a razão em face de insuportáveis sofrimentos e humilhações. Era a história de uma mulher que caíra em desespero, que andava pelas ruas de Petersburgo, frias e sujas, com sua filha tida ainda por uma criança, e pedia esmola, uma mulher que depois passara meses inteiros morrendo num porão úmido, negando-se seu pai a perdoar-lhe até o derradeiro minuto de sua vida, mudando de ideia tão só naquele derradeiro minuto e vindo a correr para se reconciliar com ela, mas encontrando apenas o rígido cadáver daquela que tinha amado mais que a tudo no mundo. Era a estranha história das misteriosas, mal compreensíveis relações de um velho ensandecido e sua pequena neta, que já o entendia, que já entendia bem, não obstante sua tenra idade, aquilo que muita gente não conseguiria abranger nem em longos anos de uma vida abastada e sossegada. Era uma história lúgubre, uma daquelas histórias funestas e torturantes que ocorrem, tão frequentes e imperceptíveis, quase místicas, sob o pesado céu petersburguense, nos becos escuros e recônditos da enorme cidade, em meio ao frenético fervilhar de sua vida, ao seu egoísmo obtuso, aos seus interesses conflitantes, à sua sombria devassidão, aos seus crimes ocultos, no fundo de todo aquele pandemônio de absurdidades e perversões... Mas essa história ainda está por vir.

terceira parte

Capítulo I

Já havia escurecido, já chegara a noite... e foi só então que acordei do meu pesadelo sinistro e relembrei o presente.

— Nelly — disse eu —, agora estás doente, triste, e devo deixar-te sozinha, desolada, chorando. Minha amiguinha! Perdoa-me e fica sabendo que há também outra pessoa amada a quem não perdoaram, bem infeliz, ofendida e abandonada. Ela espera por mim. E eu mesmo me sinto tão atraído por ela agora, depois dessa tua história, que não vou suportar, parece, se não a vir logo, neste exato momento...

Não sei se Nelly compreendeu tudo o que lhe dissera. Transtornado como estava, tanto por causa de seu relato quanto devido à minha recente doença, fui correndo à casa de Natacha. Já era bastante tarde, por volta das nove horas, quando entrei no prédio onde ela morava.

Ainda na rua, rente ao portão daquele prédio, avistei uma carruagem e achei que fosse a do príncipe. A porta de entrada dava para o pátio. Mal enveredei pela escadaria, percebi que, acabando de me ultrapassar, um homem subia um lanço adiante: movia-se cautelosamente, às apalpadelas, decerto por não conhecer esse lugar. Imaginei que havia de ser o príncipe, mas logo fui duvidando disso. Ao passo que subia, o desconhecido resmungava e praguejava contra sua escalada, tanto mais forte e energicamente quanto mais alto subisse. É claro que a escada era estreita, suja, íngreme e nunca estava iluminada;

porém eu não poderia jamais atribuir ao príncipe aquele palavreado que tivera início no terceiro andar: o senhor a escalar xingava feito um cocheiro. Todavia, a iluminação também começava no terceiro andar: uma lanterninha luzia às portas do apartamento de Natacha. Alcancei o homem perto dessas portas, e como foi meu espanto quando vi que era o príncipe em pessoa! Parecia que ficara muito contrariado ao deparar-se comigo assim, de maneira fortuita. Nem me reconheceu no primeiro instante, mas repentinamente todo o seu rosto mudou. Seu olhar, a princípio tão furioso e cheio de ódio, tornou-se subitamente afável e jovial; com uma alegria extraordinária, ele me estendeu ambas as mãos.

— Ah, é o senhor! E eu quis agorinha cair de joelhos e implorar que Deus salvasse minha vida. Ouviu-me xingando?

O príncipe gargalhou com toda a desenvoltura. De repente, a expressão de seu rosto ficou séria e preocupada.

— Como Aliocha pôde instalar Natália Nikoláievna num apartamento desses? — disse, sacudindo a cabeça. — São eles, os chamados *detalhes*, que revelam uma pessoa. Temo por ele. Aliocha é um bom rapaz, tem um coração nobre, mas veja só o exemplo: está loucamente apaixonado e deixa a moça que ama morar nesse pardieiro. Ouvi mesmo dizerem que não tinha, por vezes, nem pão — acrescentou cochichando, enquanto procurava a corda da campainha. — Minha cabeça estoura quando penso no futuro dele e, o principal, no futuro de *Anna* Nikoláievna, depois que se torne sua esposa...

Errou de nome sem reparar nisso: estava obviamente aborrecido por não encontrar a campainha. Não havia, aliás, campainha alguma. Puxei a maçaneta da fechadura, e Mavra abriu de imediato a porta, recebendo-nos toda azafamada. Pela porta da cozinha, separada da minúscula antessala por um tapume de madeira, viam-se certos aprestos: estava tudo limpo e arrumado de modo algo incomum; o fogo ardia dentro do forno; uns talheres novos estavam em cima da mesa. Dava para notar que esperavam por nós. Mavra acorreu para tirar nossos sobretudos.

— Aliocha está aí? — perguntei-lhe.

— Não veio — sussurrou ela num tom de mistério.

Entramos no quarto de Natacha. Lá não se via nenhum preparativo especial, estava tudo como dantes. Aliás, esse seu quarto estava sempre tão limpo e bonitinho que nem se precisava arrumá-lo. Natacha encontrou-nos plantada diante da porta. Fiquei pasmado com a magreza mórbida e a palidez excessiva de seu rosto, ainda que suas faces cadavéricas tivessem corado por um instante. Os olhos dela brilhavam febris. Calada como estava, ela se apressou a estender a mão ao príncipe, visivelmente inquieta e acanhada. Nem sequer olhou para mim. Permaneci em pé, também calado.

— Eis-me aqui! — disse o príncipe, alegre e amigavelmente. — Faz só algumas horas que retornei. Ao longo de todo esse tempo, a senhorita não se ausentou da minha mente (beijou com ternura a mão de Natacha), e quanto, mas quanto pensei a seu respeito! Quantas coisas inventei para lhe dizer, para lhe relatar... Pois bem, ainda falaremos bastante! Primeiro, esse meu peralta que não está aí, pelo que vejo...

— Desculpe, príncipe — interrompeu-o Natacha, toda confusa e rubra —, preciso dizer duas palavras a Ivan Petróvitch. Vamos, Vânia... só duas palavras...

Ela pegou minha mão e conduziu-me para trás dos biombos.

— Vânia — sussurrou, levando-me até o canto mais escuro —, será que você me perdoará ou não?

— Chega, Natacha, o que tem?

— Não, não, Vânia, já me perdoou tantas vezes e tantas coisas, mas qualquer paciência tem seus limites. Nunca deixará de me amar, sei disso, apenas me chamará de ingrata, já que ontem e anteontem estive mesmo ingrata com você, egoísta, cruel...

De súbito, rompeu a chorar e apertou o rosto ao meu ombro.

— Chega, Natacha — apressei-me a dissuadi-la. — É que fiquei muito doente ontem à noite; até agora mal me aguento em pé, foi por isso que não vim aqui nem ontem à noite nem hoje, mas você acha que me tenha zangado... Será que não sei, minha querida amiga, o que se passa agora em sua alma?

— Está bem... quer dizer que me perdoou como sempre — disse ela, sorrindo através das lágrimas e apertando-me a mão até a dor. — O restante fica para depois. Tenho muita coisa a dizer-lhe, Vânia. Agora vamos falar com ele...

— Depressa, Natacha: deixamos o príncipe só, tão de repente assim...

— Vai ver, mas vai ver o que acontecerá — cochichou ela às pressas. — Agora sei tudo, adivinhei tudo. É *ele* culpado de tudo. Esta noite, muita coisa será resolvida. Vamos!

Não a compreendi nem tive tempo para fazer perguntas. Natacha foi conversar com o príncipe de semblante desanuviado. Ele ainda estava de pé, com o chapéu nas mãos. Natacha lhe pediu alegremente desculpas, pegou o chapéu dele, ofereceu-lhe uma cadeira, e nós três nos sentamos em volta de sua mesinha.

— Comecei a falar desse meu peralta — continuou o príncipe. — Só o vi um instante, e foi no meio da rua, quando ele subia à carruagem para ir à casa da condessa Zinaída Fiódorovna. Estava apressadíssimo e, imaginem, não quis nem se levantar para entrar comigo nos aposentos após quatro dias de minha ausência. E parece, Natália Nikoláievna, que a culpa de ele não estar agora em sua casa e de termos vindo antes dele é minha: aproveitei a ocasião, pois não poderia, eu mesmo, ir hoje visitar a condessa, e dei ao meu filho uma incumbência. Mas ele vai aparecer logo.

— Seu filho lhe asseverou que viria hoje? — perguntou Natacha, mirando o príncipe com o ar mais simplório possível.

— Ah, meu Deus, mas como ele não viria? A senhorita está perguntando ainda? — exclamou o príncipe, encarando-a com espanto. — De resto, entendo: a senhorita está amuada com ele. Realmente, parece indelicado, da parte dele, vir assim por último. Mas repito: a culpa disso é minha. Não se zangue com ele. É um rapaz leviano, travesso; não o defendo, mas certas circunstâncias particulares exigem que não apenas não se afaste agora da casa da condessa, mantendo também várias outras amizades, como, pelo contrário, vá lá o mais frequentemente que puder. Mas como agora ele, sem dúvida, não arreda mais o pé de sua casa e já se esqueceu de tudo o que há no mundo, não se zangue, por favor, caso eu o mande algures, por umas duas horas quando muito, com algumas comissões minhas. Tenho toda a certeza de que ele não visitou ainda nenhuma vez a princesa K., desde aquela noite, e fico muito contrariado por não ter podido interrogá-lo há pouco.

Olhei para Natacha. Ela escutava as falas do príncipe com um leve sorriso meio irônico. Todavia, ele falava com tanta retidão e naturalidade! Parecia impossível suspeitá-lo de qualquer malícia que fosse.

— E o senhor não sabia mesmo que, nesses dias todos, ele não veio nenhuma vez à minha casa? — perguntou Natacha, com uma voz baixa e serena, como se fosse, aos olhos dela, o mais banal dos acontecimentos.

— O quê? Não veio nenhuma vez? Desculpe, mas o que está dizendo? — exclamou o príncipe, em aparência assombrado.

— O senhor me visitou na terça-feira, tarde da noite; na manhã seguinte, ele veio passar meia horinha comigo, e desde então não o vi mais nenhuma vez.

— É inacreditável! (O príncipe se assombrava cada vez mais.) Eu pensava, notadamente, que ele passava o tempo todo com a senhorita. Desculpe, é tão estranho... simplesmente inacreditável.

— Mas é verdade... e dá tanta pena: esperava de propósito pelo senhor, pensava que me diria onde estava seu filho.

— Ah, meu Deus! Pois ele virá agora mesmo! Mas o que a senhorita me disse deixou-me tão abismado que eu... confesso que esperava tudo da parte dele, mas isso... isso!

— Como o senhor se espanta! Eu cá achava que não apenas não ficaria espantado, mas até mesmo estaria sabendo de antemão que assim seria.

— Sabendo? Eu? Asseguro-lhe, Natália Nikoláievna, que só o vi hoje, um só minuto, e não perguntei a ninguém por ele. É estranho, aliás, que a senhorita pareça não acreditar em mim — prosseguiu o príncipe, olhando para nós dois.

— Valha-me Deus — rebateu Natacha. — Tenho plena certeza de que o senhor me contou a verdade.

E ela riu outra vez, bem na cara do príncipe, de maneira que ele teve uma espécie de sobressalto.

— Explique-se — disse confuso.

— Não há nada a explicar. Falo com toda a simplicidade. O senhor sabe como seu filho é leviano e esquecido, não sabe? Pois bem, como está livre agora para fazer o que quiser, ficou empolgado.

— Mas não se pode ficar empolgado até esse ponto; há algo por trás disso e, assim que ele vier, vou forçá-lo a explicar esse mistério todo. Mas o que mais me espanta é que a senhorita parece acusar de alguma coisa a mim também, conquanto eu nem sequer tenha estado aqui. De resto, Natália Nikoláievna, percebo que está muito zangada com ele, e dá para entender isso! Tem todo o direito de se zangar, e... e... decerto eu sou o primeiro dentre os culpados, nem que seja apenas por ter sido o primeiro a chegar, não é verdade? — continuou o príncipe, dirigindo-se a mim com um sorriso cheio de irritação.

Natacha enrubesceu.

— Desculpe, Natália Nikoláievna — disse o príncipe, com altivez. — Concordo que sou culpado, mas tão somente de ter partido no dia seguinte ao nosso primeiro encontro, de modo que a senhorita, com certa suscetibilidade que tenho notado em seu caráter, já se dispôs a mudar de opinião a meu respeito, ainda mais que as circunstâncias contribuíram para tanto. Se não me tivesse ausentado, a senhorita me teria conhecido melhor; ademais, Aliocha não teria feito aquelas suas travessuras em minha presença. Hoje mesmo vai ouvir quantas boas direi para ele.

— Ou seja, fará que ele se aborreça comigo. É impossível que o senhor, com sua inteligência, pense mesmo que um remédio desses me ajude.

— Está querendo aludir, por acaso, que me esforce propositadamente para deixar meu filho aborrecido com a senhorita? Ofende-me tanto, Natália Nikoláievna!

— Procuro empregar o menor número de alusões, com quem quer que fale — respondeu Natacha —; pelo contrário, sempre tento falar com a maior clareza possível, e pode ser que o senhor se convença disso ainda hoje. Não quero ofendê-lo nem tenho, aliás, motivos para isso, nem que seja apenas porque o senhor não se ofenderia com minhas palavras, dissesse eu o que dissesse. Estou totalmente segura disso por compreender totalmente as nossas relações mútuas: o senhor não pode levá-las a sério, não é verdade? Mas se o ofendi realmente, estou pronta a pedir desculpas, para cumprir, perante o senhor, todos os meus deveres... de anfitriã.

Apesar do tom leve e mesmo gracejador com que Natacha pronunciou essa frase, apesar de seus lábios rirem, eu nunca a vira ainda tão irritada. Só então é que compreendi quanta dor aturara seu coração nesses três dias. Aquelas palavras enigmáticas (que ela já sabia de tudo e tudo adivinhara) tinham-me assustado por se referirem diretamente ao príncipe. Natacha havia mudado de opinião sobre ele, considerava-o agora seu inimigo — isso saltava aos olhos. Decerto atribuía à influência dele todos os seus malogros com Aliocha e tinha, talvez, alguns fundamentos para tanto. Eu temia que uma briga ocorresse de súbito entre eles dois. O tom gracejador de Natacha estava por demais explícito, por demais evidente. E suas últimas palavras (que o príncipe não podia levar suas relações a sério), sua frase implicando desculpas por mero dever de anfitriã, sua promessa, mais semelhante a uma ameaça, de provar-lhe ainda essa noite que ela sabia falar sem rodeios, tudo isso era a tal ponto sarcástico e escancarado que não seria possível o príncipe não entender tudo isso. Percebi que ele mudara de cor; sabia, porém, dominar suas emoções. Logo fez de conta que não se importava com essas palavras, nem sequer entendera seu verdadeiro sentido, e limitou-se, naturalmente, a gracejar por sua vez.

— Guarde-me Deus de lhe reclamar desculpas! — declarou, rindo. — Não era isso que eu queria, e não é meu hábito exigir que uma mulher se desculpe. Ainda na ocasião de nosso primeiro encontro, avisei-a em parte sobre minha índole, portanto a senhorita não se zangará provavelmente comigo por causa de uma objeção minha, ainda mais que ela diz respeito a todas as mulheres em geral. É provável que o senhor também concorde com tal objeção — prosseguiu, dirigindo-se amavelmente a mim. — Pelo que percebi, o caráter feminino tem um traço peculiar: se, por exemplo, uma mulher for culpada de alguma coisa, antes ela consentirá em redimir mais tarde, posteriormente, sua culpa com mil afagos, que a reconhecerá no mesmo momento, ante a mais cabal prova de seu deslize, e pedirá perdão. Assim sendo, se supusermos que a senhorita me tenha ofendido, não vou querer que se desculpe agora, no momento presente: para mim, seria mais proveitoso que se desculpasse mais tarde, quando se conscientizasse de sua falta para comigo e desejasse apagá-la... com mil afagos. A senhorita é tão bondosa, tão cândida, tão fresquinha, tão aberta que o momento em que se arrependerá, prevejo eu, será delicioso. É melhor que me diga agora, em vez de pedir desculpas, se não posso hoje mesmo provar-lhe, de algum modo, que a trato bem mais sincera e honestamente do que a senhorita vem imaginando?

Natacha ficou vermelha. Eu também achei que o príncipe dera sua resposta num tom demasiadamente frívolo, se não displicente, que se ouvia nela uma piada obscena.

— O senhor quer provar que me trata com lisura e probidade? — perguntou Natacha, fitando-o com ares de desafio.

— Sim.

— Cumpra, então, um pedido meu.

— Dou-lhe de antemão minha palavra.

— É o seguinte: não apoquente Aliocha com uma só palavra, com uma só alusão a mim, nem hoje nem amanhã. Nenhuma censura por me haver esquecido, nenhuma lição de moral. O que eu quero é encontrá-lo como se nada tivesse acontecido entre nós dois, para que essa ideia nem sequer lhe ocorra. Preciso disso. O senhor me dá, pois, sua palavra?

— Com o maior prazer — respondeu o príncipe. — E permita-me acrescentar, do fundo de minha alma, que foram raras as pessoas em quem já aventei uma percepção tão sensata e lúcida dessas coisas... Mas parece que Aliocha está chegando.

De fato, um barulho se ouvira na antessala. Natacha estremeceu, como que se preparando para o que desse e viesse. O príncipe estava sentado, com expressão séria, à espera do que sucederia; olhava atentamente para Natacha. E eis que a porta se abriu e Aliocha entrou voando no quarto.

Capítulo II

Entrou literalmente voando, de cara radiante, todo alegre e jovial. Era óbvio que passara esses quatro dias cheio de felicidade. Sua vontade de nos comunicar alguma notícia parecia escrita em seu semblante.

— Cheguei! — declarou de maneira que todos os presentes ouvissem. — Aquele que devia ter chegado antes de todo mundo. Mas agora vão saber tudo, tudo, tudo! Nem nos dissemos agorinha duas palavras, papai, mas eu tinha muita coisa a contar para você. É tão somente em seus bons momentos que ele me permite tratá-lo por *você* — interrompeu-se para se dirigir a mim. — Juro por Deus que proíbe isso noutras ocasiões! E que tática é que está usando então: passa, ele mesmo, a tratar-me por *senhor*. Mas, a partir deste dia, eu quero que ele sempre tenha seus bons momentos e farei que os tenha de fato! Mudei, em geral, nesses quatro dias, mudei por inteiro, mudei totalmente, mas totalmente, e vou contar tudinho para vocês. Mas isso está por vir. E agora o principal é que aí está ela! Aí está ela de novo! Natacha, minha querida, salve, meu anjinho! — dizia, sentando-se ao lado dela e beijando-lhe avidamente a mão. — Senti tanto a tua falta, nesses dias todos! Mas, queiras ou não, não pude vir! Não dei conta! Oh, minha amada! Parece que emagreceste um pouco, ficaste tão palidazinha...

Extasiado, Aliocha cobria as mãos dela de beijos, mirava-a, sôfrego, com seus belos olhos, como se não conseguisse fartar-se de vê-la. Olhei para Natacha e, pela expressão de seu rosto, adivinhei que nós dois tínhamos o mesmo pensamento: ele estava bem inocente. Aliás, quando e como aquele *inocente* poderia assumir qualquer culpa que fosse? Um vivo rubor espalhou-se de supetão pelas faces pálidas de Natacha, como se todo o sangue concentrado em seu coração tivesse afluído repentinamente à sua cabeça. Seus olhos fulgiram e, orgulhosa, ela encarou o príncipe.

— Mas onde foi... que estiveste... por tantos dias? — perguntou ela com uma voz comedida e entrecortada. Sua respiração estava irregular e arfante. Meu Deus, como ela o amava!

— É que parece mesmo que sou culpado para contigo, e não apenas *parece*! É claro que sou culpado, bem sei disso, e vim justamente porque sei disso. Kátia me disse ontem e hoje que uma mulher não podia perdoar tamanho descaso (pois ela sabe de tudo o que aconteceu aqui conosco na terça-feira; contei tudinho para ela, logo no dia seguinte). Fiquei discutindo com ela, tentei dissuadi-la, disse que essa mulher se chamava *Natacha* e que talvez houvesse, no mundo inteiro, tão só uma mulher igual a ela, a própria Kátia, e vim para cá ciente, bem entendido, de ter levado a melhor nessa discussão. Seria um anjo como tu capaz de não perdoar? "Ele não veio, então houve, sem dúvida, algum empecilho, mas não foi porque não me ama mais" — eis como vai pensar esta minha Natacha! E como não te amaria mais? Seria isso possível? Todo o meu coração ficou dolorido por tua causa. Ainda assim, sou culpado! Mas, quando souberes de tudo, serás a primeira a dar-me razão! Agora vou contar tudo, preciso aliviar minha alma na frente de vocês todos; foi por isso que vim. Já queria, hoje mesmo (tinha meio minutinho livre), voar para cá, só para te beijar voando, mas não deu certo: Kátia exigiu que fosse de imediato à casa dela, por um motivo importantíssimo. Fora antes ainda, papai, que eu estava subindo à carruagem e que você me viu; fora da outra vez, quando ia ver Kátia ao receber seu outro bilhete. É que agora os mensageiros estão correndo o dia todo, com bilhetes na mão, da nossa casa à dela e logo de volta. Quanto ao seu bilhete, Ivan Petróvitch, só tive tempo para lê-lo ontem à noite, e o senhor está coberto de razão em tudo quanto escreveu lá. Mas foi uma impossibilidade física, fazer o quê? Pensei assim mesmo: amanhã à noite vou justificar tudo, pois esta noite já não tenho como deixar de te ver, Natacha.

— De que bilhete é que estás falando? — inquiriu Natacha.

— Ele foi à minha casa, mas não me encontrou lá, bem entendido, e muito me censurou na carta, que deixou para mim, por eu não te visitar mais. E ele tem toda a razão. Isso foi ontem.

Natacha olhou para mim.

— Mas, se você teve bastante tempo para ficar, da manhã até a noite, na casa de Katerina Fiódorovna... — começou o príncipe.

— Já sei, já sei o que me dirá — interrompeu Aliocha. — "Se pôde ficar com Kátia, então deveria ter o dobro dc motivos para vir aqui." Concordo plenamente com você e até vou acrescentar por mim mesmo: não é o dobro, mas um milhão de vezes mais motivos para vir! Só que, primeiro, há nesta vida acontecimentos estranhos e inesperados que tudo transtornam e põem de cabeça para baixo. Tais acontecimentos se deram também comigo. Estou dizendo, pois, que nesses dias mudei por inteiro, até a ponta das unhas; houve, portanto, circunstâncias bem importantes!

— Ah, meu Deus, mas o que foi que se deu contigo? Não demores, faz favor! — exclamou Natacha, sorrindo àquela afobação de Aliocha.

Ele estava, de fato, meio ridículo: apressava-se tanto que as palavras lhe escapavam rápidas e amiudadas, sem nexo algum, tais e quais os estalos de uma matraca. Ele não queria nada senão falar e contar, contar e falar. Todavia, não largava, contando, a mão de Natacha: levava-a volta e meia aos lábios, como se não lhe bastasse tê-la beijado inúmeras vezes.

— O que se deu comigo, eis a questão — prosseguiu Aliocha. — Ah, meus amigos! O que vi, o que fiz, que pessoas é que conheci! Em primeiro lugar, Kátia: mas que perfeição é aquela moça! Não a conhecia nem um pouco até agora! Pois então, na terça-feira, quando eu te falava sobre ela, Natacha — lembras com que arroubo falava? —, não sabia ainda quase nada a respeito de Kátia. Ela mesma se escondia de mim até o momento mais recente. Só que agora nos conhecemos de verdade. Agora nos tratamos por *tu*. Mas começarei abinício: primeiro, Natacha, se pudesses apenas ouvir o que ela me disse sobre ti, quando logo no dia seguinte, na quarta-feira, eu lhe contei o que tinha acontecido aqui conosco... A propósito: lembro como me mostrei bobo na tua frente, quando vim para cá naquela manhã, na quarta-feira! Tu me recebes arrebatada, estás toda compenetrada dessa nova situação nossa, queres falar comigo disso tudo; estás triste e, ao mesmo tempo, brincas e ris comigo, e eu... eu banco um sujeito tão imponente assim! Oh, bobalhão! Imbecil! Juro por Deus que me apetecia fazer uma pose daquelas, gabar-me um tanto de que me tornaria em breve teu marido, um homem respeitável, e achei com quem me gabar — contigo mesma! Ah, como devias zombar de mim naquele momento e como eu merecia essas tuas zombarias!

O príncipe se mantinha calado, olhando para Aliocha com um sorriso triunfalmente jocoso. Parecia todo contente de seu filho se revelar sob um aspecto tão leviano e até mesmo cômico. Passei toda aquela noite a observá-lo com atenção e fiquei completamente persuadido de que ele nem por sombra amava seu filho, por mais que se falasse de seu amor paterno, supostamente caloroso em demasia.

— Logo daqui fui à casa de Kátia — Aliocha se apressava a levar seu relato adiante. — Como já disse, foi só naquela manhã que nos conhecemos de verdade, e isso aconteceu de forma algo estranha... nem sequer me lembro mais... Algumas palavras ardentes, algumas sensações, alguns pensamentos ditos às claras, e... unimo-nos para sempre. Tu deves conhecê-la, Natacha, deves mesmo! Como ela me contou sobre ti, como te explanou para mim! Como me explicou que tesouro tu eras! Esclareceu, aos poucos, todas as suas ideias e sua visão de vida; é uma moça tão séria, tão exaltada! Falava sobre o nosso dever, a nossa destinação, dizia que nos cumpria a todos servir à humanidade, e, como nos havíamos entendido até o fim, apenas em cinco ou seis horas de conversa, terminamos por jurar um ao outro que sempre seríamos amigos e que, durante toda a nossa vida, atuaríamos juntos.

— Atuariam em que área? — perguntou o príncipe, atônito.

— Mudei tanto, pai, que tudo isso há de deixá-lo, sem dúvida, surpreso. Até pressinto de antemão todas as suas réplicas — respondeu Aliocha, num tom solene. — Vocês todos são pessoas práticas, têm tantas regras consagradas, sérias e rigorosas; porém veem tudo o que for novo, tudo o que for jovem, o fresco, com desconfiança, com inimizade, com desdém. Só que agora não sou mais o mesmo homem que você conhecia alguns dias atrás. Sou diferente! Encaro atrevidamente a tudo e a todos neste mundo. Se souber que minha convicção é justa, insisto nela até o derradeiro extremo; se não me desviar do meu caminho, então sou um homem honesto. Para mim basta. Digam, depois disso, o que disserem, mas estou seguro de mim.

— Oh-oh! — disse o príncipe, desdenhoso.

Natacha olhou para nós com inquietação. Temia por Aliocha, que amiúde se empolgava, de modo bem improfícuo para si mesmo, com suas conversas. Ciente disso, ela não queria que Aliocha se mostrasse ridículo a nós todos e, sobretudo, ao seu pai.

— O que é isso, Aliocha? Estás simplesmente filosofando — disse ela. — Alguém te ensinou, por certo... seria melhor que continuasses a contar.

— Pois estou contando! — exclamou Aliocha. — Vejam só: Kátia tem dois contraparentes, dois primos distantes, chamados Lióvenka[1] e Bórenka;[2] um deles é estudante, e o outro, apenas um jovem ali. Ela mantém

[1] Forma diminutiva e carinhosa do nome russo Lev.
[2] Forma diminutiva e carinhosa do nome russo Boris.

amizade com ambos, e eles são gente extraordinária! Quase não vêm à casa da condessa, por princípio. Quando falávamos, eu e Kátia, sobre a destinação do homem, sobre a sua vocação e sobre aquilo tudo, ela me recomendou os dois e logo me entregou um bilhete para eles; então fui correndo conhecê-los. Na mesma noite, entendemo-nos até o fim. Havia lá umas doze pessoas de vários tipos: estudantes, oficiais, pintores; houve também um escritor... Eles todos o conhecem, Ivan Petróvitch, ou seja, leram suas obras e esperam que o senhor faça muita coisa no futuro. Foi o que eles mesmos me disseram. Contei que conhecia o senhor e prometi apresentá-lo a eles. Todos me acolheram fraternamente, de braços abertos. Disse-lhes de imediato que me tornaria em breve um homem casado; eles me aceitaram, pois, como um homem casado. Moram no quinto andar, embaixo do telhado; fazem reuniões com a maior frequência possível, mas principalmente às quartas-feiras, na casa de Lióvenka e Bórenka. São jovens bem frescos, todos amando de paixão toda a humanidade; ficamos ali falando sobre o nosso presente, o nosso futuro, as ciências, as letras, e a conversa foi tão boa, tão franca e simples... Um ginasiano também vai àquela casa. Como eles tratam um ao outro, como são nobres! Até agora não vi tais homens! Onde foi que estive até agora? O que foi que vi? Como fui criado? Foste só tu, Natacha, que me falaste de semelhantes coisas. Ah, Natacha, precisas conhecê-los sem falta; Kátia já os conhece. Aquelas pessoas falam dela quase com veneração, e Kátia já disse a Lióvenka e Bórenka que, quando tivesse o direito de receber sua herança, logo doaria um milhão para o bem da sociedade.

— E quem vai administrar esse milhão são, com certeza, Lióvenka, Bórenka e toda a turminha deles? — perguntou o príncipe.

— Não é verdade, não! É uma vergonha, pai, falar desse jeito! — exclamou Aliocha, com entusiasmo. — Estou vislumbrando sua ideia! Pois houve, de fato, uma conversa sobre esse milhão, e a gente passou muito tempo decidindo como o empregaria. Decidimos por fim que financiaríamos, antes de tudo, a instrução pública...

— Não, realmente não conhecia até hoje Katerina Fiódorovna — comentou o príncipe como quem falasse sozinho, com o mesmo sorriso jocoso. — Aliás, esperava muita coisa dela, mas isso...

— Isso, o quê? — interrompeu Aliocha. — O que acha tão estranho assim? É porque isso contraria um pouco aquela ordem de vocês? É porque ninguém doou um milhão até hoje, mas ela vai doar? É isso, não é? E daí, se ela não quer viver por conta dos outros? Pois viver desses milhões todos significa viver por conta dos outros (só agora é que fiquei sabendo disso). Ela quer ser útil à nossa pátria e a todos, quer contribuir para o bem geral com seu dízimo. Lemos sobre o dízimo ainda na cartilha, mas, logo que esse dízimo foi cheirando a um milhão, virou algo errado, não é? Em que se arrima todo aquele bom senso louvado a que me fiava tanto? Por que olha assim para mim, pai? Como se visse na sua frente um bobo da corte, um palerma! E daí, se sou um palerma? Se tu ouvisses, Natacha, o que Kátia disse a respeito: "O principal não é a inteligência, mas o que a direciona: o caráter, o coração, as nobres qualidades, o desenvolvimento". Mas o principal mesmo é que existe uma expressão genial de Bezmýguin sobre este assunto.

Bezmýguin é um conhecido de Lióvenka e Bórenka e, entre nós seja dito, um crânio, uma cabeça deveras genial! Foi apenas ontem que ele disse, no meio de uma conversa: um tolo que se reconhece tolo não é mais tolo! Quanta verdade! E tais máximas lhe escapam a cada minuto. Ele prodigaliza verdades.

— É deveras genial! — confirmou o príncipe.

— Você não para de rir! Mas nunca ouvi você me dizer nada disso; tampouco ouvi toda a sua sociedade me dizer algo parecido. No meio de vocês, ao contrário, tudo isso se esconde de uma forma ou de outra, para todo mundo se curvar o mais baixo que puder, para todas as estaturas, todos os narizes corresponderem sem falta àquelas suas medidas, àquelas regras que vocês têm, como se fosse possível mesmo! Como se não fosse mil vezes mais impossível que o que nós cá dizemos e pensamos. E ainda nos chamam de utopistas! Se somente você ouvisse como eles falavam comigo ontem...

— Mas o que é, em que é que vocês falam e pensam aí? Conta, Aliocha, que até agora não consigo entender — disse Natacha.

— De modo geral, em tudo quanto levar ao progresso, ao humanismo, ao amor; tudo isso se refere às questões hodiernas. Falamos sobre a liberdade de expressão, as reformas que estão começando, o amor pela humanidade, os pensadores contemporâneos; lemos as obras deles, analisamos. Mas o principal é que prometemos um ao outro ser absolutamente sinceros em nosso círculo e falar um com o outro abertamente de nós mesmos, sem sombra de timidez. Só com a sinceridade, só com a retidão é que podemos alcançar nossa meta. Quem se esmera em especial nisso é Bezmýguin. Contei disso para a Kátia, e ela compartilha as opiniões de Bezmýguin no total. E foi por isso que, orientados por Bezmýguin, nós todos prometemos a nós mesmos agir com retidão e honestidade ao longo de toda a nossa vida e — dissessem o que dissessem sobre nós, julgassem como julgassem a nosso respeito — não nos intimidar com nada, não nos envergonhar com nossa exaltação, com nossas tendências nem nossos erros, e sempre ir para a frente. Se quiseres que te respeitem, primeira e principalmente respeita a ti mesmo; só assim, só com respeito a ti mesmo é que obrigarás os outros a respeitarem-te. É isso que diz Bezmýguin, e Kátia concorda plenamente com ele. Agora estamos ajustando, em geral, essas convicções em nosso meio e já resolvemos que cada um ia estudar a si próprio como tal, e que íamos falar, todos juntos, um ao outro um do outro...

— Que besteira é essa? — exclamou o príncipe, alarmado. — E quem é esse Bezmýguin? Não se pode deixar isso como está, não...

— O que é que não se pode deixar? — retrucou Aliocha. — Escute, pai: por que estou dizendo tudo isso a você, diante de você? Porque quero e espero introduzi-lo também em nosso círculo. Já garanti, inclusive, a sua adesão. Está rindo... pois eu já sabia que ia rir. Mas escute! Você é bondoso, é nobre; você vai entender. É que não conhece aquelas pessoas, ainda não as viu nunca nem as ouviu falarem. Suponhamos que já tenha ouvido contarem disso tudo, que o tenha estudado, porquanto é tão sabido; porém não as viu, aquelas pessoas, não foi à casa delas, então como é que pode julgá-las de forma justa? Apenas imagina que as conheça. Não, vá à casa delas, escute-as e aí... aí dou a minha palavra de honra:

será um dos nossos! E, o principal, quero usar de todos os meios para salvar você da perdição nessa sua sociedade, à qual se grudou tanto, e dessas suas convicções.

O príncipe ouviu essa arenga calado, com um desdém peçonhentíssimo; a maldade se estampava no rosto dele. Natacha espiava-o cheia de asco indisfarçável. Ele percebia isso, mas fingia não perceber. Entretanto, assim que Aliocha terminou, o príncipe se pôs de repente a gargalhar. Até se encostou no espaldar de sua cadeira, como se não tivesse mais forças para se conter. Seu riso era, porém, decididamente falso. Estava claro demais que ele ria tão só para magoar e humilhar seu filho o mais que pudesse. Aliocha se abalou de fato: todo o seu rosto manifestou uma profunda tristeza. Contudo, esperou pacientemente até que a hilaridade de seu pai cessasse.

— Pai — respondeu, triste —, por que é que se ri de mim? Vim falar com você direta e francamente. Se, conforme sua opinião, digo besteiras, então me ensine, mas não se ria de mim. Aliás, tem algum motivo para rir? Seria aquilo que agora é sagrado e nobre para mim? Pois bem, que me engane, que tudo isso seja incorreto, errôneo, que eu mesmo seja bobinho, como você já me chamou algumas vezes; mas, se é que me engano, continuo franco, honesto; não perdi a minha nobreza. Fico admirado com altas ideias. Que sejam errôneas, mas seu princípio é sagrado. Já lhe disse que nem você nem todos os seus ainda me disseram nada que fosse igual àquilo, nada que me direcionasse, que me levasse consigo. Desminta aquelas pessoas, diga-me algo que seja melhor que as falas delas, e vou seguindo você, mas não se ria de mim, pois isso me magoa muito.

Aliocha pronunciou isso de modo perfeitamente nobre, com uma dignidade algo severa. Natacha olhava para ele compadecida. O príncipe escutou seu filho com certo pasmo e logo mudou de tom.

— Não tinha a mínima intenção de magoar você, meu querido — disse ele —; pelo contrário, sinto pena de você. Prepara-se para dar um passo tão importante na vida que está na hora de deixar de ser esse garoto leviano que ainda é. Minha ideia é esta. Fiquei rindo sem querer, não buscava ofendê-lo de modo algum.

— Então por que tive essa impressão? — continuou Aliocha, com uma sensação amarga. — Por que tenho, há tempos, a impressão de que você olha para mim com inimizade, com um frio escárnio, não como um pai olha para seu filho? Por que me parece que, se eu estivesse em seu lugar, não me riria tão ofensivamente de meu filho como você se riu agorinha de mim? Escute: expliquemo-nos francamente, agora mesmo e para sempre, de sorte que não haja mais nenhum mal-entendido entre nós dois. E... quero dizer a verdade toda: quando entrei aqui, achei que um mal-entendido tivesse acontecido aqui também; não era bem desse jeito que esperava encontrar vocês todos, reunidos. É ou não é assim? Se for assim, não será melhor cada um expressar seus sentimentos? Quanto mal é que se pode expugnar com essa franqueza!

— Fale, Aliocha, fale! — disse o príncipe. — O que nos propõe é muito inteligente. Devia, quem sabe, ter começado por isso — acrescentou, olhando para Natacha.

— Então não se zangue com a minha plena sinceridade — começou Aliocha —: é você quem a quer, quem a suscita. Escute. Você anuiu ao meu casamento com Natacha; deu-nos essa felicidade e, para tanto, venceu a si mesmo. Tem sido magnânimo, e nós todos apreciamos sua nobre ação. Mas por que é que agora você não para de aludir, com uma espécie de alegria, que eu seja ainda um garoto ridículo e que não sirva para ser marido? E, como se isso não lhe bastasse, aparenta querer escarnecer-me, humilhar-me, até me denegrir aos olhos de Natacha. Sempre está todo contente de poder exibir, de qualquer maneira que seja, meu lado risível; não foi agora que reparei nisso, mas há muito tempo. Parece esforçar-se para nos provar, com alguma finalidade esconsa, que nosso matrimônio é ridículo e absurdo, que não somos um casal. Palavra de honra, é como se você mesmo não acreditasse naquilo que tem predestinado para nós, como se visse naquilo tudo uma brincadeira, uma invenção divertida, um *vaudeville* engraçado... Não deduzo isso apenas das suas falas de hoje, não. Naquela mesma noite, na terça-feira, quando acabava de voltar daqui para a sua casa, ouvi você me dizer algumas frases estranhas, que me deixaram perplexo e até me entristeceram. E na quarta-feira, indo viajar, você também fez umas alusões à nossa situação presente, falou também dela — não foi de modo ofensivo, não, pelo contrário! — mas tampouco como eu gostaria de ouvi-lo falar, com excessiva leveza, sabe, sem amor nem o devido respeito por ela... É difícil contar sobre essas coisas, mas o tom está claro: o coração ouve. Diga-me, pois, que estou enganado. Dissuada-me, reanime-me e... e a ela também, porque também a deixou triste. Adivinhei isso à primeira vista, tão logo entrei aqui...

Aliocha se expressou com ardor e firmeza. Natacha escutou-o de modo algo solene, toda emocionada, de rosto em chamas, dizendo umas duas vezes consigo, ao longo de seu discurso: "Sim, sim, é isso mesmo!". O príncipe ficou confuso.

— Meu querido — respondeu ele —, decerto não posso relembrar tudo quanto lhe disse, mas é muito estranho você levar minhas palavras para esse lado. Estou pronto a dissuadi-lo de todas as maneiras possíveis. Se é que fiquei rindo agora, dá para entender isso. Digo-lhe que até queria disfarçar, com este meu riso, um sentimento penoso. Quando imagino agora que você se dispõe a contrair matrimônio dentro em pouco, isso me parece completamente irreal, absurdo e, desculpe-me, até ridículo. Você me censura por este riso, mas eu lhe digo que rio por sua causa. Reconheço também a minha culpa: talvez lhe tenha dado pouca atenção, nesses últimos tempos, e portanto só hoje, esta noite, fico sabendo de que você pode ser capaz. Hoje sinto medo ao pensar em seu futuro com Natália Nikoláievna; minha decisão foi precipitada, bem vejo que vocês diferem muito um do outro. Todo amor passa, mas a diferença fica para sempre. Nem sequer falo de seu destino, mas pense aí, se suas intenções forem honestas: você não destrói apenas a si mesmo, mas Natália Nikoláievna também, destrói decididamente a vocês dois! Passou agorinha uma hora inteira a falar do amor pela humanidade, da nobreza das convicções, daquelas pessoas sublimes que tinha conhecido; mas pergunte a Ivan Petróvitch pelo que eu lhe disse há pouco, quando nós dois acabávamos de subir ao quarto andar por essa nojenta escada daqui e estávamos junto às portas, agradecendo a Deus pela salvação de nossas vidas e nossos pés! Sabe que pensamento involuntário veio de pronto à minha cabeça? Fiquei pasmado de você ter podido tolerar, com tanto amor por Natália Nikoláievna, que ela morasse num apartamento desses. Como você não pensou que, se não tivesse meios, se não tivesse condições de cumprir seus deveres conjugais, tampouco teria o direito de ser marido, o direito de assumir quaisquer deveres? O amor por si só não basta, o amor se traduz em ações; porém, eis como você raciocina: "Nem que estejas sofrendo comigo, mas vive comigo!" — seria isso humano, seria nobre? Falar do amor universal, empolgar-se com aquelas questões de toda a humanidade e, ao mesmo tempo, cometer crimes contra o amor e nem reparar neles — é incompreensível! Não me interrompa, Natália Nikoláievna, permita-me concluir; estou amargurado demais e preciso desabafar. Você disse, Aliocha, que ficara, nesses dias, arroubado com tudo quanto fosse nobre, belo, honesto, e censurou-me por nossa sociedade não ostentar tais arroubos, mas tão somente um seco senso comum. Veja bem: extasiar-se com o sublime e belo, e, após o que se deu cá na terça-feira, desprezar por quatro dias a moça que deveria, parece, ser mais cara para você que tudo neste mundo! Até confessou ter apostado com Katerina Fiódorovna que Natália Nikoláievna amava tanto você e era tão magnânima que lhe perdoaria esse seu descaso. Mas que direito é que você tem de contar com o perdão dela, se estiver apostando dessa forma? Será que não pensou nenhuma vez naqueles pensamentos tristes, naquelas dúvidas e suspeitas que ocasionara, nesses dias, a Natália Nikoláievna? Será que, ao empolgar-se com essas novas ideias aí, você teve o direito de negligenciar a primeira dentre as suas obrigações? Desculpe-me, Natália Nikoláievna, por descumprir a minha promessa. Mas este assunto de hoje é mais grave que aquela promessa minha: a senhorita vai entender isso... Encontrei Natália Nikoláievna em meio a tantos sofrimentos que logo compreendi em que inferno você tinha transformado para ela esses quatro dias, os quais deveriam ter sido, bem ao contrário, os melhores dias de sua vida. Será que sabe disso, Aliocha? Tais feitos, de um lado, e só ditos, ditos, ditos, de outro lado... será que não tenho razão? E você pode, depois disso, acusar a mim, você que tem culpa de sobra?

O príncipe concluiu. Até se deixara levar pela eloquência e não conseguia esconder de nós seu júbilo. Quando Aliocha o ouviu mencionar os sofrimentos de Natacha, olhou para ela com dolorosa aflição; todavia, Natacha já se decidira.

— Chega, Aliocha, não te aflijas — disse ela —: há quem seja mais culpado que tu. Senta-te e escuta o que direi agora ao teu pai. Está na hora de terminar!

— Explique-se, Natália Nikoláievna — aprovou o príncipe —, peço-lhe encarecidamente! Já faz duas horas que estou ouvindo esses enigmas. Isso se torna insuportável, e confesso que não era essa a recepção pela qual esperava.

— Pode ser, porquanto o senhor pretendia encantar-nos com suas palavras, de sorte que nem percebêssemos suas intenções ocultas. O que lhe explicaria? O senhor mesmo sabe de tudo e tudo entende. Aliocha tem razão. O primeiro dos seus desejos consiste em separar-nos. Após aquela noite, a da terça-feira, o senhor sabia de antemão, quase de cor, tudo o que aconteceria aqui: foi como nos dedos que calculou isso. Como já lhe disse, trata esse noivado que organizou para nós, bem como a mim mesma, sem sombra de seriedade. Está brincando conosco; está ludibriando a gente com um objetivo premeditado. Seu jogo é certeiro. Aliocha tinha razão quando o censurava por ver nisso tudo apenas um *vaudeville*. Em vez de criticar Aliocha, o senhor deveria, ao contrário, rejubilar-se, pois ele, sem saber de nada, realizou tudo quanto o senhor esperava dele ou, quem sabe, até mais que isso.

Fiquei petrificado de espanto. Tinha previsto, aliás, que nessa noite sobreviria alguma catástrofe. Contudo, a sinceridade demasiadamente bruta de Natacha e o próprio tom indisfarçavelmente desdenhoso de suas palavras causaram-me um assombro extremo. Então, pensava eu, ela realmente sabia de alguma coisa e resolveu não demorar mais em romper o noivado. Talvez tivesse esperado pelo príncipe mesmo com impaciência, no intuito de lhe dizer tudo bem na cara. O príncipe ficou um tanto pálido. O semblante de Aliocha exprimia um medo ingênuo e uma espera angustiante.

— Lembre-se do que me acusou agora! — exclamou o príncipe. — E pense, tão só um pouquinho, no que está dizendo... Não compreendo nada.

— Ah! Pois então, o senhor não quer entender com duas palavras — disse Natacha. — Até ele, até Aliocha compreendeu o senhor assim como eu, mas não tínhamos combinado coisa nenhuma, nem sequer nos tínhamos visto! Ele também achou que o senhor nos envolvesse num jogo indecente e ofensivo, só que ele ama seu pai e confia nele como numa divindade. O senhor julgava desnecessário tratá-lo com mais cuidado, com mais astúcia; pressupunha que ele não fosse adivinhar. Mas ele tem um coração sensível, meigo, impressionável, e suas palavras, seu *tom*, conforme ele diz, ficaram nesse seu coração...

— Não entendo nada, nada mesmo! — repetiu o príncipe, dirigindo-se a mim com ares de imenso pasmo, como se me convocasse a testemunhar em seu favor. Estava irritado e cheio de veemência. — A senhorita é suscetível, está perturbada — continuou, voltando-se para Natacha. — Está simplesmente com ciúmes de Katerina Fiódorovna e disposta, portanto, a incriminar todo mundo e a mim em primeiro lugar, e... e permita que eu lhe diga tudo: a impressão que a gente vem a ter do seu caráter é bem esquisita... Não costumo presenciar esse tipo de cenas; não ficaria aqui nem um minuto a mais, depois disso, se os interesses de meu filho não estivessem em jogo... Ainda estou no aguardo; a senhorita se dignará enfim a explicar-se?

— Ora, o senhor insiste, ainda assim, em não querer entender com duas palavras, apesar de saber tudo isso de cor? Faz questão que eu lhe diga tudo às claras?

— Insisto apenas nisso.

— Está bem, escute! — gritou Natacha, cujos olhos faiscavam de ira. — Vou dizer tudo, tudo!

Capítulo III

Ela se levantou e começou a falar de pé, sem mesmo reparar nisso de tão emocionada. Ouvindo-a, o príncipe também se levantou do seu assento. A cena toda se tornava por demais solene.

— Recorde o senhor mesmo o que disse na terça-feira — começou Natacha. — O senhor disse: preciso de dinheiro, de caminhos largos, de significância social — lembra?

— Lembro, sim.

— Pois foi apenas para arranjar aquele dinheiro, para conseguir todos aqueles sucessos que lhe escapavam das mãos, que o senhor veio aqui na terça-feira e inventou o tal de noivado, supondo que sua brincadeira fosse ajudá-lo a apanhar o que lhe escapava.

— Natacha — exclamei eu —, pense no que está dizendo!

— Brincadeira! Cálculo! — repetia o príncipe, parecendo a sua dignidade extremamente ofendida.

Aliocha estava sentado, aniquilado pelo seu pesar, e olhava para nós sem entender quase nada.

— Sim, sim, parem de me interromper, que jurei dizer tudo — prosseguiu Natacha, com irritação. — O senhor lembra bem: Aliocha não lhe obedecia. Durante meio ano, esforçou-se tanto para afastá-lo de mim, mas ele não se rendeu. E, de repente, chegou o momento em que não se podia mais esperar. Se deixasse seu filho escapar, aí tanto a noiva quanto o dinheiro — principalmente o dinheiro, aquele dote de três milhões — passariam por entre os seus dedos. Só lhe restava um meio: fazer que Aliocha se apaixonasse pela moça que o senhor tinha designado como a noiva dele. O senhor pensava: uma vez apaixonado, talvez largue aquela outra...

— Natacha, Natacha! — gritou Aliocha, angustiado. — O que dizes?

— Foi isso que o senhor fez — continuou ela, sem reagir ao grito de Aliocha —, mas aí aconteceu a mesma história de sempre! Tudo já ia entrar nos eixos, mas eu cá atrapalhava de novo! Só uma coisa é que podia reavivar sua esperança: sendo um homem experiente e astuto, o senhor já havia notado, talvez, que Aliocha parecia, de vez em quando, enfastiado com seu antigo afeto. Não poderia desperceber que ele começava a desprezar-me, ficava entediado, não vinha à minha casa por cinco dias seguidos. Quem sabe se não se aborrece mesmo, se não a larga de vez... e de repente, na terça-feira, a ação resoluta de Aliocha deixou o senhor totalmente sem chão. O que tinha a fazer?...

— Licença! — exclamou o príncipe. — Esse fato, pelo contrário...

— Pois eu digo — interrompeu-o Natacha, com insistência — que o senhor se perguntou naquela noite: "O que tenho a fazer agora?" e decidiu permitir que seu filho se casasse comigo, mas não de verdade, apenas assim, *verbalmente*, só para acalmá-lo. A data do casamento, pensava o senhor, poderia ser adiada quantas vezes lhe apetecesse adiá-la; enquanto isso, começaria um novo amor, como o senhor tinha percebido. E foi nesse começo do novo amor que baseou todo o seu plano.

— Romances, romances... — pronunciou o príncipe a meia-voz, como se falasse consigo mesmo. — Recolhimento, devaneio e leitura de muitos romances!

— Sim, era com esse novo amor que o senhor contava — repetiu Natacha, sem ter ouvido as palavras do príncipe nem atentar para elas, toda febricitante de excitação e cada vez mais exaltada. — E quantos ensejos para esse novo amor! É que ele começou quando Aliocha não conhecia ainda toda a perfeição dessa moça! Naquele mesmo momento em que confessou a ela, naquela mesma noite, que não podia amá-la, impossibilitado pelo seu dever e pelo seu outro amor, a moça lhe mostrou inesperadamente tanta nobreza, tanta compaixão por ele e pela sua rival, tanta cordialidade em perdoá-los que Aliocha, embora ciente de sua beleza, só então descobriu algo que nem imaginava antes: como era bela de fato! Veio depois à minha casa e falou tão somente nela; estava maravilhado demais com ela. Sim, logo no dia seguinte deveria sem falta sentir uma irresistível vontade de ver outra vez essa bela criatura, nem que fosse apenas por gratidão. E por que não iria revê-la? Pois aquela antiga já não está mais sofrendo, seu destino está definido, ela tem uma vida inteira pela frente, e cá um minutinho apenas... E como aquela Natacha seria ingrata, se porventura se enciumasse até com esse minutinho! E eis que tomam àquela Natacha, bem de mansinho, um dia inteiro em vez de um só minuto, depois outro dia, depois o terceiro. Enquanto isso, a outra moça revela a Aliocha suas novas facetas inesperadas: é tão nobre, entusiástica e, ao mesmo tempo, é uma criança tão ingênua, e nisso seu caráter se assemelha tanto ao dele. Juram, pois, um ao outro amizade e fraternidade, querem ficar juntos por toda a vida. *Apenas em cinco ou seis horas de conversa*, a alma dele se abre toda às novas sensações, todo o seu coração se entrega... Chegará enfim o momento, pensa o senhor, em que ele comparará seu antigo amor com essas sensações novas e frescas: ali tudo é conhecido, habitual; aquela dali é tão séria, tão exigente; aquela dali está com ciúmes, dá broncas nele; aquela dali chora sem parar e, mesmo que comece a gracejar, a brincar, não o trata, parece, de igual para igual, mas como se fosse um menininho... e, o mais importante, é tudo tão passado, tão conhecido...

Sufocada por um doloroso espasmo, Natacha conteve seu pranto por mais um minuto.

— O que vem depois? Depois vem o tempo: o casamento daquela Natacha não foi marcado para hoje; há muito tempo pela frente, e tudo vai mudar... Aí vêm suas palavras, alusões, interpretações, sua eloquência... Até se pode caluniar um pouco aquela Natacha enjoada; pode-se mostrá-la de um jeito tão desvantajoso e... ninguém sabe como isso tudo terminará, mas a vitória é sua! Aliocha! Não me condenes, meu amado! Não digas que não compreendo teu amor e que faço pouco caso dele. Pois eu sei que mesmo agora tu me amas e que talvez não entendas, neste momento, estas minhas lamúrias. Sei que fiz muito, mas muito mal em dizer agora tudo isso. Mas o que fazer se me dou conta disso tudo e se te amo cada dia mais... assim... loucamente?

Tapando o rosto com as mãos, ela desabou sobre uma poltrona e ficou soluçando como uma criança. Aliocha acorreu aos gritos. Jamais conseguira ver as lágrimas dela sem chorar. O rompante de Natacha parecia ter auxiliado muito o príncipe: todos os seus arroubos ao longo dessa comprida explicação, todas as investidas bruscas contra ele, investidas com as quais lhe caberia melindrar-se apenas por mera conveniência, tudo isso poderia agora ser, evidentemente, atribuído a uma insana crise de ciúmes, a um amor ultrajado, mesmo a uma doença. Até lhe cumpria exprimir sua compaixão...

— Acalme-se, Natália Nikoláievna, console-se — alentava-a o príncipe. — Tudo isso é frenesi, devaneio, recolhimento... A senhorita estava tão irritada com a conduta leviana de meu filho... Mas, da parte dele, isso não passa da mais pura leviandade. O principal fato que a senhorita tem destacado, o episódio da terça-feira, haveria de lhe provar toda a imensidão de seu afeto, mas a senhorita pensou, ao contrário...

— Oh, não fale comigo, não me atormente, pelo menos, agora! — interrompeu Natacha, chorando com desespero. — Meu coração já me disse tudo, há muito tempo! O senhor acha por acaso que não entendo que todo o amor dele já está no passado? Aqui, neste quarto, sozinha... quando ele me abandonava, quando se esquecia de mim... vivi tudo isso... pensei nisso tudo... O que mais tinha a fazer? Não te culpo, Aliocha... Por que é que o senhor me engana? Acha por acaso que não tentei enganar a mim mesma?... Oh, quantas vezes, quantas vezes! Será que não escutei cada som da voz dele? Será que não aprendi a ler em seu rosto, em seus olhos?... Está tudo morto, tudo morto e enterrado... Oh, como estou infeliz!

Ajoelhado na frente dela, Aliocha também chorava.

— Sim, a culpa é minha, sim! É tudo por minha causa!... — repetia em meio aos prantos.

— Não te culpes, Aliocha, não... há outros... inimigos da gente por aqui. A culpa é deles... deles!

— Afinal, dê licença — recomeçou o príncipe com certa impaciência. — Com que fundamento a senhorita me atribui todos esses... delitos? São apenas suas conjeturas, sem prova alguma...

— Provas? — exclamou Natacha, soerguendo-se rapidamente na poltrona. — Quer provas, homem pérfido? O senhor não podia, não podia agir de outra maneira, quando veio aqui com sua proposta! Precisava acalmar seu filho, adormecer os remorsos dele, para que se entregasse todo, livre e tranquilo, a Kátia; sem isso, ele se lembraria volta e meia de mim, não obedeceria ao senhor, e o senhor já estava farto de esperar. E aí, não é verdade?

— Reconheço — respondeu o príncipe, com um sorriso sarcástico — que, se quisesse enganar a senhorita, teria calculado mesmo dessa maneira. A senhorita é muito... esperta, mas deveria provar isso antes de ofender as pessoas com seus sermões...

— Provar? E toda a sua conduta anterior, quando o senhor buscava afastá-lo de mim? Quem ensina ao seu filho a desprezar essas obrigações, a brincar com elas por causa das vantagens mundanas e do dinheiro deprava seu filho! O que o senhor disse há pouco sobre a escada e o apartamento ruim? Mas não foi bem o senhor quem cortou a mesada que antes lhe dava a ele, para forçar a nossa separação com a penúria e a fome? É graças ao senhor que temos este apartamento e aquela escada, e ainda está censurando seu filho por isso, homem de duas caras! E onde foi que arrumou de repente, naquela noite, tanto ardor, tantas convicções novas que antes não lhe eram próprias? E por que precisou tanto de mim? Fiquei andando de lá para cá nesses quatro dias; cismei em tudo, ponderei tudo, cada palavra do senhor, a expressão de seu rosto, e acabei convencida de que tudo isso não passava de uma farsa, uma brincadeira, uma comédia ofensiva, baixa e infame... Eu conheço o senhor, conheço há tempos! Cada vez que Aliocha vinha da sua casa, adivinhava pelo rosto dele tudo quanto o senhor lhe havia dito, inculcado; esquadrinhei todas as suas influências sobre ele! Não, o senhor não me burlará mais! Pode ser que tenha feito outros cálculos também, pode ser — aliás, não foi o mais importante que eu disse agora! — mas tanto faz. O principal é que o senhor me enganava! Era bem isso que eu precisava dizer-lhe assim, na cara!...

— Só isso? São todas as provas? Mas pense bem, mulher frenética: com aquela farsa (como a senhorita chama a proposta que fiz na terça-feira) eu me amarraria demais. Seria leviano demais por minha parte.

— O senhor se amarraria com quê? O que significa, para o senhor, enganar a mim? O que significa ofender uma moça qualquer? Não é uma infeliz que fugiu de casa e foi rejeitada pelo seu pai, não é indefesa, *maculada*, *imoral*? Vale a pena tratá-la com cerimônias, se tal *brincadeira* pode trazer, ao menos, algum proveito, por menor que seja?

— Mas que situação é que impõe a si mesma, Natália Nikoláievna, pense bem! Faz questão de insistir que sofreu uma ofensa da minha parte. Mas essa ofensa teria sido tão grande, tão humilhante que eu não entendo como a senhorita poderia tão só admiti-la nem, menos ainda, insistir nela. É preciso ser por demais habituada a tudo, desculpe-me, para admitir isso com tanta facilidade. Tenho o direito de censurá-la, pois está armando meu filho contra mim; se ele ainda não se rebelou por sua causa, o coração dele está contra mim...

— Não, pai, não! — exclamou Aliocha. — Se não me rebelei contra você, foi por acreditar que não podia ofendê-la. Eu nunca acreditaria que alguém pudesse ofender desse modo!

— Ouviu? — bradou o príncipe.

— Natacha, sou eu culpado de tudo, não acuses meu pai! É um pecado, é um horror!

— Está ouvindo, Vânia? Ele já está contra mim! — exclamou Natacha.

— Basta! — disse o príncipe. — Precisamos terminar essa cena penosa. Esse cego e furioso ímpeto de ciúmes, fora de quaisquer limites, representa o caráter da senhorita sob um aspecto inteiramente novo para mim. Estou avisado. A gente se apressou, realmente se apressou. A senhorita nem sequer percebe como me ofendeu; não é nada para a senhorita. Apressamo-nos... apressamo-nos... é claro que minha palavra há de ser sagrada, porém... sou pai e desejo o bem de meu filho...

— Então renega a sua palavra? — gritou Natacha, fora de si. — Alegrou-se com a oportunidade? Pois fique sabendo que eu mesma, anteontem ainda, aqui, sozinha, decidi libertar Aliocha da sua promessa, e agora confirmo isso na frente de todos. Eu desisto!

— Ou seja, quer ressuscitar nele, quiçá, todas as suas angústias já passadas, a consciência de seu dever, toda aquela "saudade das suas obrigações" (conforme a senhorita se expressou agorinha), para amarrá-lo novamente a si como dantes. Isso condiz com a sua própria tese, por isso é que falo assim. Mas basta mesmo: que o tempo resolva. Aguardarei por um momento mais tranquilo para me explicar com a senhorita. Espero que não rompamos nossas relações em definitivo. Espero também que a senhorita aprenda a valorizar-me mais. Ainda hoje queria comunicar-lhe meu projeto relativo aos seus parentes, pelo qual a senhorita perceberia... mas basta! Ivan Petróvitch! — adicionou, aproximando-se de mim. — Agora mais do que nunca eu ficaria feliz em conhecê-lo de perto, sem dizer que esta minha vontade é de longa data. Espero que o senhor me entenda. Dia desses, irei à sua casa, o senhor me permite?

Saudei-o. Pareceu a mim mesmo que agora não poderia mais esquivar-me desse encontro. Ele me apertou a mão, cumprimentou, silencioso, Natacha e saiu com aquele seu ar de dignidade ofendida.

Capítulo IV

Durante alguns minutos, nenhum de nós três articulou uma só palavra. Natacha estava sentada: pensativa, tristonha e abatida. De súbito, toda a sua energia se esgotara. Ela olhava para a frente sem enxergar nada, como que entorpecida, e segurava a mão de Aliocha. Este terminava de chorar seus pesares, lançando-lhe, vez por outra, olhadas cheias de receosa curiosidade.

Afinal, começou a consolá-la com timidez, implorando que não se zangasse e acusando a si próprio; era óbvio que queria muito justificar seu pai e que isso lhe pesava, sobretudo, no coração; puxou essa conversa várias vezes, mas não ousou expressar-se às claras, temeroso de atiçar novamente a cólera de Natacha. Jurava que seu amor por ela não mudara nem mudaria; legitimava, entusiasmado, seu afeto por Kátia: não parava de repetir que amava Kátia apenas como uma irmã, uma bondosa e carinhosa irmã que não poderia abandonar, sendo isso até mesmo brutal e cruento da parte dele, insistia em assegurar que, tão logo Natacha conhecesse Kátia, elas duas se apegariam tanto uma à outra que nunca mais se separariam e que então não haveria mais equívoco algum. Essa ideia lhe agradava especialmente. O coitado não mentia nem um pouco. Não compreendia as apreensões de Natacha; aliás, nem compreendera bem o que ela acabara de dizer ao seu pai. Compreendia unicamente que eles tinham brigado, e era isso que comprimia, feito uma pedra, seu coração.

— Tu me reprovas por causa de teu pai? — perguntou Natacha.

— Será que me cabe reprovar — respondeu Aliocha, amargurado —, se sou, eu mesmo, a razão disso tudo e o culpado de tudo? Fui eu quem te levou a esse furor, e estavas tomada de furor quando o acusaste a ele, porque querias justificar a mim; sempre me justificas, mas eu não mereço isso. Precisavas achar o culpado, então pensaste que fosse meu pai. Só que ele não tem culpa: juro que não tem, juro! — exclamou Aliocha, reanimando-se. — Foi para isso que ele veio aqui? Foi por isso que esperou?

Mas, vendo que Natacha o fitava com aflição e reproche, logo se intimidou:

— Não vou mais falar, não vou, perdoa-me — disse. — Sou eu a razão de tudo!

— Sim, Aliocha! — prosseguiu ela, com um sentimento penoso. — Agora que ele passou entre nós, destruiu toda a nossa paz pela vida toda. Tu sempre confiaste em mim mais que em todo mundo, mas agora ele verteu no teu coração uma suspeita contra mim, uma desconfiança... e eis que tu me acusas, pois ele me tomou metade do teu coração. Uma *gata* preta correu entre nós.

— Não digas isso, Natacha. Por que dizes "uma gata preta"? — Aliocha se afligiu com essa expressão.

— Foi com aquela falsa bondade, com aquela magnanimidade forjada que ele te atraiu — continuou Natacha — e agora vai colocar-te contra mim cada vez mais.

— Juro que não! — exclamou Aliocha, com uma veemência dobrada. — Ele estava irritado quando disse "apressamo-nos" — tu mesma vais ver que amanhã, ou um dia destes, ele mudará de opinião, e, nem que esteja tão zangado que realmente se oporá ao nosso casamento, eu cá te juro que não lhe obedecerei. Talvez tenha forças para isso... E sabes quem nos ajudará? — voltou a exclamar de chofre, deslumbrado com sua ideia. — Kátia nos ajudará! E tu verás, tu verás que bela criatura é essa! Tu verás se ela quer mesmo ser tua rival e separar nós dois! E como foste injusta agorinha, dizendo que eu era um daqueles homens capazes de parar de amar no dia seguinte ao casamento! Com que amargor ouvi isso! Não sou assim, não... e, se fui tantas vezes à casa de Kátia...

— Chega, Aliocha, vai à casa dela quando quiseres. Não foi disso que falei agorinha. Não entendeste tudo. Sê feliz com quem quiseres. Não posso exigir ao teu coração mais do que ele pode dar para mim...

Entrou Mavra.

— Enfim, eu sirvo o chá ou não sirvo? Faz duas horas que o samovar tá fervendo — que brincadeira, hein? São onze horas já.

Sua pergunta foi brusca e bruta: dava para ver que a criada estava de mau humor e aborrecida com Natacha. O problema era que, ao longo desses dias todos, desde a terça-feira, ela andava tão felicíssima por sua patroa (a quem amava muito) estar para se casar que já havia espalhado essa notícia por todo o prédio, bem como pelo distrito, no empório e junto ao zelador. Gabando-se, contava triunfante que o tal príncipe, um figurão daqueles, além de general e horrivelmente rico, viera em pessoa rogar o consentimento de sua patroa, e que ela mesma, Mavra, ouvira isso com seus próprios ouvidos e... E, de repente, foi tudo por água abaixo. O príncipe se retirara zangado, o chá nem fora servido, e a culpa disso tudo era, naturalmente, de sua patroa. Mavra tinha ouvido que ela tratara o visitante sem muita educação.

— Pois bem... sirva — respondeu Natacha.

— Sirvo também os quitutes ou não?

— Os quitutes também — Natacha ficou confusa.

— A gente mexeu, mexeu! — reclamou Mavra. — Desde ontem tou caindo de cansada. Corri até a Nêvski[3] pra comprar vinho, e agora... — Saiu, batendo com irritação a porta.

Natacha enrubesceu e olhou para mim de modo algo estranho. Enquanto isso, foram servidos o chá e os chamados quitutes; havia lá alguma caça, algum peixe, duas garrafas de ótimo vinho do armazém Yelisséiev. "Para que diabos prepararam isso tudo?" — pensei eu.

— Está vendo, Vânia, como eu sou — disse Natacha, aproximando-se da mesa: embaraçava-se mesmo comigo. — Já pressentia que tudo isso seria hoje como acabou sendo, mas esperava, ainda assim, que não acabasse, talvez, dessa maneira. Viria Aliocha, começaria a pedir desculpas, a gente faria as pazes... todas as minhas suspeitas se revelariam injustas, haveria quem me dissuadisse... e foi por via das dúvidas que preparei essa comida toda. Está bem, pensei, ficaríamos cá sentados, falando de coisas e loisas...

Pobre Natacha! Corou tanto ao dizer isso! Aliocha ficou extasiado.

— Estás vendo, Natacha! — exclamou. — Não acreditavas nem em ti mesma; ainda não acreditavas, há duas horas apenas, em tuas suspeitas! Não, é preciso consertar tudo isso; eu sou o culpado, eu sou a razão de tudo e quem consertará tudo serei eu. Natacha, permite que vá logo atrás de meu pai! Preciso vê-lo; ele está

---

[3] A avenida Nêvski é uma das principais vias públicas da parte histórica de São Petersburgo.

sentido, ofendido; é necessário consolá-lo; vou dizer tudo a ele, tudo mesmo, mas só por mim, só em meu nome; tu não serás envolvida nisso. Então consertarei tudo... Não te zangues comigo por querer tanto ver meu pai e por te deixar sozinha. Não é assim, não: estou com pena dele; meu pai se retratará, vais ver... Amanhã, logo de manhãzinha, estarei aqui e ficarei contigo o dia todo, não irei à casa de Kátia...

Natacha não o detinha, até lhe aconselhou, ela mesma, que fosse atrás do pai. Estava com muito medo de que Aliocha passasse agora, proposital e *forçadamente*, a ficar em sua casa dias inteiros e acabasse enfastiado com ela. Pediu apenas que não dissesse nada em nome dela e tentou sorrir-lhe, quando se despediam um do outro, com a maior alegria possível. Aliocha já ia sair, mas se achegou de improviso a ela, tomou-lhe ambas as mãos e sentou-se ao seu lado. Olhava para Natacha com inexprimível ternura.

— Natacha, minha querida, meu anjo, não te zangues comigo, e nunca mais vamos brigar. E dá-me tua palavra de que sempre confiarás em mim, faça eu o que fizer, e eu vou confiar em ti. Eis o que é, meu anjinho, agora te contarei: um dia estávamos amuados, não lembro mais por que, mas a culpa era minha. Não conversávamos um com o outro. Eu não queria ser o primeiro a pedir desculpas e estava bem triste. Andava pela cidade, vagueava por toda parte, ia ver meus amigos, mas sentia tanto peso no coração, tanto peso... Aí me veio uma ideia: se tu, por exemplo, contraísses alguma doença e dela morresses? E, quando imaginei isso, fiquei de repente tão desesperado como se já te tivesse perdido, de fato e para todo o sempre. Meus pensamentos se tornavam cada vez mais sombrios e sinistros. E eis que cheguei a imaginar, pouco a pouco, que teria ido até o teu túmulo, desabado sem sentidos em cima dele, abraçado aquela pedra e permanecido ali saudoso. Imaginei como teria beijado aquele túmulo, como teria clamado por ti, para que saísses dele por um só minutinho, como teria pedido um milagre a Deus, para que ressuscitasses, apenas por um instante, na minha frente; depois imaginei como teria corrido para te abraçar, como te teria apertado a mim, como te teria beijado, como teria morrido na hora, eu mesmo, daquela felicidade de poder abraçar-te mais uma vez, por um instante, como outrora. E eis que pensei de repente, imaginando isso: vou pedir que Deus te devolva a mim por um só instante, mas a verdade é que viveste comigo seis meses e que tantas vezes brigamos, nesses seis meses, tantos dias passamos sem conversar um com o outro! Estávamos amuados, dia após dia, e não nos importávamos com nossa felicidade, e agora suplico para saíres do túmulo por um só minuto e estou prestes a pagar por esse minuto com toda a minha vida!... Logo que imaginei aquilo tudo, não pude mais segurar-me e fui correndo para casa, vim correndo aqui, e tu já me esperavas, e, quando nos abraçamos após a briga, lembro que te apertei tão forte ao meu peito como se estivesse mesmo para te perder. Natacha, não vamos brigar nunca mais! Isso é sempre tão difícil para mim! Seria possível, meu Deus, apenas pensar que eu possa abandonar-te?

Natacha estava chorando. Eles se abraçaram com força, e Aliocha lhe jurou de novo que jamais a abandonaria. Dito isso, foi depressa à casa do pai. Tinha plena certeza de que tudo consertaria, tudo arranjaria.

— Acabou! Está tudo perdido! — disse Natacha, apertando convulsivamente a minha mão. — Ele me ama e não deixará nunca de me amar; porém, ama Kátia também e vai amá-la, daqui a algum tempo, mais do que a mim. E o príncipe, aquele canalha, ficará de olhos abertos, então...

— Natacha! Eu mesmo creio que o príncipe age à falsa fé, mas...

— Você não crê em tudo o que eu lhe disse a ele! Percebi isso pelo seu rosto. Mas espere para ver se eu estava com a razão ou não. Ora, foi apenas de modo geral que falei, mas só Deus sabe o que ele tem lá em mente! É um homem terrível! Andei aqui pelo quarto, nesses quatro dias, e acabei por adivinhar tudo. Ele precisava justamente aliviar o coração de Aliocha, libertá-lo daquela tristeza que lhe estragava a vida, daquele seu dever de me amar. Inventou esse noivado também para se insinuar entre nós com sua influência e encantar Aliocha com sua nobreza e magnanimidade. É verdade, Vânia, é verdade! A índole de Aliocha é essa mesma. Ele ficaria tranquilo quanto a mim, não se preocuparia mais comigo. Estaria pensando: agora ela já é minha mulher, é minha para sempre... e assim, involuntariamente, daria mais atenção a Kátia. Pelo visto, o príncipe conheceu muito bem essa Kátia e adivinhou que combinaria melhor com Aliocha, que poderia atraí-lo mais do que eu. Oh, Vânia! Agora você é minha única esperança: por algum motivo, o príncipe quer conhecê-lo de perto, aproximar-se de você. Não o repila, meu caro, e tente, pelo amor de Deus, ir o mais rápido possível à casa da condessa. Vá conhecer essa Kátia, olhe direitinho para ela e diga-me quem ela é. Preciso que seus olhos estejam ali. Ninguém me entende como você; entenderá, pois, o que preciso saber. Veja ainda até que ponto eles são amigos, o que se dá entre eles, de que eles falam, mas, o principal, olhe bem para Kátia, para Kátia... Prove-me mais uma vez, meu querido, meu amado Vânia, prove-me mais uma vez sua amizade! Só em você é que deposito agora minhas esperanças, só em você!...

....

Quando voltei para casa, já era quase uma hora da madrugada. Nelly abriu a porta de cara bem sonolenta. Sorriu e olhou para mim com alegria. A coitadinha estava aborrecida consigo mesma por ter adormecido. Queria sem falta esperar pelo meu retorno. Disse que alguém viera perguntar por mim, passara algum tempo em nossa casa e deixara um bilhete em cima da mesa. Quem escrevera aquele bilhete fora Maslobóiev. Pedira que eu fosse à casa dele no dia seguinte, por volta de uma hora da tarde. Apetecia-me indagar a Nelly acerca disso, mas adiei a conversa para a manhã, insistindo que ela fosse logo dormir: a pobrezinha já estava cansada de ter esperado tanto por mim e pegara no sono apenas meia hora antes de minha chegada.

Capítulo V

De manhã, Nelly me contou umas coisas bastante estranhas sobre a visita da noite anterior. Aliás, já era estranho em si Maslobóiev ter tido a veneta de me visitar essa noite: estava ciente de que não me encontraria em casa, porquanto eu mesmo o avisara disso, quando de nossa última entrevista, e recordava-me muito bem de tê-lo avisado. Nelly contou que de início não queria abrir a porta, pois estava com medo: já eram oito horas da noite. Todavia, ele conseguira convencê-la através da porta fechada, assegurando que, se não deixasse logo um bilhete para mim, eu passaria, por alguma razão, muito mal no dia seguinte. Quando ela o deixara entrar, escrevera de pronto aquele bilhete, aproximara-se dela e sentara-se no sofá ao seu lado. "Aí me levantei e não queria falar com ele" — contava-me Nelly. — "Tinha muito medo daquele homem. Ele passou a falar de Búbnova, disse que ela estava agora com raiva, porque não tinha mais a coragem de me pegar, e ficou elogiando você: disse que era seu grande amigo e que o conhecia desde pequeno. Então comecei a falar com ele. Tirou uns doces e pediu para eu também provar; eu não quis; aí me jurou que era um homem bom, que sabia cantar e dançar; pulou fora do sofá e foi dançando. Deu para rir. Depois ele disse que esperaria mais um pouquinho — quem sabe se Vânia não volta logo? — e pediu tanto para eu não ter medo e ficar sentadinha perto dele. Eu me sentei, mas não quis, ainda assim, falar com ele sobre coisa nenhuma. Então ele me disse que conhecia minha mãezinha e meu vovô, e aí... aí comecei a falar. E ele passou muito tempo aqui".

— Mas de que foi que vocês falaram?

— De minha mãezinha... de Búbnova... de meu avô. Ele se demorou umas duas horas.

Pareceu-me que Nelly não queria contar sobre essa conversa. Não lhe perguntei mais nada, esperando que Maslobóiev me esclarecesse tudo. Achei somente que Maslobóiev tivesse vindo intencionalmente, quando eu não estava em casa, para encontrar Nelly sozinha. "Por que estaria precisando disso?" — pensei.

A menina me mostrou três docinhos que Maslobóiev lhe dera. Eram balas com embrulhos verdes e vermelhos, muito ruins e provavelmente compradas numa lojinha de verduras. Mostrando-as para mim, Nelly se pôs a rir.

— Por que não as comeste, hein? — perguntei.

— Não quero — respondeu ela, séria, franzindo as sobrancelhas. — Nem as peguei para mim; foi ele quem as deixou sobre o sofá...

Estava na hora de me despedir de Nelly. Teria de andar muito naquele dia.

— Será que estás enfadada sozinha? — perguntei, antes de sair.

— Estou e não estou. Fico enfadada porque você passa muito tempo fora.

Dizendo isso, olhou para mim com tanto amor! Ao longo de toda aquela manhã, mirava-me com um olhar meigo e parecia tão alegrinha, tão carinhosa, se bem que, ao mesmo tempo, houvesse nela algo pudico, algo tímido, como se a menina temesse deixar-me contrariado, perder meu afeto e... e ser por demais sincera, como se tudo isso lhe causasse vergonha.

— Então por que não ficas enfadada? Pois me disseste que "estavas e não estavas" com enfado — voltei a perguntar com um sorriso involuntário, tão querida e tão preciosa ela se tornava para mim.

— A gente sabe por quê — respondeu a menina, também sorrindo, e sentiu-se de novo envergonhada. Nós conversávamos bem na soleira, junto à porta aberta. Nelly estava em minha frente, abaixando os olhinhos; segurava-me com uma das mãos pelo ombro e, com a outra, beliscava a manga de minha sobrecasaca.

— É um segredo, não é? — perguntei.

— Não... nada... eu... eu comecei a ler seu livro quando você não estava aqui — pronunciou ela a meia-voz, e, erguendo aquele seu olhar terno e penetrante, enrubesceu toda.

— Ah, é? E aí, estás gostando dele? — fiquei embaraçado como qualquer autor louvado às claras... Teria feito Deus sabe que sacrifício para poder beijá-la naquele momento, porém beijá-la seria, Deus sabe por que, impossível.

Por um minuto, Nelly ficou calada.

— Por que, mas por que ele morreu? — perguntou aparentando uma profunda tristeza, olhou de viés para mim e, de chofre, abaixou novamente os olhos.

— Quem morreu?

— Mas aquele moço que estava com tísica... lá no seu livro?

— Era preciso, Nelly, fazer o quê?

— Preciso, que nada — respondeu ela quase a cochichar, mas de modo brusco, entrecortado, como se estivesse para se zangar, fazendo beicinho e fixando, mais obstinada ainda, seus olhos no chão.

Passou-se outro minuto.

— E ela... eles dois também... a moça e o velhinho — sussurrou ela, continuando a beliscar, ainda mais forte, a minha manga. — Eles vão viver juntos, não vão? E não serão pobres?

— Não, Nelly: ela irá embora, para bem longe, e vai casar-se com um fazendeiro, mas o velhinho ficará só — respondi com extrema lástima, deplorando mesmo não poder dizer-lhe nada que fosse um pouco mais consolador.

— Pois é... É isso! Pois é assim! Uh, como são eles!... Agora não quero nem ler mais!

Zangada, ela empurrou minha mão, virou-me depressa as costas, foi em direção à mesa e deteve-se num canto, de rosto para a parede e olhos baixos. Estava toda vermelha e respirava arfante, como quem estivesse cruelmente magoado.

— Chega, Nelly, não fiques zangada! — comecei, aproximando-me dela. — Nada daquilo que escrevi é verdade, foi tudo inventado. Então por que te zangas assim? Hein, minha menina sensível?

— Não estou zangada — disse ela, com timidez, reerguendo seu olhar tão reluzente, tão cheio de amor; em seguida, pegou de súbito minha mão, apertou o rosto ao meu peito e rompeu a chorar.

No mesmo instante, pôs-se a rir também: chorava e ria, tudo junto. Eu sentia, por minha vez, vontade de rir e algo... bem doce. Contudo, a menina não queria de jeito nenhum levantar a cabeça e, quando tentei afastar sua carinha do meu ombro, grudou-se em mim com mais força, rindo cada vez mais.

Enfim essa cena sentimental terminou. Despedimo-nos um do outro: eu estava com pressa. Toda corada, de semblante ainda marcado pela vergonha e olhos brilhantes como duas estrelinhas, Nelly correu atrás de mim até a escadaria e pediu-me que voltasse rápido. Prometi que não demoraria muito e voltaria sem falta na hora do almoço.

Primeiro fui à casa dos velhos. Estavam ambos doentes. Anna Andréievna se sentia muito mal; Nikolai Serguéitch permanecia em seu gabinete. Ouvira-me entrar, mas eu já sabia que, conforme seu hábito, sairia dali, no mínimo, um quarto de hora depois para nos deixar conversar à vontade. Como eu não queria que Anna Andréievna se consternasse demais com meu relato sobre a noite anterior, abrandei-o na medida do possível, conquanto lhe contasse a verdade; para minha surpresa, a velhinha recebeu a notícia da eventual ruptura sem espanto algum, por mais que esta a tivesse entristecido.

— Pois é, meu queridinho, era bem o que pensava — disse ela. — Você foi embora naquele dia, e eu cá fiquei cismando por muito tempo e percebi que isso não aconteceria nunca. Não merecemos a graça de Deus nosso Senhor; além disso, é tão baixo aquele homem que não se pode esperar dele nada de bom. Ele não está brincando, não: cobra da gente dez mil sem direito nenhum... sabe, pois, que não tem direito, mas cobra ainda assim. Toma o último pedaço de nosso pão; a Ikhmeniόvka será vendida. Mas Natáchetchka é justa e inteligente, já que não acreditou neles. Será que sabe, meu queridinho — continuou, abaixando a voz —: meu marido, mas meu marido! Não aceita esse casamento de jeito nenhum. Foi desembuchando: não quero, disse! Pensei, no começo, que era uma daquelas doiduras dele, mas não, falou sério. O que será dela então, da minha menina? Então ele vai amaldiçoá-la de vez. E aquele Aliocha, o que anda fazendo?

Passou muito tempo ainda a interrogar-me, gemendo e reclamando, como de costume, ao ouvir cada resposta. Eu tinha notado, de modo geral, que a velhinha estava, nesses últimos tempos, completamente perdida. Qualquer notícia a deixava abalada. Eram as saudades de Natacha que lhe destruíam o coração e a saúde.

Entrou o velho, de roupão e pantufas; queixava-se de sua febre, mas olhava para a esposa com ternura e, ao longo de todo aquele tempo que passei em sua casa, cuidava dela feito uma babá, mirava-a bem nos olhos, até se intimidava na frente dela. E quanto carinho havia em seus olhares! Estava assustado com a doença de sua mulher; sentia que, se a perdesse também, ficaria privado de tudo em sua vida.

Passei na casa dos velhos cerca de uma hora. Despedindo-se de mim, Nikolai Serguéitch me acompanhou até a antessala e começou a falar sobre Nelly. Pensava seriamente em acolhê-la em sua casa, no lugar da filha. Pediu-me para aconselhar como levaria Anna Andréievna a concordar com isso. Indagou-me sobre Nelly com especial curiosidade, perguntou se eu não conseguira descobrir algo novo a respeito dela. Respondi-lhe às pressas. Contudo, meu relato lhe causou uma forte impressão.

— Ainda falaremos disso — concluiu o velho, resoluto. — Por enquanto... aliás, eu mesmo irei à sua casa, assim que me sentir um pouco melhor. Então vamos decidir.

Ao meio-dia em ponto cheguei à casa de Maslobóiev. A primeira pessoa que deparei ao entrar foi, para minha enorme surpresa, o príncipe em carne e osso. Ele envergava seu casaco na antessala, ao passo que Maslobóiev o ajudava, todo azafamado, estendendo-lhe a bengala. Ele já me dissera, certa vez, que conhecia o príncipe, mas esse encontro deixou-me, não obstante, boquiaberto.

O príncipe pareceu confuso, quando me viu.

— Ah, é o senhor! — exclamou com um entusiasmo algo exagerado. — Imagine só que encontro! Aliás, o senhor Maslobóiev acaba de me contar que o conhece. Estou muito, mas muito, muitíssimo contente de encontrá-lo; queria precisamente ver o senhor e espero que possa visitar sua casa o mais depressa possível. O senhor me permite? Tenho cá um pedido: ajude-me, explique-me a nossa presente situação. Decerto o senhor entende que me refiro àquilo que ocorreu ontem... O senhor tem relações amigáveis por lá, o senhor observou todo o desenrolar daquela história; o senhor tem, pois, certa influência... Lamento profundamente que não possa acompanhá-lo agora mesmo... Negócios! Mas um dia destes ou até, quem sabe, mais cedo, terei o prazer de ir à sua casa. E agora...

Apertou-me a mão com uma força algo demasiada, trocou piscadelas com Maslobóiev e saiu.

— Diga-me, pelo amor de Deus... — comecei a falar, entrando no quarto.

— Não te direi nadinha de nada — interrompeu Maslobóiev, pegando apressadamente o seu boné e dirigindo-se à saída. — Negócios! Eu mesmo vou correndo, mano, estou atrasado!...

— Mas você mesmo escreveu que me esperava ao meio-dia.

— E daí, se escrevi? Escrevi para ti ontem, mas hoje escreveram para mim — e foi de um jeito que minha testa se rachou! — eis como é! Estão esperando por mim. Desculpa, Vânia. A única satisfação que te possa oferecer é que me dês uma surra por te ter incomodado em vão. Bate-me, se isso te satisfizer, mas não demores, por Cristo! Não me segures: negócios... esperam por mim...

— Por que daria uma surra em você? Se tiver uns negócios aí, vá correndo, que todo mundo tem seus imprevistos. Apenas...

— Não, quanto a esse *apenas*, tenho uma coisa a dizer — interrompeu-me ele, saltando até a antessala e pondo às pressas o seu capote (eu também me vesti a par dele). — Tenho um assunto a tratar contigo: um assunto bem importante, que te concerne diretamente e diz respeito aos teus interesses — foi por isso que te chamei. Mas, como não poderia contar sobre isso agora, num só minuto, promete-me, pelo amor de Deus, que virás outra vez hoje, às sete horas em ponto, nem mais cedo nem mais tarde. Estarei em casa.

— Hoje... — respondi hesitante — mas hoje à noite, mano, eu queria ir...

— Vai agora, meu caro, aonde querias ir hoje à noite, mas à noite vem aqui. Nem podes imaginar, Vânia, que coisas te contarei.

— Mas espere aí: o que seria mesmo? Confesso que você atiçou minha curiosidade.

Nesse meio-tempo, saíramos pelo portão da casa e ficáramos na calçada.

— Então vens? — perguntou Maslobóiev, com insistência.

— Já disse que sim.

— Não, dá-me a tua palavra de honra.

— Ora, como você é! Pois bem: palavra de honra.

— Ótimo e nobilíssimo. Aonde vais?

— Ali — respondi, apontando para a direita.

— E eu, acolá — disse ele, apontando para a esquerda. — Até logo, Vânia! Não te esqueças: às sete horas.

"Estranho..." — pensei, seguindo-o com os olhos.

À noite pretendia ir à casa de Natacha. Mas, dando minha palavra de honra a Maslobóiev, decidi visitá-la agora mesmo. Estava seguro de que encontraria Aliocha ao seu lado. Ele estava lá, de fato, e ficou todo feliz quando eu entrei. Parecia muito amável, tratava Natacha bem carinhosamente e até se alegrou com minha visita. Natacha também se esforçava para se mostrar alegre, porém dava logo para ver que estava fingindo. Seu rosto pálido denotava indisposição: ela dormira mal na noite passada. Quanto a Aliocha, tratava-o com redobrada ternura. Se bem que o jovem falasse muito, contasse muito, visivelmente ansioso por diverti-la e fazer um sorriso aparecer em seus lábios que involuntariamente não esboçavam nem sombra de sorriso, buscava, também de maneira óbvia, excluir da nossa conversa Kátia e o pai dele. A tentativa de reconciliação que fizera no dia anterior não teria logrado êxito.

— Sabe o que é? Ele está morrendo de vontade de ir embora — apressou-se a sussurrar Natacha, quando Aliocha saiu por um minutinho, querendo dizer algo a Mavra —, mas não tem coragem. Nem eu mesma tenho a coragem de dizer que vá embora: pode ser que então se demore aqui de propósito... E o que me dá mais medo ainda é que ele se entedie comigo e acabe ficando indiferente! O que faria?

— Meu Deus, em que situação vocês se colocam! E como são desconfiados, como espiam um ao outro! É só você se explicar com ele, e ponto-final. Será por causa dessa sua situação que ele acabará, talvez, realmente entediado.

— Mas então, o que fazer? — exclamou ela, assustada.

— Espere, que vou arranjar tudo para vocês... — A pretexto de pedir que Mavra limpasse uma das minhas galochas, por demais enlameada, fui à cozinha.

— Cuidado, Vânia! — gritou Natacha, atrás de mim.

Tão logo entrei na cozinha, Aliocha se precipitou ao meu encontro, como se estivesse esperando por mim.

— Ivan Petróvitch, meu querido, o que fazer? Aconselhe-me: ainda ontem prometi que iria hoje, nesta exata hora, à casa de Kátia. Não posso faltar à minha promessa! Eu amo Natacha como não sei mais o que, até me jogar no fogo por ela, mas concorde o senhor mesmo que não poderia deixar, assim de repente, de ir lá, não se faz isso...

— Vá, pois, lá...

— Bem... e Natacha? Vou magoá-la, Ivan Petróvitch, faça alguma coisa para me ajudar...

— Eu acho que seria melhor você ir. Bem sabe como Natacha o ama: vai pensar o tempo todo que se entedia com ela e que fica aqui por necessidade. É melhor que pareça mais desenvolto. Vamos, aliás, eu ajudarei você.

— Meu querido Ivan Petróvitch! Como o senhor é bom!

Entramos no quarto.

— Acabei de ver seu pai — disse-lhe um minuto depois.

— Onde? — exclamou Aliocha, com susto.

— Na rua, casualmente. Ele parou comigo, por um minuto, pediu outra vez para estreitar a nossa amizade. Perguntou por você, se eu não sabia por acaso onde você estava agora. Precisava muito vê-lo, dizer-lhe alguma coisa...

— Ah, Aliocha, vai ver teu pai, encontra-te com ele — aprovou Natacha, compreendendo aonde eu levava a conversa.

— Mas... onde é que vou encontrá-lo? Ele está em casa?

— Não; que me lembre, ele disse que estaria na casa da condessa.

— Pois então... — falou Aliocha num tom ingênuo, olhando tristemente para Natacha.

— Ah, Aliocha, mas é isso aí! — disse ela. — Será que queres mesmo romper aquela amizade para me acalmar? É tão infantil. Primeiro, não seria possível e, segundo, tratarias Kátia sem muita nobreza, pura e simplesmente. Vocês são amigos; será que se pode romper relações com essa grosseria toda? E, no fim das contas, tu me deixarás magoada se pensares que estou tão cheia de ciúmes. Vai lá, vai rápido, eu te peço! Teu pai também se acalmará.

— Natacha, tu és um anjo, e eu não mereço nem teu mindinho! — gritou Aliocha, enlevado e arrependido. — Tu és tão bondosa, mas eu... eu... pois fica sabendo! Agora mesmo pedi, lá na cozinha, que Ivan Petróvitch me ajudasse a ir embora daqui. Foi ele quem inventou isso. Mas não me condenes, meu anjo Natacha! Não tenho tanta culpa assim, porque te amo mil vezes mais que a tudo neste mundo... e tive por isso uma nova ideia: confessar tudo para Kátia e contar para ela, de imediato, sobre toda a nossa situação atual e tudo o que se passou ontem à noite. Ela inventará algo para a nossa salvação, ela é leal a nós do fundo de sua alma...

— Vai, então, vai — respondeu Natacha, sorrindo. — E outra coisa, meu amorzinho: eu mesma gostaria muito de conhecer Kátia. Como faríamos isso?

O êxtase de Aliocha não tinha mais limites. Ele se pôs logo a conjeturar como se faria o futuro encontro. A seu ver, seria bem fácil: Kátia daria um jeito. Desenvolvia essa sua ideia com júbilo e ardor. Prometeu que traria a resposta de Kátia no mesmo dia, ao cabo de umas duas horinhas, e passaria, além disso, a tarde inteira com Natacha.

— Virás mesmo? — perguntou Natacha, deixando-o ir embora.

— Será que duvidas? Até breve, Natacha, até breve, minha bem-amada, minha amada eterna! Adeus, Vânia!

Ah, meu Deus, foi sem querer que chamei o senhor de Vânia. Escute, Ivan Petróvitch: eu amo o senhor, então por que não nos tratamos por *tu*? Tratemo-nos por *tu*.

— Está bem.

— Graças a Deus! Isso já me veio à cabeça cem vezes, mas eu não me atrevi até hoje a falar com o senhor. E eis que agora também o trato por *senhor*. É muito difícil dizer *tu*, não é? Parece que foi Tolstoi quem escreveu bem sobre isso: duas pessoas prometeram uma à outra que se tratariam por *tu*, mas não conseguem de jeito nenhum e acabam evitando as frases com pronomes. Ah, Natacha! Vamos reler um dia *A infância* e *A adolescência*:[4] como são bons esses livros!

— Vai logo, vai — Natacha apressava-o às risadas. — Ficaste tagarelando aí, de tão alegre...

— Até breve! Dentro de duas horas estarei aqui!

Beijou-lhe a mão e saiu depressa.

— Está vendo, Vânia, está vendo? — disse Natacha e desandou a chorar.

Passei umas duas horas ao lado dela, consolando-a, e terminei por me convencer plenamente: sem dúvida, Natacha tinha razão em tudo, em todos os seus receios. Eu temia por ela; sentia meu coração doer, angustiado, quando pensava em sua situação atual. Entretanto, o que tinha a fazer?

Aliocha também me parecia estranho: não a amava menos que antes; talvez seu amor se tornasse até mais forte e mais sofrido com seu arrependimento e sua gratidão, mas, ao mesmo tempo, um novo amor poderoso enraizava-se em

---

[4] Obras autobiográficas do grande escritor russo Lev Tolstoi (1828–1910), editadas respectivamente em 1852 e 1854.

seu coração. Não era possível prever como isso terminaria. Eu mesmo estava bastante curioso em ver Kátia. Voltei a prometer a Natacha que iria conhecê-la.

Por fim, ela aparentava até mesmo alegria. Eu lhe contara, nesse meio-tempo, sobre Nelly, Maslobóiev e Búbnova, sobre meu recente encontro com o príncipe na casa de Maslobóiev e sobre o encontro futuro que este havia marcado para as sete da noite. Ela se interessara vivamente por tudo isso. Não lhe falara muito sobre os velhos, ocultando-lhe a visita de Ikhmeniov até que chegasse o momento certo: aquele presumível duelo de Nikolai Serguéitch com o príncipe poderia deixá-la amedrontada. Natacha também achara muito estranho o relacionamento do príncipe com Maslobóiev e sua grande vontade de me conhecer, se bem que isso se explicasse satisfatoriamente com a situação atual...

Por volta das três horas, retornei para casa. E Nelly me recebeu com sua expressão luminosa...

Capítulo VI

Precisamente às sete horas da noite, eu já estava na casa de Maslobóiev. Ele me recebeu esgoelando, de braços escancarados. Entenda-se bem que estava um tanto ébrio. Contudo, o que mais me surpreendeu foram aqueles preparativos extraordinários que ele fizera para me banquetear. Logo se via que naquela casa esperavam por mim.

Um bonitinho samovar de tombac[5] fervia em cima de uma mesinha redonda, coberta de uma toalha bela

---

[5] Espécie de latão: liga de cobre e zinco resistente à ferrugem.

e cara. O talher de chá fulgurava com seus cristais, pratas e porcelanas. Na outra mesa, coberta com uma toalha de outro tipo, mas não menos rica, estavam os pratos com excelentes bombons, geleias de Kiev, pastosas e secas, marmeladas, *pastilás*,[6] gelatinas, geleias francesas, laranjas, maçãs e castanhas de três ou quatro espécies — numa palavra, todo um balcão de frutas. Na terceira mesa, com uma toalha branca como a neve, encontravam-se as mais diversas iguarias: caviar, queijo, patê, linguiças, presunto defumado, peixe e uma fileira de magníficas garrafas de cristal com vodca de marcas variadas, além das deliciosíssimas flores verdes, rubi, marrons e douradas. Havia finalmente uma mesinha posta de lado, também coberta com uma toalha branca, com dois vasos de champanhe. Numa mesa que estava diante do sofá exibiam-se três botelhas cheias de Sauternes,[7] Laffitte[8] e conhaque, todas provenientes do armazém Yelisséiev e caríssimas. Junto à mesinha de chá estava sentada Alexandra Semiônovna, cujos vestido e lencinho eram bastante simples, porém escolhidos com muito requinte e, seja dita a verdade, muito harmoniosos. Ela entendia que essas roupas lhe caíam bem e orgulhava-se, pelo visto, disso; foi de certo modo solene que se soergueu para me cumprimentar. Seu rosto irradiava prazer e jovialidade. Maslobóiev usava belos sapatos de feltro chinês, um caro roupão e uma camisa nova e elegante. As abotoaduras em voga e os botõezinhos de toda laia espalhavam-se pela sua camisa, presos em toda parte

---

[6] Doce tradicional russo, semelhante à maria-mole.
[7] Vinho branco francês.
[8] Vinho tinto francês.

onde se pudesse prendê-los. Seus cabelos estavam penteados, laqueados e divididos por uma raia lateral, também em voga.

Fiquei tão atônito que parei no meio do quarto, olhando, de boca aberta, ora para Maslobóiev ora para Alexandra Semiônovna cuja vaidade beirava a bem-aventurança.

— O que é isso, Maslobóiev? Será que tem hoje um jantar de gala? — exclamei afinal, preocupado.

— Não, o único convidado és tu — respondeu ele, solenemente.

— Mas há tanta comida (apontei para as iguarias) que daria para empanturrar um regimento inteiro.

— E para embebedar! Esqueceste o principal: para embebedar! — acrescentou Maslobóiev.

— E tudo isso é só para mim?

— E para Alexandra Semiônovna. Foi ela que se dignou inventar isso tudo.

— Ah, é? Eu já sabia! — exclamou Alexandra Semiônovna, enrubescendo, mas sem perder um pingo de seus ares de beatitude. — Não se pode mais receber decentemente uma visita: logo a culpa é minha!

— Desde a manhãzinha, podes imaginar, desde a manhãzinha, mal soube que tu virias à noite, afobou-se toda; ficou agoniada...

— Outra mentira! Não foi desde a manhãzinha, mas desde a noite de ontem. Quando você chegou, ontem à noite, disse pra mim que ele vinha ficar a noite toda aqui, com a gente...

— A senhorita não escutou direito...

— Escutei, sim: foi desse jeito. Eu nunca minto. Por que não receberia a visita, hein? Vivemos aqui, vivemos, e ninguém nos visita nunca, mas nós cá temos de tudo. Que a gente boa veja, pois, que também sabemos viver como todo mundo.

— E o mais importante: saiba também essa gente boa que ótima cozinheira e dona de casa você é — adicionou Maslobóiev. — Imagina só, amigão: o que eu mesmo, coitado, estou fazendo aqui no meio? Mandou que pusesse esta camisa holandesa, com botõezinhos de punho ainda por cima, estes sapatos, este roupão chinês; penteou e laqueou, com a própria mão, meus cabelos... depois o *bergamot*:[9] queria que me borrifasse com um perfume aí, uma *crème brûlée*...[10] só que eu não aguentei mais, fiz uma rebelião, mostrei o meu poder marital...

— Não foi nenhum *bergamot*, mas o melhor laquê francês, de um frasquinho colorido de porcelana! — retorquiu Alexandra Semiônovna, toda rubra. — Julgue o senhor mesmo, Ivan Petróvitch: não me leva ao teatro nem me deixa ir dançar, só presenteia com vestidos, e o que têm aqueles vestidos de tão especial? Visto eu um vestido daqueles e ando sozinha pelo quarto. Implorei dia desses, já nos aprontamos quase pra ir ao teatro; mal virei as costas pra colocar um broche, e ele... correndo até esse seu armarinho: engoliu uma, depois a outra, e ficou cheio. Nem saímos de casa. Ninguém, mas ninguém, mas ninguém mesmo vem ver a gente; só de manhã é que passam uns sujeitinhos, a negócios; assim

---

[9] Corruptela da palavra italiana *bergamotto,* que designa, neste contexto, uma essência aromática extraída da planta homônima.

[10] Creme queimado (em francês): como muitos fidalgos russos daquela época, Maslobóiev domina o francês e o alemão, porém usa ambas as línguas de forma macarrônica, parodiando ou deturpando propositalmente o significado de vários termos estrangeiros.

que vêm, ele me bota na rua. Enquanto isso, temos cá samovares e talheres e xícaras boazinhas, temos de tudo, que recebemos de graça. Trazem também a comida pra gente; se compramos alguma coisa, é só o vinho e uns cremezinhos ali, ou então uns petiscos — patê, presunto e esses bombons que compramos pro senhor... Tomara que alguém veja, ao menos, como vivemos! Pensei um ano inteiro: eis que vem uma visita, uma visita de verdade, aí vamos mostrar tudo isso e servir uma mesa boa; então os outros vão elogiar e nós cá vamos gostar. E se passei laquê naquele bobão de lá, ele nem merecia isso: sempre andaria sujo, se pudesse. Veja que roupão ele veste: ganhou de presente, mas será que merece um roupão daqueles? Pra ele, o primeiro negócio é encher a cara. O senhor vai ver que servirá vodca antes do chá.

— Por que não? Esse negócio é bom mesmo: tomemos, Vânia, uma de ouro, mais uma de prata, e depois — sabes, de alma lavada — provaremos de outras bebidas também.

— Pois é, já sabia!

— Não se preocupe, Sáchenka:[11] tomaremos, outrossim, chazinho com conhaquezinho, à sua saúde.

— Sabia já, sabia! — exclamou ela, agitando os braços. — Um chá dos cãs,[12] seis rublos por uma caixinha, foi um negociante quem presenteou anteontem, e ele quer tomar um chá desses com conhaque. Não escute, Ivan Petróvitch, já vou servir uma xícara pro senhor... vai ver, o senhor mesmo, que chá é esse!

---

[11] Forma diminutiva e carinhosa do nome russo Alexandra (Sacha).

[12] Título dos soberanos mongóis empregado, no sentido figurado, para salientar a alta qualidade do chá em questão.

Azafamou-se perto do samovar.

Subentendia-se que eles tinham a intenção de me deter durante a noite toda. Alexandra Semiônovna passara um ano inteiro à espera de um visitante e agora se preparava para aliviar sua alma à minha custa. Nada disso fazia parte dos meus planos.

— Escute, Maslobóiev — disse ao sentar-me —: não vim aqui como uma visita, mas a negócios. Foi você mesmo quem me chamou para comunicar alguma coisa...

— Mas nosso negócio é um negócio, e nossa conversa, de amigo para amigo, é uma conversa.

— Não, minha alma, nem conte com isso. Fico aqui até as oito e meia — e adeus. Tenho outra coisa a fazer, dei a minha palavra de honra...

— Não acho. Tem dó, o que estás fazendo comigo? O que estás fazendo com Alexandra Semiônovna? Olha só para ela: já vai cair dura. Por que foi que ela me laqueou todo? O *bergamot* está em cima de mim, pensa bem!

— Você não para de brincar, Maslobóiev. Vou jurar para Alexandra Semiônovna que na próxima semana, digamos na sexta-feira, estarei cá almoçando com vocês, mas agora, mano, dei a minha palavra ou, melhor dito, preciso apenas ir a um lugar por ali. É melhor você me explicar logo o que queria contar para mim.

— Pois o senhor só fica até as oito e meia? — exclamou Alexandra Semiônovna com uma voz tímida e queixosa, prestes a chorar, enquanto me servia uma xícara de ótimo chá.

— Não se apoquente, Sáchenka, é tudo bobagem — replicou Maslobóiev. — Ele vai ficar, é uma bobagem mesmo. É melhor, Vânia, que tu me digas por onde andas o tempo todo. Que negócios são esses, posso saber? Vais correndo, todo santo dia, não se sabe aonde, não trabalhas...

— O que você tem a ver com isso? Quem sabe, aliás, se não lhe contarei mais tarde? Mas seria melhor que me explicasse enfim por que foi à minha casa ontem à noite, depois de eu lhe dizer — lembra? — que não estaria lá.

— Lembrei só depois, mas ontem tinha esquecido. De fato, queria falar contigo sobre um negócio, porém antes de tudo precisava consolar Alexandra Semiônovna. "Há um sujeito" — disse ela para mim — "que é um camarada seu. Por que não o convida?". E faz quatro dias, mano, que me atazana por tua causa. É claro que, graças ao *bergamot*, quarenta pecados meus serão perdoados lá noutro mundo, mas... por que é que a gente não passa mesmo uma noitinha entre amigos? Foi assim que pensei e recorri a um estratagema — escrevi para ti desse jeito: se não vieres, todos os nossos navios irão afundar.

Pedi-lhe que não tornasse a fazê-lo no futuro, avisando-me de maneira direta. Sua explicação não me deixara, aliás, plenamente satisfeito.

— E por que fugiu de mim hoje? — perguntei.

— Porque estava realmente com pressa, não minto nem um tantinho.

— Não foi por causa do príncipe?

— Está gostando de nosso chá? — questionou Alexandra Semiônovna com uma vozinha melosa.

Tinha esperado, por cinco minutos, que eu elogiasse aquele chá, mas eu nem pensara nisso.

— Excelente, Alexandra Semiônovna, excelente! Nunca tomei um chá desses.

Alexandra Semiônovna ficou radiante de tanta satisfação e acorreu para me servir outra xícara.

— O príncipe! — bradou Maslobóiev. — Aquele príncipe, mano, é tão ladino e tão velhaco que... Eis o que te digo, mano: embora seja velhaco, eu mesmo, não gostaria de estar no lugar dele — por mera castidade, sabes? Mas basta: cale-se a boca! Só isto é que posso dizer a respeito do príncipe.

— E eu vim aqui, como se fosse de propósito, para lhe indagar sobre ele também, entre outras coisas. Mas isso fica para mais tarde. Quero saber por que ontem, na minha ausência, você deu balas a minha Yelena e dançou na frente dela. De que é que pôde falar com ela por uma hora e meia?

— Yelena é uma garotinha, de uns doze ou onze anos de idade, que mora por enquanto na casa de Ivan Petróvitch — explicou Maslobóiev, dirigindo-se de repente a Alexandra Semiônovna. — Olha só, Vânia, olha — continuou, apontando para ela. — Ficou toda vermelha quando ouviu que eu tinha levado balas para uma mocinha desconhecida, corou todinha, estremeceu como se alguém tivesse disparado uma pistola... Vês como seus olhinhos brilham, feito o carvão em brasa? Não adianta negar, Alexandra Semiônovna, não adianta! É muito ciumenta. Se eu não deixasse bem claro que é uma menina de onze anos, arrancaria de pronto meus cachos: nem o *bergamot* me salvaria!

— Não salvará nem agora!

Dito isso, Alexandra Semiônovna saltou, num só pulo, de trás da sua mesinha de chá e, antes de Maslobóiev tapar a cabeça com as mãos, agadanhou um tufo de seus cabelos e puxou-o com bastante força.

— Toma aí, toma! Não venha dizer, na frente da nossa visita, que sou ciumenta, não venha, não venha, não!

Ficou mesmo vermelha e, por mais que risse, causou uma dorzinha a Maslobóiev.

— Conta sobre aquelas vergonhas todas! — acrescentou, dirigindo-se a mim, num tom sério.

— Pois é, Vânia, minha vida é assim! E, por esta razão imbatível, um pouco de vodcazinha! — decidiu Maslobóiev, arrumando os cabelos e indo, quase a correr, pegar a garrafa. Mas Alexandra Semiônovna antecipou-se: correu até a mesa, encheu um cálice, serviu-o para Maslobóiev e acabou por lhe alisar carinhosamente a bochecha.

Orgulhoso, Maslobóiev piscou para mim, estalou a língua e despejou solenemente seu cálice.

— Quanto às balas, não é fácil lembrar — começou, acomodando-se no sofá ao meu lado. — Comprei essas balas anteontem, no estado etílico, numa lojinha de verduras — nem sei para quê. De resto, quem sabe se não foi para apoiar o comércio e a indústria da nossa pátria, não tenho certeza; lembro apenas que ia então por uma rua, bêbado, caí na lama e fiquei arrancando os cabelos e chorando por não prestar mais para nada. É claro que me esqueci dessas balas, e elas permaneceram no meu bolso até a noite de ontem, até eu me sentar em cima quando me sentava no teu sofá. E, no tocante às danças, é outra vez o mesmo estado etílico: ontem estava bêbado o suficiente e, quando estou bêbado e fico contente com meu destino, danço por vezes. Isso é tudo; só que aquela pequena órfã despertou minha compaixão e, além do mais, não queria nem falar comigo, sabes, como se estivesse zangada. Então fui dançando para divertir a menina e dei as balinhas para ela.

— E não queria suborná-la para que lhe contasse alguma coisa? Seja sincero: foi de propósito que deu um pulinho em minha casa, sabendo que eu não estaria lá, para conversar com ela face a face e tirar dela alguma informação, ou não foi? Eu cá sei que passou uma hora e meia com ela, garantiu que conhecia sua mãe finada e fez um bocado de perguntas.

Entrefechando os olhos, Maslobóiev sorriu, malicioso.

— A ideia não seria ruim — disse. — Não, Vânia, não é isso. Ou seja, por que não faria umas perguntas se a ocasião me favorecesse? Mas não é isso. Escuta, meu velho amigo: se bem que eu esteja agora meio embriagado, como de praxe, fica sabendo que com *más intenções* Filipp nunca te enganará, quer dizer, com *más intenções*.

— Tudo bem... e sem más intenções?

— Ufa... sem más intenções tampouco. Mas que o diabo leve aquilo: vamos brindar e falemos de nosso assunto. Ele é simples — prosseguiu Maslobóiev, depois de brindarmos. — Aquela Búbnova não tinha nenhum direito de segurar a menina; devassei tudo. Não houve lá nenhuma adoção nem coisa parecida. A mãe devia bastante dinheiro a ela, e ela terminou retendo a menina. Ainda que seja tratante, ainda que seja ladra, Búbnova é bobalhona, igual a todo o mulherio. A finada tinha um passaporte limpo, ou seja, estava tudo em ordem. Yelena pode morar na tua casa, porém seria muito bom se alguma família de benfeitores se encarregasse seriamente de sua educação. Mas, por enquanto, que fique contigo. Não é difícil: vou arranjar tudo de um jeito que Búbnova não ousará mover nem um dedo. Quanto àquela mãe finada, não soube, ao certo, quase nada a respeito dela. Era a viúva de alguém chamado Salzmann.

— Verdade... Nelly também me disse a mesma coisa.

— Então, acabou-se. Agora, Vânia — recomeçou de certo modo enfático —, tenho um pedidozinho para ti. Cumpre-o, por favor. Conta para mim, o mais minuciosamente possível, com que negócios estás mexendo, aonde vais, onde passas dias inteiros. Embora saiba disso em parte, por ter ouvido falarem, preciso saber com maiores detalhes.

Tamanha ênfase deixou-me perplexo, se não alarmado.

— O que é isso? Por que quer saber? Está perguntando tão solenemente assim...

— É o seguinte, Vânia: chega de lero-lero. Quero prestar-te um serviço. Caso te engabelasse, meu amigão, saberia desamarrar tua língua sem essa tal de solenidade, vê se me compreendes. E tu andas suspeitando que eu te engabele: ontem à noite, aquelas balinhas... já entendi tudo. Mas, como falo assim, solenemente, quer dizer que não me interesso para mim mesmo e, sim, para ti. Deixa, pois, tuas dúvidas e fala às claras, toda a verdade, quer dizer, verdadeira...

— Mas que serviço é esse? Escute, Maslobóiev: por que é que não quer contar algo sobre o príncipe? Eu preciso disso. Esse será um serviço bom.

— Sobre o príncipe? Hum... Pois bem, que seja, digo-te francamente: se eu te indago agora, é sobre o príncipe.

— Como assim?

— Assim mesmo. Percebi, mano, que ele se intrometia, de algum jeito, nos teus negócios; até me interrogou, diga-se de passagem, a teu respeito. Como ele soube que a gente se conhecia, isso não é da tua conta. Mas o principal é o seguinte: toma cuidado com aquele príncipe. É Judas, o traidor, se não for pior ainda que Judas. Foi por isso que, quando o vi tocar em teus negócios, fiquei temendo por ti. Aliás, não sei nada e, por conseguinte, peço que descrevas as coisas para eu cá poder julgar... Se te chamei hoje para vires à minha casa, foi justamente com tal propósito. Digo-te com todas as letras: meu assunto importante é esse daí.

— Você me dirá, pelo menos, alguma coisa? Nem que seja só o motivo pelo qual devo tomar cuidado com o príncipe...

— Está bem, mano, que seja. Eu mesmo me envolvo, de vez em quando, em certos negócios. Mas pensa aí: há quem confie em mim simplesmente porque não falo demais. Como é que te contarei, pois? Não te amoles, portanto, se eu contar de maneira geral, bem geral, apenas para te mostrar que canalha ele é. Mas conta, primeiro, a tua história, vai!

Pensei que não tinha decididamente nada a esconder de Maslobóiev em relação aos meus negócios. A história de Natacha não era secreta; além do mais, podia esperar que Maslobóiev lhe fosse útil de alguma forma. É claro que nesse meu relato contornei, na medida do possível, certos pontos embaraçosos. Maslobóiev escutou com uma atenção especial tudo o que se referia ao príncipe; fez-me parar várias vezes, perguntando novamente por vários detalhes, de sorte que minha narração se tornou assaz pormenorizada. Passei, mais ou menos, meia hora contando.

— Hum! Aquela moça tem uma cabeça boa — deduziu Maslobóiev. — Mesmo que não tenha acertado em cheio, quanto ao príncipe, o próprio fato de compreender, desde o primeiro passo, com quem está lidando e de romper todas as relações é bom por si só. Bravo, Natália

Nikoláievna! Bebo à saúde dela! (Ele bebeu.) A mente não bastava ali, precisava-se de um coração sábio para não se deixar enganar. E o coração não falhou. A causa dela está perdida, na certa: o príncipe conseguirá o que quer, e Aliocha vai abandoná-la. Mas de quem tenho pena é de Ikhmeniov: pagará dez mil àquele canalha! Quem foi, aliás, que moveu seu processo, quem tomou providências? Foi ele mesmo, sem dúvida! Eeh! Assim são eles, todos esses nobres entusiastas! Não prestam para nada! Não era dessa maneira que ele devia agir contra o príncipe. Eu cá teria arrumado um advogadozinho para Ikhmeniov... eeh! — Aborrecido, deu uma punhada na mesa.

— E agora, o que tem o príncipe?

— Mas tu não te quietas. O que te diria sobre ele? Já me arrependi da minha promessa. Eu, Vânia, só queria prevenir-te contra aquele velhaco para te proteger, digamos, da sua influência. Quem se mete com ele não está mais seguro. Então fica de olhos abertos e ponto-final. Ora, tu já pensaste que eu tivesse Deus sabe quais mistérios de Paris[13] a desvendar. Dá para ver logo que és um romancista! Será que vale a pena falar daquele canalha? Uma vez canalha, para sempre canalha... Vou contar para ti, como exemplo, sobre uma façanhazinha dele, sem indicar, bem entendido, locais, cidades, pessoas, ou seja, sem qualquer precisão temporal. Tu sabes que ainda em sua primeira mocidade, quando se viu obrigado a viver de seus vencimentos de escriba, ele se casou com

[13] Alusão ao romance *Os mistérios de Paris*, do escritor francês Eugène Sue (1804–1857), extremamente popular na época em toda a Europa.

a filha de um comerciante rico. Tratava aquela moça sem muita cortesia, e, bem que não se fale agora dela, notarei, meu amigo Vânia, que mais lhe agradava, pela vida afora, exatamente esse tipo de empresas. E outro caso: ele foi para o estrangeiro. Ali...

— Espere, Maslobóiev, de que viagem é que está contando? Foi em que ano?

— Foi precisamente noventa e nove anos e três meses atrás. Aliciou por ali uma filha de um pai e foi com ela a Paris. E como fez aquilo! O pai da moça era uma espécie de industrial ou então participava de uma sociedade daquelas. Não sei ao certo. Se te conto isso, é com base em minhas próprias reflexões e noutros dados que repensei. O príncipe, pois, passou a perna nele: juntou-se àquela sociedade, ele também. Passou mesmo a perna no industrial e pôs algum dinheiro no bolso. O velho tinha, bem entendido, uns documentos sobre o dinheiro em jogo, mas o príncipe queria pegar aquele dinheiro e não o devolver mais, isto é, simplesmente roubá-lo, como se diz em russo. O velho tinha uma filha, e essa filha era uma beldade, e havia perto dessa beldade um homem ideal apaixonado por ela, um irmãozinho de Schiller,[14] poeta e, ao mesmo tempo, comerciante, um jovem sonhador — numa palavra, um alemão puro e rematado, um tal de Pfefferkuchen.

— Quer dizer, o sobrenome dele era Pfefferkuchen?

---

[14] Friedrich von Schiller (1759–1805): ilustre poeta e dramaturgo alemão, autor das peças teatrais *Os bandoleiros, Dom Carlos, Maria Stuart, Guilherme Tell*, entre outras, e da célebre *Ode à alegria*, musicada por Beethoven e atualmente interpretada como o Hino oficial da União Europeia.

— Talvez não fosse Pfefferkuchen, que o diabo o carregue, mas não importa. Só que o príncipe foi cortejando a filha do industrial, tanto assim que a moça se apaixonou por ele feito uma louca. Então o príncipe quis fazer duas coisas: tomar conta, primeiro, da filha e, segundo, dos documentos relativos àquela quantia que recebera do pai. As chaves de todos os cofres do velho estavam com a filha. E o velho adorava sua filha a ponto de não querer nem mesmo que ela se casasse. Estou falando sério. Tinha ciúmes de qualquer noivo que aparecesse, não entendia como poderia separar-se dela e mandou, inclusive, Pfefferkuchen embora. Era um inglês muito extravagante...

— Um inglês? Mas onde foi que isso tudo aconteceu?

— Disse "um inglês" só por dizer, só para conferir, e tu já decoraste. Pois isso aconteceu na cidade de Santa Fé de Bogotá ou, quem sabe, em Cracóvia ou, mais precisamente ainda, no *Fürstentum*[15] de Nassau — sabes, aquele nome escrito nas etiquetas da água de Seltz?[16] — sim, foi justamente em Nassau... já basta para ti? Enfim, o príncipe seduziu aquela moça e levou-a embora da casa paterna, e a moça surrupiou, por insistência do príncipe, alguns documentozinhos também. Eis como se ama por vezes, Vânia! Puxa, meu Deus, mas a moça era honesta, nobre, sublime! É verdade que não entendia, talvez, muito da papelada. Só se inquietava com uma coisa: seu pai ia amaldiçoá-la. Até nisso o príncipe deu um jeito: declarou em termos formais e legais que se

---

[15] Principado (em alemão).

[16] Água mineral naturalmente gasosa, proveniente das fontes situadas no município alemão de Selters.

casaria com ela. Convenceu, pois, a moça de que iriam apenas dar um passeio e, algum tempo depois, quando a fúria do velho se abrandasse um pouco, voltariam à casa dele, já casados na igreja, e ficariam todos juntos vivendo, enriquecendo e assim por diante, até o infinito. A moça fugiu; o velho a amaldiçoou e faliu em seguida. Mas quem rastejou, atrás dela, até Paris foi esse tal de Frauenmilch: largou tudo, inclusive o seu comércio, já que estava apaixonado demais.

— Espere, que Frauenmilch é esse?

— Mas aquele ali, qual é o nome? Aquele Feuerbach... arre, maldito: Pfefferkuchen! O príncipe, bem entendido, não podia casar-se. O que vai dizer a condessa Khlióstova, hein? E o barão Pomóikin, como vai opinar sobre isso? Em consequência, precisava passar a perna na moça também. Passar lá passou, mas foi de um jeito meio brutal. Primeiro, quase batia nela; segundo, convidou de propósito Pfefferkuchen, e ele veio à sua casa, tornou-se amigo da moça... pois bem, choramingavam juntos, passavam tardes inteiras a sós, pranteavam suas desgraças, o alemão consolava a moça... é claro, são almas de Deus. E o príncipe havia tramado aquilo tudo: flagrou os dois, certa vez, tarde da noite e logo inventou que tinham um caso, agarrou-se a um pretexto qualquer — "vi tudo", disse, "com estes meus olhos". Enxotou-os, aos empurrões, portão afora e foi, ele mesmo, passar uma temporada em Londres. E a moça já estava grávida; mal a enxotaram, deu à luz uma filha... quer dizer, não foi uma filha e, sim, um filho, exatamente um filhinho que batizaram de Volodka.[17] Pfefferkuchen reconheceu

[17] Forma diminutiva e pejorativa do nome russo Vladímir.

o menino como seu filho. Então ela foi embora com Pfefferkuchen. Aquele ali tinha um dinheirinho. A moça viajou, pois, através da Suíça e da Itália... visitou, quer dizer, todas aquelas terras poéticas, como se deve. Chorava sem parar, Pfefferkuchen também choramingava, e assim se passaram vários anos, e a menina cresceu. E tudo correria bem para o príncipe, menos uma coisinha: não conseguiu de volta a promessa de casamento. "És um cafajeste" — disse-lhe ela, quando se despediam um do outro. — "Roubaste-me, desonraste-me e agora me abandonas. Adeus! Só que não te entregarei a promessa. Não porque quis um dia casar-me contigo, mas porque tens medo deste papel. Então que fique, para todo o sempre, em minhas mãos." Exaltou-se, numa palavra, mas o príncipe se quedou, de resto, tranquilo. Em geral, é uma delícia, para esse tipo de canalhas, lidar com as chamadas criaturas sublimes. São tão nobres que é muito fácil ludibriá-las e, por outro lado, sempre se limitam àquele seu desdém nobre e sublime em vez de resolverem seus problemas com a aplicação prática da lei, se é que a lei se aplica aos seus problemas. Eis, por exemplo, aquela mãe: contentou-se com seu altivo desprezo, e, bem que tivesse guardado o tal documento, o príncipe sabia que antes se enforcaria do que faria bom uso dele, e vivia em paz até um certo momento. E ela mesma, bem que tivesse cuspido na cara do cafajeste, ainda tinha Volodka para criar: se ela morresse, o que seria do pequenino? Nem refletia, porém, sobre isso. Brüderschaft também a acalentava sem refletir; liam Schiller o tempo todo. Por fim, Brüderschaft definhou, não se sabe por que, e morreu...

— Quer dizer Pfefferkuchen?

— Pois é, que o diabo o arrebente todo! E ela...

— Espere! Por quantos anos é que eles viajaram?

— Exatamente duzentos. E ela voltou, pois, para Cracóvia. Seu pai não a acolheu, rogou uma praga; ela morreu, e o príncipe se benzeu de alegre. Eu lá estava, do vinho provava, descia-me o vinho pelo bigode, só que na boca nem respingava;[18] deram-me um canapé, mas eu dei no pé... Brindemos, maninho Vânia!

— Suspeito que você, Maslobóiev, esteja devassando esse caso para o príncipe.

— Queres que seja sem falta assim?

— Mas não entendo o que pode fazer para ele!

— É que, quando ela voltou para Madri após dez anos de ausência, sob outro nome, ele quis saber disso tudo: o que se dera com Brüderschaft e o velho, se ela havia voltado mesmo, como estava sua prole, se ela morrera de fato, se não existia mais documentos e assim por diante, até o infinito, e mais umas coisas ali... Estás vendo, é um homem péssimo; toma cuidado com ele, Vânia, e sobre este Maslobóiev daqui pensa o seguinte: nunca o chames de cafajeste, nem a pau! Embora seja um cafajeste (a meu ver, não há homem que não seja acafajestado), não se põe contra ti. Estou muito bêbado, mas escuta: se algum dia, mais cedo ou mais tarde, agora ou no ano que vem, tu achares que Maslobóiev tenha feito uma sacanagem contigo (e não te esqueças, por favor, desta palavra *sacanagem*), fica sabendo que foi sem más intenções. Maslobóiev está de olho em ti. Portanto, não acredites em tuas suspeitas, mas antes vem cá e bate um

---

[18] Tradução livre de um refrão tradicional que encerra os contos de fadas russos.

papinho franco e fraternal com o próprio Maslobóiev. Agora queres tomar umas aí?

— Não.

— E comer uns petiscos?

— Não, mano, desculpe...

— Então desinfeta: são nove menos um quarto, e tu és arrogante. Está na hora de ires embora.

— Como? O quê? Encheu esse carão e bota a visita na rua! Ele está sempre assim! Ah, sem-vergonha! — exclamou, quase chorando, Alexandra Semiônovna.

— O pedestre não é amigo do cavaleiro! Vamos ficar juntinhos, Alexandra Semiônovna, e adorar um ao outro. E ele é um general! Não, Vânia, eu menti: não és nenhum general... e eu sou um cafajeste! Olha só com que me pareço agora! O que sou na tua frente? Perdoa-me, Vânia, não me condenes e deixa desafogar...

Ele me abraçou e rompeu em prantos. Dirigi-me para a saída.

— Ah, meu Deus! E nosso jantar está pronto — dizia Alexandra Semiônovna, profundamente desolada. — Mas o senhor vem aqui na sexta, não vem?

— Sim, Alexandra Semiônovna, dou-lhe a minha palavra de honra.

— Mas o senhor pode ficar enojado, porque ele está assim tão... bêbado. Não se enoje, Ivan Petróvitch, ele é bom, muito bom, e como gosta do senhor! Agora me fala sobre o senhor o tempo todo, de dia e de noite. Comprou pra mim, de propósito, seus livrinhos; ainda não li, mas vou começar amanhã. E como eu cá ficarei feliz quando o senhor vier! Não vejo ninguém, ninguém vem visitar a gente. Temos de tudo, mas vivemos sós. Agora fiquei sentada aqui escutando, escutando vocês conversarem, e como me senti bem... Até a sexta, então...

Capítulo VII

Apressava-me a voltar para casa, impressionado demais com as falas de Maslobóiev. Sabe lá Deus o que me vinha à cabeça... Como que de propósito, outro incidente, que me esperava em casa, ia sobressaltar-me como uma descarga elétrica.

Defronte ao portão do prédio onde eu morava havia um poste de luz. Mal me aproximei do portão, um vulto insólito atirou-se ao meu encontro, de modo que até dei um berro: um ser vivo, antes escondido ao pé desse poste, assustado, trêmulo, semilouco, agarrou-se gritando às minhas mãos. Fiquei apavorado. Era Nelly!

— Nelly! O que tens? — exclamei. — O que há?

— Lá em cima... ele está... em nossa casa...

— Quem é? Vamos lá, vem comigo.

— Não quero, não quero! Vou esperar até que ele vá embora... na antessala... não quero.

Subi ao meu apartamento com certo pressentimento estranho; abri a porta e... vi o príncipe. Sentado junto à mesa, ele lia meu romance. O livro, pelo menos, estava aberto.

— Ivan Petróvitch! — exclamou o príncipe, com alegria. — Estou tão feliz de que o senhor tenha afinal voltado. Já queria ir embora daqui. Fiquei mais de uma hora à sua espera. Prometi hoje, em atenção ao pedido mais insistente e mais encarecido da condessa, que levaria o senhor esta noite à casa dela. Tanto me pediu, quer tanto conhecê-lo! Como o senhor já me havia dado sua promessa, decidi visitá-lo pessoalmente mais cedo, antes que o senhor saísse de casa, e convidá-lo a ir comigo. Imagine a minha tristeza: venho aqui, e sua criada me anuncia que o senhor não está em casa. O que fazer? Prometi, dando a minha palavra de honra, comparecer com o senhor; portanto me sentei cá e resolvi que esperaria por um quarto de hora. Pois esse quarto de hora foi longo demais: abri seu romance e mergulhei na leitura. Ivan Petróvitch! Mas é uma perfeição! Mas não o compreendem, por certo! Mas o senhor me fez derramar lágrimas. Mas fiquei chorando, se bem que não chore tantas vezes assim...

— Quer mesmo que eu vá com o senhor? Confesso-lhe que nesta hora... não tenho nada contra, não, mas...

— Vamos, pela graça de Deus! O que está fazendo de mim? Esperei pelo senhor uma hora e meia!... Preciso tanto, ademais, preciso tanto conversar — entende sobre o quê? O senhor conhece toda aquela história melhor que eu... Talvez a gente tome alguma decisão, escolha um ponto de partida, pense bem! Pelo amor de Deus, não se recuse.

Pensei que me cumpriria, mais cedo ou mais tarde, ir lá. Mesmo supondo que Natacha estivesse sozinha naquele momento e precisasse de mim, fora ela própria que me incumbira de conhecer Kátia o mais depressa possível. Além disso, Aliocha também podia estar ali... Eu sabia que Natacha não ficaria tranquila antes que lhe trouxesse notícias de Kátia e resolvi acompanhar o príncipe. Quem me deixava preocupado era Nelly.

— Espere — disse ao príncipe e fui até a escadaria. Nelly estava lá, recolhida num canto escuro.

— Por que não queres entrar, Nelly? O que ele te fez? O que te disse?

— Nada... Não quero, não quero... — repetia ela. — Estou com medo...

Por mais que lhe suplicasse, nada adiantava. Combinei com ela que, saindo eu com o príncipe, ela entraria no quarto e trancaria a porta.

— E não abras para ninguém, Nelly, nem que te implorem.

— Você vai com ele?

— Vou, sim.

Ela estremeceu e pegou minhas mãos, como se quisesse pedir para eu não sair com o príncipe; todavia, não me disse uma só palavra. Decidi que lhe indagaria minuciosamente no dia seguinte.

Pedindo licença ao príncipe, comecei a vestir-me. Ele passou a asseverar que não me seria necessário nenhum traje especial. "Só algo mais fresco, assim!" — acrescentou ao examinar-me, com um olhar inquisitório, da cabeça aos pés. — "Sabe, todos aqueles preconceitos mundanos... não se pode, afinal, ignorá-los completamente. Demoraria muito em achar tal primor em nossa alta sociedade" — concluiu, percebendo com prazer que eu tinha uma casaca.

Saímos juntos. Deixei o príncipe na escada, entrei outra vez no quarto que Nelly acabara de adentrar e tornei a despedir-me dela. A menina parecia fora de si. Seu rosto estava azulado. Eu temia por ela: custar-me-ia muito deixá-la sozinha.

— Ela é estranha, sua criada — disse-me o príncipe, enquanto descíamos a escada. — Essa menina pequena é sua criada, não é?

— Não... apenas... ela mora comigo no momento.

— Que menina estranha. Tenho toda a certeza de que é insana. Imagine só: a princípio, ela me respondia bem, mas depois, quando me viu de perto, veio correndo, gritou, tremeu, agarrou-se a mim... queria dizer algo, mas não pôde. Confesso que senti medo, já queria fugir dela, porém ela mesma, graças a Deus, fugiu de mim. Fiquei pasmado. Como o senhor se entende com ela?

— Essa menina é epiléptica — respondi.

— Ah bem, é isso! Não é tão pasmoso assim... visto que tem aquelas crises.

Pareceu-me na hora que a visita de Maslobóiev à minha casa no dia anterior, sabendo ele que eu estaria ausente... minha própria visita à casa de Maslobóiev nesse mesmo dia... as confidências que Maslobóiev me fizera embriagado e a contragosto... aquele seu convite para visitá-lo às sete horas em ponto... suas exortações para não recear a astúcia dele... e, finalmente, a visita do príncipe que me esperara por uma hora e meia, talvez ciente de que eu estava na casa de Maslobóiev, depois de Nelly ter fugido, com medo dele, do meu apartamento... que todos esses eventos estavam, de certa forma, interligados. Havia, pois, em que refletir.

A carruagem do príncipe estava parada ao pé do portão. Entramos nela e fomos embora.

Capítulo VIII

O percurso não seria muito longo, tão só até a ponte Torgóvy.[19] No primeiro momento ficamos calados. Eu não parava de pensar em como o príncipe iniciaria a conversa comigo. Tinha a impressão de que haveria de me pôr à prova, de me sondar, de me interrogar. Entretanto,

---

[19] O nome da ponte significa "Comercial" em russo.

ele começou a falar sem rodeios, passou diretamente a abordar o assunto principal.

— Existe uma circunstância, Ivan Petróvitch, que me preocupa agora sobremaneira — disse ele. — Gostaria, primeiramente, de conversar com o senhor a respeito dela e de lhe pedir um conselho. Há muito tempo é que resolvi desistir daquele processo já ganho e ceder a Ikhmeniov os dez mil que vinha pleiteando. Como me portaria?

"Não pode ser que não saibas como te portarias" — esse pensamento surgiu de relance em minha cabeça. — "Será que tendes para me escarnecer?"

— Não sei, príncipe — respondi com a maior inocência possível. — Em outras áreas, ou seja, no que diz respeito a Natália Nikoláievna, estou pronto a informá-lo sobre o que for necessário para o senhor e para nós todos, mas, quanto a esse caso, o senhor é certamente melhor informado que eu.

— Não, não, é claro que não sou. O senhor os conhece a ambos; pode ser que Natália Nikoláievna lhe tenha contado, pessoalmente e mais de uma vez, o que estava pensando disso, e para mim seria um guia primordial. O senhor pode ajudar-me muito, ainda mais que o caso é bem melindroso. Estou disposto a ceder e até mesmo decidi que cederia sem falta, fosse qual fosse o desenlace de todas as demais tramas — será que me entende? Mas como, de que modo faria essa concessão, eis a questão! O velho é orgulhoso e teimoso; talvez me ofenda, afinal de contas, por causa desta minha bondade e acabe por atirar o dinheiro todo à minha cara.

— Mas espere: o senhor acha que aquele dinheiro é seu ou dele?

— Quem ganhou o processo fui eu; destarte, o dinheiro é meu.

— E pondo a mão na consciência?

— Por certo, acho que é meu dinheiro — respondeu o príncipe, um tanto pungido pelo meu desaforo. — De resto, o senhor parece ignorar em que consiste o xis do problema. Não imputo àquele velho um logro premeditado e, confesso-lhe, nunca o acusei disso. Coube a ele mesmo o direito de ficar sentido. É culpado de ter sido displicente, de ter gerido sem zelo os negócios que eu lhe tinha confiado, porquanto ele se responsabilizava, em termos de nosso acordo, por alguns daqueles negócios. Mas, sabe, o problema não é nem este: o problema se origina da nossa rixa, das ofensas mútuas que fizemos na época — numa palavra, é nosso amor-próprio reciprocamente ferido. Não teria prestado, talvez, nenhuma atenção àquela mixaria de dez milzinhos; porém o senhor sabe, sem dúvida, por que motivo e de que maneira começou então aquele conflito todo. Concordo que tinha escrúpulos, que não estava, quiçá, com a razão (ou seja, naquele exato momento), mas não dava por isso e, aborrecido como estava, ofendido com as grosserias dele, não queria deixar escapar a oportunidade, e foi assim que abri o processo. Pode ser que tudo isso não lhe pareça muito nobre da minha parte. Não me defendo: notarei apenas que a ira e, principalmente, o amor-próprio revoltado não são ainda uma falta de nobreza, mas, sim, um ato natural, humano e... confesso-lhe outra vez que quase não conhecia Ikhmeniov e acreditava piamente em todos aqueles boatos sobre Aliocha e a filha do velho, podendo, por conseguinte, acreditar no desvio premeditado de meu dinheiro também... Mas deixemos isso de lado. O principal é o que tenho agora a fazer. Abrir mão do dinheiro? Mas se disser, logo em seguida, que continuo a considerar o meu pleito justo, isso significará que lhe dou aquele dinheiro de bandeja. E leve-se ainda em conta a situação dúbia de Natália Nikoláievna... Seguramente, ele me jogará meu dinheiro de volta.

— O senhor mesmo diz *jogará*, está vendo? Consequentemente, acha que é um homem honesto e, assim sendo, pode ter plena certeza de que não roubou seu dinheiro. Se for verdade, por que não vai falar com ele, declarando abertamente que considera esse seu pleito injusto? Seria uma ação nobre, e nesse caso Ikhmeniov não se incomodaria, talvez, em aceitar o dinheiro *dele*.

— Hum... o dinheiro *dele*, eis o que dói. O que o senhor está fazendo de mim? Ir lá e anunciar para ele que considero o meu pleito injusto? "Então por que diabos entraste na justiça, já sabendo que seria ilegal?" — será isso que todos me dirão bem na cara. E eu não mereço isso, porque entrei na justiça legalmente; não disse nem escrevi em parte alguma que ele me havia roubado, mas, quanto ao seu desmazelo, à sua leviandade, à sua incapacidade de gerir negócios, acredito nisso até hoje. Aquele dinheiro é positivamente meu e, portanto, será doloroso caluniar a mim mesmo, tanto mais que, repito-lhe afinal, o velho se ofendeu numa das suas venetas e que o senhor me constrange a pedir perdão por tal ofensa inexistente... Será difícil.

— Creio que, se duas pessoas quiserem fazer as pazes...

— Será fácil, crê o senhor?

— Sim.

— Não, às vezes não é nada fácil, menos ainda se...

— Menos ainda se houver outras circunstâncias concomitantes. Nisso, príncipe, é que concordo com o senhor. Deve resolver o impasse que envolve Natália Nikoláievna e seu filho em todos aqueles aspectos que dependem do senhor e resolvê-lo de forma plenamente satisfatória para os Ikhmeniov. Só então é que poderá explicar-se, bem francamente, com o velho acerca de seu processo. Mas, agora que nada está resolvido ainda, tem apenas um recurso: reconhecer seu pleito como injusto e declarar isso, se for preciso, em público. Esta é a minha opinião que explicito para o senhor, porquanto me perguntava pela minha opinião e não queria, provavelmente, que o iludisse. Tal fato me encoraja ainda a questionar: por que está preocupado com a entrega do dinheiro a Ikhmeniov? Se achar que seu pleito é justo, por que abre mão do dinheiro? Desculpe esta minha curiosidade, mas isso é tão estreitamente ligado a outras circunstâncias que...

— Aliás, como o senhor acha? — perguntou ele de súbito, como se nem por sombra tivesse ouvido a minha indagação. — Estaria seguro de que o velho Ikhmeniov recusaria dez mil rublos, se eu lhe entregasse o dinheiro todo sem nenhuma ressalva e... e... e sem todas aquelas amenizações?

— É claro que recusaria!

Fiquei tão revoltado que estremeci todo de indignação. Essa pergunta insolentemente cética produziu-me a mesma impressão que o príncipe teria causado ao cuspir em meu rosto. À primeira ofensa juntou-se a segunda: aquele grosseiro modo de falar mundano que ele revelou quando, sem responder à minha pergunta nem mesmo ter reparado nela, fez sua própria pergunta, decerto me dando a entender que eu fora longe demais ao tratá-lo de igual para igual e bisbilhotar com afoiteza seus negócios particulares. Detestando essa artimanha da fidalguia até o ódio, eu fazia de tudo para que Aliocha desacostumasse de usá-la.

— Hum... o senhor se exalta demais, e certas coisas não se fazem, neste mundo, como tem imaginado — comentou o príncipe, bem tranquilo, em resposta à minha exclamação. — Acho, de resto, que Natália Nikoláievna poderia, em parte, resolver esse impasse. Diga-lhe isso. Ela poderia aconselhar o pai...

— De jeito nenhum — respondi bruscamente. — O senhor não se dignou a escutar o que comecei a dizer há pouco; o senhor me interrompeu. Natália Nikoláievna vai entender que, cedendo o dinheiro por mera falsidade, sem todas aquelas, como o senhor diz, *amenizações*, não faz outra coisa senão pagar ao pai pela filha e a ela mesma por Aliocha — numa palavra, recompensar todos com seu dinheiro...

— Hum... é dessa maneira que o senhor me entende, meu bondosíssimo Ivan Petróvitch?

O príncipe ficou rindo. Qual seria o motivo daquele riso?

— Não obstante — continuou —, temos ainda tantas, mas tantas questões a discutir, só que agora nos falta tempo. Apenas lhe peço que compreenda *uma coisa*: trata-se de Natália Nikoláievna em pessoa e de todo o futuro dela, o qual depende em parte da decisão que tomaremos em comum, do nosso acordo final. Daqui a pouco vai ver que preciso do senhor. Por isso, se é que ainda está apegado a Natália Nikoláievna, não pode deixar de se explicar comigo, por menor que seja a sua simpatia por mim. Mas... já chegamos. *À bientôt.*[20]

Capítulo IX

A condessa vivia em grande estilo. Seus aposentos eram bem confortáveis e mobiliados com muito gosto, embora sem ostentação. Tudo sugeria, entretanto, que essa sua residência era provisória: antes um decente apartamento onde se moraria por algum tempo que a morada definitiva e permanente de uma família rica, com todo o seu trem de vida senhoril e todas as suas veleidades tomadas por necessidades. Corriam rumores de que a condessa iria passar o verão em sua fazenda (arruinada e penhorada diversas vezes), na província de Simbirsk,[21] indo o príncipe acompanhá-la. Eu já ouvira falarem disso e pensava, angustiado, no que faria Aliocha quando Kátia partisse com a condessa. Ainda não tocara nesse assunto com Natacha: estava com medo; porém já havia percebido certos detalhes indicativos de que ela também sabia, aparentemente, desses rumores. Mas ela se mantinha calada e sofria consigo mesma.

A condessa me recebeu muito bem, estendeu-me afavelmente a mão e confirmou que havia tempos queria convidar-me para a sua casa. Servia pessoalmente o chá preparado num belo samovar de prata, junto do qual nos

---

[20] Até logo (em francês).

[21] Grande cidade russa, situada nas margens do rio Volga e atualmente denominada Uliánovsk em homenagem ao líder revolucionário Vladímir Uliánov-Lênin (1870–1924) que ali nasceu.

sentáramos: eu, o príncipe e um senhor da alta-roda — idoso, com uma estrela no peito, meio engomadinho — que se comportava como um diplomata. Esse visitante parecia muito respeitado. Ao retornar do estrangeiro, a condessa ainda não tivera tempo, nesse inverno, para arranjar boas relações em Petersburgo e consolidar sua posição, conforme desejasse e pretendesse. Ninguém viera, além desse homem, nem viria ao longo da noite toda. Procurei, com os olhos, por Katerina Fiódorovna; ela estava num outro cômodo, com Aliocha, mas, tão logo anunciaram a nossa chegada, veio para nos fazer companhia. O príncipe beijou galantemente a sua mão, e a condessa lhe apontou para mim. A seguir, o príncipe nos apresentou um ao outro. Passei a fitar a moça com sôfrega atenção: era uma tenra loirinha que trajava um vestido branco, de estatura baixa, de expressão calma e serena, de olhos bem azuis, segundo Aliocha dissera certa vez, dotada somente de certa beleza própria da juventude. Supunha que sua beleza fosse perfeita, mas não encontrei nada disso. O oval regular e delicado de seu semblante, suas feições relativamente bem modeladas, seus cabelos fartos e lindos de fato, seu penteado caseiro do dia a dia, seu olhar sossegado e fixo... se me deparasse algures com ela, passaria sem lhe ter dado nenhuma atenção especial. No entanto, era apenas minha primeira impressão: eu a veria com outros olhos depois, nessa mesma noite. A maneira como ela me estendeu a mão, insistindo em mirar-me bem nos olhos com uma atenção ingenuamente exagerada, mas sem me dirigir meia palavra, surpreendeu-me por si só com sua estranheza, e eu sorri para a moça imotivada e involuntariamente. Pelo visto, sentira de pronto que uma criatura de coração puro estava diante de mim. A condessa não despregava os olhos de sua enteada. Apertando-me a mão, Kátia se afastou com leve presteza e sentou-se, com Aliocha, do outro lado do cômodo. Ao cumprimentar-me, Aliocha sussurrou: "Estou aqui por um minutinho, logo irei *ali*".

O "diplomata" — não conheço o sobrenome dele e chamo-o de diplomata para lhe atribuir algum nome — falava com tranquilidade e imponência, desenvolvendo uma ideia qualquer. A condessa atentava em suas falas. O príncipe sorria de modo aprobativo e lisonjeiro; o orador se dirigia amiúde a ele, estimando-o provavelmente como um digno ouvinte. Serviram-me chá e deixaram-me em paz, o que me alegrou muito. Olhava, nesse meio-tempo, para a condessa. Gostei dela à primeira vista, mesmo sem querer. Talvez não estivesse mais bem nova, porém me pareceu que tinha, no máximo, uns vinte e oito anos. Seu rosto ainda estava fresco e outrora, em sua primeira juventude, teria sido muito bonito. Seus cabelos castanhos-escuros continuavam bastante fartos; cheio de bondade, seu olhar era, ao mesmo tempo, leviano, manhoso e galhofeiro. Contudo, ela se continha, por algum motivo, nesse momento. Havia também, no olhar dela, muita argúcia, mas eram a bondade e a jovialidade que a sobrepujavam. Achei que suas qualidades predominantes fossem certa leviandade e sede de prazeres, a par de uma espécie de bonomia egoística, podendo esta última até ser grande. Ela reconhecia a primazia do príncipe, que a influenciava extremamente. Eu sabia que eles tinham sido amantes; ouvira também comentarem que ele não revelara sequer um pingo de ciúmes durante a sua estada no estrangeiro; por outro lado, parecia-me — aliás, parece até agora — que os ligava, além daquele romance antigo, algo diferente, um tanto misterioso, algo semelhante a uma obrigação mútua, baseada em certo cálculo... numa palavra, que havia um desses vínculos entre eles. Sabia, outrossim, que atualmente o príncipe sentia fastio por ela, mas não rompia, ainda assim, suas relações. Quem sabe se não os ligavam sobretudo, àquela altura, os interesses relacionados a Kátia, cuja iniciativa teria decerto partido do príncipe. Fora por essa razão que ele se negara a desposar a condessa, a qual realmente insistira nisso e convencera o príncipe a promover o matrimônio de Aliocha e da enteada dela. Eram essas, ao menos, as conclusões que eu tirava dos testemunhos simplórios de Aliocha: feitas as contas, ele podia ter reparado em algo no passado. Também me surgia a impressão, provinda, em parte, dos mesmos testemunhos, de que, apesar de a condessa lhe obedecer totalmente, o príncipe tinha algum motivo para temê-la. Até mesmo Aliocha se dera conta disso. Eu saberia mais tarde que o príncipe ansiava por casar a condessa com alguém, sendo, em parte, esse o propósito com que a mandava para a província de Simbirsk na expectativa de encontrar, lá no interior, um marido decente para ela.

Sentado ali, eu escutava a conversa sem saber como poderia, o mais rápido possível, falar a sós com Katerina Fiódorovna. O diplomata respondia a uma das perguntas feitas pela condessa sobre a situação atual e as reformas que estavam começando — se nos cumpria receá-las ou não. Falava prolixa e longamente, seguro de si como alguém investido de poder. Desdobrava sua ideia com fineza e sagacidade, porém a própria ideia era abominável. Em particular, ele fazia questão de alegar que todo aquele espírito de reformas e correções havia de dar, mui brevemente, certos frutos, que tais frutos provocariam a mudança de opiniões e que não apenas o novo espírito se evaporaria logo de nossa sociedade (ou melhor, de determinada parte desta), mas seus membros conheceriam por experiência o erro cometido e, com o dobro de energia, passariam então a apoiar o sistema antigo. Dizia que essa experiência, nem que fosse penosa, seria bem útil por ensinar como manter o arcaísmo salvador de pé, por fornecer novos dados a favor disso, e que, consequentemente, seria até necessário desejarmos que se chegasse agora, o mais depressa possível, ao último grau de imprudência. "Sem *nós* não adianta" — concluiu ele. — "Sem nós nenhuma sociedade ainda existiu, nunca. Não perderemos nada, mas, pelo contrário, ganharemos um bocadinho; viremos à tona, viremos, sim, e nosso lema deve ser, neste momento: *Pis ça va, mieux ça est*".[22] O príncipe sorriu, com execrável aprovação. O orador estava todo contente consigo mesmo. Quanto a mim, estava tão bobo que já me dispunha a objetar: meu coração fervia. Contudo, o olhar peçonhento do príncipe deteve-me; quando ele olhou de soslaio para mim, tive a impressão de que estava esperando propositalmente por algum rasgo bizarro e juvenil da minha parte — até queria, talvez, que me comprometesse para se deliciar com esse vexame. Além disso, eu tinha plena certeza de que o diplomata não repararia em minha objeção nem, quiçá, em mim mesmo. Sentia-me muito mal nessa companhia, mas quem me socorreu foi Aliocha.

[22] Pior está, melhor fica (em francês).

Ele se aproximou caladinho de mim, tocou em meu ombro e pediu para trocarmos duas palavras. Adivinhei que viera como o mensageiro de Kátia. Era assim mesmo. Um minuto depois, eu já estava sentado ao lado da moça. De início ela me examinou por inteiro, como quem dissesse consigo: "Eis como és...", sem que achássemos, nesse primeiro momento, palavras para encetar uma conversa. Todavia, eu estava convicto de que, mal Kátia se pusesse a falar, não pararia mais até, quem sabe, a manhã seguinte. "Apenas umas cinco ou seis horas de conversa", das quais me contara Aliocha, ressurgiram em minha mente. Aliocha se mantinha perto de nós, esperando impaciente pelo começo de nosso colóquio.

— Por que é que estão calados? — disse, olhando para nós com um sorriso. — Estão juntos e não se falam?

— Ah, Aliocha, como você é... já, já... — respondeu Kátia. — Temos tantas coisas a discutir juntos, Ivan Petróvitch, que nem sei por onde começaria. Conhecemo-nos tarde demais; deveríamos ter feito isso antes, se bem que eu conheça o senhor há muito, muito tempo. Queria tanto vê-lo, até pensava em escrever uma carta para o senhor.

— Sobre o quê? — perguntei, sorrindo espontaneamente.

— Sobre qualquer assunto — replicou ela, séria. — Se é verdade, por exemplo, que Natália Nikoláievna não fica sentida, conforme Aliocha me conta, quando ele a deixa sozinha numa hora dessas. Será que se pode fazer o que ele faz? Por que, mas por que você está agora aqui, diga, por gentileza.

— Ah, meu Deus, mas já vou lá. Pois eu disse que só ficaria aqui um minutinho, olharia para vocês dois, conversando juntos, e logo iria lá.

— Estamos aqui sentados, juntos, você nos viu, e daí? Sempre está assim — acrescentou ela, corando de leve e apontando-o com seu dedinho. — Diz "um minutinho, só um minutinho" e depois, vejam bem, fica até a meia-noite, e já é tarde para voltar. Diz que "ela não se zanga, é boazinha", eis como raciocina! Seria isso bom, seria isso nobre?

— Vou lá, então — respondeu Aliocha, queixoso. — Mas queria tanto ficar aqui, com vocês...

— E o que faria aqui conosco? Precisamos, pelo contrário, falar sobre muitas coisas a sós. Mas, escute, não se aborreça: é uma necessidade, entenda bem.

— Se for uma necessidade, vou agorinha... não há com que me zangar. Apenas darei um pulinho na casa de Lióvenka e dali, direto à casa dela. É o seguinte, Ivan Petróvitch — continuou, pegando o chapéu —: o senhor sabe que meu pai quer abrir mão do dinheiro que ganhou no processo contra Ikhmeniov?

— Sei: foi ele mesmo quem me disse.

— Mas que coisa nobre é que está fazendo! Kátia não acredita aí que seja uma coisa nobre. Fale com ela sobre isso. Até a vista, Kátia, e não duvide, por favor, de que amo Natacha. Por que vocês todos me impõem, afinal, essas condições, por que me censuram, por que me espiam, como se eu estivesse sob a sua vigilância? Natacha sabe como a amo, está segura de mim, e eu também estou seguro de que ela está segura. Amo Natacha sem o mínimo, mas sem nenhum compromisso. Não sei como a amo, apenas a amo. Portanto, não é preciso que me interroguem como um culpado. Pergunte a Ivan Petróvitch, vá: agora que está aqui, ele confirmará que Natacha é ciumenta e que, conquanto me ame muito, aquele amor dela é meio egoístico, porque não quer sacrificar nada por mim.

— Como? — perguntei atônito, sem acreditar no que estava ouvindo.

— O que diz, Aliocha? — quase gritou Kátia, agitando os braços.

— Pois sim: o que há de espantoso nisso? Ivan Petróvitch sabe. Kátia exige, o tempo todo, que eu fique com Natacha. E Natacha não exige nada, mas dá para ver que quer isso também.

— Não tem vergonha, não tem? — rebateu Kátia, tomada de ira.

— Por que é que teria vergonha? Nossa, Kátia, como você é! É que eu amo Natacha mais do que ela imagina, e, se ela me amasse de verdade, assim como eu a amo, decerto sacrificaria por mim seus prazeres. Tudo bem, ela mesma me deixa ir embora, mas eu cá percebo, pela cara dela, que está sofrendo, ou seja, tanto faz para mim: é como se ela me retivesse.

— Não é por acaso, não! — exclamou Kátia, dirigindo-se outra vez a mim; seu olhar faiscava irado. — Confesse, Aliocha, confesse agora: foi seu pai quem lhe disse tudo isso? Foi hoje que disse? E não me engane, por favor, que saberei logo! Foi ou não foi?

— Foi, sim — respondeu Aliocha, confuso —, e o que tem isso? Hoje ele me falou com tanto carinho, tão amigavelmente, e ficou elogiando Natacha sem parar, de modo que me deixou surpreso: ela ofendeu tanto meu pai, e ele vem elogiá-la assim.

— E você acreditou nisso? — disse eu. — Você, a quem ela entregou tudo quanto pudesse entregar? E mesmo agora, hoje mesmo, ela só se angustiava por sua causa para que você não ficasse, por alguma razão, entediado, para não privar você, de alguma forma, dessa possibilidade de ver Katerina Fiódorovna! Foi ela própria que me falou disso hoje. E, de repente, você acreditou naquele palavrório falso! Será que não sente vergonha?

— Ingrato! Mas não importa: ele nunca se envergonha com nada! — replicou Kátia, cujo gesto desesperado parecia indicar uma pessoa totalmente incorrigível.

— Mas o que vocês têm, afinal? — prosseguiu Aliocha, num tom lastimoso. — Está sempre assim, Kátia! Sempre me suspeita dessas coisas ruins... Nem falo de Ivan Petróvitch! Vocês acham que eu não amo Natacha. Pois não foi por isso que a chamei de egoísta. Queria apenas dizer que ela me ama demais, até passar dos limites, e que isso nos pesa muito, a mim e a ela. Quanto ao meu pai, ele nunca me enganará, por mais que queira. Não me renderei. Ele não chamou Natacha de egoísta na má acepção da palavra, eu compreendi muito bem. Ele disse precisamente, tintim por tintim, o que acabo de repetir: ela me ama tanto, mas tanto assim que seu amor se transforma simplesmente num egoísmo, de modo que isso vem a pesar a nós dois e que futuramente me pesará a mim mais ainda. Pois bem: ele disse toda a verdade, porque me ama, e isso não significa, de jeito nenhum, que estava ofendendo Natacha; percebia nela, pelo contrário, um amor dos mais fortes, um amor desmedido que chega a ser impossível...

Mas Kátia interrompeu Aliocha e não o deixou continuar. Passou a censurá-lo energicamente, a provar-lhe que seu pai se pusera a elogiar Natacha exatamente a fim de ludibriá-lo com sua aparente bondade, e que fizera tudo isso com a intenção de dar cabo ao seu romance, armando, de forma invisível e imperceptível, o próprio jovem contra a sua amante. Com entusiasmo e perspicácia, deduziu que Natacha o amava de coração e que nenhum amor perdoaria as mágoas que Aliocha lhe causava, sendo, por conseguinte, ele próprio um verdadeiro egoísta. Pouco a pouco, Kátia deixou-o profundamente aflito e plenamente arrependido. Sentado ao nosso lado, Aliocha fitava o chão sem responder nada: parecia aniquilado, e seu sofrimento se lia em seu semblante. Mas Kátia estava inexorável. Eu olhava para ela com extrema curiosidade. Apetecia-me conhecer, o mais depressa possível, essa moça estranha. Era uma criança pura e rematada, mas uma criança incomum, *persuadida*, que tinha suas regras rígidas e amava apaixonadamente o bem e a justiça, sendo esse seu amor inato. Se fosse realmente possível chamá-la ainda de criança, ela pertenceria à classe daquelas crianças *pensantes*, assaz numerosas em nossas famílias. Era evidente que já refletia muito. Seria interessante ver essa cabecinha a refletir por dentro e espiar a mistura de suas ideias e noções completamente infantis com impressões vivenciadas e levadas a sério, com observações de vida (pois Kátia já vivera um tanto) e, ao mesmo tempo, com aquelas ideias que ela não conhecia ainda, que ainda não tinha vivenciado, mas que a seduziam de maneira abstrata, livresca, já deviam ser bem abundantes e eram provavelmente tomadas por algo que ela mesma experimentara. Parece-me que a estudei bastante, ao longo de toda aquela noite e noutras ocasiões. Seu coração era ardoroso e suscetível. Às vezes, ela parecia negligenciar o próprio autocontrole, colocando a verdade em primeiro plano, considerava todo e qualquer sangue-frio como um preconceito conveniente e, pelo visto, chegava a gabar-se dessa sua convicção — algo que se dá com vários entusiastas, inclusive com os que já não são muito jovens. Mas era isso mesmo que lhe conferia uma graça bem especial. Ela adorava pensar e alcançar a verdade, porém estava tão longe de ser pedante, expunha tanta atitude imatura e infantil que a gente passava, desde que a visse pela primeira vez, a gostar de todas as suas esquisitices e a desculpá-las. Recordei-me de Lióvenka e de Bórenka, e achei que tudo isso era perfeitamente normal. E, coisa estranha: seu rosto, em que não vislumbrara à primeira vista nenhuma beleza extraordinária, tornava-se a cada minuto, no decorrer daquela mesma noite, mais lindo e atraente para mim. Essa ingênua duplicidade de uma criança e uma mulher racional, essa sede de verdade e justiça, tão infantil e sincera no mais alto grau, essa inabalável fé em suas aspirações — tudo isso alumiava o rosto de Kátia com uma luz bela e lhana, dotava-o de uma beleza suprema, espiritual, e a gente passava a compreender que não se podia exaurir momentaneamente toda a significância dessa beleza, a qual não se mostrava toda de vez a qualquer olhar trivial e indiferente. Eu entendi que Aliocha havia de se apegar passionalmente a ela. Se não conseguia pensar e raciocinar por si só, gostava justo daquelas pessoas que pensavam e até desejavam por ele, e Kátia já o mantinha sob a sua tutela. O coração do jovem era irresistível em sua nobreza, entregando-se logo a tudo quanto fosse honesto e belo, e Kátia já se externara amiúde, com toda a franqueza que a infância e a simpatia lhe propiciavam, na frente dele. Aliocha não tinha sequer um pingo de vontade própria; Kátia possuía, por sua vez, muita vontade forte, ardente e perseverante, e Aliocha só poderia apegar-se a quem fosse capaz de comandá-lo e mesmo de submetê-lo. Fora, em parte, dessa maneira que Natacha o atraíra bem no começo de seu namoro, mas Kátia possuía uma grande vantagem, se comparada com Natacha — o fato de ela própria ser ainda uma criança, devendo, pelo que me parecia, continuar sendo uma criança por muito tempo ainda. Tal infantilidade dela, sua viva inteligência e, por outro lado, certa falta de juízo — tudo isso era, digamos, mais próximo para Aliocha. Ele se dava conta disso e, portanto, sentia-se cada vez mais encantado pela moça. Estou seguro de que, quando eles conversavam a sós, aquelas sérias falas "propagandistas" de Kátia se revezavam, quem sabe, com brincadeiras. E, bem que Kátia exprobrasse Aliocha, provavelmente diversas vezes, e já o controlasse por inteiro, percebia-se que lhe era mais fácil lidar com ela que com Natacha. Os dois *combinavam* melhor um com o outro, o que era o mais importante.

— Chega, Kátia, chega, basta: você sempre está certa, e eu estou errado. É porque sua alma é mais pura que a minha — disse Aliocha, levantando-se e estendendo-lhe a mão em sinal de despedida. — Agora mesmo vou à casa dela, sem passar pela de Lióvenka...

— Não tem o que fazer na casa de Lióvenka, mas me obedeça e vá lá... nisso você é muito gentil.

— Mas você é mil vezes mais gentil que todos — respondeu Aliocha, tristonho. — Ivan Petróvitch, preciso dizer-lhe duas palavras.

Afastamo-nos um pouco.

— Ele é bom, ele é nobre — apressou-se a dizer Kátia, quando me sentei outra vez ao seu lado —, mas é depois que falaremos dele bastante, e agora temos que combinar antes de tudo: como está achando o príncipe?

— Acho que é um homem muito ruim.

— Eu também acho. Assim sendo, estamos de acordo nesse ponto e vamos julgar com maior facilidade. Agora, sobre Natália Nikoláievna... Sabe, Ivan Petróvitch, estou agora como nas trevas, esperei pelo senhor como por uma luz. O senhor me explicará tudo isso, já que só posso julgar a respeito do principal pelas minhas conjeturas e por aquilo que Aliocha me tem contado. Não tive mais com quem me informar. Diga-me, pois, em primeiro lugar (é o principal): a seu ver, Aliocha e Natacha viveriam felizes juntos ou não? Preciso saber disso, antes de tudo, para me decidir em definitivo, para que eu mesma saiba como proceder.

— Será que se pode dizer isso com toda a certeza?...

— Não, é claro que não seria com toda a certeza — interrompeu ela. — Mas como o senhor acha, sendo um homem muito inteligente?

— Acho que não podem viver felizes.

— Por quê?

— Porque não combinam entre si.

— Foi o que pensei! — Kátia juntou as mãozinhas, como que tomada de profunda tristeza. — Conte com mais detalhes. Escute: quero muito ver Natacha, já que preciso falar com ela de várias coisas, e parece-me que vamos resolver tudo, nós duas. E, por enquanto, não paro de imaginá-la aqui comigo: ela deve ser inteligentíssima, bem séria, sincera e linda por fora. É assim?

— É.

— Tinha certeza disso. Mas, se ela é assim, como foi que pôde apaixonar-se por Aliocha, aquele menino? Explique-me isso; penso nisso volta e meia.

— Não se pode explicar isso, Katerina Fiódorovna: é difícil imaginar por que e como a gente se apaixona. É uma criança, sim. Mas sabe como se pode amar uma criança? (Meu coração ficara enternecido, olhando eu para a moça cujos olhinhos estavam fixos em mim com uma atenção profunda, séria e apreensiva.) E, quanto menos Natacha se assemelhasse, ela mesma, a uma criança — prossegui —, quanto mais ajuizada ela fosse, tanto mais fulminante poderia ter sido a sua paixão por ele. Aliocha é franco, sincero, ingênuo demais e, vez por outra, graciosamente ingênuo. Pode ser que Natacha se tenha apaixonado por ele... como é que diria? Por sentir pena dele. Um coração magnânimo pode amar por mera compaixão... De resto, não acredito que possa explicar qualquer coisa que seja, mas lhe pergunto por minha vez: a senhorita ama Aliocha, não é?

Fiz essa pergunta com ousadia ao intuir que a precipitação de semelhante pergunta em si não poderia turvar a infinita pureza angelical daquela alma plácida.

— Juro por Deus que ainda não sei — respondeu ela baixinho, encarando-me com plena serenidade —, mas me parece que o amo muito...

— Está vendo? E pode explicar por que o ama?

— Não há mentira nele — respondeu a moça, depois de pensar um pouco. — Quando ele olha bem nos meus olhos e diz algo para mim, isso me agrada muito... Escute, Ivan Petróvitch: estou falando disso com o senhor; sou uma mocinha, e o senhor é um homem. Será que faço bem ou não?

— Mas o que há de mau nisso?

— Pois é. Não há certamente nada de mau nisso. Mas aqueles ali (ela apontou, com os olhos, para o grupo reunido junto ao samovar), eles diriam, sem dúvida, que não é bom. Teriam razão ou não?

— Não! A senhorita não sente, no fundo de seu coração, que está agindo mal, portanto...

— É o que faço sempre — interrompeu Kátia, visivelmente ansiosa por falar comigo o mais que pudesse. — Logo que me preocupar por algum motivo, indago na hora ao meu coração e, se ele estiver sossegado, sossego-me eu também. É desse modo que sempre se deve agir. E se lhe falo com tanta sinceridade assim, como se falasse comigo mesma, é porque, primeiro, o senhor é um homem sublime, e porque eu sei que namorava Natacha antes de Aliocha e fiquei chorando ao ouvir essa história.

— Mas quem foi que lhe contou isso?

— É claro que foi Aliocha: também chorou enquanto contava, e foi muito bom da parte dele, e eu gostei muito. Parece que ele ama o senhor mais do que o senhor a ele, Ivan Petróvitch. É por causa dessas coisas todas que gosto de Aliocha. E segundo: se lhe falo tão abertamente, como se falasse comigo mesma, é porque o senhor é muito inteligente e pode dar vários conselhos e ensinar várias coisas para mim.

— Mas como a senhorita sabe que sou inteligente a ponto de poder ensiná-la?

— Pois é... O que tem? — Ela ficou pensativa. — Falei nisto só por falar; vamos conversar sobre o principal. Ensine-me, Ivan Petróvitch: estou sentindo agora que sou a rival de Natacha, sei disso. O que tenho a fazer? Foi por isso que lhe perguntei se eles viveriam felizes juntos. Penso nisso de dia e de noite. A situação de Natacha é horrível, horrível! É que ele já deixou de amá-la, deixou de vez, e a mim ama cada vez mais. É isso?

— Parece que é.

— E não está mentindo para ela. Não sabe, ele mesmo, que deixa de amá-la, mas ela sabe disso por certo. Como deve estar sofrendo!

— O que é que pretende fazer, Katerina Fiódorovna?

— Tenho muitos planos — respondeu ela, num tom grave —, porém estou confusa. Foi por isso que esperei pelo senhor com tanta impaciência, para que me esclarecesse toda aquela história. O senhor a conhece bem melhor que eu. Agora é, para mim, tal e qual um deus. Escute, logo de início eu pensava assim: se eles se amam, é mister que estejam felizes; portanto, eu cá teria de me sacrificar e de ajudá-los. É isso?

— Sei que a senhorita se sacrificou de fato.

— Eu me sacrifiquei, sim, mas depois, quando ele começou a vir aqui, quando passou a amar-me cada vez mais, fui pensando comigo mesma, pensando sem parar se valia a pena que me sacrificasse. Ora, isso é muito ruim, não é verdade?

— Isso é natural — respondi. — Há de ser assim... e a senhorita não tem culpa.

— Não acho, não; o senhor diz isso por ser muito bondoso. E eu penso que meu coração não é tão casto assim. Se tivesse um coração imaculado, saberia que decisão tomar. Mas deixemos essa conversa! Depois o príncipe, a *maman*[23] e Aliocha também me contaram mais sobre as relações deles dois, e eu adivinhei que não eram iguais um ao outro; aliás, é o senhor que confirma isso agora. Então fiquei mais cismada ainda: o que faria? Se eles dois estiverem infelizes, aí não será melhor que se

[23] Mamãe (em francês).

separem? Por fim, resolvi que me informaria direito com o senhor sobre aquilo tudo e depois iria à casa de Natacha para tirar toda a história a limpo com ela mesma.

— Mas como tirará aquilo a limpo, eis a questão!

— Direi o seguinte: "Você ama Aliocha mais que a tudo, portanto deve amar a felicidade dele mais que sua própria felicidade; deve, pois, separar-se dele".

— Sim, mas como ela ficará ao ouvir isso? E, nem que concorde com a senhorita, terá bastante força para fazê-lo?

— É nisso que penso de dia e de noite, e... e...

De repente, ela se pôs a chorar.

— O senhor nem acreditará quanto dó tenho de Natacha — sussurrou com seus labiozinhos trêmulos de choro.

Não havia mais nada a acrescentar. Calado como estava, eu também senti muita vontade de chorar sem motivo, tão só de olhar para ela, por uma sorte de amor. Que criança maravilhosa era Kátia! Nem sequer lhe indaguei por que se achava capaz de tornar Aliocha feliz.

— O senhor gosta de música, não gosta? — perguntou ela, um pouco mais calma, porém ainda meditativa após seu recente pranto.

— Gosto — respondi, um tanto pasmado.

— Se tivéssemos tempo, eu tocaria para o senhor o "Terceiro concerto de Beethoven". Agora o toco. Todos esses sentimentos estão nele... iguaizinhos ao que estou sentindo agora. Assim me parece. Mas deixemos isso para a próxima ocasião; agora temos que falar.

Fomos discutindo a eventual maneira de Kátia se encontrar com Natacha e como tudo isso seria arranjado. Ela me advertiu que estavam de olho nela e que sua madrasta, embora fosse bondosa e gostasse dela, não lhe permitiria, em hipótese alguma, conhecer Natália Nikoláievna; disse que resolvera, portanto, usar de artimanhas. Ia, de vez em quando, passear de manhã, quase sempre acompanhada pela condessa. Acontecia também que a condessa ficava em casa, deixando-a ir passear com uma francesa, atualmente indisposta. Isso acontecia, notadamente, quando a condessa estava com dor de cabeça, ou seja, seria preciso esperarmos por um desses momentos, e antes disso Kátia convenceria aquela francesa (uma velhinha que fazia as vezes de sua dama de companhia), pois a francesa era muito bondosa. Chegamos à conclusão de que não poderíamos, de modo algum, predefinir o dia em que ela iria visitar Natacha.

— A senhorita conhecerá Natacha e não se arrependerá — disse eu. — Ela mesma quer muito conhecê-la, nem que seja apenas para saber a quem confia Aliocha. Mas não se inquiete demais com essa história. O tempo resolverá tudo sem seus esforços. A senhorita vai para a fazenda, não vai?

— Vou logo, sim, talvez dentro de um mês — respondeu Kátia. — E sei que o príncipe vem insistindo nisso.

— Acha que Aliocha irá com a senhorita?

— Eu também já pensei nisso! — disse ela, olhando atentamente para mim. — Ele irá, não é?

— Irá, sim.

— Meu Deus, nem sei aonde isso vai levar. Escute, Ivan Petróvitch: vou escrever sobre tudo para o senhor, vou escrever amiúde e muito. Agora é que começo a atenazá-lo. O senhor nos visitará frequentemente?

— Não sei, Katerina Fiódorovna, isso depende das circunstâncias. Talvez nem venha mais para cá.

— Mas por quê?

— Isso dependerá de vários motivos, principalmente das minhas relações com o príncipe.

— É um homem desonesto — disse Kátia, resoluta. — Mas sabe, Ivan Petróvitch... e se eu mesma fosse ver o senhor? Seria bom ou nem tanto?

— E como a senhorita acha?

— Acho que seria bom. Iria visitá-lo, assim... — acrescentou sorridente. — Falo nisso porque, além de respeitá-lo, eu gosto muito do senhor... E posso aprender muitas coisas com o senhor. Eu o amo... Não é vergonhoso que lhe diga tudo isso, não?

— Por que é que seria vergonhoso? A senhorita já me é cara, como se fosse minha parenta.

— Então, o senhor quer ser meu amigo?

— Oh, sim, claro! — respondi.

— Pois aqueles ali diriam sem falta que é vergonhoso e que uma mocinha não deveria agir dessa forma — notou ela, apontando novamente para os que proseavam ao redor da mesa de chá. Pareceu-me, diga-se de passagem, que o príncipe nos deixara a sós de propósito, para que pudéssemos conversar à vontade.

— Aliás, eu sei muito bem — adicionou Kátia — que o príncipe quer meu dinheiro. Eles me acham uma criancinha e até me dizem isso às claras. Só que eu não penso assim. Não sou mais uma criança. São estranhas, aquelas pessoas: parece que são crianças, elas mesmas... Por que é que se afobam tanto?

— Esqueci-me de perguntar, Katerina Fiódorovna: quem são aqueles Lióvenka e Bórenka que Aliocha visita tão assiduamente?

— São meus contraparentes. São muito inteligentes e muito íntegros, mas falam demais... Eu os conheço... — A moça sorriu.

— É verdade que a senhorita quer presenteá-los, no futuro, com um milhão?

— Nem que seja só esse milhão, está vendo? Já falam tanto dele que não dá mais para aguentar. É claro que vou apoiar, com prazer, tudo o que for útil. Por que eu precisaria, enfim, desse dinheirão todo, não é verdade? Só que isso vai demorar bastante, e eles já estão repartindo, deliberando, gritando, discutindo — como seria melhor empregá-lo? — até brigando por causa disso... eis o que é estranho! Estão apressados demais. Ainda assim, são tão francos e... inteligentes. São estudantes. Não é melhor viver desse jeito do que como os outros vivem? Não é mesmo?

E conversamos ainda muito. Kátia me relatou quase toda a sua vida e ouviu meus relatos com avidez. Voltou a exigir que lhe contasse, em primeiro lugar, sobre Natacha e Aliocha. Já era meia-noite quando o príncipe se aproximou de mim, dando a entender que estava na hora de irmos embora. Despedi-me. Kátia me apertou calorosamente a mão e lançou-me um olhar expressivo; a condessa pediu que a visitasse de novo. Saí com o príncipe.

Não posso deixar de lado uma bizarra observação que talvez não tenha nada a ver com esta história. Ao conversar por umas três horas com Kátia, fiquei convencido, estranha e, ao mesmo tempo, profundamente, de que era tão criança ainda que desconhecia todo aquele mistério das relações entre homem e mulher. Isso revestia de singular comicidade certos raciocínios dela e, de modo geral, o tom sério que ela adotava falando sobre vários temas importantíssimos...

Capítulo X

— Sabe de uma coisa? — disse-me o príncipe, entrando comigo na carruagem. — E se a gente ceasse agora, hein? O que acha?

— Nem sei, príncipe, palavra de honra — respondi hesitante. — Eu nunca ceio...

— E *conversaremos*, bem entendido, na hora da ceia — acrescentou ele, fitando-me bem nos olhos com aquela sua astúcia.

Como poderia deixar de compreendê-lo? "Ele quer falar às claras" — pensei —, "e é justamente disso que preciso". Aceitei a proposta.

— Combinado... Vamos à Bolcháia Morskáia,[24] à casa de B.

— Àquele restaurante? — perguntei com certo embaraço.

— Sim. Por quê? Não costumo jantar em casa. Será que o senhor não me permite convidá-lo?

— Mas eu já lhe disse que nunca jantava.

— Uma vez não conta, certo? Ademais, sou eu quem o convida...

Queria dizer que pagaria por mim: estou seguro de que fez essa ressalva intencionalmente. Permiti que me levasse ao restaurante, mas decidi pagar do meu próprio bolso. Chegamos lá. O príncipe foi ocupar um reservado

---

[24] Rua na parte aristocrática de São Petersburgo.

e escolheu, com gosto e conhecimento de causa, dois ou três pratos. Esses pratos eram caros, assim como a garrafa de fino vinho de mesa que ele mandara servir. Tudo isso estava além das minhas posses. Consultei o cardápio e pedi que me trouxessem meia porção de perdiz e um cálice de Laffitte. O príncipe ficou irritado.

— O senhor não quer cear comigo! Pois isso chega a ser ridículo. *Pardon, mon ami*,[25] mas é um... melindre revoltante. É o amor-próprio mais tacanho, enfim. Há praticamente interesses de classe, aí no meio, e aposto que é assim mesmo. Asseguro-lhe que o senhor me magoa.

Contudo, insisti em minha escolha.

— De resto, como o senhor quiser — arrematou ele. — Não estou forçando... Diga, Ivan Petróvitch: eu posso falar-lhe com plena simpatia?

— É o que lhe peço.

— A meu ver, quem fica prejudicado com esses seus melindres é o senhor mesmo. Aliás, toda a sua turma se prejudica dessa maneira também. O senhor é um literato, precisa conhecer a alta sociedade, porém se afasta de tudo. Não falo agora daquelas perdizes, mas o senhor está prestes a romper toda e qualquer ligação com o nosso meio, e isso lhe é positivamente nocivo. Além de perder muita coisa — numa palavra, sua carreira, não é? —, não seria útil, ao menos, conhecer de perto o que vem descrevendo, já que põe lá, em suas novelas, condes e príncipes e alcovas... De resto, nada disso! Agora só há miséria, por toda parte, capotes perdidos, inspetores

[25] Perdão, meu amigo (em francês).

gerais, oficiais briguentos, servidores públicos, velhos tempos e aquela vidinha dos *raskólniks*[26] — sei, sei.[27]

— Mas está enganado, príncipe: se não frequento "a alta sociedade", como o senhor a chama, é porque, primeiro, ela me deixa entediado, e segundo, porque não tenho nada a fazer ali! E, feitas as contas, visito por vezes...

— Sei: visita a casa do príncipe R. uma vez por ano: foi bem lá que o encontrei. E passa o resto de seu tempo mofando em seu orgulho democrático e definhando em seus sótãos, se bem que nem todos da sua turma ajam do mesmo jeito. Há tais aventureiros que até eu sinto náuseas...

— Eu gostaria, príncipe, que o senhor mudasse de tema e não retornasse mais aos sótãos da minha turma.

— Ah, meu Deus, eis que ficou ofendido. Aliás, foi o senhor que me permitiu falar amigavelmente. Mas desculpe: ainda não mereci, de modo algum, sua amizade. Este vinho é passável. Experimente.

Pegou a garrafa e serviu-me meio copo de vinho.

— Está vendo, meu querido Ivan Petróvitch: entendo muito bem que é indecente impor amizade. Nem todos nós tratamos o senhor com grosseria e insolência, como tem imaginado a nosso respeito. Só que também entendo perfeitamente que não está aqui comigo por mera afeição a mim, mas porque lhe prometi *falar* com o senhor. Não é verdade?

---

[26] Membros do movimento religioso perseguido pelo governo da Rússia czarista.

[27] O príncipe escarnece os personagens das obras *O capote*, *Inspetor geral*, *Almas mortas* e outras, de Nikolai Gógol, cultuadas na época pela maioria dos leitores russos.

O príncipe riu.

— E, como está cuidando dos interesses de certa pessoa, deseja ouvir o que eu vou dizer. Não é mesmo? — acrescentou com um sorriso maldoso.

— O senhor está certo — interrompi, tomado de impaciência (Percebia que era um daqueles homens que, vendo alguém, pelo menos, um pouquinho em seu poder, não tardam em fazê-lo sentir isso. Quanto a mim, estava em seu poder: não poderia ir embora sem ter ouvido tudo o que o príncipe tencionava dizer, e ele o sabia muito bem. Seu tom mudou de repente, tornando-se cada vez mais desaforado, descortês e zombeteiro). — Não se enganou, príncipe: foi justamente por isso que vim cá, senão, palavra de honra, não ficaria acordado... tão tarde assim.

Queria dizer que não ficaria, de maneira alguma, com ele, mas não disse isso, alterando a frase mais em razão de minhas malditas fraqueza e delicadeza que por temor. Como é que poderia, afinal, destratar às escâncaras uma pessoa, nem que esta o merecesse e que eu mesmo quisesse notadamente destratá-la? Decerto o príncipe adivinhara isso pelo meu olhar, mirando-me com escárnio, ao longo de toda a minha fala, deliciando-se, pelo visto, com minha pusilanimidade e parecendo provocar-me com olhadelas: "E aí, não ousou, deu para trás? Pois é, mano!". Sem sombra de dúvida, era assim, porquanto ele soltou uma gargalhada, tão logo eu terminei, e deu, com ares de protetor, um afável tapinha em meu joelho. "Mas como você me faz rir, maninho" — li nos olhos dele. "Espere aí!" — pensei comigo mesmo.

— Estou muito alegre hoje! — exclamou o príncipe. — E juro que não sei por quê. Sim, sim, meu amigo, sim! Era precisamente daquela pessoa que eu queria falar. Cumpre-me pôr os pontos nos is, *desembuchar* em definitivo, e espero que desta vez o senhor me compreenda totalmente. Há pouco, puxei conversa sobre aquele dinheiro e aquele pai borra-botas, um neném de sessenta anos... Pois bem! Nem vale a pena lembrar aquilo. Falei *assim* por falar! Ah-ah-ah, você, que é um literato, deveria ter adivinhado...

Eu olhava para ele com espanto. Parecia que ainda não estava bêbado.

— E, no que concerne àquela mocinha, juro que a respeito, até a amo, asseguro-lhe. Ela é um tanto caprichosa, mas "não há rosa sem espinhos", como diziam cinquenta anos atrás e diziam bem, por sinal: os espinhos picam, mas é bem isso que atrai, e, posto que meu Alexei seja um bobalhão, já lhe perdoei em parte, por seu bom gosto. Enfim, adoro essas mocinhas e mesmo tenho — ele estreitou os lábios de modo significante — umas intenções especiais... Só que falaremos nisso depois...

— Príncipe! Escute, príncipe! — exclamei. — Não compreendo essa sua reviravolta, porém... mude de tema, peço-lhe!

— Está exaltado de novo? Pois bem... vou mudar, vou! Apenas quero perguntar o seguinte, meu bom amigo: será que a respeita muito?

— Claro que sim — respondi com bruta impaciência.

— E ama muito, não é? — prosseguiu ele, arreganhando torpemente os dentes e entrefechando os olhos.

— O senhor se esquece! — exclamei.

— Está bem, não vou mais, não vou! Acalme-se! Este meu estado de espírito está admirabilíssimo hoje. Ando tão alegre como não me acontece há tempos. E se tomássemos champanhe? O que acha, meu poeta?

— Não vou beber, não quero!

— Nem me fale! O senhor deve sem falta fazer-me hoje companhia. Estou ótimo e, como sou bondoso até a sentimentalidade, não posso ficar tão feliz sozinho. Quem sabe se não chegaremos, nós dois, a tratar um ao outro por "tu" após um dos brindes, ah-ah-ah! Não, meu jovem amigo, ainda não me conhece! Tenho certeza de que gostará de mim. Quero que compartilhe comigo hoje pesar e alegria, risos e lágrimas, embora espere que pelo menos eu mesmo não vá chorar. E aí, Ivan Petróvitch? Imagine apenas: se me faltar o que eu quero, toda a inspiração minha passará, sumirá, evaporará, e o senhor não ouvirá nada. E o senhor está aqui unicamente para ouvir alguma coisa, não é verdade? — adicionou ele, ao lançar-me outra piscadela cínica. — Escolha, pois.

Sua ameaça era grave. Eu concordei. "Será que ele quer embebedar-me?" — pensei. A propósito, está na hora de mencionar um boato sobre o príncipe, aquele boato que chegara aos meus ouvidos havia muito tempo. Dizia-se que ele, sempre tão decente e elegante em sua alta-roda, gostava de beber à noite, de embriagar-se, vez por outra, até a loucura e de patuscar às ocultas, entregando-se a uma devassidão abjeta e sorrateira... Terríveis rumores corriam a respeito dele... Dizia-se também que Aliocha sabia bem que seu pai se embriagava às vezes e procurava esconder isso de todos e, sobretudo, de Natacha. Um dia, falou por acaso comigo, mas logo desviou a conversa e não respondeu às minhas indagações. De resto, não fora ele quem me contara sobre o príncipe, e confesso que eu não acreditava naquilo antes. Agora esperava pelo que ia acontecer.

O vinho foi servido. O príncipe encheu duas taças: uma para si mesmo e a outra para mim.

— Doce menina, doce, ainda que me tenha ensaboado! — continuou, degustando seu vinho com deleite. — Mas aquelas doces criaturinhas são doces bem ali, bem naqueles momentos... E ela pensava, na certa, que me tivesse deixado cheio de vergonha — lembra aquela noite? —, que me tivesse aniquilado! Ah-ah-ah! E como ela fica bonita quando enrubesce! O senhor entende de mulheres? Por vezes, aquele rubor súbito combina tão bem com as faces pálidas, já reparou nisso? Ah, meu Deus! Mas o senhor está zangado de novo, pelo que me parece.

— Estou, sim! — exclamei, sem me conter mais. — E não quero que o senhor fale agora de Natália Nikoláievna... ou seja, que fale nesse seu tom. Eu... eu não lhe permitirei isso!

— Oh-oh! Tudo bem, vou proporcionar-lhe esse prazer, vou mudar de tema. É que sou dócil e brando feito um empelo. Vamos falar do senhor. Eu amo você, Ivan Petróvitch; se soubesse quanto afeto, sincero e amistoso, eu sinto por você...

— Não seria melhor, príncipe, se falássemos do negócio? — interrompi-o.

— Quer dizer do *nosso negócio*, não é? Entendo você num instante, *mon ami*, mas nem sequer imagina como iremos fundo, se falarmos agora de você e se, bem entendido, você não me interromper. Continuo, pois: queria dizer-lhe, meu caríssimo Ivan Petróvitch, que viver como você vive significa, mui simplesmente, acabar consigo. Permita-me tocar, por mera amizade, nessa matéria tão delicada. Você é pobre, você pede adiantamentos ao seu editor, paga suas dividazinhas e gasta o que lhe sobra para se alimentar, durante uns seis meses, só com aquele seu chá, tremelicando naquele seu sótão enquanto escreve um romance para a revista de seu editor. Não é isso?

— Ainda que seja isso, é mais...

— Honrado do que furtar, lamber as botas, cobrar propina, urdir intrigas, *et caetera* e tal. Sei, sei o que quer dizer; tudo isso foi posto no papel há tempos.

— Por conseguinte, nem precisa falar de meus negócios. Será que me cabe, príncipe, ensinar-lhe boas maneiras?

— Não, com certeza isso não lhe cabe. Mas o que fazer, se estamos tocando exatamente nessa corda delicada? Não podemos ignorá-la, podemos? De resto, vamos deixar aqueles sótãos em paz. Eu mesmo não gosto deles, a não ser em casos bem especiais (e deu uma gargalhada asquerosa). O que me surpreende é o seguinte: por que é que você quer tanto desempenhar esse papel de segundo plano? É claro que um dos seus escritores disse, que me lembre, nalgum lugar: a maior proeza de um homem consiste, talvez, em poder limitar-se em sua vida a um papel de segundo plano...[28] Parece que foi algo assim. Também ouvi uma conversa dessas por aí, mas o fato é que Aliocha lhe arrebatou a noiva, eu cá sei disso, e você se crucifica por eles, tal e qual um Schiller de plantão, faz as vontades deles e quase segura vela para eles... Desculpe-me, meu caro, mas não está porventura brincando de sentimentos sublimes? Enfim, como é que não se fartou ainda desse joguinho nojento? Chega a

[28] Alusão ao romance *Às vésperas*, de Ivan Turguênev (1818–1883), cujo protagonista diz: "... colocar-se como o número dois é o que a vida da gente tem por toda destinação".

ser vergonhoso. Parece que eu mesmo teria morrido de desgosto, se estivesse em seu lugar, mas o principal é que é uma vergonha, uma vergonha!

— Príncipe! Pelo que vejo, o senhor me trouxe aqui com o propósito de me ofender! — bradei enfurecido.

— Oh, não, meu amigo, não: neste momento não passo de um homem de negócios e desejo a sua felicidade. Numa palavra, quero dar conta de todo esse problema. Mas deixemos, por um tempinho, o *problema todo*; escute-me até o fim, tente não se exaltar mais, nem que seja apenas por uns dois minutinhos. E se você se casasse, o que acha? Bem vê que estou falando agora de *outras coisas*... então por que olha para mim com tanto pasmo?

— Espero pelo fim de seu discurso — repliquei, de fato olhando para ele com pasmo.

— Mas não tem nada a esperar. Eu gostaria de saber, em particular, o que me diria caso um dos seus amigos, alguém que lhe deseje uma felicidade sólida e verdadeira em vez daquelas coisas efêmeras, oferecesse a você uma moça novinha e bonitinha, mas... já experiente em certos assuntos — falo de modo alegórico, mas você me compreende —, enfim, parecida a Natália Nikoláievna, e com uma recompensa decente, bem entendido... (Note aí que não estou falando de *nosso* negócio, mas de outras coisas). Pois bem, o que é que diria?

— Diria que o senhor... ficou louco.

— Ah-ah-ah! Bah! Parece que está para me espancar, hein?

Realmente, eu estava prestes a agredi-lo. Não conseguia mais conter minha fúria. Ele me causava a impressão de ser um monstro, uma enorme aranha que eu ansiava por esmagar. Ele se regozijava em escarnecer-me, brincava comigo igual ao gato que brinca com um ratinho, supondo que me dominasse inteiramente. Parecia-me (aliás, eu compreendia isso) que o príncipe achava um prazer ou, talvez, até mesmo uma volúpia em sua baixeza, em sua insolência, naquele cinismo com que acabava de arrancar, diante de mim, sua máscara. Queria deliciar-se com meu espanto e meu pavor. Desprezava-me com toda a franqueza e caçoava de mim.

Eu pressentia desde o começo que tudo isso era proposital e tinha algum objetivo; porém, minha situação era tal que me cumpria, custasse o que custasse, escutá-lo até o fim. Cuidava dos interesses de Natacha e devia arriscar-me a tudo e aguentar tudo, visto que naquele momento, quem sabe, a história toda chegava ao seu desfecho. Mas como poderia ouvir aquelas falas cínicas e sujas a respeito dela, como poderia suportá-las a sangue-frio? E ele mesmo, além do mais, entendia muito bem que eu não podia deixar de ouvi-lo, e isso exacerbava ainda minha mágoa. "Mas ele também precisa de mim, não é?" — pensei, passando a responder-lhe brusca e brutalmente. O príncipe compreendeu isso.

— Eis o que é, meu jovem amigo — disse, fixando em mim um olhar sério —: não podemos continuar desse jeito, portanto é melhor que nos conciliemos. Eu, como está vendo, tinha a intenção de lhe contar umas coisas, e você deveria ter a bondade de consentir em escutar tudo quanto lhe contasse. Quero falar como me aprouver e apetecer, e, seja dita a verdade, é assim que se fala. Pois então, meu jovem amigo, terá um pouco de paciência?

Contive-me e fiquei calado, embora o príncipe me fitasse com tanto escárnio cáustico que até parecia desafiar-me para o mais violento protesto. Ele percebeu, todavia, que eu anuíra a ficar ali e tornou a falar:

— Não se zangue comigo, meu caro. Com que foi que se zangou? Tão só com as aparências, não é verdade? Pois não esperava de mim, aí bem no fundo, outra coisa: quer me desmanchasse naquela polidez perfumada, quer lhe falasse como falo agora, o sentido seria, em consequência, o mesmo em ambos os casos. Você me despreza, não é verdade? Está vendo quanta meiga simplicidade eu tenho, quanta lhaneza e *bonhomie*?[29] Confesso tudo na sua frente, até as minhas birras infantis. Sim, *mon cher*,[30] um pouco mais dessa *bonhomie* da sua parte também, e nós nos entenderemos, chegaremos a um consenso total e, finalmente, compreenderemos um ao outro em definitivo. E não se surpreenda comigo: fiquei, no fim das contas, tão farto de todas aquelas inocências, de todas aquelas pastorais[31] de Aliocha, de todos aqueles trecos de Schiller, de toda aquela sublimidade naquele maldito romance com aquela Natacha (que é, aliás, uma menina docinha) que me alegro, digamos assim, sem querer com a oportunidade de fazer chacota daquilo tudo. E eis que tal oportunidade se apresenta! Queria, além do mais, aliviar minha alma com você. Ah-ah-ah!

— O senhor me assombra, príncipe, e não o reconheço. Acaba por adotar o tom de polichinelo: essas suas confidências inesperadas...

— Ah-ah-ah, mas isso é justo em parte! Que comparação bonitinha! Ah-ah-ah! Estou *farreando*, meu

---

[29] Bonomia, bondade simples e cordial (em francês).

[30] Meu caro (em francês).

[31] Poesias ou peças teatrais de inspiração bucólica, tidas como obsoletas e ridículas na época de Dostoiévski.

amigo, estou *farreando*; estou alegre e contente, e você, meu poeta, deve tratar-me com toda a condescendência possível. Mas vamos beber, que é melhor — decidiu ele, cheio de si, e voltou a encher sua taça. — Eis o que é, meu amigo: só aquela noite abestalhada — na casa de Natacha, lembra? — deu cabo de mim. É verdade que ela mesma estava muito amável, mas eu saí de lá terrivelmente zangado e não quero esquecer isso. Nem esquecer nem esconder. É claro que nossa vez chegará também (e está chegando depressa), mas agora deixemos isto de lado. Queria explicar-lhe, por ora, que um dos traços de meu caráter, do qual você ainda não faz ideia, consiste em detestar todas aquelas nojentas inocências e pastorais sem valor, e que um dos mais picantes prazeres meus tem sido fingir, bem no começo, que também gosto disso, adotar esse tom, amimar e encorajar algum Schillerzinho eternamente jovem, e depois, sem mais nem menos, atordoá-lo de vez, tirar, de supetão, minha máscara na frente dele e transformar esta cara rejubilante numa careta, mostrar-lhe a língua no exato momento em que ele nem espera por uma surpresa dessas. E aí? Você não entende: isso lhe parece, talvez, vil, absurdo e ordinário, não é mesmo?

— É claro que sim.

— Você é sincero. O que fazer, pois, se eu mesmo sofro com isso? Também sou sincero até a tolice, mas a minha índole é esta. Aliás, quero contar alguns fatos de minha vida. Você me compreenderá melhor, e a história será bem curiosa. Sim, pode ser que realmente me pareça hoje com um polichinelo, mas o polichinelo é sincero, não é verdade?

— Escute, príncipe, já é tarde e, palavra de honra...

— O quê? Meu Deus, quanta intolerância! E por que tanta pressa? Ficaremos aqui sentadinhos, levando um papo descontraído, sincero... assim, sabe, com uma taça de vinho, feito dois bons amigos. Você acha que estou bêbado: não faz mal, é melhor desse jeito. Ah-ah-ah! Juro que estes encontros amigáveis ficam depois encravados em minha memória, com tanto prazer é que os relembro. Não é um bom homem, Ivan Petróvitch! Não tem sentimentalidade, não é sensível. Será que não poderia dedicar uma horinha a um amigo como eu? Ademais, isso diz respeito ao nosso negócio... Será que não percebe? Mas você é um literato e deveria abençoar um ensejo destes, já que pode fazer de mim um personagem, ah-ah-ah! Meu Deus, como estou gentilmente sincero hoje!

Ele estava visivelmente embriagado. Seu rosto mudara, tomando uma expressão maliciosa. Via-se que o príncipe queria zombar, pungir, morder, debochar. "Em parte, é melhor que esteja bêbado" — pensei eu. — "Quem está bêbado sempre fala demais." No entanto, ele se controlava.

— Meu amigo — recomeçou com evidente satisfação consigo mesmo —, acabei de lhe fazer uma confissão que chega, talvez, a ser intempestiva, admitindo que sinta, de vez em quando, uma vontade irrefreável de colocar, em certas ocasiões, a língua para fora. Em razão desta sinceridade ingênua e cândida você me comparou ao polichinelo, o que me fez rir de todo o coração. Mas se você me censurar ou então se pasmar comigo, porque o trato agora sem cortesia e, sabe-se lá, até com a indecência de um *mujique* — numa palavra, porque mudei repentinamente de tom com você —, há de me injustiçar, nesse caso, completamente. Primeiro, esta é minha vontade; segundo, não estou em casa e, sim, *com você*... ou seja, quero dizer que estamos agora *farreando* como dois bons amigos, e, terceiro, gosto muitíssimo de caprichos. Sabe que já fui outrora metafísico e filantropo por mero capricho e que professava quase as mesmas ideias que você? Aliás, isso aconteceu há muito tempo, nos áureos dias da minha juventude. Ainda me lembro de ter ido para a minha aldeia com aquelas metas humanitárias e ficado, entenda-se bem, morrendo ali de tédio. E você não vai acreditar no que se deu comigo então. Por tédio, comecei a fisgar menininhas bonitas... Faz cara feia, não faz? Oh, meu jovem amigo! Será que não temos agora um encontro amistoso? Quando é que iríamos farrear, quando é que nos abriríamos um ao outro? Tenho uma alma russa, uma autêntica alma russa; sou patriota, adoro expandir-me... e, além disso, precisamos captar o momento e desfrutar a vida. Logo morreremos, e ponto-final! Comecei, pois, a fisgá-las. Lembro que uma pastorzinha tinha um marido bonito e bem novinho. Castiguei-o bastante e queria alistá-lo no exército (reinações já antigas, meu poeta!), mas não o alistei no exército. É que ele morreu no meu hospital... Havia, sim, um hospital muito bem mantido, com doze leitos, nessa minha aldeia, todo limpinho e com parquete.[32] Destruí-o faz tempos, diga-se de passagem, mas então me orgulhava dele, era um filantropo e, quanto àquele *mujique*, pois bem, bati nele quase até a morte, por causa da sua esposa... Por que faz de novo essa carranca, hein?

[32] Assoalho feito de tacos de madeira que formam desenhos ou figuras (Dicionário Caldas Aulete).

Está com nojo de me escutar? Isso revolta seus nobres sentimentos? Acalme-se, chega disso! Tudo isso já se foi. Fiz isso quando era romântico e queria ser benfeitor da humanidade, fundar uma instituição filantrópica... seguia, na época, uma trilha dessas. Na época é que batia. Agora não bato mais: agora nos cumpre fazer caretas, agora nós todos fazemos caretas — os tempos são outros... E quem mais me diverte agora é aquele bobalhão de Ikhmeniov. Tenho certeza de que ele estava a par de toda a história com o *mujique* morto... e daí? Foi por bondade da sua alma feita, parece, de melaço e por se ter apaixonado então por mim que me cobriu de virtudes para si próprio e resolveu não acreditar em nada e... não acreditou, quer dizer, não acreditou nos fatos e defendeu-me durante doze anos, até chegar a vez dele. Ah-ah-ah! Mas tudo isso é uma bobagem! Bebamos, meu jovem amigo! Escute: você gosta de mulheres?

Não respondi nada. Apenas escutava o príncipe. E ele já destapara a segunda garrafa.

— E eu gosto de falar delas na hora da ceia. Apresentaria você, assim que terminássemos, à tal de *Mademoiselle* Phileberte, o que acha? Mas o que você tem? Não quer nem mesmo olhar para mim... hum!

Ficou, por um instante, meditativo. De súbito, reergueu a cabeça, lançou-me uma olhada algo significante e prosseguiu:

— Eis o que é, meu poeta: quero revelar a você um dos mistérios da natureza que parece ignorar totalmente. Tenho toda a certeza de que me chama, neste momento, de pecador ou até mesmo de vilão, de monstro da devassidão e do vício. Mas eis o que lhe direi! Se somente pudesse acontecer (aliás, não poderia acontecer nunca, devido à própria natureza humana)... se pudesse acontecer a qualquer um de nós descrever todos os seus segredos, mas de maneira a não ter medo de relatar não apenas aquilo que teme dizer e não dirá, em caso algum, a outras pessoas, não apenas aquilo que receia contar aos seus melhores amigos, mas também aquilo que não ousa confessar, por vezes, a si mesmo, então haveria tamanho fedor neste mundo que nós todos ficaríamos, sem dúvida, sufocados. É bem por isso, digamos entre parênteses, que nossas condições e convenções mundanas são tão boas assim. Elas encerram um pensamento profundo — não digo "moral", mas simplesmente defensivo e confortável, o que é, bem entendido, melhor ainda, porquanto a moral equivale, no fundo, ao nosso conforto, ou seja, foi inventada unicamente para o nosso conforto. Mas sobre essas convenções falaremos mais tarde; agora estou divagando, lembre-me delas depois. Minha conclusão será a seguinte: você me acusa de vício, de devassidão, de imoralidade, e eu, quem sabe, só tenho agora a culpa de ser *mais sincero* que os outros e nada além disso, de não ocultar o que os outros ocultam até deles mesmos, conforme já disse antes... Faço uma coisa ruim, sim, mas é o que quero agora. De resto, não se apoquente — acrescentou ele, sorrindo com desdém. — Eu disse "a culpa", porém não pretendo pedir desculpas. Note aí também: não o deixo envergonhado, não pergunto se você mesmo tem porventura alguns segredos desse tipo a fim de me desculpar com esses segredos seus... Minha conduta é decente e cavalheiresca. De modo geral, sempre me porto como um cavalheiro...

— Não faz outra coisa senão delirar — disse eu, olhando para ele com desprezo.

— Delirar? Ah-ah-ah! Quer que lhe diga o que está pensando agora? Está pensando: por que diabos ele me trouxe aqui e, de repente, sem motivo algum, ficou tão franco comigo? É ou não é?

— É.

— Pois vai saber disso mais tarde.

— Simplifiquemos: o senhor tomou quase duas garrafas e... ficou ébrio.

— Quer dizer, "bêbado", curto e grosso. E isso é bem possível. "Ébrio" soa um tanto mais suave que "bêbado". Oh, esse homem cheio de delicadeza! Mas... pelo que me parece, voltamos a altercar, se bem que estivéssemos conversando sobre um assunto interessantíssimo. Sim, meu poeta, se ainda houver neste mundo algo lindinho e gostosinho, são as mulheres.

— Sabe, príncipe, ainda assim não entendo por que teve essa veneta de me escolher, justamente a mim, como confidente de seus segredos e... aspirações amorosas.

— Hum... pois eu já lhe disse que saberia disso mais tarde. Não se inquiete... aliás, que seja assim, sem motivo algum: você é poeta, você me compreenderá; ademais, já lhe falei sobre isso. Há um gozo bem especial em arrancar, de súbito, sua máscara, naquele cinismo com que um homem se mostra subitamente ao outro de tal forma que nem sequer se dá ao luxo de se envergonhar na sua frente. Vou contar-lhe uma anedota: havia em Paris um servidor público doido; depois o trancaram num manicômio, uma vez bem seguros de sua insanidade. Pois bem... quando ele estava enlouquecendo, inventou uma coisa para o seu prazer: despia-se em sua casa, feito Adão, só ficava com seus calçados, punha uma larga capa, envolvia-se nela até os pés e, com aqueles ares de imponência e majestade, ia passear. Quem olhava para ele de lado via apenas um homem, igual a todos os outros, andar pela rua, com sua larga capa, para o seu prazer. Mas tão logo ele topava por acaso um transeunte, num lugar ermo onde não houvesse mais ninguém, vinha, calado, ao encontro dele, com a expressão mais séria e lucubrante possível, parava de supetão diante dele, abria a capa e mostrava-se em toda a sua... veracidade. Isso durava por um minuto; depois o doido se cobria de novo e, sem dizer uma palavra nem mover um músculo facial, passava defronte ao espectador petrificado de estupefação, imponente e vagaroso como aquele fantasma em *Hamlet*.[33] Assim agia com todo mundo, fossem homens, mulheres ou crianças, e nisso consistia todo o seu gozo. É certa parte desse mesmo gozo que a gente pode achar atordoando de supetão algum Schiller, mostrando-lhe a língua quando ele menos espera por isso. "Atordoando", mas que palavrinha, hein? Encontrei-a nalgum lugar, lendo essa sua literatura contemporânea.

— Mas aquele homem era um louco, e o senhor é...

— Um espertalhão?

— Sim.

O príncipe se pôs a gargalhar.

— Seu julgamento é justo, meu querido — acrescentou com a expressão mais insolente possível.

— Príncipe — disse eu, irritado com sua impertinência —, o senhor nos odeia a cada um, inclusive a mim mesmo, e agora se vinga de mim por tudo e todos.

[33] Trata-se do espectro que aparece nas primeiras cenas da tragédia *Hamlet*, de William Shakespeare.

Faz isso por causa desse seu mesquinho amor-próprio. O senhor é maldoso e mesquinhamente maldoso. Deixamos o senhor com raiva, e mais se enraivece, talvez, com aquela noite. É claro que não poderia tomar maior desforra senão me manifestando seu desprezo categórico; o senhor se exime até da mais trivial cortesia, obrigatória para todos, com que nos cumpre tratar um ao outro. Deseja mostrar-me com plena clareza que nem sequer se dá ao luxo de se envergonhar na minha frente, arrancando tão franca e repentinamente sua vil máscara e exibindo-se, diante de mim, nesse seu cinismo moral...

— Então por que me diz tudo isso? — perguntou ele, fitando-me de maneira brutal e maldosa. — Para demonstrar sua clarividência?

— Para demonstrar que o compreendo e declarar isso para o senhor.

— *Quelle idée, mon cher*[34] — continuou ele, de chofre adotando seu tom precedente, jovial e prolixamente bem-humorado. — Apenas me afastou do tema. *Buvons, mon ami*,[35] permita-me encher sua taça. Estava para lhe contar uma aventura deliciosíssima e extremamente curiosa. Vou contá-la para você em traços gerais. Conhecia outrora uma fidalga; ela já não estava mais na flor da idade, tendo uns vinte e sete ou vinte e oito anos; era uma beldade de primeira ordem — que busto, que postura, que andar! Seu olhar era tão penetrante quanto o de uma águia, mas sempre severo e ríspido; sua conduta era soberba e arredia. Achavam-na fria como o inverno

[34] Que ideia, meu caro (em francês).
[35] Bebamos, meu amigo (em francês).

nos dias do Batismo,[36] e todo mundo temia aquela sua altivez, aquela virtude aterradora. Literalmente "aterradora". Não havia, dentre todos os seus pares, um juiz tão implacável quanto ela. Condenava não só o vício, mas até a menor fraqueza das outras mulheres, e condenava sem piedade nem recurso. Gozava de imenso prestígio em seu círculo de íntimos. As velhas mais orgulhosas e horrorosas em suas virtudes respeitavam aquela mulher, até chegavam a adulá-la. Olhava para todos de modo impassível e cruel, tal qual a abadessa de um convento medieval. As mulheres jovens tremiam diante do olhar e da opinião dela. Bastava uma objeção sua, uma alusão, para arruinar uma reputação: era assim que ela se impunha à sociedade; até os homens tinham medo dela. Por fim, dedicou-se a certo misticismo contemplativo que também era, de resto, calmo e majestoso. Pois bem... Não havia libertina mais lúbrica que aquela mulher, e eu tive a felicidade de merecer plenamente a sua confiança. Numa palavra, fui seu amante secreto e misterioso. Nossos encontros eram tramados com tanta mestria, tão astuciosamente que nenhuma das pessoas mais próximas dela poderia ter nem sombra de suspeita; só sua camareira, uma francesa bem bonitinha, estava a par de todos os seus segredos, porém se podia confiar naquela camareira, ainda mais que ela também participava do negócio... De que maneira? Por ora, vou omitir esse detalhe. Minha fidalga era lasciva a tal ponto

[36] Na época de Dostoiévski, a Igreja ortodoxa festejava o Batismo de Cristo no dia 6 de janeiro, segundo o calendário juliano, e esse período era considerado o mais frio do ano.

que o próprio Marquês de Sade[37] poderia aprender com ela. Todavia, o lado mais forte, mais excitante e mais chocante daqueles nossos prazeres eram o mistério e a desfaçatez do engodo. Aquele desdém por tudo o que a condessa ostentava em público como algo sublime, inacessível e inviolável, e, finalmente, aquela risada satânica por dentro e a profanação consciente de tudo quanto não se pudesse profanar — e tudo aquilo sem limites, levado aos últimos graus, àqueles graus que nem a fantasia mais desenfreada ousaria imaginar — era naquilo que se expressava principalmente o lado mais forte daqueles prazeres. Sim, era o próprio diabo em carne e osso, mas um diabo de charmes irresistíveis. Até hoje não consigo lembrá-la sem êxtase. Em pleno ardor das volúpias mais tórridas, ela rompia de súbito a gargalhar como possessa, e eu entendia, entendia muito bem aquele seu riso e gargalhava eu mesmo... Até agora fico sufocado só de me recordar dela, embora já se tenham passado vários anos. Um ano depois, ela me trocou por outro homem. Nem que eu quisesse, não poderia denegri-la. Quem é que me daria crédito, hein? Que caráter! O que me dirá, meu jovem amigo?

— Arre, que vileza! — respondi ao ouvir, com asco, essa confissão.

— Você não seria meu jovem amigo se me desse outra resposta! Já sabia que me responderia assim. Ah-ah-ah! Espere só, *mon ami*: viverá mais e compreenderá,

---

[37] Donatien Alphonse François de Sade (1740–1814), popularmente conhecido como o Marquês de Sade: literato francês, autor de escritos obscenos e patológicos de cujo nome foi derivado o termo "sadismo".

mas agora precisa ainda de um pãozinho de mel. Não é um poeta depois disso, não: aquela mulher entendia da vida e sabia aproveitá-la.

— Mas para que chegar a tanta bestialidade?

— A que bestialidade?

— À que praticava aquela mulher, e o senhor junto...

— Você chama isso de bestialidade, hein? É um sinal de que ainda está amarrado com suas tirinhas e puxado por uma cordinha. É claro que reconheço: a independência também pode transparecer em algo diametralmente oposto, mas... falemos de modo mais simples, *mon ami*... concorde você mesmo que tudo isso é uma bobagem.

— Pois o que não seria uma bobagem?

— O que não seria uma bobagem é uma personalidade, sou eu mesmo. Está tudo às minhas ordens, o mundo todo foi criado para mim. Escute, meu amigo: ainda creio que dá para viver bem neste mundo. E essa crença é a melhor de todas, porque sem ela não se viveria nem mal, só restaria a gente se envenenar. Dizem que um imbecil fez justamente isso. Ficou filosofando até destruir tudo, tudo mesmo, até a legitimidade de todos os normais e naturais deveres humanos, e não lhe sobrou, afinal de contas, mais nada; sobrou, aliás, um zero à esquerda, e eis que ele proclamou o cianureto ser a melhor coisa da vida. Você me dirá que isso vem de *Hamlet*, que é um desespero sinistro — numa palavra, algo tão majestático que nós cá nem sequer sonharemos jamais com isso. Mas você é um poeta, e eu sou um homem comum e direi, portanto, que precisamos considerar este assunto sob a ótica mais simples e prática possível. Eu, por exemplo, libertei a mim mesmo, já faz muito tempo, de todas as amarras e até de todos os deveres. Acho que estou devendo tão só quando isso me traz algum benefício. Você não pode, bem entendido, considerar as coisas sob essa ótica: suas pernas estão atadas e seu gosto é mórbido. Você anda saudoso do ideal, das virtudes. Contudo, meu amigo, eu também estou pronto para admitir tudo quanto me ordenar... mas enfim, o que fazer se sei ao certo que todas as virtudes humanas se baseiam num profundíssimo egoísmo? E quanto mais virtuosa for uma ação, tanto mais egoísmo ela envolve. Ama a ti mesmo, eis a única regra que eu reconheço. A vida é uma transação comercial; não gaste seu dinheiro em vão, mas faça o favor de pagar pela satisfação, e assim cumprirá todos os deveres em relação ao seu próximo — esta é minha moral, se é que você insiste em conhecê-la sem falta, embora seja melhor, confesso-lhe, não pagar àquele próximo, a meu ver, mas encontrar algum jeito de obrigá-lo a penar de graça. Não tenho ideais nem desejo tê-los, eles nunca me fizeram falta. Lá na alta-roda, podemos viver tão alegre, tão prazerosamente sem nenhum ideal... e, *en somme*,[38] estou muito feliz de poder dispensar o cianureto. Se fosse notadamente *mais virtuoso*, não conseguiria, quem sabe, dispensá-lo igual àquele filósofo imbecil (sem dúvida, um alemão). Não! Ainda há tantas coisas boas nesta vida. Eu gosto de influências, de títulos, de hotéis, de enormes apostas no jogo (adoro jogar baralho). Mas o principal, o principal são as mulheres... todas as espécies de mulheres; gosto até mesmo daquela libertinagem obscura, tenebrosa, a mais esquisita e original que exista, com um pouquinho

[38] Em suma (em francês).

de sujeira para variar... Ah-ah-ah! Vejo essa sua cara: com que desprezo é que me encara agora!

— O senhor está certo — respondi.

— Suponhamos que você tampouco esteja errado, mas a sujeira seria melhor, em todo e qualquer caso, que o cianureto. Não é verdade?

— Não, o cianureto seria melhor.

— Foi de propósito que lhe perguntei "não é verdade?"; foi para me deliciar com a sua resposta que já sabia de antemão. Não, meu amigo: se for um verdadeiro filantropo, deseje a todas as pessoas inteligentes o mesmo gosto que eu tenho, até meio sujo, senão um ser inteligente não terá, daqui a pouco, o que fazer neste mundo, e só haverá imbecis ao nosso redor. Como eles viverão felizes! Já agora existe aquele ditado: "a felicidade é dos bobos", e nada é mais agradável, sabe, do que viver no meio dos bobos e aprová-los — é proveitoso! Não tome a peito se me vir prezar os preconceitos, respeitar certas conveniências, buscar pelo poder; é que bem vejo que estou vivendo numa sociedade oca, mas tenho, por enquanto, meu lugar quentinho e aprovo esta sociedade, faço de conta que a defendo com unhas e dentes, e, se for preciso, serei o primeiro a largá-la para lá. É que conheço todas as suas ideias modernas, embora nunca tenha sofrido por causa delas; aliás, nem teria com que sofrer. Nunca me arrependi de nada. Aceitaria qualquer coisa, contanto que fosse de meu agrado, e somos uma legião, e todos iguais a mim, e nossa vida é realmente boa. Tudo pode perecer neste mundo, mas nós cá nunca pereceremos. Nós existimos desde quando o mundo existe. O mundo inteiro pode cair nalgum buraco, mas nós voltaremos à tona. E, por falar nisso, olhe só como são vivazes as pessoas de nossa estirpe. Somos exemplar e fenomenalmente vivazes... já se surpreendeu alguma vez com isso? Quer dizer, a própria natureza nos favorece, he-he-he! Eu quero sem falta viver até meus noventa anos. Detesto a morte e tenho medo dela. Sabe lá o diabo de que maneira ainda teremos de morrer! Mas para que falar dessas coisas? Foi aquele filósofo envenenado quem me atiçou. Às favas com a filosofia! *Buvons, mon cher!* Havíamos começado a falar de mocinhas bonitas... Aonde vai, hein?

— Vou embora, e o senhor deveria ir também...

— Chega disso, chega! Eu lhe abri, por assim dizer, todo o meu coração, e você nem sequer se dá conta desta prova cabal de minha amizade. He-he-he! Tem pouco amor, meu poeta. Mas espere, quero mais uma garrafa.

— A terceira?

— Sim, a terceira. Sobre a virtude, meu jovem pupilo (permita-me que o chame desse nome gostoso: quem sabe se meus ensinamentos não lhe servirão para alguma finalidade...). Pois bem, meu pupilo, já lhe disse sobre a virtude: "quanto mais virtuosa for essa tal de virtude mais egoísta será". Quero contar-lhe uma anedota deliciosíssima sobre este assunto: eu amava outrora uma moça e amava-a quase sinceramente. Ela chegou, inclusive, a sacrificar muita coisa por mim...

— É aquela moça que o senhor roubou? — perguntei bruscamente, sem querer mais conter-me.

O príncipe estremeceu, mudou de cor e cravou seus olhos inflamados em mim: havia perplexidade e raiva no olhar dele.

— Espere — pronunciou, como quem falasse consigo mesmo —, espere, deixe-me entender. Estou realmente bêbado e não é fácil atinar...

Calou-se e ficou olhando para mim, indagador, com a mesma fúria, segurando de leve minha mão com a sua, aparentando temer que eu me retirasse. Tenho toda a certeza de que naquele momento ele refletia e procurava compreender como me era possível conhecer essa história, que quase ninguém conhecia, e se não havia nisso tudo algum perigo. Assim se passou um minuto; de repente, seu rosto mudou num átimo: a expressão anterior, desdenhosa e ebriamente jovial, tornou a surgir em seus olhos. O príncipe se pôs a gargalhar.

— Ah-ah-ah! Um Talleyrand[39] puro e rematado! Pois bem, estava plantado, de fato, na frente dela, como se todo cuspido, quando ela me gritou, bem na cara, que a tinha roubado! Como ela guinchou então, como me xingou! Era uma mulher indomável e... sem uma gota de sangue-frio. Mas julgue você mesmo: em primeiro lugar, não a roubei, conforme acaba de proferir, em hipótese alguma. Fora ela própria que me oferecera todo o seu dinheiro, e esse dinheiro já era meu. Suponhamos que você me dê de presente a sua melhor casaca (dito isso, o príncipe olhou para a minha única e assaz feiosa casaca, feita, uns três anos antes, pelo alfaiate Ivan Skorniáguin); fico agradecido, uso essa casaca e, de improviso, você briga comigo um ano depois e reclama seu traje de volta, mas ele já se desgastou por completo. Não é nada nobre: por que me fez tal presente? Em segundo lugar, se bem que aquele dinheiro fosse meu, iria devolvê-lo sem falta, mas concorde: onde é que arranjaria, num só instante,

---

[39] Charles-Maurice de Talleyrand-Périgord (1754–1838): político e diplomata francês, um dos estadistas mais talentosos e maquiavélicos de todos os tempos.

uma quantia tão grande? E, o principal, não tolero aquelas pastorais e coisas de Schiller, já lhe disse isso — eis o que foi o motivo de tudo. Não vai acreditar como ela se exibia diante de mim, berrando que me doava aquele dinheiro (que, aliás, já me pertencia). Fiquei furioso e, de repente, soube fazer uma dedução perfeitamente correta, pois o espírito nunca me falta: deduzi que, se lhe devolvesse o dinheiro, aquela mulher se tornaria, quiçá, até mesmo infeliz. Eu lhe teria tomado o prazer de ser plenamente infeliz *por minha causa* e de me amaldiçoar pelo resto de sua vida. Acredite, meu amigo: numa desgraça dessas há mesmo certo deleite supremo, o qual consiste em reconhecermo-nos cobertos de razão e magnânimos, tendo pleno direito de chamar a quem nos ofende de canalha. Entenda-se bem que esse deleite maldoso é visto, por vezes, no meio dos personagens à Schiller; depois ela não tinha, talvez, nem o que comer, mas estou seguro de que vivia feliz. Não me apetecia privá-la de tanta felicidade, e foi por isso que não lhe mandei dinheiro algum. Desse modo, ficou totalmente justificada a minha regra: quanto maior e mais ostensiva for a magnanimidade humana, tanto mais ela se compõe daquele egoísmo mais repugnante... Será que isso não lhe é claro? Mas... você quis atingir-me, ah-ah-ah!... Ora, reconheça que quis atingir-me... Oh, Talleyrand!

— Adeus! — disse, levantando-me.

— Um minutinho! Só duas palavras em conclusão — exclamou o príncipe, trocando subitamente o tom asqueroso pelo sério. — Escute por último: de tudo o que eu lhe disse resulta, clara e nitidamente (acho que você mesmo reparou nisso), que nunca abro mão de meus benefícios em prol de ninguém. Gosto do dinheiro e preciso dele. Katerina Fiódorovna tem muito dinheiro: seu pai manteve arrendamentos de vinho por dez anos. Ela tem três milhões, e esses três milhões serão de grande valia para mim. Aliocha e Kátia formam um casal perfeito: ambos são tolos no mais alto grau, e eu cá preciso exatamente disso. Portanto, desejo e almejo que o casamento deles se arranje sem falta e o mais depressa possível. Daqui a umas duas ou três semanas, a condessa e Kátia irão para a fazenda. Aliocha deve acompanhá-las. Avise a Natália Nikoláievna para que não haja pastorais nem coisas de Schiller, para que não se rebelem contra mim. Sou vingativo e maldoso, vou proteger o que é meu. Não tenho medo dela: tudo, sem sombra de dúvida, será do meu jeito; se estou avisando agora, é quase para o bem da moça. Faça, pois, que não haja besteiras e que ela se comporte com sensatez. Senão ela se dará mal, muito mal. Ela deveria agradecer-me tão só por não tê-la tratado de acordo com as leis. Fique sabendo, meu poeta, que as leis defendem o sossego do lar, garantindo ao pai a submissão de seu filho, e não favorecem aqueles que distraem os filhos de seus deveres sagrados para com os pais. Leve, afinal, em consideração que sou bem relacionado, que ela não tem nenhum apoio e... Será que não entende ainda o que eu poderia fazer com ela?... Não fiz nada porque ela se comportou, até hoje, de maneira sensata. Não se preocupe: cada minuto, olhos atentos estavam observando cada movimento deles dois ao longo desse meio ano, e eu sabia tudo até os últimos pormenores. Por isso é que aguardava com calma até Aliocha a abandonar por si mesmo, o que já vem começando... e, por enquanto, que seja uma boa diversão para o garotão. Quanto a mim, continuo a ser aquele pai humano, na opinião dele, e preciso, aliás, que pense em mim desse modo. Ah-ah-ah! É só lembrar como eu chegava a lisonjeá-la, naquela noite, por ter sido magnânima e desinteressada a ponto de não se casar com ele, mas gostaria eu de saber como se teria casado! E, no tocante à visita que fiz então àquela moça, foi tudo somente para acabar de vez com o namorico dela. Cumpria-me, porém, ver tudo com os próprios olhos, ficar convencido pela própria experiência... Pois bem, já basta para você? Ou talvez queira saber igualmente por que eu o trouxe aqui, por que me requebrei tanto na sua frente e fiz tantas confidências, embora pudesse expressar tudo isso sem confidência alguma, não é?

— É, sim. — Dominando-me, escutava com avidez. Não tinha mais nada a responder.

— Unicamente por ter percebido em você, meu amigo, um pouco mais de sensatez e de compreensão clara das coisas em comparação com os nossos dois bobocas. Você podia saber de antemão quem sou, podia fazer conjeturas e suposições sobre mim, só que eu quis poupá-lo desse trabalhão todo e resolvi deixar logo bem claro *com quem* está lidando. A impressão real é uma coisa grande. Compreenda-me, pois, *mon ami*. Você sabe com quem está lidando, você gosta dela, e eu espero, portanto, que utilize toda a sua influência (já que pode, de fato, influenciá-la) para livrar a moça de *certos* problemas. Senão haverá problemas, e asseguro-lhe, asseguro-lhe que não serão poucos. E, finalmente, o terceiro motivo destas minhas confidências é... (mas você já adivinhou, meu caro)... sim, eu queria mesmo cuspir um pouquinho em cima dessa história toda, e cuspir notadamente em sua presença...

— E o senhor alcançou sua meta — disse eu, tremendo de emoção. — Reconheço que de nenhuma outra maneira conseguiria explicitar assim toda a sua fúria e todo o seu desprezo por mim e por todos nós, senão através dessas suas confidências. Não apenas não receava que essas confidências pudessem comprometê-lo aos *meus* olhos, mas nem sequer tinha vergonha de mim... O senhor se parecia mesmo com aquele doido com sua capa. Nem me considerava gente.

— Adivinhou bem, meu jovem amigo — disse o príncipe, levantando-se. — Adivinhou tudo: não é à toa que é um literato. Espero que nos despeçamos como amigos. Não vamos beber nosso *Brüderschaft*,[40] vamos?

— O senhor está ébrio, e é a única razão pela qual não lhe respondo como me caberia...

— De novo essas figuras de omissão: não explicou como lhe caberia responder, ah-ah-ah! Nem me permitirá pagar por você?

— Não se preocupe, eu mesmo pagarei.

— Sem dúvida alguma. Gostaria que lhe desse carona?

— Não vou com o senhor.

— Adeus, meu poeta. Espero que me tenha compreendido...

Ele saiu, um tanto cambaleante e sem se virar para mim. Seu lacaio ajudou-o a entrar na carruagem. Eu segui meu caminho. Eram quase três horas da madrugada. Chovia, a noite estava escura...

---

[40] Brinde à amizade íntima de dois homens que se beijam, depois de beber, e passam a tratar um ao outro por "tu" (em alemão).

quarta parte

Capítulo I

Não vou descrever a minha revolta. Apesar de ter podido esperar por qualquer coisa que fosse, estava assombrado, como se o príncipe tivesse exibido em minha frente toda a sua feiura de modo totalmente inesperado. Lembro-me, aliás, de minhas sensações terem sido vagas: sentia-me como se algo me prensasse ou machucasse, e uma angústia negra sugava cada vez mais o meu coração. Temia por Natacha; pressentia muitas provações pelas quais ela havia ainda de passar e cogitava, hesitante, algum modo de contorná-las e de mitigar aqueles últimos minutos precedentes ao desfecho definitivo de toda a trama. Nem por sombra duvidava que o desfecho estava chegando, e como deixaria de adivinhar qual seria!

Voltei para casa sem me dar conta disso, embora a chuva me tivesse molhado ao longo de todo o percurso. Já eram quase três horas da madrugada. Mal bati à porta de meu apartamento, ouviu-se um gemido, e a porta começou a abrir-se apressadamente, como se Nelly nem tivesse ido para a cama, ficando o tempo todo à minha espera, bem na soleira. A velinha permanecia acesa. Olhei para o rosto de Nelly e assustei-me: todo o seu semblante se alterara; seus olhos brilhavam febricitantes e miravam-me com certa expressão selvagem, como se ela não me reconhecesse mais. Estava queimando de febre.

— O que tens, Nelly, estás doente? — perguntei, inclinando-me sobre a menina e abraçando-a.

Ela se apertou a mim, toda trêmula como quem temesse alguma coisa, e passou a falar rápida e sofregamente, como se tivesse esperado pela minha vinda apenas para me contar isso o mais depressa possível. Contudo, suas palavras eram estranhas e desconexas; não entendi nada, ela estava em delírio.

Insisti sem demora que Nelly se deitasse. Mas ela não parava de acorrer a mim, espremendo-se contra o meu corpo como se estivesse amedrontada e me pedisse para protegê-la de alguém; mesmo quando já estava deitada em sua cama, agarrava-se ainda à minha mão e segurava-a com força, receando que eu saísse outra vez de casa. Meu próprio transtorno, o desarranjo de meus nervos, era tal que fiquei até chorando ao olhar para ela. Eu mesmo estava doente. Em vista desse meu choro, a menina me fitou, imóvel, por muito tempo, com uma atenção tensa e concentrada, parecendo buscar abranger e assimilar certas coisas. Via-se logo que isso lhe custava grandes esforços. Por fim, algo semelhante a um pensamento vislumbrou-se em seu rosto; após uma intensa crise epiléptica, ela não conseguia de praxe, durante algum tempo, nem clarear as ideias nem articular nitidamente as palavras. Era bem isso que se repetia agora: esforçando-se sobremaneira a fim de pronunciar uma frase qualquer e adivinhando que eu não a compreendia, Nelly estendeu sua mãozinha e pôs-se a enxugar minhas lágrimas, depois me abraçou o pescoço, fez que me curvasse sobre ela e beijou-me.

Estava claro: em minha ausência, ela fora acometida por uma crise, e essa crise se desencadeara no exato momento em que ela viera postar-se junto à porta. Decerto passara bastante tempo, uma vez terminada a crise, sem recuperar seu pleno juízo. A realidade se mescla, num caso desses, com o delírio, e a menina devia ter imaginado algo terrível, enfrentado algum pesadelo. Não obstante, tinha a vaga consciência de que eu voltaria em breve e ficaria batendo à porta, razão pela qual se deitara no chão, rente à soleira, esperando, toda alerta, pelo meu retorno e soerguendo-se com a primeira das minhas batidas.

"Mas por que estava justo ao lado das portas?" — pensei e, de improviso, notei pasmado que ela trajava sua pequena peliça (acabando eu de comprá-la a uma velha mascate, minha conhecida, que me vendia fiado, de vez em quando, suas mercadorias e fizera, na ocasião, uma visitinha ao meu apartamento); por conseguinte, dispunha-se a sair de casa e já destrancava provavelmente a porta quando fora de súbito derrubada pela epilepsia. Aonde, pois, é que pretendia ir? Por acaso, estava já delirante naquele momento?

Enquanto isso, a febre não passava, e logo em seguida a menina tornou a delirar e perdeu os sentidos. Já sofrera duas crises, desde que se instalara em meu apartamento, tendo ambas um bom desenlace, mas agora lembrava uma possessa. Fiquei meia hora sentado perto dela, depois acheguei minhas cadeiras ao sofá e deitei-me, vestido como estava, ao seu lado, para acordar tão logo ela me chamasse. Deixara a velinha acesa. Olhei para Nelly ainda várias vezes, antes de adormecer. A menina estava pálida; seus lábios, gretados de febre e ensanguentados, decerto por causa de sua queda; marcado por medo, seu rosto expressava, o tempo todo, uma dolorosa angústia, que aparentemente não a deixava em paz nem sequer quando ela dormia. Resolvi que no dia seguinte, o mais cedo possível, iria buscar o médico, caso Nelly se sentisse pior. Temia que uma verdadeira febre maligna a dominasse.

"Foi o príncipe quem a assustou!" — pensei, estremecendo, e recordei suas falas sobre aquela mulher que lhe teria jogado, bem na cara, o dinheiro dele.

Capítulo II

... Passaram-se duas semanas. Nelly se recuperava aos poucos: não tinha mais febre, mas estava ainda muito doente. Levantou-se da cama em fins de abril, num dia claro e luminoso. Era bem na Semana Santa.

Pobre criatura! Não posso continuar este meu relato na mesma ordem. Já transcorreu muito tempo até o momento presente, em que tomo notas de todo aquele passado, porém me recordo até agora, com tanta saudade penosa e penetrante, daquela carinha pálida e magrinha, daqueles olhares pungentes e demorados de seus olhos negros, quando ficávamos, vez por outra, a sós e ela me fitava da sua cama, fitava longa, tão longamente, como se me desafiasse a adivinhar o que ela estava pensando, mas, vendo que eu não conseguia adivinhá-lo e permanecia tomado de perplexidade, passava a sorrir, quietinha como se sorrisse para si mesma, e de repente me estendia, carinhosa, sua quente mãozinha com aqueles dedinhos frágeis e ressequidos. Agora está tudo acabado, está tudo esclarecido, mas eu não conheço até hoje todo o mistério daquele coraçãozinho enfermo, exaurido e ofendido.

Percebo que vou afastar-me da minha narração; entretanto, só quero pensar em Nelly neste momento.

Que coisa estranha: agora que estou prostrado numa cama hospitalar, sozinho, abandonado por todos a quem tanto amava, apenas um traço miúdo de meu passado, muitas vezes despercebido então e logo esquecido, ressurge agora em minha memória, adquirindo de chofre, nesta minha cabeça, um significado completamente distinto, íntegro e capaz de me explicar enfim o que eu não soube entender até hoje.

Tememos muito por Nelly, eu e o médico, ao longo dos primeiros quatro dias de sua doença, mas no quinto dia o médico me chamou à parte e disse-me que não havia mais nada a temer e que ela convalesceria sem falta. Era aquele mesmo doutor, o velho solteirão, bonachão e esquisitão que eu bem conhecia, tendo recorrido a ele durante a primeira doença de Nelly, e que tanto a espantara com um Estanislau de tamanho descomunal pendurado no pescoço.

— Pois então, nada a temer mesmo! — disse eu, radiante.

— Sim: agora ela vai convalescer, mas depois, muito rápido, morrerá.

— Como assim, morrerá? Por quê? — exclamei, aturdido com essa sentença.

— Sim, sem dúvida, ela morrerá dentro em pouco. A paciente tem um defeito orgânico no coração, e ela vai adoecer outra vez caso haja circunstâncias minimamente desfavoráveis. Talvez convalesça de novo, mas depois adoecerá novamente e, afinal, morrerá.

— E não há nenhum, mas nenhum meio de salvá-la? Não, isso não é possível!

— Mas é inevitável. Apesar disso, se a paciente se mantivesse fora dessas circunstâncias desfavoráveis, se levasse uma vida tranquila e sossegada, um tanto mais prazerosa, ainda poderia demorar a morrer, e acontecem mesmo tais casos... inesperados... anormais e estranhos... numa palavra, a paciente poderia até vir a ser salva, com a junção de várias circunstâncias favoráveis, mas nunca seria salva radicalmente.

— E o que fazer agora, meu Deus do céu?

— Seguir meus conselhos, levar uma vida tranquila e tomar regularmente os remédios. Tenho notado que essa mocinha é caprichosa, volúvel quanto à sua índole e até mesmo galhofeira; ela detesta tomar direito seus remédios e agorinha se recusou decididamente a tomá-los.

— Sim, doutor. Ela é estranha de fato, porém eu atribuo tudo isso à sua irritação mórbida. Ontem estava muito obediente, mas hoje, quando eu lhe dava seu remédio, empurrou a colher como que sem querer e derramou tudo. E, quando me preparava para dissolver outra porção, arrancou das minhas mãos a caixa toda, jogou-a no chão e depois se desfez em prantos... Só que não foi, pelo que me parece, por ser obrigada a tomar remédios — acrescentei, ao pensar um pouco.

— Irritação... hum! Aquelas grandes vicissitudes que ela sofreu (eu tinha contado ao doutor, de modo sincero e detalhado, diversas partes da história de Nelly, e meu relato o deixara muito impressionado)... tudo isso é interligado, eis o motivo de sua doença. Por ora, o único meio seria tomar remédios, e ela deve tomar um imediatamente. Vou tentar explicar para ela, mais uma vez, que tem por dever seguir os conselhos médicos e... falando de forma geral... tomar seus remédios.

Nós dois saímos da cozinha (onde se passava nosso diálogo), e o doutor se achegou de novo à cama da doente. Mas Nelly parecia ter escutado a conversa toda: soerguera, ao menos, a cabeça dos travesseiros e, virando o ouvido para o nosso lado, não parava de prestar atenção. Eu vira isso através da porta entreaberta; quando entramos no quarto, a danadinha se escondeu outra vez embaixo da coberta e olhava para nós com um sorriso jocoso. A pobrezinha emagrecera muito naqueles quatro dias de sua doença: seus olhos estavam cavados, a febre persistia ainda. E tanto mais estranhamente se conciliavam com seu semblante aquela expressão travessa e o brilho de seus olhares brejeiros que espantavam nosso doutor, o mais bondoso de todos os alemães de Petersburgo. Com plena seriedade, mas procurando tornar sua voz a mais branda possível, num tom suave e carinhoso, ele explanou as qualidades imprescindíveis e salutares dos remédios prescritos e, consequentemente, o dever de tomá-los que cabia a cada doente. Nelly já ia reerguer a cabeça, mas de repente e, pelo visto, com um movimento bem casual de sua mão, acertou a colher e fez o remédio todo derramar-se novamente sobre o chão. Eu estava certo de que fizera aquilo de propósito.

— É uma imprudência muito desagradável — disse calmamente o velhinho —, e eu suponho que a senhorita tenha feito isso de propósito, o que não é nada louvável. Contudo... podemos consertar tudo e dissolver outra dose.

Nelly ficou rindo bem na cara dele. Todo metódico, o doutor abanou a cabeça.

— Não é nada bom — disse, preparando outra dose de remédio —, nada, mas nada louvável.

— Não se zangue comigo — respondeu Nelly, buscando debalde conter sua nova risada —, vou tomá-lo sem falta... O senhor gosta de mim, não é?

— Se a senhorita se comportar de maneira louvável, aí vou gostar muito.

— Muito?

— Sim, muito.

— Mas agora não gosta de mim?

— Gosto agora também.

— E o senhor me beijará, se eu quiser beijá-lo?

— Sim, caso a senhorita mereça.

Dito isso, Nelly não pôde mais conter-se e voltou a rir.

— A paciente tem um caráter alegre, mas agora são tudo nervos e dengues — sussurrou o doutor, dirigindo-se a mim com o ar mais sério.

— Está bem, vou tomar esse remédio — exclamou Nelly de supetão, com sua vozinha fraca. — Mas, quando eu crescer e for adulta, o senhor se casará comigo?

Decerto a invenção dessa nova travessura agradava-lhe muito: seus olhos faiscavam de alegria, o riso contraía seus labiozinhos na expectativa do que lhe responderia, um tanto perplexo, nosso doutor.

— Pois sim — respondeu ele, sorrindo sem querer àquele novo capricho —, claro, se a senhorita se tornar uma moça bondosa e bem-educada, se for obediente e se...

— Tomar os remédios? — concluiu Nelly.

— Oh-oh! É isso aí: se tomar os remédios... Uma mocinha bondosa — sussurrou para mim de novo —; há nela muita, muita... bondade e inteligência, mas, no entanto... casar-me com ela... que capricho estranho...

E ofereceu-lhe de novo o remédio. Dessa vez, Nelly nem sequer fez manha, mas simplesmente empurrou a colher de baixo para cima, e todo o remédio se esparramou pelo peitilho e pela cara do pobre velhinho.

Nelly se pôs a rir alto, mas esse seu riso não era ingênuo e jovial como dantes. Algo cruel e malvado transpareceu em seu rosto. Nesse ínterim, ela parecia evitar, o tempo todo, meu olhar, encarando somente nosso doutor e esperando, com um escárnio sob o qual se entrevia, porém, sua inquietação, pelo que faria agora aquele velhinho "ridículo".

— Oh, a senhorita faz outra vez... Que desgraça! Mas... podemos dissolver outra dose — disse o velho, enxugando seu rosto e seu peitilho com um lenço.

Isso deixou Nelly estupefata. Ela pressentia nossa ira, pensava que fôssemos repreendê-la, injuriá-la, e talvez o quisesse inconscientemente, *naquele* exato momento, buscando um pretexto para romper logo a chorar, a soluçar como se estivesse histérica, para jogar seus remédios no chão, como fizera havia pouco, e mesmo para quebrar alguma coisa por mera exasperação e saciar com tudo isso seu lastimoso coraçãozinho dorido. Não são apenas os doentes que sofrem desses fricotes, existe mais de uma só Nelly. Eu mesmo andei tantas vezes pelo meu quarto, de lá para cá, querendo de forma inconsciente que alguém me insultasse o mais depressa possível, ou então dissesse alguma palavra que eu pudesse considerar insultante, para logo descarregar de algum modo a minha raiva. Quanto às mulheres, põem-se a verter as lágrimas mais sinceras, ao descarregarem assim seu desgosto, e as mais sensíveis dentre elas chegam a ter ataques de histeria. É algo bem simples e cotidiano, algo que acontece, na maioria das vezes, quando há outra tristeza no fundo do coração, amiúde ignorada por todo mundo, e a gente deseja, mas não consegue, compartilhá-la com quem quer que seja.

De súbito, espantada com a bondade angelical do velhinho que acabara de ofender e a paciência com que ele dissolvia a terceira dose de remédio sem lhe ter dito uma só palavra reprovativa, Nelly se acalmou de vez. Aquele sorriso escarninho sumiu dos seus labiozinhos, um vivo rubor cobriu-lhe o rosto, seus olhos ficaram úmidos; ela olhou de relance para mim e logo me virou as costas. O doutor lhe deu o remédio. Nelly tomou-o, dócil e tímida, pegou a mão roliça e avermelhada do velho e lançou-lhe, face a face, uma olhada bem lenta.

— O senhor... está zangado... porque sou má — começou a falar, mas não terminou a frase, escondeu-se embaixo da coberta, puxando-a sobre a cabeça, e desmanchou-se em prantos histéricos.

— Oh, minha pequena, não chore... Não é nada... São esses seus nervos; beba água.

Contudo, Nelly não o escutava.

— Console-se... não se entristeça — continuou o doutor, quase se pondo a choramingar, ele próprio, sobre a menina, por ser uma pessoa muito sensível. — Eu lhe perdoo e vou desposá-la, se a senhorita, além de se comportar como cabe a uma moça honesta...

— Tomar os remédios! — Sua resposta se ouviu debaixo da coberta, acompanhada de um riso nervoso, fininho como o tilintar de uma sineta e interrompido pelos soluços, daquele riso que eu conhecia tão bem.

— Uma menina bondosa e agradecida — disse o doutor solenemente e quase com lágrimas nos olhos. — Pobre mocinha!

Desde então, estabeleceu-se entre o doutor e Nelly uma simpatia estranha e surpreendente. Quanto a mim, Nelly me tratava, pelo contrário, cada vez mais ríspida, nervosa e irritadiça. Eu não sabia a que atribuir isso e tanto mais me pasmava que tal mudança se operara nela de supetão. Nos primeiros dias de sua doença, ela estava extremamente terna e carinhosa comigo: parecia não se cansar de olhar para mim, não deixava que me afastasse dela, pegava minha mão com sua mãozinha quente, fazendo que me sentasse ao seu lado, e procurava divertir-me, quando me via sombrio e preocupado, brincava e gracejava comigo, sorria-me a reprimir, pelo visto, seus próprios sofrimentos. Não queria que eu trabalhasse à noite nem me quedasse ali sentado, velando-a, e ficava triste ao perceber que não lhe obedecia. Por vezes, eu reparava em sua aparência angustiada; ela se punha a indagar-me com obstinação por que me afligia, em que estava pensando, mas, coisa estranha, calava-se ou mudava de assunto assim que nos lembrávamos de Natacha. Parecia evitar quaisquer conversas sobre Natacha, e isso me causava espanto. Quando eu vinha, ela se alegrava; quando eu pegava o chapéu, ela me fitava desanimada, de maneira algo insólita, como se seus olhos que me seguiam expressassem algum reproche.

No quarto dia de sua doença, passei a tarde inteira na casa de Natacha e permaneci lá até depois da meia-noite. Nós tínhamos então várias coisas a discutir. Só que havia dito à minha doente, quando saía de casa, que voltaria bem rápido, pois realmente contava com isso. Detendo-me com Natacha quase sem querer, não me preocupava com Nelly: ela não estava sozinha. Quem cuidava dela era Alexandra Semiônovna; ao dar um pulinho em minha casa, Maslobóiev lhe dissera que Nelly tinha adoecido e que eu mesmo estava muito atarefado e completamente só. Meu Deus, como se alvoroçara essa boazinha Alexandra Semiônovna:

— Quer dizer que não vem mais nem almoçar na casa da gente?... Ah, meu Senhor! E está sozinho, coitado, sozinho. Vamos mostrar pra ele, então, esta nossa cordialidade. Eis que apareceu uma ocasião, a gente não a deixa passar.

Ela não demorou em alugar uma carroça e trazer para a nossa casa toda uma parafernália. Anunciando, desde a primeira frase, que não iria mais embora e que tinha vindo a fim de me auxiliar em meio aos meus afazeres, desatou sua trouxa. Lá dentro havia xaropes, geleias para a doente, frangos e uma galinha que cozinharíamos tão logo a doente começasse a convalescer, maçãs para fazer um bolo, laranjas, doces secos de Kiev (contanto que o doutor permitisse comê-los) e, afinal, roupas íntimas, lençóis, guardanapos, blusas femininas, curativos, compressas... como se Alexandra Semiônovna pretendesse abastecer um hospital inteiro.

— Nós cá temos de tudo — dizia-me ela, pronunciando cada palavra rápida e ansiosamente como quem estivesse com pressa —, e o senhor leva essa vida de solteirão. Nunca tem muita coisa destas, tem? Pois me permita que eu... e Filipp Filíppytch também ordenou assim. E agora, hein? Correndo, correndo! O que é que a gente tem a fazer? Como ela está? Acordada? Ah, mas ela não se sente bem deitadinha, temos que arrumar esse travesseiro pra sua cabeça ficar mais baixa, e o senhor sabe... não seria melhor um travesseiro de couro? Ele é mais fresquinho. Ah, mas como sou boba! Nem me veio à cabeça pegar um travesseiro daqueles. Vou buscá-lo... Não precisa que acenda o fogo? Vou mandar minha velha pra cá. Conheço uma velha ali. O senhor não tem nenhuma criada, tem?... Pois bem, o que faço agora? O que é isso? Uma erva... foi o doutor quem prescreveu? É pra fazer aquele chá do peito? Já vou acender o fogo.

Acalmei-a, porém, e ela ficou muito surpresa e mesmo triste ao ver que não havia tantos afazeres assim. De resto, não se desencorajou totalmente. Travou logo amizade com Nelly e ajudou-me muito, durante todo o período de sua doença, visitando-nos quase todos os dias e portando-se nessas ocasiões como se algo tivesse desaparecido ou ido embora e como se lhe cumprisse apanhá-lo o mais depressa possível. Sempre acrescentava que Filipp Filíppytch também ordenava assim. Nelly gostava muito dela. Apegaram-se uma à outra como duas irmãs, e eu acho que Alexandra Semiônovna era, em vários aspectos, exatamente tão infantil quanto Nelly. Ela lhe contava diversas histórias, fazia-a rir, e depois Nelly passou a sentir, volta e meia, sua falta, quando Alexandra Semiônovna retornava para a sua casa.

A primeira visita da moça deixou minha doente perplexa, mas ela adivinhou de pronto por que viera aquela intrusa e, conforme seu hábito, até franziu o sobrolho, ficou taciturna e áspera.

— Para que ela veio? — perguntou Nelly, visivelmente contrariada, quando Alexandra Semiônovna se retirou.

— Para te ajudar, Nelly, e para cuidar de ti.

— Será verdade? Mas por quê? Não fiz nada de especial para ela.

— Quem for bom não espera que alguém lhe agrade, Nelly. Gosta de ajudar, mesmo sem isso, a quem estiver precisando. Chega, Nelly: há muitas pessoas boas neste mundo. Só que teu mal é que não as tenhas encontrado, aquelas boas pessoas, quando mais precisavas delas.

Nelly se calou; afastei-me dela. Contudo, um quarto de hora mais tarde, ela mesma chamou por mim com sua voz fraca, pedindo que lhe trouxesse água, e subitamente me abraçou com força, aconchegou-se ao meu peito e passou muito tempo sem descerrar os braços. No dia seguinte, vindo Alexandra Semiônovna à nossa casa, recebeu-a com um sorriso feliz, mas como se sentisse ainda, por alguma razão, vergonha na frente dela.

Capítulo III

Foi justamente daquela feita que passei a tarde inteira na casa de Natacha. Demorei muito a voltar. Nelly estava dormindo. Alexandra Semiônovna também queria dormir, porém se mantinha sentada junto da doente e esperava por mim. Logo se pôs a cochichar apressadamente, contando-me que de início Nelly estivera toda alegre, até rira bastante, mas depois se entristecera e, vendo que eu não voltava, ficara calada e pensativa. "Queixou-se, por fim, da dor de cabeça, começou a chorar e acabou soluçando tanto que eu nem sabia o que fazer com ela" — acrescentou Alexandra Semiônovna. — "Foi falando comigo sobre Natália Nikoláievna, só que eu não pude dizer nada pra ela; parou então de me perguntar, mas não parou de chorar, e foi chorando que pegou no sono. Adeus, pois, Ivan Petróvitch: ela está, apesar de tudo, melhorzinha, pelo que percebi, e eu preciso ir logo pra casa; Filipp Filíppytch também ordenou assim. Confesso pro senhor que ele me deixou sair, desta vez, somente por duas horinhas, e eu mesma me detive aqui. Mas isso é pouca coisa, não se preocupe comigo; ele não terá a coragem de se zangar... Apenas aquilo lá... Ah, meu Deus, o que fazer, meu querido Ivan Petróvitch, se ele não vem mais pra casa senão bêbado? Está ocupado demais com alguma coisa, não fala comigo, anda agoniado, cismando nalgum negócio bem importante; eu cá reparo nisso, mas à noite ele vem, ainda assim, bêbado... É só pensar agorinha se já voltou pra casa e quem vai deitá-lo ali. Vou indo, pois, já vou indo, adeus. Adeus, Ivan Petróvitch. Estava olhando seus livros aqui: quantos livros é que o senhor tem, e todos são, com certeza, inteligentes... só que eu, bobalhona, nunca li coisa nenhuma... Pois bem, até amanhã..."

No dia seguinte, Nelly amanheceu triste e mal-humorada. Passou a responder-me de má vontade, sem puxar nenhuma conversa comigo, como se estivesse aborrecida. Captei apenas uns olhares que ela me lançara de esguelha, como que escusamente; havia nesses olhares muita angústia oculta e dolorosa, se bem que transparecesse neles também uma ternura imperceptível quando ela me encarava. Foi no mesmo dia que ocorreu aquela cena com o doutor a ministrar-lhe o remédio; eu não sabia mais o que pensar.

Afinal, Nelly mudou em definitivo seu modo de me tratar. Suas esquisitices e seus caprichos, às vezes quase o ódio que ela me expressava, tudo isso duraria até o dia em que se afastaria de mim, até aquela catástrofe que desfecharia todo o nosso romance. Mas disso eu falarei a seguir.

De resto, acontecia de vez em quando que Nelly tornasse de chofre á tratar-me, por uma hora apenas, com o mesmo carinho. Suas carícias pareciam dobrar naqueles momentos em que ela vertia simultaneamente lágrimas amargas. Todavia, aqueles momentos se passavam depressa, e ela mergulhava de novo em sua tristeza anterior, mirando-me de novo com hostilidade, ou fazia birras, como na presença de nosso doutor, ou então, ao reparar que me desgostava com uma das suas novas manhas, rompia subitamente a gargalhar e quase sempre terminava chorosa.

Certa vez, brigou até com Alexandra Semiônovna, dizendo-lhe que não queria nada dela. E revoltou-se, decidindo eu censurá-la com Alexandra Semiônovna presente, respondeu-me com uma cólera explosiva e como que acumulada, mas de improviso se calou e passou dois dias inteiros sem me dizer uma só palavra, sem querer engolir um só remédio nem mesmo beber e comer, e quem conseguiu dissuadi-la, apelando à sua consciência, foi nosso velho doutor.

Já disse que entre o doutor e a menina havia surgido, naquele dia em que ele a fizera tomar seus remédios, uma simpatia surpreendente. Nelly se apegou muito àquele velhinho e sempre o recebia com um sorriso alegre, por mais tristeza que tivesse sentido antes de sua vinda. O velhinho, por sua parte, visitava-nos todos os dias, aparecendo oportunamente até duas vezes ao dia, mesmo quando Nelly já começava a andar e estava para se recuperar totalmente; parecia que ela o encantara a ponto de não poder mais viver um só dia sem ter ouvido seu riso e os gracejos, não raro bem engraçados, que a menina lhe dirigia. Passou a trazer para ela livros ilustrados, todos de cunho edificante. Comprou de propósito um desses livros para Nelly. Depois trazia também doces, bombons em caixetas bem bonitinhas. Nessas ocasiões, costumava entrar com ares solenes, como se ele próprio fosse aniversariante, e Nelly adivinhava num instante que trouxera um mimo. Entretanto, o doutor não lhe mostrava aquele mimo: apenas ria com certa malícia, sentava-se perto dela e aludia que, se uma donzela ali soubera portar-se bem e merecera deferência em sua ausência, aquela donzela seria digna de uma boa recompensa. Dizendo isso, olhava para Nelly com tanta espontaneidade e bonomia que, apesar de a menina escarnecê-lo com o riso mais franco, um afeto sincero e carinhoso vislumbrava-se, em tais momentos, em seus olhinhos que clareavam. Por fim, o velho se levantava solenemente da cadeira, tirava uma caixinha de bombons e, entregando-a para Nelly, comentava sem falta: "Para minha futura gentil esposa". Decerto estava, nesse minuto, ainda mais feliz que Nelly.

Em seguida, punha-se a conversar, exortando-a todas as vezes, de forma grave e persuasiva, a cuidar de sua saúde e dando-lhe sérios conselhos médicos.

— Precisamos cuidar de nossa saúde antes de tudo — dizia num tom dogmático —: em primeiro lugar e principalmente para continuarmos vivos e, em segundo lugar, para estarmos sempre sadios e, dessa maneira, conseguirmos uma felicidade em nossa vida. Se tiver, minha querida menina, alguns dissabores, a melhor coisa será esquecê-los ou tentar não pensar neles. E se não tiver nenhum dissabor, então... tampouco pense naquilo, mas procure pensar em prazeres... em algo divertido, frívolo...

— Mas em que pensaria de assim tão divertido e frívolo? — perguntava Nelly.

De pronto, colocava o doutor contra a parede.

— Quem sabe... digamos, numa brincadeira inocente, própria de sua idade, ou talvez... numa coisinha daquelas...

— Não quero brincar; não gosto de brincar — rebatia Nelly. — Gosto mais de novos vestidos.

— De novos vestidos? Hum! Mas não é tão bom, não. Precisamos contentar-nos, em tudo, com um modesto quinhão desta vida. Aliás... quem sabe... podemos gostar de novos vestidos também.

— E o senhor mandará que façam muitos vestidos para mim, quando nos casarmos?

— Que ideia! — dizia o doutor, carregando involuntariamente o cenho. Nelly sorria brejeira e mesmo se distraiu, uma vez só, e olhou para mim com esse seu sorrisinho. — Aliás... mandarei fazer um vestido para a senhorita, se o merecer com sua boa conduta — voltava a falar.

— E terei de tomar esses remédios todos os dias, quando me casar com o senhor?

— Ora... então não terá de tomá-los todos os dias... — E o doutor passava a sorrir.

Nelly interrompia a conversa com uma risada. O velhinho ria com ela, observando amorosamente a sua alegria.

— Uma mente travessa! — concluía, dirigindo-se a mim. — Mas ainda se percebem aqueles caprichos, além de certo melindre e nervosismo.

Tinha toda a razão. Decididamente, eu não sabia o que se dava com Nelly. Parecia não ter a mínima vontade de falar comigo, como se eu a tivesse magoado de alguma forma. Isso me deixava muito amargurado. Até fechei a cara, eu mesmo, e passei um dia inteiro sem conversar com ela, mas logo no dia seguinte fiquei envergonhado. Nelly chorava amiúde, e eu nem imaginava como podia alentá-la. Contudo, aquele seu silêncio se interromperia em breve.

Um dia, voltei para casa ao cair do crepúsculo e vi Nelly esconder rapidinho um livro debaixo do seu travesseiro. Era meu romance que ela encontrara sobre a mesa e lia em minha ausência. Por que precisava escondê-lo de mim? "Como se sentisse vergonha" — pensei então, fazendo de conta que não me apercebera de nada. Um quarto de hora mais tarde, indo eu por um minutinho à cozinha, Nelly pulou da cama e colocou o romance em seu devido lugar: quando regressei ao quarto, vi-o em cima da mesa. Um minuto depois, ela chamou por mim; sua voz denotava certa emoção. Quase não conversava comigo havia quatro dias.

— Você... vai hoje... à casa de Natacha? — perguntou-me com uma voz entrecortada.

— Vou, Nelly; preciso muito vê-la hoje.

Nelly se calou.

— Você a ama... muito? — perguntou de novo, com uma voz fraca.

— Sim, Nelly, amo muito.

— Eu também a amo — acrescentou ela, baixinho.

Fez-se depois um silêncio.

— Quero ir para a casa dela e vou viver com ela — Nelly tornou a falar, olhando para mim com timidez.

— Não podes, Nelly — respondi, um tanto perplexo. — Será que estás mal aqui comigo?

— Por que não posso? — Ela enrubesceu. — Pois você me convence a ir morar com o pai dela, mas eu não quero. Ela tem lá uma criada?

— Tem, sim.

— Então que ela despeça aquela criada, e eu vou servi-la. Vou fazer tudo para ela e não lhe cobrarei nada; vou amá-la, vou fazer comida... É bem isso que você vai dizer para ela hoje.

— Mas por que, Nelly, mas que fantasia é essa? E como tu julgas a respeito dela! Pensas mesmo que ela te aceitaria no lugar de sua criada? Se te aceitar lá em sua casa, serás igual a ela, como se fosses sua irmã mais nova.

— Não quero ser igual a ela, não. Assim não quero...

— Mas por quê?

Nelly se calou novamente. Seus labiozinhos tremiam de leve: ela estava para chorar.

— Pois aquele homem, que ela ama agora, irá embora daqui e vai deixá-la sozinha? — perguntou enfim.

Fiquei atônito:

— Como é que tu sabes, Nelly?

— Você mesmo me disse isso, e anteontem, quando o marido de Alexandra Semiônovna veio pela manhã, eu perguntei para ele, e foi ele quem me contou tudo.

— Será que Maslobóiev veio pela manhã?

— Veio — respondeu ela, abaixando os olhinhos.

— Então por que não me disseste que ele tinha vindo?

— Não disse...

Pensei um minuto. "Sabe lá Deus por que Maslobóiev anda batendo pernas, com aqueles mistérios dele! Mas que encontros são esses? Precisaria revê-lo."

— E tu, Nelly, o que tens a ver com isso, se ele for abandoná-la?

— Pois você a ama muito, não ama? — redarguiu Nelly sem erguer os olhos. — E, desde que a ama, então se casará com ela, quando aquele lá for embora.

— Não, Nelly, ela não me ama do mesmo jeito que eu a amo, e eu cá... Não, isso não vai acontecer, Nelly.

— Mas eu serviria vocês dois, como uma criada, e vocês viveriam felizes — articulou ela, quase cochichando, sem olhar para mim.

"O que ela tem, o quê?" — pensei eu, sentindo minha alma revolver-se toda. Nelly ficou calada e não disse mais meia palavra ao anoitecer. E, quando saí de casa, desandou a chorar, passou chorando a noite toda, segundo me comunicou Alexandra Semiônovna, e adormeceu em prantos. Até dormindo continuava a chorar; em plena noite, dizia algo em meio ao seu delírio.

Foi a partir desse dia que ela se tornou ainda mais sombria e taciturna, cessando, de uma vez por todas, de falar comigo. É verdade que notei duas ou três olhadas que ela me lançara às escondidas, e quanta ternura houve naquelas olhadas! Mas a repentina ternura passava com o momento que a suscitara, e Nelly, como quem enfrentasse um desafio, ficava mais ríspida praticamente a cada hora que transcorria, inclusive com nosso doutor abismado com a mudança de seu caráter. Nesse meio-tempo, a menina se recobrou quase inteiramente, e o doutor lhe permitiu, afinal, passear ao ar fresco, mas tão somente um pouco. O tempo estava ensolarado e quente. Era a Semana Santa, muito tardia naquele ano. Eu saí de manhã, precisando sem falta ir ver Natacha, mas decidi retornar logo para dar uma volta com Nelly, deixando-a por enquanto sozinha em casa.

Nem posso descrever o golpe que me esperava quando de meu retorno! Ia depressa para casa. Cheguei e vi que a chave estava na fechadura do lado de fora. Entrei: não havia ninguém. Petrifiquei-me de susto. Avistei um pedaço de papel sobre a mesa, no qual estava escrito a lápis, com uma letra grande e irregular: "Vou embora e nunca mais voltarei para a sua casa. Mas amo muito você. Sua fiel *Nelly*".

Dei um grito de pavor e precipitei-me para fora do apartamento.

Capítulo IV

Mal tive tempo para correr até a rua, para pensar o que e como faria agora, quando vi de repente um *drójki*[1] parar junto ao portão de nosso prédio e depois Alexandra Semiônovna descer desse *drójki*, conduzindo Nelly pela mão. Segurava a mão dela com força, aparentemente por medo de a menina fugir outra vez. Arrojei-me ao encontro delas.

— Nelly, o que tens? — gritei. — Aonde foste, por quê?

— Espere, não se apresse; vamos logo para a sua casa, aí o senhor saberá de tudo — pôs-se a gorjear Alexandra Semiônovna. — Que coisas é que vou contar pro senhor, Ivan Petróvitch — cochichou depressa pelo caminho. — É só a gente pasmar... Vamos, hein, já vai saber.

Lia-se, bem no rosto dela, que tinha umas notícias de suma importância.

— Vai, Nelly, vai lá, deita-te um pouquinho — disse ela, quando nós entramos nos aposentos. — Estás cansada: não é brincadeira correr tanto assim, é difícil após essa tua doença. Deita-te, queridinha, vai. E nós dois vamos sair agorinha daqui pra não incomodar a garota: que durma. — Piscou para mim, pedindo que fosse com ela à cozinha.

Todavia, Nelly não se deitou; sentou-se no sofá e tapou o rosto com ambas as mãos. Quanto a mim, saí com Alexandra Semiônovna, e ela me contou às pressas de que se tratava. Mais tarde, eu saberia ainda outros detalhes. Eis o que havia acontecido.

Fugindo da minha casa umas duas horas antes de meu regresso e deixando aquele bilhete para mim,

[1] Leve carruagem de quatro rodas.

Nelly correu primeiro à casa de nosso velho doutor. Já se informara, aliás, sobre o endereço dele. O doutor me contaria depois que ficara petrificado ao ver Nelly em sua casa e permanecera, durante todo aquele tempo que ela passara ali, "sem acreditar em seus olhos". "Nem agora acredito" — acrescentou à guisa de conclusão — "e nunca acreditarei nisso". No entanto, Nelly tinha ido de fato à sua casa. O doutor estava sentado numa poltrona, em seu gabinete, todo tranquilo, vestindo seu *Schlafrock*[2] e bebendo café, quando ela entrou correndo e atirou-se ao seu pescoço antes que ele voltasse a si. Nelly chorava, abraçava e beijava o doutor, beijava suas mãos e implorava-lhe, de modo desconexo, mas convincente, que a acolhesse em sua casa, dizendo que não queria nem podia mais viver comigo, razão pela qual me abandonara, que estava aflita, que não ia mais caçoar do velhinho nem falar de novos vestidos, que se portaria bem, estudaria, aprenderia a "lavar e engomar seus peitilhos" (teria imaginado todo o seu discurso pelo caminho ou, quem sabe, ainda antes disso) e, finalmente, seria dócil e tomaria, nem que fosse cada dia, quaisquer remédios. E que, mesmo tendo dito que queria casar-se com ele, estivera apenas brincando e nem sequer pensava naquilo. O velho alemão ficou tão estarrecido que se manteve, o tempo todo, sentado, de boca aberta, erguendo a mão, a qual segurava um charuto, e esquecendo-se desse charuto até que se apagasse.

— *Mademoiselle* — disse enfim, reavendo, bem ou mal, o uso da linguagem —, *Mademoiselle*: pelo que entendi, solicita que lhe dê um lugar em minha casa.

---

[2] Roupão usado em casa (em alemão).

Mas isso é impossível! Como está vendo, não tenho espaço aqui nem renda considerável... E, feitas as contas, agir tão direto, sem refletir... É horrível! E, feitas as contas, a senhorita fugiu, pelo que percebo, da sua casa. Não é nada louvável nem possível... E, feitas as contas, eu lhe permiti apenas passear um pouco, num dia de sol, acompanhada pelo seu benfeitor, e a senhorita abandona esse benfeitor e vem correndo para cá, enquanto deve cuidar de si mesma e... e... tomar seu remédio. E, feitas as contas... enfim, não compreendo mais nada...

Nelly não deixou que terminasse suas falas. Tornou a chorar, a implorar-lhe, mas nada adiantou. O velhinho se estarrecia cada vez mais e compreendia cada vez menos. Afinal Nelly desistiu, exclamou: "Ah, meu Deus!" e saiu correndo. "Fiquei doente o dia todo" — acrescentou o doutor, finalizando seu relato — "e, antes de dormir, tomei um *decoctum*[3]...".

Nelly correu à casa dos Maslobóiev. Já sabia igualmente seu endereço e encontrou o casal, embora com certa dificuldade. Maslobóiev estava em casa. Alexandra Semiônovna não fez senão agitar os braços, ouvindo Nelly pedir que a acolhessem. Quando lhe indagou por que queria isso, se estava porventura embaraçada em morar comigo, Nelly não respondeu nada e desabou, soluçando, numa cadeira. "Soluçava tanto, mas tanto" — contava-me Alexandra Semiônovna — "que eu pensava que morreria por causa daquilo". Nelly pedia que a aceitassem, ao menos, como arrumadeira ou cozinheira, dizia que varreria o chão e aprenderia a lavar roupas. (Fundava, nessa lavação de roupas, certas esperanças

[3] Tisana de ervas medicinais (em latim).

peculiares, achando, por algum motivo, que seria a mais forte das suas vantagens na casa de outrem). Alexandra Semiônovna propôs deixá-la morar com eles, até se esclarecerem todas as circunstâncias, e avisar-me acerca disso, mas Filipp Filíppytch recusou categoricamente essa proposta e mandou que ela levasse a fugitiva de imediato para a minha casa. Ao longo de todo o percurso, Alexandra Semiônovna abraçava e beijava Nelly, que chorava, por isso mesmo, ainda mais. Só de olhar para ela, Alexandra Semiônovna também se pôs a chorar. Assim, chegaram ambas à minha casa chorando.

— Mas por que, Nelly, por que é que não queres morar com ele? Será que te trata mal, é isso? — perguntava, desmanchando-se em prantos, Alexandra Semiônovna.

— Não me trata mal, não.

— Então por quê?

— Porque não: não quero viver com ele... não posso... tenho sido tão má para ele... e ele é bom... e lá, na casa de vocês, deixarei de ser má, vou trabalhar — respondeu Nelly, soluçando como que histérica.

— Mas por que és tão má pra ele, hein, Nelly?...

— Porque sou...

— E foi só aquele "porque sou" que tive como resposta — concluiu Alexandra Semiônovna, enxugando as lágrimas. — Ora, que moça infeliz é essa? É assim de nascença? Como o senhor acha, Ivan Petróvitch?

Fomos ver Nelly: ela estava deitada, escondendo o rosto nos travesseiros, e chorava. Ajoelhei-me perto dela, peguei suas mãos e comecei a beijá-las. Ela me retirou as mãos, passando a soluçar mais ainda. Eu nem sabia o que dizer. Nesse momento entrou o velho Ikhmeniov.

— Tenho um assunto a tratar com você, Ivan. Bom-dia! — disse ele, mirando-nos a todos e espantando-se de me ver ajoelhado. O velho estava doente nesses últimos tempos. Todo magro e pálido, desprezava a doença, como se ostentasse sua coragem na frente de alguém, não dava ouvidos às súplicas de Anna Andréievna nem se deitava, mas continuava andando e resolvendo seus problemas.

— Até a vista — disse Alexandra Semiônovna, olhando para o velho com atenção. — Filipp Filíppytch ordenou que eu voltasse o mais rápido possível. Temos um negócio ali. E de noite, ao escurecer, aparecerei de novo, por umas duas horinhas.

— Quem é? — cochichou o velho, pensando aparentemente em outras coisas.

Expliquei-lhe quem era.

— Hum. Tenho, pois, um assunto a tratar, Ivan...

Eu sabia que assunto era aquele e já esperava pela sua visita. Ele viera conversar comigo e com Nelly para renovar seu convite. Anna Andréievna teria consentido, afinal, em acolher a pequena órfã em sua casa. Isso resultava das nossas conversas secretas: eu acabara persuadindo Anna Andréievna, dizendo-lhe que o ar da órfã, cuja mãe também tinha sido amaldiçoada pelo pai dela, faria talvez o siso de nosso velho mudar de rumos. Explicitara-lhe o meu plano com tanta energia que ela mesma fora atenazando o marido para que aceitasse aquela órfã. O velho se aprontou logo para abordar o assunto: desejava, primeiro, agradar sua Anna Andréievna e tinha, segundo, suas próprias intenções especiais... Mas vou explicar tudo isso, de forma circunstanciada, mais tarde...

Já disse que Nelly não gostava do velho desde a sua primeira visita. Depois eu notaria que até uma espécie de rancor transparecia no rosto dela, sendo o nome de Ikhmeniov pronunciado em sua presença. O velho agiu imediata e diretamente. Achegou-se a Nelly, que ainda estava deitada, escondendo o rosto nos travesseiros, e perguntou, pegando-lhe a mão, se queria morar na casa dele e fazer as vezes de sua filha.

— Eu tinha uma filha a quem amava mais do que a mim mesmo — resumiu o velho —, só que agora não está mais comigo. Ela morreu. Será que tu queres ocupar o lugar dela na minha casa e... no meu coração?

E seus olhos, secos e inflamados de febre contínua, intumesceram cheios de lágrimas.

— Não quero, não — respondeu Nelly, sem levantar a cabeça.

— Por que, minha pequena? Não tens mais ninguém. Ivan não pode deixar que tu mores sempre na casa dele, e na minha estarás bem à vontade.

— Não quero, porque o senhor é mau. É mau, sim, é mau — acrescentou a menina, erguendo a cabeça e sentando-se na cama defronte ao velho. — Eu mesma sou má, sou pior que todos, mas o senhor é pior ainda que eu!... — Dizendo isso, Nelly empalideceu, seus olhos fulgiram; até os lábios trêmulos dela embranqueceram e entortaram-se com o afluxo de uma sensação bem intensa.

O velho a mirava embasbacado.

— Sim, é pior que eu, porque não quer perdoar à sua filha. Quer esquecê-la para sempre e acolher outra criança em sua casa, mas seria possível esquecer sua própria filha? Será que amará a mim? Pois cada vez que o senhor me vir, logo lembrará que sou uma estranha, que o senhor já teve uma filha de quem se esqueceu, porque é um homem cruel. E eu não quero viver com as pessoas cruéis, não quero, não quero!... — Nelly soltou um soluço e olhou de relance para mim. — É a ressurreição de Cristo, depois de amanhã, todos se beijam e se abraçam, todos se reconciliam, todas as culpas são perdoadas... Eu cá sei disso... Só o senhor mesmo, o senhor... uh, como é cruel! Vá embora daqui!

Ela rompeu a chorar. Parecia ter imaginado e decorado, havia tempos, aquele discurso, indo lançar mão dele caso o velho tornasse a convidá-la a ir morar com ele. Assombrado, o velho ficou pálido; certa sensação dolorosa refletiu-se em seu rosto.

— E por que, por que todo mundo se preocupa tanto comigo, por quê? Eu não quero, não quero! — exclamou Nelly, de súbito, numa espécie de frenesi. — Eu vou pedir esmola!

— O que tens, Nelly? Nelly, minha amiguinha! — gritei eu sem querer, mas com esse meu grito apenas pus lenha na fogueira.

— Sim, é melhor que ande pelas ruas e peça esmola, em vez de ficar aqui — gritava Nelly, chorando. — E minha mãe também pedia esmola e, quando estava morrendo, disse para mim, ela mesma: sê pobre e antes pede esmola do que... Não é vergonhoso pedir esmola: não peço a uma pessoa só, peço a todo mundo, e todos não são uma só pessoa; é vergonhoso pedir a alguém ali, mas pedir a todos não é vergonhoso... foi uma mendiga quem me disse isso, pois sou pequena e não tenho onde arranjar dinheiro. Por isso é que peço a todo mundo. Mas não quero ficar aqui, não quero, não quero, porque sou má, sou pior que todos, eis como sou má!

E de repente, sem ninguém esperar por isso, pegou uma chávena, que estava sobre a mesinha, e jogou-a no chão.

— Eis que se quebrou — concluiu ela, encarando-me com um júbilo desafiador. — Há só duas chávenas — arrematou —, e vou quebrar a outra também... Como é que vai então tomar chá?

Parecia enraivecida, como se essa raiva lhe agradasse em cheio, como se ela mesma se desse conta de ter feito algo ruim e vergonhoso, mas se atiçasse de propósito para fazer coisas piores ainda.

— Essa sua menina está doente, Vânia, eis o que é — disse o velho. — Ou então... não entendo mais que criança é essa. Adeus!

Tomou seu boné e apertou-me a mão. Estava como que arrasado: Nelly ofendera-o terrivelmente. Tudo se conturbou em mim:

— E não tiveste pena dele! — exclamei, quando nós ficamos a sós. — E não tens vergonha, Nelly, não tens? Não és boa, não, és má de verdade!

Sem chapéu como estava, fui correndo atrás do velho. Queria acompanhá-lo até o portão do prédio e dizer-lhe, ao menos, duas palavras consoladoras. Enquanto descia a correr a escada, tinha a impressão de ver ainda o semblante de Nelly, mortalmente pálido depois dessa minha reprimenda.

Alcancei logo meu velho.

— Essa pobre menina está machucada, tem seu próprio pesar — acredite-me, Ivan! —, e eu comecei a pintar o meu na frente dela — disse Ikhmeniov com um sorriso amargo. — Toquei numa ferida aberta. Dizem que o farto não entende o faminto, e eu vou acrescentar,

Vânia, que nem sempre um faminto entende o outro. Pois bem, adeus!

Eu já ia falar-lhe de outras coisas, mas o velho só moveu o braço.

— Chega de me consolar; veja se sua menina não foge de você, que está prontinha — acrescentou, exasperado, e foi embora a passos rápidos, agitando de leve sua bengala e dando pancadinhas na calçada.

Nem por sombra imaginava que sua profecia se consumasse logo a seguir.

Mas o que se deu comigo quando, ao voltar para o apartamento, não encontrei, apavorado, Nelly em casa! Corri à antessala, procurei-a na escadaria, chamando, até batendo às portas de meus vizinhos e perguntando por ela; não podia nem queria acreditar que a menina fugira de novo. E como ela teria conseguido fugir? O prédio só tinha um portão, e, quando eu conversava ali com o velho, ela devia ter passado perto de nós. Não demorei, todavia, a compreender, para meu grande desgosto, que Nelly se escondera provavelmente algures na escadaria, aguardando até que eu subisse de volta, e depois se esgueirara de sorte que não me deparara com ela. Em todo caso, não podia ter ido longe.

Muito preocupado, saí outra vez correndo em busca da menina, deixando, por via das dúvidas, meu apartamento aberto.

Corri, antes de tudo, à casa dos Maslobóiev. Não os encontrei em casa, nem meu amigo nem Alexandra Semiônovna. Escrevendo um bilhete em que os informava sobre essa nova desgraça e pedia que me avisassem imediatamente, caso Nelly aparecesse na casa deles, fui ver o doutor, mas este também estava ausente, anunciando-me sua criada que não houvera outras visitas além da recente. O que eu tinha a fazer? Fui até a casa de Búbnova, e minha conhecida, a esposa do dono daquela funerária, contou-me que desde o dia anterior a patroa estava presa, por alguma razão, na delegacia e que, desde *aquele dia*, ninguém vira Nelly por lá. Cansado, ou melhor, exausto, corri novamente à casa dos Maslobóiev, onde recebi a mesma resposta: não houvera visitas nem eles ainda tinham voltado. Meu bilhete continuava em cima da mesa. O que eu tinha, pois, a fazer?

Profundamente angustiado, regressava para casa tarde da noite. Devia ter visto Natacha daquela feita: fora ela mesma que me convidara ainda pela manhã. Entretanto, nem sequer tinha comido o dia inteiro; pensando em Nelly, sentia que minha alma se revoltava toda. "O que é isso, enfim?" — pensava. — "Seria uma consequência de sua doença, tão complexa assim? Estaria ela insana ou para ensandecer? Mas onde ela está agora, meu Deus do céu, onde vou encontrá-la?"

Mal me escapou essa exclamação, avistei de repente Nelly, que estava a poucos passos de mim, sobre a ponte V. Plantada ao pé de um lampião, ela não me via. Logo quis correr ao encontro dela, mas me detive. "O que está fazendo ali?" — pensei atônito e, tendo certeza de que agora não a perderia mais de vista, resolvi esperar e observá-la. Decorreram uns dez minutos; ela permanecia lá, olhando, de vez em quando, para os transeuntes. Passou, finalmente, um velhinho bem vestido, e Nelly se aproximou dele; sem parar, o velhinho tirou alguma coisa do bolso e entregou à menina. Ela fez uma mesura. Não posso expressar o que senti naquele momento. Um doloroso espasmo contraiu-me o coração, como se algo precioso, algo que eu amava, mimava, acarinhava, tivesse sido vexado, atingido de cusparadas em minha frente, e as lágrimas jorraram dos meus olhos.

Sim, eu chorava pela minha pobre Nelly, conquanto sentisse, ao mesmo tempo, uma indignação irreconciliável: ela não pedia esmola por necessitar disso; ela não fora abandonada, exposta por alguém aos reveses da fortuna, não fugia dos cruéis opressores e, sim, dos seus amigos que a amavam e acalentavam. Parecia que ela queria espantar ou então assustar alguém com aquelas suas proezas; parecia que se gabava a olhos vistos. Contudo, algo esconso amadurecia em sua alma... Sim, o velho tinha razão: ela estava machucada, sua ferida não chegava a cicatrizar-se, e a menina buscava, como que de propósito, avivar seu tormento com essa conduta misteriosa, com essa desconfiança em relação a nós todos, como se ela mesma se comprovesse em sua dor, nesse seu *egoísmo do sofrimento*, sendo-me permitida tal expressão. Eu compreendia esse avivar da dor e o prazer que dele provinha: era o prazer de muitos magoados e ofendidos, oprimidos pelo destino e conscientes de sua injustiça. Mas de que injustiça nossa é que poderia reclamar Nelly? Parecia mesmo querer espantar e assustar a nós todos com seus caprichos e manhas selvagens, como que se gabando de fato em nossa frente... Mas não! Agora estava sozinha, sem que nenhum de nós a visse pedir esmola. Seria ela capaz de se comprazer nisso apenas consigo mesma? Para que pedia esmola, por que precisava daquele dinheiro?

Ao receber uns trocados, Nelly desceu da ponte e aproximou-se das janelas bem iluminadas de um empório. Pôs-se então a contar seu ganho; eu me mantinha a dez passos dela. Já havia bastante dinheiro na palma de sua mão: pelo visto, andara mendigando desde a manhã. Cerrando o punho, a menina atravessou a rua e entrou numa lojinha de quinquilharias. Eu logo me acheguei às portas daquela lojinha, que estavam abertas de par em par, e fiquei espiando o que ela ia fazer lá dentro.

Vi Nelly colocar seu dinheiro sobre o balcão, e o vendedor lhe estendeu uma chávena, uma simples chávena bem semelhante àquela que a menina quebrara havia pouco para nos mostrar, a mim e a Ikhmeniov, como era má. Essa chávena custava, talvez, uns quinze copeques ou, quem sabe, menos ainda. O balconista embrulhou-a em papel, atou um barbante e entregou o embrulho a Nelly, apressando-se ela a sair da lojinha com um ar satisfeito.

— Nelly! — exclamei, quando passava perto de mim. — Nelly!

Ela estremeceu, olhou para mim; a chávena deslizou-lhe das mãos, caiu sobre a calçada e quebrou-se. Nelly estava pálida, mas, ao olhar para mim e certificar-se de que eu tinha visto e compreendido tudo, ficou de repente vermelha, traduzindo-se nesse rubor uma vergonha insuportável, pungente. Peguei a mão dela e conduzi-a para casa: não estávamos longe de lá. Não nos dissemos meia palavra pelo caminho. Uma vez em casa, sentei-me; Nelly estava de pé, em minha frente, pensativa e acanhada, pálida como dantes, de olhos baixos. Nem sequer conseguia encarar-me.

— Pedias esmola, Nelly?

— Sim! — sussurrou ela, abaixando mais ainda a cabeça.

— Querias juntar dinheiro para comprar outra chávena em vez daquela que tinhas quebrado?

— Sim...

— Mas será que eu te censurei, será que te xinguei por teres quebrado aquela chávena? Será que não percebes, Nelly, como o que tu fizeste aí é mau e vaidosamente mau? Que coisa boa, hein? Será que não estás com vergonha? Será que...

— Estou, sim... — sussurrou ela com uma voz quase inaudível, e uma lagrimazinha escorreu pela sua face.

— Estás, sim... — repeti eu. — Nelly, minha querida, se tenho alguma culpa para contigo, perdoa-me e vamos fazer as pazes.

Nelly me lançou uma olhada; as lágrimas jorraram dos seus olhos, e ela se atirou ao meu peito.

Foi Alexandra Semiônovna que irrompeu, nesse instante, no quarto.

— O quê? Já está em casa? De novo? Ah, Nelly, Nelly, o que é que tens? Pois bem... é bom, pelo menos, que estejas em casa. Onde a encontrou, Ivan Petróvitch?

Pisquei-lhe para que não me indagasse mais, e ela me entendeu. Despedindo-me ternamente de Nelly, que ainda estava em prantos, e implorando àquela boazinha Alexandra Semiônovna para ficar com ela até que eu voltasse, fui correndo à casa de Natacha. Apressava-me por estar atrasado.

Nosso destino se definiria naquela noite: eu tinha muitos assuntos a discutir com Natacha, porém lhe falei, não obstante, sobre Nelly e contei tudo o que havia acontecido, com todos os pormenores. Meu relato deixou Natacha muito interessada e até mesmo arrebatada.

— Sabe de uma coisa, Vânia? — disse ela, ao refletir um pouco. — Parece-me que ela ama você.

— O quê?... Mas como assim? — perguntei, surpreso.

— Sim, é o começo de um amor, de um amor feminino...

— Chega, Natacha; o que é isso? É apenas uma criança!

— Que já vai completar catorze anos. A razão daquela rispidez toda é que você não compreende seu amor; aliás, pode ser que nem ela mesma compreenda a si própria, daí sua rispidez, que é bem infantil, mas séria e dolorosa. E o mais importante é que ela está enciumada por minha causa. Você gosta tanto de mim que até em casa, por certo, só se preocupa comigo, só fala e pensa em mim e, portanto, dá pouca atenção a ela. Nelly atinou para isso e ficou magoada. Talvez queira falar com você, sinta a necessidade de lhe abrir seu coração, mas não sabe como fazer isso, passa vergonha, não compreende a si própria, espera por uma oportunidade, só que você se afasta dela, em vez de propiciar essa oportunidade de se aproximarem, foge dela para se encontrar comigo e, mesmo quando Nelly estava doente, deixava-a sozinha, dia após dia. É por isso que ela está chorando: sente sua falta e sofre, em especial, porque você não repara nisso. Até agora, num momento destes, você a deixou sozinha para me ver. Amanhã ela cairá doente por causa disso. Como é que pôde deixá-la sozinha? Vá logo para casa...

— Não a teria deixado, mas...

— Pois sim, fui eu mesma que pedi para você vir. Mas agora, vá para casa.

— Já vou... só que não acredito, bem entendido, em nada disso.

— Porque nada disso se parece com outras coisas. Lembre a história dela, pense em tudo, aí vai acreditar. Ela não foi criada igual à gente...

Ainda assim, voltei para casa tarde. Alexandra Semiônovna me contou que Nelly chorara muito, bem como naquela outra noite, e de novo "pegara no sono chorando". — "Mas agora vou embora, Ivan Petróvitch, e Filipp Filíppytch também ordenou assim. Ele espera por mim, coitado."

Agradecendo-lhe a ajuda, fui sentar-me à cabeceira de Nelly. Estava, eu mesmo, contrito por tê-la deixado sozinha num momento daqueles. Por muito tempo, até altas horas da noite, fiquei sentado perto dela, refletindo... Era uma época fatal.

Entretanto, cumpre-me relatar o que ocorrera naquelas duas semanas...

Capítulo V

Após a memorável noite que passara com o príncipe no restaurante de B., fiquei temendo por Natacha durante vários dias seguidos. "Que ameaças lhe dirigiu aquele maldito príncipe, de que maneira, notadamente, pretendia atingi-la?" — perguntava a mim mesmo, a cada minuto, perdendo-me em diversas suposições. Cheguei finalmente à conclusão de que as ameaças dele não eram pura bobagem nem se limitavam à sua fanfarrice, e que, continuando ela a viver com Aliocha, o príncipe poderia mesmo causar-lhe muitos problemas. "É mesquinho, vingativo, maldoso e calculista" — pensava eu. — "Seria difícil que se esquecesse de suas mágoas e não se aproveitasse de alguma ocasião para se vingar dela". Em todo caso, o príncipe tinha destacado um ponto nessa história toda e pronunciara-se a respeito desse ponto com bastante clareza: insistira sobre a ruptura entre Aliocha e Natacha, esperando que eu a preparasse para uma próxima separação e preparasse de modo que não houvesse "cenas nem pastorais nem coisas de Schiller". Entenda-se bem que cuidava, principalmente, de deixar Aliocha contente com ele, para que o considerasse, como dantes, um pai carinhoso; precisava muito disso no intuito de se apossar mais tarde, com toda a comodidade, dos cabedais de Kátia. Destarte, cumpria-me preparar Natacha para a separação que sucederia. Percebi, no entanto, uma grande mudança em Natacha: não havia mais nem vestígios daquela sinceridade com que ela me tratava antes; como se isso não bastasse, ela parecia não confiar mais em mim. Apenas se afligia com minhas consolações; aborrecia-se cada vez mais, até se zangava com as perguntas que eu lhe fazia. Estava, vez por outra, em sua casa, olhava para ela! Cruzando os braços, Natacha andava pelo quarto, de lá para cá, toda sombria, pálida, como que entorpecida, e acabava mesmo por esquecer que eu também me encontrava ali, ao seu lado. Quando reparava casualmente em minha presença (já que evitava até os meus olhares), uma impaciência desgostosa surgia de súbito em seu rosto, e ela me virava depressa as costas. Eu entendia que estava cogitando, talvez, algum plano particular, concernente àquela ruptura que sobreviria em breve, e será que poderia cogitá-lo sem dor nem tristeza? Quanto a mim, estava seguro de que ela já se decidira pela ruptura. Contudo, seu lúgubre desespero me abalava e amedrontava. Não me atrevia, além do mais, nem sequer a falar com ela, de vez em quando, a consolá-la, portanto esperava, intimidado, pelo desfecho daquilo tudo.

No que dizia respeito ao aspecto severo e inabordável que ela tomava em minha frente, isso me inquietava, até compungia, mas eu me fiava, ainda assim, no coração de minha Natacha: via-a muito aflita, percebia que estava abatida demais. Toda e qualquer intervenção alheia provocava nela tão só desgosto e animosidade. É sobretudo a intervenção de nossos amigos íntimos, cientes de nossos segredos, que mais nos pesa em semelhantes casos. Por outro lado, eu também sabia muito bem que no último instante Natacha recorreria novamente a mim, procurando alívio para si neste meu coração.

É claro que não lhe contei sobre a minha conversa com o príncipe: meu relato não surtiria outro efeito senão deixá-la ainda mais perturbada e angustiada. Apenas lhe disse de passagem que fora, em companhia do príncipe, à casa da condessa e ficara persuadido de ser um canalha rematado. De resto, Natacha nem me indagava acerca do príncipe, o que era de meu agrado, porém escutava avidamente tudo quanto se referia ao meu encontro com Kátia. Terminando eu de contar, tampouco disse meia palavra sobre a moça; todavia, uma vermelhidão se espalhou pelo seu rosto pálido, e ela passou quase todo aquele dia profundamente emocionada. Não lhe escondi nada no tocante a Kátia, reconhecendo abertamente que até eu tivera uma ótima impressão dela. Por que lhe esconderia isso? De qualquer maneira, Natacha teria adivinhado que eu omitia algum detalhe e só ficaria depois zangada comigo. Foi por essa razão que tornei propositalmente meu relato o mais detalhado possível, buscando antecipar todas as suas perguntas, ainda mais que seria penoso, para ela própria, interrogar-me naquela situação. Ser-lhe-ia fácil, na realidade, aparentar plena indiferença descobrindo as perfeições de sua rival?

Eu supunha que ela não soubesse ainda que Aliocha, cumprindo a ordem expressa do príncipe, deveria acompanhar a condessa e Kátia até a fazenda, e esforçava-me para lhe revelar isso de modo a abrandar o golpe. Qual não foi, pois, minha surpresa, quando Natacha me fez parar, desde as primeiras palavras ditas, e declarou que não adiantava *consolá-la*, porquanto já sabia de tudo havia cinco dias!

— Meu Deus! — exclamei. — Mas quem foi que lhe contou?

— Foi Aliocha.

— Como? Ele já contou?

— Sim, Vânia, e eu cá tomei minha decisão — acrescentou ela com um ar que me advertia, clara e, de certa forma, enervadamente, para não insistir mais nessa conversa.

Aliocha visitava Natacha amiúde, mas só se detinha em sua casa por um minutinho; apenas uma vez é que permaneceu ali várias horas a fio, mas isso se deu em minha ausência. De praxe, entrava triste, olhava para ela com timidez e ternura; entretanto, Natacha o acolhia tão meiga, tão carinhosamente, que ele se esquecia logo de tudo e ficava alegre. Passou a visitar-me, a mim também, repetidas vezes, quase todos os dias. É verdade que se consternava muito, porém não conseguia quedar-se, nem por um só minuto, sozinho com seu pesar e vinha correndo, volta e meia, pedir-me alento. O que eu podia dizer-lhe? Aliocha me reprochava minha frieza, minha indiferença, até o ódio que eu devia nutrir por ele; afligia-se, chorava, ia à casa de Kátia e lá se consolava.

No dia em que Natacha se declarou ciente de que o jovem partia (foi, mais ou menos, uma semana depois de minha conversa com o príncipe), ele entrou em meu quarto a correr, abraçou-me desesperado, desabou sobre o meu peito e ficou soluçando que nem uma criança. Calado como estava, eu esperava pelo que me diria.

— Sou um cafajeste, Vânia, sou um vilão — começou ele. — Salva-me de mim mesmo. Não estou chorando por ser acafajestado e vil, mas porque tornarei Natacha infeliz. Abandono-a justo para ser infeliz... Vânia, meu amigo, diz-me, decide por mim qual delas duas eu amo mais: Kátia ou Natacha?

— Não posso decidir sobre isso, Aliocha — respondi —, é você quem sabe melhor que eu...

— Não, Vânia, não é assim: não sou tão bobo para fazer tais perguntas, mas o problema é que não entendo nada disso. Pergunto a mim mesmo e não consigo responder. E tu és um estranho e talvez saibas mais do que eu... Ora, se bem que não saibas, diz o que te parece.

— Parece-me que ama mais Kátia.

— É assim que tu achas? Não, não, nada disso! Não adivinhaste aí patavina. Eu amo Natacha infinitamente. Não poderei abandoná-la jamais, por motivo algum; também disse isto a Kátia, e Kátia está de pleno acordo comigo. Por que te calas, hein? Olha só: acabei de te ver sorrindo. Eh, Vânia, nunca me consolaste, quando eu andava tão pesaroso quanto agora... Adeus!

Ele saiu correndo do quarto, causando a Nelly, que escutara pasmada e silenciosa a nossa conversa, uma impressão formidável. Ainda estava doente, acamada, e tomava seu remédio. Aliocha nunca falava com ela nem lhe prestava, quando de suas visitas, praticamente nenhuma atenção.

Ao cabo de duas horas, ele reapareceu, espantando-me com seu ar radiante. Atirou-se outra vez ao meu pescoço e abraçou-me.

— Está resolvido! — exclamou. — Todos os mal-entendidos se resolveram! Daqui fui direto à casa de Natacha: estava aflito, não podia ficar sem ela. Logo que entrei, caí de joelhos na frente dela e beijei seus pés; precisava disso, ansiava por isso; sem isso, teria morrido de desgosto. Ela me abraçou, calada, e ficou chorando. Aí disse para ela às claras que amava Kátia mais do que a ela...

— E Natacha?

— Não respondia nada, só me acariciava e consolava — a mim que acabava de lhe dizer isso! Ela sabe consolar, Ivan Petróvitch! Oh, eu extravasei todo o meu pesar na frente dela, tudo lhe expliquei. Disse às claras que amava muito Kátia, só que, por mais que a amasse e até mesmo amasse a quem amasse, não poderia, ainda assim, viver sem minha Natacha e morreria sem ela. Não, Vânia, não viveria nem um dia sem ela, é o que estou sentindo, não viveria! Decidimos, portanto, que nos casaríamos de imediato, mas... como não se pode fazer isso antes de minha viagem, porque estamos na Quaresma agora e não celebram matrimônios na igreja, então nos casaremos assim que eu estiver de volta, ou seja, lá pelo 1º de junho. Meu pai permitirá que me case, disso não tenho dúvida. Quanto a Kátia, não faz mal! É que não posso viver sem Natacha... Vamos casar-nos e depois iremos, nós dois, para onde estiver Kátia...

Pobre Natacha! Como lhe fora difícil consolar aquele garoto, escutar, inclinando-se sobre ele, suas confidências e inventar para ele, ingênuo egoísta, todo um conto de fadas sobre o próximo casamento a fim de tranquilizá-lo! Aliocha se acalmou, de fato, por alguns dias. Na verdade, corria ver Natacha apenas porque seu coração fraco não conseguia, quando ele estava sozinho, aguentar a tristeza. Não obstante, ao passo que chegava a hora da despedida, ficou novamente inquieto, choroso, tornando a vir à minha casa para prantear seus pesares. Apegara-se tanto a Natacha, nesses últimos tempos, que não podia mais deixá-la por um só dia, muito menos por um mês e meio. Todavia, estava seguro, até o derradeiro minuto, de que a deixava apenas por um mês e meio e que se casaria com ela tão logo voltasse. Quanto a Natacha, tinha, por sua vez, plena consciência de que seu destino estava para mudar totalmente, que Aliocha nunca mais voltaria a viver com ela e que havia de ser assim mesmo.

O dia de sua separação chegou. Natacha estava doente — toda pálida, de olhar inflamado, de lábios crestados —, falava por vezes consigo mesma ou então me lançava olhadas rápidas e cortantes, mas não chorava nem respondia às minhas indagações, apenas tremelicava, tal e qual uma folhinha na árvore, ao ouvir a sonora voz de Aliocha que entrava. Ela enrubescia como uma chama e precipitava-se ao seu encontro, abraçava-o espasmodicamente, beijava-o, ria... Fitando Natacha com atenção, Aliocha perguntava angustiado, de vez em quando, se estava bem, consolava-a dizendo que se ausentaria por pouco tempo e que depois eles se casariam. Natacha fazia esforços visíveis para se conter e reprimia o pranto. Não chorava na frente dele.

Certa feita, Aliocha disse que lhe deixaria algum dinheiro, para não precisar de nada ao longo de toda a sua viagem, e que ela não devia preocupar-se com isso, tendo seu pai prometido desembolsar uma grande quantia por ocasião de sua partida. Natacha franziu o cenho, mas quando nós dois, eu e ela, ficamos a sós, eu lhe anunciei que guardava, por via das dúvidas, *cento e cinquenta rublos* para ela. Natacha nem perguntou pela fonte daquele dinheiro. Isso aconteceu dois dias antes de Aliocha partir, na véspera do primeiro e último encontro de Natacha com Kátia. A moça lhe mandara, por intermédio de Aliocha, um bilhete em que pedira a permissão de se encontrar com Natacha no dia seguinte, escrevendo também para mim e pedindo que eu viesse participar desse encontro.

Decidi que ao meio-dia (na hora que Kátia havia marcado) estaria sem falta na casa de Natacha, fossem quais fossem meus afazeres, pois tinha muitos afazeres e empecilhos nesse meio-tempo. Sem falar de Nelly, vários problemas me ligavam ultimamente aos Ikhmeniov.

Esses problemas surgiam havia uma semana. Anna Andréievna mandara chamar-me uma manhã, rogando que deixasse tudo e fosse imediatamente, correndo, tratar com ela de um negócio bem importante, o qual não admitia nem a menor postergação. Indo à sua casa, encontrei-a sozinha: ela andava pelo quarto, febricitante de inquietação e temor, esperando apreensiva pelo retorno de Nikolai Serguéitch. Como de hábito, passei muito tempo sem entender o que estava ocorrendo nem de que ela tinha tamanho medo, conquanto fosse evidente que todo minuto valia ouro. Afinal, tendo a velhinha feito um bocado de reproches, acalorados e pouco relacionados com nosso assunto — "por que é que não vem e larga a gente, feito dois órfãos, nessa desgraça?", de modo que "só Deus sabe o que se faz, quando não está aqui" —, declarou que Nikolai Serguéitch ficara tão agitado, nos últimos três dias, que "não dava nem para descrever".

— Nem se parece mais consigo — disse ela —: tem febre; esconde-se de mim, à noite, e reza de joelhos, diante do ícone; delira, quando está dormindo, e, quando está acordado, anda que nem um doido. Fomos ontem comer *chtchi*, e ele nem consegue achar sua colher por perto; a gente pergunta uma coisa, e ele responde outra. Sai de casa a cada minuto: "Vou a negócios", diz, "preciso ver meu advogado". Trancou-se enfim, esta manhã, no seu gabinete: "Tenho que escrever", diz, "um papel necessário para meu processo". Mas que papel, penso eu com meus botões, terias que escrever, se não pudeste nem achar tua colher junto ao prato? Fiquei, ainda assim, olhando pela fechadura: ele está lá sentado, escreve e chora tanto que vai afogar em lágrimas. Qual é, penso eu, o papel jurídico que escrevem daquele jeito? Ou, quem sabe, está com tanta pena da nossa Ikhmeniόvka; perdeu-se, quer dizer, esta nossa Ikhmeniόvka de vez! Estou cismando, pois, nisso, e ele pula, assim de repente, fora da mesa, bate na mesa com sua pena, bem forte, pega seu boné — todo vermelho, de olhos brilhantes assim — e sai do gabinete. "Eu, Anna Andréievna", diz, "volto daqui a pouco". Mal ele foi embora, corri até a mesinha onde ele escreve: há montes de papéis sobre o nosso processo por lá, não me permite nem triscar neles. Quantas vezes já pedi: "Deixa levantar essa papelada, ao menos uma só vez: tiraria então a poeira da tua mesinha". Nada disso: só fica berrando, agitando os braços. Tão impaciente é que se tornou aqui, em Petersburgo, tão gritalhão. Fui, pois, até a mesinha dele, procurei por aquele papel que ele acabara de escrever. É que sei, com toda a certeza, que não o levou, mas o colocou, quando se levantava da mesa, embaixo dos outros papéis. Pois bem, Ivan Petróvitch, meu queridinho, olhe só o que encontrei ali.

A velhinha me estendeu uma folha de papel de carta, garatujada pela metade, com tantas rasuras que certas frases eram ilegíveis.

Pobre velho! Podia-se adivinhar, desde as primeiras linhas, o que e para quem ele escrevia. Era uma carta para Natacha, para sua bem-amada Natacha. Ele começava com ardor e ternura: dirigia-se à filha para dizer que se dispunha a perdoar-lhe e pedir que voltasse. Era difícil decifrar essa carta toda, redigida de forma desconexa e impetuosa, com incontáveis rasuras. Apenas se percebia que o sentimento afetuoso, o qual incitara Ikhmeniov a pegar a pena e rabiscar essas primeiras linhas tão cordiais, logo se transformava, ao cabo das frases iniciais, em seu oposto: o velho passava a exprobrar sua filha, pintava, em cores vivas, o crime dela, lembrava-a com indignação de sua teimosia, censurava sua falta de sensibilidade dizendo que talvez não tivesse pensado nenhuma vez naquilo que tinha feito com seu pai e sua mãe. Ameaçava-a, por ser orgulhosa, de punição e maldição, e terminava por exigir que se submetesse e voltasse imediatamente para casa, pois só então, conforme escrevia, após essa nova vida cheia de submissão exemplar "no seio da família", seus velhos pais resolveriam, quiçá, perdoar-lhe o crime. Via-se que, tendo escrito algumas frases, ele tomara aquele seu primordial sentimento magnânimo por uma fraqueza, sentira-se envergonhado e finalmente, movido pelo seu orgulho ultrajado, enfurecera-se e usara de ameaças. A velhinha estava diante de mim, juntando as mãos e esperando, receosa, pelo que eu lhe diria ao ler essa carta.

Disse-lhe às claras tudo o que me parecia, a saber, que o velho não tinha mais fôrças para viver sem Natacha e que já se podia falar, positivamente, na necessidade de sua próxima reconciliação, mas que, não obstante, tudo dependeria das circunstâncias. Ao mesmo tempo, expliquei-lhe a minha conjetura, dizendo que, em primeiro lugar, o desfecho ruim do processo devia ter entristecido e abalado o velho em demasia, sem falarmos em como seu amor-próprio tinha sido ferido pelo triunfo do príncipe e quanta indignação ressurgira nele com tal desfecho de seu pleito. Nesses momentos, a alma não pode deixar de procurar pela compaixão humana... e ele se teria lembrado, mais saudoso ainda, daquela que sempre amara mais que a tudo neste mundo. No fim das contas, podia também ser o seguinte: ele devia ter ouvido (já que estava de olho em Natacha e sabia tudo a seu respeito) alguém dizer que Aliocha ia abandoná-la em breve. Chegara a entender como ela estava agora e sentira, em sua própria pele, quão necessário lhe seria algum consolo. Entretanto, não conseguira superar suas emoções, achando-se ofendido e humilhado pela filha. Teria pensado que, apesar de tudo, ela não era a primeira a vir pedindo para fazerem as pazes, que talvez nem sequer se recordasse dos pais nem aventasse a necessidade de se reconciliar com eles. "Assim é que devia pensar" — concluí meu raciocínio —, "e foi por isso que não terminou a carta, e quem sabe se umas novas ofensas não resultarão disso tudo, ainda mais sensíveis que aquelas primeiras, e quem sabe se a reconciliação não será adiada por muito tempo ainda...".

Escutando-me, a velhinha chorava. Quando lhe disse, afinal, que precisava ir logo à casa de Natacha e já estava atrasado, estremeceu toda e declarou ter esquecido *o principal*. Ao pegar essa carta, que estava embaixo dos outros papéis, ela entornara sem querer o tinteiro bem em cima dela. Realmente, um canto da folha estava encharcado de tinta, e Anna Andréievna temia muito que o velho acabasse sabendo, ao ver aquela mancha, que ela revirara toda a papelada em sua ausência e lera sua carta para Natacha. Esse temor era bem fundado: pelo próprio fato de estarmos a par de seu segredo, Ikhmeniov poderia, envergonhado e aborrecido como se sentiria, perseverar em seu rancor e obstinar-se, por mero orgulho, em não perdoar à filha.

No entanto, ao examinar essa situação, convenci a velhinha a não se preocupar. Nikolai Serguéitch parou de escrever sua carta tão perturbado que podia até não se lembrar mais de todas as minúcias e agora iria provavelmente pensar que fora ele mesmo quem manchara o papel, esquecendo-se disso logo em seguida. Assim que consolei Anna Andréievna dessa maneira, colocamos a carta, com toda a cautela, onde estivera antes, e eu decidi, indo embora, falar seriamente de Nelly com a velhinha. Parecia-me que essa pobre pequena órfã abandonada, cuja mãe também fora amaldiçoada pelo pai dela, seria capaz de sensibilizar o velho com seu relato triste e trágico sobre a sua vida anterior e a morte de sua mãe, despertando nele alguns sentimentos magnânimos. Tudo estava pronto, tudo amadurecera em seu coração; as saudades que sentia de sua filha começavam a suplantar seu orgulho e seu amor-próprio ferido. Faltava apenas um empurrão, um último ensejo, e quem poderia substituir esse ensejo seria Nelly. A velhinha me escutava com uma atenção extraordinária; todo o seu rosto se animara com esperança e júbilo. Pôs-se, de imediato, a censurar-me: por que não lhe dissera isso antes? Impaciente, foi indagando sobre Nelly e terminou por me prometer de modo solene que agora pediria, ela própria, que o velho acolhesse a orfãzinha na casa deles. Já gostava sinceramente de Nelly, lamentava que ela estivesse doente, perguntava por ela e, finalmente, obrigou-me a levar para Nelly uma lata de geleia que correra buscar em sua despensa; trouxe-me também cinco rublos de prata, supondo que eu não tivesse dinheiro para pagar as visitas do médico, e mal se acalmou, quando os recusei, consolou-se com a ideia de que Nelly precisava de vestidos e roupas íntimas e que ela podia, consequentemente, ainda ser útil para a menina. Portanto, começou logo a revirar seu baú e a desdobrar todos os seus vestidos a fim de escolher aqueles que pudesse oferecer à "orfãzinha".

Quanto a mim, fui à casa de Natacha. Subindo o último lanço de escada, o qual se espiralava, segundo já havia dito, como um caracol, vi um homem que já queria bater à sua porta, mas se deteve ao ouvir o som de meus passos. Afinal, sem dúvida após certa hesitação, desistiu repentinamente de seu intento e foi descendo a escada. Deparei-me com ele no último degrau precedente ao patamar, e qual não foi minha surpresa quando reconheci o velho Ikhmeniov! A escadaria estava toda escura, mesmo de dia. Ele se encostou na parede para me deixar passar, e lembro até hoje o estranho brilho de seus olhos fixos em mim. Pareceu-me que enrubescera intensamente; ficara, ao menos, muito confuso, até transtornado.

— Eh, Vânia, mas é você! — disse, com uma voz trêmula. — Vim ver um sujeito... um escrivão... com o mesmo negócio... ele acabou de se mudar... para cá... só que não mora aqui, parece. Errei o endereço. Adeus.

Depressa, enveredou pela escada.

Resolvi que por enquanto não contaria a Natacha sobre esse encontro, mas lhe diria tudo sem falta depois, tão logo Aliocha partisse e ela ficasse sozinha. Por ora, estava aflita a ponto de não poder abranger e aceitar tal fato, mesmo se compreendesse e assimilasse toda a sua significância, como o faria mais tarde, no momento da opressiva angústia e do desespero finais. O momento presente não era aquele.

Teria podido ir, no mesmo dia, à casa dos Ikhmeniov (estava tentado, aliás, a fazê-lo), mas não fui lá. Parecia-me que seria penoso, para o velho, encarar-me; poderia pensar, inclusive, que eu acorrera em consequência de nosso encontro. Fui ver meus velhos tão só no terceiro dia; Nikolai Serguéitch estava triste, porém me recebeu assaz desenvolto, falando sem parar de seus negócios.

— Mas quem é que você ia visitar então, naquelas alturas, quando nos encontramos? Parece que foi anteontem, se não me engano, lembra? — perguntou de improviso, meio negligente, mas desviando, apesar disso, seus olhos de mim.

— Um companheiro meu mora lá — respondi, também desviando os olhos.

— Ah, é? Pois eu estava atrás de meu escrivão, Astáfiev; indicaram aquele prédio para mim... só que errei... Pois bem, vinha contando sobre o meu negócio: foi decidido no Senado, que... — *et caetera* e tal.

Até se ruborizou quando se pôs a falar do *negócio*.

Naquele dia, contei tudo para Anna Andréievna a fim de alegrá-la, implorando-lhe, entrementes, que não olhasse agora para o velho com sua expressão singular, não suspirasse nem fizesse alusões — numa palavra, não deixasse, de maneira alguma, compreender que já estava ciente dessa sua última façanha. A velhinha ficou tão surpresa e animada que nem sequer acreditou, a princípio, no que eu lhe contava. Disse-me, por sua vez, já ter aludido à orfãzinha para Nikolai Serguéitch, mantendo-se este calado, se bem que antes tivesse insistido, ele próprio, em acolher a garota na casa deles. Resolvemos, nós dois, que no dia seguinte a velhinha lhe pediria abertamente, sem nenhumas introduções nem alusões. Só que ficamos, bem no dia seguinte, muito alarmados e assustados.

Pela manhã, Ikhmeniov se encontrara com um funcionário encarregado de seu litígio. Esse funcionário lhe anunciara ter visto o príncipe, o qual decidira, mesmo se apropriando da Ikhmenióvka, indenizar o velho "*em razão de certas circunstâncias familiares*" e repassar-lhe dez mil rublos. Ao conversar com o funcionário, Nikolai Serguéitch correu direto à minha casa; estava todo perturbado, seus olhos faiscavam de raiva. Fez-me sair, não se sabia para que, do apartamento e, uma vez na escada, exigiu insistentemente que eu fosse logo ver o príncipe e desafiá-lo para um duelo. Fiquei tão estupefato que demorei bastante a entender qualquer coisa que fosse. Tentei, a seguir, dissuadi-lo. Contudo, o velho se enfureceu tanto que acabou passando mal. Fui depressa buscar um copo d'água, mas, quando voltei, não encontrei Ikhmeniov na escada.

No dia seguinte, fui procurar o velho em sua casa, mas ele estava ausente. Desapareceu por três dias seguidos.

No terceiro dia soubemos de tudo. Mal ele saíra da minha casa, precipitara-se para a do príncipe, porém não o encontrara e deixara um bilhete para ele; escrevera notadamente que sabia daquelas palavras ditas ao tal funcionário, que as tomava por uma ofensa fatal e o príncipe, por um homem vil, e que o desafiava, em consequência disso tudo, para um duelo, advertindo-o ao mesmo tempo para que não ousasse esquivar-se do desafio, senão viria a ser desonrado em público. Anna Andréievna me contou que o velho retornara para casa tão emocionado e abalado que até caíra de cama. Tratava-a com muita ternura, mas quase não respondia às suas indagações, e via-se que esperava por algo com uma impaciência febril.

Na manhã seguinte, Ikhmeniov recebeu uma carta pelo correio urbano; deu um grito, ao lê-la, e agadanhou sua própria cabeça. Anna Andréievna ficou semimorta de medo. Mas o velho pegou logo o chapéu, a bengala e saiu a correr. Era uma carta do príncipe. De forma seca, sucinta e cortês, ele comunicava a Ikhmeniov que, no tocante àquilo que dissera ao funcionário, não devia nenhuma satisfação a ninguém. Estava com muita pena de Ikhmeniov por este ter perdido o processo, mas, não obstante essa pena toda, não achava minimamente justo que coubesse à parte perdedora o direito de desafiar, em busca de vingança, seu adversário para um duelo. Quanto à suposta "desonra em público" com a qual se via ameaçado, o príncipe pedia que Ikhmeniov não se apoquentasse com isso, porquanto não haveria nem mesmo poderia haver nenhuma desonra: sua carta seria imediatamente entregue a quem fosse preciso entregá-la, e uma vez avisada, a polícia estaria, sem dúvida, em condições de tomar as devidas providências para garantir a paz e a ordem pública.

Com essa resposta na mão, Ikhmeniov correu logo à casa do príncipe. Outra vez, não o encontrou, mas foi informado por um lacaio que o príncipe estava decerto na casa do conde N. Sem muitas reflexões, o velho tentou invadir a casa do conde. O porteiro deteve-o, quando já subia a escada. Enraivecido até não se controlar mais, o velho bateu nele com sua bengala. De pronto, foi pego, carregado até o terraço de entrada e confiado aos policiais, que o levaram para a delegacia. O conde ficou a par disso. Mas quando o príncipe, que realmente estava na casa dele, explicou ao velhote libidinoso que o tal de Ikhmeniov era o pai daquela mesma Natália Nikoláievna (e o príncipe tinha atendido o conde, mais de uma vez, quanto *àqueles negócios*), o velhote aristocrático apenas se pôs a rir, e sua ira deu lugar à misericórdia: mandaram soltar Ikhmeniov aos quatro ventos, porém o soltaram de fato só no terceiro dia, anunciando-lhe, ainda por cima (seguramente por ordem do príncipe), ter sido o príncipe em pessoa quem implorara ao conde para poupá-lo.

O velho voltou para casa como que enlouquecido, desabou na cama e ficou uma hora inteira deitado, sem se mover; soergueu-se, por fim, e proclamou solenemente, deixando Anna Andréievna apavorada, que amaldiçoava sua filha *para todo o sempre* e que lhe negava doravante sua bênção paterna.

Apavorada que estava, Anna Andréievna precisava, todavia, cuidar do velho: prestes a desmaiar, ela mesma, passou todo aquele dia e quase toda a noite velando por ele, molhando sua cabeça com vinagre e aplicando-lhe gelo. Tomado de febre, o velho delirava. Eu saí de sua casa lá pelas três da manhã. Contudo, Ikhmeniov se levantou cedo e, no mesmo dia, veio à minha casa, dispondo-se em definitivo a levar Nelly. Já havia contado, aliás, sobre a cena que se dera entre eles. Essa cena o deixou tão desolado que, de volta para casa, ele caiu de cama. Tudo isso aconteceu na Sexta-feira da Paixão, bem no dia em que Kátia se encontrou com Natacha, pouco antes de ir, com Aliocha, embora de Petersburgo. Eu presenciei aquele encontro: passou-se de manhã cedo, ainda antes que o velho me visitasse e Nelly fugisse pela primeira vez.

Capítulo VI

Aliocha viera ainda uma hora antes do encontro para avisar Natacha. Quanto a mim, cheguei no exato momento em que a carruagem de Kátia parou junto ao portão do prédio. Quem acompanhava Kátia era aquela velhinha francesa que consentira afinal, depois de longas súplicas e hesitações, em acompanhá-la e até deixá-la subir ao apartamento de Natacha, com a condição de Aliocha ir com ela, ficando, ela própria, dentro da carruagem. Kátia chamou por mim e, sem sair da carruagem, pediu que fosse buscar Aliocha. Encontrei Natacha chorosa; de resto, tanto ela quanto Aliocha choravam. Ouvindo-me dizer que Kátia já estava lá, Natacha se levantou da cadeira, enxugou as lágrimas e postou-se, emocionada, diante das portas. Todas as roupas que usava naquela manhã eram brancas. Seus cabelos castanhos-escuros estavam puxados para trás e formavam, na nuca, uma trança espessa. Eu gostava muito desse penteado dela. Ao ver que eu tinha ficado no quarto, Natacha me pediu que fosse também ao encontro de nossa visita.

— Até agora não pude ir ver Natacha — dizia-me Kátia enquanto subia a escada. — Espionavam-me horrivelmente. Gastei duas semanas inteiras para convencer a *Madame* Albert; até que enfim ela concordou. E o senhor mesmo, Ivan Petróvitch, o senhor não veio nenhuma vez à minha casa! Tampouco podia escrever para o senhor nem me apetecia fazer isso, já que não se explica nada com uma carta. Mas como precisava vê-lo... Meu Deus, como meu coração bate agora...

— Esta escada é íngreme — respondi.

— Pois é... a escada também... Mas como o senhor acha: será que Natacha se zangará comigo?

— Não. Por que se zangaria?

— Pois é... realmente, por quê? Verei agorinha, eu mesma. Nem adianta perguntar...

Eu a conduzia pelo braço. Kátia empalidecera e parecia muito assustada. Deteve-se para retomar o fôlego, no último lanço daquela escada, mas logo olhou para mim e, resoluta, continuou a subir. Parou de novo às portas e sussurrou: "Apenas vou entrar e dizer: acreditava tanto nela que vim sem temer... Aliás, por que falo nisso? Estou certa de que Natacha é uma criatura nobilíssima, não é verdade?".

Entrou toda tímida, como quem sentisse alguma culpa, e olhou atentamente para Natacha, que sorriu no mesmo instante. Então Kátia se achegou depressa a ela, pegou-lhe as mãos e beijou-as com seus labiozinhos carnudos. A seguir, ainda sem ter dito uma só palavra a Natacha, voltou-se para Aliocha e pediu-lhe, num tom sério e mesmo severo, que nos deixasse por meia hora, nós três.

— Não se aborreça, Aliocha — acrescentou. — É porque tenho muitas coisas a dizer para Natacha, muitas coisas bem importantes e sérias que você não deve ouvir. Seja, pois, esperto: vá embora. E o senhor vai ficar, Ivan Petróvitch. Precisa escutar toda a nossa conversa.

— Sentemo-nos — disse para Natacha, quando Aliocha saiu. — Vou ficar aqui, justo em sua frente. Quero primeiro olhar para você.

Sentou-se quase de frente para Natacha e fitou-a por alguns minutos. Natacha lhe respondeu com um sorriso involuntário.

— Já vi uma fotografia sua — disse Kátia. — Foi Aliocha que a mostrou para mim.

— Então me pareço com meu retrato?

— É melhor — respondeu Kátia, firme e seriamente. — Bem que eu pensava, aliás, que era mais bonita.

— Verdade? Pois eu cá só tenho olhos para você. Como é linda!

— Nada disso! Linda, que nada... minha querida! — rematou Kátia, pegando a mão de Natacha com sua mão trêmula, e ambas ficaram outra vez caladinhas, entreolhando-se. — Eis o que é, meu anjo — Kátia rompeu o silêncio —: temos apenas meia hora a passar juntas; nem com isto *Madame* Albert concordou de bom grado, e precisamos falar, nós duas, de muitas coisas... Eu quero... eu devo... pois bem, vou perguntar simplesmente: você ama muito Aliocha?

— Sim, muito.

— Se for isso... se é que ama muito Aliocha... então... deve amar também a felicidade dele... — sussurrou Kátia, tímida.

— Sim, eu quero que ele seja feliz...

— É assim mesmo... mas a questão é esta: será que eu poderei torná-lo feliz? Será que tenho o direito de dizer isto, porquanto o separo de você? Se você achar e se a gente decidir agora que ele ficará mais feliz com você... aí... aí...

— Isso já está decidido, minha querida Kátia, e você mesma vê que está tudo decidido — respondeu Natacha em voz baixa, ao inclinar a cabeça. Parecia que lhe era penoso levar essa conversa adiante.

Kátia se teria preparado para uma longa deliberação sobre o tema: qual das duas moças tornaria Aliocha mais feliz e qual teria de desistir dele? No entanto, compreendeu, tão logo Natacha lhe respondeu, que estava tudo resolvido havia muito tempo e que não se falaria mais de nada. Ao entreabrir os labiozinhos bonitos, mirava Natacha perplexa e triste, ainda segurando a mão dela.

— E você o ama muito? — perguntou repentinamente Natacha.

— Sim... e também queria perguntar e vim cá para isto: diga-me por que, precisamente, você o ama.

— Não sei — respondeu Natacha, ouvindo-se em sua resposta certa impaciência amargurada.

— Ele é inteligente, como acha? — inquiriu Kátia.

— Não é isso: eu o amo assim, só porque o amo.

— Eu também. Parece que tenho pena dele, o tempo todo.

— Bem como eu — replicou Natacha.

— O que faremos agora? Como ele pôde abandonar você por minha causa, não entendo! — exclamou Kátia. — Desde que vi você agorinha, não entendo!

Sem lhe responder, Natacha fitava o chão. Kátia se calou por um minutinho e, de improviso, levantou-se da sua cadeira e abraçou-a em pleno silêncio. Abraçando uma à outra, ambas se puseram a chorar. Kátia se sentou no braço da poltrona de Natacha, sem descerrar seu amplexo, e começou a beijar-lhe as mãos.

— Se soubesse como eu amo você! — balbuciou ela, chorando. — Sejamos duas irmãs, vamos escrever sempre uma à outra... e eu vou amá-la eternamente... vou amá-la tanto, mas tanto...

— Ele contou de nosso casamento, no mês de junho, para você? — perguntou Natacha.

— Contou. Disse que você também concordava. Mas tudo isso foi só *assim*, só para consolá-lo, não foi?

— Claro.

— Entendi bem. Vou amá-lo muito, Natacha, e escrever sobre tudo para você. Parece que ele se tornará, daqui a pouco, meu marido: a tendência é essa. E eles todos falam nisso também. Querida Natáchetchka, será que volta agora... para a sua casa?

Natacha não respondeu, porém a beijou, calada como estava, bem forte.

— Vivam felizes! — disse ela.

— E... e você... e você também — articulou Kátia, gaguejando.

Nesse momento, a porta se abriu e Aliocha entrou. Não conseguia, não tinha forças para esperar meia hora e, vendo-as abraçadas, ambas chorando, caiu de joelhos, todo exausto e sofrido, perante Natacha e Kátia.

— E tu mesmo, por que é que choras? — Natacha lhe dirigiu a palavra. — Porque te separas de mim? Só que não é por muito tempo. Vens cá em junho, não é?

— Aí vocês se casarão — apressou-se a dizer Kátia, reprimindo seu pranto para consolá-lo por sua vez.

— Mas eu não posso, não posso deixar-te nem por um dia, Natacha! Vou morrer sem ti... nem sabes como me és cara agora! Justo agora!...

— Então faz o seguinte — disse Natacha, animando-se de repente. — A condessa fica, ao menos por algum tempo, em Moscou, não fica?

— Fica, sim, quase uma semana — confirmou Kátia.

— Uma semana! Pois não há nada melhor: tu vais acompanhá-las, amanhã, até Moscou, viajarás por um dia só e depois voltarás logo para cá. Quando elas tiverem de partir, lá de Moscou, nós já nos teremos despedido aqui, por um mês inteiro, e tu retornarás a Moscou para ir com elas.

— É isso, bem isso... Vão ficar juntos, ao menos, quatro dias a mais — exclamou Kátia, com admiração, trocando um olhar significativo com Natacha.

Não posso exprimir o êxtase de Aliocha em face daquele novo projeto. De súbito, ele se consolou totalmente: seu rosto ficou radiante de alegria, ele abraçava Natacha, beijava as mãos de Kátia, abraçava a mim também. Natacha o mirava com um sorriso tristonho, mas Kátia não conseguia suportar essa cena. Lançou-me um olhar ardoroso, fúlgido, abraçou Natacha e levantou-se para ir embora. Nesse momento, como que de propósito, a francesa mandou um criado pedir que terminasse, o mais depressa possível, seu encontro conosco, visto que meia hora acordada já decorrera.

Natacha ficou em pé. Ambas as moças estavam frente a frente, uma segurando as mãos da outra, e pareciam esforçar-se para manifestar com seus olhares tudo quanto se acumulara em suas almas.

— Não nos veremos nunca mais — disse Kátia.

— Jamais, Kátia — respondeu Natacha.

— Então nos despeçamos... — E elas se abraçaram.

— Não me amaldiçoe — sussurrou Kátia, rapidamente. — E eu... sempre... tenha certeza... ele será feliz... Vamos, Aliocha, acompanhe-me! — concluiu em seguida, pegando na mão do jovem.

— Vânia! — disse-me Natacha, emocionada e fatigada, quando eles saíram. — Vá atrás deles, você também, e... não volte mais agora. Aliocha vai ficar comigo até a noite, até as oito horas, não mais que isso... depois irá embora daqui. Então ficarei só... Venha lá pelas nove horas. Por favor!

Quando deixei Nelly (tendo ela quebrado aquela chávena) com Alexandra Semiônovna e cheguei, às nove horas, à casa de Natacha, ela já estava sozinha e, toda impaciente, esperava por mim. Mavra trouxe-nos o samovar; Natacha me serviu chá, sentou-se no sofá e pediu que me sentasse mais perto dela.

— Eis que acabou tudo — disse, olhando atentamente para mim. Nunca vou esquecer aquele olhar.

— Eis que acabou nosso amor. Meio ano de vida! E pela vida afora... — acrescentou, apertando minha mão. A mão dela estava queimando. Tentei convencê-la a vestir roupas mais quentes e ir para a cama.

— Já vou, Vânia; já vou, meu bom amigo. Deixe-me falar e lembrar um pouco... Estou agora como em cacos... Amanhã vou vê-lo pela última vez, às dez horas... pela *última* vez!

— Está com febre, Natacha, agora vai sentir calafrios! Tenha pena de si...

— E daí? Estava esperando por você, Vânia, havia meia hora, depois que ele tinha saído, e o que acha que estava pensando, o que perguntava a mim mesma? Perguntava se eu o teria amado ou não, e o que mesmo teria sido esse nosso amor. Pois bem, Vânia: acha ridículo que me faça essas perguntas só hoje?

— Não se aflija, Natacha...

— Está vendo, Vânia: pensei cá que não o amava como meu par, como uma mulher ama, de praxe, um homem. Amava-o como... quase como uma mãe. Até me parece que não existe no mundo aquele amor quando os dois se amam de igual para igual. Como você acha, hein?

Olhando para ela com inquietude, eu temia que fosse ter uma crise febril. Parecia-me que algo a empolgava, que ela sentia alguma necessidade especial de falar; certas palavras que pronunciava estavam sem nexo e mesmo articuladas, por vezes, de forma errônea. Eu temia muito.

— Ele era meu — prosseguia Natacha. — Quase desde que o encontrei pela primeira vez, sentia uma vontade irresistível, queria que ele fosse *meu*, logo *meu*, e que não olhasse para mais ninguém, que não conhecesse nenhuma mulher além de mim, de mim só... Kátia falou bem agorinha: eu amava Aliocha justamente como se me apiedasse dele, por alguma razão, o tempo todo... Sentia sempre aquela vontade irresistível, até sofria, quando ficava só, com aquele anseio de torná-lo muito, mas muito feliz, eternamente feliz. Nem podia olhar tranquila para o rosto dele (pois você, Vânia, conhece a expressão de seu rosto): *ninguém tem* uma expressão dessas, e, quando ele ria, eu cá estava tremendo, sentia frio pelo corpo... Verdade pura!

— Escute, Natacha...

— Havia quem dissesse... — interrompeu-me ela — aliás, você mesmo dizia que ele não tinha caráter e... e era bobinho como uma criança. Pois eu, eu gostava disso mais que de tudo nele... você pode acreditar? De resto, não sei se gostava somente disso: eu o amava assim, por inteiro, e se ele fosse, pelo menos, um pouco diferente, mais forte ou mais inteligente, quem sabe se eu o amaria então da mesma forma. Sabe, Vânia, vou confessar uma coisa para você: lembra aquela briga que tivemos três meses atrás, quando ele estava com aquela ali — como se chama? — com a tal de Minna... Eu soube de tudo, fui espiando e... veja se acredita: senti tanta dor e, ao mesmo tempo, até um prazer... aliás, sei por que foi assim... porque tão só a ideia de que ele também, igual à *gente adulta*, andava com outros *adultos* fisgando beldades e tinha ido, ele também, farrear com aquela Minna... Eu... Como me deleitei então com nossa briga, que gozo tive em perdoar a ele depois... oh, meu querido!

Ela me encarou com um riso meio estranho. Assumiu, a seguir, um ar reflexivo, como se estivesse ainda lembrando. E passou muito tempo assim, sentada, com um sorriso nos lábios, a meditar sobre o passado.

— Adorava perdoar, Vânia — tornou a falar. — Sabe: quando ele me deixava sozinha, eu andava pelo quarto, sofrendo, chorando, e de repente pensava: quanto mais culpa ele tivesse para comigo, tanto melhor ficaria... pois sim! E, sabe, eu sempre imaginava que ele era um garotinho: estou sentada aqui, e ele põe a cabeça no meu colo, adormece, e eu aliso devagarinho seus cabelos, acaricio... Sempre imaginei Aliocha assim, quando ele não estava comigo... Escute, Vânia — acrescentou de improviso —: essa Kátia é uma gracinha!

Pareceu-me que ela vinha tocando propositadamente em sua ferida, sentindo alguma necessidade de tocar nela, de se desesperar, de sofrer... Isso se dá muitas vezes com um coração esgotado por perdas!

— Ao que me parece, Kátia pode torná-lo feliz — continuou ela. — Tem caráter, fala com tanta convicção e trata Aliocha com seriedade, com imponência... Só diz coisas inteligentes, feito uma adulta, se bem que não passe, ela mesma, de uma criança! Que gracinha, mas que gracinha! Oh, tomara que sejam felizes! Tomara, tomara, tomara!...

De chofre, os prantos e os soluços jorraram impetuosos do seu âmago. Por meia hora, ela não pôde recobrar-se, não se acalmou nem um pouco.

Natacha, meu anjo querido! Ainda naquela noite, apesar de seu próprio desastre, ela conseguiu partilhar também as minhas preocupações, quando eu percebi que se aquietara um tanto ou, melhor dito, ficara cansada, e contei, para distraí-la, sobre Nelly... Despedimo-nos tarde, daquela feita. Esperei até que Natacha adormecesse e, indo embora, pedi a Mavra para não se afastar, durante a noite toda, de sua patroa doente.

— Oh, depressa, depressa! — exclamava eu, voltando para casa. — Que venha depressa o fim dessa tortura! Seja qual for esse fim, que não se demore, que venha depressa!

Na manhã seguinte, às dez horas em ponto, eu estava na casa dela. Aliocha também veio na mesma hora... para se despedir. Não vou contar daquela cena, não quero mais recordá-la. Natacha aparentava ter prometido a si mesma conter suas emoções, parecer mais alegre, mais indiferente, porém não chegou a cumprir tal promessa. Abraçou Aliocha convulsivamente, com toda a força. Pouco falava com ele, mas o fitava longa e sofregamente, com um olhar lastimoso e como que louco. Escutava com avidez cada palavra sua e, pelo visto, não entendia nada daquilo que ele dizia. Lembro como ele pedia que lhe perdoasse tudo, aquele seu amor e todas as mágoas que causara a Natacha naquele tempo, suas traições, seu apego a Kátia, sua partida... Falava sem nexo, sufocado pelo choro. Vez por outra, passava a consolá-la, dizendo que se ausentaria apenas por um mês ou, quando muito, por cinco semanas, que regressaria no verão, que então eles se casariam, que seu pai concordaria com isso, e finalmente, o principal, que voltaria de Moscou ao cabo de dois dias e que eles ainda ficariam juntos por quatro dias seguidos, ou seja, que se separavam agora tão só por um dia. Coisa estranha: ele próprio estava plenamente seguro de que dizia a verdade e que voltaria de Moscou sem falta, dois dias depois... Por que é que estava chorando, por que se afligia tanto assim?

Enfim, o relógio tocou onze horas. Mal pude convencer Aliocha a ir embora. O trem partiria para Moscou ao meio-dia em ponto: restava apenas uma hora. Natacha me diria mais tarde que não lembrava mais como olhara para ele pela última vez. Quanto a mim, lembro que o benzeu, depois o beijou e, tapando o rosto com as mãos, precipitou-se para o quarto. Cumpria-me acompanhar Aliocha até a carruagem que o levaria, senão ele subiria de volta e nunca mais desceria aquela escada.

— Deposito no senhor toda a minha esperança — dizia-me ele, enquanto descíamos. — Meu amigo, Vânia! Estou em falta contigo e nunca pude merecer teu amor, mas vê se serás meu irmão até o fim: ama Natacha, não a abandones, descreve para mim tudo por miúdo e com a letra mais miúda possível... escreve-me tão miúdo quanto puderes, aí caberão mais detalhes. Voltarei para cá depois de amanhã, sem falta, sem falta! Só que mais tarde, quando eu partir mesmo, vê se me escreves!

Acompanhei-o até o *drójki*.

— Até depois de amanhã! — gritou Aliocha para mim, indo embora. — Sem falta!

De coração desfalecente, subi outra vez a escada. Natacha estava de pé, no meio do quarto, cruzando os braços e mirando-me toda perplexa, como se não me reconhecesse mais. Seus cabelos pendiam, despenteados, para um lado; seu olhar estava turvo e divagava. Plantada às portas, como que perdida, Mavra olhava para ela com medo.

De súbito, os olhos de Natacha fulgiram:

— Ah, é você! É você! — gritou ela, quando me viu. — Foi só você quem ficou. Você o odiava! Nunca soube perdoar a ele, porque eu o amava... Agora está de novo perto de mim! E daí? Veio de novo para me *consolar*, para me pedir que vá à casa de meu pai, que me abandonou, que me amaldiçoou. Eu já sabia, ainda ontem, ainda dois meses atrás!... Não quero, não quero! Eu mesma os amaldiçoo a eles!... Vá embora, não posso olhar para você! Fora daqui, fora!

Compreendi que ela estava tomada de frenesi e que minha cara lhe suscitava uma fúria desvairada, compreendi que havia de ser assim e decidi que seria melhor sair. Fiquei sentado na escadaria, bem no primeiro degrau, esperando. Levantava-me, vez por outra, reabria a porta, chamava por Mavra e indagava-lhe; em resposta, Mavra chorava.

Assim se passou, mais ou menos, uma hora e meia. Não consigo descrever o que aturei nesse ínterim.

Exposto a uma dor infinita, meu coração estava prestes a parar. A porta se abriu de supetão, e Natacha correu até a escada, de chapéu e albornoz.[4] Estava como que ensandecida; dir-me-ia depois, ela mesma, que mal se lembrava daquilo e nem sabia aonde e com que intuito pretendia correr então.

Não tive tempo para me esconder dela em algum lugar: Natacha me viu subitamente e, como que assombrada, petrificou-se diante de mim. "Lembrei de repente" — dir-me-ia mais tarde — "que eu, insana, cruel, pudera enxotar você, você, meu amigo, meu irmão, meu salvador! E quando o vi, coitado, ofendido por mim, sentado lá na escada, esperando, em vez de ir embora, até que eu o chamasse de novo... meu Deus! Se soubesse, Vânia, o que se deu então comigo! Foi como se me tivessem apunhalado no coração...".

— Vânia! Vânia! — gritou ela, estendendo suas mãos para mim. — Está aí!... — e desfaleceu em meus braços.

Segurei-a, carreguei-a para o quarto. Natacha estava sem sentidos! "O que fazer?" — pensava eu. — "Ela terá febre na certa!"

Resolvi ir correndo buscar o médico: precisava-se interromper a doença bem no começo. Não gastaria muito tempo com isso, costumando meu velho alemão ficar em casa até as duas da tarde. Fui rápido buscá-lo, implorando a Mavra que não se afastasse de Natacha nem por um minuto, nem por um segundo, e que não a deixasse ir a lugar algum. Deus me ajudou: por pouco não teria encontrado meu velho em casa. Deparei-me

---

[4] Manto com capuz, de origem árabe, usado por mulheres na época de Dostoiévski.

com ele na rua, tendo já saído do seu apartamento. Num átimo, fi-lo entrar em minha carruagem, de modo que o doutor nem sequer teve tempo para se pasmar, e fomos de volta à casa de Natacha.

Sim, Deus me ajudou! Durante essa meia hora de minha ausência, sobreviera a Natacha um acidente tão grave que até poderia matá-la, no fim das contas, se não tivéssemos acudido, eu e o doutor, na hora certa. Foi o príncipe quem apareceu, menos de um quarto de hora depois de minha saída, no quarto dela. Acabara de se despedir dos seus na estação ferroviária e, logo em seguida, dirigira-se à casa de Natacha. Sem dúvida, tinha idealizado e premeditado sua visita com muita antecedência. Natacha me contaria a seguir que nem se espantara, no primeiro instante, com a vinda do príncipe. "Minha mente estava transtornada" — diria ela.

O príncipe se sentou em sua frente, fixando nela um olhar carinhoso e cheio de compaixão.

— Minha querida — disse, com um suspiro —, entendo bem seu pesar. Sabia como lhe seria penoso esse momento e tinha por dever visitá-la. Console-se, se puder, ao menos com o fato de que, desistindo de Aliocha, está garantindo a felicidade dele. Aliás, entende isso melhor que eu, porquanto se dispôs a essa façanha magnânima...

"Estava sentada lá, escutando" — contava-me Natacha —, "mas juro que a princípio tinha a impressão de não compreender suas falas. Lembro apenas que olhava para ele com muita, muita atenção. Ele pegou minha mão e começou a apertá-la de leve com a sua. Parecia que isso lhe era bem agradável. Quanto a mim, estava tão perturbada que nem pensei em retirar a mão".

— A senhorita percebeu — continuou o príncipe — que, uma vez casada com Aliocha, poderia mais tarde atrair o ódio dele, e seu nobre orgulho bastou para reconhecer isso e tomar sua decisão, mas... eu não vim cá para elogiá-la. Queria apenas declarar-lhe que nunca encontraria nenhures um amigo melhor do que eu. Compadeço-me e tenho pena da senhorita. Participei só de forma involuntária nessa história toda, porém cumpri meu dever. Seu belo coração há de compreendê-lo e de se conciliar com meu coração... Acredite que meu fardo foi mais pesado que o seu!

— Chega, príncipe — disse Natacha. — Deixe-me em paz.

— É claro que não me delongarei — respondeu ele —, mas a amo como minha filha, e a senhorita me permitirá decerto visitá-la. Considere-me agora como seu pai e permita-me que lhe seja útil.

— Não preciso de nada, deixe-me — Natacha voltou a interrompê-lo.

— Sei que a senhorita é orgulhosa... Mas falo sinceramente, de todo o coração. O que é que pretende fazer agora? Reconciliar-se com seus pais? Seria muito bom, só que seu pai é injusto, soberbo e despótico; desculpe-me, mas é assim mesmo. Em sua casa, a senhorita encontraria agora tão só censuras e tornaria a sofrer... É necessário, porém, que seja independente, e minha obrigação, meu dever sagrado consiste em cuidar agora da senhorita, em ampará-la. Aliocha me implorou que não a abandonasse e fosse seu amigo. Contudo, há outras pessoas, além de mim, que lhe são profundamente afeiçoadas. Talvez me permita que lhe apresente o conde N. O coração dele é esplêndido, ele é nosso parente e mesmo, podemos dizer, o benfeitor de toda a nossa família; fez muito para Aliocha. Meu filho tem respeitado e amado demais aquele homem. Ele é bem poderoso, goza de vasta influência, mas já é um velhinho, e a senhorita, moça solteira, pode recebê-lo aqui. Já falei com ele a seu respeito. Ele poderá ajudá-la e, se quiser, arranjará um lugar excelente para a senhorita... na casa de uma das suas parentas. Há muito tempo, expliquei para ele, clara e francamente, todo o *nosso* negócio, e ele se empolgou tanto com esse seu sentimento bom e nobilíssimo que até me pede agora, volta e meia, para apresentá-lo à senhorita o mais depressa possível... Aquele homem simpatiza com tudo o que for belo, acredite em mim; é um velhinho generoso e respeitável, capaz de valorizar os dotes, e ainda faz pouco tempo que tratou seu pai, em certa ocasião, da maneira mais nobre.

Natacha se soergueu, como que aguilhoada. Agora compreendia o príncipe muito bem.

— Deixe-me, deixe-me agora! — gritou ela.

— Mas, minha amiga, está esquecendo: o conde pode ser útil também ao seu pai...

— Meu pai não aceitará nada do senhor. Deixa-me enfim ou não? — voltou a gritar Natacha.

— Oh, meu Deus, como está impaciente e desconfiada! Será que eu mereço isso? — proferiu o príncipe, olhando ao seu redor com certa inquietação. — Em todo caso, a senhorita permitirá... — prosseguiu, tirando um grande maço do bolso — permitirá que eu deixe aqui esta prova de minha compaixão e, sobretudo, da simpatia do conde N. que me incentivou com seu conselho. Cá, neste pacote, há dez mil rublos. Espere, minha amiga — objetou, vendo que Natacha se levantara, irada, do seu lugar —, escute tudo com paciência. Bem sabe que seu pai perdeu o processo que movia contra mim, e estes dez mil farão as vezes da indenização que...

— Fora! — gritou Natacha. — Fora daqui com esse dinheiro! Já li sua mente... oh, homem baixo, vil, sujo!

O príncipe se levantou da cadeira, pálido de raiva.

Decerto tinha vindo para sondar o terreno, perscrutar a situação e, provavelmente, confiava muito no efeito daqueles dez mil rublos sobre Natacha, mísera e abandonada por todos... Vulgar e grosseiro, prestara mais de um serviço ao conde N., aquele velho libidinoso, nas transações desse mesmo gênero. Contudo, odiava Natacha e, percebendo que sua negociação tomava um rumo errado, mudou logo de tom e, com malvada alegria, apressou-se a ofendê-la a fim de, *ao menos, não ir embora de mãos abanando*.

— Mas não é nada bom, minha querida, que esquente tanto a cabeça — pronunciou ele, e sua voz tremia um pouco daquele cobiçoso prazer que teria logo em ver o efeito de sua ofensa —, não é nada bom, isso aí. Alguém lhe oferece sua proteção, e a senhorita torce o narizinho... Mal sabe que deveria agradecer-me: como o pai de um jovem que a senhorita pervertia, de quem extorquia dinheiro, já teria podido colocá-la, há muito tempo, numa cadeiazinha, mas não fiz isso... he-he-he-he!

Entretanto, nós dois já entrávamos. Ouvindo a voz do príncipe ainda na cozinha, fiz o doutor parar por um segundo e atentei para a última frase dita. Ressoaram, a seguir, sua risada asquerosa e a exclamação desesperada de Natacha: "Oh, meu Deus!". Nesse momento, eu abri a porta e atirei-me contra o príncipe.

Cuspi-lhe no rosto, esbofeteei-o com toda a força. O príncipe queria partir para cima de mim, mas viu que éramos dois e foi correndo embora, sem se esquecer, aliás, de seu pacote com dinheiro que estava sobre a mesa. Sim, ele agarrou o pacote: eu mesmo vi isso. Joguei ainda nas costas dele um rolo de pastel que pegara da mesa da cozinha... Irrompendo outra vez no quarto, vi o doutor segurar Natacha, que se debatia e se contorcia, frenética, em seus braços. Passamos muito tempo sem poder acalmá-la; fizemos, afinal, que se deitasse: Natacha parecia delirar de febre.

— Doutor! O que ela tem? — perguntei, tomado de pavor.

— Espere — respondeu ele. — Ainda temos de observar sua doença, depois veremos... porém, de modo geral, ela não está nada bem. Inclusive, pode desenvolver uma febre nervosa... De resto, vamos tomar nossas providências...

Todavia, já me acudira outra ideia. Implorei que o doutor ficasse com Natacha ainda por duas ou três horas, conseguindo sua promessa de não se afastar dela nem por um minuto. Assim que ele me prometeu isso, fui correndo para casa.

Nelly estava sentada num canto, sombria e preocupada, lançando-me olhadelas estranhas. Sem dúvida, eu mesmo me comportava estranhamente.

Levantei a menina, sentei-me no sofá, coloquei-a em meu colo e beijei-a com ardor. Ela enrubesceu toda.

— Nelly, meu anjo! — disse-lhe. — Será que tu queres ser nossa salvação? Será que queres salvar-nos a todos?

Ela me fitou espantada.

— Nelly! Toda a minha esperança está agora em ti! Existe um pai: já o viste, já o conheces. Ele amaldiçoou sua filha e ontem veio aqui, pedindo que fosses morar com ele em vez dessa filha. Agora ela, Natacha (e tu disseste que gostavas dela), ficou abandonada pelo homem que ela amava e por causa de quem tinha abandonado seu pai. É filho daquele príncipe que veio — lembras? — à minha casa de noite: ele te encontrou sozinha, e tu fugiste dele e depois ainda adoeceste... Conheces aquele homem? É um vilão!

— Conheço — respondeu Nelly, estremecendo, e ficou pálida.

— É um vilão, sim. Ele odiava Natacha, porque seu filho, Aliocha, queria casar-se com ela. Hoje Aliocha foi embora, e seu pai já estava na casa dela, uma hora depois, e acabou por ofendê-la, e ameaçou que a mandaria para a cadeia, e zombou dela. Será que me entendes, Nelly?

Seus olhos negros fulgiram, mas ela os abaixou logo em seguida.

— Entendo — sussurrou, com uma voz quase inaudível.

— Agora Natacha está sozinha, doente; deixei-a com nosso doutor e corri para cá. Escuta, Nelly: vamos ver o pai de Natacha; não gostas dele, não quiseste ir à casa dele, mas agora vamos lá juntos. Nós entraremos, e eu direi que agora tu queres morar com ele no lugar de sua filha, no lugar de Natacha. O velho está mal agora, porque amaldiçoou Natacha e porque o pai de Aliocha ainda o ofendeu, dia desses, insuportavelmente. Agora não quer nem ouvir falarem de sua filha, mas a ama, Nelly, ama e quer fazer as pazes com ela — eu sei disso, eu sei de tudo! É verdade!... Estás ouvindo, Nelly?

— Estou — sussurrou ela outra vez.

Desfazia-me em prantos enquanto lhe falava. Nelly olhava para mim com timidez.

— Acreditas nisso?

— Acredito.

— Pois então, vou entrar contigo, farei que te sentes lá, e eles te acolherão, carinhosos, e começarão a perguntar. Aí vou guiar a conversa assim, de jeito que te perguntem como vivias antes, que indaguem sobre tua mãe e teu avô também. Conta para eles, Nelly, tudo da mesma forma que contaste para mim. Conta tudo, mas tudo, bem simplesmente e sem omitir nada. Conta para eles como um homem maldoso abandonou tua mãe, como ela definhava ali, no porão de Búbnova, como vocês duas, tu e tua mãe, andavam juntas pelas ruas e pediam esmola; conta sobre aquilo que ela te dizia, sobre o que te pedia quando estava morrendo... Conta também sobre teu avô. Conta como ele não queria perdoar à tua mãe, como ela te mandou procurá-lo na hora de sua morte, para que viesse e lhe perdoasse, e como ele não quis vir... e como ela morreu. Conta tudo, tudo! E, quando contares tudo isso, o velho sentirá tudo isso também em seu coração. Ele já sabe que Aliocha a abandonou hoje, que ela ficou sozinha, humilhada e desonrada, sem ajuda nem proteção, indefesa ante seu inimigo. Ele já sabe disso tudo... Nelly, salva Natacha! Queres ir lá?

— Sim — respondeu ela, ofegando, e fixou em mim um olhar estranho, longo e penetrante. Algo parecido com um reproche vislumbrava-se nesse olhar, e eu senti isso no fundo de meu coração.

Contudo, não podia mais desistir da minha ideia. Acreditava demasiadamente nela. Peguei na mão de Nelly, e nós saímos de casa. Já eram quase três horas da tarde. As nuvens se adensavam. O tempo estava ultimamente cálido e abafadiço, mas agora se ouvia algures a primeira e bem precoce trovoada primaveril. O vento varria as ruas empoeiradas.

Tomamos uma carruagem. Ao longo de todo o caminho, Nelly estava calada, lançando-me, vez por outra, o mesmo olhar estranho e misterioso. Seu peito arfava, e, abraçando-a naquele *drójki* para que não caísse, eu sentia seu coraçãozinho vibrar sob a palma de minha mão, como se quisesse saltar fora.

Capítulo VII

Parecia-me que nosso caminho não teria mais fim. Chegamos finalmente, e eu entrei, o coração cheio de angústia, na casa de meus velhos. Ignorava como sairia daquela casa, mas sabia que precisava, custasse o que custasse, sair dali com perdão e reconciliação.

Já passava das três horas da tarde. Meus velhos estavam sós, como de praxe. Muito entristecido e indisposto, Nikolai Serguéitch se reclinava em sua aconchegante poltrona; estava pálido, extenuado, de cabeça envolta num lenço. Sentada perto dele, Anna Andréievna lhe molhava, de vez em quando, as têmporas com vinagre e, exibindo aquele seu ar sôfrego e sofrido, olhava volta e meia para seu rosto, o que parecia causar ao velho muito incômodo e até mesmo certa irritação. Ele teimava em ficar calado, ela não ousava falar. Nossa visita inesperada deixou o casal atônito. Vendo-me entrar com Nelly, Anna Andréievna levara de repente um susto e, nos primeiros minutos, encarava-nos como quem tivesse subitamente sentido alguma culpa.

— Trouxe, pois, minha Nelly — disse eu, entrando. — Ela se decidiu e agora quer morar em sua casa. Acolham-na com amor...

O velho me fitou com desconfiança, podendo-se adivinhar, tão só por aquela olhada dele, que já estava ciente de tudo, ou seja, sabia que Natacha ficara sozinha — deixada, abandonada e, talvez, agredida. Queria muito desvendar o mistério de nossa vinda e olhava, perquiridor, para mim e para Nelly. A menina tremelicava, apertando-me com força a mão, abaixando a cabeça e, apenas uma vez ou outra, olhando rápida e timidamente ao seu redor, tal e qual um bichinho pego. No entanto, Anna Andréievna se recobrou logo e percebeu o que tinha a fazer: achegou-se a Nelly quase correndo, afagou-a, beijou-a, até se pôs a chorar e, cheia de ternura, fez que a menina se sentasse ao seu lado, segurando-lhe o tempo todo a mão. Nelly olhou para ela de esguelha, curiosa e mesmo um tanto admirada.

Contudo, afagando Nelly e acomodando-a ao seu lado, a velhinha não sabia mais o que fazer e acabou olhando para mim numa espera ingênua. O velho franziu o cenho, prestes a adivinhar por que eu trouxera Nelly. Vendo-me reparar em sua carranca e seu sobrolho carregado, levou a mão até a testa e disse-me de maneira entrecortada:

— Minha cabeça dói, Vânia.

Ainda estávamos sentados ali, todos calados; eu refletia em como iniciaria a conversa. O quarto estava escuro; aproximava-se uma nuvem negra, ouviu-se algures, outra vez, uma trovoada.

— Mas como troveja cedo esta primavera — disse o velho. — Só que no ano trinta e sete, que me lembre, trovejou mais cedo ainda, lá na terrinha.

Anna Andréievna soltou um suspiro.

— E se botasse o samovarzinho? — perguntou, tímida.

Como ninguém lhe respondeu, dirigiu-se novamente a Nelly:

— Como te chamas, minha querida? — perguntou-lhe.

Nelly se apresentou com sua voz fraca e abaixou mais ainda a cabeça. O velho mirou-a com atenção.

— Quer dizer Yelena, não é? — continuou a velhinha, animando-se.

— É — respondeu Nelly.

Seguiu-se de novo um silêncio momentâneo.

— A irmãzinha de Praskóvia Andréievna tinha uma sobrinha Yelena — notou Nikolai Serguéitch —; também a chamavam de Nelly. Eu cá me lembro disso.

— E tu, minha queridinha, não tens, pois, parentes, nem pai, nem mãe? — tornou a perguntar Anna Andréievna.

— Não — sussurrou Nelly, medrosa.

— Ouvi falar nisso, ouvi. E faz muito tempo que tua mamãe faleceu?

— Faz pouco tempo.

— Minha querida, minha orfãzinha! — exclamou a velhinha, olhando para ela com lástima.

Impaciente, Nikolai Serguéitch tamborilava com os dedos sobre a mesa.

— Mas tua mamãe foi das estrangeiras, não foi? Assim é que você contava, Ivan Petróvitch? — sucediam-se as tímidas indagações da velhinha.

Nelly me lançou uma rápida olhadela, como se seus olhos negros me pedissem socorro. Sua respiração estava algo descompassada e ofegante.

— A mãe dela, Anna Andréievna — comecei eu —, era filha de um inglês e de uma russa, ou seja, era antes russa, ela mesma. Quanto a Nelly, nasceu no estrangeiro.

— Mas como é que sua mamãe foi, com o esposo dela, para o estrangeiro?

De súbito, Nelly ficou toda rubra. A velhinha percebeu logo que tinha dito uma coisa errada, estremecendo sob o olhar furioso do velho. Nikolai Serguéitch fitou-a severo e virou-se para a janela.

— Sua mãe foi enganada por um homem mau e vil — proferiu, dirigindo-se repentinamente a Anna Andréievna. — Deixou com ele a casa paterna e entregou o dinheiro do pai ao amante, mas ele a ludibriou, levou-a para o estrangeiro, roubou e abandonou. Um homem bom ficou ao lado dela e ajudou-a até morrer, ele próprio. E quando ele morreu, dois anos atrás, ela voltou procurando pelo seu pai. Não foi isso que você contou, Vânia? — questionou de modo entrecortado.

Tomada de imensa angústia, Nelly se levantou, querendo já ir em direção às portas.

— Vem cá, Nelly — disse o velho, estendendo-lhe enfim sua mão. — Senta-te aqui, senta-te perto de mim, bem aqui, vem! — Inclinou-se, beijou a menina na testa e passou a alisar-lhe devagarinho os cabelos. Nelly ficou toda trêmula, mas... conteve-se. Enternecida, cheia de feliz esperança, Anna Andréievna mirava seu Nikolai Serguéitch acalentar finalmente a orfãzinha.

— Eu sei, Nelly, que foi um homem maldoso, maldoso e amoral, quem arruinou tua mãe, mas sei também que ela amava e respeitava seu pai — pronunciou o velho, emocionado, continuando a alisar os cabelos de Nelly e não se impedindo, nesse momento, de nos lançar esse desafio. Um leve rubor cobriu suas faces pálidas; ele se esforçava para não nos encarar.

— Minha mãezinha amava meu avô mais do que ele a amava — replicou Nelly, tímida, mas firmemente; buscava, ela também, não olhar para ninguém.

— Como é que tu sabes? — perguntou o velho, num tom brusco: não se contivera, qual uma criança, e parecia envergonhado com sua impaciência.

— Eu sei — respondeu Nelly, de forma entrecortada. — Ele não acolheu minha mãe e... enxotou-a...

Eu vi que Nikolai Serguéitch já ia dizer alguma coisa em resposta, objetando, por exemplo, que aquele velho não acolhera sua filha por justa causa, porém olhou para nós e permaneceu calado.

— Mas como, onde é que vocês viviam, depois que teu avô não as tinha acolhido? — inquiriu Anna Andréievna, de repente dominada por teimosia e pela vontade de continuar abordando precisamente esse assunto.

— Quando viemos para cá, passamos muito tempo procurando pelo avô — respondeu Nelly —, mas não conseguimos encontrá-lo de jeito nenhum. Foi então que a mãezinha me disse: meu avô era antes bem rico e queria construir uma fábrica, mas asgora estava muito pobre, porque o homem com quem a mãezinha tinha ido embora deitou a mão em todo o dinheiro de meu avô e não o devolveu mais para ela. Foi ela mesma que me disse isso.

— Hum... — reagiu o velho.

— Ela me dizia ainda... — prosseguiu Nelly, cada vez mais animada, como se quisesse refutar as objeções de Nikolai Serguéitch, mas se dirigindo a Anna Andréievna — ela me dizia que meu avô estava muito zangado com ela, e que era culpada de tudo perante ele e não tinha agora mais ninguém, nesta terra inteira, além de meu avô. E, quando falava comigo, chorava... "Ele não me perdoará" — dizia, ainda quando estávamos vindo para cá —, "mas pode ser que te veja e goste de ti, e depois me perdoe por ti". Minha mãezinha me amava muito e, quando dizia isso, sempre me beijava, mas tinha muito medo de se encontrar com meu avô. Também me ensinava a rezar pelo meu avô, e ela mesma rezava e contava para mim várias coisas ainda, como tinha vivido antes com meu avô e como ele a amava tanto assim, mais que a todo mundo. Ela tocava piano para meu avô e lia para ele à noite, e meu avô a beijava e dava muitos presentes para ela... tudo quanto era mimo, de modo que até brigaram uma vez, no aniversário de minha mãezinha: meu avô pensava que ela não soubesse ainda qual seria seu presente, só que minha mãezinha sabia, já havia muito tempo, qual era. Minha mãezinha queria ganhar um par de brincos, mas meu avô a enganava de propósito, o tempo todo, e dizia que não a presentearia com aqueles brincos e, sim, com um broche; pois quando trouxe os brincos e viu que a mãezinha já estava sabendo que ganharia os brincos em vez do broche, ficou zangado por isso e nem falou mais com ela, metade daquele dia, mas depois veio beijá-la e pedir desculpas...

Nelly falava tão empolgada que até um rubor surgiu em suas facezinhas macilentas. Via-se que sua *mãezinha* contara, mais de uma vez, à sua pequena Nelly sobre os dias felizes de seu passado, sentada ali, em seu canto daquele porão, abraçando e beijando sua filhinha (tudo o que lhe restava de consolador nesta vida), chorando sobre ela e nem sequer imaginando, ao mesmo tempo, quão forte seria o impacto de suas recordações no coração morbidamente suscetível e precocemente desenvolvido dessa criança enferma.

De chofre, Nelly se refreou apesar de toda a sua empolgação, olhou desconfiada ao seu redor e ficou quietinha. O velho franziu a testa, voltando a tamborilar sobre a mesa; uma lagrimazinha brilhou nos olhos de Anna Andréievna, e, calada como estava, ela a enxugou com seu lenço.

— Minha mãezinha veio para cá muito doente — acrescentou Nelly, em voz baixa —; o peito dela doía muito. Passamos muito tempo procurando meu avô, mas não conseguimos encontrá-lo; enquanto isso, morávamos num canto alugado, lá no porão.

— Num canto daqueles, doente! — exclamou Anna Andréievna.

— Sim... num canto... — respondeu Nelly. — Minha mãezinha estava pobre. Ela me dizia — adicionou, animando-se — que não era nenhum pecado ser pobre, mas era, sim, um pecado ser rico e magoar as pessoas... e que Deus a castigava.

— Alugavam, pois, lá na Vassílievski? Era na casa de Búbnova, não era? — perguntou o velho, dirigindo-se a mim e tentando exprimir certa displicência nessa sua pergunta, como se estivesse sem jeito para se manter em silêncio.

— Não era ali, não... no começo morávamos na Mechtchânskaia[5] — respondeu Nelly. — Aquele lugar era todo escuro e úmido — prosseguiu, após uma pausa —, e minha mãezinha ficou muito doente, mas então andava ainda. Eu lavava os lençóis dela, e ela chorava. Moravam lá também uma velhinha, viúva de um capitão, e

[5] Havia, em São Petersburgo, três ruas Mechtchânskaia — a Grande, a Média e a Pequena — famosas por seus bordéis e botequins.

um servidor reformado; ele vinha sempre bêbado, gritava todas as noites e fazia escândalos. Eu tinha muito medo dele. A mãezinha me deixava dormir na cama dela e tremia toda, enquanto me abraçava, e aquele servidor gritava e xingava por perto. Queria uma vez espancar a viúva do capitão, se bem que fosse uma velhinha e andasse com um bastãozinho. Minha mãezinha teve pena daquela coitada e tentou defendê-la; o servidor bateu em minha mãezinha, e eu bati nele...

A menina parou de contar. Suas lembranças deixavam-na comovida; seus olhinhos brilhavam.

— Meu Deus do céu! — exclamou Anna Andréievna, no mais alto grau interessada nessa narração, sem despregar os olhos de Nelly, que se dirigia principalmente a ela.

— Então minha mãezinha saiu — continuou Nelly — e levou-me com ela. Era de dia. Andamos pelas ruas, nós duas, até a noite, e a mãezinha chorava o tempo todo, e andava sem descansar, e segurava minha mão. Eu me cansei demais; não comemos nada naquele dia. E a mãezinha só falava consigo mesma e dizia a mim também: "Sê pobre, Nelly, e não confies, quando eu morrer, em ninguém nem em nada. Não peças ajuda a ninguém; vive sozinha, pobre, e trabalha, e, se não houver trabalho, então pede esmola, mas não peças ajuda a *eles*". Quando já estava escurecendo, atravessávamos uma rua bem larga; minha mãezinha gritou de repente: "Azorka! Azorka!" — e eis que um grande cachorro, assim sem pelo, veio correndo, guinchou e cabriolou perto dela, e a mãezinha se assustou, ficou pálida, deu um grito e caiu de joelhos na frente de um velho alto que passava com sua bengala e olhava para baixo. Pois aquele velho alto era meu avô: estava tão magro, tão malvestido. Foi então que vi meu avô pela primeira vez. Ele também se assustou muito, ficou todo pálido e, quando viu que minha mãezinha estava deitada na frente dele e abraçava suas pernas, logo se livrou dela, empurrou a mãezinha, bateu nas pedras com a bengala e foi rápido embora. O Azorka ficou ainda ali, uivando e lambendo minha mãezinha, depois correu atrás do avô, pegou sua aba com os dentes e puxou-o de volta, só que o avô bateu nele com sua bengala. O Azorka já ia voltar correndo, mas o avô chamou por ele, e ele correu atrás do avô, e não parava de uivar. E minha mãezinha estava deitada ali, como morta, e uma turba se reuniu, e vieram os policiais. E eu só gritava e levantava minha mãezinha. Ela se levantou, pois, olhou ao redor e foi embora comigo. Levei-a para o nosso canto. Aquele povo todo olhou para nós por muito tempo, abanando assim a cabeça...

Nelly fez outra pausa a fim de retomar fôlego e conter suas emoções. Estava muito pálida; não obstante, seu olhar irradiava firmeza. Percebia-se que tinha enfim resolvido dizer *tudo*. Até havia nela algo desafiador naquele momento.

— Pois é — atalhou Nikolai Serguéitch, transparecendo em sua voz sincopada certa brusquidão irritadiça —, pois é: tua mãe tinha ofendido o pai dela, e ele a repeliu por justa causa...

— A mãezinha me dizia o mesmo — retorquiu Nelly — e, quando íamos para casa, repetia sem parar: “É teu avô, Nelly; eu sou culpada, por isso é que ele me amaldiçoou, por isso também é que Deus me castiga agora”. E ficou repetindo isso toda aquela noite e todos os dias seguintes. E dizia isso como se não se lembrasse mais de si mesma...

O velho não disse nada.

— E como foi que vocês se mudaram depois para outro apartamento? — perguntou Anna Andréievna, continuando a chorar baixinho.

— Minha mãezinha adoeceu na mesma noite, e aquela viúva do capitão achou o porão de Búbnova, e no terceiro dia a gente se mudou para lá, e a viúva foi conosco; e, quando nos mudamos, minha mãezinha ficou tão doente que passou três semanas de cama, e eu cuidei dela. Nosso dinheiro acabou todo, e quem nos ajudou foram a viúva do capitão e Ivan Alexândrytch.

— O dono da funerária — disse eu à guisa de esclarecimento.

— E quando a mãezinha se levantou da cama e tornou a andar, então me contou sobre o Azorka.

Nelly se calou por um tempinho. Pareceu-me que o velho se animara tão logo a conversa enveredara para aquele Azorka.

— Mas o que foi que ela te contou sobre o Azorka? — perguntou, ao curvar-se ainda mais em sua poltrona, como quem procurasse esconder o rosto olhando para o chão.

— Ela me falava de meu avô, o tempo todo — respondeu Nelly —, e, quando estava doente, falava dele e, quando estava delirando, também falava dele. Mas quando foi convalescendo, passou a contar para mim como tinha vivido antes... então me contou também sobre o Azorka, como em algum lugar próximo ao rio, lá fora da cidade, uns garotos arrastavam o Azorka com uma corda para afogá-lo, e como a mãezinha lhes deu algum dinheiro e comprou o Azorka deles. Meu avô, quando viu o Azorka, começou a rir muito dele. E o

Azorka fugiu da sua casa. A mãezinha ficou chorando; meu avô se assustou e disse que daria cem rublos a quem trouxesse o Azorka de volta. E foi dois dias depois que o trouxeram mesmo; meu avô pagou cem rublos e, desde então, passou a gostar do Azorka. E minha mãezinha gostava tanto daquele cachorro que até o deixava dormir na cama dela. Contou para mim que antes o Azorka tinha andado pelas ruas com uns palhaços, e que sabia andar nas patas de trás e levava um macaco nas costas e sabia imitar um soldado e fazia outros truques ainda... E, quando minha mãezinha saiu da casa de meu avô, ele deixou o Azorka consigo e sempre dava passeios com ele, e foi assim que, quando a mãezinha viu o Azorka ali na rua, adivinhou logo que meu avô devia estar por perto...

Pelo visto, o velho esperava por outras notícias sobre o Azorka, ficando cada vez mais sombrio. Não perguntava mais nada.

— Pois então, vocês nunca mais viram teu avô? — indagou Anna Andréievna.

— Sim... Quando minha mãezinha foi melhorando, eu encontrei meu avô outra vez. Fui comprar pão numa lojinha; de repente, vi um homem passar com o Azorka, olhei bem para ele e reconheci meu avô. Então me afastei e me encostei num muro. Meu avô olhou para mim, com um olhar longo assim, e estava tão medonho que fiquei muito assustada, e depois foi passando, mas o Azorka se lembrou de mim e começou a pular ao meu redor e a lamber minhas mãos. Eu fui depressa para casa, olhei para trás e vi meu avô entrar naquela lojinha. Ali pensei que estava bisbilhotando, na certa, e fiquei mais assustada ainda e, quando voltei para casa, não disse nada à mãezinha para ela não cair doente de novo. E não fui, eu mesma, àquela lojinha no dia seguinte, disse que tinha dor de cabeça; e, quando fui lá dois dias depois, não encontrei ninguém, e estava com tanto medo que voltava dali correndo. E mais um dia depois, mal dobrei a esquina, vi de repente meu avô e o Azorka assim, diante de mim. Eu fui correndo embora, passei por outro caminho e entrei na lojinha do outro lado, só que me deparei outra vez com ele, de supetão, e levei tamanho susto que parei logo e não pude mais andar. Meu avô se postou bem na minha frente e olhou para mim de novo por muito tempo, e depois me fez um cafuné, pegou minha mão e me levou embora, e o Azorka foi atrás de nós, abanando o rabo. Então vi que meu avô nem conseguia mais andar direito, que se apoiava naquela bengala o tempo todo, e que suas mãos tremiam muito. Ele me levou até um mascate, que estava sentado numa esquina e vendia pãezinhos de mel e maçãs. Meu avô comprou dois pãezinhos daqueles, um pequeno galo e um peixinho, e um bombonzinho também, e uma maçã; e, quando tirava o dinheiro do seu moedeiro de couro, suas mãos estavam tremendo, e ele deixou cair um *piatak*,[6] e eu o apanhei. Ele me deu aquele *piatak* de presente, junto com aqueles pãezinhos de mel, e passou a mão pela minha cabeça, mas não disse outra vez nada e foi de lá para a casa dele.

"E foi então que voltei para a mãezinha e contei para ela tudo sobre meu avô, como no começo tinha medo dele e como me escondia. Primeiro, minha mãezinha não acreditou, mas depois se alegrou tanto que me perguntava sem parar, aquela noite toda, e me beijava e chorava e,

[6] Nome coloquial de uma moeda de 5 copeques.

quando eu já tinha contado aquilo tudo, mandou que nunca mais temesse meu avô, dali em diante, e disse que ele me amava, pois havia procurado por mim de propósito. E ficou insistindo para eu tentar agradar meu avô e falar com ele. E, no dia seguinte, mandou várias vezes que eu saísse de manhã cedo, embora eu dissesse a ela que meu avô sempre vinha tão só ao anoitecer. E ela mesma me acompanhava então de longe, escondendo-se atrás dos prédios, e fez isso no outro dia também, mas meu avô não veio, e naqueles dias todos chovia, e a mãezinha se resfriou muito, porque saía volta e meia comigo, e caiu novamente de cama.

"E meu avô só veio uma semana depois e comprou para mim outra vez um peixinho e uma maçã, mas não disse outra vez nada. E, quando já ia embora, eu o segui às escondidas, porque já tinha decidido antes que saberia assim onde meu avô morava e diria isso para minha mãezinha. Então o segui de longe, indo pela outra calçada para que meu avô não me visse. E ele morava bem longe: não era lá onde morreria depois, mas na rua Gorókhovaia, também num prédio grande, no quarto andar. Eu soube daquilo tudo e voltei para casa tarde da noite. Minha mãezinha estava com muito medo, porque não sabia aonde eu tinha ido. E, quando contei para ela, ficou de novo toda alegre e quis logo ir ver meu avô, logo no dia seguinte, só que no dia seguinte começou a cismar e sentiu medo, e ficou assim, com medo, três dias inteiros; não foi lá, enfim. Depois chamou por mim e disse: 'Eis o que é, Nelly: agora estou doente e não posso ir lá, mas escrevi uma carta para teu avô; vai à casa dele e entrega esta carta. E atenta bem, Nelly, àquilo que ele dirá, quando a ler, e àquilo que vai fazer, e fica de joelhos, tu mesma, beija teu avô e pede para perdoar à tua mamãe...'. E minha mãezinha chorava muito e me beijava, o tempo todo, e me benzia antes que eu fosse lá, e rezava a Deus, e me punha de joelhos, a mim também, diante do ícone, e acabou saindo para me acompanhar até o portão, se bem que estivesse muito doente... E, quando eu olhava para trás, via a mãezinha ali, no mesmo lugar, e ela me seguia com os olhos...

"Cheguei, pois, à casa de meu avô e abri a porta, já que a porta não tinha tranca. Meu avô estava sentado à sua mesa e comia pão com batata, e o Azorka estava na frente dele, olhava para meu avô comendo e abanava o rabo. As janelas eram baixas, escuras, naquele apartamento de meu avô também, e só havia uma mesa e uma cadeira. E ele vivia sozinho. Quando entrei, ele se assustou tanto que ficou todo pálido e tremeu. Eu também me assustei e não disse nada, apenas me aproximei da mesa e coloquei lá a carta. Meu avô se zangou tanto, mal viu aquela carta, que se levantou de vez, pegou a bengala e já ia bater em mim, só que não bateu, mas me levou até a antessala e me empurrou. Nem tive tempo para descer o primeiro lanço de escada, quando ele abriu a porta de novo e me jogou a carta, selada como estava. Voltei para casa e contei tudo para a mãezinha. Então ela adoeceu outra vez..."

Capítulo VIII

Ouviu-se, nesse momento, uma trovoada assaz forte, e a chuva foi batendo, grossa e copiosa, pelas vidraças; o quarto ficou escuro. Como que assustada, a velhinha fez o sinal da cruz. De supetão, imobilizamo-nos todos juntos.

— Já vai passar — disse o velho, ao mirar de viés as janelas; em seguida, levantou-se e caminhou, de lá para cá, através do quarto.

Nelly seguia-o de soslaio com os olhos. Estava tomada de uma emoção inabitual, mórbida. Eu percebia isso, se bem que ela evitasse, de certa forma, olhar para mim.

— Está bem, e depois? — perguntou o velho, acomodando-se novamente em sua poltrona.

Nelly olhou à sua volta, cheia de timidez.

— Não viste, pois, nunca mais teu avô?

— Vi, sim...

— Sim, sim! Conta, minha querida, conta — apoiou Anna Andréievna.

— Não o vi mais por três semanas — recomeçou Nelly —, até chegar o inverno. Então o inverno chegou e ficou nevando. E quando encontrei meu avô outra vez, no mesmo lugar, fiquei muito alegre... porque a mãezinha estava triste por ele não aparecer mais. Assim que o vi, atravessei correndo a rua: foi de propósito, para meu avô perceber que eu fugia dele. Só que depois me virei e vi: primeiro meu avô foi rápido atrás de mim e depois até correu para me alcançar, e passou a gritar: "Nelly, Nelly!". E o Azorka também corria com ele. Eu senti pena e parei. Meu avô se aproximou e pegou minha mão e me levou embora, e, quando viu que eu estava chorando, parou, olhou para mim, inclinou-se e me beijou. Viu então que meus sapatos eram ruins e perguntou: será que não tens outros? Eu disse logo para ele, bem rapidinho, que minha mãe não tinha um tostão e que nossos locadores nos davam comida só por piedade. Meu avô não disse nada, mas me levou até a feira e comprou um par de sapatos e mandou que os calçasse na hora, e depois me levou para a sua casa, lá na rua Gorókhovaia, mas antes entrou numa lojinha e comprou um bolo e dois bombonzinhos, e, quando a gente chegou, disse para eu comer daquele bolo, e ficou olhando para mim, enquanto eu comia, e depois me deu aqueles bombons. E o Azorka colocou suas patas sobre a mesa e também pedia bolo; dei um pedacinho para ele, e meu avô ficou rindo. Então me levantou e me pôs junto dele, começou a passar a mão pela minha cabeça e a perguntar se eu tinha estudado alguma coisa e o que eu sabia. Contei para ele, e meu avô mandou que viesse, logo que pudesse, à casa dele, todo dia às três horas, e prometeu que me ensinaria ele mesmo. Depois me disse para lhe virar as costas e olhar pela janela até que ele dissesse para me virar outra vez. Fiquei lá, mas me virei, às escondidas, para trás e vi que ele tinha cortado seu travesseiro, num cantinho de baixo, e tirado dali quatro rublos de prata. Quando os tirou, trouxe-os para mim e disse: 'É só para ti'. Eu já ia pegar o dinheiro, mas pensei um pouco e respondi: 'Se for só para mim, não o tomo'. Meu avô se zangou de repente e me disse: 'Se não quiseres, não tomes, e vai embora'. Eu fui, e ele nem sequer me beijou.

"Quando voltei para casa, contei tudo à minha mãezinha. E minha mãezinha se sentia cada vez pior. Um estudante vinha visitar o dono da funerária; ele tratava de minha mãezinha e mandava que tomasse remédios.

"E eu ia à casa de meu avô com frequência: foi a mãezinha quem mandou assim. Meu avô comprou o Novo Testamento e um livro de geografia, e começou a ensinar-me, e me contava, de vez em quando, quais terras existiam no mundo, e quais pessoas moravam ali, e quais eram os mares, e o que tinha havido antes, e como Cristo nos tinha perdoado a todos. Quando eu lhe fazia perguntas, ficava muito alegre; por isso é que fui perguntando por várias coisas, e ele me contava de tudo e falava muito de Deus. E, outras vezes, a gente não estudava, mas brincava com o Azorka: o Azorka passou a gostar muito de mim, e eu o ensinei a pular uma vara, e meu avô ria e me alisava, o tempo todo, a cabeça. Só que meu avô ria bem raramente. Fala muito, às vezes, e depois se cala de repente, sentado assim, como se estivesse dormindo, mas de olhos abertos. E demora, sentado assim, até o anoitecer, e, quando anoitece, fica tão medonho, tão velho... Ou então vou à casa dele, e meu avô está lá sentado na sua cadeira, pensa e não ouve nada, e o Azorka está deitado ao lado dele. Fico esperando, esperando, tossindo... e meu avô nem olha para mim. Então vou embora. E, lá na casa da gente, minha mãezinha já espera por mim: fica deitada, e eu conto para ela de tudo, de tudo, e assim chega a noite, e eu continuo falando, e ela escuta o que eu conto sobre meu avô: o que ele fez hoje e o que me contou, que histórias foram aquelas, e que lição me passou. E, quando lhe falo sobre o Azorka, como o fiz pular a vara e como meu avô ficou rindo, ela também se põe a rir de repente e ri assim, às vezes, por muito tempo, toda alegre, e pede para eu repetir e depois se põe a rezar. E eu cá pensava: se a mãezinha ama tanto meu avô, por que é que ele não a ama; e, quando fui de novo à casa dele, comecei a contar de propósito como minha mãezinha o amava. Ele me escutava, muito zangado, escutava, mas não dizia uma só palavra; então perguntei por que a mãezinha o amava tanto que não parava de perguntar por ele, e por que ele mesmo nunca perguntava pela mãezinha. Meu avô ficou bravo e me botou fora da sua casa; eu me detive um pouco lá, atrás da porta, e ele abriu outra vez, de repente, e me chamou de volta, mas continuava zangado e não conversava. E, quando fomos depois lendo o Evangelho, perguntei novamente: por que Jesus Cristo disse para nos amarmos um ao outro e perdoarmos as ofensas, mas ele não queria perdoar à minha mãezinha? Então ele pulou da cadeira e gritou que era minha mãezinha quem me ensinava aquilo e me enxotou de novo e disse para não ousar mais, dali em diante, vir à casa dele. E eu respondi que agora não iria mais à casa dele, eu mesma, e fui embora... E no dia seguinte meu avô mudou de apartamento..."

— Bem que eu disse que a chuva passaria logo, e eis que passou, e eis ali o solzinho... olhe só, Vânia — disse Nikolai Serguéitch, voltando-se para a janela.

Anna Andréievna fitou-o com um espanto descomunal, e de improviso a indignação fulgurou nos olhos daquela velhinha até então submissa e intimidada. Pegou a mão de Nelly e, calada como estava, fez que a menina se sentasse em seu colo.

— Conta para mim, meu anjo — disse —, vou escutar-te. E aqueles de coração duro...

Sem terminar a frase, desandou a chorar. Nelly olhou para mim de modo interrogativo, como quem estivesse perplexo e assustado. O velho também olhou para mim, deu de ombros, mas logo me virou as costas.

— Continua, Nelly — disse eu.

— Não fui mais ver meu avô por três dias — voltou a contar Nelly —; enquanto isso, minha mãezinha piorou de vez. Nosso dinheiro acabou todo, não tínhamos com que comprar os remédios nem comíamos nada, porque nossos locadores também não tinham um tostão, e eles foram implicando com a gente, dizendo que morávamos lá por conta deles. Então, no terceiro dia, eu me levantei de manhã e comecei a vestir minhas roupas. A mãezinha me perguntou aonde ia. E eu disse que ia à casa de meu avô para lhe pedir dinheiro, e ela se alegrou, porque eu já tinha contado tudinho para ela, como ele me tinha enxotado, e eu tinha dito que não queria mais ver meu avô, embora a mãezinha chorasse e me implorasse para ir vê-lo. Fui lá e soube que meu avô tinha mudado e fui procurar sua casa nova. Assim que cheguei ao novo apartamento dele, meu avô deu um pulo, partiu para cima de mim e bateu os pés, e eu disse logo que minha mãezinha estava muito doente, que eu precisava de cinquenta copeques para comprar o remédio dela e que não tínhamos, nós duas, o que comer. Meu avô foi gritando e me empurrou para a escada e trancou a porta, atrás de mim, com um ferrolho. Mas, quando ele me empurrava, eu disse que ficaria sentada ali na escada e não iria embora antes que ele me desse algum dinheiro. Fiquei mesmo sentada ali na escada. Pouco depois, ele abriu a porta e viu que eu estava lá e fechou a porta de novo. Assim se passou muito tempo, ele abriu a porta outra vez e me viu outra vez e voltou a fechar a porta. E depois a abriu várias vezes ainda e olhou para fora. Afinal, saiu com o Azorka, trancou a porta e passou perto de mim, e foi embora sem me dizer uma só palavra. E eu mesma não disse uma só palavra, mas fiquei sentada lá até o anoitecer.

— Minha queridinha! — exclamou Anna Andréievna. — Mas fazia, por certo, bem frio ali na escada!

— Eu estava de peliça — respondeu Nelly.

— E daí, se estavas de peliça?... Quantos males é que suportaste, minha queridinha! E ele lá, teu avô?

Os labiozinhos de Nelly passaram a tremer, mas ela fez um imenso esforço e conteve-se.

— Ele veio, quando já estava tudo escuro, e deparou-se comigo, entrando, e gritou: quem está aí? Eu disse que era eu. E ele devia ter pensado que eu tinha ido embora, já havia muito tempo, e quando viu que estava ainda lá, ficou todo surpreso, plantado na minha frente. De supetão, bateu nos degraus com a bengala, foi correndo abrir sua porta e, um minuto depois, trouxe várias moedas de cobre, só aqueles *piataks*, e jogou-as para mim assim, escada abaixo. 'Pega aí' — gritou —, 'toma, é tudo o que eu tinha, e diz à tua mãe que a amaldiçoo!' — e fechou a porta com toda a força. E os *piataks* foram rolando pela escada. Comecei a apanhá-los na escuridão, e meu avô adivinhou, pelo jeito, que os tinha espalhado e que me era difícil recolhê-los naquele breu, e abriu a porta e trouxe uma vela, e eu recolhi logo as moedas com sua velinha. E meu avô também as recolhia comigo e disse que deviam ser sete *grivnas*[7] ao todo e foi, ele mesmo, embora. Quando voltei para casa, entreguei todo aquele dinheiro e contei tudo para a mãezinha, e ela se sentiu pior, e eu mesma estive doente a noite toda e fiquei, no dia seguinte, também queimando de febre, mas pensava numa só coisa, porque me zangava com meu avô, e, quando minha mãezinha adormeceu, fui até a rua próxima ao apartamento de meu avô e, sem ter chegado ali, parei numa ponte. Então veio passando *aquele*...

---

[7] Moeda russa equivalente a 10 copeques.

— É Arkhípov — disse eu —, aquele de quem lhe falei, Nikolai Serguéitch, o homem que estava, com aquele comerciante, na casa de Búbnova e levou lá uma sova. Foi a primeira vez que Nelly o viu então... Continua, Nelly.

— Eu fiz que ele parasse e pedi dinheiro, um rublo de prata. Ele olhou para mim e perguntou: 'Um rublo de prata?'. Eu disse: 'Sim'. Então ele se pôs a rir e disse para mim: 'Vem comigo'. Não sabia se ia com ele ou não; de repente, apareceu um velhinho, com óculos de ouro — tinha ouvido como eu pedia um rublo de prata —, inclinou-se e perguntou por que eu queria justamente tanto dinheiro. Eu lhe disse que minha mãezinha estava doente e que esse dinheiro seria para comprar seu remédio. Ele perguntou onde a gente morava, anotou o endereço e deu uma nota bancária, um rublo de prata, para mim. E *aquele*, mal viu o velhinho de óculos, foi embora e não me convidou mais a ir com ele. Entrei numa lojinha, troquei o rublo por moedas de cobre; embrulhei trinta copeques num papelzinho e guardei-os para minha mãezinha, e mais sete *grivnas*, não as embrulhei naquele papel, mas fui direto à casa de meu avô, segurando-as de propósito nas mãos. Quando cheguei lá, abri a porta, fiquei na soleira, levantei o braço e joguei, com força, todo o dinheiro para ele, e aquelas moedas foram rolando pelo chão. 'Pegue aí seu dinheiro!' — disse ao meu avô. — 'Minha mãezinha não precisa dele, já que o senhor a amaldiçoa.' E bati a porta, na cara dele, e logo fui correndo embora.

Seus olhos fulgiram, olhando ela para o velho com um ar ingenuamente desafiador.

— É assim que se deve — disse Anna Andréievna, sem olhar para Nikolai Serguéitch e apertando Nelly a si —, é assim que se deve tratá-lo. Teu avô era maldoso e tinha coração duro...

— Hum! — retorquiu Nikolai Serguéitch.

— E depois, e depois? — perguntou Anna Andréievna, impaciente.

— Deixei de ir à casa de meu avô, e ele também deixou de procurar por mim — respondeu Nelly.

— Mas como, como é que ficaram vocês duas, tu e tua mãezinha? Oh, pobres, coitadas!

— Minha mãezinha piorou ainda mais e já raramente se levantava da cama — prosseguiu Nelly, cuja voz se interrompia, trêmula. — Não tínhamos mais nenhum dinheiro, e eu fui andando com a viúva do capitão. A viúva andava de casa em casa, parava boas pessoas na rua também e pedia esmola: é disso que vivia. Dizia para mim que não era uma pedinte, que tinha documentos onde constava a condição dela e estava escrito também que era pobre. Mostrava aqueles papéis e recebia assim seu dinheiro. Foi ela quem me disse que não era vergonhoso pedir esmola a todo mundo. Eu andava com ela, e as pessoas nos davam esmola; assim é que a gente vivia. Minha mãezinha ficou sabendo disso, porque os inquilinos a censuravam por ser indigente, e Búbnova vinha, ela mesma, falar com a mãezinha, dizendo que seria melhor se me mandasse para a sua casa em vez de me deixar mendigar. Já tinha vindo antes falar com minha mãezinha: trazia dinheiro para ela e, quando a mãezinha não aceitava, Búbnova lhe perguntava por que éramos tão orgulhosas assim e mandava comida para nós duas. E quando disse aquilo então sobre mim, a mãezinha se assustou e ficou chorando, e Búbnova começou a xingá-la, porque estava bêbada, e disse que eu era uma mendiga rematada e que andava com a viúva do capitão, e na mesma noite enxotou a viúva da sua casa. Quando minha mãezinha soube daquilo tudo, ficou chorando e depois se levantou de repente da cama, vestiu-se, pegou-me na mão e levou consigo. Ivan Alexândrytch tentou segurá-la, mas ela não obedeceu, e a gente saiu. A mãezinha mal conseguia andar e se sentava, a cada minuto, no meio da rua, e eu a arrimava. Ela me dizia, o tempo todo, que ia à casa de meu avô, pedia que eu a conduzisse, só que já tinha anoitecido havia muito tempo. Chegamos, de repente, a uma rua bem grande; os coches paravam ali, junto de um prédio, e saía muita gente, e havia luz em todas as janelas, e uma música se ouvia. Minha mãezinha parou e me abraçou bem forte e disse então para mim: 'Sê pobre, Nelly, sê pobre toda a tua vida, não vás atrás deles, quem quer que te chame, quem quer que venha procurar por ti. Pois tu também poderias estar ali, rica e bem-vestida, só que eu cá não quero isso. Eles são maus e cruéis, e eis a minha ordem para ti: fica pobre, trabalha e pede esmola, e, se alguém vier procurando por ti, diz — não quero viver com vocês!...'. Era isso que me dizia minha mãezinha, quando estava doente, e eu quero obedecer a ela por toda a minha vida — acrescentou Nelly, tremendo de emoção, com o rostinho em chamas. — E vou servir e trabalhar, por toda a minha vida, e vim cá também para servir e trabalhar: não quero ser como sua filha...

— Chega, chega, minha queridinha, chega! — exclamou a velhinha, abraçando Nelly com toda a força. — É que tua mamãe estava doente nesse meio-tempo, quando dizia isso.

— Estava louca — notou bruscamente o velho.

— Louca, que seja! — retrucou Nelly, dirigindo-se a ele com rispidez. — Que seja louca, mas ela mandou que eu fizesse assim, e assim vou fazer toda a minha vida. E quando ela me disse isso, acabou mesmo desmaiando.

— Deus nosso Senhor! — exclamou Anna Andréievna. — Doente que estava, no meio da rua, no inverno?...

— Até queriam levar a gente para a delegacia, mas um senhor nos defendeu, perguntou-me pelo nosso endereço e me deu dez rublos e mandou que levassem minha mãezinha para casa na carruagem dele. Depois disso, minha mãezinha não se levantou mais e, três semanas depois, morreu...

— E o pai dela, hein? Não lhe perdoou mesmo? — exclamou Anna Andréievna.

— Não perdoou, não! — respondeu Nelly, esforçando-se para coibir sua dor. — Uma semana antes de morrer, a mãezinha chamou por mim e disse: 'Nelly, vai mais uma vez à casa de teu avô, uma última vez, e pede para ele vir aqui e para me perdoar; diz que eu vou morrer dentro de poucos dias e que te deixarei sozinha no mundo. E diz ainda para ele que é tão penoso morrer...'. Fui lá, bati à porta de meu avô, ele abriu a porta e, quando me viu, queria logo fechá-la na minha frente, mas eu me agarrei à porta com ambas as mãos e gritei: 'Minha mãezinha está morrendo, chama pelo senhor, venha!...'. Mas ele me empurrou e bateu a porta na minha cara. Eu voltei para casa e me deitei perto de minha mãezinha e a abracei e não disse nada... E a mãezinha também me abraçou e nada me perguntou...

Dito isso, Nikolai Serguéitch se apoiou na mesa com uma mão e soergueu-se a custo, porém, ao correr um olhar estranho, embaciado, por todos nós, deixou-se recair em sua poltrona como quem estivesse extenuado. Anna Andréievna não olhava mais para ele, abraçando Nelly a soluçar...

— E foi no último dia, pouco antes de morrer, ao cair da noite, que a mãezinha pediu para eu chegar perto dela, pegou minha mão e disse: 'Hoje vou morrer, Nelly', e queria falar mais, só que já não podia. Eu olhava para ela, mas era como se minha mãezinha não me visse mais... apenas me segurava ainda a mão com força. Retirei devagarinho a mão e saí correndo de casa; corri o caminho todo e cheguei à casa de meu avô. Quando ele me viu, pulou da sua cadeira, olhou para mim e se assustou tanto que ficou todo pálido assim e tremeu. Peguei na mão dele e disse só uma coisa: 'Já vai morrer'. Então ele se agitou de repente, pegou a bengala e correu atrás de mim; até se esqueceu de seu chapéu, e o tempo estava frio. Eu peguei aquele chapéu dele, coloquei-o na sua cabeça, e saímos correndo, nós dois. Eu apressava meu avô, dizia para chamar uma carruagem, pois a mãezinha ia morrer em breve, mas meu avô só tinha sete copeques e nenhum dinheiro a mais. Fazia pararem as carruagens, barganhava com os cocheiros, mas eles só riam e zombavam do Azorka, e o Azorka corria conosco, e a gente corria e corria para a frente. Meu avô se cansou e ficou ofegando, mas se apressava, ainda assim, e corria. Caiu de repente, e seu chapéu voou longe. Apanhei o chapéu, coloquei-o outra vez na cabeça dele e conduzi meu avô pelo braço, e foi só ao anoitecer mesmo que chegamos à minha casa... Mas minha mamãe já estava morta. Quando meu avô a viu, agitou as mãos, ficou tremendo e parou ao lado dela, mas não disse nada. Então me aproximei da mãezinha morta, puxei a mão de meu avô e gritei: 'Olha, homem cruel e maldoso, olha bem!... Olha!'. Então meu avô gritou e caiu no chão como morto...

Nelly se levantou num rompante, livrou-se dos braços de Anna Andréievna e postou-se entre nós, pálida, exausta e amedrontada. Mas Anna Andréievna acorreu à menina e, abraçando-a outra vez, bradou como que tomada de êxtase:

— Eu, eu serei agora tua mãe, Nelly, e tu serás minha filha! Sim, Nelly, vamos embora, vamos deixá-los a todos, aqueles homens cruéis e maldosos! Que debochem da gente: é Deus, é Deus que vai cobrar deles... Vamos, Nelly, vamos embora daqui, vamos!...

Eu nunca a vira antes, nem a veria depois, nesse estado; aliás, nem sequer pensava que ela fosse capaz de se exaltar tanto algum dia. Nikolai Serguéitch se aprumou em sua poltrona, soergueu-se e perguntou com uma voz entrecortada:

— Aonde vais, Anna Andréievna?

— À casa dela, de nossa filha, de Natacha! — gritou ela, e arrastou Nelly atrás de si até a porta.

— Para aí, para, espera!...

— Não tenho o que esperar, homem maldoso de coração duro! Eu esperei muito tempo, e ela esperou muito tempo, e agora — adeus!...

Dada a resposta, a velhinha se voltou, olhando para seu marido, e petrificou-se: Nikolai Serguéitch estava na frente dela, já de chapéu, envergando às pressas seu sobretudo com suas mãos fracas e trêmulas.

— E tu... e tu vais comigo? — exclamou ela, juntando as mãos num gesto de súplica e olhando, desconfiada, para o velho, como se não ousasse nem acreditar numa felicidade tão plena.

— Natacha, onde está minha Natacha? Onde está ela? Onde está minha filha? — esse grito jorrou, afinal, do peito de nosso velho. — Devolvam-me minha Natacha! Onde está ela, onde? — e, pegando a muleta que eu lhe passara, ele se precipitou porta afora.

— Perdoou! Perdoou! — exclamou Anna Andréievna.

No entanto, o velho não chegou à saída. A porta se abriu rapidamente, e Natacha irrompeu no quarto, pálida, de olhos fulgentes, como se estivesse com febre. Seu vestido estava amarrotado e encharcado de chuva. O lencinho com que ela cobrira a cabeça descia até sua nuca, e sobre as espessas mechas de seus cabelos emaranhados cintilavam grossos respingos de chuva. Ela entrou correndo, avistou seu pai e, aos gritos, tombou de joelhos em sua frente, estendendo-lhe as mãos.

Capítulo IX

Mas ele já a segurava em seus braços!...

Agarrou Natacha e, levantando-a como uma criança, levou-a até sua poltrona, fez que ela se sentasse e caiu de joelhos em sua frente. Beijava-lhe as mãos e os pés; apressava-se a beijá-la, apressava-se a mirá-la, sôfrego, até se saciar, como se não acreditasse ainda que ela estava outra vez ao seu lado, que ele tornara a vê-la e a ouvi-la, sua filha, sua Natacha! Anna Andréievna abraçou-a, soluçando, apertou a cabeça dela ao seu peito e ficou assim, entorpecida naquele amplexo, incapaz de articular uma só palavra.

— Minha amiguinha!... Minha vida!... Minha alegria!... — exclamava o velho, sem nexo, pegando as mãos de Natacha e olhando, tal e qual um apaixonado, para seu rostinho pálido e magrinho, mas tão lindo, para seus olhos que brilhavam cheios de lágrimas. — Minha alegria, minha criança! — repetia e depois se calava de novo e fitava-a com uma adoração extática. — Por que, mas por que me disseram que ela havia emagrecido? — pronunciou com um ansioso sorriso quase infantil, dirigindo-se a nós todos, ainda ajoelhado na frente dela. — É verdade que está magrinha, palidazinha, mas vejam só como está bonita! Melhor ainda do que era antes, sim, melhor! — acrescentou, calando-se de má vontade por causa de sua dor espiritual, daquela dor prazenteira que parece partir a nossa alma ao meio.

— Levante-se, paizinho! Venha, levante-se — dizia Natacha. — Pois eu também quero beijar o senhor...

— Oh, querida! Ouves, Ânnuchka,[8] ouves como ela disse bem isso? — E o pai abraçou-a espasmodicamente. — Não, Natacha, sou eu, sou eu quem deve ficar prostrado aos teus pés até que meu coração ouça que tu me perdoaste, porque nunca, nunca poderei agora merecer esse teu perdão! Eu te rejeitei, eu te amaldiçoei — ouves, Natacha? —, eu te amaldiçoei, eu pude fazer isso!... E tu, Natacha, e tu pudeste acreditar mesmo que eu te tenha amaldiçoado! Pois acreditaste, sim, acreditaste! Não precisavas ter acreditado! Deverias não acreditar nisso apenas, simplesmente não acreditar! Coraçãozinho cruel! Por que é que não vieste aqui? Sabias bem como eu te acolheria!... Oh, Natacha, tu lembras como eu te amava antes; só que depois, e nesse tempo todo também, eu te amava o dobro, mil vezes mais que outrora! Eu te

---

[8] Forma diminutiva e carinhosa do nome russo Anna.

amava com todo o meu sangue! Arrancaria minha alma com sangue, fatiaria meu coração para jogá-lo aos teus pés!... Oh, minha alegria!

— Beije-me enfim, homem cruel, beije minha boca, beije meu rosto, como me beija a mãezinha! — exclamou Natacha com uma voz dolorosa, desfalecente, vibrante de seu choro feliz.

— E teus olhinhos também! E teus olhinhos também! Como antes, lembras? — repetia o velho ao abraçar sua filha longa e ternamente. — Oh, Natacha! Será que nos vias em sonhos, às vezes? Pois eu te via quase todas as noites, e todas as noites tu vinhas para mim, e eu chorava sobre ti, e uma vez tu vieste, como que pequena — quando tinhas apenas dez anos e só começavas a aprender a tocar piano, lembras? — vieste de vestidinho curto e de sapatinhos tão bonitinhos, com essas tuas mãozinhas vermelhas... pois as mãozinhas dela eram tão vermelhinhas, lembras, Ânnuchka?... vieste para mim e te sentaste no meu colo e me abraçaste... E tu, e tu, menina maldosa! E tu podias pensar que eu te havia amaldiçoado, que não te acolheria se acaso viesses!... Pois eu... escuta, Natacha: pois eu ia volta e meia até tua casa, só que tua mãe não sabia disso e ninguém sabia; ora ficava ali, embaixo das tuas janelas, ora esperava, esperava, às vezes, metade do dia, em algum lugar na calçada, perto do teu portão! Esperava para te ver sair, olhar para ti apenas de longe! E também uma vela ardia volta e meia, à noite, na tua janela; pois eu, Natacha, ia tantas vezes até tua casa para ver, pelo menos, aquela tua vela, para ver, pelo menos, a tua sombra naquela janela, para te dar minha bênção antes que fosses dormir. E tu me abençoavas assim à noite? Pensavas em mim? Teu coraçãozinho sentia que eu estava lá, embaixo da tua janela? E quantas vezes é que eu subia, no inverno, tarde da noite, a tua escada e ficava no patamar escuro, escutando através da porta para ouvir, por acaso, essa tua vozinha? Será que vais rir? Amaldiçoei? Pois eu fui, naquela noite, à tua casa: queria perdoar-te e só voltei para trás ao chegar até tua porta... Oh, Natacha!

O velho se levantou, puxou-a para fora da poltrona e apertou-a com muita, muita força, ao seu coração.

— Ela está aqui outra vez, juntinho ao meu coração! — exclamou. — Ó, meu Deus, agradeço-vos por tudo, por tudo mesmo, pela vossa ira e pela vossa misericórdia!... E pelo vosso sol que brilhou agora, após a tempestade, para nós! Agradeço-vos por todo este momento! Oh! Que sejamos nós humilhados, que sejamos nós ofendidos, mas estamos outra vez juntos, e que triunfem, sim, que se deleitem agora aqueles soberbos e arrogantes que nos humilharam e ofenderam! Que atirem sua pedra em nós! Não tenhas medo, Natacha... Vamos de mãos dadas, e eu direi para eles: eis aqui minha filha querida, minha filha bem-amada, minha filha imaculada que vocês ofenderam e humilharam, mas a quem eu cá, eu amo e a quem abençoo para todo o sempre!...

— Vânia! Vânia! — disse Natacha com uma voz fraca, estendendo sua mão para mim enquanto seu pai ainda a abraçava.

Oh, nunca me esquecerei de que naquele momento ela se lembrou de mim e chamou por mim!

— Mas onde está Nelly? — perguntou o velho, olhando ao seu redor.

— Ah, onde está ela? — exclamou a velhinha. — Minha querida! A gente deixou a menina sozinha!

Contudo, ela não estava mais nesse cômodo: esgueirara-se, sem ninguém perceber, para o quarto de dormir. Nós todos fomos lá. Nelly estava num canto, detrás da porta, e, toda medrosa, escondia-se de nós.

— O que tens, Nelly, minha criança? — exclamou o velho, querendo abraçá-la.

Mas a menina fixou nele um olhar estranhamente longo e...

— Mãezinha, onde está minha mãezinha? — balbuciou, como que inconsciente. — Onde está minha mãezinha, onde? — repetiu gritando, a estender suas mãos trêmulas para nós.

De súbito, um grito medonho, apavorante jorrou do seu peito; os espasmos lhe contraíram o rosto, e ela caiu no chão numa terrível crise de convulsões...

epílogo

As últimas recordações

Estamos em meados de junho. O tempo está quente a sufocar; é impossível permanecer na cidade: poeira, cal, prédios em reforma, pedras incandescentes, ar envenenado de miasmas... De súbito — oh, alegria! —, ouviu-se algures uma trovoada; ensombreou-se, pouco a pouco, o céu; o vento soprou, levando à sua frente baforadas de poeira urbana. Uns pingos caíram à terra, pesados e grossos, e pareceu logo que o céu inteiro se escancarou de repente, e toda uma torrente d'água desabou sobre a cidade. Quando, meia hora depois, o sol voltou a brilhar, eu abri a janela de meu cubículo e, avidamente, com todo o meu peito cansado, inalei o ar fresco. Já queria, entusiasmado, largar minha pena e todos os meus afazeres, e até mesmo aquele meu editor, e correr à casa *dos nossos*, lá na ilha Vassílievski. Mas, por maior que fosse a tentação, contive-me na hora e ataquei outra vez o papel com uma espécie de raiva: custasse o que custasse, precisava terminar o trabalho! Caso contrário, o editor que o encomendou não me pagará meu dinheiro. Esperam por mim *lá*, sim; em compensação, ficarei livre esta tarde, totalmente livre, igual ao vento, e esta tarde há de me recompensar os últimos dois dias e duas noites em que escrevi três folhas e meia de texto corrido.[1]

[1] Em conformidade com as normas editoriais da Rússia antiga e moderna, uma folha impressa de texto em prosa compõe-se de 40 mil caracteres.

Mas eis que, finalmente, meu trabalho está terminado; largo a pena e levanto-me entontecido, sentindo dores nas costas e no peito. Sei que neste momento meus nervos estão em pleno desarranjo; até me parece que ouço as derradeiras palavras que me disse o médico velhinho: "Não, nenhuma saúde suportará uma tensão dessas, porquanto é impossível!". Contudo, é possível por ora! Minha cabeça dá voltas; mal me aguento em pé, mas uma alegria, uma infinda alegria enche o meu coração. Minha novela está concluída, e meu editor, embora eu lhe deva agora bastante dinheiro, vai desembolsar, pelo menos, alguns trocados, assim que deitar a mão nela: nem que sejam apenas cinquenta rublos, faz muito tempo que não vejo uma quantia tão grande. Liberdade e dinheiro!... Exaltado como tenho estado, pego o chapéu e saio correndo a toda brida, meu manuscrito debaixo do braço, para encontrar em casa o nosso preciosíssimo Alexandr Petróvitch.

Encontro-o, mas ele já está de saída. O editor acaba, por sua vez, de finalizar uma especulação, a qual não tem nada a ver com a literatura, mas promete, em compensação, altos lucros, e, despedindo afinal um judeuzinho amorenado com quem passou duas horas seguidas em seu gabinete, estende-me, todo afável, a mão e pergunta-me, com aquele seu baixozinho macio e carinhoso, acerca de minha saúde. É um homem bondosíssimo, e eu lhe devo, brincadeiras à parte, muita coisa. Será ele culpado de ter sido, por toda a sua vida, *tão só* um empreendedor na área literária? Percebeu que a literatura necessitava de empreendedores e percebeu isso num momento bem oportuno: seja, portanto, honrado e glorificado — como empreendedor, bem entendido.

Com um agradável sorriso, ele fica sabendo que minha novela está concluída e que, desse modo, o próximo número de sua revista tem a parte principal garantida, e pasma-se com o fato de eu ter conseguido *concluir* uma obra qualquer, e conta, ao mesmo tempo, piadas engraçadíssimas. Depois se dirige ao seu baú de ferro, a fim de me entregar os cinquenta rublos prometidos, e mostra-me, enquanto isso, outra revista volumosa, a de nossos concorrentes, indicando algumas linhas em sua coluna das críticas que se referem inclusive, em duas palavras, à minha última novela.

Bem vejo que esse artigo é de um "copista". Não é que me reprove, nem é que me elogie, e fico muito contente. No entanto, aquele "copista" diz, entre outras coisas, que minhas obras em geral "cheiram a suor", ou seja, eu chego a suar tanto, ao passo que as componho polindo e lapidando, que o leitor se sente enjoado.

Nós dois gargalhamos, eu e meu editor. Comunico-lhe que minha recente novela foi escrita em duas noites e que acabei de escrever, em dois dias e duas noites, três folhas e meia... oh, se soubesse disso o "copista" que me censura pela excessiva pachorra e pela rija lentidão de meu trabalho!

— Todavia, Ivan Petróvitch, a culpa é do senhor mesmo. Por que se demora tanto que precisa virar a noite penando?

É claro que Alexandr Petróvitch é um homem simpaticíssimo, ainda que tenha um ponto fraco: exibir suas opiniões literárias notadamente a quem o compreenda, segundo ele próprio vem suspeitando, até o fundo da alma. Não me apetece, porém, deliberar com ele sobre a literatura; recebo meu dinheiro e pego o chapéu. Alexandr Petróvitch vai às Ilhas, onde se encontra a chácara dele, e, ouvindo que irei à Vassílievski, propõe-me complacentemente carona em sua carruagem.

— É que tenho cá uma carruagem toda novinha... Ainda não a viu? É muito bonitinha.

Descemos até o portão. Sua carruagem é, de fato, bem bonitinha, e nestes primeiros dias de sua posse Alexandr Petróvitch sente um extraordinário prazer em *dar carona* a seus conhecidos e até mesmo certa necessidade espiritual de fazê-lo.

Uma vez dentro da carruagem, Alexandr Petróvitch torna diversas vezes a discorrer sobre a literatura contemporânea. Não se confunde em minha presença e, com toda a tranquilidade, repete várias ideias de outrem, ouvidas dia desses no meio dos literatos em quem acredita e cuja opinião respeita. Aliás, ocorre-lhe respeitar, vez por outra, coisas escandalosas. Ocorre também que distorce as opiniões alheias ou então as insere onde não se deve inseri-las, de sorte que a mistura resulta intragável. Sentado como estou, escuto sem dizer palavra e fico atônito com a diversidade e a complexidade das paixões humanas. "Eta, que homem!" — penso com meus botões. — "Bem que poderia juntar ali sua dinheirama; mas não, busca também pela fama, pela fama literária, pela fama de um bom editor e crítico!"

Neste exato momento, ele se esforça para me participar, de forma bem detalhada, uma ideia literária que eu mesmo lhe participei há três dias e que ele refutou a discutir, três dias atrás, comigo mesmo, impondo-a agora como uma ideia sua. Entretanto, tal falta de memória acomete Alexandr Petróvitch a cada minuto, e essa pecha bem inocente destaca-o entre todos os seus conhecidos. Como está alegre agora, palestrando em *sua* carruagem; como está contente com seu destino, como está bem-humorado! Leva adiante essa conversa científico-literária, e mesmo seu baixozinho macio e decente manifesta sapiência. A conversa se torna, aos poucos, *por demais liberal*, e ele passa a expressar aquela convicção ingenuamente cética de que nem nas letras pátrias, nem mesmo em nenhuma espécie de letras, nunca pode haver probidade nem humildade alguma, e que só há "um arranca-rabo mútuo", sobretudo no início das assinaturas. Penso comigo que Alexandr Petróvitch tende a considerar qualquer literato honesto e sincero, justamente em razão de sua honestidade e sua sinceridade, se não imbecil, ao menos apalermado. Entenda-se bem que tal ponto de vista está diretamente ligado à extrema inocência de Alexandr Petróvitch.

Entrementes, não o escuto mais. Ao chegar à Vassílievski, ele me deixa descer da carruagem, e vou correndo à casa dos nossos velhos. Eis aqui a Décima Terceira linha, eis a casinha deles. Anna Andréievna ameaça-me com o dedo, tão logo me vê, fica agitando os braços e dizendo *psiu*! para que eu não faça barulho.

— Nelly acabou de adormecer, coitadinha! — cochicha-me ela depressa. — Não a acorde, pelo amor de Deus! Está, pois, tão fraca, minha pequenina. Tememos por ela. O doutor diz que não é nada, por enquanto. Mas será que ele pode dizer alguma coisa que preste, esse *seu* doutor? Não tem vergonha, hein, Ivan Petróvitch? A gente esperou por você, esperou para o almoço... já faz dois dias que você não vem!...

— Mas eu disse, anteontem ainda, que ficaria fora por dois dias — respondo cochichando a Anna Andréievna. — Precisava terminar meu trabalho...

— Só que prometeu que viria almoçar hoje! Por que é que não veio? Nelly se levantou por isso da sua caminha, meu anjinho; colocamos a menina numa poltrona bem cômoda e levamos para almoçar conosco. "Quero, pois, esperar por Vânia com vocês"... só que esse nosso Vânia nem apareceu. Já vai para as seis horas, não vai? Onde foi que se meteu? Mas que pecadores, hein? Deixaram a pequena tão tristezinha que eu nem sabia mais como distraí-la... ainda bem que pegou no sono, minha queridinha. E Nikolai Serguéitch saiu de casa, ainda por cima (voltará para tomar chá!); estou com medo, aqui sozinha... Já, já vai arrumar um cargo, Ivan Petróvitch; mas é só eu pensar que será em Perm,[2] minha alma fica toda gelada...

— E onde está Natacha?

— Está no jardinzinho, minha filhinha, no jardinzinho! Vá vê-la... Ela também está meio assim, não sei por quê... Nem atino mais... Oh, Ivan Petróvitch, como me pesa na alma! Ela me assegura que está alegre e contente, mas eu cá não acredito... Vá falar com ela, Vânia; depois me contará, em segredo, o que ela tem... Ouviu?

Contudo, não escuto mais Anna Andréievna: vou correndo àquele jardinzinho. Contíguo à casa, ele tem uns vinte e cinco passos de comprimento e outros tantos de largura, está todo verdejante. Há por ali três velhas árvores, altas e frondosas, umas pequenas bétulas, uns pés de lilás e de madressilva, um cantinho plantado de framboesa, dois canteiros de morango e duas veredas estreitas e sinuosas que se cruzam atravessando o jardinzinho. Nosso velho, que o adora, anda asseverando

[2] Grande cidade russa, situada na região dos montes Urais.

que, daqui a pouco, haverá nele também cogumelos. Mas o principal é que Nelly gostou muito do jardinzinho e que a levam volta e meia, sentada numa poltrona, até uma daquelas veredas — e Nelly é agora o ídolo de toda a família. Mas... eis aqui Natacha: acolhendo-me com alegria, ela me estende a mão. Como está magra e pálida! Também acaba de se recuperar da sua doença.

— Terminou seu trabalho, Vânia? — pergunta-me ela.

— Terminei mesmo! Vou ficar livre a tarde toda.

— Que bom, graças a Deus! Trabalhou apressado? Fez fancaria?

— Como não? Aliás, não faz mal. Chego a desenvolver, com um trabalho tão pesado assim, certa irritação nervosa bem especial: penso então com mais clareza, sinto mais viva e profundamente, até o estilo se submete a mim por completo, de modo que mais me esforço e melhor escrevo. Está tudo bem comigo...

— Eh, Vânia, Vânia!

Percebo que nestes últimos tempos Natacha tem sentido horríveis ciúmes de meu sucesso literário, de minha fama. Anda relendo tudo quanto publiquei de um ano para cá, indaga-me a cada minuto sobre os meus novos projetos, demonstra interesse por todas as críticas que me dizem respeito, zangando-se com algumas e desejando que eu consiga sem falta uma posição relevante na literatura. Seus desejos se exprimem com tanta força e persistência que acabo mesmo surpreso com o atual rumo deles.

— Ficará esgotado, Vânia, e nada mais — diz-me Natacha —; violentará a si mesmo e ficará esgotado. Além disso, vai estragar a saúde. Veja bem: S*** escreve uma só novela em dois anos, e N*** gastou dez anos com um só romance. Mas como as obras deles são caprichadas, como são primorosas! A gente não acha lá nem a mínima falha.

— Mas eles são abastados e não têm prazos para escrever... Quanto a mim, sou aquele rocim dos correios! Pois bem, tudo isso é uma bobagem! Vamos deixar para lá, minha amiga. E aí, tem alguma novidade?

— Tenho várias. Em primeiro lugar, uma carta *dele*.

— Mais uma?

— Sim.

E Natacha me entrega uma carta de Aliocha. Já é a terceira carta desde a sua separação. A primeira era de Moscou, escrita numa espécie de desvario. Aliocha comunicou que o concurso de circunstâncias não lhe permitia, em caso algum, retornar de Moscou a Petersburgo, conforme fora combinado na hora da despedida. Em sua segunda carta, ele se apressou a informar que voltaria um dia desses a fim de se casar com Natacha o mais rápido possível, que sua decisão estava tomada e que não havia forças capazes de embargá-la. No entanto, o próprio tom de toda essa carta deixou bem claro que o rapaz estava desesperado, que as influências alheias já o tinham dominado completamente e que ele não acreditava mais em si mesmo. Disse de passagem, aliás, que Kátia era sua Providência e que apenas ela o consolava e arrimava... Sôfrego como estou, abro a mais recente, a *terceira* carta dele.

Essa carta ocupava duas folhas, tinha sido escrita de forma entrecortada e desconexa, às pressas e sem cuidado algum, além de manchada de tinta e lágrimas. Aliocha começava por renegar Natacha e pedir que ela o esquecesse. Buscava provar que sua união seria impossível, que as influências alheias e hostis eram mais fortes que tudo e que, afinal de contas, haveria de ser assim mesmo: tanto ele próprio quanto Natacha estariam infelizes, quando juntos, por serem desiguais. Todavia, ele não aguentava mais e, de repente, abandonando suas deliberações e provas sem rasgar nem jogar fora a primeira metade da carta, logo confessava às escâncaras que tratava Natacha como um malfeitor, que era um homem perdido e não tinha forças para se opor às vontades de seu pai, o qual também viera para a fazenda. Escrevia que não conseguia expressar o seu sofrimento; reconhecia, entre outras coisas, que se considerava plenamente apto a tornar Natacha feliz e passava de supetão a provar que eles dois eram bem iguais; repelia os argumentos do pai com obstinação e fúria; desesperado que estava, pintava a bem-aventurança de toda aquela vida que levariam ambos, ele próprio e Natacha, depois de se casarem, amaldiçoava a si mesmo por ser pusilânime e despedia-se para todo o sempre! A carta tinha sido escrita com dor; pelo visto, Aliocha a escrevera fora de si... As lágrimas umedeceram meus olhos. Natacha me estendeu outra carta, escrita por Kátia. Essa carta chegara no mesmo envelope que a de Aliocha, porém estava lacrada em separado. Assaz brevemente, em poucas linhas, Kátia informava que Aliocha estava, de fato, muito abatido, chorava amiúde, como que tomado de desespero, até passava um tanto mal, mas que *ela* estava ao seu lado e ia torná-lo feliz. De resto, Kátia procurava dissuadir Natacha de pensar que Aliocha pudesse consolar-se tão cedo e que sua tristeza não fosse nada séria. "Ele jamais se esquecerá de você" — acrescentava Kátia — "nem sequer poderá esquecê-la, porque o coração dele não é assim: ama você infinitamente, vai amá-la sempre, de sorte que, se deixar de amá-la um dia, se um dia não sentir mais tristeza ao recordá-la, eu mesma deixarei, portanto, de amá-lo na mesma hora...".

Devolvi a Natacha ambas as cartas; trocamos um olhar, mas não dissemos uma só palavra. Assim fizéramos também ao receber as duas primeiras cartas; de modo geral, evitávamos agora falar de nosso passado, como se isso tivesse sido combinado entre nós dois. Seu sofrimento era insuportável, eu reparava nisso, mas ela não queria explicar-se nem mesmo comigo. Voltando à casa dos pais, ficara três semanas acamada, com febre, e agora acabava justo de convalescer. Falávamos pouco, inclusive, da próxima mudança, conquanto ela soubesse que o velho estava para conseguir um cargo e que teríamos logo de nos separar. Não obstante, ela me tratava com tanta ternura e atenção, preocupava-se tanto com tudo o que me concernia, nesse tempo todo, escutava tudo quanto eu devia contar-lhe sobre mim com tanto desvelo perseverante que isso me causava, a princípio, certo constrangimento: parecia-me que Natacha queria recompensar meu passado. Mas esse constrangimento se desvaneceu rápido: compreendi que seu desejo era bem diferente, que ela me amava *apenas*, amava imensamente, que não podia viver sem mim, sem se preocupar com tudo o que me concernia, e acho que nunca uma irmã amou tanto seu irmão quanto Natacha me amou a mim. Eu sabia muito bem que a próxima separação a torturava, que ela vivia sofrendo; Natacha sabia, por sua vez, que eu tampouco podia viver sem ela; entretanto, não falávamos disso, se bem que levássemos conversas circunstanciadas sobre o que estava por vir...

Perguntei por Nikolai Serguéitch.

— Acho que vai voltar daqui a pouco — respondeu Natacha. — Prometeu vir na hora do chá.

— Anda cuidando de seu emprego, o tempo todo?

— Sim... Aliás, não há mais dúvida de que receberá aquele cargo. Nem precisava sair hoje, pelo que me parece — acrescentou ela, meditativa. — Poderia ir amanhã.

— Então por que foi que saiu?

— Foi porque eu recebi a carta... Está tão *doente* por minha causa — prosseguiu Natacha, após um breve silêncio — que eu mesma me aflijo com isso, Vânia. Parece que ele me vê, só a mim, até em seus sonhos. Tenho certeza de que nem cogita de outras coisas senão de como estou, da vida que levo, do que penso agora. Qualquer angústia minha repercute nele. Pois eu cá percebo como ele tenta, de vez em quando, reprimir suas emoções e fazer de conta, todo desajeitado, que não se entristece comigo, finge-se de alegre, faz questão de rir e de nos divertir. A mãezinha também se aflige nesses momentos: não acredita no riso dele e fica suspirando... Também está tão desajeitada... Uma alma aberta! — adicionou, rindo. — Logo que recebi hoje essas cartas, ele teve de ir correndo embora, para não ter de olhar nos meus olhos... Amo-o mais que a mim mesma, mais que a todos no mundo, Vânia — disse em seguida, abaixando a cabeça e apertando-me a mão — até mais que a você...

Atravessamos duas vezes o jardim, antes que Natacha se pusesse outra vez a falar.

— Maslobóiev veio hoje aqui, e ontem também — disse ela.

— Sim, tem vindo aqui muitas vezes, nos últimos tempos.

— E sabe por que ele vem? A mãezinha acredita nele como não sei mais em quem. Conhece, segundo ela, tão bem aquilo tudo (as leis e todo o mais...) que pode resolver qualquer problema que seja. O que é que está matutando agora, como acha? Sente, no íntimo, muita dor e pena, porque eu não me tornei uma princesa. Essa ideia não a deixa viver em paz, e parece que ela a compartilhou toda com Maslobóiev. Tem medo de falar nisso com o pai e fica pensando: será que Maslobóiev pode ajudá-la de algum jeito, será que pode recorrer, pelo menos, às leis? Maslobóiev não a contradiz, pelo que me parece, e ela lhe serve vinho e mais vinho — acrescentou Natacha, com um sorriso.

— É bem no estilo daquele patusco. Mas como é que você sabe disso?

— Foi a mãezinha que deixou escapar... umas alusões lá...

— E Nelly? Como ela está? — perguntei.

— Até me espanto com você, Vânia: não perguntou ainda por ela! — disse Natacha, em tom de reproche. Nelly era o ídolo de todos, naquela casa. Natacha gostava muito dela, e Nelly também lhe entregara, por fim, todo o seu coração. Pobre criança! Nem esperava que viesse a encontrar, algum dia, essas pessoas, que encontrasse nelas tanto amor, e foi com alegria que eu percebi: seu coração exasperado se abrandara, sua alma se abrira para todos nós. Ela aceitou o amor que lhe dedicávamos com certo ardor doentio, contrário a todo aquele passado que fizera crescerem nela a desconfiança, a ira e a teimosia. Aliás, Nelly continuava ainda a teimar, escondendo-nos longa e propositalmente as lágrimas de conciliação, que se acumulavam devagarinho, e afinal se entregou toda ao nosso amor. Passou a gostar muito de Natacha, depois do velho. Quanto a mim, transformei-me em algo tão necessário para ela que sua doença recrudescia quando eu não vinha por muito tempo. Da última vez, despedindo-me dela por dois dias para terminar enfim o trabalho do qual descuidara, tive de lançar mão, na intenção de persuadi-la, de todos os argumentos... evasivos, bem entendido. Nelly se envergonhava ainda com a manifestação por demais reta e abnegada de seus sentimentos...

Nós todos nos preocupávamos muito com ela. Fora decidido, em silêncio e sem controvérsia alguma, que ela ficaria para sempre na casa de Nikolai Serguéitch; entretanto, a hora de partir estava chegando, e a menina piorava a olhos vistos. Tinha adoecido naquele mesmo dia em que fôramos nós dois, eu e ela, à casa dos velhos, no dia da reconciliação deles com Natacha. Aliás, o que estou dizendo? Já então ela estava doente. Sua doença vinha crescendo aos poucos, bem antes daquele dia, mas agora se agravava com uma rapidez extraordinária. Não conheço aquela doença nem posso defini-la ao certo. É verdade que as crises se repetiam um tanto mais frequentes que dantes, mas o principal é que uma exaustão, um esgotamento geral de suas forças, seu permanente estado de febre e ansiedade — tudo isso fez que, nesses últimos dias, Nelly não se levantasse mais da cama. E, coisa estranha: quanto mais ela se via vencida pela doença, tanto mais dócil, mais carinhosa, mais confiante para conosco se tornava. Passando eu, havia três dias, perto de sua caminha, pegou minha mão e puxou-me para si. Ninguém mais estava no quarto. Seu rosto ardia todo (ela emagrecera demais), seus olhos fulgiam como uma chama. Espasmodicamente, apaixonadamente, ela me estendeu suas mãos e, quando me inclinei sobre ela, envolveu-me o pescoço com seus bracinhos morenos e tão magrinhos, beijou-me com força e, logo a seguir, mandou que chamasse Natacha. Fui chamá-la: Nelly queria que Natacha se sentasse sem falta em sua cama e olhasse para ela...

— Eu mesma quero olhar para você — disse a menina. — Vi-a em sonho, ontem à noite; vou sonhar com você hoje de novo... sonho frequentemente com você... todas as noites...

Decerto queria externar alguma sensação que a sufocava por dentro, mas não abrangia, ela própria, seus sentimentos nem sabia como exprimi-los...

Amava Nikolai Serguéitch quase mais que a todo mundo, salvo a mim. Cumpre-me dizer que Nikolai Serguéitch a amava, por sua vez, quase tanto quanto a Natacha. Tinha uma capacidade surpreendente, a de distrair Nelly e de fazê-la rir. Assim que entrava no quarto dela, começavam risadas e até mesmo travessuras. A mocinha doente se alegrava como uma criança, coqueteava com o velho, zombava um pouco dele, contava-lhe seus sonhos e toda vez inventava alguma coisa, pedia que também contasse o que vira em sonho, e o velho ficava tão contente, tão feliz, olhando para a "sua filhinha Nelly", que se encantava, dia após dia, cada vez mais com ela.

— Foi Deus quem a mandou para todos nós em recompensa de nossos sofrimentos — disse-me certa feita, saindo do quarto de Nelly ao benzê-la, como de praxe, à noite.

Volta e meia, quando nos reuníamos todos ao escurecer (Maslobóiev também vinha quase todas as tardes), visitava-nos o velho doutor, que se apegara aos Ikhmeniov com toda a sua alma; trazíamos igualmente Nelly em sua poltrona, acomodando-a conosco à mesa redonda. Abríamos a porta da varanda. Todo verde, alumiado pelo sol no ocaso, o jardinzinho se espraiava em nossa frente. Sentiam-se lá os aromas de plantas frescas e do lilás que acabava de se enflorar. Sentada em sua poltrona, Nelly olhava carinhosamente para nós todos e prestava atenção à nossa conversa. Também se animava, vez por outra, e começava a falar cheia de discrição... Nós todos costumávamos, todavia, escutá-la até mesmo com inquietude naquelas ocasiões, havendo em suas recordações vários temas que não se podia abordar. Tanto eu, quanto Natacha e os Ikhmeniov, sentíramos e reconhecêramos toda a nossa culpa perante a menina naquele dia em que ela, trêmula e extenuada, fora *obrigada* a contar-nos sua história. O doutor, sobretudo, estava contra aquelas recordações, e tentávamos logo mudar de conversa. Em tais casos, Nelly buscava fingir que despercebia nossos esforços, passando a gracejar com o doutor ou com Nikolai Serguéitch...

Não obstante, ela se sentia cada vez pior. Tornou-se extremamente suscetível. Seu coração batia de forma irregular. O doutor chegou mesmo a dizer-me que ela poderia morrer dentro em pouco. Não contei disso aos Ikhmeniov para que não se alarmassem. Nikolai Serguéitch tinha plena certeza de que a menina ficaria boa antes de viajarem.

— Eis que o paizinho voltou — disse Natacha ao ouvir a voz dele. — Vamos lá, Vânia.

Mal atravessou a soleira, Nikolai Serguéitch pôs-se a falar, conforme seu hábito, em voz alta. Anna Andréievna agitou os braços para que moderasse o tom. O velho se aquietou logo e, vendo-me com Natacha, passou a contar, sussurrando com um ar ansioso, sobre o resultado de suas medidas: o cargo pelo qual vinha procurando estava garantido, e o velho se mostrava muito contente.

— Daqui a duas semanas poderemos ir — disse, esfregando as mãos, e olhou de esguelha para Natacha, um tanto preocupado. Mas a filha lhe respondeu com um sorriso e veio abraçá-lo, de modo que suas dúvidas se esvaíram num átimo.

— Iremos, iremos, meus amigos, iremos! — tornou a falar, alegrando-se. — Só você, Vânia, só faz pena a gente se despedir de você... (Notarei que não me propusera nenhuma vez ir embora com eles, o que, a julgar pelo seu caráter, teria feito indubitavelmente... se as circunstâncias fossem outras, ou seja, se ele ignorasse o meu amor por Natacha.)

— O que fazer, meus amigos, fazer o quê! Estou com dó, Vânia, mas a mudança de climas vai revigorar a nós todos... A mudança de climas, quer dizer, a mudança de *tudo*! — acrescentou, mirando de novo a filha.

Acreditava nisso e rejubilava-se com sua crença.

— E Nelly? — perguntou Anna Andréievna.

— Nelly? Pois bem... ela está doentinha, minha querida, mas até lá ficará certamente boa, não é? Já se sente melhor: como acha, Vânia? — replicou o velho, como que assustado, e encarou-me inquieto, como se coubesse precisamente a mim tirá-lo dessa perplexidade. — Como ela está? Dormiu bem? Não aconteceu nada com ela? Será que está acordada agora? Sabes, Anna Andréievna: vamos colocar logo a nossa mesinha ali no terraço; trarão o samovar, os nossos virão para cá, nós todos nos sentaremos e Nelly virá também ficar com a gente... Está bem assim. Será que ela já acordou mesmo? Vou vê-la. Só vou olhar... não a acordarei, não te preocupes! — arrematou, vendo Anna Andréievna agitar novamente os braços.

Contudo, Nelly já havia acordado. Um quarto de hora mais tarde, todos nós estávamos à mesa, sentados, como de costume, ao redor do samovar vespertino.

Trouxéramos Nelly em sua poltrona. Viera o doutor, viera também Maslobóiev. Presenteara Nelly com um grande ramalhete de lilases; porém, estava angustiado, ele mesmo, e parecia irritado por alguma razão.

Diga-se de passagem que Maslobóiev vinha quase todos os dias. Eu já dissera que todos, em especial Anna Andréievna, gostavam muitíssimo dele, se bem que nunca se pronunciasse, em nosso meio, uma só palavra acerca de Alexandra Semiônovna; aliás, não a mencionava nem Maslobóiev em pessoa. Informada por mim de que Alexandra Semiônovna não se tornara ainda sua esposa *legítima*, Anna Andréievna resolveu consigo mesma que não se podia nem recebê-la em casa nem sequer falar dela. Foi o que fez, e isso caracterizava nitidamente Anna Andréievna como tal. De resto, se Natacha não morasse com ela e, o principal, se não tivesse ocorrido o que ocorrera, ela não estaria, talvez, assim tão melindrosa.

Naquela tarde, Nelly estava, de certa forma, sobremodo triste e mesmo se afligia com alguma coisa. Parecia que tivera um sonho mau e agora refletia nele. Não obstante, alegrou-se muito com o presente de Maslobóiev, olhando com prazer para as flores que tínhamos colocado, num copo, em sua frente.

— Gostas, pois, tanto de florzinhas, Nelly? — perguntou o velho. — Espera aí! — prosseguiu, animado. — Amanhã mesmo... pois bem, tu mesma vais ver!...

— Gosto — respondeu Nelly — e lembro como saudávamos minha mãezinha com flores. Ainda quando vivíamos *ali* (esse *ali* significava agora "no estrangeiro"), ela ficou, por um mês inteiro, muito doente. Então combinamos, eu e Heinrich, que quando ela se levantasse e saísse pela primeira vez do seu quarto, de onde não tinha saído por um mês, enfeitaríamos todos os quartos com flores. E foi assim que fizemos. Minha mãezinha tinha dito à noite que sairia sem falta, na manhã seguinte, para tomar o café conosco. A gente acordou muito, mas muito cedo. Heinrich trouxe muitas flores, e fomos enfeitar a casa toda com folhas verdes e guirlandas. Havia lá hera e aquelas folhas largas — nem sei como se chamam — e também outras folhas, aquelas que grudam em tudo, e flores brancas, tão grandes assim, e narcisos — eu gosto delas mais que de todas as outras flores — e rosas, aquelas rosas bonitas, e muitas, muitas flores ainda. Penduramos aquelas guirlandas e colocamos flores em potes, só que algumas das flores pareciam ser árvores inteiras, e nós as colocamos em potes grandes; pusemos aquelas flores pelos cantos e junto às poltronas da mãezinha, e, quando ela saiu, ficou surpresa e muito alegre, e Heinrich também ficou alegre... Eu me lembro disso agora...

Naquela tarde, Nelly estava, de certa forma, sobremodo fraca e nervosa. O doutor fitava-a com inquietude. Mas ela queria falar. Por muito tempo, até anoitecer, contava sobre a vida que levara outrora *ali*; não a interrompíamos. *Ali*, viajara bastante com sua mãezinha e Heinrich, e as antigas recordações ressurgiam nítidas em sua memória.

Contava, toda emocionada, sobre os céus azuis, as altas montanhas cobertas de neve e gelo, que vira de passagem, e as cataratas serranas; a seguir, sobre os lagos e vales da Itália, as suas flores e árvores, sobre os camponeses, suas roupas e seus rostos morenos e olhos negros; contava sobre vários encontros e incidentes que eles haviam vivenciado. Depois se referia às grandes cidades e aos palácios, a uma alta igreja cuja cúpula se iluminava toda, repentinamente, com luzes multicolores; depois a uma cálida cidade meridional cujo céu e cujo mar eram azuis... Ainda nunca Nelly nos contara as suas lembranças de maneira tão detalhada. Nós a escutávamos com tensa atenção. Até então só conhecêramos, todos nós, aquelas outras lembranças dela, as ambientadas numa cidade sombria e lúgubre, com sua atmosfera opressiva e entorpecente, seu ar pestilento, suas mansões luxuosas e sempre enlameadas; com seu sol baço e pobre, com sua gente maldosa e amalucada que fizera a menina e sua mãezinha sofrerem tanto. Imaginei-as naquele sujo porão, ambas deitadas, numa tarde úmida e nublada, em sua mísera cama, abraçando-se e rememorando o passado delas e Heinrich, já finado, e os milagres de outras terras... Imaginei também Nelly a recordar tudo isso sozinha, já sem a mãezinha dela, nos dias em que Búbnova procurava vencê-la com a crueldade animalesca de suas surras e obrigá-la a enveredar por um mau caminho...

Por fim, Nelly se sentiu mal, e nós a levamos de volta para o quarto. Nosso velho se assustou muito e ficou aborrecido de termos deixado a menina falar tanto. Ela teve uma crise semelhante ao torpor, a mesma que já lhe acontecera algumas vezes. Quando a crise terminou, Nelly pediu insistente para me ver a mim. Precisava dizer-me algo a sós. Pedia tanto que, daquela feita, o doutor exigiu pessoalmente que seu desejo fosse cumprido e que todos saíssem do quarto.

— Eis o que é, Vânia — disse Nelly, quando ficamos a sós. — Eu sei: eles acham que vou embora com eles, só que não vou, não, porque não posso, e ficarei por enquanto com você; era isto que precisava dizer.

Tentei dissuadi-la, dizendo que todos gostavam dela tanto assim, na casa dos Ikhmeniov, como se fosse a filha caçula deles. Que todos lamentariam muito se ela ficasse. Que em minha casa, pelo contrário, sua vida seria penosa, e que, apesar de amá-la muito, eu mesmo não teria outro recurso senão me separar dela.

— Não posso, não! — respondeu Nelly, com insistência. — É que vejo frequentemente minha mãezinha em sonhos, e ela me diz para não ir embora com eles e para ficar aqui; ela diz que pequei muito, que deixei meu avô sozinho, e chora sem parar quando diz isso. Quero ficar aqui e cuidar de meu avô, Vânia.

— Mas teu avô já morreu, Nelly — disse eu, ouvindo-a com espanto.

A menina pensou um pouco e fitou-me, atenta.

— Conte para mim, Vânia, mais uma vez — disse — como morreu meu avô. Conte tudo e não omita nada.

Fiquei atônito com essa sua exigência, porém me pus a contar todos os pormenores. Suspeitava que a menina delirasse ou, pelo menos, que sua mente não estivesse ainda bem clara depois da crise.

Nelly escutou meu relato com atenção, e lembro-me da fixidez de seus olhos negros e da perseverança com que me seguia, enquanto eu contava, aquele brilho mórbido e febril deles. O quarto já estava escuro.

— Não, Vânia, ele não morreu! — disse Nelly, resoluta, depois de ouvir tudo e de refletir outra vez. — A mãezinha me fala frequentemente do meu avô e, quando eu lhe disse ontem: "Mas meu avô já morreu!", ficou muito triste, começou a chorar e disse para mim que não, que me tinham contado aquilo de propósito e que ele anda agora e pede esmola "do mesmo jeito que nós duas pedíamos antes" — assim dizia a mãezinha —, "e anda, o tempo todo, naquele mesmo lugar onde nós o encontramos pela primeira vez, quando eu caí na frente dele e quando o Azorka me reconheceu...".

— É um sonho, Nelly, um sonho doentio, porque estás agora doente, tu mesma — disse-lhe eu.

— E eu cá pensava comigo que fosse apenas um sonho — respondeu Nelly — e não falava disso com ninguém. Queria contar tudo só para você. Mas hoje, quando você não veio e eu adormeci, vi também meu avô em sonho. Ele estava sentado ali, em sua casa, esperando por mim, e estava tão feio e magro, e disse que não comia nada havia dois dias, nem o Azorka, e muito se zangava comigo e me censurava. Também me disse que não tinha mais rapé para cheirar e que, sem aquele rapé, não podia mais viver. E foi mesmo, Vânia, que ele me disse isso uma vez antes, já depois que minha mãezinha tinha morrido, quando fui à casa dele. Então já estava todo doente e não entendia mais quase nada. E, logo que o ouvi repetir isso hoje, pensei: vou ficar lá, sobre a ponte, e pedir esmola; quando juntar um dinheirinho, vou comprar, de uma vez, pão e batata cozida e rapé para ele. E, como se ficasse lá pedindo esmola, vejo meu avô andar por perto: demora um pouco, depois se aproxima de mim, confere quanto dinheiro eu já recebi e pega aquele dinheiro todo. "Isso"

— ele me diz — "é para comprar meu pão, e agora pede aí para comprar meu rapé". Fico pedindo, e ele vem e toma o dinheiro. Então digo para ele que não precisa cobrar, que lhe entregarei tudo, que não esconderei um copeque para mim mesma. "Não" — diz meu avô —, "estás roubando de mim. Ainda Búbnova me dizia que eras uma ladra, por isso é que nunca te deixarei morar comigo. Onde foi que meteste mais um *piatak*?". Fiquei chorando, porque ele não acreditava em mim, mas ele não me escutava e gritava o tempo todo: "Roubaste aí um *piatak*!" — e me espancou então ali mesmo, sobre a ponte, e doeu muito. E eu chorei tanto assim... Por isso é que pensei agorinha, Vânia, que meu avô devia mesmo estar vivo e que andava sozinho, em algum lugar, esperando que eu fosse até ele...

Passei de novo a exortar Nelly, a tentar dissuadi-la, e pareceu-me enfim que a fizera mudar de ideia. Ela respondeu que tinha agora medo de adormecer, porque sonharia com seu avô. Acabou por me abraçar com força...

— Ainda assim, não posso abandonar você, Vânia! — disse-me, apertando sua carinha ao meu rosto. — Ainda que tenha meu avô, nunca irei abandonar você.

Todos naquela casa estavam assustados com a crise que acometera Nelly. Contei baixinho todos os sonhos dela para nosso doutor e perguntei, em definitivo, o que ele pensava de sua doença.

— Nada está claro ainda — respondeu ele, meditativo. — Por ora, ando conjeturando, refletindo, observando, mas... nada está claro. De modo geral, a recuperação é impossível. Ela vai morrer. Não digo isto para eles, porquanto o senhor me pediu assim, mas sinto pena e, amanhã mesmo, vou convocar uma junta médica.

Pode ser que a doença tome, depois da consulta, outros rumos. Mas sinto tanta pena dessa menina, como se fosse minha filha... Doce menina, doce! E que mente travessa é que ela tem!

Nikolai Serguéitch estava especialmente preocupado.

— Inventei uma coisa, Vânia — disse —: ela gosta muito de flores. Sabe o que vamos fazer? Vamos arranjar para ela amanhã, quando despertar, a mesma recepção com flores que ela arranjou, com aquele Heinrich, para sua mãezinha — ainda hoje falou naquilo... E foi com tanta emoção que falou...

— Justamente: com emoção — respondi. — E as emoções são agora nocivas para ela...

— Sim, mas as emoções agradáveis são outra coisa! Pode crer, meu querido, pode crer nesta minha experiência: as emoções agradáveis não fazem mal. As emoções agradáveis podem, inclusive, curar, beneficiar a saúde da gente...

Numa palavra, a invenção do velho seduzia tanto a ele próprio que logo ficou entusiasmado com ela. Não se podia mais contradizê-lo. Pedi que nosso doutor me aconselhasse, mas, antes mesmo que este se dispusesse a pensar no assunto, o velho pegou seu boné e foi correndo preparar a surpresa.

— É o seguinte — disse-me, ao sair —: há uma estufa aqui perto, uma estufa bem rica. Os jardineiros vendem as flores, a gente pode conseguir várias, e muito baratas!... Até me espanto, como são baratas! Vá inculcar isso a Anna Andréievna, senão ela se zangará logo com as despesas... Pois bem... Ah, sim, mais uma coisa, amigo: aonde é que vai agora? Já labutou bastante, terminou seu trabalho... por que se apressaria, pois, a voltar para casa? Fique dormindo aqui, no quartinho de cima — como antigamente, lembra? Seu colchão e sua cama, está tudo no mesmo lugar, ninguém mexeu. Vai dormir que nem o rei francês. Fique conosco, hein? Amanhã vamos acordar cedinho, trarão aquelas flores, e, lá pelas oito horas, enfeitaremos juntos a sala toda. E Natacha nos ajudará, já que tem mais gosto do que nós dois... Concorda, hein? Vai pernoitar aqui?

Decidimos que eu ficaria para dormir. O velho arranjou tudo. O doutor e Maslobóiev despediram-se e foram embora. Deitava-se cedo na casa dos Ikhmeniov, às onze horas da noite. Maslobóiev estava todo pensativo, quando saía; quis dizer-me alguma coisa, mas deixou a conversa para a próxima ocasião. Mas quando me despedi dos velhos e subi àquele meu quartinho, vi-o, para minha surpresa, de novo. Esperava por mim sentado a uma mesinha, folheando um livro qualquer.

— Voltei do meio do caminho, Vânia, porque é melhor que te conte agora. Senta-te, vem... Vê se me entendes: o negócio todo é tão bobo que até fico chateado...

— Mas o que é?

— É que aquele teu príncipe me enraiveceu ainda duas semanas atrás, canalha; enraiveceu tanto que até hoje estou com raiva.

— O que foi, diga? Será que continua andando com o príncipe?

— E eis que me dizes aí: "o que foi, diga?", como se tivesse acontecido Deus sabe o quê! Tu, mano Vânia, és igualzinho a minha Alexandra Semiônovna e a todo aquele mulherio insuportável em geral... Detesto o mulherio!... É só uma gralha grasnar, e vem logo "o que foi, diga?".

— Não se zangue, não.

— Mas não estou zangado... só que é preciso ver todo e qualquer negócio de modo comum, sem exageros... eis o que é.

Fez uma breve pausa, como se estivesse ainda zangado comigo. Eu não o forçava a falar.

— Vê se me entendes, mano — recomeçou ele —: encontrei uma pista... quer dizer, não a encontrei, pois não houve, no fundo, pista nenhuma, só me pareceu que a tinha encontrado... ou seja, acabei deduzindo de certas reflexões minhas que Nelly... talvez... Ora, numa palavra, talvez seja a filha legítima do príncipe.

— Jura?

— E eis que rugiste: "jura?"! Ou seja, não dá mais para dizer nadinha de nada àquela gente! — exclamou ele, com um gesto desesperado — Será que te disse algo positivo, hein, cabeça de vento? Será que te disse que era *comprovadamente* a filha *legítima* do príncipe? Disse ou não?...

— Escute, minha alma — interrompi-o, todo emocionado. — Não grite, pelo amor de Deus, e explique-se precisa e claramente. Juro por Deus que vou entender você. Mas entenda também até que ponto esse assunto é importante e que consequências...

— Pois é, as consequências, mas de quê? Onde estão as provas? As coisas não se fazem desse jeito, e agora estou falando contigo em sigilo. E por que comecei esta conversa, vou explicar depois. Porque era preciso, quer dizer. Fica aí calado, escuta e sabe que tudo isto é um segredo...

"Ocorreu o seguinte. Ainda no inverno, antes ainda de Smith falecer, o príncipe acabava de voltar de Varsóvia e abriu essa investigação. Quer dizer, tinha sido aberta bem antes, ainda no ano passado. Mas então ele procurava uma coisa, e agora se pôs a procurar outra. O principal é que tinha perdido o fio da meada. Fazia treze anos que abandonara Smítikha[3] em Paris, separando-se dela para sempre, mas continuava a espiá-la o tempo todo, durante esses treze anos, sabia que ela vivia com aquele Heinrich, de quem falávamos hoje, sabia que tinha uma filha chamada Nelly, sabia que era doente, ela própria; estava, numa palavra, a par de tudo, só que perdeu de repente o fio. E isso aconteceu, ao que parece, pouco depois da morte de Heinrich, quando Smítikha ia voltar para Petersburgo. É claro que o príncipe logo a encontraria em Petersburgo, fosse qual fosse o nome que ela usasse ao voltar para a Rússia; porém, o problema é que seus informantes estrangeiros o ludibriaram com um testemunho falso: asseguraram-lhe que ela morava numa cidadezinha tosca, lá no sul da Alemanha, mas estavam ludibriados, por mero descuido, eles mesmos — teriam confundido uma pessoa com a outra. Assim se passou um ano, ou mais. Ao cabo daquele ano, o príncipe começou a duvidar: havia certos indícios que o faziam crer, desde antes ainda, que não era bem ela. Daí a questão: que fim é que teria levado a verdadeira Smítikha? E teve então a ideia (sem indício algum, ao acaso): será que estava em Petersburgo? Enquanto uma devassa se desdobrava no estrangeiro, empreendeu outra por aqui, mas não queria, pelo visto, trilhar aquele caminho por demais oficial; então me conheceu. Fui indicado para ele: assim, pois,

[3] Corruptela russificada do sobrenome Smith em sua forma feminina.

e assado, um amador que faz investigações... *et caetera* e tal, e assim por diante...

"Ele me explanou, a seguir, o negócio todo, só que o explanou de um jeito obscuro, aquele filho do capeta, obscuro e ambíguo. Fez um bocado de erros, repetiu-se algumas vezes, relatou os fatos, ao mesmo tempo, de várias maneiras diferentes... A gente, pois, sabe: por mais que enroles, não vais esconder os fios todos. Eu comecei, bem entendido, por adulação e simploriedade — sou teu humilde servo, numa palavra! —, mas, conforme a regra que tinha adotado de uma vez por todas e, por outro lado, conforme a lei da natureza (sendo esta a tal lei da natureza), compreendi em primeiro lugar: será que me contavam mesmo a finalidade real? E, em segundo lugar: será que não havia, por trás dessa finalidade explícita, uma outra finalidade que não explicitavam? Pois, neste último caso, como tu mesmo, meu filho querido, podes provavelmente compreender com essa tua cabeça poética, o príncipe me roubava: uma finalidade vale, digamos, um rublo, mas a outra vale o quádruplo; seria então um palerma se lhe entregasse, por um rublinho, o que valia quatro rublos. Passei a cismar, a adivinhar, e fui, pouco a pouco, descobrindo pistas; indaguei ao príncipe mesmo sobre uma coisa, foram uns terceiros que me contaram a outra, e à terceira cheguei com a minha própria mente. Decerto me perguntarás por que resolvi agir exatamente dessa maneira. Responderei: pela única razão de que o príncipe se mostrou preocupado demais com isso, assustado demais, sabe-se lá com quê. Mas, no fundo, por que se assustaria? Levou sua amante embora da casa paterna, ela engravidou, e ele a largou para lá. O que há de surpreendente nisso? Uma travessura ingênua e prazenteira, nada mais. O príncipe não é um daqueles homens que se assustariam com isso! Mas ele se assustou... Tive, então, minhas dúvidas. Encontrei, mano, umas pistas curiosíssimas e, diga-se de passagem, foi com auxílio de Heinrich. É claro que ele morreu; só que uma das suas primas (agora casada com um padeiro, aqui em Petersburgo), perdidamente apaixonada por ele outrora, e que continuou a amá-lo por uns quinze anos seguidos, apesar daquele gordo *Väter*[4] padeiro com quem tivera, como que sem querer, oito filhos... pois bem, foi essa prima, digo eu, que me informou, depois de várias manobras complicadíssimas da minha parte, uma coisa bem importante: Heinrich escrevia para ela, segundo o hábito alemão, cartas e diários, e acabou por lhe mandar, quando estava nas últimas, alguns dos seus papéis. Ela não entendia, boba, o que havia de importante naquelas cartas, só enxergava os trechos em que se falava da lua, do *lieber Augustin* e, também me parece, de Wieland.[5] Mas eu cá tirei dali os dados de que precisava e descobri, por meio daquelas cartas, uma nova pista. Fiquei sabendo, por exemplo, do senhor Smith, do seu cabedal extraviado pela sua filha, do príncipe que botou a mão naquele cabedal; finalmente, no meio das mais diversas exclamações, alusões e alegorias, vislumbrei o verdadeiro sentido daquelas cartas: ou seja, vê se me entendes, Vânia! Nada de positivo. O bobalhão de Heinrich encobria aquilo de propósito, apenas fazia alusões, e foi a partir dessas alusões dele, de tudo junto enfim, que começou a

---

[4] Pai de família (em alemão).

[5] Christoph Martin Wieland (1733–1813): grande poeta alemão da época do Iluminismo.

formar-se para mim uma harmonia celeste: o príncipe, pois, estava casado com Smítikha! Onde se casou com ela, como, quando precisamente, no estrangeiro ou por aqui mesmo, onde estão os documentos? — disso não se sabe nada. Quer dizer, mano Vânia, fui arrancando os cabelos de tão despeitado e procurando sem parar, ou seja, procurando de dia e de noite!

"Achei, afinal de contas, o velho Smith, só que ele morreu de repente. Nem tive tempo para vê-lo ainda vivo. Aí, por mero acaso, soube um dia que falecera uma mulher, para mim suspeita, lá na ilha Vassílievski; bisbilhotei um pouco e... redescobri a pista. Fui correndo à Vassílievski, e — lembras? — a gente se encontrou daquela vez. Soube então muita coisa. Numa palavra, Nelly também me esclareceu em vários pontos..."

— Escute — interrompi-o —, acaso pensa que Nelly sabe...

— O quê?

— Que ela é a filha do príncipe?

— Pois tu mesmo sabes que ela é a filha do príncipe — respondeu Maslobóiev, encarando-me com uma reprovação ferina. — Então por que me fazes essas perguntas inúteis, hein, homem à toa? O principal não é isso: o principal é que ela sabe que não é apenas uma filha de príncipe, mas a filha *legítima* daquele príncipe! Será que me entendes?

— Não pode ser! — exclamei.

— No começo, eu mesmo dizia comigo "não pode ser"; até agora me digo, de vez em quando, "não pode ser"! Mas o problema é que *pode ser* e, segundo toda probabilidade, *é*, sim.

— Não, Maslobóiev, não é assim: você se empolga demais! — voltei a exclamar. — Ela não apenas ignora isso, mas de fato é uma filha bastarda. Será que uma mãe, tendo ao menos alguns documentos na mão, teria podido suportar uma vida tão horrível como aquela que levou aqui em Petersburgo e, além do mais, fadar sua filha a uma orfandade destas? Chega! Não pode ser mesmo!

— Eu também pensava desse modo, ou seja, isso me deixa perplexo até agora. Mas, outra vez, o problema é que Smítikha como tal era a mulher mais doida e desvairada do mundo. Era uma mulher extraordinária! Imagina só todas as circunstâncias: é um romantismo puro, todas aquelas bobagens ultrassiderais do tamanho mais louco e descomunal, não é? Vejamos só uma coisa: desde o começo, ela sonhava apenas com algo semelhante ao paraíso terrestre, com todos aqueles anjos; apaixonou-se incondicionalmente, acreditou infinitamente e, tenho certeza disso, não ensandeceu mais tarde porque ele deixou de amá-la nem porque a abandonou no fim das contas, mas porque se enganara a respeito dele, por ele *ter sido capaz* de iludi-la e abandoná-la, porque seu anjo se transformara em lama, porque a humilhara e cuspira nela. Sua alma romântica e maluca não aguentou aquela transformação. Ainda por cima, houve uma mágoa: entendes que mágoa foi aquela? Tomada de pavor e, o mais importante, orgulhosa que era, ela o repeliu com infinito desprezo. Rompeu todos os vínculos, rasgou todos os documentos; cuspiu para aquele dinheiro, até mesmo esqueceu que não era o dinheiro dela e, sim, de seu pai, e desistiu daquele dinheiro, como se fosse lama ou poeira, para esmagar seu sedutor barato com a grandeza de sua alma, para poder considerá-lo, dali em diante, como um ladrão e ter o direito de desprezá-lo pela vida afora, e disse, provavelmente, na mesma ocasião que também consideraria como uma infâmia ser chamada de sua esposa. Não temos desquite aqui, mas, *de facto*,[6] eles se desquitaram, e não seria ela, por certo, quem lhe imploraria depois ajuda! Lembra o que ela, enlouquecida, dizia a Nelly, já no leito de morte: não vás atrás deles, trabalha e, nem que tu morras, não vás atrás deles, quem quer *que te chame* (quer dizer, sonhava ainda que viriam *chamar* por ela e que haveria, por conseguinte, mais um ensejo de retrucar, de esmagar com seu desprezo a *quem chamasse* — numa palavra, nutria-se, em vez de pão, com aquele sonho maldoso). Fiz, mano, que Nelly me contasse também muita coisa; até agora volto a interrogá-la de vez em quando. É claro que a mãe dela era doente, sofria de tísica; essa doença desenvolve sobremaneira a fúria e toda espécie de irritação... Contudo, fiquei sabendo, com toda a certeza, por uma daquelas comadres de Búbnova, que ela havia escrito uma carta para o príncipe, sim, para o príncipe em pessoa...

— Havia escrito? E ele recebeu a carta? — exclamei com impaciência.

— Pois aí é que está o problema: não sei se a recebeu. Um dia, Smítikha chamou por aquela comadre (lembras aquela rapariga toda caiada, na casa de Búbnova? — agora está na cadeia) e pediu para entregar sua carta, mas depois a pegou de volta, embora já a tivesse escrito; não a entregou, pois... foi três semanas antes de sua morte. O fato é relevante: posto que ela decidiu mandar aquela carta, não importa mais que a tenha retirado: poderia tê-la mandado noutra ocasião. Assim sendo, não sei se mandou a carta ou se não a mandou, mas tenho um

[6] De fato, em latim: termo jurídico internacional.

motivo para supor que não a tenha mandado, porquanto o príncipe soube *ao certo* que ela estava em Petersburgo, e onde estava notadamente, só depois de sua morte, pelo que me parece. Como ele se alegrou, sem dúvida!

— Sim, eu lembro, Aliocha falava de uma carta que tinha deixado o príncipe muito alegre, mas isso aconteceu há pouco tempo, há tão só uns dois meses. E depois, e depois, como foi que você se desfez do príncipe?

— Como me desfiz do príncipe? Entende: uma perfeita convicção moral e nenhuma prova objetiva — *nenhuma*, por mais esforços que tenha feito. Uma situação crítica! Precisava buscar informações no exterior, mas onde no exterior — nem a menor ideia! Compreendi naturalmente que tinha uma batalha a travar, que só podia assustá-lo com alusões se fingisse saber mais do que sabia na realidade...

— Bom, e daí?

— Não se deixou enganar; de resto, levou um susto, um susto tão grande que até agora continua assustado. Tivemos alguns encontros: que Lázaro ele bancou na minha frente! Uma vez, por mera amizade, até se pôs a contar tudo para mim. Foi no momento em que eu imaginava saber *de tudo*. Contava tão bem, com tanta emoção e sinceridade... mentia, bem entendido, descaradamente. E foi então que avaliei quanto medo ele sentia de mim. Por algum tempo, fiz de conta que era um basbaque horribilíssimo, só que deixei entrever que estava fingindo. Intimidava o príncipe desastradamente, ou seja, fingia de propósito que era desastrado; fiz, também de propósito, umas afrontas, passei a ameaçá-lo — tudo para ele me tomar por um basbaque e soltar, de alguma forma, a língua. Adivinhou, aquele canalha! Fingi-me, da outra vez, de bêbado: tampouco deu certo, tanto o cara é velhaco! Será que podes entender, mano Vânia, que eu precisava saber o quanto ele me temia e mostrar para ele, ao mesmo tempo, que sabia mais do que sabia na realidade...

— Mas enfim...

— Enfim, nada. Precisava de provas e fatos, só que não tinha nenhum. Ele compreendeu apenas que eu poderia, ainda assim, fazer um escândalo. Decerto só receava aquele escândalo, tanto mais que já começava a criar boas relações por aqui. Sabes que ele está para se casar, não sabes?

— Não...

— Vai ser no ano que vem! Mas foi ainda no ano passado que arrumou uma noiva; então ela só tinha catorze anos, agora já tem quinze... parece que usa ainda um aventalzinho, coitada. Os pais estão contentes! Entendes como ele necessitava que sua esposa morresse? Filhinha de general, garota de ouro: muito dinheiro! Nós cá, maninho Vânia, nunca nos casaremos daquele jeito... Mas o que não me perdoarei por toda a minha vida — bradou Maslobóiev, desferindo uma forte punhada sobre a mesa — é que ele me subornou, duas semanas atrás... aquele canalha!

— Como assim?

— Assim mesmo. Percebi que ele havia compreendido que eu não tinha nada de *positivo* e, finalmente, senti, aqui comigo, que quanto mais demorasse tanto mais rápido ele se daria conta desta minha impotência. E consenti, pois, em aceitar dois mil rublos do príncipe.

— Você aceitou dois mil rublos?...

— De prata, Vânia; de má vontade, mas aceitei. Será que uma devassa daquelas valia apenas dois mil? Aceitei com humilhação. Fico na frente dele, como que todo cuspido; ele me diz: "Ainda não lhe paguei, Maslobóiev, pelos seus serviços anteriores (porém, já faz muito tempo que me pagou por aqueles serviços, conforme combinado, cento e cinquenta rublos), só que vou viajar... Aqui estão dois mil... espero, portanto, que *todo o nosso* negócio esteja afinal completamente liquidado". Eu lhe respondo então: "Completamente, príncipe", mas não ouso nem olhar uma vez para sua carantonha, penso que está escrito nela agorinha: "E aí, ganhaste a rodo? É só por benevolência que te pago tanto, seu tolo!".Nem lembro mais como saí da casa dele!

— Mas é uma vileza, Maslobóiev — gritei eu. — O que foi que você fez com Nelly?

— Não é apenas uma vileza, é coisa de bandido, de sacana... Isso é... isso é... não tenho nem palavras para exprimir!

— Meu Deus! Pois ele devia, pelo menos, amparar Nelly!

— Devia, sim. Mas como eu o obrigaria? Daria um susto nele? Mas não o assustaria coisa nenhuma, pois aceitei o dinheiro dele. Eu mesmo, eu reconheci na frente dele que só tinha susto por dois mil rublos de prata, fixei esse preço para mim mesmo! Com que é que o assustaria agora?

— Será que a história de Nelly acabou nisso, será? — exclamei, quase desesperado.

— De jeito nenhum! — rebateu Maslobóiev, com ardor, chegando mesmo a estremecer com todo o seu corpo. — Não lhe permitirei isso, não! Vou começar uma nova investigação, Vânia: já resolvi! E daí, se peguei aqueles dois mil? Cuspo para eles. Digamos que os peguei por causa da minha mágoa, porque ele me burlou, vagabundo, e, dessa maneira, caçoou de mim. Burlou e, ainda por cima, gozou desta minha cara! Não vou deixar que gozem da minha cara, não... Agora, Vânia, vou começar por Nelly, pessoalmente. A julgar por certas observações, tenho plena certeza de que nela mesma se encerra todo o desfecho dessa trama. Ela sabe *de tudo, de tudo*... Foi a mãe dela quem lhe contou. Febril, angustiada como estava, pôde ter contado. Não tinha com quem reclamar, aí surgiu Nelly, e ela lhe contou tudo. Ou então, quem sabe, vamos encontrar uns documentozinhos por lá — acrescentou, esfregando as mãos num doce arroubo. — Agora entendes, Vânia, por que ando batendo pernas? Em primeiro lugar, por ser teu amigo, isto é lógico; depois, o principal, para observar Nelly e, em terceiro lugar, mano Vânia... queiras ou não, mas tens que me ajudar, já que podes influenciar a menina!...

— Sem falta, juro! — exclamei. — E também espero, Maslobóiev, que você se esforce, sobretudo, por Nelly, pela pobre órfã magoada, e não apenas pelo seu próprio proveito...

— E o que tens a ver com aquele proveito pelo qual me esforçarei, hein, homem beato? Tomara que eu consiga, eis o que importa! É claro que a causa principal é a de nossa orfãzinha, o amor ao próximo manda assim. Mas não me condenes irrevogavelmente, Vaniucha, se eu cuidar também de mim mesmo. Sou pobre, e ele... que não se atreva a machucar a gentinha pobre. Ele me toma o que me pertence, além de me burlar, canalha, ainda por cima. Achas, pois, que tenho de olhar aquele patife arreganhar, rindo, seus dentes? *Morgen früh*![7]

---

[7] Neste contexto: No dia de São Nunca; de jeito nenhum (em alemão).

Contudo, no dia seguinte, a nossa festa das flores acabou fracassando. Nelly havia piorado e não podia mais sair do seu quarto.

E nunca mais sairia daquele quarto seu...

Ela faleceu duas semanas depois. Naquelas duas semanas de sua agonia, não conseguiu nenhuma vez reaver sua plena consciência nem se livrar de seus estranhos fantasmas. Sua mente parecia transtornada. Continuou firmemente convicta, até a hora de sua morte, de que seu avô chamava por ela, zangando-se porque ela não vinha, batia com a bengala na calçada e ordenava que fosse pedir dinheiro à gente boa para lhe comprar pão e rapé. Várias vezes, começava a chorar enquanto dormia e, acordando, dizia que tinha visto sua mãezinha.

Só de vez em quando é que parecia voltar ao seu perfeito juízo. Estávamos, um dia, a sós, e ela se achegou a mim e pegou minha mão com sua mãozinha descarnada e ardente de febre.

— Vânia — disse-me ela —, quando eu morrer, casa-te com Natacha!

Via-se que era uma ideia arraigada e já antiga. Calado como estava, sorri para ela. Vendo-me sorrir, Nelly também sorriu, ameaçou-me, travessa, com seu dedinho tão fino e logo se pôs a beijar-me.

Três dias antes de sua morte, numa deliciosa tarde estival, Nelly pediu que puxassem a cortina e abrissem a janela de seu quarto. A janela dava para o jardinzinho; por muito tempo, ela ficou mirando as espessas moitas verdejantes, o sol que se punha e, de repente, pediu que nos deixassem a sós.

— Vânia — disse, e sua voz mal se ouvia, tão fraca ela já estava —, eu vou morrer logo. Logo mesmo, e quero falar contigo... para que não me esqueças. Como lembrança, deixo para ti isto (e apontou para uma grande *ládanka*[8] que pendia, com uma cruz, em seu peito). Foi minha mãezinha quem a deixou para mim, quando estava morrendo. Então, quando eu morrer, tira esta *ládanka*, guarda-a contigo e lê o que está aqui dentro. Vou pedir a todos eles hoje que entreguem esta *ládanka* só para ti. E quando leres o que está escrito, aqui dentro, vai procurar por *aquele homem* e diz que eu morri, mas não *lhe* perdoei *a ele*. Diz também para ele que li recentemente o Evangelho. Lá se diz: "perdoem a todos os seus inimigos". Pois eu li isso, mas não *lhe* perdoei, ainda assim, porque quando minha mãezinha estava morrendo, mas ainda conseguia falar, a última coisa que ela disse foi: "*Amaldiçoo-o a ele*", e eu também amaldiçoo *aquele homem* — não por mim mesma, mas pela minha mãezinha... Conta, pois, para ele como morreu minha mãe, como fiquei sozinha na casa de Búbnova; conta como me viste naquela casa, conta tudo, mas tudo, e diz a seguir que eu preferi ficar com Búbnova a ir procurar por ele...

Nelly ficou pálida, enquanto dizia isso; seus olhos fulgiam, e seu coração passou a bater com tamanha força que a menina se deixou cair nos travesseiros e, por uns dois minutos, não pôde articular uma só palavra.

— Vai chamá-los, Vânia — disse enfim, com uma voz fraca. — Eu quero dizer adeus a todos eles. Adeus, Vânia!

---

[8] Saquinho de incenso que os cristãos ortodoxos usavam como amuleto.

Ela me abraçou com muita, muita força, pela última vez. Entraram todos os nossos. O velho não conseguia entender que Nelly estava morrendo nem sequer chegava a admitir tal ideia. Discutia com todos, até o derradeiro instante, e asseverava que ela havia de convalescer. Definhara todo com sua angústia e passava dias inteiros sentado junto à cama de Nelly, ficava ali mesmo de noite... Literalmente, não tinha dormido nessas últimas noites. Buscava antecipar o menor capricho, a mínima vontade de Nelly e, saindo do seu quarto, chorava desesperado em nossa frente, voltando a ter esperanças um minuto depois e asseverando-nos que ela havia de convalescer. Encheu de flores todo o seu quarto. Um dia, comprou todo um buquê de rosas encantadoras, brancas e vermelhas: foi arranjá-lo algures bem longe e trouxe-o para sua pequena Nelly... Deixava-a muito emocionada com tudo isso. Seria impossível que ela não respondesse, com todo o seu coração, a tanto amor abnegado. Naquela tarde, na tarde em que ela se despedia de nós, o velho não queria, de maneira alguma, despedir-se dela para sempre. Nelly sorriu para o velho e, durante a tarde toda, fazia de conta que estava alegre, brincava com ele, até ria... Saímos do quarto dela, nós todos, quase esperançosos, porém, no dia seguinte, ela não conseguia mais falar. Dois dias depois, Nelly morreu.

Lembro como o velho ornava o pequeno caixão com flores e, cheio de desespero, olhava para aquele rostinho descarnado da menina morta, para aquele seu sorriso morto, para as suas mãos cruzadas no peito. Curvando-se sobre ela, chorava como se fosse sua filha de sangue. Natacha e eu, e nós todos o consolávamos, mas ele estava inconsolável e adoeceu gravemente após o enterro de Nelly.

Anna Andréievna entregou-me pessoalmente a *ládanka* que tirara do peito da finada. Dentro daquela *ládanka* estava a carta que a mãe de Nelly havia endereçado ao príncipe. Li-a no dia em que Nelly morreu. Aquela mulher dirigia ao príncipe sua maldição, dizia que não podia perdoar-lhe, descrevia toda a sua vida recente, todos os horrores aos quais a morte dela exporia Nelly e rogava que ele fizesse qualquer coisa que fosse pela criança. "É sua" — escrevia —, "é *sua* filha, e o *senhor mesmo sabe* que é *sua filha de verdade*. Mandei que ela fosse procurá-lo, quando eu morresse, e que lhe entregasse esta carta em mão própria. Se o senhor não rejeitar Nelly, pode ser que eu lhe perdoe *ali*, que me poste, no dia do julgamento, ante o trono divino, eu mesma, e que implore ao Juiz para lhe perdoar seus pecados. Nelly conhece o conteúdo desta carta minha: li-a para ela e expliquei *tudo* — ela sabe *de tudo*, sim, *de tudo*...".

No entanto, Nelly descumpriu esse testamento: sabia de tudo, mas não foi procurar o príncipe e morreu intransigente.

Ao retornarmos, eu e Natacha, do enterro de Nelly, fomos ao jardim. Era um dia quente e todo ensolarado. Eles partiriam uma semana depois. Natacha fixou em mim um longo olhar estranho.

— Vânia — disse ela. — Vânia, foi apenas um sonho.

— O que foi um sonho? — perguntei.

— Tudo, tudo — respondeu ela —, tudo, neste último ano. Vânia, por que destruí a sua felicidade?

E, nos olhos dela, eu li: "Poderíamos ser, para sempre, felizes juntos!".

Sobre o tradutor

Nascido na Bielorrússia em 1971 e radicado no Brasil desde 2005, Oleg Almeida é poeta, ensaísta e tradutor, sócio da União Brasileira de Escritores (UBE/São Paulo). Autor dos livros de poesia *Memórias dum hiperbóreo* (2008, Prêmio Internacional Il Convivio, Itália/2013), *Quarta-feira de Cinzas e outros poemas* (2011, Prêmio Literário Bunkyo, Brasil/2012), *Antologia cosmopolita* (2013) e *Desenhos a lápis* (2018), além de diversas traduções de clássicos das literaturas russa e francesa. Para a Editora Martin Claret, a par de *Diário do subsolo*, traduziu *O jogador*, *Crime e castigo*, *Memórias da Casa dos mortos*, *Humilhados e ofendidos*, *Noites brancas* e *O eterno marido*, de Dostoiévski, *Pequenas tragédias*, de Púchkin, *A morte de Ivan Ilitch e outras histórias*, de Tolstói, e *O esplim de Paris: pequenos poemas em prosa*, de Baudelaire, bem como uma extensa coletânea de contos russos.

Título original em russo: *Униженные и оскорблённые*

DIREÇÃO
Martin Claret

PRODUÇÃO EDITORIAL
Carolina Marani Lima
Giovana Quadrotti

CAPA
Allora

TRADUÇÃO E NOTAS
Oleg Almeida

REVISÃO
Waldir Moraes

IMPRESSÃO E ACABAMENTO
Bartira Gráfica

Dados Internacionais de Catalogação na Publicação (CIP)
(Câmara Brasileira do Livro, SP, Brasil)

Dostoiévski, Fiódor, 1821-1881.
Humilhados e ofendidos / Fiódor Dostoiévski; tradução e notas por Oleg Almeida. — São Paulo: Martin Claret, 2025.

Título original: *Униженные и оскорблённые*

ISBN 978-65-5910-306-5

1. Romance russo I. Almeida, Oleg. II. Título

24-240419 CDD-891.73

Índices para catálogo sistemático:

1. Romances: Literatura russa 891.73
Aline Graziele Benitez – Bibliotecária – CRB-1/3129

EDITORA MARTIN CLARET LTDA.
Rua Alegrete, 62 – Bairro Sumaré – CEP: 01254-010 – São Paulo, SP
Tel.: (11) 3672-8144 – www.martinclaret.com.br
Impresso – 2025